上海"十三五"重点图书出版规划
上海市重点图书

The History
of Western
Literary Theory

西方
文论史

朱志荣 / 著

华东师范大学出版社

图书在版编目(CIP)数据

西方文论史/朱志荣著.—上海:华东师范大学出版社,
2016
  ISBN 978 - 7 - 5675 - 5816 - 8

  Ⅰ.①西…   Ⅱ.①朱…   Ⅲ.①外国文学－文学理论－
文学思想史   Ⅳ.①I109

  中国版本图书馆 CIP 数据核字(2016)第 259743 号

西方文论史

著　　者　朱志荣
项目编辑　范耀华　皮瑞光
审读编辑　王　海
责任校对　张多多
装帧设计　储　平

出版发行　华东师范大学出版社
社　　址　上海市中山北路 3663 号　邮编 200062
网　　址　www.ecnupress.com.cn
电　　话　021 - 60821666　行政传真 021 - 62572105
客服电话　021 - 62865537　门市(邮购)电话 021 - 62869887
地　　址　上海市中山北路 3663 号华东师范大学校内先锋路口
网　　店　http://hdsdcbs.tmall.com

印 刷 者　常熟市文化印刷有限公司
开　　本　787毫米×1092毫米　1/16
印　　张　27.25
字　　数　520 千字
版　　次　2017 年 4 月第 1 版
印　　次　2024 年 4 月第 3 次
书　　号　ISBN 978 - 7 - 5675 - 5816 - 8/I·1600
定　　价　48.00 元

出 版 人　王　焰

(如发现本版图书有印订质量问题,请寄回本社客服中心调换或电话 021 - 62865537 联系)

Contents
目 录

绪　论

一　什么是西方文论?

文论是"文学理论"的简称,主要包括对文学规律的总结,对具体作品的评判,对文学新潮的倡导、推动等方面的系统理论,涉及文学与社会的关系、文学作品的内部规律、文学作品创作与鉴赏的基本方法、主体创作和鉴赏文学作品的心态等方面的研究。

西方文论主要指发源于古希腊的西方两千五百多年来的文学理论遗产。所谓东西方本来是地域上的概念,现代意义上的"西方",则在政治、经济、文化意义上有所不同。经济上,我们同时把日本也归于西方,如西方七国首脑会议,就包括日本。政治上,西方的概念就不包括日本,所以日本近年一直在寻求政治霸权,试图挤进西方的行列。政治上的西方主要限于西欧和美国,而把东欧与俄罗斯排斥在外,这是由体制决定的。而文化意义上的西方概念,则与政治、经济意义上的西方概念有所不同。它并不包括东亚国家。日本虽然经济发达,但在文化上仍属于儒家文化圈,属于东方文化。印度虽然与加拿大、澳大利亚一样,曾经是英国殖民地,是英联邦的一员,但印度有自己的本土文化传统,没有像加、澳那样移植西方文化传统,故不能算是西方,而只能算是东方。虽然日本和印度都汲取了西方文化的营养,但东方文化仍占主导地位。因此,我们现在的西方文论不包括日本、印度。相反,东欧国家在政治上和经济上不能属于西方,但其文化仍属于西方文化,因为东、西欧拥有共同的文化传统,即以古希腊、罗马为文化源头,并以基督教为普遍的宗教信仰。所以,我们的西方文论也讲俄罗斯的别、车、杜,也讲波兰的密茨凯维支,也讲匈牙利的裴多菲。当然还包括丹麦的勃兰兑斯和奥地利的弗洛伊德这样的北欧、中欧文论家。美国曾经是欧洲的特区,是欧洲在新大陆上扶植起来的暴发户,其文化传统也是欧洲的。

这就是我们要对西方文论的西方进行界定的原因。

二　为什么要学习西方文论?

正因为西方的文学、文化和文论有其特定的传统,我们唯有了解这一传统才能了解西方文论的源流和特点。那么,到底为什么要学习西方文论呢? 具体说来有如下几条理由:

1. 便于了解西方文学观念的来龙去脉。

我们今天的许多文学观念和评价方式,反映了千百年来人们对文学的思考和创造意识。没有创新,就没有生机和活力。但另一方面,早期的文学为我们的文学传统奠定了基础。当时的人对文学的倡导,以及他们的文学趣尚对后来是有影响的。要正确看待文学传统,准确理解西方古代的文学遗产,就必须先了解西方文论发展史的脉络。古代文论则给我们留下了当时文学观念和文学主张的活的档案。没有流传至今的文论,我们对古代人的文学观念只能是猜测,大家各持一说,没有定论。有了当时的理论遗产,我们就可以了解西方文学观念的来龙去脉。

比如说"摹仿说",西方为什么会有摹仿说,而中国为什么没有? 在神话时代,东、西方的差异并不是很大,但后来中国先秦时代的理性主义摧毁了宗教信仰,有了"诗言志"的观念,从各地采风,加以传唱和加工,成为早期的文学,形成了一个诗的传统。这从《尚书·尧典》就开始有了记载(中国的史学传统也较西方为早)。诗歌内容大都是人间的、世俗的(当然还有文论家们做了一些手脚),因为中国人的理性主义成熟较早,比如老子只字不提鬼神,孔子也"不语怪、力、乱、神",偶尔提及,只是发发牢骚而已。西门豹治邺,惩治巫婆,根本不相信神谕。早期的文论是从创作实践中概括出来的言志、缘情,并以此删诗,形成传统。西方则由神话到英雄史诗,强调摹仿说,这与西方的宗教传统是联系在一起的。原始的文学艺术、悲剧作品,是祭祀天神的作品。这些作品常摹仿天神的生活场景。但天神不可见,只能以凡间的人来揣度,于是形成神话、悲剧和英雄史诗,以此来记录上古史,摹仿就形成了传统,人的天性的这个方面就得到了长足发展。在这里,早期的文学与宗教,与历史是不可分的,如奥林匹斯山上诸神的生活内容,而《伊利亚特》和《奥德赛》则既是文学作品又是历史著作。在理论形态上,西方人就讲究摹仿,讲究灵感,讲究技巧,这对后代人的文学观念产生了深刻的影响,形成了一个传统。我们要弄清人们对文学看法的传统,就要学习西方文论。

2. 便于从自觉的高度了解西方文学

研究西方文学与欣赏西方文学不同。欣赏西方文学,只要凭兴致,凭感觉就可以了,研究则不行。正如欣赏建筑,只要知其然就可以了。故宫、天安门远远望去,宏伟壮丽。一般人只是看看热闹,而建筑学家则要看门道,看它结构的高度对称,甚至要找出相关的设计图纸。文学也是如此,学习文论,就是要看门道。一个时代的文艺现象、艺术趣味、审美风尚,常常反映在该时代的理论倡导和艺术总结的理论形态中。从散漫的、不自觉的创作,即所谓无目的的游戏进入到自觉地把文学当作人类精神文明建设的系统工作来做,做必要的理论归纳并有意识、有计划、有目的地进行设计和安排是必要的。有些理论著作就是作家自己的主张和感想,读这些作家的理论著作,了解他们的想法,更有助于了解他们的作品。中国古代的孟子有一种提法叫"知人论世"。知其人,包括他们的文学主张,对于了解他们的文学作品,无疑是有帮助的。当然,有些作家的实际成就和他们的理论主张之间是有距离的。但总的说来,读作家的理论著作是有助于了解他们的作品的。

3. 便于建设当代的文学理论

在中国的现代教育体系中,文学理论主要是先由西方引入,再进行自己的文论建设和中国古代文论史的研究的。所以早期的中国古代文论史和文学理论史是以西方文论为参照坐标建立起来的。想要了解中国现代文论的发展史,必须先了解西方文论史。同时,中国古近代文学和现当代文学在研究方法和批评方法上,基本上也是参照西方文论的。诸如对文学发展脉络变迁的梳理、人物的分析、艺术特色的分析等等,大都自觉、不自觉地以西方文论为理论工具。即使20世纪50年代在我国盛行的苏联文学理论体系,也是源于西方的。因为从文化上讲,俄罗斯也属于西方。正如日本在经济上挤入西方强国,而在文化上仍属于东方一样。从某种程度上讲,了解西方文论,是了解中国当代文论建设和中国文学研究的一把钥匙。

即使是中国有了有自己特色的文学理论和具体文学研究的独特方法,了解西方文论也是必要的。因为中国文论虽然现在还比较落后,但是终究要走向世界,要与国际接轨。知己知彼,了解了西方文论,才能有助于了解中国古代文论传统及其特色,才能看到中西文论之间的差异和差距,也才能学习西方有价值的内容,为世界的文论发展作出自己的贡献。既然要接轨,既然要走向世界,就必须了解相关的研究历史和现状。文学理论中的有些课题,如果我们不了解,不知道有些探讨历史上已经证明是错的,还在那里白费力气地瞎折腾,走前人失败过的老路,无疑是在浪费时间。有些问题别人早有贡献,我们见识浅陋,没有读过,结果提出自己的看法时,让别人感到内容缺乏新意,自己却浑然不知。其实智力倒未必低下,只不过不知道别人过去的精辟见解罢了。可见学习西方文论对于当代文论的必要性。

三　怎样学习西方文论?

对于一般学生来说,了解西方文论当然是听听课,读一两本系统的《西方文论史》就够了。如果对西方文论很感兴趣,或是专业需要学得深入些,就需要学得比较科学一些了。这就涉及到学习西方文论的方法问题。

首先要以大家为主。在全面了解的基础上,尤其应该以大文论家为主,如一个公认的大理论家,或是时代理论的启蒙者,或是时代理论的集大成者。他们往往最深刻地把握了时代的脉搏,抓住了那个时代文学理论的根本问题,使之获得了深刻、全面的阐明,既继承了前人的思想,又对后世产生了深远的影响。

其次,要以文论家原著为主。学习西方文论,主要是了解文论史上文论家的看法,了解他自己说了些什么,为什么会这样说,有哪些渊源,对后世有哪些影响等等。其他人的评价,可以参考。但那些评价主要是他们自己对原著的理解和阐发,是工具,是帮助理解文论家的原著的。我们不能完全听信这种解说,甚至误指为月。至于有些"六经注我"式的对原著的阐发,是借题发挥,借名著来阐发自己的思想。把这种阐发当作文论家的原意,便是一种张冠李戴,因而是不可取的。我们最终还是要读原著本身。读文论家原著的另一种意思,在于能读外文原著,以防粗劣的翻译,或歧异的误导。有时平常一句话经过别人的转述,还容易走样,或导致误解,更不用说翻译了。

第三,要把文论与文艺作品结合起来理解。文学理论是具体文学作品的概括和总结,是源于创作和欣赏实践的东西,而不是束之书架的空中楼阁。只有这样,才能具有普遍意义和实践价值。西方古代文论大多出自哲学家,如柏拉图、亚里士多德等人。他们从自己的哲学体系出发,为文学立法,为艺术总结规律。看起来脱离了实践,实际上他们都是很密切地关注他们当代的文学实践的。如康德作为一位哲学家,一般人以为他不懂文学。其实康德是一位很勤奋的学者,阅读过大量的文学作品,尤其酷爱18世纪的英国诗坛领袖蒲柏、哈勒尔等人的诗,并经常朗诵他们。至于近现代西方文论家,许多本身就是作家。如法国象征主义大师瓦莱利,德国表现主义大师布莱希特等人,既提出理论,又从事实践。法国存在主义大师萨特,则既是文学家、文论家,又是哲学家。我们对他们文论的理解更应该结合他们的作品。

第四,要把西方文论与文艺思潮、具体时代背景结合起来理解,一个时代的文学作品及其理论概括或是理论主张等,常常是与整个时代密切联系的。时代精神在各种意识形态中都有表现,而且相互影响。文论也不例外,不同时代的文论都会打上时代的烙印。一个时代的文学思潮,也往往是诸多作家形成的。他们相互启发,相互渗透。其文论是他们的创作倾向上升到自觉意识的表现。或者说这些思潮是一个明确的文学理论主张实施的结果。因此,结合文学思潮和时代背景去理解西方文论是非常必要的。

第五,要把西方文论与中国文论比较起来理解。与西方文论相比,中国当代的文学理论显得较为落后,只有大量吸收西方文论的份儿,而没有哪个当代中国文论家深刻地影响了西方的。但中国古代的文学创作和文学理论曾有过很大的成就。西方现代派大师庞德等人就是在中国传统的文学和文论影响下创作并且提出理论主张的。因此,中国古代文论与西方文论因创作实践、社会土壤和文化环境的不同,而具有可比性。通过比照理解,可以看出文学的共同规律,可以使两类文论互补,更可看出西方文论自身的特色。因此,比照中国文论来理解西方文论可以更为深入、主动。

第一章
古希腊

第一节
概述

古希腊是欧洲文明的摇篮。黑格尔曾经说过："一提到希腊这个名字,在有教养的欧洲人心中,尤其在我们德国人心中,自然会引起一种家园之感。"[1]古希腊神话是西方早期文化的渊源和百科全书。古代希腊人对整个世界的理解和期望,观念与信仰,以及他们所获得的各种自然知识,最早都保留在神话之中。神话是古代希腊的文学、艺术和哲学的源头。古希腊的史诗,主要反映了神话时代之后的英雄传说。它们以世俗的社会生活为基础,又同神话故事交织在一起。古希腊悲剧则从神话的角度,把当时的社会生活折射在其中。古希腊文学的总的趋势,是不断向世俗发展,不断向理性发展,并且被理性的思考所取代。所谓"诗人与哲学家之争",实际上是哲学家占了上风,又是哲学家在悲剧和史诗的基础上提出了文学理论,如柏拉图和亚里士多德的理论。这些理论处在希腊文学从高峰走向衰弱的时期,总结了当时的文学实践,成了后世文学理论的可贵源头。但这些理论在当时也对文学的衰弱起到了推波助澜的作用,并且对罗马时代的文学与文学理论都产生了消极的影响。

一　社会背景

古代希腊文明是从希腊大陆的雅典南端的克里特岛上开始的。历史上习惯以传说中的国王米诺斯对它进行命名,称为米诺斯文明。克里特岛位于地中海中部,交通发达,与古埃及邻近。小亚细亚或叙利亚的移民把外城的文明带进了克里特岛。其中美索不达米亚和埃及的影响尤其明显。荷马史诗《伊利亚特》和《奥德赛》所叙述的英雄和诸神的故事中,从地理位置到许多故事情节,有相当的现实基础,美丽的岛屿环境给诗意的文化提供了独特的土壤。现存的克里特岛建筑反映了岛上几个世纪的文明建设。克里特人早就有了城市及街道、里巷,建立了商业和政府机构,并且还有机械和手工业。希腊宗教中的奥林匹斯山上的众神及其神话,是在克里特宗教及其神话的基础上形成的。从剧院的遗址和壁画中,人们可以看出他们很早就有了戏剧和舞蹈,并且有了七弦琴、笛子和强化节奏的打击乐式的金属器具。另外,陶器等手工业也有了相当的成就。

希腊文明是因克里特岛文化和亚洲文化的传入兴起的。克里特岛人曾以强大的船队占领了爱琴海和希腊大陆的一部分。后来移入古希腊的阿哈伊亚人和入侵的多里安人相互影响,逐渐形成了希腊文明。他们占高筑城,形成了一个个既相互独立,又在文化和商业上相互影响的城邦,后因人口密集,又到海外谋求殖民地,希腊与各地的贸易从此不断繁荣。

后来,雅典在众城中异军突起。雅典人本来是阿提卡的土著居民,并以自己不是侵略者自豪。雅典城邦最初实行君主政治,后来让位于贵族的九个执政官主持的寡头政治,随着经

---

[1] 黑格尔:《哲学史讲演录》第1卷,贺麟、王太庆译,商务印书馆1981年版,第157页。

济的发展,由贸易产生的中产阶级与失去产业的农民联合,要求政治自由化。前594年各派别公推梭伦为首席执政官,实行改革。梭伦改革禁止债务奴隶制,准许平民参加公民大会(但平民参加的公民大会权力有限),还设立陪审法庭代替贵族最高法院,为著名的雅典民主奠定了基础。公元前506年克利斯梯尼掌握政权,削弱了贵族的政治权力,以年满30岁男性公民作为公民代表资格,建立500人的公民议事会,准备议案并掌握最高的执政权和行政权。这就是为后世所称道的雅典民主政治。

公元前500—前336年是雅典的古典时代,特别是伯里克利(公元前461—前429)时代,雅典在文明上成了希腊的学校。经过艰难曲折的抗击波斯人的侵略,雅典人最终击溃了波斯人的进攻,建立了公民大会,并最终建立了由陪审团自己决定的民众法庭,由此逐步形成了希腊民主政治。

公元前431年伯里克利在悼念与斯巴达人作战而倒下的雅典英雄的葬礼演说中,曾经这样描述他的民主政治:

"我要说,我们的政治制度不是从我们的邻人的制度中模仿得来的。我们的制度是别人的模范,而不是我们模仿其他人的。我们的制度之所以被称为民主政治,因为政权是在全体公民手中,而不是在少数人手中。解决私人争执的时候,每个人在法律上都是平等的;让一个人负担公职优先于他人的时候,所考虑的不是某一个特殊阶级的成员,而是他们拥有的真正才能。任何人,只要他能够对国家有所贡献,绝对不会因为贫穷而在政治上湮没无闻。正因为我们的政治生活是自由而公开的,我们彼此间的日常生活也是这样的。当我们隔壁邻人为所欲为的时候,我们不至于因此而生气;我们也不会因此而给他以难看的颜色,以伤他的情感,尽管这种颜色对他没有实际的损害。在我们的私人生活中,我们是自由的和宽恕的;但是在公家的事务中,我们遵守法律。这是因为这种法律深使我们心悦诚服。""当我们的工作完毕的时候,我们可以享受各种娱乐,以提高我们的精神。整个一年之中,有各种定期赛会和祭祀;在我们的家庭中,我们有华丽而风雅的设备,每天怡娱心目,使我们忘记了我们的忧虑。我们的城邦这样伟大,它使全世界各地一切好的东西都充分地带给我们,使我们享受外国的东西,正好像是我们本地的出产品一样。"①

雅典在希腊人与波斯人的战争中起了重大作用,这导致了雅典霸主地位的形成。雅典联合爱琴海各岛及小亚细亚各希腊城邦组成了一个同盟,总部原先设在提洛岛上,故称为"提洛同盟",主要防备波斯人的进攻。名义上各城邦都有一票表决权,但实际上同盟是由雅典操纵的。同盟成了雅典称霸的工具,雅典掌握着领导权并逐步控制金融等领域。到公元前450年,同盟最终变成了一个帝国。

雅典由于不断向外扩张,引起了斯巴达人的恐惧,进而导致了公元前431年的伯罗奔尼撒战争。因严重的瘟疫等原因,雅典最终遭到了惨败。战争使希腊人贫困交加。底比斯人和希腊人为求生存而结成联盟反抗斯巴达人,在公元前371年大败斯巴达人。此后十年,底

---

① 引自修昔底德:《伯罗奔尼撒战争史》,谢德风译,商务印书馆1960年版,第130—131页。

比斯人称霸希腊本土,使得各城邦频繁不断地血腥混战。外来的强国马其顿乘机攻入,公元前338年马其顿国王腓力浦二世在喀罗尼亚大败底比亚和雅典联军,并占领了希腊的大部分城邦。公元前336年腓力浦遇刺后,他的儿子亚历山大继承了他的事业,不断向外扩张,一直征服到波斯等地。亚历山大的东征,客观上把希腊文化传播到了整个中东,这一时期被称为希腊化时代。亚历山大病逝后,希腊分成了欧、非、亚三个王国。欧洲是原有疆域的马其顿王国,但对其南面的希腊诸城邦依然可以控制。非洲是由托勒密王朝统治下的埃及王国。亚洲是塞琉西王朝统治下的王国。到公元前1世纪,罗马征服了地中海沿岸,征服了马其顿和埃及,结束了希腊化时代,进入了罗马时代。

二　文化背景

频繁的战乱给人民带来了灾难,客观上也推动了不同地区的文明的融合。加之地中海沿岸交通发达,手工业和商业的繁荣,希腊文化获得了发展。希腊的文化不仅出自希腊本土,埃及等中东文化以及邻近其他地区的文化也被融入到希腊文化中来。希腊人常到国外作旅行考察,对外界的文化尤其注重批判地吸取。希腊人灿烂的宗教、哲学、文学、艺术等,都是在此基础上发展起来的。而且不同文化形式之间还相互影响。例如古希腊的史诗和悲剧之中包含着当时的宗教观念及其礼仪,城邦的神庙建筑和雕刻,也体现着宗教的内容。希腊人的文学、艺术理想,正是在此基础上形成的。甚至当时的数学观念对希腊文学、艺术的和谐原则也产生了重要影响。

希腊人的哲学观念脱胎于宗教观念,而对文学艺术的自觉意识又受着哲学思想的影响。例如,公元前5世纪的普罗泰戈拉的"人是万物的尺度"的名言,对希腊的摹仿理论产生了重要影响。德谟克利特的经验论方法,对于后世重视感性经验,特别是后来的经验主义学说产生了重要影响。柏拉图的先验方法不仅有助于他本人的文艺思想的形成,而且影响了后世的文艺理论。亚里士多德的理性主义思想也同样如此。古希腊哲学思想的演变历程,正反映了文论的演变历程,它们各自在后来的不同历史时期都得到了继承和发展。

在希腊的全盛时期,民主政体对希腊的文化产生了深刻的影响。在希腊,没有过君临一切的专制皇帝,而宗教方面也没有出现宇宙唯一主宰的上帝。奥林匹斯山上的诸神是大致平等的,宙斯不过是他们的首领,他们与平凡人一样有喜怒哀乐的感情,宙斯甚至常常钟情于人间的美女。与此相呼应,希腊的祀神庆典和戏剧活动,都有广泛的自由公民参与,民主气氛很浓,追求自由的精神既体现在生活环境中,也体现在文学艺术作品中。人们的文化观念之中,更是体现着民主和自由的精神。

三　文学概貌

希腊文学是在继承了上古神话的基础上形成发展起来的。希腊的神话主要包括神的故事和英雄传说两个部分。在后来的希腊文学中,这两个部分是相互渗透的。希腊神的故事主要反映了被虚构的生活在奥林匹斯山上的神的谱系。谱系从混沌卡俄斯、地母该亚、冥土塔耳塔洛斯、爱神厄洛斯开始,该亚又从自己身上生下天神乌拉诺斯,乌拉诺斯又以母亲该亚为妻生下六男六女,总名提坦。乌拉诺斯仇视子女,把他们关入地下,其中有一子克洛诺斯反抗父亲,救出兄弟姐妹,当了天神,又以妹妹瑞亚为妻,生儿育女。父母告诉他,他将会被儿子推翻,于是克洛诺斯吞掉所有刚降生的子女,只有最小的儿子宙斯被母亲藏了起来。宙斯长大后设法让父亲克洛诺斯吐出所有子女。然后宙斯兄弟姐妹共同与父亲交战十年,称为"提坦之战",终于推翻了父亲,建立了以宙斯为中心的神的宗族。这个神的宗族位于奥林匹斯山上,在奥林匹斯山上的神的谱系中,有以宙斯为中心的 12 主神,包括神后赫拉、智慧女神雅典娜、太阳神阿波罗、月神阿尔忒弥斯、战神阿瑞斯、幽冥神哈台斯、海洋神波塞冬、爱情女神阿佛洛狄忒、农神得墨忒耳、酒神狄俄尼索斯等。

这种神的起源和神谱的故事,不是一朝一夕形成的。它反映了原始人处于群婚和血缘婚时代的生活,故有母子或兄妹婚,也反映了当时吃人的余风,并且明显地体现在从母权社会向父权社会的过渡。后来的悲剧作品,有许多都反映了神的故事,或人神混杂的故事。古罗马也有功能相近的神,只不过名称有所变化。可见古罗马神话对希腊的继承。

希腊神话的另一部分内容是英雄传说。这是古代希腊人对于遥远的古代社会的祖先和部落中的杰出人物的歌颂性内容。其中许多传说与神的故事相混合,有的英雄则是半神半人。如为民除害的赫拉克勒斯(他是宙斯与凡女所生的儿子)、为民造福的俄狄浦斯、取金羊毛的伊阿宋等。这些英雄传说逐渐形成了相对完整的故事系统。

希腊文学中的瑰宝还有两部著名的史诗《伊利亚特》和《奥德赛》。这两部史诗相传是公元前 9 世纪—前 8 世纪的盲诗人荷马加工整理而成的。这实际上是用史诗的形式记录了神话传说和历史。它们主要以民间流传多年的特洛伊战争为基础编成,反映了民众的集体智能,其中人神相杂,神助人作战,从中体现了当时的社会生活形态,也细腻地刻画了具体的人物性格。史诗场面宏大,结构完整,语言也凝练、精巧,具有高超的艺术水平,对后世的文学产生了重要的影响。

希腊文学更为成熟的形态是悲剧。悲剧在古希腊最早起源于对酒神狄俄尼索斯的祭祀表演和民间歌舞(酒神同时是酒的酿造和葡萄、树木以及农事的保护神,故这种仪式同时用以庆祝丰收。)。悲剧一词在希腊文里是"山羊之歌"的意思,与祭祀时用山羊作牺牲品有关。祭典仪式一般由 50 人组成的歌队穿着羊皮衣服,装扮成半人半羊的模样(模拟酒神的侍从),又称"羊人剧"。表演时围绕着神坛合唱酒神颂。最初的表演形式只是歌舞,后来才有领队和其他人的对话。表演以独唱和合唱对答的形式,歌唱狄俄尼索斯在尘世间所受到的痛苦,以赞美他的再生。埃斯库罗斯的悲剧作品又增加了一个演员,使对话成为可能(两个演员才有冲突,才真正构成了"戏"),并把歌队由 50 人减少到 12 人。埃斯库罗斯还在剧本创作、演出道具的改良等方面取得了卓越的成就,为歌舞向戏剧的转变创造了条件,故被称为"悲剧之父"。索福克勒斯在创作时又将演员增加到三个,表现形式也不断改进和完善。悲剧的题材则逐渐由单一的酒神故事拓展到各类神的故事。

公元前 5 世纪前后,希腊悲剧最为兴盛,三大悲剧家就生活在这个时期。当时贵族民主派执政官为了反对专制制度、推行和宣传民主制度,大兴露天剧场,发放观剧津贴,举行剧目表演比赛,推动悲剧事业的繁荣(一批演说家和政治家也是在这种露天剧场里培养起来的)。三大悲剧家中,埃斯库罗斯的《普罗米修斯》三部曲(今存《被缚的普罗米修斯》)通过表现普罗米修斯与宙斯抗争的悲剧,反映出现实中民主派与独裁君主的斗争。索福克勒斯的《俄狄浦斯王》取材于古老的神话故事,主要写了人与命运的冲突,塑造了一个品德高尚、忧国忧民的英雄形象。当然故事中也说明天意不可违,残留着群婚制向一夫一妻制过渡的痕迹,反映了人类文明对恋母情结的超越。《俄狄浦斯王》的倒叙结构,对"突转"和"悬念"的巧妙运用,以"迷"为中心展开故事,为亚里士多德所推崇。亚里士多德的《诗学》特别是其中的悲剧理论,正是以《俄狄浦斯王》为模板立论的,故亚里士多德称《俄狄浦斯王》为戏剧艺术的典范。而索福克勒斯的另一部著名悲剧《安提戈涅》则是黑格尔悲剧理论立论的重要依据。欧里庇得斯的悲剧观则反映了他对希腊晚期民主制弊端的体会,他对神持批判态度,而对许多现实问题如内战、民主制、婚姻、妇女等问题则给予关注。如代表作《美狄亚》就是一部反映妇女问题的悲剧。这些作品对后世剧作家易卜生、萧伯纳等人的"问题剧"影响较大。欧里庇得斯的悲剧标志着理想的英雄主义悲剧的结束,现实的平民意识悲剧的兴起。

在希腊悲剧之后,雅典城邦发生危机之际,出现了希腊喜剧。流传下来的主要有阿里斯托芬的喜剧。喜剧大都取材于现实生活,对重大的政治问题发表意见,主要有政治讽刺剧和社会问题剧,但经常通过动物加以表现,具有寓言的特征。现存的主要有反战喜剧《阿卡奈人》、讽刺剧《妇女专政》和《蛙》等。其中《蛙》中还表现了他对文艺教化功能的看法。阿里斯托芬的喜剧在艺术上为欧洲喜剧奠定了基础。

四 文论综述

古希腊的文艺理论,有着丰富的遗产。早在柏拉图以前,希腊的思想家、文艺家们就曾对文艺有过自己的看法。这些看法因记录和流传方式的局限,大都逐渐消逝了,但古希腊的后继思想家们却知道其中的许多内容。在极少数流传下来的作品中,在后继者的著作引述中,我们得以知道希腊早期学者对文艺的看法的一鳞半爪,而这些思想许多都是柏拉图以来的思想的源头。

荷马在他的史诗"序曲"中曾祈求诗神缪斯给他灵感,并在史诗中多次论及诗要给人以快感。赫西奥德的《神谱》"序曲"中说他在山上牧羊时诗神教他歌唱,写诗乃是传达诗神的教诲。古代神话对于艺术的魅力也给予了神化,如说诗人奥菲斯以音乐驯服了野人和野兽,安菲翁以诗感动顽石,筑成底比斯的城堡,类似于中国古代对于诗歌"动天地,感鬼神"效果的描述,与《乐记》中对乐的功能的说法也有类似之处。色诺芬尼责备荷马把神写成与人一样有道德的败坏的行径。这一点,后来被柏拉图所继承和发扬。而安那萨哥拉提出荷马的作品是"神话的寓意",是把神和英雄写成具体德行或自然力的象征,而不能拘于字面的意义。这对后世的神话学理论产生了重要影响。

抒情诗人品达在《颂歌》中总结了前人和自己的创作经验,提出了天才与技巧的关系问题。他非常重视天才诗人的灵感,认为仅靠技巧是不能成为诗人的,一般诗人与天才诗人相比会黯然失色。不过,他也认为灵感来自天才的努力,天赋与修养需并重。这一点在贺拉斯的《诗艺》中得到了很好的继承。而西蒙尼德斯的"诗是有声的画,画是无声的诗",谈到了艺术的共同性,一直为文艺界所信奉,莱辛的《拉奥孔》把它印在了扉页上。

哥奇亚斯(Gorgias)在《海伦颂》中称文学是"一个伟大的君主,能解除忧虑,驱散悲愁,产生快乐,增强信心",称它能使人产生"一种战栗的畏惧,一种带泪的怜悯,一种同情的渴望"。他还认为,"悲剧通过神话传说和感情描写使观众坠入迷魂阵中,所以能迷人的悲剧比不能迷人的画更高明,而被迷的观众比不被迷的更聪明"。他从观众心理的角度探索文学艺术的效果,对亚里士多德有一定的影响。

阿里斯托芬的喜剧《蛙》中,虚构了三大悲剧家在冥土的争执。欧里庇得斯指责埃斯库罗斯作豪言壮语,却占了首席诗人的地位,而他自己则写平民生活。埃斯库罗斯则骂欧里庇得斯,把贩夫走卒搬上舞台,用油滑巧辩来感动人。这就涉及到文艺的贵族倾向和民主倾向问题。阿里斯托芬非常重视文艺的社会功用,推崇埃斯库罗斯写英雄人物,以勇敢、正义、节制等美德影响读者。而欧里庇得斯把神和英雄写得像人一样充满激情,狡猾、凶狠、勾心斗角、花言巧语,反映了新兴工商阶层的平民倾向,这是阿里斯托芬所不喜欢的。阿里斯托芬关于文艺功用的这种思想对柏拉图有较大的影响。

在柏拉图之前,德谟克利特和苏格拉底对文艺也发表了自己的看法。德谟克利特对文艺的看法,主要包括摹仿说和灵感说。德谟克利特是从经验论的角度总结出文艺和人的其它活动是起源于摹仿的。他说:"在许多重要的事情上,我们是摹仿禽兽,作禽兽的小学生的,从蜘蛛我们学会了织布和缝补;从燕子我们学会了造房子;从天鹅等等歌唱的鸟我们学会了唱歌。"[1]他还强调劳动有助于学习文艺:"如果儿童让自己任意地不论去做什么,而不去劳动,他们就学不会文学,也学不会音乐,也学不会体育……"[2]关于灵感,德谟克利特继承传统的看法,承认灵感在文学创作中的作用。他说:"没有一种心灵的火焰,没有一种疯狂式的灵感,就不能成为大诗人。"[3]他还认为只有在灵感状态下完成的作品才是优秀的:"一位诗人以热情并在神圣的灵感之下所作成的诗句,当然是美的。"[4]他在谈到荷马时曾说:"荷马,赋有一种神圣的天才,曾作成了惊人的一大堆各色各样的诗。"[5]这里,他承认诗人通过天才和灵感进行创作。而灵感的来源,德谟克利特则归结为神。

苏格拉底也继承了当时流行的摹仿说。他在与画家帕拉西阿斯谈话时,主张艺术不但是对对象形式的忠实描绘,而且还是对人物心灵和性格的表现。他对帕拉西阿斯说:"难道绘画不是对于我们所看到的事物的一种表现吗? 无论如何,你们绘画师们总是通过色彩来忠实地描绘那些低的和高的、暗的和明的、硬的和软的、粗糙的和光滑的、鲜艳的和古老的

---

① 北京大学哲学系外国哲学史教研室编译:《古希腊罗马哲学》,三联书店 1957 年版,第 112 页。
② 北京大学哲学系外国哲学史教研室编译:《古希腊罗马哲学》,三联书店 1957 年版,第 112 页。
③ 转引自朱光潜:《西方美学史》上卷,人民文学出版社 1977 年版,第 36 页。
④ 北京大学哲学系外国哲学史教研室编译:《古希腊罗马哲学》,三联书店 1957 年版,第 107 页。
⑤ 北京大学哲学系外国哲学史教研室编译:《古希腊罗马哲学》,三联书店 1957 年版,第 107 页。

（形形色色的事物）。"不仅如此，而且也"描绘心灵的性格，即那种最扣人心弦、最令人喜悦、最为人所憧憬的最可爱的性格"。"而且，高尚和宽宏，卑鄙和褊狭，节制和清醒，傲慢和无知，不管一个人是静止着，还是活动着，都会通过他们的容貌和举止表现出来。"①他还主张，在描绘人物时，应杂取各种人，创造出一个完美的形象。这就是后人所提倡的典型人物的雏形。他说："当你们描绘美的人物形象的时候，由于在一个人的身上不容易在各方面都很完善，你们就从许多人物形象中把那些最美的部分提炼出来，从而使所创作的整个形象显得极其美丽。"②苏格拉底还强调天才和灵感，认为诗人处于灵感状态，自己不知其所以然。他说："诗人写诗并不是凭智能，而是凭一种天才和灵感，他们就像那种占卦或卜课的人们，说了许多很好的东西，但并不懂得究竟是什么意思。"③苏格拉底的文艺思想到了他的弟子柏拉图和徒孙亚里士多德那里，得到了发扬光大。

第二节
柏拉图

一 生平及著作

柏拉图（Platon，公元前 427—前 347）生于雅典贵族的家庭。父母两系都可以追溯到雅典过去的国王或执政，早年受到很好的贵族教育，特别是文学和数学。20 岁开始作苏格拉底的学生，学了 8 年（公元前 407 年至前 399 年），一直到苏格拉底被当权的民主党判处死刑为止。老师死后，他跟他的同门师兄弟离开雅典到另一个城邦墨伽拉，推年老的幽克立特为首，继续讨论哲学（相当于自筹资金，成立了希腊科学院）。不久他又游历埃及，在埃及学了天文学，考察了埃及的制度和文物。公元前 396 年回到雅典，开始写他的对话体著作。到公元前 388 年，他离开雅典去意大利游历，应西西里岛塞拉库萨的国王邀请去讲学，得罪了国王，被卖为奴隶，由朋友出钱赎回。当时，他已 40 岁，回到雅典建立他著名的学园，授徒讲学，同时继续写他的对话，12 篇规模较大的对话如《斐多》、《会饮》、《斐德若》和《理想国》等，均在学园前半期写成。他在学园讲学 41 年，来学习的不仅有雅典人，还有其他城邦的人。如他最著名的弟子亚里士多德是雅典城邦殖民地和商业港口的斯达吉拉城（在希腊北部特拉克沿海）人。在学园后半期他两度重游西西里岛的塞拉库萨，因为这时已经换了新国王，他希望实现他的政治理想。他两次都失望而归，回来后仍旧讲学写对话，一直到 81 岁时在学生的婚宴上去世为止。

柏拉图是一个保守派，他出身贵族，所受的是贵族正统教育，所以对民主党有仇恨。前 399 年，他心目中的真正哲学家的模范、正义的象征——老师苏格拉底又被民主党以渎神和

---

① 色诺芬：《回忆苏格拉底》，吴永泉译，商务印书馆 1984 年版，第 120—121 页。
② 色诺芬：《回忆苏格拉底》，吴永泉译，商务印书馆 1984 年版，第 120 页。
③ 北京大学哲学系外国哲学史教研室编译：《古希腊罗马哲学》，三联书店 1957 年版，第 147 页。

诱惑青年罪判处死刑,更加强了对民主党的仇恨。他少年时代,正值雅典危难之秋。雅典经历 50 多年的战乱,在伯罗奔尼撒战役中,被斯巴达打败,成为属国。而国内的民主党与贵族党斗争一直很激烈。他晚年的时候,在斯巴达的支持下,贵族党复兴,当权者为所谓僭主,有些是柏拉图的亲友,但僭主政治不但不能改善政局,而且只是昙花一现,柏拉图非常失望。他在政治上是个雄心勃勃的人,只是没有成功,便想当哲学王,成为人们精神上的统治者。除了《苏格拉底的辩护》外,柏拉图的全部哲学著作都用对话体写成的,用了所谓"苏格拉底式的辩证法"(是在毕达哥拉斯和赫拉克利特等人的矛盾统一思想上发展起来的),而且用得很成功。朱光潜认为,理解柏拉图的对话有些困难:第一,大多数对话中苏格拉底是主角,自己始终未上场,我们不知道哪些代表他自己,哪些代表苏格拉底。第二,对话里充满了苏格拉底式的幽默,常装傻瓜,自己什么都不懂,要向对方请教,并摹仿诡辩学派来讽刺对方,到底哪些是讽刺话,哪些是真心话,一般读者很难分清。第三,许多对话没有最后结论,而且充满矛盾。[1] 这是很有道理的。

柏拉图的对象涉及政治、伦理、教育、哲学、文艺等问题,散见于各篇对话,集中涉及文艺理论问题的主要有《伊安篇》、《高吉阿斯》、《理想国》和《法律篇》。中译本主要有朱光潜集译的《柏拉图文艺对话集》,由人民文学出版社出版。另有《理想国》和《柏拉图六大对话集》等中文译本出版过。

二 摹仿说

柏拉图的文艺思想与他的哲学思想密切相关。他是从一个假设的先验本体出发来建立他的哲学体系的,也是从这个先验本体出发来阐释他自己的摹仿论的。在柏拉图心目中,万事万物有一个本源,这个本源就是理式(Idea)。理式是一种类似于中国的"道"的东西,它体现着万物之为万物的本质。但是处于"理性方滋,神性未退"时代的柏拉图,依然继承了他前人的神性观。理式最初是起源于神的。这与中国的道就有所不同。在柏拉图时代,古希腊人都笃信神,渎神者为整个社会所不容。当时社会用以攻击哲学家的主要罪状就是慢神。苏格拉底被人控告乃至被判死刑的两大罪状之一就是不相信有神,宣传无神论。苏格拉底还矢口否认,为自己辩护。[2] 在这个背景下,柏拉图把万物的终极本原的"理式"归结为神,虽然在今天看来,是错误的,但是是可以理解的。更何况柏拉图在"诗人与哲学家之争"中,对于缘起于神赐的灵感的诗人与理性的哲学家二者,更倾向于哲学家。就是说在他的思想历程中,他更强调理性的作用和意义,有时把理性强调到不恰当的地位。

柏拉图的摹仿说正是奠定在理式论的基础上的。他认为万事万物有一个共同的本原,就是神,由神创造出各类事物的共相,就是理式。现实世界的万事万物只是理式的摹本。比如一张床。床支离地面,适合于睡眠,人的肌肤和骨骼不至于受到风湿的伤害,三个点确定

---

① 朱光潜:《西方美学史》上卷,人民文学出版社 1979 年版,第 40—41 页。
② 《苏格拉底的申辩》,见《游叙弗伦·苏格拉底的申辩·克力同》,严群译,商务印书馆 1983 年版,第 62 页。

一个面,四条腿把床面平稳地支离地面,供人睡眠。在柏拉图看来床之为床,有一个人们可以共同接受的先验的理式,即床的共相。现实世界工匠所制作的各种个别的床,只不过是先验理式的一种摹本,或叫幻相。而艺术作品又是现实世界的摹本。这样,在柏拉图看来,有三种床:一是床的理式,这是由神创造的本然的床,就是"床之所以为床"的那个理式,也就是床的真实体"。二是根据理式的床而创造出来的个别的床,它已经不是真实体,"只是近似真实体的东西"。三是画家摹仿个别的床描画出来的床的"影像",是摹本的摹本,影子的影子,"和自然隔着三层","和真理也隔着三层"。① 实际上是两层。柏拉图认为摹仿的对象作为一种影子,可以欺骗小孩子和蠢人。他把摹仿比作"拿一面镜子四方八面地旋转"②,像镜子照物一样照到对象的外貌。"从荷马起一切诗人都只是模仿者,无论是模仿德行,或是模仿他们所写的一切题材,都只得到影像,并不曾抓住真理。像我们刚才所说的,画家尽管不懂鞋匠的手艺,还是可以画鞋匠,观众也不懂这种手艺,只凭画的颜色和形状来判断,就信以为真。"③柏拉图甚至说:"模仿只是一种玩艺,并不是什么正经事。"④这里他从功利的角度把摹仿作为游戏,看成是无关紧要的。这与他从政治的观点审查文艺,把它们看成毒害人的洪水猛兽又是矛盾的。为什么会出现这种情形呢? 这就涉及到了柏拉图对摹仿的理解。

在柏拉图那里,有两种摹仿,一种是简单的临摹,一种是通过灵感所进行的摹仿。柏拉图在《斐德若》篇中,把人分为九等,第一等人是"爱智能者,爱美者,诗神和爱神的顶礼者"。这种诗人是大诗人,"诗神的顶礼者",凭神灵凭附得到灵感,把在天国所见到的永恒的理式表现出来。而第六等人是"诗人和其它摹仿艺术家",就是那种匠人,对一般的事物的一般摹仿,有技巧,没有灵性。在古代希腊中,艺术还包括手工业、农业、烹调等手艺。这些技艺亦步亦趋,是被人看不起的。柏拉图所谓真正的摹仿,是一种对永恒理式的回忆。光靠技艺的精湛是不能进行艺术创作的。同时,柏拉图对摹仿的歌颂和攻击是不矛盾的。他歌颂的是神灵凭附的灵感,他攻击的是根据技巧对一般对象的临摹。

三 灵感论

柏拉图对于灵感的看法,继承了他前人的思想。灵感在古希腊文中的原意为神的灵气,指神灵凭附的一种着魔状态。艺术正是这种着魔状态的产物。到柏拉图,则用神赐的迷狂来解释灵感现象。当时的希腊人非常相信"迷狂"。这是因为悲剧起源于酒神祭祀,奠祭者饮酒至酩酊大醉,他们载歌载舞,即兴唱出诗歌。

柏拉图把神赐的迷狂视为诗人必须具有的心灵状态。正因如此,诗歌才有其独特的感染力。他认为艺术创作是由于文艺之神的凭附——诗人失去理智,陷于迷狂状态,从而激发了创造力。诗人写诗是被一种神力驱遣着,实际上是代神说话。"凡是高明的诗人,无论在

---

① 柏拉图:《柏拉图文艺对话集》,朱光潜译,人民文学出版社 1980 版,第 71 页。
② 柏拉图:《柏拉图文艺对话集》,朱光潜译,人民文学出版社 1980 版,第 69 页。
③ 柏拉图:《柏拉图文艺对话集》,朱光潜译,人民文学出版社 1980 年版,第 76 页。
④ 柏拉图:《柏拉图文艺对话集》,朱光潜译,人民文学出版社 1980 年版,第 79 页。

史诗或抒情诗方面,都不是凭技艺来做成他们的优美的诗歌,而是因为他们得到灵感,有神力凭附着。"①就各种专门技艺来说,诗人在治病方面不如医生,驾车方面不如御者。他们写诗描述具体场景,不是凭技艺的知识,而是凭灵感。他们写了那么多美妙的东西,却自己不知所云。诗神就像一块"磁石"②,先给诗人灵感,诗人又通过诗作把这种灵感传递给朗诵者或听众。从诗神这块磁石出发,诗人、朗诵者和听众像许多铁环,一环一环地相互吸引着,挂成一条长挂链。

柏拉图竭力强调诗歌所具有的非理性的迷狂特征,认为"神智清醒的诗遇到迷狂的诗就黯然无光了"③。他讽刺当时的诡辩家们对神话加以理性的解释,结果被"围困在一大群蛇发女、飞马以及其它奇形怪状的东西中间"④。他认为逐一检查神话是否近情近理,是一种"庸俗的机警"⑤,断送了许多时间和精力。柏拉图把灵感的到来描述为非理性的迷狂状态,旨在说明艺术创作不同于理性思维,是一种情感的激发状态。艺术家们是通过对感性形象的摹仿,而不是知识本身来进行创作的。这种说法在今天看来不太准确,但柏拉图没有肆意地褒扬迷狂。作为一个哲学家,柏拉图本人更推崇哲学、强调理性。他认为神赐迷狂的诗歌与哲学相比是低贱的,诗人的创作是与心灵的低贱打交道的,诗人的作用"在于激励、培育和加强心灵的低贱部分,毁坏理性部分"⑥。而对于哲学,他则要求通过个别、具体、感性的事物,探求到一般、抽象、理性的规律。他虽认为灵感得自神赐,但又从理智出发谴责诗人。他早期从目的论出发,认为"美德就是知识"。而诗人在写诗时,却不知道自己在干什么,因此没有美德观念。有时候,他们的诗歌"颂赞古代英雄的丰功伟绩,垂为后世的教训"⑦。有时候他们又把神和英雄写得像常人一样无节制,"长时间地悲叹或吟唱,捶打自己的胸膛",意在满足"我们心灵的那个(在我们自己遭到不幸时被强行压抑的)本性渴望,痛哭流涕以求发泄的部分"。⑧ 他们丝毫不顾及诗歌是否会对青少年、共和国卫士和普通公民产生消极影响。为此,柏拉图强调理性和道德精神对创作的宏观调控,要求文学作品对共和国公民有益,这正是柏拉图对古希腊理性精神发扬光大的结果。

柏拉图既沿袭了古希腊的敬神传统,又在继承先哲的基础上强调了理性,并以此对诗人提出要求。他把创作灵感的激发视为迷狂状态,看起来与强调理性似乎是矛盾的,却揭示了灵感的真实情形。用今天的话说,两者应该是矛盾统一的。

柏拉图将灵感视为人的灵魂激越奋发的结果,是不朽的灵魂带来的前生的回忆,而灵感的源泉和蓝本则是理式。这种将肉体与灵魂分离的看法虽带有神秘色彩,但在探索过程中,柏拉图同时强调了主体的能动努力,而且柏拉图将这种思想与他寻求的普遍性的哲学思想

① 柏拉图:《柏拉图文艺对话集》,朱光潜译,人民文学出版社 1980 年版,第 8 页。
② 柏拉图:《柏拉图文艺对话集》,朱光潜译,人民文学出版社 1980 年版,第 7 页。
③ 柏拉图:《柏拉图文艺对话集》,朱光潜译,人民文学出版社 1980 年版,第 118 页。
④ 柏拉图:《柏拉图文艺对话集》,朱光潜译,人民文学出版社 1980 年版,第 94 页。
⑤ 柏拉图:《柏拉图文艺对话集》,朱光潜译,人民文学出版社 1980 年版,第 95 页。
⑥ 柏拉图:《理想国》,郭斌和、张竹明译,商务印书馆 1986 年版,第 404 页。
⑦ 柏拉图:《斐德若》,见《柏拉图文艺对话集》,朱光潜译,人民文学出版社 1980 年版,第 118 页。
⑧ 柏拉图:《理想国》,郭斌和、张竹明译,商务印书馆 1986 年版,第 405 页。

接轨。与迷狂说相比,回忆说旨在进一步挖掘灵感的内在规律。

柏拉图的回忆说,是奠定在灵魂和肉体分离的基础上的。这主要受到在原始宗教的基础上所形成的奥菲厄斯教派的影响。这种灵魂和肉体分离的思想在今天,倘用智识的眼光看来,是荒诞不经的,但在西方哲学发展史上,却起着重要作用。只有当灵魂和肉体被分离开来研究时,精神所具有的无限创造力,精神的独立意义、反作用和人类整体精神的延续性,才能被充分认识到。

柏拉图的回忆说,是以不朽的灵魂为前提的。柏拉图认为灵魂是不朽的,因为灵魂在本质上是自动的,"凡是永远自动的都是不朽的"。他认为灵魂永不脱离自身,并且永动不止,灵魂本身不是创生的,必然也不可毁灭。他说"一切被动的(东西)才是动的本源和初始"①。完善的灵魂是形而上者,"主宰全宇宙"②。但柏拉图同时又认为,清纯不杂的灵魂受神的导引,在天国中见到过真实本体或理式,即感性事物的摹本。一旦犯了罪孽,灵魂便不完善,就"失去了羽翼"③,依附肉体进入尘世之中。这样无形无始的灵魂本身,就因肉体而现形。诗神正是直接与灵魂打交道的。诗作为人间的艺术,是灵魂依附肉体以后的产物,那么诗神所感发的,便是依附肉体以后的灵魂。灵魂通过诗神的反复凭附,便不断创造出新的作品。由诗神的凭附而陷入迷狂,便是灵魂降临的征兆。

柏拉图的回忆说,体现了灵感的先验特征。柏拉图把"迷狂"看成是"预知未来"的"最体面的技术"④,是神灵感召的结果。他将回忆的模板归为理式,但涉及到的,正是后来康德所提到的先天共通的判断。一般人不能观照理式这个"本",由回忆而引发的,则是对"末"的感性形态的共鸣。这正是奠定在先验的对"本"的共通的基础上的。既然我们把审美境界看成是理想境界,是指向未来的,"迷狂"本身又有着预见性,那么征兆审美境界就不是经验的而是先验的。柏拉图将先验的境界归为不朽的、与灵魂同在、通过回忆而不断复现的,而回忆的契机便是刹那间的思路在情感激越情形下的激活,柏拉图将原因归为神的凭附。后来荣格的原型说和皮亚杰的图式说,正是柏拉图回忆说思想的延伸和发挥。

在回忆说中,柏拉图对理性作用的看法和对主体能动性的强调,是不容忽视的。对于艺术家来说,理式是存乎心中的丘壑,而神灵本身只是对人们回忆理式的一种感召,起唤醒作用。这无疑将理式凌驾在神灵之上。同时,柏拉图还强调人主体灵魂的绝对性和能动性。他认为艺术境界的高低,与灵魂在天国的修行有密切关系。这并不是所有的灵魂都能做到的,"凡是对于上界事物只暂时约略窥见的那些灵魂不易做到这一点。凡是下地之后不幸习染尘世罪恶而忘掉上界伟大景象的那些灵魂也不易做到这一点。剩下的只是少数人还能保持回忆的本领"⑤。撇开其中的神秘色彩不谈,这里所强调的两点都是有积极意义的。一是强调了艺术家的天赋,有充分领悟理式的基础。二是后天的优秀品质,主要指道德品质,即

① 柏拉图:《柏拉图文艺对话集》,朱光潜译,人民文学出版社 1980 年版,第 119 页。
② 柏拉图:《柏拉图文艺对话集》,朱光潜译,人民文学出版社 1980 年版,第 120 页。
③ 柏拉图:《柏拉图文艺对话集》,朱光潜译,人民文学出版社 1980 年版,第 120 页。
④ 柏拉图:《柏拉图文艺对话集》,朱光潜译,人民文学出版社 1980 年版,第 117 页。
⑤ 柏拉图:《柏拉图文艺对话集》,朱光潜译,人民文学出版社 1980 年版,第 125—126 页。

我们所讲的人品。前者倾向于才,后者倾向于德。德才兼备,灵感才会光顾,才有回忆的本领,才能创造出优秀的作品来。可见柏拉图还强调灵感的获得与主体的能动努力分不开。

柏拉图的灵感论中,明显有将灵感视为心理功能的倾向,对后人颇有启发性。柏拉图将靠灵感创作与单凭技巧创作区分开来,认为灵感是主体的一种心理功能。古希腊早期与中国上古早期一样,艺术与技术是不分的。到了柏拉图,则从灵感的角度对二者进行划分。他认为进入灵感状态创造出来的美的艺术与单靠技巧制造的物品是有区别的。他把艺术家分为两类,受神灵凭附、以灵感创作的人是"诗神和爱神的顶礼者"①,属第一等人,而单纯靠摹仿和技巧创作的人属第六等人。真正的艺术是第一等人创作出来的。就诗歌而言,他没有诗神的迷狂,"无论谁去敲诗歌的门,他和他的作品都永远站在诗歌的门外,尽管他自己妄想单凭诗的艺术(暗指技术)就可以成为一个诗人,他的神智清醒的诗遇到迷狂的诗就黯然无光了"②。灵感的作用乃在于诗神"凭附到一个温柔贞洁的心灵,感发它,引它到兴高采烈神飞色舞的境界"③。他以诗神凭附为前提,把灵感的状态视为受到感荡的心态乃至一种特别的心灵境界,而这种心灵境界才是创作优秀艺术作品的必要条件。不是所有的艺术家都能获得灵感,都能接受"诗神凭附",这就强调了心理功能的积极作用。

柏拉图虽然把创作冲动的灵感契机归为诗神的凭附,有时从哲学体系出发把它归为爱神的感发,但在具体阐述中,常常又不自觉地把它归为区别于理性的感性动力,即爱,主要指情感激发状态。他认为"一切诗人之所以成其为诗人,都由于受到爱神的启发。一个人不管对诗多么外行,只要被诗神掌握住了,他就马上成为诗人"④。他将爱神视为一种原动力,认为由于他的感发,主体便进入欣喜若狂的状态,因而获得了创作的灵感。

柏拉图将创作动因归为主体内在心灵的生殖力的提法,对于消解他思想中的神的因素也起着积极作用。他把艺术创作的功能和动因归为心灵的生殖力,一种人的本能欲望。"一切人都有生殖力","都有身体的生殖力和心理的生殖力。到了一定的年龄,他们本性中就起一种迫不及待的欲望,要生殖。"⑤"凡是有生殖力的人一旦遇到一个美的对象,马上就感到欢欣鼓舞,精神焕发起来,于是就凭这对象生殖。"⑥"世间有些人在心灵方面还更富于生殖力,长于孕育心灵所特宜的东西……一切诗人以及各行技艺中的发明人都属于这类生殖者。"心灵生殖,其实只是一种比喻和贯通的说法,主要指精神的创造功能,包括艺术的创造功能。这种功能被"迫不及待的欲望"激发着,而激发的诱因不是诗神或爱神,而是爱本身。由对于美的对象的钟爱,而感到"欢欣鼓舞"、"精神焕发",终于诱发了创作的冲动。

两千多年前的柏拉图虽囿于时代的局限,常常借助于诗神、爱神和天国来解释至今是谜的灵感问题,但在具体的阐述中却常常闪烁着富于启发性的光辉。他把创作的过程归为回

---

① 柏拉图:《柏拉图文艺对话集》,朱光潜译,人民文学出版社 1980 年版,第 123 页。
② 柏拉图:《柏拉图文艺对话集》,朱光潜译,人民文学出版社 1980 年版,第 118 页。
③ 柏拉图:《柏拉图文艺对话集》,朱光潜译,人民文学出版社 1980 年版,第 118 页。
④ 柏拉图:《会饮篇》,见《柏拉图文艺对话集》,朱光潜译,人民文学出版社 1980 年版,第 249 页。
⑤ 柏拉图:《会饮篇》,见《柏拉图文艺对话集》,朱光潜译,人民文学出版社 1980 年版,第 265 页。
⑥ 柏拉图:《柏拉图文艺对话集》,朱光潜译,人民文学出版社 1980 年版,第 266 页。

忆,认为灵感是回忆的诱因,虽然忽略了社会生活对主体的积极影响,却揭示了灵感的先验特征。他的灵魂不朽和心灵生殖诸说,客观上瓦解了神的凭附和感发的传统藩篱,侧重于把灵感作为人的心理功能来理解。这些思想,深深地影响了柏拉图以后的探索心理现象的学者,尤其是研究审美心理学和创作心理的美学家们。

四 文艺的社会功用

柏拉图在政治上是有野心的,他试图建立一个"理想国",并且制订了一套治国计划。晚年的《法律篇》则是他的又一个理想的治国计划。但是他的计划如同孔子一样是纸上谈兵,虽然周游列国,却到处碰壁。柏拉图对艺术功能的看法,正是奠定在这种治国方案的基础上的。

本来,作为一个哲学家,柏拉图视哲学家高于诗人,贬低诗人和诗,而作为一个治国方案的制订者,一个想象中的国家统治者,又对艺术提出了许多限制。在此基础上,有人攻击柏拉图不重视艺术,甚至不懂艺术,就不奇怪了。

其实柏拉图不仅懂艺术,而且有很高的造诣。作为王室的后裔,柏拉图出身于雅典贵族家庭,从小受到很好的教育,文学方面是所受教育的一个重点。因此,柏拉图在责备荷马的诗歌贻害读者的时候,还向荷马致歉。在《理想国》卷十里,柏拉图说:"我从小就对荷马怀有一定的敬爱之心,不愿意说他的不是。因为他看来是所有这些美的悲剧诗人的祖师爷呢。但是,不管怎么说,我们一定不能把对个人的尊敬看得高于真理,我必须(如我所说的)讲出自己的心里话。"[①]他的这种"不能把对个人的尊敬看得高于真理"的话,后来被亚里士多德所继承。亚里士多德在批评老师柏拉图时,著名的箴言是"吾爱吾师,吾更爱真理"。

正因柏拉图非常了解艺术,认识到艺术的深刻影响,所以在制订理想国的治国方案时,非常注意艺术对人心的影响,并且从政治家的角度,利用文艺的影响,对艺术进行规范、限制,使得艺术为培养他的理想国的合格国民服务。柏拉图正是抱着这种功利的目的,来对艺术的社会功能提出要求和限制的,这种要求和限制当然就有一定的偏见,即只能服从领导,成为一个安分守己的公民,要勇敢地捍卫国家,富于献身精神,要有坚强的意志,真诚勇敢,遇事镇静,成为无私的理想国的保卫者。

柏拉图认为,艺术是摹仿的艺术,不但自身是摹仿的,而且会导致读者的摹仿。文学作品中的神和英雄,应该是公民学习的榜样。柏拉图继承了传统的宗教神学理论,认为神应该是好的事物的创造者,而不是任何事物的创造者,人间的痛苦是咎由自取的,不应该归罪于神。神本身在精神上是统一的,是不会变形捉弄人的。诸如宙斯的妻子变成一头母牛之类,都不是神会做的。而荷马史诗,写出神对人类降灾降福,作威作福,又用梦征鸟兆,并且常常变形,都是卑劣的。荷马把他们写得争风吃醋、嫉妒纵酒、大吵大闹,这实际上是亵渎了人们对神的信仰和崇敬,他们所崇敬的神是这样的,他们自己还能有好的表现吗?荷马在写英雄

---

① 柏拉图:《理想国》,郭斌和、张竹明译,商务印书馆 1986 年版,第 387 页。

的时候,也贬低他们的道德品质,写阿喀琉斯贪婪,接受阿伽门农的贿赂,写他们傲慢自大,非常残酷。这些对青年们都会产生消极的影响:连英雄都干过这种坏事,我们干一点半点,算得了什么?人们可以自我安慰,有自我开脱的借口。这实际上是在怂恿青年人干坏事。因此,柏拉图批评荷马等人的作品,他认为荷马和其他诗人把神和英雄们写得与平常人一样,满身都是毛病,欺骗、陷害、贪图酒食享乐,爱财、好色、贪生怕死,遇到灾难不仅不勇敢面对,甚至奸淫掳掠,无所不为。这样的诗歌艺术,有伤风化,会把青年教坏,会使青年人误入歧途,所以不能培养出理想的公民。柏拉图要求对人性进行塑造,反对中国道家式的自然,让人性的弱点顺其自然。摹仿的艺术有时要讨好欣赏者,就会刻意引起人们激动的情感,进行煽情,挑逗起人的激情。那些悲剧家多写妇女的激情,专写悲惨的遭遇,引起人们特别是青年的感伤癖和哀怜癖。因为这些情欲的最低劣的部分最容易摹仿,对人们有很大的负面影响,因此不能放纵和滋养。而许多诗歌对这些情感却予以灌溉和滋养。这是柏拉图所坚决反对的。

柏拉图在《理想国》卷十中说:“我们亲临灾祸时,心中有一种自然倾向,要尽量哭一场,哀诉一番,可是理性把这种自然倾向镇压下去了。诗人要想餍足的正是这种自然倾向,这种感伤癖。而我们人性中最好的方面,则由于没有让理智和习惯培养好,对于感伤癖放松了防范,我们于是就拿旁人的痛苦来让自己取乐。而在读者方面,就是哀怜癖,多少有些幸灾乐祸的成分”。

看了悲剧中伤心的地方,我们自己也伤心起来,并且最终获得心理平衡,毕竟是别人的痛苦,自己比他好多了。柏拉图认为这种癖好一旦养成,在现实中遇到类似的情况时,就不能用理性去克服,而是类似的感伤情绪油然而生,不利于人们用理性来战胜困难。(后来的精神分析学说正好与此相反。在精神分析的专家看来,人们如果有感伤的心理成分,便需要泄导,使心理获得平衡,心理上就会健康。相反,长期不疏导,长期受压抑,就会产生心理障碍。人难免有感伤的时候,所以要不断泄导。)

至于喜剧,也是投合人类本性中诙谐的欲念,你在平常引以为耻而不肯说的话、不肯做的事,表演到喜剧里,“你就不嫌它粗鄙,反而感到愉快”。实际上喜剧是煽动人们的情欲、愤恨。在理性的层面上,这些情感应该枯萎。这就是说每个人内心都有这种情感,而喜剧却灌溉了它们。

总之,荷马史诗和悲剧喜剧在柏拉图眼中影响都是坏的,会让人理智失去控制,破坏了人们的信仰,因而实际上就是破坏了正义。这当然就不符合柏拉图对理想国公民的要求。

这样看来,柏拉图对艺术的攻击和限制,就不是因为不懂艺术,而是从国家的统治者的角度制订文艺政策,对文学艺术作品的内容和摹仿方式作出了具体的规定。不过这种狭窄的政治功利观违背了艺术规律。情感中固然有卑劣的一面需要限制,同时情感也有高尚的一面,可以感动人们。因此,因为情欲中的卑劣而否定人们的个人情趣、个人的生活空间、个人的感情世界以及正常的爱与恨等,是一种因噎废食的做法。

柏拉图还对不同的摹仿方式,即不同体裁的艺术进行了检查,看它们对人的性格的影响。

按摹仿的方式不同,柏拉图将艺术分为三类:

悲剧和喜剧:直接叙述。

颂歌:间接叙述,"只有诗人在说话"。

史诗、叙事诗:两种方式的混合。

柏拉图认为颂歌最好。从统治者的角度,让大家都来作他的颂歌,当然很好。没有惟妙惟肖的细节描写,没有不满和愤怒的感情流露。他认为悲剧和喜剧最糟糕,把人教坏了。

柏拉图反对理想国的保卫者从事戏剧摹仿或扮演。理由是:一个人不能同时做好很多事,精力有限,既要保卫国家,就要专心致志,不能精力分散。演戏者经常摹仿坏人坏事,或者软弱的人和软弱的事,习惯成自然,他的纯洁专一的性格就会受到伤害。为此,他在《理想国》里向诗人们下了逐客令:

"如果有一位聪明人有本领摹仿任何事物,乔扮任何形状,如果他来到我们的城邦,提议向我展览他的身子和他的诗,我们要把他当成一位神奇而愉快的人物看待,向他鞠躬敬礼;但是我们也要告诉他:我们的城邦里没有像他这样的一个人,法律也不准许有像他这样的一个人,然后把他涂上香水,戴上毛冠,请他到旁的城邦去。至于我们的城邦里,我们只要一种诗人和故事作者,没有他那副悦人的本领而态度却比他严肃;他们的作品须对于我们有益;须只摹仿好人的言语,并且遵守我们原来替保卫者们设计教育时所定的那些规范。"①

柏拉图告诫说:"你心里要有把握,除掉颂神的和赞美好人的诗歌以外,不准一切诗歌闯入国境。如果你让步,准许甘言蜜语的抒情诗或史诗进来,你的国家的皇帝就是快感和痛感,而不是法律和古今公认的最好的道理了。"②到《法律篇》里,他又对艺术下了第三道命令,口气稍微缓和了一些,但态度是一致的,即反对"自由化"。

对于当时的四种流行音乐,柏拉图也进行了审查。他认为音调哀婉的吕底亚式和音调柔缓文弱的伊俄尼亚式,是靡靡之音,都是要取缔的。而音调简单严肃的多里斯式和激昂的战斗味强的佛津癸亚式,则是他所提倡的。

"我们准许保留的乐调要是这样:它能很妥贴地摹仿一个勇敢人的声调,这人在战场和在一切危难境遇都英勇坚定,假如他失败了,碰见身边有死伤的人,或是遭遇到其它灾祸,都抱定百折不挠的精神继续奋斗下去。此外我们还要保留另一种乐调,它须能摹仿一个人处在和平时期,作和平时期的自由事业,……谨慎从事,成功不矜,失败也还是处之泰然。这两种乐调,一种是勇猛的,一种是温和的;一种是逆境的声音,一种是顺境的声音;一种表现勇敢,一种表现聪慧。我们都要保留下来。"③

柏拉图从他的国家利益观出发,对希腊文艺逐一仔细地加以检查,要求文艺一定要服从于政治,否则无论其艺术性多高,哪怕是他自幼崇敬的荷马,也要予以清洗。目的是让文艺

---

① 柏拉图:《理想国》卷三,见《柏拉图文艺对话集》,朱光潜译,人民文学出版社1980年版,第56页。
② 柏拉图:《理想国》卷十,见《柏拉图文艺对话集》,朱光潜译,人民文学出版社1980年版,第87页。
③ 柏拉图:《柏拉图文艺对话集》,朱光潜译,人民文学出版社1980年版,第58页。

为理想国的政治服务。

"应该寻找一些有本领的艺术家,把自然的优美方面描绘出来,使我们的青年们像住在风和日暖的地带一样,四围一切都对健康有益,天天耳濡目染于优美的作品,像从一种清幽境界呼吸一阵清风,来呼吸它们的好影响,使他们不知不觉地从小培养起对于美的爱好,并且培养起融美于心灵的习惯。"①

柏拉图反对反抗,反对不循规蹈矩的人和事。例如阿喀琉斯是位英雄,他托着赫克托尔的尸体走正表示他对挚友的爱,他接收普里阿漠斯的礼物而交回赫克托尔的尸体,正表示了他对先王的仁慈,这是一种复杂心理。悲剧从正面写问题,有反抗性,如普罗米修斯反抗暴王宙斯,安提戈尼反抗独裁的克瑞翁,美狄亚替希腊妇女鸣冤。这些都是对政治、对社会的直接批判。喜剧则更不必说,阿里斯托芬不客气地把苏格拉底搬上舞台,新喜剧写世态炎凉,写富人愚蠢,军人吹牛,贵族贪财,奴隶聪明。所有这些,都不符合柏拉图理想国的文艺政策。所以他坚决反对。

五　柏拉图学说的影响

柏拉图的文艺思想包括以模仿说为基础的文艺本质论,以具有宗教神秘色彩的灵感说、回忆说为基础的文艺创作论以及以功利主义为特征的文艺功用论,以其完整性和丰富性,超越了他之前的古希腊思想家,并为西方文艺理论的发展奠定了基础,他的思想对后世产生了深远的影响。

古罗马时期,朗吉纳斯受柏拉图"迷狂说"的启示,在他的《论崇高》中强调情感和想象的重要性;普罗提诺则直接吸收了柏拉图的思想,改造了柏拉图的"理式论",提出了"分享"和"放射"说,在古代与中世纪之交,普罗提诺将柏拉图的思想与埃及的宗教哲学结合建立了具有浓厚神秘色彩的新柏拉图主义。而奥古斯丁、托马斯·阿奎那等则把新柏拉图主义附会到基督神学,使柏拉图思想在大半个中世纪占据了很重要的地位。

文艺复兴时期,在意大利、法、英等国,研究柏拉图之风盛行,意大利的人文主义者甚至在佛罗伦萨建立了柏拉图学园,培养了许多柏拉图的信徒,这些信徒深受柏拉图和新柏拉图派的影响,大多走不出"理式说"的樊笼。在启蒙主义运动和浪漫主义运动中,柏拉图的影子也随处可见。在启蒙运动中,德国的启蒙运动的先驱温克尔曼和夏夫兹博里都是新柏拉图主义者。在浪漫主义运动中,赫尔德、席勒、施莱格尔和雪莱等受柏拉图的影响也都很明显。19世纪以后,西方很多具有影响力的大家也都不同程度地受到柏拉图的影响。叔本华的唯意志主义,尼采的"酒神精神"说,柏格森的直觉说和艺术的催眠状态说,弗洛伊德的艺术起源于下意识说,克罗齐的直觉表现说,都或多或少与柏拉图的思想相联系。

20世纪40年代英国哲学家怀特海宣称:"如果为欧洲整个哲学的传统的特征作一个最稳妥的概括,那就是,它不过是柏拉图哲学的一系列注脚。"这话虽然有点夸大其辞,但

① 柏拉图:《柏拉图文艺对话集》,朱光潜译,人民文学出版社1980年版,第62页。

也足见柏拉图在整个西方文化中的奠基性作用,柏拉图是研究西方文学、西方文论不可逾越的重镇。

第三节
亚里士多德

一 生平及著作

亚里士多德(Aristotēle,公元前384—前322)生于希腊北部加尔希狄克半岛的斯达吉拉城。这是雅典城邦的一个殖民地和商业港口。他的父亲尼柯马库斯是马其顿王阿敏达斯的御医。亚里士多德因此而与马其顿王室发生了联系。他童年丧父,但还是受到了良好的教育。受父亲的影响,亚里士多德重视医学和生物,这对他科学研究方法的形成,起到了重要作用。17岁那年,监护人勃洛克舍斯送他到雅典,在柏拉图学园就学。他勤奋好学,刻苦用功。据说他每夜手握一只球,球下放一铜制容器,打盹时球便坠入容器发出叮当响声,以此策励自己。他师从柏拉图二十年,从学生时代起就对老师进行批判。柏拉图称亚里士多德为吃足母奶后用蹄子踢母亲的"小驹"。但尽管如此,亚里士多德始终对老师非常尊敬。公元前347年,亚里士多德的老师柏拉图去世,柏拉图的侄子斯波希普斯被推为学园的主持人。亚里士多德遂与同学希洛克拉底一起离开雅典,同往小亚细亚,投奔阿塔勒弩斯僭主赫尔米亚。赫尔米亚出身于自由民,曾居柏拉图门下两年。因同窗之谊,赫尔米亚把亚里士多德奉为上宾,尽心款待。亚里士多德在阿塔勒弩斯客居三年,先是与他同学赫尔米亚的侄女庇特亚斯结婚,生一女,后又与一个叫赫勒庇丽斯的女人同居,生一子。前343年,赫尔米亚被波斯派来的刺客刺死,亚里士多德为他的同学兼叔丈人写了一首悼亡诗,并移居密特林。到公元前342年,马其顿国王腓立浦请他前往贝拉去做儿子亚历山大的老师。亚历山大当时十三岁,天资聪慧,雄心勃勃,十分敬重这位素有盛名的老师。他曾对别人说:"生我身者是我的父母,给我智能者是我的老师亚里士多德。"把亚里士多德比作精神之父。公元前336年,腓立浦在女儿的婚宴上遇刺身亡,亚历山大继位准备远征波斯。亚里士多德再次来到柏拉图学派已雄霸学术界的雅典,在吕克昂另办学园。这里原是阿波罗神庙的健身房。亚里士多德习惯于在宽大的回廊下面边散步边讲学,被人们称为"逍遥学派"。他在雅典讲学、著述十三年,大部分著作都产生在这时。公元前323年,亚历山大染疟疾病死在巴比伦。作为附庸国的雅典掀起了反马其顿的风潮。亚里士多德作为统治者的老师,被人刻骨仇恨,雅典人以不敬神的罪名通缉他。亚里士多德被迫逃到优卑亚岛上的卡尔西斯城,准备风潮平息后重返雅典,但第二年就暴病而卒,享年62岁。

亚里士多德生活在公元前4世纪中叶,当时的雅典民主制度逐步瓦解,祸乱频起,希腊的艺术也日渐衰微,而思辨哲学却达到了高潮,哲学家们在认真地探讨自然科学和人文科学问题,也总结文艺的实践经验。亚里士多德的学术思想正是在此背景下形成的。

亚里士多德是希腊学术的集大成者。传说他的著作有 400 多卷。但大多已失传。现存有后人编的亚里士多德全集。国内有中国人民大学出版社出版的中文本《亚里士多德全集》十二卷,分伦理学、形而上学、物理学、逻辑学、美学五个部分,包含了人文科学与自然科学。专门研究文艺理论的有《诗学》和《修辞学》。其他如《伦理学》、《政治学》、《形而上学》等,也有涉及文艺问题的。《诗学》是演讲提纲("秘传本"),简略零碎,有一部分业已散逸,书中涉及文学艺术的一般问题,对悲剧和史诗论述较详,喜剧部分论述较简单,抒情诗则未涉及,疑已佚。《修辞学》则是已发表的作品,该书用心理学来研究修辞和雄辩,开了文艺心理学的先河。

二 科学方法论

1. 定义方法

亚里士多德是古希腊百科全书式的哲学家。他批判了前人的经验性的定义法,第一次在科学的意义上建立了西方范畴学上的定义方法。他从定义法基础上建立起来的逻辑学说开创了西方两千多年的理性精神。他为诗所下的定义,也正是建立在科学理性精神的基础上的,从而建立了较为系统的"诗学",作为哲学思想的一门。这正是诗学思想的出发点。根据这个出发点,他把诗学研究的对象,如悲剧、史诗等作为科学认识的对象。

亚里士多德的定义方法是从生物学中带来的分类方法和有机整体观念。所谓生物学分类方法,是把对象分为两个部分,一是"属",一是"种差"。"属是一些不同种的事物的本质范畴的称谓"。如动物这个属,包括人、牛、马许多不同的种,一属有多种。种与种之间的差别叫做种差。定义的方法是,先找出属,使被定义的内容与同一属下的其他事物区别开来。属表明的是事物的本质范畴,而种差表示的是事物的特殊性质。比如"人是有理性的动物"这个定义,人的属是动物,种差是有理性,猪、牛、羊没有理性。以此把人与其他东西、其他动物区别开来。根据这种方法,亚里士多德把科学分为三类,一是理论科学,包括数学、物理学和形而上学;二是实践科学,包括政治学和伦理学;三是技艺科学,包括诗学和修辞学,它以摹仿为特征,具有一定的创造性。以艺术为例,艺术的属是摹仿。这就不是从艺术的表现形式来区分的了。如果从表现形式来区分,那么,古希腊的自然哲学著作也是用韵文写成的,这些自然哲学习惯上也被称为诗人。但实际上,他们写出的只是一些符合规律、有韵的文章,故不能称为艺术。亚里士多德批判了毕达哥拉斯学派以数的同构结构界定艺术,也批判了柏拉图把现实世界看成理式世界的摹仿的广义摹仿说,把摹仿说从世界观的意义缩小为在艺术的范围之内,即摹仿是艺术的特殊属性,当然也是艺术的共同属性。

在此基础上,亚里士多德又以种差为原则划分各艺术门类。亚里士多德认为,各艺术门类的种差有三点:"即摹仿所用的媒介不同,所取的对象不同,所采用的方式不同。"[①]以此来决定史诗、悲剧、喜剧、酒神颂以及大部分双管箫乐和竖琴乐等不同种类的艺术。

---

① 《诗学·诗艺》,罗念生等译,人民文学出版社 1980 年版,第 3 页。

2. 四因说

亚里士多德把宇宙万物的成因归结为四种,即质料因、形式因、动力因(又叫创造因)和目的因(又叫最后因)。以房屋为例,制造房屋需要木、石、砖瓦、泥土等建筑材料,它们就是形成房屋的质料因。房屋的结构、式样乃至用途等,决定房屋的形式,是形成房屋的形式因。质料含有被制造的可能性,是被动的。而形式在房屋的建造过程中则是能动的。因此,形式因高于质料因,成为制造一切的力量或"第一推动者",也就是有动力因和目的因的作用。动力因则须先假定神或创造主的存在,形式因意味着神赋予事物以形式。房屋的完成,符合房子形式的目的因。

用四因说解释文学艺术,则为:既然艺术家摹仿自然和人生,那么,自然和人生便是质料因,作品的形式则是形式因,艺术家则是创造因,是摹仿自然或神进行创造活动,像自然或神那样,赋予质料以形式,来完成艺术作品的形式。亚里士多德强调创造因是艺术的根本成因。他在《伦理学》中说:"艺术就是创造能力的一种状况,……一切艺术的任务都在生产","这东西的来源在于创造者而不在所创造的对象本身。……创造和行动是两回事,艺术必然是创造而不是行动。"[①]

3. 逻辑方法

亚里士多德作为西方逻辑学的奠基人,对诗学采取了逻辑的方法进行客观的科学分析,通过归纳、概括、分类、推理等方法得出严密的结论,与传统的直观感悟方式截然不同。例如对于诗与非诗的区别,对于不同的艺术门类,对于喜剧与悲剧、史诗等的相同点与不同点,乃至艺术活动与道德活动的区别与联系,艺术活动与自然活动的区别与联系等,亚里士多德都作过缜密的逻辑分析。对于情节结构的整体性、长度、简单情节与复杂情节的区别,从量的角度研究的悲剧的结构,乃至思想的表达与言语的表达形式等,从证明规则到意义研究,都体现了他的逻辑推理方法。他根据摹仿的手段、对象、方式来区别各种艺术,用的是科学的分析方法,他分析悲剧的六大成分,分析悲剧情节的内在规律,乃是通过分析具体的悲剧作品归纳得来的。他强调情节的有机统一性,就是拿生物的有机体来作比较的。

另外,亚里士多德借鉴了自然科学的方法,如他认为诗起源于人的天性、人的摹仿欲、音律感和节奏感,乃是从自然科学的观点来看问题。他提出的悲剧效果的净化作用,则是从病理心理学的原则来说明悲剧对人的身心的调节作用,从道德主义原则来说明道德教育的作用。

亚里士多德由逻辑方法开创的科学理性精神,对西方两千年的文学理论产生了重要影响。

三　摹仿论

亚里士多德继承了传统的摹仿学说。他在《气象学》里曾说:"艺术摹仿自然。"比较起来,亚里士多德对人的摹仿能力更强调人的天性和理性。柏拉图曾否认赫拉克利特、留基波

---

① 转引自朱光潜:《西方美学史》上卷,人民文学出版社 1980 年版,第 70 页。

和德谟克利特等人从经验形态上把摹仿看作人的天性的做法,把摹仿看成是人在迷狂状态中对先验的理式的一种回忆,而人的摹仿能力是由后天习惯成自然而形成的人的第二天性。柏拉图说:"摹仿这玩艺如果从小就开始,一直继续下去,就会变成习惯,成为人的第二天性,影响到身体、声音和心理方面。"①亚里士多德则不同意柏拉图的说法,认为人的天性就有摹仿的本能。"一般说来,诗的起源仿佛有两个原因,都是出于人的天性。人从孩提的时候起就有摹仿的本能(人和禽兽的分别之一,就在于人最善于摹仿,他们最初的知识就是从摹仿得来的),人对于摹仿的作品总是得到快感。"②他认为各种体裁的艺术都是摹仿的产物。亚里士多德在《形而上学》第一卷第一章中就认为"艺术家较之经验家更聪明,前者知原因,后者则不知。凭经验的,知万物之所然而不知其所以然。"③在这里,亚里士多德强调了艺术家摹仿中的理性,与柏拉图在迷狂中的摹仿截然相反。亚里士多德在《诗学》第九章中还说:"诗人的职责不在于描述已发生的事,而在于描述可能发生的事,即按照可然律或必然律来说可能发生的事。"④这是拿诗与历史作比较。摹仿能体现可然律和必然律,显然不是处于迷狂状态,而是包含着理性的。亚里士多德还说:"诗的艺术与其说是疯狂人的事业,毋宁说是有天才的人的事业;因为前者不正常,后者很灵敏。"⑤这就将艺术天才与非理性的迷狂严格地区分了开来。在《尼各马可伦理学》中,亚里士多德更是明确地指出:"艺术是一种与真正理性结合而运用的创造力特征。"这种按可然律和必然律来说可能发生的事,就不仅是对对象的消极摹仿,同时表现了艺术家的理想。在《诗学》第二十五章中,亚里士多德还说:"诗人既然和画家与其它造型艺术家一样,是一个摹仿者,那么他必须摹仿下列三种对象之一,过去有的或现在有的事,传说中的或人们相信的事,应当有的事。这些事通过文学来表现,文学还包括借用字和隐喻字;此外还有许多起了变化的字,可供诗人使用。"⑥这种描述反映了亚里士多德对当时希腊文艺现象的概括和总结。第一种是如实地对对象作出描写,缺点是缺乏足够的创造性,偏重于再现。第二种是按神话、传说进行描述,神话在现实中未必存在或根本不存在,但人们却能信以为真,偏重于表现。第三种是按情理判断"应当有的事",既有现实的基础,又体现了一定的理想,体现了再现与表现的统一。亚里士多德更推崇第三种。而且在运用文字表现的过程中,他还使用借用字和隐喻字,这就使得艺术传达也使对象更趋于理想化。

除了摹仿的天性外,亚里士多德还认为"音调感和节奏感(至于'韵文'则显然是节奏的段落)也是出于我们的天性。"⑦诗人就是"最富于这种资质的人"。广义地说来,这种音调感和节奏感是对诗人自己身心节律的一种摹仿,也契合于广大读者的身心节奏。这就超出了

① 柏拉图:《理想国》卷三,见《柏拉图文艺对话集》,朱光潜译,人民文学出版社 1980 年版,第 52 页。
② 《诗学·诗艺》,罗念生等译,人民文学出版社 1980 年版,第 11 页。
③ 古时候艺术家是广义的,包括今天的狭义艺术家和技术家,吴寿彭中译本《形而上学》译为"技术家",见《形而上学》,商务印书馆 1991 年版,第 2 页。
④ 《诗学·诗艺》,罗念生等译,人民文学出版社 1980 年版,第 28 页。
⑤ 《诗学·诗艺》,罗念生等译,人民文学出版社 1980 年版,第 56 页。
⑥ 《诗学·诗艺》,罗念生等译,人民文学出版社 1980 年版,第 92 页。
⑦ 《诗学·诗艺》,罗念生等译,人民文学出版社 1980 年版,第 12 页。

亚里士多德之前的人们强调对自然、对对象的摹仿,而对主体身心节奏的摹仿却一直未予重视的做法。亚里士多德第一次提出了这种思想的萌芽,对后世学者和文学实践产生了重要影响。与柏拉图不同的是,亚里士多德还强调艺术要表现人生。亚里士多德认为艺术摹仿的是事件、性格和思想,是"各种'性格'、感受和行动"①,是"在行动中的人"。②

四　艺术的基本特征

亚里士多德在认定摹仿是艺术的本质的基础上,又进一步论证了艺术的基本特征。

首先,是从艺术与道德的区别中谈艺术的特征。柏拉图曾从道德的角度对艺术进行责难,以道德家的标准要求艺术家,把艺术看成是道德的附庸。而亚里士多德一方面肯定艺术与道德的相通之处,认为艺术自身也是有益于道德的,而且在具体阐述中也兼顾到道德的标准。如亚里士多德认为:"喜剧总是摹仿比我们今天的人坏的人,悲剧总是摹仿比我们今天的人好的人。"③但亚里士多德又认为艺术与道德又有着根本的区别,认为艺术的价值仍在于作品的美。艺术作品自身只要具备了审美特征,就达到了目的。而道德则不同,达到道德不仅要求事情本身有节制,而且要求实施者自身奉行正义和节制的品质。

其次,亚里士多德认为诗比历史更具有普遍意义。他认为艺术摹仿的不只是柏拉图所说的幻象,不只是现实的外形,而是现实的本质和内在规律,因而比历史所反映的世界更本质,更具有普遍性和必然性。"诗人的职责不在于描述已发生的事,而在于描述可能发生的事,即按照可然律或必然律来说可能发生的事。"④他认为历史只是描述偶然发生的事,不可能揭示出社会和事物发展的规律(这是亚里士多德根据当时纪事编年体的历史而得出的结论)。历史著作用散文文体,诗则用韵文。但诗和历史的区别不在于散文文体抑或韵文文体,而在于历史描述已发生的事,诗描写可能发生的事。亚里士多德认为:"写诗这种活动比写历史更富于哲学意味,更被严肃地对待。"⑤

此外亚里士多德还指出诗与医学或自然哲学著作的差别:"即便是医学或自然哲学的论著,如果用'韵文'写成,习惯也称这种论著的作者为'诗人',但是荷马与恩拍多克利除所用格律之外,并无共同之处,称前者为'诗人'是合适的,至于后者,与其称为'诗人',毋宁称为'自然哲学家'。"⑥说明亚里士多德已经明显看到诗作为艺术与哲学和自然科学的区别。但《诗学》中并没有展开这种论述。诗是通过具体特殊的内容表现普遍性,始终不脱离具体感性现象。科学则是要透过现象看本质。现象只是看待本质的工具。

第三,亚里士多德还认为艺术作为生产,与技艺有着共同之处,又有着不同之处。艺术体现了独创性,而技艺是可以因袭、雷同的。"艺术之情形异乎斯,盖人能为合法文学,或出

---

① 《诗学·诗艺》,罗念生等译,人民文学出版社 1980 年版,第 4 页。
② 《诗学·诗艺》,罗念生等译,人民文学出版社 1980 年版,第 7 页。
③ 《诗学·诗艺》,罗念生等译,人民文学出版社 1980 年版,第 8—9 页。
④ 《诗学·诗艺》,罗念生等译,人民文学出版社 1980 年版,第 28 页。
⑤ 《诗学·诗艺》,罗念生等译,人民文学出版社 1980 年版,第 29 页。
⑥ 《诗学·诗艺》,罗念生等译,人民文学出版社 1980 年版,第 5—6 页。

于偶然,或出于他人之指示,此不得谓之言语学家也;必其为文能尽出于文法之程序者,斯得名之,非可以偶合而袭取也。"①亚里士多德认为艺术既摹仿现实又体现理想。同时艺术和技艺虽然都作用于偶然的个别的事物,但艺术却不停止在偶然和个别的事物上。从对象的目的上看,艺术的目的是为了娱乐,技艺则是为了实用。而艺术是在技艺的基础上发展起来的。不同艺术的差异的重要因素,就在于作为技艺的摹仿的媒介不同。

五   悲剧的定义

亚里士多德给悲剧下的定义是:"悲剧是对于一个严肃、完整、有一定长度的行动的摹仿;它的媒介是语言,具有各种悦耳之音,分别在剧的各部分使用;摹仿方式是借人物的动作来表达,而不是采用叙述法;借引起怜悯或恐惧来使这种情感得到陶冶(又译净化)。"②这是西方第一个完整的悲剧定义。这个定义首先肯定了悲剧的属性是"摹仿"。摹仿是艺术的属性。戏剧不同于一般艺术的摹仿对象。它摹仿的是"完整、有一定长度的行动",这反映了戏剧与非戏剧的种差。行动是其核心。而"严肃"则是悲剧和喜剧的种差。喜剧恰恰相反,摹仿的对象是不严肃的。而以语言为媒介,采用各种悦耳之音,则是它的材料因,借用人物动作表达,则是它的形式因。通过悲剧家的创造活动,悲剧的最后目的则是"借引起怜悯与恐惧来使这种情感得到净化"。这个定义本身典型地体现了亚里士多德的定义法和四因说。亚里士多德对于这个定义在《诗学》的其他部分还作了具体的补充说明。在谈到悲剧和喜剧的起源及各自的变迁时,亚里士多德认为它们与史诗和讽刺诗有一定的继承关系,而且悲剧和喜剧高于史诗和讽刺诗。"自从喜剧和悲剧偶尔露头角,那些从事于这种诗或那种诗的写作的人们,由于诗固有的性质不同,有的由讽刺诗人变成喜剧诗人,有的由史诗诗人变成悲剧诗人,因为这两种体裁比其他两种更高,故也更受重视。"③他还把悲剧看成高于喜剧,而且悲剧诗人比喜剧诗人更高尚:"诗由于固有的性质不同而分为两种:比较严肃的人摹仿高尚的行动,即高尚的人的行动,比较轻浮的人则摹仿下劣的人的行动,它们最初写的是讽刺诗,正如前一种人最初写的是诵神诗和赞美诗。"④关于完整性,他说:"所谓'完整',指事之有头、有身,有尾。所谓'头',指事之不必然上承他事,但自然引起他事发生者;所谓'尾',恰与此相反,指事之按照必然律或常规自然的上承某事者,但无他事继其后;所谓'身',指事之承前启后者。"⑤亚里士多德对情节的结构还作了更为具体的安排。

六   悲剧的因素:情节中心说

亚里士多德认为,悲剧主要由情节、性格、思想、言词、形象、歌曲这六个方面的内容组成。其中,情节、内容、思想是悲剧的主体性内容,是决定性的条件和基本要素。这是因为悲

① 《亚里士多德的伦理学》,向达译,上海商务印书馆 1933 年版,第 28 页。
② 《诗学·诗艺》,罗念生等译,人民文学出版社 1980 年版,第 19 页。
③ 《诗学·诗艺》,罗念生等译,人民文学出版社 1980 年版,第 13 页。
④ 《诗学·诗艺》,罗念生等译,人民文学出版社 1980 年版,第 12 页。
⑤ 《诗学·诗艺》,罗念生等译,人民文学出版社 1980 年版,第 25 页。

剧所摹仿的是对象的行动，"而行动是由某些人物来表达的，这些人物必然在'性格'和'思想'两方面都具有某些特点，（这决定他们的行动的性质（'性格'和'思想'是行动的造因），所有的人物的成败取决于他们的行动）；情节是行动的摹仿（所谓'情节'，是指事件的安排），'性格'是人物的品质的决定因素，'思想'是证明论点或讲述真理的话。"①在这三个要素中，亚里士多德首先强调的是情节，他主张"情节中心说"。

在文艺复兴之后，随着人文主义思潮的兴起，人们往往注重人物性格的表现，体现了"性格中心说"。如莱辛说："一切与性格无关的东西，作家都可以弃之不顾。对于作家来说，只有性格是神圣的，加强性格，鲜明地表现性格，是作家在表现人物特征的过程中最当着力用笔之处。"②黑格尔也说："性格就是理想艺术表现的中心。"③这是由当时的历史背景和艺术发展的历程决定的。随着人文思潮的兴起，人们开始重视对"人"这一问题的研究，越来越重视人物性格的刻画了。因为当时的现实社会生活日趋复杂，人们的生存斗争形式也日益尖锐化和多样化，导致了人的性格和心态的复杂化。这当然也会反映到艺术作品中来。

亚里士多德不以性格为中心，而以情节为中心，也是当时的社会历史背景决定的。亚里士多德所处的时代，人类的艺术还处于早年，当时的悲剧多取材于古代的神话和史诗。剧中的人物大都是神话、史诗中的现成名人，在广大观众和读者心目中有相对固定的印象，创造性余地很小，而情节描述则可以投入精力。在亚里士多德看来，悲剧人物不是为了表现"性格"而行动，而是在行动中附带地表现性格。剧中人物的品质是由性格决定的，而性格是在行动中去表现的。幸福与不幸都是出于行动构成的情节决定的。这是因为悲剧为了摹仿行动，才去摹仿在行动中的人。

亚里士多德认为情节有三大成分，即突转、发现和苦难。这三种成分是悲剧情节简单或复杂的基本条件。而情节对于悲剧来说又是非常重要的。一部悲剧如果性格、思想、言辞和形象等方面运用得比较好，情节安排得不好，还不能算是成功的悲剧。相反如果性格、思想、言辞和形象等方面运用得不够成熟，而情节安排得比较好，仍不失为一部比较好的悲剧。亚里士多德主张，好的悲剧必须是情节复杂的，而不是那种简单的情节与行动。最糟糕的就是那种"穿插式的情节"。这种情节"各穿插的承接见不出可然的或必然的联系"④。优秀的悲剧是复杂的，其情节通过"突转"和"发现"而达到结局的行动。"突转"是指剧情突然向相反的方向转变，"发现"是主人公由不知到知的醒悟或顿悟。而结局是指人物由逆境转入顺境或由顺境转入逆境。亚里士多德的这种悲剧情节观，主要是以《俄狄浦斯王》为模板作出的概括。从武拜国突遇瘟疫，俄狄浦斯王追查杀害前王的凶手写起，由突转到发现到苦难。亚里士多德之所以强调"突转"应该写主人公由顺境转入逆境，是因为在关键性的行为面前，主人公宁死不屈，或者不惜牺牲自己以往的幸福而接受厄运的挑战。这样就更能显示出主人

① 《诗学·诗艺》，罗念生等译，人民文学出版社 1980 年版，第 20 页。
② 《汉堡剧评》，张黎译，上海译文出版社 1981 年版，第 125 页。
③ 《美学》第 1 卷，朱光潜译，商务印书馆 1979 年版，第 300 页。
④ 《诗学·诗艺》，罗念生等译，人民文学出版社 1980 年版，第 31 页。

公的高尚品格。如普罗米修斯为了人类的幸福而偷盗天火,自己甘愿受尽折磨,始终坚贞不屈;俄狄浦斯知道自己就是杀父娶母的凶犯后,悲愤欲狂,自残双目,甘愿放逐流浪,为自己赎罪。

但是,仅仅有这种情节结构,还远远不够。《俄狄浦斯王》固然是古希腊最优秀的悲剧之一,但如果所有的悲剧作品都是一种情节结构,就会显得单调。这一点是亚里士多德的不足。

亚里士多德还提出情节的完整性的思想。他说:"按照我们的定义,悲剧是对一个完整而具有一定长度的行动的摹仿(一件事物可能完整而缺乏长度)。所谓'完整',指事之有头、有身、有尾。所谓'头',指事之不必然承他事,但自然引起他事发生者;所谓'尾',恰与此相反,指事之按照必然律或常规自然的上承了某事者,但无他事继其后;所谓'身',指事之承前启后者。"[①]"情节既然是行动的摹仿,它所摹仿的就只限于一个完整的行动,里面的事件要有紧密的组织,任何部分一经挪动或删削,就会使整体松动脱节。要是某一部分可有可无,并不引起显著的差异,那就不是整体中的有机部分。"[②]他还根据当时的比赛和演出规定的时间要求,人物"悲剧力图以太阳的一周为限"[③]。因为雅典当时悲剧一般在一二月之间或三四月之间上演,限于白天从黎明到落日为太阳一周,每个悲剧诗人上演三出悲剧和一个调节气氛的萨提洛斯剧(笑剧)。后来法国古典主义者根据对亚里士多德悲剧观的曲解,产生了事件的时间不超过十二小时的"三一律"中的"时间整一律",并且把它作为普遍的、永恒的创作准则,可以说是一种教条化的、僵死的要求。

"性格"要素在亚里士多德的悲剧观中,位列六大要素的第二位。亚里士多德说:"行动是由某些人物来表达的,这些人物必然在'性格'和'思想'两方面都具有某些特点,情节是行动的摹仿,'性格'则是人物品质的决定性因素。"[④]性格是仅次于情节的重要因素。因为情节所表现的行动决定了人物的性格。在现实中,行为是由性格决定的,作品中,性格则是通过行动来表现的。他认为作为复杂的悲剧,所表现的主人公的性格必须善良,必须符合人物既定的身份特点,认为性格必须符合可然律和必然律的要求,而且要保持前后的一致性。

七 悲剧的缘由: 过失说

亚里士多德在《诗学》里提出,悲剧在情节安排上要避免三种结局,主人公应该是因过失而遭大难:"第一,不应写好人由顺境转入逆境,因为这只能使人厌恶,不能引起恐惧或怜悯之情;第二,不应写坏人由逆境转入顺境,因为这最违背悲剧的精神——不合悲剧的要求,既不能打动慈善之心,更不能引起怜悯或恐惧之情;第三,不应写极恶的人由顺境转入逆境,因为这种布局虽然能打动慈善之心,但不能引起怜悯或恐惧之情。""此外还有一种介于这两种人之间的人,这样的人不十分善良,也不十分公正,而他之所以陷于厄运,不是由于他为非作

① 《诗学·诗艺》,罗念生等译,人民文学出版社 1980 年版,第 25 页。
② 《诗学·诗艺》,罗念生等译,人民文学出版社 1980 年版,第 28 页。
③ 《诗学·诗艺》,罗念生等译,人民文学出版社 1980 年版,第 17 页。
④ 《诗学·诗艺》,罗念生等译,人民文学出版社 1980 年版,第 20 页。

恶,而是由于他犯了错误,这种人名声显赫,生活幸福,例如俄狄浦斯、堤厄斯忒斯以及出身于他们这样的家族的著名人物。"①悲剧情节一般是好人由福到祸,结尾一般是悲伤的或悲壮的。他反对用机械降神的办法来解决问题,从来不提命运。一方面,他要求祸不完全是自取。自作自受是不能令人同情的。"不应遭殃而遭殃,才能引起哀怜。"另一方面,他又要求祸有几分自取。他说悲剧主角的遭殃并不是由于罪恶,而是由于某种过失或弱点,所以"在道德品质上并不是好到了极点",也就是说他是和我们自己类似的,才能引起我们怕因小错而得大祸的恐惧。这两个方面是辩证的。亚里士多德的这种观点,比起后来的类型化的人物来,其人物性格要更为复杂。亚里士多德认为,悲剧人物要比现实中的人更好,但又不是纯粹的好,纯粹的好人和纯粹的坏人都不能构成悲剧,因为前者不应受惩罚,后者罪有应得。而悲剧中的人物,就应该有自己的个性,而不是十全十美的。而且一个人的缺点,有的是道德上的,有的是能力上的。道德高尚的人因为幼稚而受难,但幼稚不是道德上的罪恶。俄狄浦斯王弑父娶母,在于强调命运的可怕。他本人却没有道德上的过错,无意中犯了不可饶恕的错误而自我惩罚,正表明俄狄浦斯王的道德高尚,勇于正视自己的错误,不回避矛盾。基于这种观点,亚里士多德批判了美狄亚为了报复丈夫竟然杀死了自己的两个儿子的做法,是道德上的明知故犯。这些论述也批驳了柏拉图关于创作是处于迷狂状态的说法。这种悲剧观实际上体现了道德原则、逻辑原则和审美原则三个方面的辩证统一。

八　悲剧的效果: 净化说

柏拉图曾经攻击史诗和悲剧等挑拨人的情欲,会把人教坏。而亚里士多德则认为悲剧有净化人的心灵的作用,这与他的老师的价值观念迥然有别。

"净化"一词,本是医学术语,指放血或用泻药治病。例如身体里有几种体液,如果郁积过多,就会产生病害,但可以用医药的办法来驱除过量的体液。在《法律篇》卷七中,柏拉图曾提到过古希腊人用宗教的音乐来医疗精神上的狂热症,并且拿这种治疗比喻保姆把婴儿抱在怀里摇荡使他入睡的办法:"酒神祭者和孩子的激情是一种恐惧的情绪,它出自灵魂的恶习。如果有人以外在的激动来影响这种激情,外来的动力制胜了内心的可怕和强烈的情绪,就产生心灵的和平与安静,平静了心脏的猛跳。这正是所想望的事情,使得孩子安睡,使得祭者虽然不睡,也可以跟着笛声跳舞……可是产生健康的心境,代替了他们的疯狂。"这里虽然没有用"净化"这个词,但在意思上基本吻合。"净化"一词还曾经经宗教仪式使用过,他的意思是"涤罪"。亚里士多德的"净化"一词中,也包含了道德教化的意思。后来的高乃依、莱辛、席勒等人都认为悲剧具有道德作用,能涤除我们感情中不洁的成分,帮助我们形成合乎美德要求的思想意识。这实际上是一种调节。

在亚里士多德的悲剧理论中,则用"净化"一词说明通过产生怜悯和恐惧的情绪而最终使人的心境恢复平静。通过情绪的放纵和宣泄(缓和)最终到达宁静,这实际上起到了一种

---

① 《诗学·诗艺》,罗念生等译,人民文学出版社 1980 年版,第 37—39 页。

疏导作用。比如有人心情很压抑，得不到疏通，情绪很低沉，这时就需要强刺激，需要参加狂欢节，狂歌劲舞，以求得疏通，使整个身心获得平衡，最终获得平静。正如人们感冒出了一身汗就可以恢复健康一样，柏拉图认为史诗和悲剧的罪状是满足了人们的自然倾向，拿别人的灾祸来滋养自己的感伤癖和哀怜癖。而亚里士多德则肯定了人的自然倾向，认为悲剧是"借引起怜悯与恐惧来使这种情感得到净化。"把怜悯和恐惧看成是实现"净化"的手段和途径。

意大利文艺复兴时期的文学批评家卡斯特尔维屈罗曾经在《亚里士多德〈诗学〉诠释》中这样阐释"净化"："产生这种快感的场合是：当看到别人不公正地陷入逆境因而感到不快的时候，我们同时也认识到自己是善良的，因为我们厌恶不公正的事。我们天生都爱自己，这种认识自然引起很大的快感。与此同时，我们还可以得到另一种相当强烈的快感，这就是看到别人遭受不合理的苦难，认识到这种苦难可能降到我们或者我们一样的人的头上，我们默默然，不知不觉就明白了世途艰难和人事无常的道理。"[1]相比之下，卡斯特尔维屈罗所认识的"净化"，是在继承亚里士多德的基础上，比亚里士多德更进了一步，强调净化还可以起到使人潜移默化地认识人生的作用。

这种"净化"其实不限于悲剧。悲剧的特殊之处在于引起怜悯和恐惧。亚里士多德在《政治学》卷八《论音乐教育》中曾谈到音乐的净化作用，"某些人特别容易受某种情绪的影响，他们也可以在不同程度上受到音乐的激动，受到净化，因而心里感到一种轻松舒畅的快感。因此，具有净化作用的歌曲可以产生一种无害的快感。"[2]亚里士多德的"净化"说，主要强调艺术通过使人们情感的激动，使人的身心得到荡涤。道德的作用只是心灵净化的一个部分。

九　亚里士多德的影响

和柏拉图一样，亚里士多德也是西方文化、哲学美学思想的主要奠基人。他是古希腊科学的集大成者，继承了泰勒斯以来的哲学成就，特别是柏拉图的思想成果。然而他的继承是以批判为基础，以创新为目标。在方法论上，和他的老师柏拉图相比，他在批判柏拉图"理式"说的基础上，创立自己的"四因"说、"实体"论，并以此为基石提出了和柏拉图有根本分歧的"摹仿说"。他抛弃了柏拉图的直观的甚至神秘的哲学思辨，对客观世界进行冷静的科学分析。他重逻辑推理，是逻辑学的创始人，他还将自然科学方法和社会科学方法结合，多视角地研究文学。以《诗学》为例，他用生物学的有机整体概念来论述戏剧情节，用心理学的感情净化概念来解释悲剧功用，用人类学的模仿本能来推断文艺的起源，用历史学的演进变化概念来阐明戏剧的发展等，这两种方法的结合，使他的文艺见解更富科学性。

他对悲剧作的一系列不同于前人的精辟的分析，更是对后世产生了深远影响。他是第一个用科学的观点和方法来考察希腊光辉的悲剧艺术的人，并且阐明了许多与之有关的美

① 《古典文艺理论译丛》第 6 辑，人民文学出版社 1963 年版，第 23 页。
② 《政治学》第八卷，朱光潜译，见伍蠡甫主编《西方文论选》上卷，上海译文出版社 1979 年版，第 96 页。

学概念,提出了许多后世争论不休的悲剧美学问题。悲剧,从亚里士多德开始,作为诗学的一个分支而备受文艺理论家们的关注。

总之,亚里士多德是个"百科全书式"的人物,他在很多方面有着开创之功。他的"摹仿"说构成西方崇尚认知、崇尚客观的理论源头。他有关个别与一般的论述,为后来"典型"的提出,提供了理论依据。他的整体观念,对心理因素的重视,对悲剧、喜剧的阐释,以及对修辞学的研究尤其是有关隐喻的研究,都成为西方文艺学的重要理论根据和渊源。

第二章

古罗马

第一节
概述

一　社会背景

古罗马政体的变迁主要经历了三个阶段：一是马其顿王朝的王政时期（公元前 753 年—前 510 年），二是共和时期（公元前 510 年—前 27 年），马其顿王朝的腓立浦和他的儿子亚历山大就处在这个时期。三是帝政时期（公元前 27 年—公元 467 年），虽然君士坦丁堡成为罗马首都，才是罗马帝国建立的象征，但整个这一时期，实际上已经在逐步地奠定帝国建立的基础了。我们现在通常所说的古罗马时期，主要是从亚历山大征服欧亚奠定霸业开始的，这时的罗马，正处在大一统之中。我们从文化角度上所讲的古罗马文学和文论，主要是指共和时期和帝政时期。

罗马原是意大利半岛上台伯河畔的一个小小村落，后来与其它村落联合发展成一个城邦。公元前 6 世纪以后，经过与雅典类似的一些政治改革，罗马日渐兴旺壮大起来。亚历山大死后，罗马在混战中得势。公元前 290 年，罗马统一了整个意大利中部；公元前 275 年，罗马在迦太基的支持下，打败了希腊的伊庇鲁斯，逐一消灭了在南意大利的希腊人城邦，占领了意大利全境。迦太基是非洲北部的奴隶制国家，位于今天的突尼斯东北部，首都为迦太基城，部队由雇佣军组成。意大利全境统一后，罗马与迦太基争夺地中海霸权，发生了战争。罗马人称迦太基当时的统治者腓尼基人为"布匿克斯"（拉丁文 Punicus），意为背信弃义的、无耻的小人，随之罗马人就称二者之间的战争为"布匿战争"。公元前 264 年到前 146 年，经过三次布匿战争，罗马人打败了强敌迦太基，随之乘胜东进，征服了马其顿、希腊和小亚细亚，取得了对地中海及其沿岸广大地域的统治权。与此同时，罗马内部经过革拉古兄弟（提比略·革拉古：公元前 162 年—前 133 年；盖约·革拉古：公元前 153 年—前 121 年）的改革，已为帝国的建立扫清了道路。苏拉、凯撒等独裁者在战争和改革声中相继爬上了政治权力的顶峰，然而为时不久又都跌落了下来。直到罗马帝国的第一个皇帝、凯撒大帝的甥孙及养子屋大维大元帅（即元老院授予"奥古斯都"和"祖国之父"尊号的大帝）时期，罗马才达到了内部与外部的统一，走上了稳定发展的道路。到公元 3 世纪，罗马帝国面临危机，奴隶制影响着帝国的进一步发展，后来戴克里先在君士坦丁即位时虽一度稳定，但好景不长。395 年，罗马帝国分裂为东西两部，东罗马定都君士坦丁堡，西罗马则仍以罗马为都。476 年，西罗马帝国灭亡，标志着西方上古奴隶制时代结束。

二　文化背景

罗马的文化是在继承希腊文化的基础上发展起来的。雅典文化中心在长年的兵荒马乱中日渐衰微，而此时的亚历山大对世界的征服则把雅典文化传播到他所征服的各城邦，后来的四分五裂并没有影响希腊文化的传播。这种情形一直持续到公元前 30 年，罗马统帅屋大维攻占亚历山大城、把沿革较久和较强大的古埃及征服为止,即从亚历山大十年征战到屋大维征服埃及,历史上称为"希腊化时期"。希腊化不仅在于希腊文化对其他城邦、其他民族的影响,例如叙利亚、巴比伦仿照希腊政体,成立了元老院,建立了人民议事堂,希腊的语言和文学在埃及和波斯广泛地流行,还在于希腊本身也吸取了外来文化。这时,柏拉图、亚里士多德博大精深的体系被冷落,东方的自然科学连同占星术、巫术等一起涌进希腊人的精神领地。这种文化的交流和融合同中国的魏晋时代相类似,主要是政治上的混乱,使得专制政权不能控制局面,学术上非常自由,商业上也很自由。

公元前323年,亚历山大死后,他的两个遗孤,一个尚在襁褓之中,一个尚未出世,不久便被拥戴者抛弃了。庞大的帝国被分为三个部分:一是位于欧洲的希腊—马其顿王国;二是位于非洲的埃及—托勒密王国;三是位于亚洲的叙利亚—塞琉息王国。这正是混战的开始。混战以后文化上的变化主要是:(1)希腊的雅典等古老城市开始衰落,亚历山大里亚、柏加曼、罗德斯等新型都会兴起。这些都会地处欧、亚、非交通要道,有着优良的港湾,商业发达。而且因统治者的大力经营,兴建了规模宏大的城堡、竞技场、图书馆、露天剧场、议事堂等。(2)无所不包的哲学体系解体,不同门类的专业学科兴起。如阿基米德、亚里士达克、欧几里德等,都是近代意义上的专业学者。(3)希腊传统宗教和道德观念的衰微,对个人的追求及对不幸的恐惧是最主要的论题。犹太人、波斯人、印度人的宗教,巴比伦或迦勒底人的占星术、巫术等已经混入罗马人的文化领域。

在哲学上,这时主要有三大流派:一是伊壁鸠鲁派。伊壁鸠鲁是德谟克利特的再传弟子,脑昔芬尼的学生,强调身心快乐是幸福生活的开端与归宿,快乐是道德的基础,欲望应该受到节制;主张物质第一,感觉是推理的基础,要求避世、恬静;很少谈神,从来不谈来世。二是怀疑派。该派由皮浪创始,宣扬不可知论,认为对事物最好不下判断,不置可否,这样才可以保持心境的平静与安宁,寂然不动。三是斯多噶派。该派的创始人是芝诺,早期受赫拉克利特影响,有唯物、辩证倾向,主张世界源于水,复归于火,火是上帝,是灵魂,是支配世界的法则。但他们视德性为人类的基本出发点和归宿,而德性是人的自然本性,是快乐的基础,美德之外别无真正的快乐。

在科学上,杰出的数学家欧几里德的《几何原本》从公理和公设出发,用演绎法叙述平面几何学,使大部分数学知识系统化。天文学方面,希帕恰斯发明了天文仪器,编制了最早的星座图表。托勒密的天文学著作和"地心说"体系,在当时也有重要影响。另外,在医学上,通过解剖学对人体有了较为全面的研究。阿基米德则是流体静力学的创立者。

古罗马的文学与文论正是在这种背景下发展起来的。

三　文学概貌

罗马文学是在继承了希腊文学的基础上发展起来的。罗马的第一位诗人安德罗尼库斯是罗马人俘虏来的希腊奴隶。他第一个将荷马史诗《奥德赛》译成拉丁文,并改编了希腊的悲剧和喜剧。传世的优秀罗马戏剧主要是喜剧。优秀作家有普劳图斯(约公元前254—前

187)，代表作有《一坛金子》和《孪生兄弟》等，对后世影响很大。其中莫里哀的《悭吝人》即受《一坛金子》的影响，而莎士比亚的《错误的喜剧》则受《孪生兄弟》的影响。泰伦斯（约公元前190—前159）的代表作则主要有《两兄弟》和《婆母》等。这些罗马喜剧在题材上大都改编了希腊新喜剧，针对当时的习俗进行善意的嘲讽，并在形式上作了改良，扬弃了歌队的合唱，为近代戏剧奠定了基础。

罗马时期在诗歌上的成就最高。杰出诗人主要有维吉尔、贺拉斯和奥维德等。维吉尔（公元前70—前19）的主要作品是《牧歌》、《农事诗》、《伊尼特》。《牧歌》受希腊田园诗人忒俄克里托斯的影响，赞美农村田园情调，同时又流露出感伤的情调。《农事诗》在形式上类似于希腊诗人赫西俄德的《农作与日子》，在思想内容上类似于《牧歌》，表达了诗人对田园景色和农事的热爱。维吉尔的代表作是《伊尼特》，临终前未及改完，嘱咐将诗稿烧毁，但屋大维命令保存原样，于公元前17年问世。《伊尼特》又译《埃涅阿斯纪》，是一部史诗，取材于特洛伊王子、爱神维纳斯的儿子伊尼亚斯在特洛伊灭亡后到意大利创业建国的罗马神话传说，歌颂了罗马建国的丰功伟绩，塑造了罗马的爱国英雄形象。全诗共十二卷，一万二千多行，很大程度上受荷马史诗的影响，在情节结构上前六卷模仿《奥德赛》，后六卷模仿《伊利亚特》，语言则多用荷马式的比喻。与荷马史诗源自民间创作的加工不同，《伊尼特》乃是文人史诗，缺少民间作品清新的活力，而语言则更严谨、凝炼。

奥维德（公元前43—公元18），是继贺拉斯之后出现的古罗马著名诗人，其主要作品有《恋歌》、《女英雄》、《爱的艺术》、《变形记》等。诗中多情欲和性爱技巧描写，以至于诗人本人在50岁时，因《爱的艺术》被奥古斯都视为伤风败俗而被放逐到边塞，历经磨难，直到61岁病逝。《变形记》是奥维德的代表作，取材于神话故事，借以讽世，讽刺了统治阶层的荒淫无耻和专横残忍的行径，对受到迫害的小人物寄予无限的同情。

屋大维死后的两年间，罗马文学开始衰微，进入所谓文学史上的"白银时代"，宫廷文学占主导地位。这时的主要作家有塞内加（约公元4—65），主要作品有讽刺剧《变瓜记》，其悲剧作品大都取材于希腊三大悲剧家的作品。另外还有彼特隆纽斯（死于公元65年），他的《萨蒂里卡》是欧洲第一部流浪汉小说，而阿普列尤斯（约124—约175）的《金驴记》则是罗马文学中最完整的一部小说。

总的说来，罗马文学从希腊化时期开始，在内容和形式上都发生了很大的变化。在希腊时代，诗人们关心着重大的社会和人生等问题，文学作品中体现着爱国主义和英雄主义的情怀，对于严肃的人生问题予以关注。而罗马时代，由于集体主义精神的消逝，文学主要描写日常的生活，表现个人的情怀。在反映社会方面，已经不像希腊文学那样积极地反映生活的本质，而常常流为消极的摹写。在喜剧方面，也由往日的政治喜剧而转为世态喜剧和拟曲等。在诗歌方面，作品中更多地表达诗人在现实生活中的感伤情调。他们往往寄情于田园风光，追求乌托邦式的桃花源，或是表现脆弱的恋情和失恋的忧伤，多矫揉造作的作品。因此，牧歌和恋歌在此时占有很大的成分。从中反映出罗马时代动荡不定的社会生活和城乡的矛盾、理想与现实的差距给人们心灵所造成的痛苦。在散文方面，许多作品都忽视内容的深刻性与真实性，片面地追求形式的浮靡奢华。正因如此，罗马文论家们才针砭时弊，倡导文质统一和崇高的风格。

四　文论综述

古罗马文论继承了晚期希腊的一些学术观点。在雄辩术方面，伊索克拉提和忒奥夫拉斯特等人继承亚里士多德的《修辞学》传统，使修辞学得到了长足的进步。而诗学方面，研究者则多为语法修辞学者，更多地侧重于作品的技巧和体裁问题的研究。与古希腊不同的是，古希腊主要是哲学家讨论文学与现实的关系和文学的社会宏观问题，而古罗马则更多的是雄辩家和诗人讨论文学问题，更侧重于研究文学的内部规律，诸如内容与形式的关系、天才与技巧的关系、风格问题、寓教于乐问题等。由于古罗马的文学批评推崇古希腊文学，最终使得古典主义文论得以确立。

在这个时期，亚里士多德的《诗学》被埋于地窖中，尚未发生重大影响。这当然不代表产生亚里士多德《诗学》土壤的希腊没有产生过类似亚里士多德《诗学》的作品、对罗马没有产生影响。但是，古罗马的文论确实与古希腊有着明显的不同，这就是更注重文学的自身规律。这一点，从斯多葛派哲学家尼奥托勒密的《诗学》中可以见出。

尼奥托勒密的《诗学》主要包括三部分内容：

1. 诗意论，主要是讨论诗的内容等方面的原理的。他认为诗应该写现实的真事和历史的史实，其中既要有独特的见解，又要有现实的内容，只有这样，才能给人以教益。他认为诗的任务是教与乐兼备。教是通过"所刻画的事物"进行的。乐则通过诗的语言和韵律进行。

2. 诗法论，主要讨论诗的体裁和技巧。

3. 诗人论。他把诗人分为两种，一种是靠技巧取胜的诗人，有很高的造诣；一种是靠天赋才情取胜的诗人。他认为理想的诗人是既有天才又有修养。

这种三分法及其内容，对贺拉斯的《诗艺》产生了重要影响。

罗马末期著名的散文家、演说家西塞罗（前106—前43），也曾在一些著作，特别是《论演说家》和演说辞《为阿尔基阿斯辩护》等著作中阐明了自己的文学思想。在文学的社会功能上，他认为文学有三个功能，一是弘扬英雄业绩，在《为阿尔基阿斯辩护》中，他认为"文学的称颂是对美德的最高奖赏"。二是给人们提供观照自我的范例。在《为阿尔基阿斯辩护》中，他认为："诗人塑造形象正是为着让我们能以他人为例，看到我们自己的习性和日常生活的鲜明画面。"这是后人以文学为"镜子"的先声。三是让人愉悦。在《论法律》的专著中，他认为"历史要求一切真实，而诗歌则主要在于给人以快感"。在文学的本质上，他继承柏拉图的摹仿说，认为理式具有高度抽象的典型意义，是美的最高体现，艺术家可以通过想象、凭借心智领悟和表现理式的美，并进而因此推崇灵感的作用。另外，西塞罗还强调了作品的"合适"的原则、尺度和分寸，并且重视作品的语言韵律结构，这些看法在后来贺拉斯的思想中得到了发挥。这种现象也反映出，一个时代的杰出文论家，常常是那个时代文论思想的代表，他所重视的问题和理论贡献，在他那个时代也是在一定程度上被关注着。

罗马的许多演说家、修辞学家对文艺问题发表了许多自己的看法。昆体良（Marcus Fabius Quintilianus，约35—95）就是其中的一位。在《演说术原理》中，他曾就演说谈及才能与技艺的关系。与贺拉斯强调技艺不同，昆提良更强调天性。他认为"如果把天性与教育分开，有天性没有教育，也能做好许多事；如果有教育而没有天性，则做不好任何事"。所以他认为天性更重要，学习则是使天性更完善。他把有天性的人比作良田，而没有天性的人则比作瘠地。他认为良田即使不耕作也能丰产，而瘠地即使最杰出的农夫也无能为力。这种比方是不太恰当的。天才的脑袋如果不经过开发，荒芜了教育的良机，也会变成蠢才的。没有才干固然不行，有才干而不学习同样不行。在才干的基础上向哪方面努力往往会成为哪方面的人才。也许把教育比作种子更合适。种瓜得瓜，种豆得豆。在内容与形式的关系中，昆体良更强调内容。他认为"哪里炫耀技巧，哪里便会缺乏真实"。他关于在演说中创构幻觉的思想对文学问题也有启发。他说"谁能很好地构成这些形象、映象，谁便能产生最强有力的效果。谁能够最好地为自己想象出与真实相对应的物体、声音和行为，谁便被认为是最善于构成幻觉的人"。

在古罗马晚期在文论方面作出贡献的还有琉善（Loucianos，约125—192），他是叙利亚的萨莫萨特人，幼年学雕塑，后又学法律，从事辩护律师和教师职业，有深邃的艺术修养，曾漫游希腊。他从40岁开始攻哲学，流传至今的有80篇文章，其中许多涉及文艺问题。作为罗马向中世纪的过渡人物，琉善被恩格斯称为"古希腊罗马时代的伏尔泰"，是一位唯理论学者。在《画像辩》中，琉善强调肉体美与精神美的统一，认为艺术作品的美是现实与理想的统一。在《华堂颂》中，他强调自然环境对心灵的感发和对精神的影响，认为它有着无穷的魅力。他对当时罗马盛行的浮靡绮丽的艺术趣尚进行了抨击，反对滥用修饰，而将质朴的作品比作天生丽质的佳人。在歌颂华堂时，他提出了自己的审美理想，要求"金碧的点缀恰到好处，雅致而无虚饰"，仿佛"美人淡妆素裹"。[①]

古罗马最重要的文论著作，是贺拉斯的《诗艺》和朗吉努斯的《论崇高》。

第二节
贺拉斯

一　生平及著作

贺拉斯（Qwintus Horatius Flaccus，公元前65—前8），罗马帝国初期奥古斯都时代的优秀诗人和杰出的文学批评家，出生于意大利东南部的韦努西亚。父亲是一位获释奴隶，有一定的财产，早年先送贺拉斯到罗马接受很好的教育，后来又让他到雅典去学哲学，受到古希腊艺术文化的熏陶。公元前44年，罗马独裁者凯撒被共和派的布鲁图等人刺死，雅典成为共

---

① 《缪灵珠美学译文集》第一卷，中国人民大学出版社1998年版，第137页。

和派对抗帝制的中心。21 岁的贺拉斯加入布鲁图的共和派军队,并担任了一个军团的指挥官。两年后,布鲁图的军队失败,贺拉斯弃盾而逃,其在罗马的领地及财产被没收,被敕令不得回意大利居住。到公元前 40 年屋大维上台后大赦,贺拉斯回到罗马,谋得小小的书记官,并开始写作诗歌。到公元前 38 年初,经大诗人维吉尔介绍,贺拉斯加入了奥古斯都的宠臣梅塞纳斯的文学集团,便开始写诗讴歌帝制和奥古斯都。公元前 33 年,梅塞纳斯送给贺拉斯一座庄园,贺拉斯从此开始度过人生平静的岁月,直到公元前 8 年 11 月去世。自从进入梅塞纳斯的文学集团,贺拉斯的文学地位日益上升。特别是公元前 19 年维吉尔去世以后,贺拉斯成了罗马第一诗人,深得奥古斯都宫廷的青睐,但他依然保持了一定程度的人格的独立性。据说他曾以自己不善于写史诗为由,而婉言谢绝了写歌颂奥古斯都功绩的史诗的要求,也谢绝了奥古斯都让他当私人秘书的要求。去世后,他的遗体安葬在他的伯乐梅塞纳斯的墓旁。

贺拉斯的作品几乎都由他本人亲自整理。他的早期诗作有《讽刺诗集》两卷和《长短句集》一卷,后来陆续又有《歌集》四卷,以庄重、严肃的抒情诗为主。公元前 17 年奉奥古斯都之命,为罗马每隔 100 年举行一次的世纪庆典写出的《世纪之歌》,将他的荣誉推向了巅峰。另有《书札》两卷,第一卷类似于讽刺诗。第二卷中包括体现他文学评论思想的三首长诗,包括第一首《致奥古斯都》,第三首《致皮索父子》(《诗艺》)等。《诗艺》原为致罗马贵族皮索父子三人的诗体信简。当时皮索的两个儿子正向贺拉斯学诗。该信简发表后不到百年,便被昆体良称为《诗艺》。贺拉斯的主要文艺思想反映在他的《诗艺》中。这部西方文论史上的第一位诗人论诗,其理论很大程度上体现了贺拉斯自己的创作心得,有切身体验,属经验之谈。

二　古典主义原则

贺拉斯在自己的创作和欣赏中,竭力推崇古希腊文学,主张向古希腊文学学习,以古希腊的文学作品作为典范。他在《诗艺》中曾对皮索父子说:"你们应当日日夜夜把玩希腊的范例。"①这种以古希腊文学作品为典范的文学主张,被称为古典主义,而贺拉斯就是罗马古典主义的奠基人。他的诗学理论到 17 世纪经法国的布瓦洛推崇和继承,并且将它教条化,成为法国古典主义的圭臬。

借鉴希腊经典是罗马的文学现实和社会现实决定的。罗马本来是在落后的村落的基础上形成的,加之连年的征战,在文化上尤其是文学上既没有坚实的基础和优秀的遗产,也没有能力和精力凭空促进文学的繁荣。于是,要想使文学有较高的起点,必须借鉴外来的优秀文学。而源自雅典的优秀的希腊文学长期以来已在罗马发生了一定的影响,罗马诸神对希腊诸神的借鉴并因此而形成的神话,便反映了希腊影响的痕迹。希腊语在罗马也较为流行,在此基础上,借鉴古希腊文学不但是必要的,而且是可行的。

贺拉斯强调要向希腊文学精品学习,主张摹仿古希腊文学精品,这不同于亚里士多德要

---

① 贺拉斯:《诗艺》,见《诗学·诗艺》,罗念生、杨周翰译,人民文学出版社 1980 年版,第 151 页。

求摹仿自然,主要是针对当时的一般罗马诗人基础太差而言的。在缺乏起码的文学基础的背景下,仅仅强调独到,是很难产生优秀作品的。人从呱呱坠地,一切知识是从摹仿开始的,在罗马文学相当落后的背景下,贺拉斯主张摹仿古希腊文学有一定的合理性。我们不能完全脱离当时的社会背景去理解贺拉斯的古典主义主张。贺拉斯说:"用自己独特的办法处理普通题材是件难事;你与其别出心裁写些人所不知、人所不曾用过的题材,不如把特洛伊的诗篇改编成戏剧。在公共的产业里,你是可以得到私人的权益的,只要你不沿着众人走俗了的道路前进,不把精力花在逐字逐句的死搬死译上,不在模仿的时候作茧自缚……"①这里主要强调用独特手法对于罗马作家的难度,以及观众、读者水准对作品理解的难度,同时反对落入俗套。而借鉴经典题材,历朝历代不乏佳作出现,如莎士比亚的悲剧,高乃依、拉辛的悲剧,乃至歌德的《浮士德》等。

同时,贺拉斯也并非只是强调摹仿而反对创新。他同时还说:"我们的诗人对于各种类型都曾尝试过,他们敢于不落希腊人的窠臼,并且(在作品中)歌颂本国的事迹,以本国的题材写成悲剧或喜剧,赢得了很大的荣誉。"②明确地在强调创新。在《致奥古斯都》的书信中,他还明确反对"非今重古":"我愤恨人们借摘一首诗不问精粗,不问风格之美丑,而只说它不够古","假如希腊人像我们那样非今重古,他们对今日的读者又有什么用处?我们又怎能各从所好读他们的书?"③他对天才所给予的一定的重视,和在一定的范围内强调想象和虚构,都反映出他并不片面地追求亦步亦趋地摹仿古人。

另外我们也要看到,贺拉斯在对艺术技巧的借鉴中,过分迟滞,拘泥于现代希腊作品的形式,甚至将其程序化,这不仅是刻板的,而且对后来的古典主义产生了相当的消极影响。他曾经根据当时的戏剧实际和观众的心理期待提出:"如果你希望你的戏叫座,观众看了还要求再演,那么你的戏最好是分五幕,不多也不少。不要随便地把神请下来,除非遇到难解难分的关头非请神来解救不可。也不要企图让第四个演员说话。"④这些具体的规定,在当时有一定的合理性。但是,后人把它作为僵死的教条,不顾作品表达内容的实际,限制作品的创新,显然是不当的。如"帝王将相的业绩、悲惨的战争,应用什么诗格来写,荷马早已作了示范"⑤是指一种六步诗行。其他如"先落火光,然后大冒浓烟"、"尽快地揭示结局,使听众及早听到故事的紧要关头"⑥等等,作为一种表达方法,可能确实是巧妙的,但如果作为原则,就束缚了诗人的思想,在表达方式上也显得单一。

三 恰到好处的"合式"原则

贺拉斯推崇古希腊的文学,而古希腊文学的最高原则便是"合式"。所谓"合式",是指和

① 《诗学·诗艺》,罗念生、杨周翰译,人民文学出版社 1980 年版,第 144 页。
② 《诗学·诗艺》,罗念生、杨周翰译,人民文学出版社 1980 年版,第 152 页。
③ 《缪灵珠美学译文集》第一卷,中国人民大学出版社 1998 年版,第 66 页。
④ 《诗学·诗艺》,罗念生、杨周翰译,人民文学出版社 1980 年版,第 147 页。
⑤ 《诗学·诗艺》,罗念生、杨周翰译,人民文学出版社 1980 年版,第 141 页。
⑥ 《诗学·诗艺》,罗念生、杨周翰译,人民文学出版社 1980 年版,第 145 页。

谐、适当,妥贴得体,恰到好处。

这主要表现在形象的整体、人物和题材等方面。在形象的整体方面,贺拉斯认为:"不论作什么,至少要作到统一、一致。"①"或则遵循传统,或则独创;但所创造的东西要自相一致。"②贺拉斯将整一、统一、合理、恰切、一致等要求运用到艺术创造的多个环节,力图实现全面的合式。他强调要注意整体的效果。"在艾米留斯学校附近的那些铜像作坊里,最劣等的工匠也会把人像上的指甲、卷发雕得纤微毕肖,但作品的总效果却很不成功,因为他不懂得怎样表现整体"。在作品的结构方面,贺拉斯盛赞荷马写特洛伊战争虚实参差毫无破绽,因此开端和中间,中间和结尾丝毫不相矛盾。语言表现也是如此,个别的句子要服从形象的整体。"出现一两句绚烂的词藻,和左右相比太显得五色缤纷了。(绚烂的词藻很好,)但是摆在这里摆得不得其所。"③在人物的性格方面,贺拉斯认为人物性格要符合人物的年龄特征的原型和传统的模式,对人物有了定型化、类型化的要求。他认为,如果你要想获得观众赞赏,"那你必须(在创作的时候)注意不同年龄的习性,给不同的性格和年龄以恰如其分的修饰。已能学语、脚步踏实如儿童,喜和同辈的儿童一起游戏,一会儿生气,一会儿又和好,随时变化。口上无髭的少年,终于脱离了师傅的管教,玩弄起狗马来……"④成年人、老年人等等,性格各不相同。"我们不要把青年写成个老人的性格,也不要把儿童写成个成年人的性格,我们必须永远坚定不移地把年龄和特点恰当配合起来。"⑤尤其是贺拉斯强调的古典题材,每个人物所具有的性格,都应是许多人所熟悉的,无论怎样虚构情节,都要符合人物的性格。例如写阿喀琉斯,"你必须把他写得急躁、暴戾、无情、尖刻,写他拒绝受法律的约束,写他处处要诉诸武力。写美狄亚要写得凶狠、剽悍"⑥;"假如你敢于创造新的人物,那么必须注意从头到尾要一致,不可自相矛盾"⑦。这种类型化的要求在当时有一定的意义,但不足之处在于公式化和概念化。这同样表现在作品中人物的语言方面。"如果剧中人物的词句听来和他的遭遇(或身份)不合,罗马的观众不论贵贱都将大声哄笑。神说话,英雄说话,经验丰富的老人说话,青春、热情的少年说话,贵族、妇女说话,好管闲事的乳媪说话,走四方的货郎说话",乃至不同地区的人说话,"其间都大不相同"⑧。在字句与表达内容的配合方面,也要追求合式。"忧愁的面容要用悲哀的词句配合,盛怒要配威吓的词句,戏谑配嬉笑,庄重的词句配严肃的表情。"⑨同时也不能因避免一种偏颇而导致另一种偏颇:"我努力想写得简短,写出来却很晦涩。追求平易,但在筋骨、魄力方面又有欠缺。想要写得宏伟,而结果却变成臃肿。"⑩在题材的处理方面,贺拉斯主张要切合于诗人的能力和题材的自身特点。他认为喜剧的主题

---

① 《诗学·诗艺》,罗念生、杨周翰译,人民文学出版社 1980 年版,第 138 页。
② 《诗学·诗艺》,罗念生、杨周翰译,人民文学出版社 1980 年版,第 143 页。
③ 《诗学·诗艺》,罗念生、杨周翰译,人民文学出版社 1980 年版,第 137 页。
④ 《诗学·诗艺》,罗念生、杨周翰译,人民文学出版社 1980 年版,第 145—146 页。
⑤ 《诗学·诗艺》,罗念生、杨周翰译,人民文学出版社 1980 年版,第 146 页。
⑥ 《诗学·诗艺》,罗念生、杨周翰译,人民文学出版社 1980 年版,第 143 页。
⑦ 《诗学·诗艺》,罗念生、杨周翰译,人民文学出版社 1980 年版,第 143—144 页。
⑧ 《诗学·诗艺》,罗念生、杨周翰译,人民文学出版社 1980 年版,第 143 页。
⑨ 《诗学·诗艺》,罗念生、杨周翰译,人民文学出版社 1980 年版,第 142 页。
⑩ 《诗学·诗艺》,罗念生、杨周翰译,人民文学出版社 1980 年版,第 138 页。

决不能用悲剧的诗行来表达。同样,悲剧的题材也不能用日常的适合于喜剧的诗格来叙述。"悲剧是不屑于乱扯一些轻浮的诗句的,就像庄重的主妇在节日被邀请去跳舞一样,它和一些狂荡的'萨堤洛斯'在一起,总觉有些羞涩"。①

四　理性

贺拉斯在相当的程度上还强调理性,使之成为古典主义原则的一个特点。《诗艺》开篇就反对非理性化的诗,包括神话式的内容。诸如:"上面是个美女的头,长在马颈上,四肢是由各种动物的肢体拼凑起来的,四肢上又覆盖着各色羽毛,下面长着一条又黑又丑的鱼尾巴。""有的书就像这种画,书中的形象就如病人的梦魇,是胡乱构成的,头和脚可以属于不同的族类。"②他还明确反对"在树林里画上海豚,在海浪上画条野猪"式的作品。③ 他虽然有时沿袭时人的说法提到"诗神",但对迷狂的诗人则予以坚决的反对,并且予以讽刺挖苦:"懂道理的人遇上了疯癫的诗人是不敢去沾染的,连忙逃避,就像遇到患痒病的人,或患'富贵病'的人,或患疯痫病或'月神病'的人。只有孩子们才冒冒失失地去逗他,追他。这位癫诗人两腿朝天,口中吐出些不三不四的诗句,东游西荡。他像个捕鸟人两眼盯住了一群八哥鸟儿,不提防跌进了一口井里,或一个陷坑里,尽管他高声喊道:'公民们,救命啊!'但是谁也不高兴拉他出来。万一有人高兴去帮他,悬一根绳子下去,那我便会(对那多事的人)说:"你怎么知道他不是故意落进去,不愿让人帮忙呢?"④

五　天才与技巧

贺拉斯虽然提出要向古希腊经典文学学习,但他并不否认创作的禀赋。天才的概念在古希腊和罗马非常流行,主要指先天的或神明赋予的才能,尤其是指艺术方面的才能,与后天的、靠习得而来的技巧相对。柏拉图把天才的表现视为"神赐的迷狂"。亚里士多德则将疯狂与天才区分开来,认为:"诗的艺术与其说是疯狂的人的事业,毋宁说是有天才的人的事业;因为前者不正常,后者很灵敏。"从理论角度,贺拉斯认为天才与技巧需要相互结合,缺一不可。"有人问:写一首好诗,是靠天才呢,还是靠艺术? 我的看法是:苦学而没有丰富的天才,有天才而没有训练,都归无用;两者应该相互为用,相互结合。"⑤贺拉斯对希腊人写诗的天赋能力和表达的技巧给予很高的评价,认为罗马人则常被"铜锈和贪得的欲望腐蚀了人的心灵"⑥。他首先强调诗人必须要有天才,在一篇讽刺诗中,他曾认为仅仅有音调抑扬顿挫的语言和韵脚还不一定是诗,仅仅有像诗一样的分行的句子也不一定是诗,写诗一定要有"天生的才华、非凡的心灵,高雅的措词"。不过这种天才不仅仅是迷狂,而是包含着一定的

---

① 《诗学·诗艺》,罗念生、杨周翰译,人民文学出版社 1980 年版,第 149 页。
② 《诗学·诗艺》,罗念生、杨周翰译,人民文学出版社 1980 年版,第 137 页。
③ 《诗学·诗艺》,罗念生、杨周翰译,人民文学出版社 1980 年版,第 138 页。
④ 《诗学·诗艺》,罗念生、杨周翰译,人民文学出版社 1980 年版,第 160—161 页。
⑤ 《诗学·诗艺》,罗念生、杨周翰译,人民文学出版社 1980 年版,第 158 页。
⑥ 《诗学·诗艺》,罗念生、杨周翰译,人民文学出版社 1980 年版,第 155 页。

理性的。

同时,贺拉斯强调艺术家们必须经过勤学苦练。他举例说:"在竞技场上想要夺得渴望已久的锦标的人,在幼年时候一定吃过很多苦,经过长期练习,出过汗,受过冻,并且戒酒戒色。"①他还说:"你们若见过什么诗歌,不是下过许多天苦功写的,没有经过多次的涂改,没有像一座雕像,被雕塑家的磨光了的指甲修正过十次,那你们就要批评它。"②贺拉斯是推崇希腊古典的,既然推崇,就号召大家向希腊古典学习,通过勤学苦练,以靠近传统和典范。

六　诗歌的社会功能:寓教于乐

贺拉斯是西方较早提出诗歌"寓教于乐"的思想的学者,这是柏拉图教化思想和亚里士多德净化思想的综合。"诗人的愿望应该是给人益处和乐趣,他写的东西应该给人以快感,同时对生活有帮助。""寓教于乐,既劝谕读者,又使他喜爱,才能符合众望。"③贺拉斯继承传统的观点,强调文艺在社会生活中的教化作用。在《致奥古斯都》的书信中,贺拉斯说:"诗人不会作战、耕耘,但能效劳社稷,尽他绵薄的力量,达到伟大的目的。诗人使牙牙学语的小孩知耻积礼,教他们听到粗鄙的话则掉首掩耳;诗人能循循善诱,使人心默化潜移,矫正粗暴的行为,排除愤怒和妒忌;诗人能歌功颂德,立模范以教后世,给悲观失望的心灵带来无限慰藉。若不是诗神或诗人授予恋慕之思,窈窕淑女又怎能了解君子的情意?"④强调诗歌给人潜移默化的教育作用。

而从罗马的哲学基础看,斯多噶学派的克己制欲的人生价值观和伊壁鸠鲁学派所奉行的快乐主义原则,也分别在哲学价值观上有所体现。贺拉斯的寓教于乐思想,乃是兼取两家之长。贺拉斯说:"诗人的愿望是给人益处和乐趣,他写的东西应该给人以快感,同时对生活有帮助。"⑤他在具体阐释诗歌在希腊时期的作用时说:"举世闻名的荷马和提尔泰俄斯的诗歌激发了人们的雄心奔赴战场。神的旨意是通过诗歌传达的;诗歌也指示了生活的道路;(诗人也通过)诗歌求得帝王的恩宠;最后,在整天的劳动结束后,诗歌给人们带来欢乐。"⑥他还把形式的和谐与作品内在的吸引力区别开来强调,认为前者是"美",而后者则被称为"魅力":"一首诗仅仅具有美是不够的,还必须有魅力,必须能按作者愿望左右读者的心灵"⑦。

七　贺拉斯《诗艺》的影响

从理论的角度看,贺拉斯的文学思想不像柏拉图和亚里士多德的文学思想那样,具有很强的理论性。作为西方文论史上第一部诗人论诗的著作,贺拉斯的《诗艺》主要是对创作实

① 《诗学·诗艺》,罗念生、杨周翰译,人民文学出版社 1980 年版,第 158 页。
② 《诗学·诗艺》,罗念生、杨周翰译,人民文学出版社 1980 年版,第 152—153 页。
③ 《诗学·诗艺》,罗念生、杨周翰译,人民文学出版社 1980 年版,第 155 页。
④ 《缪灵珠美学译文集》第一卷,中国人民大学出版社 1998 年版,第 67—68 页。
⑤ 《诗学·诗艺》,罗念生、杨周翰译,人民文学出版社 1980 年版,第 155 页。
⑥ 《诗学·诗艺》,罗念生、杨周翰译,人民文学出版社 1980 年版,第 158 页。
⑦ 《诗学·诗艺》,罗念生、杨周翰译,人民文学出版社 1980 年版,第 142 页。

践的总结,这就使得他的观点与哲学家们从抽象的哲学观念及其体系出发所推衍出的文学观有着相当的不同。由于贺拉斯本人是当时杰出的诗人,所以他的来自实践的体验常常非常精辟,如勤学苦练、寓教于乐等,至今都还是文艺学的箴言。不过他根据当时的创作实际所强调的一些具体规则,则早已随着后世创作实践的变迁而被突破。后世人无疑不能刻舟求剑,照搬古罗马的文学尺度来衡量后代的创作实践。

贺拉斯在西方文学理论史上是一面旗帜。他对诗歌崇高地位的推崇,对文艺复兴时期的诗人与评论家起着激发作用,同时也给古典主义文学批评家提供了理论依据。贺拉斯所说的"你们应当日日夜夜把玩希腊的范例",成了古典主义运动中的一个鲜明的口号,后来的法国古典主义者布瓦洛等人都反复强调过。贺拉斯的"寓教于乐"说还对 18 世纪的启蒙作家产生过重要影响。狄德罗和康德等人还沿用了贺拉斯关于"判断力"的概念,并作了新的发挥。直到 19 世纪,西方文艺界非理性主义思潮兴起,贺拉斯的影响才开始减退。

第三节
朗吉努斯

一 扑朔迷离的作者及其时代

古罗马的文献《论崇高》,在文艺复兴以前一直湮灭无闻,直到 1554 年,人文主义者罗伯特洛将其发表,才开始引起注意。1674 年,法国古典主义批评家布瓦洛将它译成法文,并详加评注。它多次重印,被古典主义者奉为至宝,对 17 世纪的文论产生了重要影响,从而成为古代优秀的文论遗产。

但其作者和成书年代,至今一直是迷。在文艺复兴时期,流传下来的抄本共有 11 种,其中最早也是最佳的抄本,乃是巴黎抄本。上面署名为"狄奥尼修斯或朗吉努斯",这个署名本身就是模棱两可的话。最初,学者们一般认为它的作者是公元 3 世纪的雅典修辞学者、演说家、文艺批评家、哲学家、柏拉图主义者朗吉努斯,他学识渊博,曾任叙利亚帕尔米拉女王芝诺比亚的谏议大臣。其间他劝说女王脱离罗马帝国联盟,273 年罗马大帝奥尔良攻克叙利亚,生擒女王,将朗吉努斯处死。但有人提出疑义,认为文中引证的都是公元 1 世纪以前的作品,倘是公元 3 世纪的作品,不可能只字不提 2、3 世纪的作品。于是到 19 世纪初,有人提出《论崇高》的作者应是公元 1 世纪的狄奥尼修斯。狄奥尼修斯是一位修辞学者,奥古斯都时代在罗马生活多年,著有罗马史和修辞学、文艺批评著作,但有人认为《论崇高》在风格或主张上都与狄奥尼修斯不同,而且狄奥尼修斯的时代,基督教尚遭罗马禁止和迫害,而《论崇高》中却引用了《旧约·创世纪》第一章中的"神说,要有光,于是就有了光。"这句话。

从 19 世纪开始,有一些学者认为《论崇高》的作者,应是公元 1 世纪中期的另一位修辞学家朗吉努斯。根据《论崇高》中"如果我们希腊人可以说句话"推测,他可能是希腊人,生活在罗马,还撰写过《论色诺芬》、《论情致》等。为了讨论的方便起见,我们姑且称《论崇高》的作者为朗吉努斯。鉴于《论崇高》的成就,德莱顿曾经称朗吉努斯是亚里士多德以后希腊最伟大的希腊批评家。

《论崇高》是作者致一位名叫凯基利乌斯的罗马人的一封长信,此人可能是朗吉努斯的学生。通过书信阐释自己理论主张的方式在罗马是常见的,贺拉斯的理论主张也见于他的长信之中。朗吉努斯的《论崇高》在古代未见其他学者征引,在当时流传不广,可能只是作为收信者家藏而为少数人所知晓。

在《论崇高》产生的公元1世纪,罗马文学已经开始衰退,诗已由"黄金时代"沦落到"白银时代",作品没有思想内容,只追求形式上的华丽绮靡。这一点,与中国齐梁时代的文风相类似。散文摹仿希腊风格,主要有亚细亚派和阿提刻派。亚细亚派主要追求文词的生动感人,常常使用排比、对偶、对照、华丽辞藻和铿锵音调以增强感染力,其末流则陷于丽词绮句,文风萎靡。阿提刻派则反其道而行之,力求文辞的朴素、简练、古雅、遒劲,其末流则古奥、苟省、枯涩,读来佶屈聱牙。前者主要是骄奢淫逸的王公贵族追求华丽纤巧趣味的反映,罗马的建筑也有类似特征。而后者则主要是地处偏僻的乡绅的情调的体现。从总体上看,当时的文风颓废,无病呻吟,矫揉造作。《论崇高》正是针对这种颓靡的文风有感而发的。

二　崇高的涵义

"崇高"的观念早在古希腊就开始有了。毕达哥拉斯曾经从音乐家气质的角度,把音乐分为两类:一种是男子气的,尚武的,粗犷而又激动人心的;另一种则是甜蜜蜜、软绵绵的。忒奥夫拉斯特曾把风格分为高、中、低三种,后来西塞罗和昆体良都继承这类说法。西塞罗把美分成"秀美"和"威严"两种:"我们可以看到,美有两种。一种美在于秀美,另一种美在于威严;我们必须把秀美看成是女性美,把威严看做是男性美。"[①]专门从审美意义上讨论崇高问题的,从朗吉努斯的《论崇高》中可见,较早的要数朗吉努斯所批评的凯齐留斯的《论崇高》。因年代的渺远,文献散佚,凯齐留斯的思想已不可知。从目前的文献看,正式提出"崇高"这一范畴,并第一个系统阐释审美意义上的崇高问题的,当数朗吉努斯的《论崇高》。

朗吉努斯的"崇高"主要指与优美相对的"壮美"或"阳刚之美"范畴。

朗吉努斯认为崇高乃是人的伟大的灵魂对比人更为伟大的对象的渴慕、追求和竞赛的结果。这就不仅仅局限在文学的范畴,而且还包括对自然的崇高的评价。在《论崇高》第三十五章中,朗吉努斯是这样描述崇高的对象的:"天之生人,不是要我们做卑鄙下流的动物;它带我们到生活中来,到森罗万象的宇宙中来,仿佛引我们去参加盛会,要我们做造化万物的观光者,做追求荣誉的竞赛者,所以它一开始便在我们的心灵中植下一种不可抵抗的热情——对一切伟大的、比我们更神圣的事物的渴望。""我们决不会赞叹小小的溪流,哪怕它们是多么清澈而且有用,我们要赞叹尼罗河、多瑙河、莱茵河,甚或海洋。我们自己点燃的燔火虽然永远保持它那明亮的光辉,我们却不会惊叹它甚于惊叹天上的星光,尽管它们常常是

---

① 转引自鲍桑葵:《美学史》,张今译,商务印书馆1983年版,第138页。

黯然无光的;我们也不会认为它比埃特纳火山口更值得赞叹,火山在爆发时从地底抛出巨石和整个山丘,有时候还流下大地所产生的净火的河流。"①

这里尤其强调了主体在欣赏崇高时的主导作用。朗吉努斯从人的价值出发,说明人不能满足于当一种卑微的动物,而应当向往那些真正伟大的、神圣的事物;不应当只是赞赏小溪小涧的美,而要赞赏尼罗河、多瑙河、莱茵河,赞赏那些不平凡的、伟大的、巍然高耸着的事物。这种思想,让人们感到自己尊严的伟大,从渺小的动物变得更为伟大,更为神圣——既肯定了主体,又强调了对象感性形态的前提。

三 崇高风格的五个要素

在《论崇高》的第八章中,朗吉努斯提出文学作品的崇高在天赋的文艺才能的基础上"有五个真正的源泉"。这五个源泉实际上是指作品中构成崇高的五个要素,即:1."庄严伟大的思想";2."慷慨激昂的激情";3."辞格的藻饰",包括"思想的藻饰和语言的藻饰";4."高雅的措辞";5."尊严和高雅的结构"。② 其中,前两个因素主要依赖作家的天赋,后三个因素则来自技巧。

朗吉努斯尤其强调第一个因素,认为"庄严伟大的思想"比其他的因素更为重要。他认为"崇高风格是一颗伟大心灵的回声"③。这个思想像一根红线,贯穿在整个《论崇高》之中。他认为伟大心灵必然有伟大的思想和强烈的感情。对此他作了进一步的论证。"一个素朴不文的思想,即使不形之于言,也往往仅凭它本身固有的崇高精神而使人赞叹。"他以《奥德赛》中的"招魂"为例:"试看在'招魂'一章中,埃阿斯的沉默是多么悲壮,比任何的谈吐还要崇高。"④埃阿斯在与奥德修斯争夺阿喀琉斯死后的遗甲时,失败而含恨而死,后来奥德修斯在招请冥土的亡魂时,埃阿斯在亡灵中出现,仍然余恨未消,含怒不语。奥德修斯深受感动,痛悔昔日争甲的事,向他道歉,请求和解。而埃阿斯始终不发一言。这种沉默本身,具有着感人肺腑的精神力量。假如这时的埃阿斯大骂一顿,反而破坏了他崇高的形象。"雄伟的风格乃是重大的思想之自然结果,崇高的谈吐往往出自胸襟旷达志气远大的人"⑤,而不可能源自"卑鄙龌龊的心灵"和狭隘的、奴性的思想的人。后来的学者如布封说到"风格即人",其实与朗吉努斯的话也是相吻合的。本来朗吉努斯对此还要作进一步阐释的,但抄本至此开始缺了六页。

崇高风格的第二个因素是"慷慨激昂的热情"。朗吉努斯认为作者的热情可以引发读者的共鸣。因此,作者的热情必须是崇高的,才能引起别人崇高的热情。但朗吉努斯认为热情不一定是崇高的,而崇高也不一定是热情的。这话对了一半。他批评凯齐留斯"忽略了爱情

① 《缪灵珠美学译文集》第一卷,章安祺编订,中国人民大学出版社 1998 年版,第 114 页。
② 《缪灵珠美学译文集》第一卷,章安祺编订,中国人民大学出版社 1998 年版,第 83 页。
③ 《缪灵珠美学译文集》第一卷,章安祺编订,中国人民大学出版社 1998 年版,第 84 页。
④ 《缪灵珠美学译文集》第一卷,章安祺编订,中国人民大学出版社 1998 年版,第 84 页。
⑤ 《缪灵珠美学译文集》第一卷,章安祺编订,中国人民大学出版社 1998 年版,第 84 页。

这个因素",这是对的,他同时认为"有些热情是卑微的,去崇高甚远,例如怜悯、烦恼、恐惧"①。这也是正确的;但他认为"不少崇高的篇章却没有热情",例如"演讲家的颂词、典礼的发言、炫才的演讲,每一句都有尊严的崇高词令,却多半没有热烈的感情"②,这种判断是错误的,任何具有感染力的崇高的作品,都必须从情感上震撼人心。是否从情感上打动人心,是评判审美对象与非审美对象的根本标志。无论是颂词,还是典礼的发言,抑或是演讲,其实都必须主体非常投入,激情荡漾,才能具有崇高的效果。倒是第八章的末几句,非常精当:"我大胆地说:有助于风格之雄浑者,莫过于恰到好处的真情。它仿佛呼出迷狂的气息和神圣的灵感,而感发了你的语言。"③这里有两个要点,一是"恰到好处",二是"仿佛呼出迷狂的气息"。

所谓"恰到好处",是说感情必须真挚而适时适事,反对误用或用在不恰当的场合。所谓"误用感情",被前人讥之为"乞灵于酒神杖",主要指"感情用得不合时宜,在应该抑制的时候不知抑制。不少作家,宛若醉汉,尽量发泄感情,而不顾其主题是否需要。此等感情,纯粹是个人的造作,因此使人生厌。在没有动情的听众看来,真有失观瞻;当然,说者固然心荡神驰,听者却无动于衷"④。这里主要强调崇高的感情要出现在恰当的时候,要符合主题的需要,还要使欣赏者受到感染。在第三十二章中,朗吉努斯举德谟斯梯尼的演讲为例,认为德谟斯梯尼用隐喻时,"在热情有如春潮暴涨"的时候,说出对卖国贼的愤慨,让人不觉得其中在用隐喻,从而引起欣赏者的共鸣。

而"仿佛呼出迷狂的气息",乃是使人"心荡神驰"。"凡是使人惊叹的篇章总是有感染力的,往往胜于说服和动听。因为信与不信,权在于我,而此等篇章却有不可抗拒的魅力,能征服听众的心灵。"⑤这里强调了审美的感染力,而非理性的"说服"。

崇高风格的第三个要素是"辞格的藻饰"。朗吉努斯认为表达崇高的内容的作品,在修辞上使用"辞格的藻饰",要仿佛是情感的自然流露,要顾及到具体的条件。关于情感的自然流露,朗吉努斯认为修辞格的使用"有助于使演讲词热情奔放,慷慨激昂"⑥。他还认为"辞格乃是崇高风格的自然盟友,反过来又从这盟友取得惊人的助力。……唯有当听者不觉得你的辞格是个辞格时,那个辞格似乎最妙"⑦。恰到好处的辞格的使用,有利于崇高的表现,有利于情感的自然流露,但不能滥用。同时,这种真情的流露还要顾及到具体的条件和情境。在第十六章谈到誓词时,朗吉努斯说:"仅仅发一个庄严的誓并不算是雄浑的手法,还得顾及发誓的地点、情况、时机和动机。"⑧在讨论设问格时,朗吉努斯说:"热情的词句,当仿佛不是说者有意为之而是从情境中产生时,更能感染人;而这种自问自答的方法却似乎是感情的自

① 《缪灵珠美学译文集》第一卷,章安祺编订,中国人民大学出版社 1998 年版,第 83 页。
② 《缪灵珠美学译文集》第一卷,章安祺编订,中国人民大学出版社 1998 年版,第 83 页。
③ 《缪灵珠美学译文集》第一卷,章安祺编订,中国人民大学出版社 1998 年版,第 84 页。
④ 《缪灵珠美学译文集》第一卷,章安祺编订,中国人民大学出版社 1998 年版,第 80 页。
⑤ 《缪灵珠美学译文集》第一卷,章安祺编订,中国人民大学出版社 1998 年版,第 77—78 页。
⑥ 《缪灵珠美学译文集》第一卷,章安祺编订,中国人民大学出版社 1998 年版,第 108 页。
⑦ 《缪灵珠美学译文集》第一卷,章安祺编订,中国人民大学出版社 1998 年版,第 98—99 页。
⑧ 《缪灵珠美学译文集》第一卷,章安祺编订,中国人民大学出版社 1998 年版,第 98 页。

然流露。凡是受别人质问的人，往往为情势所迫，竭力答辩，而且真情流露。"[1]在谈到隐喻格时，朗吉努斯也认为许多大胆的隐喻如果表现着强烈的感情和真正崇高的意境，有着磅礴横扫一切的气势时，人们会不觉其隐喻之多。

崇高风格的第四个要素是"高雅的措辞"，主要讲述作家如何巧妙地发问、省去关联词、颠倒词序，以及如何运用比喻、隐喻、明喻、排比、对照、夸张、节奏和音律来增强作品的感染力。朗吉努斯认为语言与思想是相互发明交相辉映的，一方面高雅的措辞能增强思想的感染力，显示出思想的光辉，另一方面思想的感染力能够使语言的魅力变得实在，如在热情暴涨的时刻使用隐喻等手法，可以增强作品的气势。他认为选择恰当和壮丽的辞藻，可以使作品有惊人的效果，既能吸引读者又能感染读者。他拒绝猥琐的词藻，使语言配得上主题的庄严，但并不回避俗语。

第五个要素是"尊严和高雅的结构"，是指如何将上述内容所呈现的形式的各个部分组合起来，使之成为一个有机整体。这一点，朗吉努斯继承了亚里士多德的"有机统一"观。他说："在使文章达到崇高的诸因素中，最主要的因素莫如各部分彼此配合的结构。"[2]他把结构提到最高的地位，并且以人体打比方，说明结构可以使篇章产生崇高的效果。萨福描写恋爱狂的痛苦，其出色之处就"在于她能选择和组织那些最主要最动人的征候"[3]。"许多散文家和诗人，虽则没有崇高的品赋，甚或绝无雄伟的才华，而且多半是使用一般的通俗的词儿，而这些词儿也没有什么不平凡的意义，可是但凭文章的结构和字句的调和，便产生尊严、卓越、不同凡响的印象。"[4]他指出节奏繁缛的篇章，过于紧凑、短促的音节，都会使作品缺乏雄浑感。

第四节
普罗提诺

一　生平及著作

普罗提诺(Plotinos，205—270)，因耻于肉身的存在，对他的父母、籍贯、国籍等所谈甚少。我们只知道他出生于埃及的吕科波里斯，早年学习哲学，从231年开始，在亚里山大理亚师从阿牟尼乌斯，长达11年。当时印度哲学和婆罗门智能已开始在东方流行，普罗提诺仰慕东方哲学。他曾参加过罗马皇帝戈尔底安组织的远征军，到过波斯，接触到东方宗教。远征失败后243年回到罗马定居，专事讲学，声名大振，因而博得罗马皇帝的宠遇。据说皇帝曾赐给他巴康尼亚地方的一个城。普罗提诺野心勃勃，想在城内建立柏拉图式的理想国，因群臣

① 《缪灵珠美学译文集》第一卷，章安祺编订，中国人民大学出版社1998年版，第100页。
② 《缪灵珠美学译文集》第一卷，章安祺编订，中国人民大学出版社1998年版，第119页。
③ 《缪灵珠美学译文集》第一卷，章安祺编订，中国人民大学出版社1998年版，第88页。
④ 《缪灵珠美学译文集》第一卷，章安祺编订，中国人民大学出版社1998年版，第119页。

反对而未能如愿,居罗马 20 余年而终。

普罗提诺从 50 岁前后开始著述,死后由他的弟子和传记作者波菲利编撰成书,共 6 集,每集 9 篇,计 54 篇,称为《九章集》。内容涉及面较广,包括哲学、伦理学、美学、文艺学、动物学等。他的经历和学术背景使他成为过渡时期的关键人物。他重天国轻现实、重灵魂轻肉体、重精神轻物质、重理性轻感性的倾向,为中世纪的基督教神学奠定了基础。朱光潜先生称他是"新柏拉图学派的领袖,亚历山大里亚学派希腊哲学家的殿军,中世纪宗教神秘主义的始祖,是站在古代与中世纪交界线上的一个思想家"[①]。

二　基本美学思想

普罗提诺的思想中糅合了柏拉图、亚里士多德和东方神秘主义的一些思想,并多少受到基督教的一些影响。他把万物的本原归为神或"太一",浑然的太一超越一切物质和精神,是真、善、美的高度统一,类似于柏拉图的理式。万事万物都是神或"太一"的"流溢"或"分有"。普罗提诺尤其强调精神,他认为神或太一首先流溢出心智,即宇宙理性,然后是灵魂和感性世界。而物质与神则是对立的,人生的目的便是与神统一,由神而来,又回归于神。而人只有通过禁欲持戒,来摆脱物质肉体的束缚,才能实现进入迷狂的境界。

普罗提诺在《九章集》第 6 卷专门花一节讨论了美的问题。物体的美在于它分享到神所"流溢"的理式。这种理式是一种真实所在。它是一种整体的美。人们可以通过心灵感受到它,仿佛它是灵魂的故乡,我们的父亲就住在那里。当我们欣赏美时,"它是第一眼就可以感觉到的一种特质;心灵仿佛有所悟,就断定它美,认识了便欢迎它,宛若情投意合"[②]。当人的灵魂受到污染的时候,便离开了老家,必须收心,通过净化,内心视觉回归。他认为感官接触到的事物是低级的美。而"美的事业、美的性格、节制的品德"等,从感觉上升到了较高的心灵。而涵盖一切的真、善、美统一的美,它就不仅要靠感官,而且要靠纯粹的心灵或理性去观照。正因美的最高范式是真、善、美的统一体,因此,"美也就是善"。他认为美主要是通过视觉来接受,也可以通过听觉来接受,但是也需要通过心灵凭理性来接受。不仅如此,在审美活动中,人们还要超越现象本身,到美的本原那里去。"当一个人观看具体的美时,不应使自己沉湎其中,他应该认识到,具体的美不过是一个形象、一个暗示和一个阴影。他应当超越它,飞升到美的本源那儿去。"[③]普罗提诺还继承了柏拉图的"迷狂说",认为对美的观照仿佛酩酊大醉,"因为美浸润他们整个心灵。这样,在观照中,我不是在物外,物也不是在我外;凡是以慧眼观物的人都能见到自己心中有物在,不过虽然万物皆备于我,我却不知物在我心,而把它当做外在的事物,把它当做景象来观照,而渴望去欣赏它,既然作为景象来观照,就要在身外来观照了。然而,必须有内视工夫,才能见到物我合一,见到物即是我,正像一个人一旦被阿波罗或什么诗神凭附,就能在自己心中见到神的形象,有了以心视神的

① 朱光潜:《西方美学史》上卷,人民文学出版社 1979 年版,第 116 页。
② 《缪灵珠美学译文集》第一卷,中国人民大学出版社 1998 年版,第 236 页。
③ 塔塔科维兹:《古代美学》,杨力等译,中国社会科学出版社 1990 年版,第 417 页。

能力那样"①。这种以心映物、心物感通的思想,与中国传统的审美观念有相通之处,可惜在西方长期未能受到重视。其实,剥开其神秘主义面纱,其中正包含着对审美体验的独特见解。

普罗提诺的文艺思想也是以他的美学思想为基础的。

三　艺术的摹仿与独创

对于艺术,普罗提诺继承了古希腊的摹仿说。在本体的意义上,普罗提诺继承了柏拉图的学说,将艺术的摹仿追溯到自然的本源,即理式。《九章集》第四集第8篇:"艺术并不只是摹仿由肉眼可见的东西,而是要回溯到自然所由造成的道理。"当然这种理式,普罗提诺是侧重于神性,认为神是万象的根源,是一切存在的基本原则,当然更重要的,普罗提诺认为它源自艺术家的心灵。

普罗提诺在西方第一次明确地将美与艺术联系起来。他认为:"这块由艺术加工而造成形式美的石头之所以美,并不因为它是石头(否则那块顽石也应该像它一样美了),而是由于艺术所放进去的理式。然而,这种理式不是石头的自然物质原有的,而是在进入石头之前早已存在于那构思者的心灵中;而且这理式之所以存在于艺术家心中,也不是因为他有眼睛和双手,而是因为他参与艺术的创造。"②这里,普罗提诺的理式,就不仅是神性的体现,同时表现了艺术家的创造力。在现象的层面上,普罗提诺扬弃了柏拉图对艺术中摹仿的看法,并接受亚里士多德的看法,替艺术辩护。他认为艺术不仅摹仿自然形态,而且追溯其所以然。不仅如此,普罗提诺还特别强调艺术的想象力和创造。

在第四集第8章中,普罗提诺说:"艺术中还有许多东西是艺术家自己独创的,弥补事物原来缺陷的,因为艺术本身就是美的来源。"在《九章集》第8篇中,普罗提诺说:"假如有人贬低艺术,说艺术的创造不过是摹仿自然,我们要首先回答:即使自然的造物也是摹仿另一种存在;再则,应该知道,艺术也决不是单纯摹仿肉眼可见的事物,而必须回溯到自然事物所从出的理念这根源;不仅如此,况且许多作品是艺术所独创的,因为艺术既具有美,它就能补救事物的缺陷。"③普罗提诺举斐狄亚斯为宙斯铸像为例,认为这种补救是通过想象实现的。

普罗提诺认为,物质材料之所以能变成艺术品,之所以能变成艺术的美,是因为它经过了艺术家的降伏,从中灌进去了自己的构思,使物质材料体现了自己的构思。普罗提诺以石雕为例,说石头"经过艺术降伏,成为神像或人像"。而石像的美"只能达到顽石被艺术降伏的程度"④。当然,由于作品受材料降伏程度的限制,心灵的构思高于作品的美。比起现实来,艺术品由于经历了心灵的创造,便比现实更高级更美。

---

① 《缪灵珠美学译文集》第一卷,中国人民大学出版社1998年版,第257页。
② 《缪灵珠美学译文集》第一卷,中国人民大学出版社1998年版,第246页。
③ 《缪灵珠美学译文集》第一卷,中国人民大学出版社1998年版,第247页。
④ 《缪灵珠美学译文集》第一卷,中国人民大学出版社1998年版,第246页。

　　普罗提诺在他的作品中提出了一系列关于艺术的富有启发性的见解。如他认为艺术品中"所具有的艺术美比外在的现实美更高些、更美些"。"没有音乐就没有音乐家,是音乐创造出音乐家来,而且是先验的音乐创造出感性的音乐。"①这些见解不仅深刻,而且对后世产生了深刻的影响。

---

① 《缪灵珠美学译文集》第一卷,中国人民大学出版社 1998 年版,第 247 页。

第一节
概述

"中世纪"一词最早出现在欧洲文艺复兴时期。最初是 15—16 世纪意大利人文主义语言学家和历史学家比昂多等人，崇尚希腊、罗马古典文化，认为西罗马帝国灭亡和古典文化复兴之间的一段时期，是古典文化衰落的"中间的世纪"，即"中世纪"。17 世纪末，德国历史学家克利斯托弗·凯列尔的《历史进程》（又称《通史》）把人类历史划分为古代、中世纪和近代。在文化的意义上"中世纪"主要指从 4、5 世纪古希腊罗马的文化衰落到 15 世纪古典文化复兴这一段大约 1000 年左右的时间。后来，人们又从政治的意义上使用"中世纪"这个词，主要指公元 476 年西罗马帝国灭亡到 1453 年东罗马帝国的灭亡这段大约 1000 年左右的时间，当然也有人将中世纪的下限划到 1640 年的英国资产阶级革命。不过，从文化的意义上讲，中世纪是一个绵延的过程，不能简单以事件为标志。它主要指公元 4、5 世纪古希腊罗马的文化衰弱到 15 世纪古典文化复兴这段时间。人们最初使用中世纪这个词时，意在抨击那个黑暗统治的时代，反映了新兴资产阶级对封建教会和贵族统治的仇恨。尽管如此，中世纪在欧洲文明史上的地位是不可抹杀的。严格说来，欧洲文明迄今为止只有 3000 余年，中世纪就占了三分之一左右，而且它在欧洲文明的发展历程中虽然称不上繁荣，却依然是西方文明进程中有机的一环，起着承前启后的作用。文艺复兴时期的文化是在中世纪的母胎里孕育成熟的，尽管文艺复兴时期提出的口号是"回到古希腊"，而且在政体及文化等多方面借鉴了希腊民主和文化传统，但经历过中世纪的西方文化，与古希腊和罗马古典文化便有了显著的不同。自此以后，西方文化便深深地打上了基督教文化的烙印。

一　社会背景

中世纪的政治与基督教的发展是密切相关的。基督教源于被征服的巴勒斯坦的希伯来民族，源于穷苦人的宗教，目的是为生活在苦难之中的人们寻求精神上的解脱。在反抗无望的背景下，传说中的基督教创始人耶稣主张人们应寻求自我解脱，要求人们道德上自律，主张平等博爱，四海之内皆兄弟。一开始，基督教曾因群集而受到罗马帝国的镇压，基督徒们先后被尼禄、塔雅努等罗马皇帝钉十字架、点天灯、喂野兽。由于反对犹太教繁琐的仪式和僧侣制度，耶稣传道三年后就被犹太教僧侣捉去送给罗马总督，最后在十字架上被钉死了。又由于早期基督教拒绝将罗马皇帝当神崇拜，便遭到了罗马皇帝的仇视与迫害。公元 60 年前后，罗马遭大火洗劫，皇帝疑心是基督徒所为，便对他们进行血腥屠杀，后来又毁坏教堂，禁止集会，焚烧基督教经书，直到公元 135 年希伯来人最后一次起义失败。后来，君士坦丁大帝接位，他看到基督教广泛的群众基础，感到基督教只可利用、疏导，不可镇压，于是在公元 313 年为基督教颁布"米兰敕令"，325 年亲自主持尼西亚主教公会，规定基督教信条，承认基督教在罗马帝国的合法地位，把基督教定为国教，利用它形成一个便于统治的组织。后来，随着东西罗马的分裂,基督教逐渐分为东正教(东教会)和天主教(西教会)。天主教会的首领后来同时是世俗政权的首领,他们以神权控制政权,结成了神权和政权的联盟。这就是"神圣罗马帝国"的所谓"政教合一"的封建制度。

近代意义上国家的兴起,世俗政权的抬头,乃是教廷与世俗政权之间冲突的结果。为了实现扩张,以罗马教会为首的天主教会曾勾结世俗统治者组织"十字军"用来镇压反天主教会的"异端运动"。1095 年,罗马教皇乌尔班二世称要从异教徒手上夺回圣地耶路撒冷,于是对地中海地区发动了"十字军东征",后来又多次东侵。这种东征客观上促进了手工业的发达、商业往来的频繁和文化的交流,加剧了教廷和世俗政权的矛盾、民间与教会的矛盾,以及基督教与其他宗教的矛盾。自此,反封建反教会的浪潮日益高涨,直到文艺复兴时期,资产阶级日渐削弱了封建教会,西方进入了近代资本主义社会。

二　文化背景

中世纪的文化主要是以基督教为核心的文化,反映了希伯来文化与希腊文化的融合,以及新侵入的部落如哥特人的某些文化特征,同时还打上了时代的烙印,并因时代的迁移而经历了一个变迁的历程。

基督教是在古犹太教的基础上,糅合了中东埃及有关部族的宗教信仰改良而成的。它接受了古犹太教的一神教模式,在公元 1 世纪产生于小亚细亚、叙利亚、埃及等地区的犹太人中,传说是由作为木匠的耶稣建立起来的,起初体现了穷苦人的美好愿望,带有一定的世俗特征。古犹太教的教义作为旧约被保留在《圣经》之中,而新约中的一部分则反映了原始基督教对现实不满的思想。基督教被皇帝规定为罗马帝国唯一合法的宗教信仰后,随之很多教义发生了变化,如要求奴隶服从主子等,并且出现了教皇统治一切的政教合一的局面。又由于基督教的"非民族化"的特点和"超越尘世"、"因信称义"等教义,使得它与古犹太教有了很大的不同。后来查理大帝受封,神圣罗马帝国形成,世俗政权与教廷既相互勾结又相互冲突,最终世俗政权战胜了教廷,近代国家开始兴起。其间有教廷堕落、宗教改革、教派纷争等情形,使得基督教在不断地变迁。

基督教文化中还吸纳了希腊罗马的古典文化。基督教在其形成过程中,不知不觉地吸纳了既有的希腊罗马的古典文化。虽然公元 5 世纪哥特人和日耳曼人的入侵,使得欧洲文明开始倒退,一度陷入了混乱、落后的生活状态,希腊文化知识消失,懂拉丁文的人日渐减少,书籍被抛弃、藏匿、破坏、遗忘,教士们甚至荒诞地歪曲了基督教的精神,但业已存在的希腊罗马的古典文化根深蒂固地影响着民众的心灵。从普罗提诺开始形成的新柏拉图主义,为基督教哲学提供了基础。厄里根纳作为新柏拉图主义者,也是经院哲学中实在论的先驱。经院哲学中的唯名论与实在论之争,正是由柏拉图和亚里士多德思想的分歧延伸而来。后来,教会认为新柏拉图主义的泛神论与正统的基督教教义相抵触,将它们视为异端,亚里士多德的思想得到了重视,教会便强化了亚里士多德哲学与基督教教义相吻合的一面,使得亚里士多德的哲学成了官方哲学。在教会分成东西两派的时候,东部教会受希腊文化的影响相对较大,西部教会受拉丁文化的影响相对较大。到中世纪晚期,随着教会的衰落,自然科学的兴起,一些学者又要求恢复亚里士多德重经验事实的本来面目。总体上看,基督教文化从发展到衰弱,都与古典文化有着密切的联系。

同时,中世纪的文化还打上了时代的烙印。哥特人和日耳曼人的入侵虽然破坏了古典文明,但也给基督教文化带来了新的成分,哥特人好动的本性、独立自主和尊重妇女的生活态度、丰富的想象力等特点对中世纪的文化产生了持久的影响。现代意义上的不少高等学校,如巴黎大学、牛津大学等,都是在中世纪建立、发展起来的。西罗马帝国灭亡后,欧洲进入了一个无政府时代,欧洲的近代各国在逐步孕育成熟,其基本语言如法、意、英、德等国的语言,均在中世纪由拉丁语方言变化而生成。经历了中世纪以后,西方的文明与古希腊和罗马古典文化时期便有了显著的不同。

三 文学概貌

中世纪的文学经历了一个早期的传统文学的衰微,继起的宗教文学的形成与发展,后期的骑士文学、英雄史诗和城市文学的兴起的过程。而经济、政治、文化等因素的影响在其中起着重要作用。

中世纪早期的文学发展总体上是迟缓的、受阻碍的。当时物质的匮乏,自然经济发展的不成熟,局限了文学的发展。由于当时正处在社会的转型期,旧的奴隶制正在崩溃,占有大量物质财富的奴隶主阶级已经没落,无法扶持文学。而一般的新兴农民也没有从事文学活动的素质和条件。当时的国王和统治阶层因西哥特人410年占领罗马、匈奴人虐劫意大利北部、汪达尔人又从海上虐劫意大利,而从战争中成长起来,到6世纪30年代,东罗马皇帝君士坦丁在意大利进行了20多年的"哥特战事"。其中许多国王是马上得天下,大字不识,一般的教士读、写均差,就是主教和教皇的文化水平也很低下。像教皇格里高利一世,他的拉丁文就很蹩脚,而他惯用的文体却很流行。新的封建领主阶层正在形成过程中,这些新贵们很多是野蛮民族侵袭、起义的头领,他们只知道饮宴、享乐、淫佚、奢侈、懒惰、讲排场,根本就不懂文学,更谈不上发展文学。古典文艺的衰弱,与基督教的兴起很有关系。从4世纪米兰敕令承认帝国境内有信仰基督教的自由起,帝国境内就罢黜百教,独尊基督。基督教起初把古希腊、罗马的文化和艺术看成是基督教的异端,教皇格里高利一世,曾下令烧毁罗马城边有丰富藏书的图书馆。在修道院里,他们为了抄写他们的圣经、咒语等,刮净了写着古代学者著述的羊皮,毁灭了无数有价值的文献。

中世纪的文学是从教会文学开始的。教会文学主要包括以赞美上帝和圣经故事为主要内容的作品,包括圣徒传、祷告词、梦幻故事、赞美诗等,目的是为了普及教义、增强信念。当然其中也有一些作品是较优美的,如公元5世纪的一首歌颂基督的诗:

> 你是未驯小马的缰绳,
> 也是有定向飞鸟的羽翼。
> 你是我们海船的舵,

也是上帝羊群的牧者。

你的那些天真的孩童，

聚在你的周围，

用没有玷污的嘴唇，

圣洁地歌唱，

真诚地赞美——

基督,他们的导师。

在古希腊罗马文学中,自然是一首歌,讴歌了人的精明和伟大。在基督教文学中,人却成了一首"优美的诗",用自身的"道义、仁爱、谦恭、温柔"赞美了"创造一切并超越一切"的上帝。总的说来,教会文学作品有一定的概念化、公式化倾向,但受古典文学传统和东方文学的影响,出于表现的需要,这些作品在象征、寓意手法上有一定的突破。后来许多圣经故事及基督教精神深刻地影响了西方近现代文化,成为西方文化的重要组成部分,与教会文学是密切相关的。

中世纪的骑士文学与骑士制度有关。骑士本是罗马的一个社会阶层,通过骑兵役立功而获得封邑。到中世纪,因几次十字军东征,接触了东方文化,骑士们形成了统治者所依赖的独立阶层,并与贵妇人之间形成独特的关系,其道德信条是忠君、护教、行侠、尚武。骑士文学属于封建世俗文学,肯定现世的幸福,富有传奇色彩,重视人物的内心刻画。其内容主要包括爱情与复仇,功绩与荣誉。尤其是描写骑士与贵妇人之间的爱情的故事,占着很大的比重。骑士文学包括借鉴民间文学的骑士抒情诗,如牧歌——描写牧羊女对骑士的拒绝的歌,破晓歌——描写骑士与贵妇人幽会,天明前赶快离开的歌等。有些以贵妇人口吻写的诗泼辣、大胆,甚至会喊出"占有我吧,取代我丈夫的位置吧!"这样的声音,全然感受不到中世纪禁锢的痕迹。这也说明文学具有独立于官方意识形态的自身特征,一如在宋明理学时代依然会出现色情小说一样。法国北部的骑士叙事诗《特里斯丹和绮瑟》是骑士文学的重要代表,体现了骑士精神的理想。

英雄史诗是在民间口头文学的基础上发展起来的,而它在中世纪的盛行,与十字军东征的背景有关。一些古老的反映氏族部落生活的史诗,在传抄过程中也受到基督教时代精神的影响,如盎格鲁·撒克逊的英雄史诗《裴欧沃夫》,另有一些在十字军东征过程中出现的英雄,也在史诗中得到表现。中世纪著名的英雄史诗有法国的《罗兰之歌》,西班牙的《熙德》、德国的《尼伯龙根之歌》、俄罗斯的《伊戈尔远征记》等。这些作品在情节安排和创作手法等方面有相当的成就,对后世的叙事文学有重要影响。

在中世纪后期,城市文学颇为盛行。欧洲各国从11世纪开始,随着手工业和农业的分离,商业的兴起,出现了城市,并且逐步取得了自治权,形成了市民文化,由城市居民所创作的文学,被称为城市文学。城市文学多取材于现实生活,反映了市民们世俗的思想感情,在一定程度上抨击和否定着封建制度和教会教义。这些作品通俗生动、清新活泼,常用讽刺手法。当然其寓意、象征等手法继承了古典文学和教会文学等其它文学类型的成就。城市文学主要包括韵文小故事、讽刺叙事诗、寓言诗等。韵文小故事最早产生于法国,代表作有《驴的遗嘱》、《吃桑葚的教士》、《撕开的鞍褥》、《农民医生》等。它们短小精悍,具有讽刺、教化等特征。后来的文学作品如《十日谈》、《坎特伯雷故事集》等,多受此启发。寓言诗中的民间动物故事,在城市文学中有着突出的成就,主要有以《列那狐传奇》为代表的列那狐系列故事。

总的说来,中世纪文学更多地受到基督教文化的影响,即使是反教会的作品也不可避免地打上了基督教文化的烙印。而且作为传统,基督教文化影响了后代的文学。后世的大量经典作品,如但丁的《神曲》、夏洛蒂·勃朗特的《简·爱》、托尔斯泰的《复活》、陀斯妥耶夫斯基的《罪与罚》、《卡拉马佐夫兄弟》、艾略特的长诗《荒原》等等作品之中,都明显地体现了基督教的精神。至于大量使用《圣经》典故和思想模式的作品,更是不胜列举。因此,无视"中世纪"的文学是不公平的。

四 文论综述

中世纪的文论在总体上与具体文学、文化大背景发展的曲线是相适应的,文艺思想也大致经历了从仇视文艺到探索文艺的内在规律的过程。早期的思想家们常常根据自己的信仰,列数文艺的罪状,否定文艺。在他们看来,古代艺术中没有上帝,却有异教诸神;不讲灵魂的戒修,却讲摹仿自然;拒绝永恒的福音,而倡导俗世的享乐。公元 2 世纪初,使徒后期的著名思想家尤斯汀(Justin Martyr,? —约 165)在《护教辞》中抨击古代雕像艺术是"毫无意义"和"污辱真神"的举动。公元前 2 世纪末,亚历山大派的宗师克雷孟特(Clement of Alexandria,约 150—215)在《对希腊人的劝勉》中劝诫希腊人丢弃对神话、史诗及雕像的眷恋,说这些作品不仅污辱了神,而且糟蹋了泥土,不仅无助于净化灵魂,而且刺激了人的邪念:"据我看来,一个活人那样热诚地将自己消磨于物质,他简直是疯了。"他们认为异教徒的文学是与异教徒的旁门左道的邪说联系在一起的。早期的基督教教父德尔图良(Tertullian,约 150—220)认为戏剧得到一对恶魔——情欲和色欲的庇护,得到巴克斯和维纳斯的庇护。德尔图良还认为上帝是真理的创始者,不喜爱任何虚假,而艺术则是通过想象力在造假。"上帝认为男人穿女子的衣服应该诅咒,而扮演女子角色的男演员呢?"基督徒认为只有爱、快乐、和睦、顺从、节制、仁慈等是精神果实,而异教徒的世俗艺术的情感则与之相反。他们认为艺术是塞壬(Siren)[①],波伊提乌认为缪斯九女神是污秽的女子。甚至佛罗伦萨的圣·安东尼认为:"技艺(广义的艺术,中世纪包括文学)的说法来自'moechor'(通奸犯罪)一词。"他们的这些反艺术、反文学的言论,并不是他们不懂文学艺术,而是对文学艺术看得很透,诸如对文学艺术的效果等等。他们主要是从基督教的道德观的立场来谴责文学艺术,正如柏拉图从理想国的立场来谴责文艺一样。

后来教会文学兴起,思想家们在神学体系中阐述自己的文论思想,其中对与基督教精神

---

① 希腊神话中半人半鸟的海妖,以美妙的歌声诱杀经过附近的航海人。

相合的寓意、象征等手法,作出了深入的探讨。到中世纪中后期,随着文艺的相对繁荣,文艺思想也相对丰富。

第二节
圣·奥古斯丁

一 生平及著作

圣·奥古斯丁(Saint Aurelius Augustinus,354—430),欧洲中世纪著名神学家和哲学家,基督教神学早期的重要代表,号称"教会之父"。他出身于北非的塔加斯特城(今阿尔及利亚的苏克阿赫拉斯),当时这里归罗马统辖,深受罗马文化的影响,父亲是异教徒,母亲是基督教徒。他自幼受过良好的教育,在家乡的文法学校学习文法,16 岁时去迦太基学习修辞学,17 岁丧父,靠亲戚接济,完成了当时的初、中、高三级制教育,先在迦太基城,后来又去罗马和米兰任修辞术和雄辩术教师达 12 年之久。据他的《忏悔录》介绍,他早年沉迷于情欲,生活放纵,同时求知欲也极强,有 9 年的时间信仰波斯的摩尼教,386 年在米兰任修辞学教师期间,受该城大主教安布罗西乌斯相识,深受其影响,并接受洗礼,改信基督教,不久便回到北非,391 年被举为希波城的神甫,396 年被提升为希波主教,积极从事教会事务和反异教的斗争,成为罗马基督教神学界的核心人物。他将古希腊罗马与希伯来的思想及其宗教精神融为一体,形成了他影响中世纪始终的基督教思想体系。430 年,在汪达人侵入北非,希波城被困的第三个月,奥古斯丁病逝。

据他自己说,他早年曾写过《论美与适宜》,但当时就失传。他的主要著作有《上帝之城》、《忏悔录》、《三位一体》、《论自由意志》、《论音乐》、《论激情》、《独语录》等,大都涉及文艺问题。

二 反对世俗文艺

奥古斯丁在皈依基督教后,将世俗文艺看成是基督教神学的仇敌,要求文艺成为神学的奴婢。在《忏悔录》中,他反省自己的经历,后悔自己曾经为古希腊罗马作品中人物的悲欢离合所打动。他责备自己曾经为狄多的殉情而伤心落泪,却不曾为自己因此背离上帝而痛哭;悔恨自己曾醉心于那些描写淫乱的朱庇特和朱诺的诗歌,让罪恶的欲望玷污了自己的心灵。具体说来,奥古斯丁认为世俗的文艺有以下几条罪状:

1. 艺术作品亵渎神灵。奥古斯丁深受柏拉图文艺观的影响,认为诗人摹仿坏人坏事,让人干了坏事,却以为是在效法神灵。他说:"的确荷马很巧妙地编写了这些故事,是一个迷人的小说家,但对童年的我来说却是真讨厌","荷马编造这些故事,把神写成无恶不作的人,使罪恶不成为罪恶,使人犯罪作恶,不以为仿效坏人,而自以为取法于天上神灵。"[①]与柏拉图不

① 奥古斯丁:《忏悔录》,周士良译,商务印书馆 1991 年版,第 18、19 页。

同的是,古罗马时代信奉多神教,而奥古斯丁所信奉的基督教则是一神教,因此,荷马的史诗写了众多的神乃是对唯一的真神上帝的亵渎。而且把罪恶推给神,这就掩盖了人的罪恶本质,把人的原罪推到神的那里。

2. 艺术作品败坏道德。奥古斯丁以宗教的道德标准衡量文艺,认为古希腊罗马的作品宣扬七情六欲,腐蚀着人的灵魂。作品中所塑造的既是雷神又是奸夫的宙斯,把人间的罪行移到神的身上,以假雷神的形象鼓励和帮助现世的奸淫,使罪恶显得不是罪恶,摹仿堕落的人好像摹仿的是天上的神。

3. 受柏拉图影响,奥古斯丁反对欣赏悲剧时以悲痛为乐趣。他认为古希腊罗马的文艺,点燃了万恶之源的欲望,又让人产生幸灾乐祸的虚假怜悯,以别人的痛苦为自己快乐的源泉,这就违背了拯救人于苦难之中的有慈悲情怀的基督教精神。人要看悲惨的事情,使自己悲哀,同时又作为旁观者从悲哀中获得快乐,这种慈悲便不同于基督教的慈悲。因此,世俗文学所引起的悲悯和同情是有害的,同情的对象是世俗的激情。

4. 艺术作品是虚构的,因而带有欺骗性。他认为舞台上的悲剧是虚构的,是假装的激情,是为邪恶中的悲欢离合而感到愉快。与骗子相比,骗子的目的是刻意欺骗,而艺术的目的则是给人们带来快乐。"每一个骗子都想欺骗,但不是每个讲寓言的人都有意于欺骗。因为哑剧、喜剧和许多诗篇中都充斥着寓言,其目的却是给人愉悦而不是欺骗,而且几乎每个讲笑话的人都在讲寓言。"[①]这与基督教教义强调真实性是背道而驰的。同时,诗的虚构使罪恶显得神圣,从而败坏人心。它的感染力越大,对人的毒害也就越大。

三 文艺为基督教服务

但奥古斯丁并不反对一切文艺,他要求文艺为基督教服务。他认为过去的文艺不符合基督教教义,所以是虚假的、有害的。到了后期,他又对世俗的文艺作出了一些新的解释。在《致涅塔留书》中,奥古斯丁虽然还反对艺术家摹仿宙斯的淫乱,但同时希望古代的神话另有解释,这为后来的神话寓意说和象征说思想提供了启示。他已看到世俗艺术已植根于民间,渗透在一切艺术中,因此,他提出文艺只要与基督教神学相吻合,便是对人有益的。

他在批评艺术虚构的消极性的同时,还将艺术的虚构与摩尼教的虚构进行比较,肯定虚构是艺术的本质特征。"文章家和诗人们的故事也远优于那些欺人的妖言,诗歌与'密提阿飞行'的故事比毒害信徒的'五元素化身大战黑暗五妖洞'的荒诞不经之说也远为有用。因为我从这些诗歌中能汲取到真正的滋养。我虽则唱着'密提阿飞行'的故事,但我并不说实有其事,即使我听别人唱,也不会信以为真的。"[②]他还说:"如果一幅画中的马不是虚构的马,它又如何成其为真正的绘画呢?"[③]

奥古斯丁还从《圣经》作品出发,对象征问题提出了自己的看法。他认为,《圣经》中"有

① 奥古斯丁:《独语录》,成官泯译,上海社会科学院出版社 1997 年版,第 50 页。
② 奥古斯丁:《忏悔录》,周士良译,商务印书馆 1991 年版,第 43 页。
③ 转引自塔塔科维兹:《中世纪美学》,褚朔维等译,中国社会科学出版社 1991 年版,第 79 页。

些事物的概念是已经确切规定,世世相传,绝无增损",但《圣经》中还常常"使唯一的真理,通过肉体的行动,在我们的思想中构成形形色色的想象而表达于外。"①他以《创世记》中"滋生繁殖"一词为例,说它能象征芸芸众生,概括许许多多的社会现象,包括各色人等。

同时,奥古斯丁还提及语象所能给人的乐趣。所谓"语象"是指象征语言中的形象。象征语言之所以能给人以乐趣,一是因为它具有形象性的特征,二是它需要人们借助于联想、想象去进行推断和猜想,让读者从艰苦的追寻中获得乐趣。文学与宗教的相通之处,就在于它们都以语言为手段去描绘形象、表达意义,而象征的手法是两者共同的。但象征是宗教的全部手段,却也是义学手段的一种。他对象征的重视及研究,不但影响了中世纪的基督教神学,而且对文艺复兴及浪漫主义、象征主义都有相当的影响。

和柏拉图一样,奥古斯丁也是位文学修养很高的人,而且有很深刻的思想。正因如此,他才会对文学提出精湛的见解,只是囿于基督教的世界观,才对文学加以抨击的。

第三节
阿伯拉尔

一　生平及著作

阿伯拉尔(Petrus Abaelardus,1079—1142),中世纪法国著名的经院学者、著名的哲学家和科学家。阿伯拉尔的一生充满了传奇色彩。他 1079 年生于法国南特的一个获得骑士封号的贵族家庭,自幼聪敏绝伦、能言善辩,后来抛弃父亲的遗产和封号投身于经院、攻读哲学。他 20 岁时离开家乡到巴黎求学,就学于著名哲学家洛色林,后来又师从著名经院学者威廉,因当众与威廉辩论并使威廉难堪,被威廉逐出校门;后自立学校广收门徒,据说就学者当时多达 5000 余人,而他当时只有 36 岁。在讲学过程中,阿伯拉尔与女学生爱洛依丝一见钟情,双方互通情书,后来同居,并生有一子。阿伯拉尔与爱洛依丝的爱情遭到爱洛依丝叔父的坚决反对,爱洛依丝叔父雇佣流氓将阿伯拉尔阉割,将这对恋人拆散。后阿伯拉尔进入圣丹尼斯修道院,而爱洛依丝也在另一家修道院做了修女。在修道院期间,阿伯拉尔因与院长辩论哲学而屡遭迫害,不得不逃离修道院,再次自立学校,收徒讲学,著书立说。阿伯拉尔主张独立思考的精神,使他在中世纪经院哲学唯名论和唯实论的斗争中,坚持唯名论的立场。其思想常与教义相悖,使得教会对他进行迫害,特别是在教皇格里高利七世加强对教会的控制后,其学说被判为异端,其著作被焚毁,并以教皇的命令,禁止他收徒讲学和著书立说。他晚年寄居朋友家中,生活凄苦,以读书默想终其余年,死后与爱洛依丝同葬于巴黎。

阿伯拉尔的著作主要有《科学引论》、《辩证法》、《哲学对话集》、《是与非》等。其文艺理论思想主要体现在他的自传体性质的书信《我的患难生涯》以及与爱洛依丝的往来书信中。

---

① 奥古斯丁:《忏悔录》,周士良译,商务印书馆 1991 年版,第 307 页。

这些书信后人辑为《阿伯拉尔与爱洛依丝书信集》，是中世纪世俗文学的名著，后来文艺复兴时期法国启蒙家卢梭曾模仿这个书信集写出著名的书信体小说《新爱洛依丝》，可见其经历和思想对后世的影响。尽管阿伯拉尔在献身经院与追求爱情之间有着深刻的矛盾，内心的宗教信仰与世俗的自然感情、灵的倾向与肉的倾向在他身上不断冲突，但由于阿伯拉尔近乎传奇更近乎悲剧性的人生经历，使得他的文艺思想与中世纪神学文论判然有别，体现出鲜明的人性色彩和世俗倾向。

二　艺术的独立性

阿伯拉尔是一位经院哲学家和科学家，同时也是一位精通世俗文学的作家。他对古希腊罗马诗人贺拉斯、奥维德、琉坎等人的讽刺诗和恋歌尤为推崇。早在青年时代，他就以恋歌闻名于世。"如果我有时间写诗，我总是写恋歌，不写颂扬哲学的圣诗。你知道这些诗大部分流传到今日，在许多地方还有人歌唱着，尤其是那些生活像我那样的人们。"[①]阿伯拉尔的恋歌以描写世俗生活尤其是男女两性的爱情为主，具有高超的艺术成就和强烈的感染力，爱洛依丝在给阿伯拉尔的信中这样写道："在研究哲学的余闲，你常常作诗以自遣，你的不少恋歌在民间流传，因为诗词优美、音调和谐，博得人人歌唱，使你扬名于世，有口皆碑，甚至不识字的人也懂得欣赏你的诗韵的美。……你的诗多半是歌唱我们的爱情，不久我的名字也传播到天涯海角，使得许多女子羡慕我，妒忌我。"[②]禁欲主义和来世主义是基督教信仰的两大基石，从教会文艺观出发，文学只能描写教士的苦修和上帝的美德，引导人们禁绝现世的欲望，潜心修行以求死后灵魂升入上帝的天国。阿伯拉尔公开歌颂世俗爱情，赞美现世的人生幸福，是对基督教文艺观和教会文学创作的一种公开挑战，在基督教神学文艺笼罩下的中世纪不啻是一声旷古的绝响，而且动摇了教会文学的基石，为世俗文学争得了合理的地位和发展的空间。

在文艺理论上，阿伯拉尔强调艺术的独立地位，主张文艺应从神学的桎梏下解放出来，按照艺术特有的目的进行创作。他说："文艺有其特有的目的，与神学的目的不同，所以世俗文艺应有其相对的独立地位，文艺不应做神学的"奴婢"。"[③]"诗神要求从上帝宝座下解放。"[④]在中世纪基督教的统治下，无论是在现世生活中还是在意识形态领域，上帝的权威都是独一无二的。为上帝的存在和至上作理论辩护和求证的神学统治着一切文化和艺术，不唯文学，哲学、艺术、科学等一切学科都是神学的奴婢。阿伯拉尔对文学艺术独立地位的强调，在内在精神上已经触及对上帝权威和神学合理性的怀疑和反思，文艺复兴时期但丁的文论和文学创作的基调与思维模式在这里已露出端倪和脉络。

---

① 转引自缪朗山：《西方文艺理论史纲》，中国人民大学出版社 1985 年版，第 236 页。
② 转引自缪朗山：《西方文艺理论史纲》，中国人民大学出版社 1985 年版，第 237 页。
③ 转引自缪朗山：《西方文艺理论史纲》，中国人民大学出版社 1985 年版，第 237 页。
④ 转引自缪朗山：《西方文艺理论史纲》，中国人民大学出版社 1985 年版，第 237 页。

三　情感论

阿伯拉尔从自己的创作实践出发,认为作家的创作取决于两个因素,一是作家所生活的环境,二是作家在审美观照时的感情。出于其独特的情感经历,阿伯拉尔重点论述了情感在文学创作中的主导作用。与爱洛依丝的忠贞爱情和苦难的人生经历是阿伯拉尔恋歌创作的母题和心理动向。他在《我的患难生涯》中说:"相爱的男女在分离时是何等痛苦啊! 离愁、别恨、惭愧、后悔交混在我的心头! 我为她的悲哀而后悔,后悔又加重我的悲哀! ……我们所经历过的羞惭使我们对于我们的爱情更没有羞惭畏缩,我们愈没有羞惭畏缩,我们就愈想歌颂我们的爱情。无怪,荷马要高歌战神与维纳斯的真情的恋爱。"①虽然身为一个中世纪经院学者、神学大师,但阿伯拉尔并没有否认感情,否认两性之间的真情爱恋。在其自传性的信中,阿伯拉尔描述了他与爱洛依丝哀婉曲折、感人至深的情感纠葛,并对其抱有深深的敬意,认为正是与爱洛依丝的苦难而真挚的爱情促成了他的文学创作,并且列举荷马歌颂战神与维纳斯的爱情作为明证,来证明正是伟大的情感,促成了伟大的创作。阿伯拉尔的理论观点也为后来的诸多文学史家所证实,但丁的《神曲》,莎士比亚的十四行诗,歌德的诸多优美的爱情诗篇背后都有一段离奇而曲折的爱情故事。

阿伯拉尔认为人的情感不仅影响到作家的创作,也影响到读者的文学鉴赏。他自己现身说法,主张用现实的生活来影响人的情感。"生活的实例往往比千言万语的说教更有力量,它能够激发或者和缓人类的激情",它使读者能"有勇气来面对人生的一切磨难"。② 同时,由于我们彼时彼地的不同情感心绪,眼中的人物便带上了我们主观的感情色彩。对此,阿伯拉尔有一段在今天看来仍十分精彩而独到论述。"因为我们观照自然现象时的心情不同,我们有时把秋夜的星星称作明珠,有时称作眼泪;有时欢呼晚霞的美,有时悲悼落日的斜晖;有时觉得月亮分外光明,有时埋怨它撩起怀人的愁绪。宇宙间没有永恒不变的美,事物的美总染上我们自己的感情。"③在西方文论史上,阿伯拉尔最先明确地肯定了主体,肯定人的主观情感在审美鉴赏中的作用,对后世的影响是深远的。文艺复兴时期的文学、浪漫主义诗歌都可见出阿伯拉尔情感鉴赏理论的影响。即使比之于后世浪漫派的情感理论,阿伯拉尔的前述思想也不失精当,对后世影响巨大的"移情理论"无疑可以追溯到阿伯拉尔的情感理论。

阿伯拉尔是中世纪的一位独特的文学理论大师,他在神学文论的上帝之响中唱出饱蘸人类情感的世俗心音。如果说他强调文学的独立地位囿于神学背景,而不具有普泛的理论意义的话,那么他对情感问题的论述应该说已触及了文学理论中作家和读者的心理因素这一永久的文论主题。阿伯拉尔的文学理论虽不成体系,但在中世纪基督教神学背景下,我们更应看到其中所体现的独特精神价值和理论勇气。

---

① 转引自缪朗山:《西方文艺理论史纲》,中国人民大学出版社 1985 年版,第 238 页。
② 转引自缪朗山:《西方文艺理论史纲》,中国人民大学出版社 1985 年版,第 239 页。
③ 转引自缪朗山:《西方文艺理论史纲》,中国人民大学出版社 1985 年版,第 240 页。

第四节
圣·托马斯·阿奎那

一　生平及著作

圣·托马斯·阿奎那(Saint Thomas Aquinas，1225—1274)，生于意大利的洛卡塞卡，该城堡是阿奎那家族的领地。阿奎那家族是伦巴底的望族，与教廷和神圣罗马帝国皇帝都有着密切的联系。父亲朗道·阿奎那是当时洛卡塞卡的首席长官，母亲是伦巴底亲王的后裔。自幼托马斯就被父母寄予厚望，希望能继承父亲的志向，日后能够一揽该城的行政大权。五岁时，托马斯被父母送到当时颇有学术地位和政治威望的蒙特卡西诺修道院。在这里托马斯系统地学习了中世纪学校规定的所谓自由的"七艺"。1239 年被革除教籍的弗里德利克二世关闭了蒙特卡西诺修道院，托马斯随之入那不勒斯大学学习，在这里接触到亚里士多德的形而上学、自然哲学与逻辑学著作。1244 年托马斯不顾家人的激烈反对加入多明我会。多明我会计划把他送到洛尼亚的总堂深造，但他在半路被其兄弟劫持回家并被囚禁。1245 年托马斯终于摆脱家庭的控制，到巴黎的圣雅克修道院学习，师从哲学家大阿尔伯特学习基督教神学与哲学。1248 年，大阿尔伯特在科隆开设大学馆，托马斯也随之到科隆继续学习。1250 年大阿尔伯特推荐托马斯入巴黎大学神学院学习，1256 年春完成学业。在教皇的直接干预下，托马斯获得神学硕士学位。托马斯从此便开始了教学和著述生涯，先后在罗马、巴黎、科隆等地讲学。从 33 岁起，托马斯担任罗马教皇的神学顾问和皇帝的政治顾问，48 岁时在法国里昂死于出席宗教会议的途中。托马斯是公认的基督教史上影响最大的神学家，中世纪最为重要的经院哲学家和实在论者，新柏拉图主义的继承者，他的学术被称为托马斯主义，19 世纪末，罗马教廷更宣布它为天主教官方哲学，产生了新托马斯主义。其著作卷帙浩繁，总数在 1500 万字之上，构建起庞大的经院哲学和神学体系。其著作主要有《反异教大全》、《神学大全》、《神学概念》等。托马斯并没有专门的文论论著，其文论思想都包含在其经院哲学和神学思想体系中。

二　艺术摹仿自然

"摹仿说"是西方古代文论史上的一个传统命题。柏拉图认为艺术是对现实世界的摹仿，而现实世界是对理式的摹仿，因此艺术是影子的影子，摹本的摹本。他说："从荷马起，一切诗人都是模仿者，无论是模仿德行或是模仿他们所写的一切题材都只能得到景象，并不曾抓住真理。"[①]亚里士多德则认为摹仿是人的天性。他的有关悲剧的著名定义"悲剧是对于一个严肃、完整、有一定长度的行动的摹仿"，就是从模仿说角度给出的，在《气象学》一书中他

[①]《柏拉图文艺对话集》，朱光潜译，人民文学出版社 1980 年版，第 70 页。

也曾说出"艺术模仿自然"的话。托马斯·阿奎那的思想受亚里士多德的影响很大,在谈到艺术问题时,他也认为"艺术是对自然的模仿,艺术的过程必须摹仿自然的过程,艺术的产品必得仿照自然的产品"[①]。在这里的"自然"并不是自然事物本身而是自然事物的创造过程。托马斯从其经院神学的立场出发,认为艺术家的创作过程和上帝的创造过程相似,艺术家的创作是受上帝创造自然过程的启示产生的。上帝创造万物,万物是上帝的艺术,包含着一定的形式与活动,艺术家既是上帝的范铸,艺术作品也就符合上帝造物的启示。同时,艺术家摹仿自然实际上也就是摹仿上帝。他说:"……人的心灵着手创造某种东西之前,也须受到神的心灵的启发,也须学习自然的过程,以求与之相一致。"[②]这样,托马斯·阿奎那实际上就将艺术"摹仿自然转换为摹仿自然的过程",转换为"艺术摹仿上帝",上帝也就理所当然地成为艺术的本源。

沿着这条思路,托马斯·阿奎那继续对艺术创作过程进行理论推求。基督教神学的一个基本观念就是:上帝按照"道"创造了世间万物。既然艺术家是对上帝的模仿,艺术家在其创作之前心中也必有一种观念以作为所造之物的先天模式。所以艺术创造活动首先就是一种认知活动,艺术家通过理性获得上帝的创世之道,然后才能进行创作。上帝的这种"道"体现在自然万物中。他说:"艺术摹仿自然,之所以如此的原因在于艺术活动的原则是认识。因此,自然的东西之所以可能为艺术所摹仿,是因为由于某种理性的原则,一切自然都指向其目的,这样,自然的作品也就似乎是理性的作品,因为它是以确定的手段达到确定的目的,艺术在其活动上所摹仿的正是这种自然。"[③]

艺术家在对自然的摹仿中用理性获得对上帝创世的领悟,形成艺术产品的观念模式,依据这种观念模式艺术家创造出自己的艺术产品。艺术从无中创造艺术品,正如上帝从无中创造出这世界。上帝是凭知识创造,艺术家则凭观念创造。由此可见摹仿自然是艺术创造活动中的前提,而由观念到艺术产品则是创作活动的第一步骤。"上帝所具有的知识,是万有的最后原因。这种知识对创造物的关系,正如艺术家的观念对艺术产品的关系。因为艺术家的观念就是艺术作品的最后原因。艺术家把他心中的观念从无中创造出来,因为这个观念不依存于现实事物,而是艺术家可以任意构想的。"(《神学大全》卷一第十四章)托马斯是神学家、经院哲学家,上帝的理性与万能是其学术旨归。"艺术家的观念来自他的理性。我们的理性,不论是天赋的或是神所启示的,其光源不是别的,就是第一原因的明确的表现。"(《神学大全》卷一第十四章)。这样,托马斯就给我们理出了艺术创作过程中的一般框架,当然这种框架与其神学思想是不谋而合的。

三 艺术的真实性

理性是托马斯判断事物真实性的唯一标准,这里的理性就自然事物来说,是指作为万物

---

① 伍蠡甫主编:《西方文论选》上卷,上海译文出版社 1979 年版,第 154 页。
② 伍蠡甫主编:《西方文论选》上卷,上海译文出版社 1979 年版,第 154 页。
③ 转引自塔塔科维兹:《中世纪美学》,褚朔维等译,中国社会科学出版社 1991 年版,第 318 页。

创造者的上帝的理性,而就艺术作品而言,则是作为艺术作品创造者的艺术家的理性。艺术创造的动向和上帝创世活动是相似的,作家受到上帝的启发用理性摹仿自然而创造的产品,也应具有真实性。托马斯以理性作为评判艺术真实性的标准,认为艺术产品如果符合理性就具有真实性。"总之,凡是绝对符合于理性的事物,应该称它是真实的,因为真实依赖理性的判断。因此,凡是同我们的理性相符的艺术作品,都可称为真实的……真理首先存在于理性中,其次存在于事物中,因为事物对理性的关系,正如末对本的关系,果对因的关系。"(《神学大全》卷一第十四章)艺术作品如果完整地体现了艺术家的观念,那么就应该是真实的,当然这种观念应该符合上帝的理性形式。"譬如,一间房子如果能够完全体现了建筑师的思想,它是真实的。一篇演讲词如果能够很好地表达出演讲家的意思,它是真实的。"(《神学大全》卷一第十四章)自然的真实在于其"受造过程"的真实,事物的真实在于其所反映的上帝的"理性形式"的真实。艺术的真实即在其真实地体现艺术家的观念。托马斯的"真实"主要是指主观的真实。与奥古斯丁指责艺术的虚假不同,托马斯揭示了艺术的真实性问题,这就在一定程度上承认了艺术的合理存在,因为一切真实的东西因体现着上帝的理性而获得存在的依据,艺术当然不应例外。这也是托马斯不像奥古斯丁那样激烈反对文艺的原因。

四　艺术的象征

象征问题源于中世纪基督教神学家们对《圣经》的解读和阐发。《圣经》中的《旧约》本来是希伯来民族的神话传说、历史、律法、文学创作的总结。《新约》则是耶稣降生、生平圣迹和传道等方面的纪录和圣徒修行传道事迹的叙述,两者都有很强的文学色彩。《圣经》字面本身的思想含量是极其有限的,并不足以支撑一个庞大的神学体系,基督教神学家们出于构建自己理论体系的需要,将《圣经》加以神秘化,有时甚至附会和歪曲《圣经》的本义,以利于自己的学术需要,而《圣经》语言的多义性也为此提供了可能。同时基督教中上帝万能、无处不在以及二元对立的基本观念,也使得象征理论的产生顺理成章。奥古斯丁曾提出《圣经》中的语象问题,认为《圣经》具有巨大象征和隐喻的意义。托马斯继承并发展了奥古斯丁的观点,认识到文学语言和诗学语言所具有的模糊性、象征性,它们都不能仅仅从字面上加以把握而应该透过文字表面去揭示其隐含的象征意义。他说:"凭诗的知识处理的事物,因诗本身欠缺真理,所以不能以理性掌握之,只用貌合神离的词藻来朦弄理性。相反地,凭神学处理的事物,则超于理性之上。所以,两者的讨论皆用同样的象征方式,两者皆不能以理性推求。"[1]

在托马斯看来,上帝是万物的本源,世间的万物不过是表达上帝理智的意义符号。每一种事物的深处都隐藏着上帝神秘难测的旨意,《圣经》是上帝的艺术作品,《圣经》中的文学有两种功能,一种是表义功能,即准确表述事物存在和性质的功能,二是象征功能,即文学所表达的事物显示着上帝的神秘精神。托马斯描述了文学的两种不同功能,认识到作品意义的

---

[1] 转引自卫姆斯特、布鲁克斯:《西洋文学批评史》,颜元叔译,中国人民大学出版社 1987 年版,第 116 页。

多样性和象征性。他说:"《圣经》作者是上帝,在他的力量之内,他能以文学(如常人一样),更可以事物本身表达意义。所以,其他的学问都得赖文字以表达意义,但在这种学问里,用文学表达的事物,其本身还有表达意义的功能。"[1]托马斯的象征理论对后世影响很大,但丁著名的文学"四义说"就是在托马斯象征理论的基础上形成的,后世的语言学理论、象征主义诗学等都受到托马斯象征理论的影响。

在对《圣经》的解释中,他认为《圣经》中每一个词都具有字面意义和精神意义。精神意义又分为寓言义、道德义和奥秘义。精神义是寄寓在字面义之中的。托马斯以《圣经》中上帝的手臂为例,指出字面的意义是说上帝像人一样有手臂,而其精神意义则指上帝无所不能的运筹力量。不唯文字,世界的万物也有两个层面的意义,一层是事物本身,另一层便是传达上帝的理性。整个世界是对上帝精神的一个巨大的隐喻,万事万物都包含着超出其本身的上帝的旨意。构成象征的这种双层结构正是基督教对整个世界图式的一个基本理解。

五　形式理论

强调形式的艺术价值是中世纪基督教神学家的一大传统。奥古斯丁以"数"和"秩序"作为美的根源,其中就包含着对形式美的重视。他说:"任何事物的美在于各部门的适当比例,加上一种悦目的颜色。"托马斯·阿奎那继承奥古斯丁的美学思想,在《神学大全》卷一第三十九章第8条中,提出了美的三个要素的理论:"美有三个条件。第一是整一或者说完善,因为不完整的东西,就这一条件看就是丑的。其次是比例或者说和谐。此外还有明晰,因为我们称色彩鲜明的东西是美的。"在这里,"整一"、"比例"都是从形式方面来讲的,而"色彩"也不关乎内容。托马斯·阿奎那又受亚里士多德形式思想的影响,把美同形式联系起来,认为美和善一样,都是建立在"真实的形式上面"[2]。

托马斯关于美的三个要素的理论与他的美善区别的观念是分不开的,他说:"美却涉及认识功能,因为凡是一眼见到就使人愉快的东西才叫做美的。所以美在于适当的比例。……感觉是一种对应,每种认识能力都是如此。认识需通过吸收,而所吸收进来的是形式,所以严格地说,美属于形式因的范畴。"托马斯从人的感觉出发,认为视觉和听觉是最重要的审美感官。由于它们最接近于心灵的理智,容易被事物的美的形式所吸引,能够把美的对象的形式"吸收进来"。托马斯把美与善区别开来,把审美活动界定为认识活动,这就必然导向对事物形式美的重视。当然托马斯并不认为形式就是美的根源,一件艺术品之所以是艺术品在于它能够显现出能为感官感受的和谐的形式和悦目的色彩,这里的形式和色彩分别是上帝理性和光的表现形式。最后最高的美的动因在于上帝。托马斯·阿奎那的形式理论吸收了亚里士多德的美在形式的观点,也接受了奥古斯丁关于美在形式和色彩悦目的观点,形成了中世纪基督教神学中较为科学的美学观。托马斯的形式理论在后代也有着深远的影

---

[1] 转引自卫姆塞特、布鲁克斯:《西洋文学批评史》,颜元叔译,中国人民大学出版社1987年版,第116页。
[2] 《神学大全》,见伍蠡甫主编《西方文论选》上卷,上海译文出版社1979年版,第149页。

响，克罗齐的直觉主义艺术理论、20 世纪兴起的形式主义文论都从他那里获得过启示。

托马斯·阿奎那是中世纪经院哲学和神学的集大成者，他的理论受亚里士多德的影响很大而显示出有别于柏拉图神秘主义的唯物倾向，他的艺术理论虽然较为零散，只言词组难成体系，而且往往包含在其哲学和美学体系中，却往往触及到艺术的根本问题，他的艺术的真实性问题、象征理论和对美善区别的论述都对后世影响很大，康德所谓艺术无功利说的渊源显然可以追溯到托马斯·阿奎那对美与善的区别。

第一节
概述

一 名称的由来

"文艺复兴"一词,最早是意大利艺术家米开朗基罗的高足瓦萨里1550年在他的名著《意大利绘画、雕刻和著名建筑家列传》中提出的。"文艺复兴"主要指古希腊罗马古典学术的复活或再生,通过古希腊罗马的世俗的人文学科,如修辞学、哲学等,以及近代的科学技术,来取代神学。它看起来是在复兴古典学术,实际上也是托古创新,体现了新兴资产阶级的文化理想。这种文化理想既继承了古希腊罗马的文化传统,又不可避免地承续着基督教文化。它最先在古罗马人的后裔意大利人那里开始兴起,所取得的成就也是意大利最高。意大利第一位人文主义诗人、被称为"文艺复兴之父"的弗兰齐斯科·彼特拉克,第一个提出了人学和神学这对相对应的概念。他在《秘密》一文中指出,"我自己是凡人,只要求凡人的幸福","凡人要先关怀世间的事","属于人的那种光荣对于我就够了"。他把从古罗马帝国晚期开始到他生活的14世纪,称为欧洲的"黑暗时代",其标志是毁灭了作为人类创造力最高峰的古典文化的精华和社会公德的精华。他号召人们要设法摆脱黑暗时代,实现"古典学术——它的语言、文学风格和道德思维的复活"。后来的拉伯雷、伊拉斯莫、乔叟等人,认为他们的时代不仅是拉丁学术的复兴,而且是人们智能和创造才能的复兴。到19世纪,历史学家创造了"人文主义"一词,来概括人文学者的世界观。

二 社会背景

从14世纪到16世纪,西欧开始由封建制度向资本主义过渡。在14世纪后半叶,意大利北部各城市率先出现了体现资本主义生产关系的手工工场,并相应地出现了市民阶层。新兴资产阶级要求发展资本主义,打破封建制度对农民和市民阶层的束缚,打破基督教神学思想对人们精神的束缚,这就必然要有与资本主义生产关系相适应的新的意识形态。文艺复兴的诞生和发展,正是在这种新的历史背景下,顺应社会历史的要求的结果。

西欧由中世纪走向资本主义社会,是社会矛盾和社会文化发展的必然结果。资本的原始积累,工商业的发达,城市的兴起,新兴的资产阶级阶层的发展,为文艺复兴奠定了基础。以意大利为例,意大利处于地中海贸易区的中心,其北方城市很早就凭借地理优势,控制了东西方之间的贸易。频繁的国际贸易,为城市带来了巨额财富,促进了手工业、银行业和经营技术的发展,使意大利成为最早出现资本主义萌芽的地区。一些富商巨贾还投资开办银行,并争得为教廷代收赋税捐款之权,从中牟取到大笔钱财。特殊的商机和条件,使意大利城市在12、13世纪相继获得了自治,政治上也普遍地实行共和制,把持政权的主要是富商、作坊主和银行家等。出于政治和经济利益的需要,城市的统治者对世俗的新文化采取支持、保护和利用的政策。他们不惜投入大量金钱,用于城市公共事业开支,举行盛大的公共庆典,赞助文化艺术和教育事业。他们希望借此展示城市的财富,表现城市新的生活方式和文化情趣,抬高城市的声望,炫耀个人的文化品位。城市的生活是蓬勃向上的。事业的成功和财富的拥有,使得他们更加相信人的价值和力量,更加充满创新进取、冒险求胜的精神。多才多艺、高雅博学之士受到人们的普遍敬重,崇尚学术、尊重人才之风深入人心。意大利城市的这种先进性与发达程度,在西欧诸城市中是少见的,为文艺复兴的发生提供了深厚的物质基础和适宜的社会环境。但是,经济的发展并没带来政治的统一。意大利曾长期分裂为诸多小国,并时时受到教皇和外部列强的控制和干涉,整个社会充满着矛盾和斗争。在城市内部,资产阶级反对封建贵族的斗争十分激烈,佛罗伦萨的工商业行会经过 200 多年的努力,在13 世纪末夺得了市政大权。同时,资产阶级的专横与残酷又激起了广大雇佣劳动者的不满和反抗。可见,意大利文艺复兴是在矛盾与冲突中孕育而成的,表现在反封建、反教权、反暴政、反外部强权等诸多方面,类似的情形以后逐渐在各国拓展开来。

　　虽然在各国的表现有所不同,但文艺复兴的总体方向是一致的。新的生产关系决定了新的生活方式和思想方式。丰富多彩的现实生活使得人们从宗教的虚幻中觉醒过来。商品经济时代的平等、自由、竞争的观念,使得人们对封建等级制度产生厌恶。教权的权威和苦行主义的人生理想,也同样受到了挑战。正是在此背景下,早期的人文主义者提倡"人道",反对"神道";提倡"人权",反对"神权";提倡个性解放,反对禁欲主义。

三　文化风貌

　　文艺复兴在一定程度上说,不但是社会基础决定的,而且在文化上有一个渐变的过程。从 8 世纪开始,法兰克王国的查理大帝建立了加洛林王朝,他请英国教士阿尔琴招请教会各色人才办校讲学,阿尔琴在致查理大帝的信中,以雅典城作为楷模,并期望在科学文化上超过雅典城。到 9 世纪,查理大帝死后,他的三个孙子在凡尔登签约三分领土,成为近代意、法、德三国的雏形。查理大帝的孙子秃头查理请来厄里根纳等著名学者,创办宫廷学校,收徒讲课,在翻译古希腊罗马文献、进行哲学和神学研究的同时,大力推动了王朝宫廷和教堂建筑及绘画、雕塑等方面的艺术发展。这就是历史上的所谓"加洛林文艺复兴"。加洛林文艺复兴虽然后来失败了,但其将希腊古典文化与基督教神学融合起来,在欧洲文化史上具有承上启下的历史意义,直接影响了后来遍及欧洲的文艺复兴。

　　古希腊罗马的大量文化遗产在连年兵燹和排斥异教文化的基督教的统治下,得以保留于古代国家图书馆、教堂图书馆和私人藏书室,这是一个奇迹,它本身就有益于文艺复兴。1543 年拜占庭灭亡后,学者们抢救出大批的手抄本,逃到意大利,加之意大利本土的考古发掘,在罗马废墟中出土了许多雕像,带来了古代的灿烂文化。意大利人是古罗马人的后裔,古罗马的古典文化,在这里有着深厚的土壤。民间自然科学研究的进步,由经院哲学自身发展而来的思想,推动着意识形态的变革。作为一种广泛的文化运动,文艺复兴首先在意大利各大城市兴起,继而又越过阿尔卑斯山,席卷全欧,使得欧洲人的文化生活发生了翻天覆地的变化,他们以对自然的观察和实验,代替了经院哲学的烦琐思辨,以归纳逻辑取代了演绎逻辑,以因果律代替了神学目的论,以理性取代了信仰。

从人们的内在要求上看,欧洲在经历了封建社会和教会势力的 1000 年的统治后,人们开始挣脱了精神上的束缚与奴役,被禁锢多年的古典文化引起了人们的重视,并成为驱散中世纪的黑暗、建立新的资产阶级文化的重要武器。资本主义生产方式的出现,不仅动摇了中世纪的社会基础,而且也确立了个人的价值,肯定了现实生活的积极意义,促进了世俗文化的发展,并在这个基础上形成了与宗教神权相对立的人文主义思想体系。人文主义肯定了人是生活的创造者或主人,他们要求文学艺术表现人的思想和情感,科学为人生谋福利,教育发展人的个性,把思想、感情、智能都从神权的束缚中解放出来,提倡个性自由以反对人身依附。

随着航海的探险,1492 年哥伦布发现美洲新大陆,1498 年葡萄牙人绕过好望角开辟了东方航路,阿拉伯、印度和中国文化中的许多精华,遂被欧洲所吸收。中国的罗盘(指南针)、火药制造、造纸术和印刷术的传入,推动了西方由中世纪向近代文明的发展。指南针引起了航海技术上的革命,促成了许多航海探险,包括美洲大陆的发现。火药制造术经阿拉伯传到西方,引起了军事革命,资产阶级通过火药战胜了封建骑士军队。而造纸术、印刷术则推动了科学文化的普及。

到 18 世纪中期,法国启蒙运动的创始人之一伏尔泰在他 1756 年出版的名著《各民族的风尚和精神》中,正式将“文艺复兴”作为一场新文化运动,强调它的伟大意义不在于复古,而在于创新。一般认为,在文艺复兴时代,中世纪的艺术从精神到方法都被抛弃了。但事实上中世纪在文化上的积累同样体现在文艺复兴时代的精神中,而十字军的东征,带来了异域的优秀文化。从某种程度上说,文艺复兴依然是从中世纪的母体中孕育出来的。文艺复兴时期追求普遍人性的平等博爱思想,也是来自于《圣经》。他们的许多思想,依然打着基督教的烙印。

四　文学概貌

文艺复兴时期的文学深受当时的政治状况、社会文化思潮的影响。这一时期的文学创作是继古希腊罗马之后的又一次“黄金时期”,欧洲各主要国家的民族文学得以建立并取得了光辉的成就。这一时期的文学创作与各国民族觉醒的独立意识紧密关联,普遍要求以民族语言进行创作,并希望建立本民族的经典。与这一时期的人文思潮相适应,各国文学从神学观念中解放出来,普遍关注世俗生活,日常生活中的人代替神和修士成为文学作品的主角。文艺复兴首先从意大利开始,逐步蔓延到德国、法国、西班牙、英国等欧陆主要国家。

14 世纪是意大利文学的繁荣时代,文艺复兴时期的三杰——但丁、彼特拉克和薄伽丘是文艺复兴的旗手。但丁的早期作品《新生》歌颂了对少女贝尔德丽采的理想爱情。《神曲》用基督教神学的隐寓形式切入到人的主题。“人,由他自由意志的选择,照其功或过,应该得到正义的赏或罚。”[1]彼特拉克是人文主义文学的鼻祖,在他的十四行体的《歌集》中表达了对自

---

[1] 《缪灵珠美学译文集》第一卷,中国人民大学出版社 1998 年版,第 309 页。

己青年时代钟情的漂亮姑娘劳拉的深深爱怜,通过清丽的词句生动地表达了感人至深的情感体验。薄伽丘是意大利人文主义的先驱和著名诗人。在其名著《十日谈》和其它篇什中,薄伽丘肯定了世俗生活和人的合理欲求。法国文学在16世纪才开始发展起来,拉伯雷用法文写成的《巨人传》是一部长篇讽刺小说,它以民间故事为题材,采用夸张的手法塑造了理想君主,巨人卡冈都亚和他的儿子庞大固埃的形象,讽刺了封建制度和教会的黑暗,宣传人文主义的主张,提出了个性解放的要求。龙沙和他领导的七星诗社以建立统一的法兰西民族语言,建立可以和希腊罗马相媲美的法兰西文学为主旨,为推动法兰西文学在后世的长盛不衰做出了贡献。蒙田的《随笔集》是法国文学史上占有重要地位的人文主义作品,开创了欧洲近代散文创作的先河。16世纪末17世纪初,西班牙人文主义文学开始繁荣,进入所谓的"黄金时代"。塞万提斯是西班牙文学史上第一个有全欧影响的作家,其名作《堂吉诃德》抨击了骑士文学的荒谬,揭露了封建骑士制度和骑士理想的危害,反映了当时西班牙的社会矛盾,以深刻的思想内容和卓越的艺术手法开创了西班牙文学的新时代。

文艺复兴时期英国文学中最发达的是诗歌和戏剧。诗歌方面,有"英国诗歌之父"之称的乔叟用伦敦方言写出的未竟之作《坎特伯雷故事集》通过一幅幅生动真实的画面,揭露了封建制度和教会僧侣的罪恶,宣扬了妇女解放、男女平等、爱情自由的人文主义理想。莎士比亚是英国伟大的戏剧家和诗人,他的创作标志着欧洲文艺复兴时期人文主义文学发展的最高峰,在悲剧、喜剧、诗歌等方面都达到了后人难以企及的创作高峰。

五　文论综述

文艺复兴时期,文学理论既随着文学艺术的繁荣而发展,又护卫着文学艺术的发展。文论家们最初驳斥了中世纪的基督教神学对文艺的否定,清除了神学家加在文艺上的种种罪名,为文学作辩护。其后,这些文论家们又与当代反对文艺的保守派进行激烈的斗争,为文艺地位的巩固而呼号,并且对文学作品的一些具体规律作了具体探讨。除了下面详细论述的但丁、特里西诺、明屠尔诺、钦齐奥、卡斯特尔维屈罗和锡德尼这些著名文论家以外,薄伽丘、马佐尼、培根等人,也提出了精辟的文论见解。

在对文学的辩护方面,薄伽丘是意大利文艺复兴初期的重要代表。他在《但丁传》和《异教神谱系》中为诗进行辩护,其中可见彼特拉克的影响。在《但丁传》的第22章中,他游离书的主题为文学的虚构作辩护,认为虚构故事的美能使哲学证明和辞令说服所不能吸引的听众。他还认为"神学不过是上帝的诗"[①],将诗与神学相提并论,为各种雅俗诗辩护。他认为诗与神学同样假借寓意即象征的手法来表现真理。作为异教作品的古代诗人的作品,凭借各种神话,以及人类变形的故事,来表达万物的起因和善恶的后果,使人走向正义。与但丁一样,薄伽丘也用《圣经》的虚构来为文学中虚构的合法性作辩护。《圣经》中也有许多远离真实的虚构异象,也用狮、羊、虫、龙、石等来象征基督。诗人用寓言,使人获得真理时虽经历

---

① 《缪灵珠美学译文集》第一卷,中国人民大学出版社1998年版,第328页。

曲折,却能有更多的愉悦,掌握得也更为牢固。在《异教神谱系》中,他又进一步论证诗人不是说谎者。他还站在时代的高度谈到文学对人的激励作用和教化作用。

亚里士多德的《诗学》的发现、传播和研究,也是文艺复兴时期文艺理论发展状况的一个重要特色。在古罗马和中世纪,亚里士多德的《诗学》一度散佚。935 年,阿布-巴萨尔的《诗学》阿拉伯文译本出版,到 13 世纪被译成拉丁文,从此传入欧洲。1549 年,伯纳多·塞尼将《诗学》译成意大利文。从思想上说,中世纪基督教的文艺思想受到柏拉图和新柏拉图主义的影响,仇视文艺,说诗败坏道德,挑拨人的激情,而亚里士多德却说诗比平凡的现实具有更高的真实性,悲剧能净化人的感情。文艺复兴时期的文学家和理论家们便推崇亚里士多德的思想,反对新柏拉图主义仇视文艺的理论。在此背景下,研究亚里士多德在当时蔚然成风,特别是在意大利。到 16 世纪,各种译本纷纷出现,有关《诗学》的注释、笺注、阐释和仿作等,也如雨后春笋。在这些研究著作中,有的固守《诗学》文本,有的则加以发挥,还有的要求根据新时代的文体和创作经验,对《诗学》加以变革。由此引起的保守派与革新派之间的争议,后人称之为"古今之争"。

意大利的马佐尼、英国的培根等人则对想象问题作了阐释。马佐尼将想象看成是诗的基础,诗人是通过想象进行虚构的。他在《〈神曲〉的辩护》中说:"想象是真正驾御诗的故事情节的能力,只有凭这种能力,我们才能进行虚构,把许多虚构的东西组织在一起,从此就必然生出这样的结论:因为诗依靠想象力,它就要由虚构的想象的东西来组成。"[1]这里充分肯定了想象在创作中的地位和作用。培根对想象的特点和功能作了阐释。他认为:"诗是真实地由于不为物质法则所局限的想象而产生的,想象可以任意将自然界所分开的东西结合起来,把自然界所结合的东西分开,就这样制造了事物的不合法的结合与分离。"[2]通过想象和虚构,诗可以通过更伟大、更勇敢的行动和事件,让人感受到更为宏远的气度,和更为明确的善恶观念,从而带来更大的愉快。

文艺复兴时期的文论思想,是在文艺逐步走向繁荣的历程中产生和发展的,同时促进了文艺的繁荣。这一时代的优秀文论家主要有但丁、特里西诺、明屠尔诺、钦齐奥、卡斯特尔维屈罗和锡德尼等人。

第二节
但丁

一　生平及著作

阿里盖里·但丁(Dante Alighieri,1265—1321)出身于佛罗伦萨的一个没落的贵族家

---

[1] 伍蠡甫主编:《西方文论选》上卷,上海译文出版社 1979 年版,第 201 页。
[2] 伍蠡甫主编:《西方文论选》上卷,上海译文出版社 1979 年版,第 247 页。

庭。他的曾祖父是一位骑士，死于十字军东征。他早年丧父，家境没落，生活贫困。母亲先
后送他去学习拉丁文和古典文学，他在巴黎深造过，受过良好的教育。他自幼喜爱诗歌，熟
读过古罗马诗人维吉尔、贺拉斯、奥维德的作品，对美学、音乐、政治等有广泛的兴趣。他少
年时代爱慕名媛贝尔德丽采，贝尔德丽采后来嫁给了银行家，不久便病逝，终年不到 25 岁。
但丁写过大量赞美、眷恋和怀念她的诗，并集为一本包括 31 首抒情诗、十四行诗和散文诗的
诗集《新生》，它们都是用意大利语写的。在《神曲》中，贝尔德丽采也是他生命中幸福天堂的
向导。后来他关心政治，有志于意大利的统一，加入了贵尔夫党并设法参加了医学行会。
1300 年，他以医学行会代表的身份出席了佛罗伦萨最高行政会议，并当选为六个行政官之
一。不久，贵尔夫党分为黑白两党，黑党拥护教皇，企图控制、干涉佛罗伦萨的内政，而但丁
则参加了以要求共和国独立为政治主张的白党，并成为白党的领袖。1302 年，黑白党争以黑
党胜利而告结束，黑党掌握共和国的大权，残酷地镇压白党，以贪污和反教皇的罪名没收了
但丁的全部家产，判他终身流放，不得回国。从此，他一直在异国他乡流浪，后来退出政坛，
从事诗文创作。1315 年，佛罗伦萨当局要他忏悔，再交纳罚金，即可回国。但丁拒绝了这个
要求，直到去世也没能返回故乡。

　　作为意大利文艺复兴的先驱和意大利民族文学的奠基者，但丁不但身体力行，在文学实
践中运用俗语创作，以自由的语言方式表达自己自由的情怀和思想，写下了《新生》、《神曲》
这样可为后世典范的作品，而且在理论上大力倡导俗语，要求在俗语的基础上建立新的统一
的意大利语。在 40 岁以后，但丁连续写出了《论俗语》和《飨宴篇》这两篇论著，论证俗语的地
位，竭力倡导在俗语的基础上建立意大利语。其中不仅体现了但丁的文学观，而且还体现了
他的政治观和宗教观。而《飨宴篇》本身就是意大利文化史上第一篇用俗语写出的学术著
作。虽然后来的意大利语并不完全符合但丁的设想，但他的思想确实深刻地影响了意大利
语的形成。文艺复兴时期欧洲各国的"新文学"，也在相当程度上受到但丁的影响。

二　提倡俗语的社会背景

　　但丁是在中世纪走向崩溃，各城邦相继建立新的割据政权的背景下反对拉丁语，提倡
"俗语"的。这是在反对大一统的罗马帝国、渴望新的意大利疆域内各城邦统一的背景下进
行的。他主张建立起可以作为意大利统一的文化基础的俗语，表明了他对作为祖国的意大
利的热爱。"我的辩护足以表明，我使用俗语是出于对祖国语言的天然的热爱。这点是最后
的理由。"①

　　但丁反对拉丁语，要求建立新的民族语言，并不是因为因拉丁语来自异邦而采取一种被
压迫民族要求独立解放的行动，而是因为拉丁语这时已经僵死，与日常生活语言脱节，而且
与基督教神权联系在一起，成了束缚人们思想的工具。与平常作为殖民地的国家建立自己
的民族语言不同的是，但丁所反对的拉丁语曾经是意大利的"民族语言"。拉丁语本来是台

---

① 《飨宴篇》第 10 章。转引自缪朗山：《西方文艺理论史纲》，中国人民大学出版社 1985 年版，第 273 页。

伯河下游几个居民集团所操的语种，后来罗马人普遍地使用它，并随着罗马人征服欧亚大陆而扩及到欧洲的其它部分，以及西亚、南亚和非洲的中部与西部地区。公元前2世纪，希腊语法传入罗马，罗马人便将亚历山大里亚语法体系的原则用于拉丁语。这样，拉丁语便逐步规范起来，以标准形式出现，作为宗教和学术语言存在。这有其规范的一面，但同时也失去了个性和活力。因此，在中世纪，拉丁语本身就是古罗马的官方语言，而意大利是古罗马的心脏，在这里，拉丁语与俗语的区别主要是官方语言与民间语言的区别。

中世纪末期，随着各地区、各城邦反对神权、呼唤独立的运动兴起，"神圣罗马帝国"的崩溃已是大势所趋，拉丁语的权威实际上已经动摇。拉丁语作为基督教的宗教语言，是但丁竭力批判的。但丁作为过渡时期的人物，在著作中依然保持着对上帝的虔诚，但他作为接近资产阶级思想的代表人物，其对教会及其文化革命的主张，也促使他要求推翻拉丁语。新的时代需要新的语言，以取代体现着神学的权威、作为基督教教会官方语言的拉丁语。这与当时欧洲各国社会发展的总体趋势是合拍的。当时欧洲各国的宗教改革运动，提出要将《圣经》的各个部分，特别是《新约》部分译成欧洲的各种民族语言。但丁反对拉丁语，倡导建立新的意大利语的主张，正是在此基础上形成的。

拉丁语之所以要被取而代之，是因为它失去了天然的基础。尽管拉丁语最初也是从俗语中产生的，但一经规范之后，逐步演变成了人工的语言，只有少数人能够运用，并且必须费许多时间勤学苦练。每一个孩子学习拉丁语，不是自幼从环境学来的，而是根据语法规律学来的。拉丁语在当时成了学校教育的基本内容，许多学校的名称就叫做"拉丁语学校"（如丹麦），或称之为"语法学校"（如英国）。但丁称当时规范的拉丁语为"文言"（Grammatica），其字面的意义便是"语法"。语法是中世纪文化的基础，是自由的"七艺"之一。它在当时对于拉丁语的规范是非常重要的。学习规范的拉丁语是中世纪中学的重要目标。这种规范的拉丁语与日常生活语言严重脱节，日益雕琢、僵化，既影响了拉丁语在生活中的作用，也影响了文化的发展。

当然，拉丁语经过其长期的锤炼，也有其不可忽视的优点。但丁并不是因为要在俗语的基础上建立意大利语，就非常偏激地攻击拉丁语，把它说得一无是处，而是实事求是地总结拉丁语的优点，把它借鉴到在俗语的基础上建设意大利民族语言的方案中。但丁在解释作为"文言"的拉丁语时，认为"文言"是符合规范法则的语言，结构严密，和谐优美，纯洁、稳固，千秋不改，不会被个人任意篡改，具有很高的艺术性。因此，他在提出新的意大利语的方案时，要求借鉴拉丁语。这个方案立足于俗语，用拉丁语的优点去改造它，而不是改良固有的拉丁语。拉丁语在其发展早期逐步规范时，需要改良；而到它垂死时，则需要推翻重来。这是语言乃至文化变迁的规律。该改良时便改良，该革命时便革命。它不是一种个人的行为，而是社会发展的潮流。但丁作为个人，只是顺应了这个潮流。

三　提倡俗语的目的

但丁反对拉丁语的目的是为了提倡"俗语"，在此基础上建立新的意大利语。但丁所提倡的"俗语",主要指罗马民间的所谓通俗拉丁语,人们习惯称为"罗曼语"或"新拉丁语"。在很长时间内,意大利人很鄙视这种民间语言,称其为"俗语"。拉丁语的故乡意大利中世纪后期曾分裂成许多小国,加之民众生活与拉丁语差距越来越大,拉丁语成了少数文人使用的死语言,俗语取而代之的趋势已不可避免。而与此同时,其他国家也相继形成了自己的民族语言,如法语等。法兰西由于实现了政治统一,各种通俗拉丁语也很快得到了统一,形成了法兰西民族语言,比意大利语更早。但丁提出建立意大利语,实际上是时代的必然,其中既有文化的原因,也有政治的原因。

但丁对俗语的提倡,和他青年时代对俗语的了解的经历有关。从 1294 年开始,但丁"为了了解盖尔非和奇伯林两派用血写下的纷争史,经常走到老百姓中间去,仔细打听,待他回到自己那间僻静的小屋后,总要任凭想象把自己带进那些历史的场景,重温一遍他所听来的轶事。每当他发现一丝真理的闪光时,就怀着激动的心情,用俗语写下来。他觉得俗语简明易懂,是大众的语言,可以用来表达一切,而且比拉丁文更悦耳,和多斯哥的风光一样秀丽,像乔托的画一样雄伟,如契马布埃所作基督像的肢体一样柔和。他决心向拉丁语告别,使用人人都会讲的语言——俗语——创作诗歌"[1]。但丁提倡俗语,也是为着适应人们日常生活的需要。但丁认为俗语植根于人民大众的心中,表达人民的心曲,有个性,是大家的朋友,具有群众性、实用性、活泼性等特征。

出于政治的考虑,为着反对基督教的专制,在新的城邦割据时代实现意大利的统一,但丁十分重视研究意大利的方言和俗语。在政治上,但丁作为教皇党中的白党,更接近新兴资产阶级和平民阶层。他"熟谙俗语,能用这种语言表达出平民百姓的思想感情。人们只要听到是用俗语在叙述事情、阐述道理,都会感到无比兴奋;这种语言虽说只是日常的简单口语,但突然间变得异常强大,乃至任何一种语言也无法替代"[2]。正因如此,1300 年 6 月至 8 月,他被推选为佛罗伦萨的六大执政官之一。受此鼓舞,但丁对俗语情有独钟。后来的流亡生活更强化了他对早年政治生活的怀念,因而也更钟爱俗语。因此,即使在讨论到但丁俗语观这样一个学术问题的时候,我们也不要忘了但丁是一个政治家。

特别是到了流亡时期,但丁尤其怀念祖国和故乡。他把俗语同祖国和家乡联系起来加以强调。在许多城邦都兴起俗语的时代,但丁特别强调他所说的俗语是祖国意大利的俗语。在《飨宴篇》中,除了在第 10 章提到对祖国语言的天然的热爱外,但丁在第 12 章还特别强调家乡话对一个人所具有的亲切感,"因为家乡话使他联想到自己的父母、自己的亲友、自己的人民。所以,可以说,家乡话对于一个人不但是亲切的,而且最为亲切""所以我热爱我的祖国语言,是因为它对我比什么都要亲切。"在第 13 章中,但丁还把俗语看成自己"生存的原因"和"最大恩人"。"显然家乡话也参与了我的诞生,因此是我生存的一个原因。况且,我的家乡话引导我走入知识的途径,知识使我成为完人;因为我通过家乡话才能走入拉丁文,老

---

① 马里奥·托比诺:《但丁传》,刘黎亭译,上海译文出版社 1984 年版,第 8—9 页。
② 马里奥·托比诺:《但丁传》,刘黎亭译,上海译文出版社 1984 年版,第 41 页。

师也是用家乡话对我解释拉丁文的,凭借拉丁文我再向知识的道路前进,所以我得承认,俗语是我的最大恩人。"这些话出自被放逐流浪的但丁之口,可以说是他发自内心的肺腑之言。

在《飨宴篇》第 11 章中,但丁谴责那些重视外国俗语而轻视祖国俗语的"不良分子"。这些人不断地诋毁和贬抑意大利语,但丁分析他们的动机出于五个可鄙的原因:一是"盲从的判断",这类人因为缺乏见识,没有主见,盲目地跟从别人。二是自己不能使用好俗语进行创作,便对其横加指责,为自己作"可鄙的辩解"。三是出于炫才的虚荣心,因为自己能用外国语言创作,便竭力夸张外国语言的优点,而轻视祖国语言。四是出于妒忌的心理,通过贬斥别人所用的祖国语言,来贬斥别人的创作成就和荣誉。五是因民族的自卑感而导致"心灵的怯懦,没有志气"。[①] 但丁从这五个方面来概括那些歧视意大利俗语的人,目的在于让人们克服各种偏见,增强民族自信心,为建设优秀的意大利语而努力。

但丁倡导俗语,与当时欧洲大的文学背景是分不开的。中世纪虽然以拉丁语为正统,但方言文学作为民间文学,作为基督教正宗思想的对抗和补充,曾经从弱到强,蓬蓬勃勃地发展着。拉丁语本身也因长期的使用,使用的幅员辽阔,使用者的不同层次,以及古拉丁语在民间的沿用,而出现了许多变种,如罗马民间的所谓通俗拉丁语等。尤其是在中世纪的中后期,受各地文化传统的影响,受征伐所到之处的影响,特别是受法国南部行吟诗人浪漫色彩的传统影响,许多古老的英雄史诗如《罗兰之歌》,以及抒情诗和骑士文学作品如《特列斯丹和绮瑟》等,都是用当时各地传统的方言俗语写成的。

意大利 13 世纪上半叶开始出现俗语文学的专业作家,他们以一种俗语为基础,吸收其他俗语和拉丁语的词汇与语法,既保留了主体俗语的特色,又改进了俗语创作。意大利在但丁之前就曾出现过圣·方济各等人的俗谚宗教诗和摹仿法国行吟抒情诗的西西里诗派,但西西里诗派生活在腓特烈二世的宫廷里,语言矫揉造作,缺乏丰富生动的色彩。腓特烈二世去世后,意大利文学中心转移到拖斯堪(Toscan)地区,达雷佐等人持续努力,圭尼泽利和卡瓦尔坎蒂创立了新的诗派,但丁在《神曲·炼狱篇》将其命名为"温柔的诗派",而但丁自己青年时代正是其重要成员和杰出代表。受各地民间文艺思潮的感染,受当时新时代、新风气的鼓动,以及但丁自己浪漫爱情的驱使,但丁用俗语写成了不朽的名著《新生》和《神曲》。《神曲》还借用了法语、普罗旺斯方言和新拉丁语等。这些作品语言典雅,风格清新,并且作了多方面的尝试。这便是当时的新文学。文学是为了交流的需要而产生的,而俗语能够与最广大的读者交流。因此,许多国家的语言变革,包括中国 20 世纪初期的白话文运动,都是从文学开始的。俗语是通过文学的推动来实现自己的规范和普及的。

四 俗语的优越性

在《论俗语》中,但丁提出了自己关于在俗语的基础上建立统一的意大利语以取代拉丁语的主张。但丁对他所指的俗语及其优越性作了阐释。他在《论俗语》第一卷第一章中指

---

① 转引自缪朗山:《西方文艺理论史纲》,中国人民大学出版社 1985 年版,第 277 页。

出："所谓俗语，就是孩提在起初解语之时，从周围的人那里听惯而且熟习的那种语言，简而言之，俗语乃是我们不凭任何规律从摹仿乳母而学来的那种语言。""这种语言是人人所必需的，因为不仅男子，甚至妇女和儿童，莫不尽其性灵之所能及去掌握俗语。"①这种俗语"是人类最初使用的"，本色、天然，是自然生成、约定俗成的，也是人类所独具的。他还认为拉丁语也是由俗语产生的。

但是俗语不是一成不变的，地域的差异，说话人阶层的差异，以及语言自身的变迁规律，都会造成语言的变异，因而也会引起语言的混乱。但丁反对以狭隘的乡土情感来片面强调自己家乡的俗语。"凡是狂妄的人们，总会设想自己的故乡是太阳之下最可爱的地方，总会认为自己的俗语（自己的家乡话）胜于一切地方的俗语"，这无疑是但丁所鄙视的。但丁强调，虽然他热爱自己的故乡佛罗伦萨，"以至我因为热爱它而甘受无辜的放逐，但是我的判断还是凭借理性而不是凭借感情"②。在对意大利各地的方言作了列举和无穷多的细分之后，他认为罗马人的鄙俗语言、边区的"蛮音鸠舌"都不适宜作为整个意大利的通用语，而不同阶层、不同职业的人用各自的语言进行表达，也会造成语言的混乱。

但丁分析了俗语的差异，认为仅意大利一地至少有十四种方言。他主张从中猎取一种合适的方言进行筛选，从而建立一种符合规范法则的光辉的意大利语，"以免语言因个人篡改而至流动不居"③。他对意大利语提出了四条标准，即："意大利的光辉的、中枢的、宫廷的、法庭的俗语。"在《论俗语》第一卷的第17、18两章中，但丁专门解释了这四条标准。所谓"光辉的"，"指照耀它物而本身又受照耀的东西"，"这种语言是因训练和力量而提高的；同时又以荣誉和光荣提高它的拥护者"④。所谓它因训练而提高，指它是从粗野的词汇、繁杂的结构和错误的词句中挑选出来，从而变得优美、清楚、完整、流畅；它因力量而提高，指它具有激荡人心的震撼力；它因荣誉而提高的，指它使得使用这些语言的作家声名显赫，"比王公大臣达官显贵更有名声"⑤。这就在强调意大利语地位的同时，将文学的地位也加以强调了。所谓"中枢的"，是指它像门枢使全门围绕着它转动一样，"所有的方言都随着这种光辉的语言动、静、往、返"。所谓"宫廷的"，是说它如全国人的共同家庭，全国所有的人都往来于其间，而不只是像俗语那样在贫贱之家受到接待。所谓"法庭的"，指它在意大利最高法庭的天平上衡量过，可以作为言论的准绳。在但丁看来，意大利语既要来自民间，又要规范。只有规范，才具有经典的价值。但一经规范又容易走向僵死，缺乏活力，这就是语言发展的辩证法。但丁处于意大利语草创期，当然还没有顾及到后者。他认为最有才能的诗人才应该使用这种光辉的语言，使得语言具有典范的意义。

但丁还特地将作为古拉丁语的方言和意大利当时的俗语进行了比较研究，在此基础上提出了自己关于建立意大利语的方案。他的方案虽然最终未能完全如愿实施，却显示了他

---

① 《缪灵珠美学译文集》第一卷，中国人民大学出版社1998年版，第263页。
② 《缪灵珠美学译文集》第一卷，中国人民大学出版社1998年版，第268页。
③ 《缪灵珠美学译文集》第一卷，中国人民大学出版社1998年版，第273页。
④ 《缪灵珠美学译文集》第一卷，中国人民大学出版社1998年版，第282—283页。
⑤ 《缪灵珠美学译文集》第一卷，中国人民大学出版社1998年版，第283页。

与作为基督教专制工具的拉丁语抗争的决心,和为意大利全境的统一而努力的思想。后来的意大利语正是在拖斯堪方言(意大利地区所流行的一种通俗拉丁语)的基础上演化而成的,其中无疑受到了但丁的影响。但丁的故乡佛罗伦萨是拖斯堪地区的首府。这里是意大利文化和意大利语的摇篮。除但丁外,意大利 13、14 世纪最伟大的文学家彼特拉克、薄伽丘等人均出生或生活在拖斯堪地区。他们的杰出作品对意大利语的形成作出了重要贡献,而彼特拉克和薄伽丘在语言和整个文学思想上都受到了但丁的影响。因此,但丁无疑是意大利语、意大利文学乃至整个意大利文艺复兴的先驱。

五　诗的寓意说

寓言或象征是中世纪文艺理论和创作的一个指导原则。中世纪基督教学者对文艺的一个普遍看法就是认为一切文艺和事物形象都是象征性的或寓言性的,背后隐藏着一种神秘的意义。中世纪文艺作品中象征或寓言的意味也特别浓,在造型艺术中,牧羊人往往是基督或传教士的象征,羊则象征着基督教,三角形则寓意神的三位一体等等。寓言或象征可以最早追溯到古希腊时代,希腊的哲人派和斯多葛学派用讽喻来解释古代神话,认为神话虽然荒诞不稽,但它们其实包含着一种道德的意义。例如,赫拉克勒斯和忒修斯战胜巨人和怪物,隐喻着古希腊人逐步战胜罪恶和情欲,从野蛮时代进入文明时代。到中世纪,象征或寓言已成为一种思维方式,认为一切事物背后都隐藏着神的奥义。厄里根纳认为一切艺术都是象征,并用象征意义来解释《圣经》。6 世纪罗马教皇格里高利就认为《圣经》有字面的、寓言的和象征的三种意义。奥古斯丁提出"语象"一词,认为《圣经》有字面意义和精神意义。经院学者们甚至把希腊神话解释成基督教中某些概念的象征,胜利神变成了基督教的天使,爱神变成了基督教的博爱。其目的是对古代神话,不论是异教的还是基督教的,作出"合理"的解释,以证明上帝的至善至美,把异教传说和古代文化统统纳入基督教经学和神学的范畴,以实现基督教的一神统一的世界。

但丁可能是中世纪第一个用"讽喻"来理解诗的理论家。但丁继承了中世纪传统的四义说,认为诗有字面意义、讽喻意义、道德意义和神秘意义,强调文学作品的多义性,和道德与神秘意义。在《飨宴篇》第 2 卷第 1 章中,他说:"一切作品可以而且应该用四种意义来解释。第一是字面意义,就是说,它不超过文字所表达的意思。第二是讽喻意义,它披上故事的外衣,遮掩着自己,它是在美丽的虚构下藏着的真理。譬如,奥维德说奥菲士用竖琴使得野兽驯服,使得树木和石头向他走来,那是说聪明人用他的歌喉使残酷的心灵变得温柔谦虚,使没有科学和艺术生活的人也服从他的意志。第三种叫做道德意义,那是教师们的原义,为他自己也为他学生的利益。……第四种叫做神秘意义,就是说'高于原义',一篇经典作品要从其精神来解释,甚至就其字面而论,它所表示的东西也暗示着一些永恒光辉的神圣事物。"[1]这种"四义说"明显带有经院哲学的烦琐气息,在解说具体的作品时往往会导致各种各样的

---

[1] 转引自缪朗山:《西方文艺理论史纲》,中国人民大学出版社 1985 年版,第 295—296 页。

混乱。但丁在《致斯加拉亲王书》中将其概括为文字的意义和讽喻的意义,并用这种两分法来解释他的著作《神曲》。

《致斯加拉亲王书》是但丁重要的文艺理论著述,书中论及《神曲》的主题、目的、形式、名称等。在解释《神曲》的主题时,但丁将"四义说"归并为字义的意义和讽喻的意义两方面的意思。"因此,为了阐明所谈的问题,必须知道,我这部作品的意义不是简单的,反之,可以说是'多义的',就是说,含有多种意义。第一种意义是照文字上的意义,第二种意义是照文字所表示的事物的意义。第一种可以称为字义的意义,第二种可以称为讽喻的或神秘的意义。"①接着但丁用《圣经》中的一段话为例来说明文学的字义的意义和讽喻的意义:

"为了更清楚地阐明这种论法,可以把它应用到如下的诗句:'以色列出了埃及,雅各家离开说异言之民,那时犹太是主的圣所,以色列是他的领土'。如果只看字义,这句诗对我们说的是在摩西时代以色列的儿女离开埃及;如果看它的讽喻意义,它说的是基督为我们赎罪;如果看它的道德意义,它说的是灵魂从罪恶的哀伤悲惨中转入蒙恩的状态;如果看它的神秘意义,它说的是神圣的灵魂摆脱尘躯的奴役而享得永光的自由。这些神秘的意义虽则有种种名称,但是这一切一般地可以称作讽喻的或寓意的,因为它们和字义的或历史的意义有所不同。"②但丁受他基本同时代的经院哲学家托马斯·阿奎那影响很大,其诗的"四义说"也与托马斯·阿奎那的象征理论一脉相承,他在理论上的独创性也许不大,但他把神学的"四义说"应用于诗学领域却具有重大的意义,他实际是把诗提高到了极为重要的地位,认为诗具有和神学同样的作用,《圣经》不过是上帝的诗。在中世纪对世俗文艺基本否定的历史语境中,这种见解尤其难能可贵。

第三节
特里西诺

一　生平及著作

特里西诺(Gian Giorgio Trissino,1478—1550),意大利文艺理论家和剧作家,也是意大利重要的戏剧改革家,他在文学史上的最大贡献是使意大利戏剧希腊化,代表作是一部无韵诗——悲剧《索福尼斯巴》,它写于1514—1515年,出版于1524年,首演于1562年,剧中情节采用了李维所写的迦太基王后的事迹。该剧以希腊悲剧为楷模,墨守亚里士多德的悲剧定义写成,其风格完全摆脱了中世纪的"圣迹剧"的传统。特里西诺是文艺复兴史上第一个新式悲剧作家。他还认为史诗是最高尚的诗体、荷马是最伟大的诗人,他的史诗《意大利从哥特的解放》就是摹仿荷马的。他是为了证明自己的理论而进行创作的。他的主要理论著作

---

① 《缪灵珠美学译文集》第一卷,中国人民大学出版社1998年版,第308页。
② 《缪灵珠美学译文集》第一卷,中国人民大学出版社1998年版,第308—309页。

是 1529 年出版的《诗学》,共两部,前部有四卷,后部有两卷,后部是在他死后才出版的。内容主要涉及悲剧与喜剧,剧作的辞藻、韵律、诗法、诗体、修辞格等。其中第一部的第一卷论辞藻,深受但丁《论俗语》的影响,主张用俗语写作,并有所发挥,认为辞藻的美在于明晰、宏伟、优美、流畅,他认为语言应有流动性,要符合"时尚",意即各时代有自己的风尚,语言应与时代相符,而不能食古不化。他还受贺拉斯合式原则的影响,认为性格必须符合人物的身份,他称为"衣冠",即衣冠要与人相称。第二卷论韵律,第三卷论诗法,第四卷论意大利的诗体。在第二部中的第五卷大半论悲剧和喜剧,第六卷论修辞格。他的《诗学》既有对亚里士多德诗学理论的继承,又有自己的发挥,这在他的悲剧理论中表现得尤其明显。他以亚里士多德《修辞学》的思想解释《诗学》的思想,并从中反映出自己的主张。这是由于当时特里西诺所处的环境,是公侯专制独裁的时代,没有言论自由,出言不慎会招来杀身之祸,所以只能通过以经解经的办法来羼入自己的观点。不过总的说来,他在理论上属于保守派。

二 悲剧理论

特里西诺的悲剧思想,在形式上遵循着古希腊罗马的传统,而在具体的思想内容方面,则深深地打上了时代环境的烙印,特别是在悲剧效果问题上,特里西诺的观点同时反映了他的政治理想。他的悲剧观主要反映在性格的塑造和悲剧的效果上。

在悲剧的性格塑造问题上,特里西诺虽然形式上是在阐释亚里士多德的悲剧思想,但实际上还是打上了时代的烙印。其中重要的一条,便是把亚里士多德悲剧要素中的"性格"问题,提到了重要地位。特里西诺主张,在性格塑造中应该坚持两个原则,一是美化原则,一是激情原则。特里西诺认为,悲剧作家应该像画家那样,遵循美化的创作原则,作为悲剧作家,他就应该像最好的画家那样去塑造他作品中的人物。虽然画家的创作主旨是要体现出真实性,但也力求画得更美。诗人也是如此,"诗人在摹拟愤怒者、怯懦者、懒惰者等等人物之时,还得把他们的精神面貌写得更好些,也就是说,更温和、更慈祥,而不是更骄傲、更凶恶"[1]。而所谓激情原则,是指悲剧作家在性格塑造过程中,要充分注意表达悲剧主人公感染观众的激情,要"把受激情支配的人物的一举一动放在眼前,尽可能地远远观察,他便会仿佛身受那些激情的支配,因为受激情支配的人们会自然而然正确地表现出苦恼者如何苦恼,悲哀者如何悲哀"[2]。与亚里士多德情节中心说相比,特里西诺更注重性格,这对文艺复兴时代的悲剧作品产生了重要影响。

特里西诺在解说亚里士多德的悲剧观点时,更进一步阐释了悲剧能引起恐惧和怜悯的深层心理根源。这种对悲剧引起的恐惧与怜悯的解说,反映了特里西诺对当时政治斗争的人生体验,而不纯粹是文学方面的,但这些看法对文艺复兴时期的创作实践产生了重要的影响。

---

① 特里西诺:《诗学》,见《缪灵珠美学译文集》第一卷,中国人民大学出版社 1998 年版,第 336 页。
② 特里西诺:《诗学》,见《缪灵珠美学译文集》第一卷,中国人民大学出版社 1998 年版,第 336 页。

关于恐惧，特里西诺说："唯独那些能带来死亡或最大痛苦和烦恼的不幸，才为人所畏惧，而且这些不幸也不是往往为人所畏惧，唯独当它们似乎近在身边而且可能降临头上之时，才是可怕，因为不幸尚未确定或者十分遥远之时，它们是不可怕的。例如死亡，人人皆知必有死之一日，但是因为死不是近在眼前，我们就不去想它。"①这种恐惧感必须建立在大祸降临的实际可能性的基础上，同时伴随着自己实际并没有遭难而感到庆幸的欣慰感。在此基础上，他谈到了各种人类的不义行为与恐惧的关系，这使得文艺复兴时期的悲剧发生了根本的变化。在古希腊，悲剧主人公通常是王公贵族和英雄人物，而到了文艺复兴时期，《麦克白斯》中的主人公残暴的不义之举，则是恐惧的主要根源。

关于怜悯，特里西诺说："怜悯是为着不幸或似乎不幸的事而发愁，这种不幸可能是致命的或痛苦的，而且落于不应受难者的身上，于是旁观者想到自己或他的亲友也可能遭到这种不幸；当不幸似乎近在身边之时，尤其是如此。"②这里继承亚里士多德的看法，认为怜悯产生的根源是由不幸引起的，这种不幸必须降临在不应遭难的人身上，让旁观者产生一种联想，担心自己及亲人也会遭受此难。特里西诺特别强调了"逼近"，强调与悲剧主人公之间要有适当的距离。特里西诺详细分析了最易产生怜悯之情的六种人和不易产生怜悯之情的五种人的心理根源。

从一个角度看，特里西诺的政治观点和艺术观点是一致的。他在阐释悲剧理论时，借古喻今，揭露当时公侯显贵的残暴，劝戒帝王权贵们不要做暴主。暴主心怀恐惧，害怕受到报复，整日生活不得安宁。特里西诺着重分析了人们对现实中的悲剧性事件的恐惧和怜悯之情，这对拓展思路有相当的好处，也产生了一些新的思想，但二者毕竟不是一回事。他提出越是贴近现实，越能引起恐惧和怜悯，因此在写古代题材时，要通过语言、面具、服装等手段缩短欣赏者与题材之间的距离。这应该是有一个度的，过分"现代化"，会让人感到不真实。不过，在文艺复兴的那个特定时期，莎士比亚等人历史题材的悲剧借古说今，体现出人文主义精神，在当时确实产生了重要影响。

三　喜剧理论

特里西诺的喜剧理论较之悲剧理论有更多的创新，这是因为亚里士多德的《诗学》和《修辞学》中悲剧部分内容比较详细，容易使人受其束缚，而喜剧内容则大都散佚，这反而使特里西诺有更多发挥的机会，因而也更有创见。他认为喜剧是对不大庄严而且较为下品的行为和性癖进行摹仿，通过嘲笑、讽刺、非难的方式给人以教诲。这些想法对文艺复兴时期和近现代的喜剧理论产生了重要影响。锡德尼的《为诗辩护》和塔索的《论英雄史诗》就接受了他的思想。

特里西诺对悲剧和喜剧的异同进行了比较，认为喜剧与悲剧作为戏剧有许多共同点：一

① 特里西诺：《诗学》，见《缪灵珠美学译文集》第一卷，中国人民大学出版社 1998 年版，第 338 页。
② 特里西诺：《诗学》，见《缪灵珠美学译文集》第一卷，中国人民大学出版社 1998 年版，第 340—341 页。

是诗人在喜剧和悲剧中都用剧中角色的言行来表达作者的思想;二是喜剧和悲剧一样,也有完整的结构,"喜剧模拟一件独立的、完整的、较大的行为,这行为要有起始,有中部,有结局";三是"喜剧有悲剧所有的主要成分,就是说,故事,人的性格,思想,语言,舞台表演和曲调"。

而悲剧与喜剧的区别则在于:

第一,在感化方式上,"悲剧凭借怜悯和畏惧以进行教诲,而喜剧则通过嘲笑和非难卑鄙龌龊的事情以教育他人"①,但喜剧不应摹仿极端的败德和致命的痛苦,而仅能摹仿"丑态的、引人发笑的行为",否则就是宣传败德,而致命的痛苦会引起怜悯和恐惧,那就是悲剧而不是喜剧了。悲剧以引发人的怜悯和恐惧的方式给人以快感和教益,喜剧则通过诙谐和笑料的方式给人以快感和教益。

第二,在题材上,悲剧主要取材于伟大显赫人物的可怜遭遇,结局往往不幸。喜剧则取材于无名人物的可笑行为,虽常常令人懊恼,但不至于引起灾难,结局是皆大欢喜。"悲剧产生教育的效果是靠怜悯,靠流泪,靠恐惧,这些都是悲哀的事情;反之,喜剧则靠诙谐和逗笑,这些都是愉快的事情。"②这里对于悲剧题材的看法固守着亚里士多德的传统,而关于喜剧题材的看法,则是合乎当时的潮流的,对后代作家莫里哀等人的创作产生了积极的影响。

第三,悲剧有更多的清规戒律,喜剧则带有荒诞的色彩。悲剧剧情和人名大多真实,喜剧的剧情和人名则可虚构。"尤其是在雅典,为了防止喜剧之滥用自由权、不公允地指摘和嘲笑高尚的人物,就订立了一条法律,不准作家在喜剧中直呼任何人的真姓名;由此产生了新喜剧的惯例,也就是说,喜剧不引用真名,一切人名都由诗人杜撰。"③在古希腊,阿里斯托芬的政治喜剧被称为"旧喜剧",这是雅典民主时代,可以通过喜剧批评社会政治,阿里斯托芬曾把伟人尼西亚斯和名士苏格拉底搬上舞台,后遭禁止。而后来的另一位古希腊的喜剧作家米南德的世态喜剧被称为"新喜剧",是主要描写当时社会上各种类型的无名人物的世态剧。罗马喜剧就继承了米南德的喜剧,经过中世纪的民间喜剧和文艺复兴,"新喜剧"的这个传统延续了下来。喜剧中不用真姓名,而由诗人独创,乃至用暗示性格的象征性的名字。特里西诺总结了这个规律。

第四,悲剧语言追求庄严、崇高和冠冕堂皇,喜剧语言则"应该务求平凡、清楚、温文、儒雅,所用的隐喻和其他修辞格,也应该是平易的,像平常谈话常有的",不应过分雕饰,不应使用外来词,因为那样会给人以高雅感、陌生感。

特里西诺还对作为喜剧效果的笑的心理进行了研究。他引用了亚里士多德的关于笑的定义:"可笑是一种适度的丑态,是一种既非致命亦非痛苦的缺点或丑陋。"④在此基础上,特里西诺提出通过感官或者回忆感官的感觉而使心灵获得快感。

① 特里西诺:《诗学》,见《缪灵珠美学译文集》第一卷,中国人民大学出版社 1998 年版,第 343 页。
② 特里西诺:《诗学》,见《缪灵珠美学译文集》第一卷,中国人民大学出版社 1998 年版,第 343 页。
③ 特里西诺:《诗学》,见《缪灵珠美学译文集》第一卷,中国人民大学出版社 1998 年版,第 344 页。
④ 特里西诺:《诗学》,见《缪灵珠美学译文集》第一卷,中国人民大学出版社 1998 年版,第 345 页。

喜剧的快感来自于对象的过失或丑态。"这种快感并非来自一切使感官愉快和喜悦的对象,而仅仅是来自那些带有一点丑的对象……例如,丑怪的嘴脸,笨拙的举动,愚蠢的说话,读错的字音,难看的书法,恶味的醇酒,奇臭的蔷薇,都会立刻引起笑;而那些品质不符所望的东西,尤其能令人发笑。"①这里它将喜剧的对象和一般优美的对象所引起的快感加以区别,一般审美快感的对象是优美或可爱的东西,而喜剧快感的对象则是丑或过失,如丑脸、口误等。

喜剧性的笑常由希望落空而引起,而这通常也与人的天性中的妒忌和恶意、幸灾乐祸的成分有关。他引用卢克莱修的话,认为人总喜欢见到不幸落在别人而不是落在自己身上。但是作为喜剧性的笑,这种幸灾乐祸必须是无伤大雅的。"如果他见到别人跌落泥淖中,弄得一身脏,他便大笑了";如果别人的经历是致命的,只会引起怜悯和恐惧,如果自己也有类似的痛苦,便会同病相怜。"如果我们自己有痛苦,看到别人也有同样的痛苦,就决不会使我们发笑……。如果我们见到别人所遭受的不幸是致命的和惨痛的,譬如说,受伤、发热、被害,它们不会使我们发笑,反而使我们怜悯。"②这种思想是亚里士多德思想的发挥,对后来的霍布斯、柏格森等人有相当的影响。

特里西诺从心理学的角度为笑下了定义:"凡是我们看见或者听说别人有些微小的不幸,但非惨痛的或致命的不幸,例如,肉体的丑陋,或心灵的愚昧,只要它不是或者我们相信它不是在我们身上,这就会使我们愉快或者发笑了。"③

第四节
明屠尔诺与钦齐奥

一　明屠尔诺

明屠尔诺(Antonio Sebastian Minturno,1500—1574),原名安东尼奥·塞巴斯蒂尼亚诺,曾在大学里教授过古典文学,兼事文学批评,常用俗语和拉丁语写作诗歌、散文,担任过意大利乌金托地区和克罗托内地区主教。在革新派和保守派的论争中,明屠尔诺属于保守派,与钦齐奥进行了激烈的争论。他主张以古代希腊罗马的创作范例,来品评当代文学和新型作品。其主要著作有1559年用拉丁语写的《论诗人》,1564年用塔斯康尼语写的《诗的艺术》,以及喜剧理论等文章。他宣称自己的《诗的艺术》有助于理解荷马、维吉尔等人的作品,特别是对于阐明古代文学的规则具有不可动摇的作用,"随着时间的推移,真理永远是真理"。他认为艺术是对人的各种行为、情感和风尚的模仿;自然的世界往往是粗糙、原始的,需要借助修饰手段予以删减和美化。在《诗的艺术》中,他采取保守的立场,强调诗人必须遵

---

①　特里西诺:《诗学》,见《缪灵珠美学译文集》第一卷,中国人民大学出版社1998年版,第345—346页。
②　特里西诺:《诗学》,见《缪灵珠美学译文集》第一卷,中国人民大学出版社1998年版,第346页。
③　特里西诺:《诗学》,见《缪灵珠美学译文集》第一卷,中国人民大学出版社1998年版,第346页。

循亚里士多德等制定的规则,模仿古典诗人,贬抑《疯狂的罗兰》,认为这种传奇体文学作品违背了情节一致的古典规则,它描写的事件虚假、不完善,脱离逼真的原则。他对钦齐奥为《疯狂的罗兰》所作的辩护进行了全面的驳斥和否定。他的观点对17世纪古典主义批评产生了很大的影响。

1　古典立场

明屠尔诺强调遵从古典范例,反对文学的革新和创造。他坚信真理的绝对性、唯一性和超时空性;在《诗的艺术》中,他曾这样说:"……因为真理只有一种,只要一旦证明是真的,就必然在任何时代总是真的;时代之不同,虽然可能使习俗和生活改变,却不可能改变真理,在一切变革之中真理是始终不变的。"①由此出发,明屠尔诺认为艺术的范例和规则,早在古希腊罗马时代已经确立,荷马和维吉尔的诗业已证明这种艺术规范的真理性。在谈到史诗和传奇诗的起源时,明屠尔诺说:"显然,是最优秀的希腊和拉丁诗人在他们的作品中表达出史诗的观念,也是最杰出的希腊和拉丁作家根据观念写出诗学来。"②在这里,最优秀的希腊和拉丁诗人显然是荷马和维吉尔,最优秀的希腊和拉丁作家是指亚里士多德和贺拉斯。

《诗艺》第一卷主要论述史诗和传奇诗。当时的意大利,针对文艺的尊古和创新问题,理论家形成了两派,一派以明屠尔诺为代表,主张尊古,另一派则以钦齐奥为代表,主张创新。这场"古今之争"集中体现在对传奇诗作家阿里奥斯托的名作《疯狂的罗兰》的评价的立场上。明屠尔诺从其古典立场出发,认为《疯狂的罗兰》违反了情节整一的古典主义原则,超越了诗的界限。《疯狂的罗兰》"用诗的题目表明他是写罗兰,却又写了另一个人物(鲁哲罗)做主角"。"写出许许多多人物和事迹,其中有些是单凭一人一事就可以构成整整一首诗的主题的。"③因此,"我却不承认他(阿里奥斯托)写的和别人写的传奇诗是亚里士多德和贺拉斯指教我们的那种诗。"④明屠尔诺强调尊重古典,希腊罗马诗人和作家们确定的艺术原则是不能逾越的。"况且,虽则以前往往容许,将来也总会容许诗人离开别人走过的老路,即'诗的界限',但是我不相信,我们应该让诗人有超出诗的界限之权。"⑤

总之,明屠尔诺认为古典原则是不可更易的,是放之四海而皆准的,古典原则是一切时代艺术所必须遵守的。而寻求新的诗艺在他看来"就好像要在非洲沙漠中寻找绿树青草。当然,这不啻是要在天生仇视理性的人们中寻找法律,在浮华中寻找真理,在错误中寻找正确"⑥。明屠尔诺的这种将古典原则教条化、保守化的做法,无疑不利于文艺的发展。

2　悲剧理论

(1)悲剧的题材内容和人物。受亚里士多德影响,明屠尔诺是以悲剧对于人生的教育净化作用为旨归,来界定悲剧的题材、内容和人物的。关于悲剧的题材,他认为"凡是遭受离奇

① 《缪灵珠美学译文集》第一卷,中国人民大学出版社1998年版,第382页。
② 《缪灵珠美学译文集》第一卷,中国人民大学出版社1998年版,第382页。
③ 《缪灵珠美学译文集》第一卷,中国人民大学出版社1998年版,第376页。
④ 《缪灵珠美学译文集》第一卷,中国人民大学出版社1998年版,第374页。
⑤ 《缪灵珠美学译文集》第一卷,中国人民大学出版社1998年版,第378页。
⑥ 《缪灵珠美学译文集》第一卷,中国人民大学出版社1998年版,第382页。

灾难的人,不论是善是恶,只要这灾难是惊心动魄的或引起怜悯的,都属于悲剧的范围之内"[1]。被敌人伤害,或者仇敌彼此凶杀等,不足以使我们惊心动魄,所以不宜作为悲剧的题材。善人遭受到意外的灾难,引起的仅仅是愤怒和恼恨,不可能激起我们的怜悯和恐惧之情,也不宜作为悲剧的题材。明屠尔诺还明确地界定了悲剧中的作难者和受难者,作难者应该是和受难者有较为密切关系的人,例如朋友或亲人,而受难者则应引起人们的怜悯,哪怕他是作难者的敌人,并且理应受难。

明屠尔诺认为悲剧的内容"应该是壮丽而又严肃的,它描写伟大有名的人物和显著稀奇的事迹"[2]。这些伟大人物的稀奇事迹,应该是那些可怕而且悲惨的事情,足以引起人们的恐惧和怜悯。悲剧的内容不应当是一个悲惨愁苦的人转为快乐和幸福,也不应该是德高望重的人沦落到灾难之中,因为这两种情况都不可能感动人,使人触目惊心和使人怜悯。悲剧描写的不幸事迹应当出于天意或人的阴谋而不应是合理使然。

至于悲剧的人物,应当是伟大有名的,而在德行上又不是超群出众的,也不是罪大恶极的,他们有些是善的,有些是恶的,也可能是半善半恶的。"在悲剧中描写至善的人或者极恶的人陷入任何的患难,都是不合理的。"[3]悲剧描写的人物应是那些荣华富贵的人中既非大圣,亦非一无可取的人物,这种人应当善多于恶,他所遭受的不幸,不是由于有意为非作歹而是人性使然,例如俄狄浦斯、忒耶斯提斯、克瑞翁等等。

(2)悲剧的净化作用。明屠尔诺继承和发展了亚里士多德的怜悯和恐惧说,承认悲剧反映现实生活中伟大人物的悲剧命运,以及悲剧对于心灵和人生所产生的巨大的净化作用。他说悲剧诗人"特别把一些人生平举止的榜样放在我们眼前,这些人物伟大、尊严、佳运都胜似别人,可是由于人性难免的错误而陷入极端的不幸,所以我们体会到,人在富贵荣华中不要信赖浮世幸福,世间就没有一个人长生而不老,永健而不衰,也没有一个人永乐而不苦,长贵而不贱"[4]。明屠尔诺认为悲剧是通过给人以快感而激起人的怜悯和恐惧之情的。诗人应以愉快的情绪来感动现实人生,可怕的、悲剧的意外事件之所以能感动人、净化人的心灵,是因为它除了使人恐惧和怜悯之外,还使感到愉快。悲剧诗人"凭借语言的力量和思想的深度唤起我们的激情,惹起我们的惊叹,既以恐怖充满我们的心,又感动我们的心去怜悯"[5]。悲剧诗人的巨大力量正在于他通过悲剧中人物的命运和激情的力量洗净观众心中的烦乱。

另外,在明屠尔诺看来,悲剧还是一种教育和训练的手段,人们可以习惯于悲剧中人物的意外遭遇,从而联想和预测到自己也有可能遭遇类似的不幸,这样就可以在真正遭遇不幸时减少痛苦、忍受痛苦。因为悲剧正如一面镜子,可以照见万物的真相、人生的变化以及人类的特点。人们看悲剧,认识生活的真相和命运的事件,可以通过三种方法进行:"第一,因为他久已考虑到逆境可能落到自己身上,这个思想是最有效的药方,它能够使心灵摆脱一切

[1]《缪灵珠美学译文集》第一卷,中国人民大学出版社 1998 年版,第 390 页。
[2]《缪灵珠美学译文集》第一卷,中国人民大学出版社 1998 年版,第 388 页。
[3]《缪灵珠美学译文集》第一卷,中国人民大学出版社 1998 年版,第 388 页。
[4]《缪灵珠美学译文集》第一卷,中国人民大学出版社 1998 年版,第 386 页。
[5]《缪灵珠美学译文集》第一卷,中国人民大学出版社 1998 年版,第 386 页。

悲伤。其次,因为他明白人对于意外之事必须逆来顺受。最后,因为他知道除了犯罪以外,便无所谓坏事,而一个人不由自主干出的事情不应当算作犯罪。"[1]这些思想便在亚里士多德思想的基础上,反映出时代的进步和个人的体会,尽管这是在古典原则的框架下阐发的。

二　钦齐奥

吉拉尔迪·钦齐奥(Cinzio,1504—1573),又称姜巴蒂斯塔·吉拉尔迪,出生在斐拉拉。青年时代学习医学、哲学、文学,后来在斐拉拉、帕维亚等城市的大学教授文学,并注释亚里士多德的《诗学》和贺拉斯的《诗艺》。1547 至 1563 年曾担任斐拉拉公爵的秘书。他是意大利文艺复兴时期改革派的文艺理论家,曾写过小说、诗歌和悲剧,并且是"恐惧悲剧"的代表,他 1541 年写的悲剧《奥尔比凯》、《克莉奥佩特拉》等借恐怖、残忍的事件来刺激观众,进行道德教育。他的短篇小说集《百篇故事》(1565)流传很广,英、法、西班牙等国均有译本,莎士比亚的《奥赛罗》取材于这部书中的故事《威尼斯的摩尔人》。他的文论代表作是《论传奇体叙事诗的创作》,另有《论喜剧与悲剧的创作》等。因为当时阿里奥斯托的《疯狂的罗兰》受到保守派明屠尔诺等人的批评,钦齐奥便写下了《论传奇体叙事诗的创作》为《疯狂的罗兰》辩护,指出这部传奇体叙事诗突破情节单一的框框,运用古人不知道的方式和现代语言写作,因而是不同于古典英雄史诗的新体裁。他还通过对比,指出诗歌的特点、使命以及它同历史、哲学的区别,强调诗歌的独特性是按照逼真的原则来阐释事件,反映真实的。《论传奇体叙事诗的创作》是文艺复兴时期革新派与保守派论争的名著。

1　艺术的继承与创新

在艺术的继承与创新问题上,钦齐奥站在时代的高度,更强调创新。他认为,诗人不能迷信古典权威,"有见识有技巧的作家不应该让前人所定的界限束缚他们的自由,以致不敢稍越雷池一步。这种作茧自缠不仅是辜负了天赋的资禀,而且也使得诗不能越出一个作家所定的范围,不敢离开前人所走过的老路"[2]。当然,他也并不因此而否定传统,而主张在继承前人的基础上独辟蹊径,进行创新,并且将这种创新精神看成是希腊罗马以来的优秀传统。"优秀的作家一边踏着古人走过的老路,一边也可能稍微离开已经铺好的正道,既已抛下久已践踏的常轨,就独辟蹊径走到诗神之山。这种精神,不但拉丁诗人有之,甚至希腊诗人亦有之,……"[3]他认为亚里士多德和贺拉斯对后代的现状并不熟悉,以他们所定的规则约束当代作家的创作是错误的。"他们想强使传奇诗的作者墨守亚里士多德和贺拉斯所定下的诗艺的清规戒律,而绝不考虑这两个古人既不懂得我们的语言,又不懂得我们的创作方法。"[4]脱离现实,盲目崇古,必然会束缚作家的创作才能,辜负了自然给予作家的资禀。因此,诗应该超出前人所定的范围,要写出现时实况的事物。这样说当然绝不意味着这些传奇

---

① 《缪灵珠美学译文集》第一卷,中国人民大学出版社 1998 年版,第 388 页。
② 《缪灵珠美学译文集》第一卷,中国人民大学出版社 1998 年版,第 422 页。
③ 《缪灵珠美学译文集》第一卷,中国人民大学出版社 1998 年版,第 423 页。
④ 《缪灵珠美学译文集》第一卷,中国人民大学出版社 1998 年版,第 423 页。

体叙事诗不要向古人学习。他主张不要受古人的法则所束缚,而应该向古人学习活的规则。所以,对于历史题材而言,"虽则诗人也描写古代的事情,但他们总设法使之同当代的风俗和自己的时代合拍,引用一些不像古代而切合自己时代的东西"①。他主张历史题材的作品应当具有当代性。

在他自己的悲剧《奥尔比凯》的"告读者"里,钦齐奥曾为不符合古典法则的悲剧辩护。他认为在他的时代,人心已经不古了,悲剧不再被视为有王者之尊的作品了,使用近代的题材一样值得称颂。他还为自己根据情节的需要给悲剧加上一个序幕并且分为几场几幕辩解。而且在《奥尔比凯》剧中,钦齐奥用了一个贵妇人作为悲剧主人公。他辩解说:"一个妇人可以像男子一样具有理性的光辉","她的大智大慧足以证明:一个贵妇人不但能有许多可贵品质,而且精明谨慎可以媲美世间最聪明的男子。"②对于王后在舞台上的自杀不合威尼斯学派的定律的问题,钦齐奥也是用亚里士多德的思想为自己辩解。

2 艺术规律问题

钦齐奥就艺术规律问题提出自己的看法。在真实性问题上,他继承亚里士多德的观点,认为诗的真实性不同于历史的真实性,历史学家写真正发生过的事迹,并且按照他们真正发生的样子去写。诗人则不然,"他借虚构来摹拟光辉的事迹,不照实在的而照应当的样子来描写"③,通过虚构去摹仿辉煌的事迹,表达事物的规律性,并且要做到古为今用。这种看法,实际上是强调现实生活的发展规律,反映了新兴的资产阶级的发展要求。革新派要求革新文艺的动机,就在于主张当时社会发展具有历史必然性。但同时他又不拘泥于亚里士多德的思想,充分肯定当时应运而生的传奇体叙事诗。这种新型的传奇体叙事诗,冲破了亚里士多德关于情节整一的理论教条,达到情节多样化。它应该不限于一个人物的单一动作,而应描写诸多英雄的各种事迹,作品的内容便更为丰富、生动,也更能表现出诗的真实性。他还认为应该从当今的创作实践来总结诗的艺术,热情地为作为新型的诗歌的《罗兰的疯狂》进行申辩。

亚里士多德在《诗学》里曾说到悲剧是用韵文来写的,贺拉斯也有同样的主张,已往的悲剧作家也都是用韵文写的。有人便以此非难钦齐奥的悲剧《狄多》,批评这部作品是用散文写的,不符合经典悲剧的规范。钦齐奥便用特里西诺的悲剧《索福尼斯巴》不用希腊、拉丁作家所使用的短长格,而用"类似我们今日的日常谈话"的诗体来为自己辩护,因为"这些诗句不受押韵的拘束"④。而当时的另一位剧作家鲁斯塞里的《洛斯蒙达》也是如此,结果"博得大大的喝采"⑤。钦齐奥以此证明要想在戏剧上取得成就,必须不受古希腊、罗马悲剧的那种押韵的拘束。

3 情节、结局和"时间一律"问题

在情节问题上,钦齐奥反对当时的人们要求固守传统,要求悲剧的情节取材于历史的做

---

① 《缪灵珠美学译文集》第一卷,中国人民大学出版社 1998 年版,第 424 页。
② 《缪灵珠美学译文集》第一卷,中国人民大学出版社 1998 年版,第 396 页。
③ 《缪灵珠美学译文集》第一卷,中国人民大学出版社 1998 年版,第 425 页。
④ 《缪灵珠美学译文集》第一卷,中国人民大学出版社 1998 年版,第 400 页。
⑤ 《缪灵珠美学译文集》第一卷,中国人民大学出版社 1998 年版,第 400 页。

法,他说:"悲剧的情节正如喜剧的情节那样,也可以由诗人杜撰。"他甚至认为,杜撰的情节对于观众来说,更新颖、更能够感动人。"诗人有权随意以杜撰情节的悲剧来打动人们的哀情,只要这情节合乎人情之常,而且离可能发生和时常发生的事情不远。也许,杜撰的情节,因为是初次感印于观众的心中,吸引了更大的注意,就愈能够感动人心去采纳美德的教训。"[①]他还现身说法,说自己杜撰情节的剧作《奥尔比凯》能让新老观众被感动得忍不住叹息和呜咽。

亚里士多德反对用机械降神的办法结束情节,别人也指责钦齐奥在悲剧中使用神明作为助力。钦齐奥辩解说,亚里士多德只是反对生硬地这样做,如果确实需要,而且做得十分巧妙,也是可以的,甚至是必要的。他说:"如果解决必须使用一个神灵,那末,就不但使神登场不是不合适的,不用神反而是错误。"[②]对于分幕分场问题,钦齐奥认为古希腊悲剧不分场,是因为舞台上时时有歌队在那里。但这不合情理和逻辑,因为王公大臣议事不可能当众进行,所以分场是一种进步。

亚里士多德曾把以快乐收场的悲剧称为混合悲剧,并且说这是在迎合观众的无知。钦齐奥反对这种看法,认为:"这不过是对观众的让步,为了使这几出戏在舞台上更动人,为了可以和时代风尚合拍。"因为"戏是为观众的娱乐上演的,与其以其更壮丽的戏使观众不快,不如以稍差些的戏使观众满足",这种戏"适合于舞台"[③]。

尽管钦齐奥对亚里士多德的观点有所否定和突破,但他在1545年讲授悲剧和喜剧时,还是根据《诗学》第五章"悲剧力求以太阳的一周为限",阐释了"时间整一律"。"三一律"由亚里士多德《诗学》中的思想引申而来,其中有误解的成分。"情节的一律"源于悲剧的定义:"悲剧是对于一个严肃、完整、有一定长度的行动的摹仿",目的是为了保持情节的完整。时间的一律,则来自《诗学》第五章:"就长短而论,悲剧力求以太阳的一周为限。"[④]但亚里士多德这里所说的一周,主要是指演出所占的时间,而且是根据当时的经验,从早晨太阳升起,到晚上太阳落山,而非今天科学意义上的24小时。这是因为古希腊悲剧在露天剧场演出,剧场没有灯光设备,只能利用天然的光线,特别是春天演出季节。而后来制定的"时间一律"则阴错阳差,将剧情集中在一日之内,被解释成一昼夜24小时。

4 建立意大利民族文学

在《论传奇体叙事诗的创作》中,钦齐奥提出要按照意大利的习惯创作意大利民族的文学。他特别推崇罗马作家维吉尔,认为他根据自己时代的意大利的习惯,去叙述特洛伊的丧祭和战斗,体现了自己的时代性和民族性,甚至表现出他所描写的那个时代还不存在的事物。这种说法虽然有歪曲历史的片面性,但在文艺复兴的当时背景下,其总体精神是要打着复古的旗号,来推动社会的发展。钦齐奥站在革新派的立场上,要求建立本民族的当代文

---

① 《缪灵珠美学译文集》第一卷,中国人民大学出版社1998年版,第407页。
② 《缪灵珠美学译文集》第一卷,中国人民大学出版社1998年版,第401页。
③ 《缪灵珠美学译文集》第一卷,中国人民大学出版社1998年版,第410页。
④ 《诗学·诗艺》,罗念生、杨周翰译,人民文学出版社1980年版,第17页。

艺,其基本精神是积极可取的。在用语上,他继承但丁的看法,提倡俗语:"我宁愿以自然为向导,使用恰当的词藻,而不想雕琢词章,故作壮语。"①因为"这种悦耳的日常语言是活的语言",所以"宁可努力以获得那些可以表明其思想的词句,妙手拈来,随拾即是,而不愿意披枷带锁,默然瘐死于狱中"②。他还继承但丁的看法,为意大利的民族语言辩护。他说:"我们的语言也有它特有的诗,这种诗不是另一语言或另一民族所能有的。"他特地举到但丁的《神曲》就是用意大利的拖斯堪方言写的。"我们的拖斯堪的诗人们的作品在我们的语言里的价值,比起希腊拉丁诗人们的作品在他们的语言里的价值也并不逊色。"③

第五节
卡斯特尔维屈罗

一 生平及著作

卡斯特尔维屈罗(Lodovico Castelvetro,1505—1571),意大利文艺复兴时期影响最大的人文主义文学批评家,出身于莫登纳的一个上层市民家庭,先后在博洛尼亚、帕多瓦、锡耶纳大学学习法律,与人文主义学者、诗人交往频繁,1529年在摩德纳大学教授法学,1555年因宣传人文主义思想,公开赞成普选权,屡次受到宗教极端分子和教廷御用文人的指控和迫害,被"异端裁判所"传审,并被缺席审判,被迫长期流亡国外,过着颠沛流离的生活,后逃到瑞士,专心治学,著述颇丰,但大都已散佚。他曾深入地研究了但丁的《神曲》、彼特拉克的《歌集》和意大利语言,撰写了评注和论著。他对亚里士多德的《伦理学》、《修辞学》、《诗学》所作的诠释,被认为是当时研究亚里士多德的权威著作。1570年维也纳出版了他所翻译的亚里士多德的《诗学》,并附《提要》和《诠释》。1571年,卡斯特尔维屈罗感染瘟疫去世。

《亚里士多德〈诗学〉诠释》是他最有影响的一部文艺理论著作,书中广泛地探讨了文艺理论问题。自塞尼将亚里士多德的《诗学》翻译成意大利文后,翻译《诗学》的人日益增多,并形成各种流派。卡斯特尔维屈罗属于其中的新派,并在自己的《诠释》中提出了独创性的见解。他的《诠释》运用亚里士多德的观点研究当时的文学问题,他对当时的新文学,特别是对薄伽丘《十日谈》有深入的研究。在《诠释》中,他常引用《十日谈》的例子说明他的观点。他还很重视对当时戏剧创作的研究。他在翻译亚里士多德的《诗学》时,虽然有时按照自己的观点对一些地方作了改动,甚至改变了原意、误解了原意,但常有自己独到的见解。他对亚里士多德《诗学》的翻译、整理和补充,确立了亚里士多德在当时意大利文坛的决定性的影响。他是西方文论史上第一个把愉悦心灵当做诗的唯一目的的人,他的关于戏剧的"地点一致律"的思想成了当时古典主义文学的教条。

---

① 《缪灵珠美学译文集》第一卷,中国人民大学出版社1998年版,第397页。
② 《缪灵珠美学译文集》第一卷,中国人民大学出版社1998年版,第398页。
③ 伍蠡甫主编:《西方文论选》上卷,上海译文出版社1979年版,第186页。

二　想象

卡斯特尔维屈罗把想象看成是诗歌创造的重要手段,认为诗与非文学的作品的区别在于诗意的内容。亚里士多德曾认为,用格律来写的哲学或自然科学论文,只是一种诗体的论文,还不能算是诗。卡斯特尔维屈罗将之发扬光大,强调诗的艺术特征。他认为诗人不是被动地反映现实,而是按照逼真的原则,借助想象、虚构来描述可能发生的有代表性的事件;历史学家则是记叙已经发生的个别的事件。他在阐释诗与散文的区别时说,诗是想象的艺术,偏重于创造性的摹拟,"诗的题材却要靠诗人的才能去发现或想象出来"①,而散文是求实的作品,偏重于事实的记载和推理的思维,所以诗与散文有本质的区别,格律不过是一种表现形式。格律并非诗的特征,而只是诗的外衣或装饰而已;所以诗不应写成散文,历史不应写成诗,正如妇女不应穿男子的服装,男子不应戴妇女的巾帼。根据古代的文艺实际,这里的诗主要是指史诗、剧诗、抒情诗,而散文主要是指演讲词、历史、哲学、科学著作,由此可见,卡斯特尔维屈罗这里的诗与散文的区别主要是文学和学术论著的区别。

他还将诗与历史著作和科技论文进行比较,突出强调诗的想象特征。他认为历史的题材得自世界大事的经过,并不靠史家的才能,诗的语言却要靠诗人的才能去发现或想象出来,通过想象来虚构故事,进行创造性的摹拟。诗人在"近似"中体现出发现素材的聪明才智。他还认为历史的语言是推理的语言、合乎逻辑的语言,而诗的语言则是韵律的语言和形象化的语言。科技论文也同样不能作为诗的题材,"科学技术既是理性所认为必然的事,看来好像是真理,而且经过哲学家和技术家的长久经验所证实,它们就取得与历史上曾经发生的事情同样的地位。如果诗人取材于别人所发现所写过的,也可以说已成为历史事实的科学技术,而只使之披上诗的词藻,诗人既没有什么贡献,他也就没有理由可以自夸为诗人了。"②卡斯特尔维屈罗当然还不能像今天这样,进一步区分科学的想象与诗的想象的区别。

三　"三一律"

卡斯特尔维屈罗在 1570 年校勘《诗学》时,吸收了亚里士多德的"情节整一律"、钦齐奥的"时间整一律"的思想,并特别规定了"地点整一律",构成戏剧的"三一律"。卡斯特尔维屈罗最系统、全面地阐释了"三一律",他在阐述戏剧与史诗不同的时候说:

"就地点而言,戏剧诗比叙事诗范围小,因为戏剧手法不能表现距离甚远的地点,而叙事诗可以描写遥遥相隔的地方。至于时间,也有不同之点,戏剧手法为时较短,而叙事手法可以描写先后不同的时间,这是戏剧手法所不能做到的。……叙事诗能够在几点钟内叙述在许多点钟里发生的许多事情;但是戏剧手法只能占用情节本身所需要的时间来表演这情节,就不能做到叙事诗所能做到的那样。由此可见,悲剧和喜剧这两类戏剧不能超过为便于观

---

① 《缪灵珠美学译文集》第一卷,中国人民大学出版社 1998 年版,第 431 页。
② 《缪灵珠美学译文集》第一卷,中国人民大学出版社 1998 年版,第 432 页。

众看戏所许可的时间,也不应表现多于在悲剧和喜剧本身所需要的时间内所发生的事情。"①

不过,他的所谓的时间一律,与后来的情节的时间一律有所不同,他说"表演的时间与所表演的事件的时间,必须严格地相一致"。情节的时间与表演有一定的联系,但毕竟是两回事,后来古典主义者有所修正。西方有的学者将卡斯特尔维屈罗看成是"三一律"的创始人,他因此声名大震,也为此蒙受非难。

"三一律"的思想在文艺复兴时期颇为盛行,成为古典主义的文艺教条,也长期地桎梏了西方戏剧的发展,而英国的莎士比亚悲剧打破了"三一律",遭到法国古典主义者的非难,浪漫主义兴起后,才有所突破。但直到今天,"三一律"仍然为西方戏剧界所重视。

四 悲剧的性格

亚里士多德根据当时的悲剧实践,提出"情节中心说",这是因为悲剧多取材于古代的神话和史诗,剧中人物大都是神话、史诗中家喻户晓的人物,观众已有明确的印象,创造性余地很小,而情节描述则可以投入更多的精力。到了卡斯特尔维屈罗时代,与当时的个性解放相适应,文学侧重于表现人的个性,性格就成了悲剧表现的核心,并且形成了一个传统,以至后人将此时的悲剧称为"性格悲剧"。卡斯特尔维屈罗对悲剧性格的强调,正是在这个背景下进行的。他认为:人们在多数行动中,不是隐藏而是展露自己的性格、思想,只是各有多少不同而已。没有性格的悲剧还能算是好的悲剧,这是他所不可理解的。情节是为了展露性格,行动是展示性格和思想的主要方式,这揭示了性格与行为之间的内在必然联系。他把通过行为表现性格看成是悲剧成功与否的关键。"尽管性格不是动作的部分,但两者紧相伴随,不可分割。而且性格通过行动显示出来,所以我们不应把性格看作可以和动作分割的一部分,因为没有性格,动作就不能完成。"

五 文艺的娱乐功能

文艺复兴早期的文艺理论家,大部分接受贺拉斯关于诗歌功用的"寓教于乐"的说法,以对抗教会对诗的指摘,但过分强调诗的教化,就会相对忽视诗的娱乐作用。卡斯特尔维屈罗矫枉过正,认为诗歌是为人们提供娱乐和消遣的。他将诗与哲学和科学进行比较,说"诗的发明原是专为娱乐和消遣的",而不是像科学和哲学那样,为表现真理,给人以教益。从诗人的功能看,诗人是通过逼真地描绘人们从命运来的遭遇,使读者得到娱乐,诗的教育功能不过是诗的附带作用而已。在题材和表现方法上,诗与哲学和科学也有所不同。哲学和科学是用那种离平常人实际经验很远的微妙推理、分析和论证,诗歌却不能脱离平常人的经验,所以应该通俗化,否则不能达到娱乐的目的,更不能达到教育的目的。他认为"自然的或偶然的事物之中所隐藏的真理,应该留给哲学家和科学家去发现"②,哲学家所用的推理、分析

---

① 《缪灵珠美学译文集》第一卷,中国人民大学出版社 1998 年版,第 434 页。
② 《缪灵珠美学译文集》第一卷,中国人民大学出版社年版,第 432—433 页。

和论断,是平民大众不懂得的。据此他指责但丁的《神曲》运用中世纪托勒密派的天文学、古典哲学和神学知识,如以天文学来表示一年的季节和日夜的时辰,使得《神曲》深奥难懂,普通大众望洋兴叹。他比亚里士多德更进一步,认为诗的目的不仅在于娱乐,而且在于娱乐平民大众,娱乐一般没有高度教养的人民。这种对娱乐功能的过分强调虽然有失片面,但对于过去过分强调教化作用却是一种反拨,并从此在西方形成了文艺起源于娱乐的传统。与此相适应,卡斯特尔维屈罗强调诗的娱乐和消遣对象是"一般没有文化教养的人民大众"①,主要反映了新兴的资产阶级争取享受文艺娱乐和消遣的要求,当然也包括一般的工人和其它民众,反映了资产阶级的人文主义者对人的权利的关注。他把愉悦心灵看成诗的根本目的的思想,客观上影响了现代唯美主义的文论思想。

第六节
锡德尼

一　生平及著作

菲力普·锡德尼(Sir Philip Sideny,1554—1586)是文艺复兴时期英国杰出的诗人和学者,当时公认的新学花朵。他是爱尔兰总督的儿子,他的舅舅莱斯特侯爵曾为伊丽莎白女王宠信了30年,并有过做波兰王的可能。他14岁进牛津大学,16岁因博学而闻名,18岁游历欧洲,备受当时学者器重,结识了当时饮誉欧洲的学者、著名的民主派政治家兰盖,并结成十分亲密的忘年交。在政治上,他认为托马斯·莫尔的《乌托邦》中所表现的社会理想是完美无瑕的。在21岁到31岁就任弗拉辛要塞司令这10年,他自己觉得懒散而虚度岁月,丢却了写作,为此感到无可奈何而不胜伤感。1586年他在聚特芬战场受重伤,不久因伤逝世,年仅32岁。临死前还能将水壶的水让给伤兵,表现了他的崇高品质。他的主要著作有诗文合璧的传奇小说《阿卡迪亚》和十四行体组诗《爱星者和星星》。当时的许多文化界杰出人物与他订交,并将自己的著作献给他。如意大利著名哲学家布鲁诺的《关于原因、原则和太一》、英国著名诗人斯宾塞的早期名著《牧人月历》等书,都是献给他的。后来,有一位名叫斯蒂芬·高森的清教徒作家,写了一本题为《骗子学校》的书,未经允许就题献给锡德尼。锡德尼为此写了《为诗辩护》一书,驳斥该书。《为诗辩护》写于1580—1583年之间,1595年,即锡德尼死后9年才得以出版。它是英国伊丽莎白时代的文论杰作,在西方文论史上也占有一席之地。英国文艺复兴时期的文学理论,在锡德尼之前曾经历了两个发展阶段,第一阶段的文学批评主要专注于修辞学研究,第二阶段则主要侧重于诗体及语言等实际问题的分类和研究,而锡德尼的《为诗辩护》则对诗学理论作了较为系统的论述。

---

① 卡斯特尔维屈罗:《亚里士多德的〈诗学〉的诠释》,见伍蠡甫主编《西方文论选》上卷,第193页。

二　诗的创造性特征及其优越性

锡德尼的诗学思想是在神学向人学转变的背景下,从人性的角度出发形成的。当时的人文主义运动把人看作世界的主人,肯定与赞扬人的自由、理性和创造,以取代上帝的启示和恩赐。他认为在关于人的一切学问中,诗人是君王。

锡德尼的诗学思想深受亚里士多德的影响。他在《为诗辩护》中多次引用亚里士多德的观点,并加以发挥。锡德尼把诗人的摹仿看成是一种创造。他认为"诗,因此是个模仿的艺术,……它是一种再现,一种仿造,或者一种用形象的表现;用比喻来说,就是一种说着话的图画,目的在于教育和怡情悦性"①。在模仿的名义下,他将诗分为三种。第一种是"模仿神的不可思议的美德的",如《圣经》中诗的部分,表明宗教对他的影响的痕迹。锡德尼的第二种诗的内涵有点混乱,包括哲学、道德、自然、天文、历史等方面的颂歌,局限在提出问题的幅度中,不能够遵循自己创造力的自由道路,连他自己也怀疑是否应当算诗。第三种才算真正的诗。这种诗的作者"为了教育和怡情而从事于模仿","在渊博见识的控制之下进入那神明的思考,思考那可然的和当然的事物"。② 这种寓教于乐的思想,实际上也是贺拉斯思想的发挥。

他认为诗人比任何一种以学问为业的人都高明,无论是哲学家、历史学家、法学家,还是语法学家、修辞学家、逻辑学家,因为他们要依靠自然、服从自然。而诗人不同,他们"不屑为这种服从所束缚,为自己的创新气魄所鼓舞,在其造出比自然所产生的更好的事物中,或者完全崭新的、自然中所从来没有的形象中,如那些英雄、半神、独眼巨人、怪兽、复仇神等等,实际上,升入了另一种自然,因而与自然携手并进"③,自由自在地进行创造。诗人的摹仿乃是在渊博见识的控制之下,进入那神明的思考,思考那可然的和当然的事物。诗人应该创造出"比自然还要高明得多的东西","自然的世界是铜质的东西,只有诗人能创造一个金质的"。

三　诗的虚构

锡德尼在《为诗辩护》中证明,诗歌具有巨大的道德意义和审美意义,彻底驳斥了诗歌的反对者所提出的论据,特别是诗歌只不过是虚掷光阴,孕育谎言,助长恶习。他说,诗人利用的不是谎言而是虚构。而虚构不仅无害而且极为重要,因为它给读者的想象提供养料。至于助长恶习一说,锡德尼反驳说,诗歌只是一种形式,它的内容可以向人们扬善,也可以向人们展露邪恶,关键是诗人如何运用形式,而形式本身是无罪的。

他继承亚里士多德《诗学》的观点,强调诗人的创造性虚构的能力,他认为一个诗人之所以成为诗人,并不在于他运用了诗行和韵律,而在于他有没有对超越现实的完满形象的虚构能力。"使人成为诗人的并不是押韵和写诗行……只有那种怡悦性情的,有教育意义的美

---

① 《为诗辩护·试论独创性作品》,钱学熙、袁可嘉译,人民文学出版社 1998 年版,第 12 页。
② 《为诗辩护·试论独创性作品》,钱学熙、袁可嘉译,人民文学出版社 1998 年版,第 13 页。
③ 《为诗辩护·试论独创性作品》,钱学熙、袁可嘉译,人民文学出版社 1998 年版,第 10 页。

德、罪恶或其它等等的卓越形象的虚构,才是认识诗人的真正的标志……"①诗人的职责不在于描述、再现曾经发生、正在发生和将来发生的事,而是虚构、创造完满的艺术形象以达到教育和提升道德的目的。"事实上诗人努力来告诉你的不是什么存在着,什么不存在,而是什么是应该或不应该不存在"。诗人与哲学家和历史家不同,两者一个"提供箴规",一个"提供实例"②。两者都受制于现实对象的规定性,而"诗人却带来他自己的东西,他不是从事情取得他的构思,而是虚构出事情来表达他的构思"③。因此,诗人应当具有一种卓越的创造能力,这种创造能力,不是仅仅靠勤奋得来的,而是需要一种天赐的禀赋,从这种意义上说"诗人是天生的"④。从词源的角度看,诗人的天职就在于创造和虚构,"希腊人称诗人为普爱丁(Poieten),而这名字……是从普爱恩(Poiein)这字来的,它的意思是'创造'"⑤。一切手段性的科学如天文学、几何学、自然哲学、语法学等都囿于自然的秩序,不能超越自然法则,唯有诗人"造出比自然所产生的更好的事物……他与自然携手并进,不局限于它的赐予所许可的狭窄范围,而自由地在自己才智的黄道带中游行"。"它(自然)的世界是铜的,而只有诗人才给予我们金的。"⑥

锡德尼同时还强调,诗人是虚构者,但不是说谎者。"在白日之下的一切作者中,诗人最不是说谎者,即使他想说谎,作为诗人就难做说谎者。"⑦因为诗人虽然并不叙述真实的事情,但他对所叙述的内容并不当它是真实的来叙述。"……诗里本来只寻求虚构,他们就把那叙述仅仅当作一个有益的创造的构思基础。"⑧

四 诗的道德标准

《为诗辩护》实际上是针对清教徒高森对诗歌的攻击而写的论辩性的长文。针对攻击,锡德尼首先要对诗歌进行道德辩护。他从人文主义精神出发,把人的德行作为一切学问的最后目的。在此背景下,他认为"诗人有资格取得凌驾侪辈之上的地位"。他从诗歌的起源开始探究,叙述了诗歌对原始人类的哺育作用,认为诗"在一切人所共知的高贵民族和语言里,曾经是'无知'的最初的光明给予者,是其最初的保姆,是它的奶逐渐喂得无知的人们以后能够食用较硬的知识"⑨。"诗是一切人类学问中的最古老、最原始的。因为从它,别的学问曾经获得它们的开端;因为它是如此普遍,以致没有一个有学问的民族鄙弃它,也没有一个野蛮民族没有它。"⑩在以学术发达而闻名的希腊,种类繁多的学科中最早出现的是诗,荷马、赫西俄德都是最早的诗人。罗马、意大利以及英国无不是这样。"泰勒斯、恩培多克勒、

① 《为诗辩护·试论独创性作品》,钱学熙、袁可嘉译,人民文学出版社 1998 年版,第 14 页。
② 《为诗辩护·试论独创性作品》,钱学熙、袁可嘉译,人民文学出版社 1998 年版,第 17 页。
③ 《为诗辩护·试论独创性作品》,钱学熙、袁可嘉译,人民文学出版社 1998 年版,第 37—38 页。
④ 《为诗辩护·试论独创性作品》,钱学熙、袁可嘉译,人民文学出版社 1998 年版,第 54 页。
⑤ 《为诗辩护·试论独创性作品》,钱学熙、袁可嘉译,人民文学出版社 1998 年版,第 9 页。
⑥ 《为诗辩护·试论独创性作品》,钱学熙、袁可嘉译,人民文学出版社 1998 年版,第 10 页。
⑦ 《为诗辩护·试论独创性作品》,钱学熙、袁可嘉译,人民文学出版社 1998 年版,第 42 页。
⑧ 《为诗辩护·试论独创性作品》,钱学熙、袁可嘉译,人民文学出版社 1998 年版,第 43 页。
⑨ 《为诗辩护·试论独创性作品》,钱学熙、袁可嘉译,人民文学出版社 1998 年版,第 4 页。
⑩ 《为诗辩护·试论独创性作品》,钱学熙、袁可嘉译,人民文学出版社 1998 年版,第 37 页。

巴门尼德都用诗句歌唱他们的自然哲学,毕达哥拉斯和福基利德斯也这样处理他们的伦理箴言;提尔泰奥斯在军事方面也是如此,梭伦在政策方面亦然";"希罗多德用九个文艺之神的名字来称其历史。"[①]"只有那种怡悦性情的,有教育意义的美德、罪恶或其他等等的卓越形象的虚构,才是认识诗人的真正标志。"诗人通过虚构的故事表达善良的意图,达到怡情和教诲的双重目的,这是为哲学家和历史学家所不及的。道学家是"凭箴规",历史学家"凭实例",诗人是通过虚构的形象去表达善行,把一般的概念和特殊的实例结合起来,而取得道德教育和怡情悦性的双重效果。因此,诗人"是真正的群众哲学家",诗作是"适合最柔弱脾胃的食物",比哲学说理、道德说教更能打动和透入人的灵魂,占据其心田。诗是一种感动,感动较之于教导对人的德行更有优越地位。在锡德尼看来,摹仿既是为了怡情,也为了教育,怡情是为了感动人们去实践他们本来会逃避的善行,教育是为了使人们了解那个感动他们、使他们向往的善行。"感动几乎是教诲的前因,又是它的后果。"

使人们向往和实践善行,是仁学中最高的知识,也是人生的最高目标。哲学、历史和诗一样,都是有关人生的学问,因而最有资格与诗相比较的无过于哲学和历史。诗人在教诲方面胜过历史家,在感染力方面胜过哲学家。在哲学的层面上,德行是个知行统一的问题,知并不等于行,知了也未必行,更何况知也需要有欲望的推动。哲学家以抽象的论证和教条去教导别人,所施及的对象范围只能是已经受过高等教育的人。相比之下,诗歌明白易懂,在适应范围上则远为广泛。它"不但指出道路,而且给了这条道路一个可爱的远景,以致会引人进入这道路。"也就是说,诗人使人愿意知,而且感动人们去实行我们所知道的。同时,形象比概念更容易被人接受,更具有感染力,因而写理想,写应该如此的、有普遍性的东西,比写事实,写偶然的、个别的东西,更有鼓舞力,更能起到深广的作用。锡德尼还接受亚里士多德的观点,将诗与历史进行了比较,他认为历史学家局限于存在了的事物,而不知道应当存在的事物,历史学家举出的实例被一个愚蠢世界的真实束缚住了,因此不能引出必然的结论。而诗则源于现实又高于现实,总是用德行的全部光彩来打扮德行,让命运作她的好侍婢,以使人们必然地爱上她。因此,诗理所当然地高于历史。

五 《为诗辩护》的不足

锡德尼为了替诗辩护,不免矫枉过正,把诗抬到了至高无上的地位。他认为诗研究和表现的中心是人,人的德行,并说诗学在人学中地位是最高的。这就难免有一定的片面性,看不到其它学科在人学问题上各有自己的优点。他多结合文学作品谈问题,较少哲学沉思,有职业本位主义的倾向。在对具体作品的分析中,作者过于强调古希腊罗马经典文学的重要性,而忽视民族的文学传统,特别是民间的戏剧及其语言。他虽然谈到了珀西和道格拉斯的老歌曲及其激动人心的力量,但对于它们的风格却很蔑视,认为它们很粗野,斯宾塞的牧歌也被他斥为很粗野。对于从乔叟到自己时代的英国文学,他显然重视得也很不够。在具体

[①] 《为诗辩护·试论独创性作品》,钱学熙、袁可嘉译,人民文学出版社 1998 年版,第 5—6 页。

的诗歌理论方面,锡德尼也更多地继承了从意大利学来的亚里士多德和贺拉斯的思想,试图将亚里士多德的思想与柏拉图的思想结合起来,并广泛地引用了同时代人的各种见解,因而在具体文学理论上新见无多。但是,锡德尼在《为诗辩护》中,将诗学作为人学研究,彻底摆脱了神学的束缚,并在英国的文艺复兴时期第一次对诗歌理论作了较为系统的论述,其开创之功是不可磨灭的。

第一节
概述

"古典"原文为拉丁文 Classicus，即"典范"的意思。在文学艺术中，以古希腊罗马的文艺作品和文艺思想为典范的创作倾向和理论观点，被称为"古典主义"。古典主义文论是欧洲由封建社会向资本主义社会过渡时期形成的文艺理论。17 世纪初，古典主义思潮首先在法国兴起，到 30、40 年代逐步形成，60、70 年代进入鼎盛时期，80 年代末走向衰弱。除了法国，英国在 17 世纪后期，德国和俄国等在 18 世纪也都经历了各自的古典主义时期，古典主义思潮是当时的文艺主潮。贺拉斯在《诗艺》中提倡罗马文艺要以古希腊文艺为典范，开启了古典主义的先河。文艺复兴时期，虽有过激烈的古今之争，但在理论上，并未完全突破亚里士多德、贺拉斯的体系。随着社会的发展，新的历史条件为古典主义理论的进一步强化和发展提供了条件。

一　社会背景

欧洲在 17 世纪揭开了近代历史的序幕。首先是荷兰的尼德兰革命，继而是 1640—1648 年的英国革命，动摇了欧洲封建社会的基石，在英国建立了最早的资产阶级共和国。英国资本主义的迅速发展，使其成为欧洲最先进的国家。而当时在欧洲的其它国家，封建势力却加强了它的统治，尤其是在西班牙和意大利。西班牙曾是欧洲最富强的国家，在新兴的英国的打击下，丧失了海上霸权，从而一蹶不振，其王权则依靠军队和天主教会的支持，加强其统治。意大利曾是文艺复兴的发源地，也是欧洲资本主义最发达的地区，但是新航路的开辟改变了世界的经济版图，意大利逐渐丧失了其经济地位，又加上外来侵略，意大利民生凋敝，文化衰弱，天主教势力乘机反扑。德国的情况和意大利也有许多相似之处。30 年战争（1618—1648）给广大人民带来了深重的灾难。战争结束时的德国四分五裂，满目疮痍，全国陷于瘫痪，经济文化处于落后状态。在文艺复兴打击下一度消沉的宗教势力又卷土重来，天主教会利用宗教裁判所，扼杀一切进步思想，还操纵教育系统和文化领域，加强对人们的思想控制。这个时期的欧洲，在经历了文艺复兴之后，封建统治者日益感受到自身统治的危机，迫切需要加强封建王权，他们提倡封建文化，与天主教会互相勾结，以维护其摇摇欲坠的统治。

在此时的法国也许是一个例外，虽然在 16 世纪末曾经出现了新教和天主教几十年的"胡格诺战争"，使法国面临分裂的危险，但法国国王亨利四世于 1598 年 4 月 13 日颁布的"南特赦令"结束了长期的宗教战争，避免了分裂的危险。中央集权的君主专制体制开始加强。在路易十三和路易十四时期，在两位强有力的红衣主教黎塞留和马萨林的推动下，国王的权威和专制主义的绝对君主制完全建立起来。法王路易十四曾说"朕即国家"，被称为"太阳王"，法国终于建立起了高度中央集权的君主专制国家。王权为了取得资产阶级的支持，采取了重商政策、殖民政策和奖励民族工商业的政策，通过卖官鬻爵向资产阶级开放部分权利。法国成为中央集权高度发达的强大的封建国家。

欧洲文化和文学的古典时期,正是在这种社会背景下,首先在法国开始的。

二　文化背景

这一时期的文化是紧承文艺复兴而来的,所谓的文艺复兴,在字面的意义上就是古典文化的复兴。这一时期,柏拉图、亚里士多德、贺拉斯等古希腊罗马文化思想巨人的理论受到越来越多的人的重视。在当时的欧洲,以笛卡尔为代表的大陆理性主义和以培根等人为代表的英国经验主义成为影响最大的哲学思潮。笛卡尔(1596—1650)的哲学对整个人类思想的影响是无可估量的。笛卡尔认为,为了促进科学和认识的发展,必须建立一种既以追求真理为目的,又有利于人类征服自然的新哲学,笛卡尔称之为"实践哲学"。笛卡尔强调普遍怀疑的观点,他说"要想追求真理,我们必须在一生中尽可能地把所有的事物来怀疑一次"[①]。笛卡尔强调理性和思考的重要性,他把思维提高到人的存在的高度来认识,他的名言便是"我思故我在"。笛卡尔哲学对古典主义的影响很大。与笛卡尔以数学演绎的方法不同,培根采用的却是归纳的方法,从事实开始,然后进入到普遍性的原理。他认为为了获得对事物正确的认识,我们必须研究关于各种现象的博物学,搜集有关各种现象的观察资料。

笛卡尔和培根的理论正好互相补充,对古典主义的影响是十分巨大的。古典主义首先产生在法国,这与法国的社会文化状况和历史传统也密切相关。早在 8、9 世纪,查理大帝就曾下令筹办学校,延请人才,广泛搜集和抄写古代的抄本,既从事基督教经典的翻译、校对和研究,也从事古典科学文化的研究,对古典学术和世俗文化兼收并蓄,增加宗教知识,形成了历史上著名的加洛林文艺复兴,对古典文化的保存和发展具有主要的意义。这对古典主义的兴起是一个重要的促进因素。

三　文学概貌

英法两国文学在 17 世纪得到发展和繁荣,这是古典主义发展的重要条件。英国著名诗人弥尔顿曾写了大量作品,代表性的有长诗《失乐园》、《复乐园》和诗剧《力士参孙》,这三部代表作均取材于《圣经》,借用《圣经》中人们熟悉的题材激励人们起来革命。另外,这一时期有影响的作家还有约翰·班扬、德莱顿等,他们的创作对英国的古典主义文学产生了重大影响。较之英国,法国文学在 17 世纪达到了欧洲的最高水平,形成了古典主义思潮。法国古典主义文学以戏剧成就最为突出,产生了悲剧家高乃依、拉辛,喜剧家莫里哀。高乃依写下了法国第一部古典主义悲剧《熙德》,这也是他最优秀的作品,除此之外,他还写了《贺拉斯》、《西拿》和《波利厄克特》等悲剧。他的悲剧语言明确有力,人物语言个性化,剧中的诗句以雄辩著名。拉辛是最有代表性的古典主义悲剧作家,其代表作是《安德洛玛刻》和《费得尔》。拉辛通过悲剧揭露封建统治的黑暗。在创作中,利用心理分析表现人物是他的艺术特色。

---

① 笛卡尔:《哲学原理》,关文运译,商务印书馆 1959 年版,第 1 页。

而莫里哀则是欧洲最杰出的喜剧家之一,他写下了一系列喜剧,其代表作有《伪君子》《唐璜》《吝啬鬼》等。莫里哀善于用夸张的手法来表现人物性格,达到强烈的讽刺效果。除了戏剧方面外,法国的古典主义作家在别的方面也有所建树,如拉封丹的寓言诗,布瓦洛的理论著作等。在当时的欧洲,除了古典主义的文学创作外,人文主义文学还占有相当的比重,文艺复兴时期的现实主义思潮仍然在继续发展,莎士比亚的后继者本·琼生写了大量的现实主义剧本。西班牙作家洛佩·德·维加及其追随者如纪廉·德·卡斯特罗等继承了文艺复兴时期现实主义的风格。另外,这一时期还出现了一种新的文学现象——巴洛克文学。"巴洛克"原是葡萄牙语,是珍奇和奇妙的意思。巴洛克风格文学惯用的主题是宗教,表现人类在上帝的残酷威严面前无能为力;惯用极端混乱、支离破碎的形式,表现悲剧性的沮丧,用夸张、经雕琢的辞藻,谜语似的词汇来玩弄风雅。巴洛克文学从意大利、西班牙传到英、法等国。巴洛克文学的影响很广,17世纪最杰出的英、法作家如高乃依、拉辛、弥尔顿等人的作品中也有巴洛克文学的痕迹。

四 文论综述

虽然古典主义在不同的国家可能有各自不同的特点,在不同的作家身上也有不同的表现,但是不管如何他们有一些共同的基本特征。当时的君主专制政体、理性主义哲学以及当时文学的特点给古典主义打上了深深的烙印。这主要表现在以下三个方面:

1. 古典主义者在政治上拥护王权,提倡个人利益服从封建国家的整体利益,具有明显的政治倾向。当时许多文艺家直接为王权服务,如拉辛和布瓦洛都曾任王室史官。另一方面,当权者也利用文艺为其统治服务,对文艺予以指导和监督,这些都使得古典主义具有政治倾向成为必然。高乃依的《熙德》虽取得极大的成功,但并不受首相黎塞留的欢迎。黎塞留还授意当时的文化权威机构法兰西学院对其攻击,迫使高乃依辍笔数年。

2. 古典主义者崇尚理性。古典主义以理性主义哲学作为它的思想基础。很多作家的作品都是通过描写理性和感性的冲突,而理性取得最后的胜利来正面赞扬理性。如高乃依《熙德》中描写主人公罗德里克和施曼娜,在天职与爱情的冲突中,个人感情服从大局利益,最终重新获得爱情。而莫里哀、拉辛的悲剧则大多以谴责不合理的封建道德为内容,从反面提倡理性。与内容上的重理性相应,在艺术形式上,古典主义要求作品结构严谨,情节发展合情合理,没有和情节发展不相关的插曲,语言准确,合乎规范。笛卡尔甚至主张结构要像数学演算一样清晰,语言要像逻辑论证一样服人。古典主义理论家布瓦洛则把理性作为文学创作和评论的最高标准。

3. 古典主义者推崇古希腊罗马文学,奉之为典范,这是古典主义文艺思潮的基本特征。在他们看来,艺术创造不在于创造新的故事情节,而在于运用艺术手法处理现成的故事情节。他们的创作,尤其是悲剧家大都从古希腊罗马文学中寻找题材来反映当代人们的社会生活和思想感情。如拉辛的代表性悲剧作品《安德洛玛刻》和《费得尔》均取材于古希腊。不仅如此,他们还强调遵守古人的创作法则,如他们发展了贺拉斯关于人物性格的类型说,重共性轻个性，但盲目遵守的结果却往往又将古人的创作法则程序化，反倒不利于文艺的发展。但无论如何古典主义作为一种文学思潮，在文学史上曾起到过积极的作用。与古典主义的繁荣发展相适应，当时还出现了许多文艺理论家，他们对这种文学现象予以概括和总结，以便人们更好地了解古典主义。

除了高乃依、布瓦洛、伏尔泰等人外，这一时期产生过影响的文论家还有沙坡兰、奥吉尔和艾弗蒙等人。在1637年高乃依的《熙德》演出后，因其取材于西班牙，而首相黎塞留正在对西班牙发动战争，该剧与其外交政策相对立，于是授意法兰西学院，在1638年由沙坡兰执笔，写了《关于〈熙德〉的感想》，宣扬以"理性"为最高原则，要求娱乐以理性为根据，艺术标准和道德标准并重。在艺术标准上，要求悲剧作品应注意体现主题的结构安排、风格、情感和措辞这四个方面的成分，要有出乎意料的冲突与化解，而且显得自然而又波澜起伏，为此，文中具体分析了当时流行的五幕悲剧的情节结构；同时，为着体现丰富、复杂剧情的情节一致与时间、地点的统一，作家可以精炼剧情，少用穿插，虚构历史，假设时间和地点。在道德标准上，文中要求在行为范围里，悲剧要符合当时法国的公民义务观，即个人利益服从家庭利益，家庭利益服从社会和国家利益，最终服从君主利益；在心理范围里，文中要求悲剧要符合当时的人性义理观，即情感服从意志，意志服从理性，即服从人与人之间的道义关系；在外在礼仪上，文中要求守规矩，懂礼节，牺牲个性以符合社会规范，因而崇尚贺拉斯的类型性格论。以此衡量《熙德》中的施蔓娜，当然是多情而不知羞耻、还要嫁给杀父凶手的不孝之女。在文学对于现实的反映上，在拟真性与真实性的对立中，更强调拟真性，要近情近理，符合类型化的公式，和理性战胜激情的原则。在普遍性与个别性之中，更强调文学的普遍性的一面。因此，这篇文章抨击高乃依，意在捍卫古典主义原则。

与此相反，奥吉尔则对古典主义进行了激烈的批判。他在1628年写的《〈提尔与茜冬〉序言》中，对古典主义特别是"三一律"进行了分析、批评。他认为要追求时间一律就必须使用巧合和奇遇并人为地使用报信人，显得做作、不自然，这表明它是不合理的。尽管这些规则是对古希腊悲剧实践的归纳，但那是源于带有保守性的宗教仪式和出于迎合观众的需要，现在时代不同了，这就需要进行改革。他还认为不同时代和民族的审美趣味是有差异的，不能固守一种趣味，作为永久不变的法则。而与布瓦洛进行"古今之争"的艾弗蒙则采取"厚今薄古"的态度，反对盲目地崇拜古人的作品。他在《论古代和现代悲剧》、《论对古代作家的摹仿》等文中，反对脱离现实而沉湎于古代的神话和虚构之中，反对引起恐怖和怜悯的心理的过火的表演，要求当代的戏剧体现出时代的精神，"完善地表现人类灵魂的伟大，这种伟大在我们内心激起一种温情的赞赏。通过这种温情的赞赏，我们的心智感到喜悦，我们的勇气得到鼓舞，我们的灵魂受到了深深的感动"[1]。他认为"我们时代的精神和寓言，与（古代）神怪故事的精神是对立的"[2]，反对在新的时期盲从那些被时间推翻了的老规则。这种思想打破

---

① 艾弗蒙：《论古代和现代悲剧》，薛诗绮译，见《西方文论选》上卷，上海译文出版社1979年版，第271页。
② 艾弗蒙：《论古代和现代悲剧》，薛诗绮译，见《西方文论选》上卷，上海译文出版社1979年版，第273页。

了古典主义文论的一统天下,具有一定的进步意义。

第二节
高乃依

一 生平及著作

高乃依(Pierre Corneille,1606—1684),法国 17 世纪古典主义悲剧创始人和代表作家之一。他出生于诺曼底省卢昂城的一个富裕的穿袍贵族法官家庭,少年时代在家乡耶稣会学校就读,受天主教影响较深,成为虔诚的天主教徒。中学毕业后学习法律,从 1628 年开始,他子承父业,做了律师,长达 20 余年,收入颇丰。从 1629 年开始,高乃依业余从事抒情短诗和戏剧创作。由于卢昂是当时戏剧出版和演出中心,受环境影响,他创作了许多戏剧,处女作《梅丽特》上演后即获得成功。他一生写了 30 多部剧本,其中以悲剧为主,也有喜剧和悲喜剧。《熙德》(1636 年)、《贺拉斯》(1604 年)、《西拿》(1641 年)和《波利厄克特》(1643)等四部悲剧被称为高乃依"古典主义的四部曲"。1636 年《熙德》公演后,使他获得了很大声誉,但因没有严格遵守"三一律",思想较为激进,遭到官方保守派的指责,被迫搁笔。沉默几年后,才按古典主义原则创作《贺拉斯》等剧作,但成就没有超过《熙德》。1652 年悲剧《蓓大黎特》演出失败,他从此一蹶不振。尽管如此,他的《熙德》还是法国古典主义的传世之作,高乃依也因而被称为法国悲剧之父。高乃依还写过三篇剧论,即《论戏剧的功用及其组成部分》、《论悲剧:兼及按可能性或必然性处理悲剧的方法》、《论三一律,即行动、时间、地点的一致》,着重阐释了他的悲剧思想。他的理论是建立在对亚里士多德悲剧观的继承和扬弃的基础上的,同时强调了新时代的新要求。他认为现存的《诗学》是不完整的,所以要进行分析和发挥。而时代和民族的差异也是高乃依要求变革古典法则的重要理由。正因如此,虽然高乃依在当时参与了古典主义戏剧的创作实践和理论的制定,他也把自己看成是古典主义者,但当时的古典主义者却把他看成是叛逆的,激进主义者莱辛等人则从相反的角度批评高乃依的理论,说他的理论体现了古典主义的清规戒律。

二 悲剧题材和悲剧性格

高乃依的悲剧理论与他的悲剧创作在基本原则上是一致的,做到了理论与实践的统一。受笛卡尔理性与情感二元论的影响,高乃依悲剧的基础是在理性与情感的冲突中,理性对情感的战胜。他强调悲剧英雄的性格在于公民的义务战胜了个人的激情,个人利益必须服从国家利益。悲剧主人公应该是感天动地的英雄,情节的动人是高乃依悲剧创作思想的关键。

高乃依认为悲剧的题材是可以虚构的,但这种虚构必须有某种可能性,因而才有可信性。对于现成的题材来说,亚里士多德认为既有的题材是不宜改动的,而高乃依认为使简略的历史题材衍变为悲剧,必须要作一定的改动,当然不能对其主要行动作出改动,同时还要尽量避免悲剧主人公犯罪,甚至尽可能不让他的双手染上鲜血。

在《论戏剧的功用及其组成部分》中,高乃依还对悲剧和喜剧的题材作了比较和规定。他认为我们不能任意扞绝占希腊人的原则,但时间已经过去了若干世纪,我们的题材可以超出这个范围;虽然悲剧的题材仍需要崇高的、不平凡的和严肃的行动,喜剧只需要寻常的、滑稽可笑的事件,但今日的喜剧里仍可描写国王,如果他们的行为并不高出喜剧的境界。这就修正了亚里士多德以人物的地位的贵贱高低区分悲剧与喜剧的原则,而以题材本身对悲剧和喜剧进行区分。例如,国王之间一般爱情的越轨,只能是喜剧的题材,而非悲剧的题材。悲剧虽然也可以描写爱情,"但必须使爱情事件处于剧中的次要地位,而把首要地位让给国家利益和其它的情欲。"①悲剧所表现的是剧中人所遭遇的巨大的危难,而喜剧则是对角色的恐慌和烦恼的摹拟。"何况舞台上也不必只演国王们的灾难,其他人们的灾难,只要相当显著,相当奇特,值得写成悲剧,历史对他们也相当留意,有所记载,就可以搬演。"②

对于悲剧性格问题,高乃依认为,亚里士多德关于悲剧的性格观点,需要在新的时期作出自己的解释。对于"善良",他认为不应作"美德"解释,悲剧主人公虽然善良,但总有些缺点,否则就不会产生"悲剧的过失",而"相称",指性格合乎年龄、地位、身份、职业、国度,是可以理解的。但贺拉斯所说的"少年好挥霍,老人性贪婪"这样类型化的性格,就显得简单化、模式化了。老年人也会动感情陷入恋爱,不过方式与少年不同罢了。而"一贯"乃是要求作家使他的人物始终如一,保持他所预定的性格。但是在性格的"一贯"中也可能有行为的矛盾,不但一个性格轻佻、意志薄弱的人是如此,甚至一个坚定的性格,在保持其内在的"一贯"的同时,也可以因情况不同而有外在的矛盾。对于"逼真"的标准,他认为不仅指传说人物的逼真,而且包括现实中人物的逼真。

三   悲剧的效用

在悲剧的效用问题上,高乃依在很大程度上继承了亚里士多德的看法,但比亚氏更为具体和复杂。他认为悲剧的唯一目的是给观众以快感,悲剧的教化功能,只能悄悄地隐藏在快感目的之内。作为戏剧的重要形式,悲剧只要根据规律给人以快感,就不能不具有教化的效用。悲剧中的娱乐与教化的效用不是并列的,而是将教化寓于快感之中。他列举了发挥教化作用的四种方法。一是将道德箴言和说教编排在全剧的对话中。这种做法宜于见效,便于实施,但不宜多用,因箴言、格言一多,具有说教的倾向,会冲击悲剧行动,而且它们不宜出于情绪激动者之口,否则教育效果大打折扣。二是单纯地描述美德与恶行,意在惩恶扬善,意在满足观众普遍所具有的正义感和善的愿望,涉及群众的心理因素。三是惩恶扬善,美德最终战胜恶行。观众普遍具有正义感和善的愿望,作恶的人应当受到惩罚,无辜的受难者应当得到同情和怜悯。四是使好人因一时过失而招致厄运的降临,或使恶人因一时胜利的喜

---

① 马奇主编:《西方美学史资料选编》上卷,上海人民出版社 1987 年版,第 400 页。
② 马奇主编:《西方美学史资料选编》上卷,上海人民出版社 1987 年版,第 368 页。

悦给人心灵带来永久的创伤和痛苦,通过恐惧和怜悯的途径,使观众的激情得以净化。这是亚里士多德悲剧意义所阐释过的经典方法。

高乃依还对亚里士多德的"净化说"进行了阐释和补充。对于"净化说",高乃依认为亚里士多德所举的例子《俄狄浦斯王》不太明晰,而且也不能说明过失问题,俄狄浦斯杀父乃是出于不知情的自卫。在《论悲剧》中,高乃依说:"我看不出他要我们净化什么激情,也看不出我们从他的榜样可以改正什么缺点。"[①]从戏剧的社会功能着眼,高乃依认为:"我们看见与我们相似的人们遭受厄运,引起我们对自己遭受同样厄运的恐惧,这种恐惧引起我们避免厄运的愿望;这种愿望促使我们从心里净化、节制、改正,甚至根除那在我们面前把我们怜悯的人物投入这一厄运的激情。"因此,"为了避免后果起见,非消除起因不可"。对于亚里士多德的怜悯与恐惧的问题,他认为不必要求同时产生怜悯与恐惧这两种感情,二者之一就能起净化作用。高乃依对这二者的割裂,引起了莱辛的批评。

高乃依还认为欣赏戏剧,要与作品的情节之间有距离,观众欣赏完作品后应该是清醒的,而不是迷狂的。无论悲剧还是喜剧,都要达到这个共同的效果,即"在二者所描写的事件中使观众深切地感觉到参与事件的人的感情,使他们离开剧场时神志清明,不存一点疑问"[②]。

四 "可然律"与"必然律"

对于亚里士多德的"可然律"与"必然律",高乃依根据自己的理解作了阐释,他认为"可然律"是指行动的现实可能性,包括是否合乎历史事实或"在情理上是一件显然可能的事",必然律是指诗人"为了达到他的目的或者使他的人物达到他的目的的需要"[③],即由一个可能的行动导致另一个同样可能的行动的必然联系。

在高乃依看来,亚里士多德强调可然性,给悲剧作家一种自由,这种自由使他们用可能的虚构来美化行动。他认为人物的行动同时符合可然律和必然律是最好的,但根据具体情况,诗人有时会重视必然律,有时会重视可然律。诗人可以根据需要在必然性和可能性之间选择。"如果我们可以按照可能性或者必然性来处理事物,我们可以放弃可能性,依照必然性;这种交替情况给我们带来选择的便利,我们觉得二者之间,哪一个最合适,就用哪一个。"[④]于是他得出结论:"有时候应当重视可能性,有时候却应当重视必然性。"[⑤]至于在什么情况下应当重视可能性,什么情况下应当重视必然性,高乃依提出了两种情形:一是在行动本身中,伴有时间和地点的不可割离的条件的,应当重视可然性;二是在行动之间有连环因果关系的,应当重视必然性,否则会使作品失去可信性。他把悲剧的行动分为三类,一是照

① 马奇主编:《西方美学史资料选编》上卷,上海人民出版社 1987 年版,第 370 页。
② 马奇主编:《西方美学史资料选编》上卷,上海人民出版社 1987 年版,第 400 页。
③ 《论悲剧——兼及按照可能性或者必然性处理悲剧的方法》,王晓峰译,吴兴华校,《古典文艺理论译丛》第 6 辑,人民文学出版社 1963 年版。
④ 马奇主编:《西方美学史资料选编》上卷,上海人民出版社 1987 年版,第 386 页。
⑤ 马奇主编:《西方美学史资料选编》上卷,上海人民出版社 1987 年版,第 387 页。

抄历史,重视史实的可然性;二是对历史有所增益,有时符合可然性,有时符合必然性;三是虚构历史,应当永远符合必然性。与史实相比,虚构更需要必然性。越是虚构,越是要更大的可信性。所以高乃依说:"我们有权改动历史,离开可能性,全靠必然性。"①悲剧的作品因其很强的目的性,在细节上必然要有虚构,而虚构则要求必然性来补充,才能更可信,更受重视。

五 对"三一律"的看法

高乃依对"三一律"的看法是以对它肯定为前提的。他在《论戏剧》中说:"没有人怀疑应当遵循行动、地点、时间三者的一致。"②不过,17 世纪的古典主义者们尽管都重视"三一律",但对于"三一律"的理解,却有"仁者见仁,智者见智"的情形。高乃依要求在创作中重视"三一律"的同时,不拘于古典主义的"三一律"规则。他的《熙德》公开上演后,尽管产生了巨大的影响,但也遭到了法兰西学院的保守派的攻击,他们认为《熙德》违背了"三一律"的创作规则,高乃依便写了题为《论三一律,即行动、时间、地点一致》的论文,为自己辩解。他主张既不违背"三一律"的基本精神,又不能死守教条,而应该适应新的形势需要予以变通。

对于"行动一致",他阐释了悲剧和喜剧中各自行动一致的不同特点:"我认为,行动的一致对喜剧来说,就是倾轧的一致,或剧中主要人物的意图所遭到的阻碍的一致;对悲剧说来,则是危局的一致,它并不以主人公战胜了危局或在危局斗争中死亡为转移。"③他主张不能理解为一种单一孤立的行动,那样便过于狭窄,而应该在完成行动的基础上利用观众的期待心理设置悬念,使每一幕都留下对下一幕将要发生的事情的期待。几种危局或倾轧可以同时写入剧中,"只要其中的一种危局或倾轧必然能够引起另一种危局或倾轧就行"④。

对于"时间一致",他提出在尽可能遵守古典规则的前提下,可以作必要的松动,可以超过亚里士多德的要求,不受拘束地把时间延长到三十个小时。如果这一规则仅仅是以亚里士多德的威望为基础,我们就完全可以改变它。因为事实上,有些题材很难容纳在如此短促的片断中。反之,如果表演的题材(或行动)根本不需要那么长时间,还可以缩短。如果时间限制得过死,会影响剧情的安排。但凡规则,应该讲主要的合理性。在技巧上可以适当采用"模糊剧情时间概念"的做法,通过限制行动延续时间,借助于观众的想象,通过幕与幕之间的过渡、跳跃时间等方法进行处理。

对于"地点一致",高乃依认为应寻找方法扩大地点的广度,不能限于同一宫廷,而可以扩大在同一城市,把它限定在两三处特定的地点。但是,为了不违背"地点一致"的原则,他又要求同一幕中不变换地点,两幕间的地点变换,用同一座城市名称标明等模糊地点的办法。他说自己"不善于在新的要求下更好地适应古代的规则",所以他自己在作品中用的是

---

① 马奇主编:《西方美学史资料选编》上卷,上海人民出版社 1987 年版,第 394 页。
② 马奇主编:《西方美学史资料选编》上卷,上海人民出版社 1987 年版,第 398 页。
③ 《论三一律》,马奇主编:《西方美学史资料选编》上卷,上海人民出版社 1987 年版,第 401 页。
④ 《论三一律》,马奇主编:《西方美学史资料选编》上卷,上海人民出版社 1987 年版,第 401 页。

"新方法",是"经过实践的考验而获得成功的方法",这实际上突破了"三一律"的规则。

第三节
德莱顿

一 生平及著作

德莱顿(John Dryden,1630—1700),英国诗人和剧作家,出生于北安普敦郡的一个清教徒的家庭,1644 年进入伦敦以培养诗人和主教著名的威斯敏斯特学校学习。在接受了严格的拉丁文训练之后,1650 年入剑桥大学的三一学院,1654 年毕业获硕士学位。他早年对克伦威尔领导的资产阶级革命持拥护态度,在克伦威尔政府中做过小官,曾将《纪念护国者逝世的英雄诗》(1659)献给克伦威尔,后来政治立场变化,投靠复辟的查理二世王朝,任王室史官,毕生为贵族写作,并于 1670 年被封为"桂冠诗人"。他是英国文学史上第一个有系统理论主张的文艺批评家,第一次对乔叟以来的许多英国著名作家作了分析和批评,被称为英国文学批评之父,到 20 世纪,西方许多学者给予他崇高的评价,他所处的时代被称为"德莱顿时代"。

在诗歌方面,德莱顿的诗歌从内容到形式都体现出古典主义的特点,大多描写国事和宗教信仰,歌颂王权和教会,使用英国双行体这种狭隘而固定化的形式写作。他的诗缺少内在激情和想象而偏重于理智。他一生写了近 27 部喜剧、悲剧和悲喜剧,其中不少是他摹仿法国悲剧诗人高乃依而写成的英雄剧。代表作主要有《格兰纳达的征服》(1672)和《奥伦·泽比》(1676)等,他的《一切为了爱情》(1678)主要是根据莎士比亚的剧本《安东尼和克莉奥佩特拉》改写的,虽然采用无韵诗体,却是严格按照古典主义的"三一律"之规创作而成的出色的古典悲剧。

他的主要文艺论著有《论戏剧诗》(1668)、《论英雄剧》(1677)、《悲剧批评的基础》(1679)、《寓言集序言》(1700)等。他站在古典主义的立场上阐述自己的立场和观点。虽然他的思想受制于古典主义,但他同时反对死守古典主义教条。他在为莱默所著的《论前代悲剧》所写的批语中说:"认为亚里士多德曾经说过这样一句话,因而我们必须遵守,这是片面之言,因为亚里士多德只是以索福克勒斯和欧里庇得斯的悲剧为模板,假如他看到了我们的悲剧,说不定早已改变了他的主张了。"他对不完全合乎古典主义法则的英国剧本评价较高。德莱顿以其卓越的批评家的敏锐鉴赏力,首先高度评价了乔叟、莎士比亚、波门特、弗莱彻和本·琼生等人,确认了英国文学的优秀系统。

二 戏剧诗的问题

伦敦剧院在 1642 年内战爆发时关闭,1660 年斯图亚特王朝复辟时重新开放,在此背景下,戏剧创作空前活跃。到 17 世纪 60 年代英国戏剧开始复兴以后,戏剧到底往哪里去,为当时的文坛所关注。古典戏剧与现代戏剧孰优孰劣？"三一律"到底应该如何理解，是否应该遵守"三一律"？应该继承莎士比亚、本·琼生等人的英国传统，还是应该效仿法国古典主义传统？剧作应采用韵体，还是像莎士比亚那样采用无韵诗体？德莱顿在《论戏剧诗》中讨论了这些问题。德莱顿是英国古典主义文学的一代宗师，曾经致力于引进法国古典主义思潮，但出于强烈的民族自尊心，故在《论戏剧诗》中坚决反对摹仿高乃依式的法国戏剧，对伊丽莎白时代的英国戏剧作了高度评价。他的《论戏剧诗》摹仿了柏拉图和西塞罗的对话体著作，采用情景对话的形式。背景是 1665 年 6 月 3 日，英国与荷兰在英吉利海峡发生了海战，四位颇有文学修养的绅士泛舟于泰晤士河上，在隆隆炮声的背景下，对文学问题进行了有趣的对话。这四个人分别演示了当时文坛的几种主要流派的观点。第一个人物是克里特斯，认为希腊罗马的批评家亚里士多德和贺拉斯已经发明了戏剧方面的一切条件和原理，现代人应该奉为经典，本·琼生正是追随古人、遵循规则才获得了成功，英国的诗歌发展，也达到了那种完美的形式。这代表正统的古典主义。第二个人物是优根尼鲁斯，认为古代人所作的诗并没有遵照古代批评家的原理，他们的创作意图失败了。而现代人的戏剧却很符合古典规范，而且常是佳作。这代表英国的古典主义。第三个人物是李西第乌斯，接受了前二人的观点，承认摹仿自然是古典戏剧理论的基础，认为完全符合古典要求的不是英国戏剧，而是法国戏剧。这代表法国古典主义。第四个人物是尼安德，是德莱顿的夫子自道。他认为戏剧是人性的正确而生动的意象，表现人的情感与习气及人生命运动的变化，其目的在于娱乐与教导人类。鉴于法国文学批评家嘲笑英国戏剧，德莱顿反过来嘲笑法国戏剧，并为英国戏剧辩护。德莱顿认为法国戏剧诗的优美之处，是锦上添花，让完美的更为完善，而无法使未完美的更完美。法国戏剧诗的优美是雕像般的，而非活生生的。因为法国戏剧诗缺乏灵魂，这种灵魂就是模仿人生的习性与情感。而英国戏剧并不像法国人嘲笑的那样，在一切古往今来的诗人中，莎士比亚的灵魂最包罗万象……无论他描述什么，都使你感到已栩栩如生。他还称本·琼生的《沉默的女人》是"三一律"的最好典范。

三　悲剧问题

德莱顿站在新古典主义立场上，继承了亚里士多德的悲剧观，对于悲剧问题，从人物行动、个性、性格和效果等一系列的问题提出了系统的看法。其中尤其突出地对行为和个性加以强调，突破了法国式的古典主义教条的樊篱，对于英国悲剧实践的创新之处，给予了相当的肯定。

在《悲剧批评的基础》中，德莱顿强调了悲剧中的行动。对于亚里士多德的定义"悲剧是对于一个严肃、完整、有一定长度的行动的摹仿"，德莱顿的理解是，从行动入手，这是因为行动本身代表着情节，同时行动也离不开人。他认为行动是被表现出来的，而不是叙述出来的。这种行动包括两个方面的内容，一是单一的行动，二是表现一个完整的过程。所谓单一的行动，说明了悲剧的情节只是一个主人公的一个行动而非生平史。因为如果悲剧中同时有两个或两个以上的独立行动，势必会分散观众的注意力。所谓表现一个完整的过程，是说悲剧的行动"必然井然有序",有一个"自然的开始,一个中局和一个结尾","如果意外事件层出不穷",就会成为闹剧。

德莱顿认为,悲剧行动既具有高尚的德行,又具有有缺点的伟大。悲剧中的人物是伟大的,行动必须是崇高的。而喜剧中的人物是微贱的,喜剧中的行动是琐屑的。悲剧诗人所描写的行动必须是可能的,强调其行动具有酷似真实的可能性。这样才能赢得观众的信赖并取悦于他们。由此可以看出德莱顿非常重视悲剧主人公及其行动对观众所产生的心理效应。他认为悲剧的行为体现了主人公高尚的品质,悲剧人物的最重要的标志是"美德胜过恶行","悲剧中的英雄"必须不是一个恶棍,即是说,能引起我们的怜悯的角色,必须有合乎美德的倾向,他必然有某种程度的美德。"如果我们希望这人得到怜悯,那末就有绝对必要使他成为一个有德行的人。"不能以恶人充当悲剧的主角,因为人物具有美德,"观众才会喜爱他,否则他们是不会关心他的痛苦的"。不具美德也就激不起观众的恐惧与怜悯之情。同时,悲剧的感染力,是通过人物自身行为表现的,而不是通过叙述表现的,这就将悲剧与史诗区别了开来。

在《悲剧批评的基础》中,德莱顿还着重记述了悲剧的性格问题。德莱顿认为性格是"把一个人和别人区别开来的东西",德莱顿认为情节是悲剧的基础,它对于悲剧是至关重要的,只有在情节的基础上才能刻画好人物性格。但情节"不会像性格、思想和表情的优美或不完美那样的惹人注目",而性格乃是表情和思想的纽带。悲剧通过表情表现性格,又通过性格表现思想和品格,因此,德莱顿对性格进行了重点阐释。德莱顿为性格规定了四条原则:一是性格必须具有鲜明性,悲剧中的每个人物必须通过言语或行动表现出他们的思想、品质或感情等方面的倾向。二是性格必须与人物的年龄、性别、身份、地位和职业等一般因素相符。如果写一个国王,就应该着力描写他的崇高、庄严、慷慨和对权力的专注等特征。这些特征最符合国王之为国王的一般性格。三是性格相似性,悲剧人物的性格应该与历史或传说中的相关人物(如帝王、显贵和英雄等)所具有的性格相似,起码不应该发生矛盾。四是悲剧性格必须是经常的、平衡的,即保持其首尾的一贯性,而不能自相矛盾。

德莱顿还认为,塑造人物性格要充分体现出人物的激情与个性。在他看来,性格就是用以区别自己与他人的那种东西,它不是只有一种品质,它是许多并不矛盾的因素的综合,不要把人物写成某一特殊的美德、恶行或激情的化身。在诸种品质中,必然有一种品质是占主导地位的。德莱顿认为激情蕴含于性格之中,激情也是人物性格的一种表现,但诗人倘要将激情表现出来,首先自己必须具有激情,具有表现这种激情的崇高的天才。德莱顿说:"在性格这个总标题之下,激情自然是包含在内,属于人物性格的。……朗吉努斯说,只有崇高的天才才能写得动人。一个诗人必须天生有这种才能。"[1]他同时还要求不能在不需要激情的地方表现激情,也不能使激情表现得过分!

德莱顿结合亚里士多德的悲剧净化理论和贺拉斯的寓教于乐说,来阐释他的悲剧的效

---

[1] 德莱顿:《悲剧批评的基础》,见伍蠡甫主编《西方文论选》上卷,上海译文出版社 1979 年版,第 313 页。

果的思想。德莱顿说:"使观众从愉快中得到教益是一切诗歌的总目标。"①"戏剧是人性的正确而生动的意象,表现人的情感和习气及人生命的变化,其目的在于娱乐与教导人类";悲剧的目的是"改正或消除我们的激情——恐怖和怜悯"。②与哲学给人的教益相比,悲剧能令人愉快,而令人愉快的方式乃是通过具体事件。"通过例子来消除激情因此是悲剧所能产生的特殊的教育作用。"③这种特殊的教育作用可以医治人类两种最突出的毛病:"骄傲和缺乏同情"。他反对将悲剧主人公过于理想化,主张要表现出他的缺点,留下惩罚的余地,同时又要优点大于缺点,留下怜悯的可能。

第四节
布瓦洛

一 生平及著作

布瓦洛(Nicolas Boileau-Despraux,1636—1711),法国古典主义最重要的文艺理论家。他 1636 年 11 月出生于巴黎的一个司法官的家庭,因两岁丧母,童年不幸,养成了孤寂的个性。他先是尊崇父亲的主意,专攻神学,很早就削发,准备为宗教服务,后来依自己的志愿,改学法律,并于 1657 年毕业于巴黎大学,考取了律师资格,但他很快发现,诉讼职业和僧侣生活一样枯燥乏味。不久,他获得父亲去世的一笔遗产,能独立维持生活,便离开法院,与自由派文人交往,专心研究文学,开始了诗人生涯,主要有写于 1666—1668 年的《讽刺诗》,抨击封建权贵。1669—1677 年又屈从贵族势力,结交权势,由路易十四的外室蒙代斯邦男爵夫人引见,得以觐见被称为"太阳王"的路易十四,为路易十四的怀柔政策所降伏,写了献给路易十四的《书简诗》,受到国王赏识,被命名为宫廷诗人。在此背景下,布瓦洛在 1669—1674 年间写了《诗的艺术》,于 1674 年发表,被路易十四所看重,得以钦定为古典主义文学的理论法典。《诗的艺术》使布瓦洛获得了极大的声誉,被称为"巴纳斯的立法者",即古典主义诗歌的立法者。1674 年又翻译出版了朗吉努斯的《论崇高》,并写了数篇《朗吉努斯〈论崇高〉读后感》。路易十四将他在文学上为法国所做的工作与首相马萨林在法国政治上所做的工作相提并论。后被聘为皇家史官。在 1678—1711 年间,他首先是因做史官停止写诗十余年,后来陆续写了些书简诗。1684 年,他因路易十四的褒荐,进入法兰西学士院,成为四十个"不朽者"之一。路易十四称他为自己鞭挞第二流诗人的鞭子。布瓦洛在 1687—1700 年间,作为崇古派的代表,与神话寓言作家贝洛勒等人的"厚今派"之间展开了轰动文坛的"古今之争",他为此写了十多篇论文,但均遭到对方的有力驳斥。1711 年 3 月,布瓦洛在启蒙运动前夕去世。

作为古典主义文艺理论法典的《诗的艺术》一书,是用整齐的亚历山大诗体写成的,其中

---

① 德莱顿:《悲剧批评的基础》,见伍蠡甫主编《西方文论选》上卷,上海译文出版社 1979 年版,第 309 页。
② 德莱顿:《悲剧批评的基础》,见伍蠡甫主编《西方文论选》上卷,上海译文出版社 1979 年版,第 309 页。
③ 德莱顿:《悲剧批评的基础》,见伍蠡甫主编《西方文论选》上卷,上海译文出版社 1979 年版,第 309 页。

提出的"理性原则"、"自然原则"、"道德原则"等对当时和后世的影响都非常大。全书共分为四章,第一章总论,阐释了理性是诗歌创作和批评的最基本的原则,并对诗歌创作与批评的一般规律,如韵与义理问题、结构问题、章法问题以及明畅与准确等问题提出见解。第二章论述次要的诗歌种类,着重强调内容,反对无病呻吟。第三章讨论了悲剧、喜剧和长篇叙事诗这三种基本的诗类。这是全书的基本和核心。其中在讨论悲剧时论述了著名的"三一律"。第四部分主要讨论道德修养。这些思想一方面继承了贺拉斯《诗艺》中的观点,另一方面又体现了 17 世纪所强调的理性精神。

二 崇尚理性

受笛卡尔的影响,布瓦洛的思想具有理性主义精神。崇尚理性是布瓦洛诗学的出发点,也是其古典主义文学理论体系的基础。他要求作品中的情感要服从于理性,作品的内容要高雅,形式要规范化,使作品成为一个恰如其分、尺度严密的统一整体。

他在《诗的艺术》中把理性提到至高无上的地位。他说:"首须爱理性,愿你的一切文章永远只凭着理性获得价值和光芒。"[1]本来在中世纪,理性和情感都是受压抑的,信仰取代了理性,禁欲压制了情感。到文艺复兴时期,理性和情感获得了解放,但又出现了爱情至上和情欲横流等方面的偏差。17 世纪的悲剧作品,便出现了理性克制情感的现象,如高乃依的《熙德》,强调义务、责任以及服从国家的利益,拉辛的悲剧也是如此。在此背景下,布瓦洛反对把诗写得太离奇、用无理的偏激惊动读者,要求不要学意大利人,堆砌美丽的辞藻、纤巧的运思,注重遣词时的音调,使作品光怪陆离。

布瓦洛重视理性的功能,反对因义害义。他认为理性体现在形式上就是合情合理、结构均衡,正是理性使得作品思想明晰、构思清楚,正是理性使得作品结构完整,构成一个完整的统一体,也正是理性使得语言合乎法则。"你写作之前要先学构思清楚。全要看你的文思是明朗还是暧昧,你的文词相应地就是含糊或清晰。"[2]"必须里面的一切都能够布置得宜;必须开端与结尾都能和中间相配;必须用精湛的技巧求得段落的匀称,把不同的各部分构成统一和完整。"[3]诗的情理要与音韵相互配合,"音韵不过是奴隶,其职责只是服从"。"在义理的控制下韵不难低头听命,韵不能束缚理性,理性得韵而明。但是你忽于理性,韵就会不如人意;你越想以理就韵就越会以韵害义。"[4]"三一律"也正是从形式规范化的理性要求出发的。

三 摹仿自然

布瓦洛继承了希腊传统的摹仿说,认为文艺要表现理性,就必须摹仿自然。摹仿自然的诗歌体现了真和美,使人们同样得到了理性的满足。"自然就是真,一接触就能感到。""切不

---

① 布瓦洛:《诗的艺术》,任典译,人民文学出版社 1959 年版,第 4 页。
② 伍蠡甫主编:《西方文论选》上卷,上海译文出版社 1979 年版,第 296 页。
③ 伍蠡甫主编:《西方文论选》上卷,上海译文出版社 1979 年版,第 295 页。
④ 布瓦洛:《诗的艺术》,任典译,人民文学出版社 1959 年版,第 3 页。

可乱开玩笑,损害着常情常理,我们永远也不能和自然寸步相离。"①诗人只有研究、观察和摹仿自然,才能实现其认识和表现理性的目的。在《书简诗》里,他也说:"虚假永远无聊乏味,令人生厌;但自然就是真实,凡人都可体验。在一切中人们喜爱的只有自然。"②古典主义者将理性、自然和真理等同起来。所谓的自然,就是合乎常情常理的事物。因此,摹仿自然,就是不能悖理。

值得强调的是,布瓦洛所要求摹仿的自然,包括人的自然本性。"作家啊……你们唯一钻研的就该是自然人性。"③同时自然要避免"鄙俗卑污",他这里主要是指社会生活,要求"好好地认识都市,好好地研究宫廷"④。而摹仿自然是为了取悦读者,"讨人开心"和"令人愉快"。尽管他也强调人的本性和性格的个性,"人性本陆离光怪,表现为各种容颜,它在每个灵魂里都有不同的特点"⑤,但实质上,他更注重的是继承贺拉斯的看法,将青年人、中年人、老年人,以及风流浪子、守财奴等性格类型化,从中看出性格的共性。

四　学习古人

布瓦洛认为,摹仿自然首先要从摹仿古人开始。古代伟大的作家之所以值得推崇,就因为他们善于观察和摹仿自然。因此,要创造出理性的、自然的作品,必须以古希腊罗马的经典作品为典范。他曾说:"荷马之所以令人倾倒,完全是因为他是从大自然学来的,他的书是众妙之门,并且取之不尽。"他要求作家敬重荷马:"爱他的作品吧,但必须爱得诚虔;你知道加以欣赏就算是获益匪浅。"⑥他还说古罗马诗人维吉尔的作品"情意缠绵,都是神到之作"。因此,他要求作家对荷马、维吉尔这些古希腊罗马作家的作品"应该爱不释手,日夜地加以揣摩"。⑦ 在《1770年给贝洛勒的信》中,他以高乃依、莫里哀为例,说明他们从古代典范中,学到了"艺术里最精妙的东西"⑧。

对于古代的经典作品,他主张文学要相信大多数人的理性的判断。在《朗吉努斯〈论崇高〉读后感》中,他谈到了尊敬和学习这些经典作家的理由:"我尊敬这类作家,并不是因为他们的作品流传得这样长久,而是因为它们在这样长久的时期里博得人们的赞赏。""一个作家的古老对他的价值并不是一个准确的标准,但是人们对他的作品所给的长久不断的赞赏却是一个颠扑不破的证据,证明人们对它的赞赏是应该的。"⑨

提倡向古典作家学习是应该的,古代优秀作家确实曾经有高度的艺术技巧,但如果拘泥于此,以此作为准绳,扼杀作家的创造性和对时代精神的体现,就不合理了。因此,布瓦洛提

① 布瓦洛:《诗的艺术》,任典译,人民文学出版社1959年版,第57页。
② 转引自朱光潜:《西方美学史》上卷,人民文学出版社1977年版,第171页。
③ 布瓦洛:《诗的艺术》,任典译,人民文学出版社1959年版,第54页。
④ 布瓦洛:《诗的艺术》,任典译,人民文学出版社1959年版,第430页。
⑤ 马奇主编:《西方美学史资料选编》上卷,上海人民出版社1987年版,第429页。
⑥ 布瓦洛:《诗的艺术》,任典译,人民文学出版社1959年版,第51页。
⑦ 布瓦洛:《诗的艺术》,任典译,人民文学出版社1959年版,第18页。
⑧ 伍蠡甫主编:《西方文论选》上卷,上海译文出版社1979年版,第306页。
⑨ 伍蠡甫主编:《西方文论选》上卷,上海译文出版社1979年版,第304—305页。

倡学习古人,既体现了他的古典主义思想的优点,也反映了它的局限性。

五 作家的修养

布瓦洛要求作家要有道德、有修养、处处将善与真的趣味融成一片。作家的修养之所以重要,是因为作家会在作品中体现出修养,进而影响到作品的社会意义。因此,布瓦洛要求作家要进行道德自律和情趣的培养,怀着社会责任感去进行创作。"一个有德的作家,具有无邪的诗品,能使人耳怡目悦而绝不腐蚀人心:他的热情决不会引起欲火的灾殃。因此你要爱道德,使灵魂得到修养。""你的作品反映着你的品格和心灵,因此你只能示人以你的高贵小影。危害风化的作家,我实在不能赞赏,因为他们在诗里把荣誉丢到一旁,他们背叛着道德,满纸都海盗海淫,写罪恶如火如荼,使读者喜之不尽。"[①]他告诫作家不要因为贪图金钱而误人害己,要爱惜羽毛。"为光荣而努力啊!一个卓越的作家绝不能贪图金钱,把得利看成身价。我知道,高尚之士凭着自家的笔杆获得正当的收益,并无罪,无可羞惭;但是我不能容许那些显赫的诗人,不爱惜既得荣名,专在金钱上打滚。"[②]

六 对"三一律"的阐释

当时的法国为了加强中央集权和法律统一,古典主义文艺观要求戏剧创作必须遵循"三一律",即"情节、时间与地点一致"的艺术法则。因此,在戏剧创作中是否遵循"三一律",在当时的法国是一个重要的立场问题。作为一个古典主义的诗人和理论家,特别是依附宫廷的文人,布瓦洛不可能饶开这个问题,他必须要对这个占有统治地位的法则表明自己的立场,作出自己的解释。在《诗的艺术》中,布瓦洛这样阐释了"三一律"法则:"剧情发生的地点也要固定、标明,比里牛斯山那边的诗匠把许多年缩成一日,摆在台上去表演,一个主角出台时还是个顽童,到收场时已成了白发老翁。但是理性使我们服从它的规则,我们就要求按艺术去安排情节,要求舞台上表演的自始至终,只有一件事在一地一日里完成。"[③]这里强调了理性主义对"三一律"的指导和规约作用,就法则本身而言,布瓦洛并未提出多少创见,但由于布瓦洛当时在法国文坛的地位和来自宫廷势力的支持,故在当时对法国文坛产生了决定性的影响。

尽管布瓦洛被视为法国古典主义的立法者,但实际上他的思想到后来还是有变化的。他曾作为"崇古派"的代表人物,与"厚今派"的代表人物贝洛勒展开激烈的争论,但在晚年(1710 年)写给贝洛勒的信中,他也能坦然地认同对方的一些合理观点,对于高乃依剧作的创新及成绩,也能作出实事求是的概括和总结:"在这些剧本里,他越出了亚里士多德的一些规则,没有想到要像悲剧诗人那样去引起哀怜和恐惧,而是要凭借思想的崇高与情致的优美,去在观众的心灵里引起一种惊赞(或欣羡),对于许多人,特别是青年人来说,这种惊赞(或欣

① 布瓦洛:《诗的艺术》,任典译,人民文学出版社 1959 年版,第 65 页。
② 布瓦洛:《诗的艺术》,任典译,人民文学出版社 1959 年版,第 69 页。
③ 转引自朱光潜:《西方美学史》上卷,人民文学出版社 1979 年版,第 193 页。

羡）远比真正的悲剧情绪更合口胃。"①

第五节
蒲柏与约翰逊

一　蒲柏

蒲柏（Alexander Pope，1688—1744），英国古典主义高潮时期的代表性诗人和批评家，出身于伦敦的一个信奉天主教的纱布批发商家庭，父母是天主教徒，12 岁以前在家里接受迪恩神父的教育，受到了拉丁语和希腊语的初步训练，12 岁患严重的结核性脊椎炎，导致终生驼背，因宗教上的原因，不能去公立学校接受教育。他自幼诵读英法拉丁诗篇，兼及古代的文学批评著作，后来通过自学博览了希腊语、拉丁语、法语和意大利语方面的书籍。16 岁时开始写诗，18 岁时开始发表诗歌，21 岁时开始出版诗集，并与当时知名的文人交游、通信，曾在爱迪生主持的《旁观者》杂志上发表田园诗《弥赛亚》。主要诗作有讽刺诗《夺发记》、《致阿勃斯诺特医生书》和哲理诗《人论》。约翰逊曾颂扬他是英国文坛千年一遇的大诗人。从 1713 年开始，他与他人合作相继翻译出版了荷马的《伊利亚特》和《奥德赛》，译笔典雅，体现了译者的时代精神，但并未准确地反映原作精神。后曾编辑过莎士比亚全集。23 岁时发表的著名的诗《批评论》，共 3 段，744 行，主要对自然与摹仿问题、批评的标准问题和批评家问题等提出了他独到的见解，文中明显可见贺拉斯的《诗艺》和布瓦洛的《诗的艺术》对他的影响。他的古典主义思想比德莱顿严格，被看成是布瓦洛《诗的艺术》发表半个世纪以后的诗体诗歌法典。除《批评论》外，他的文论作品还有《荷马史诗序》和《莎士比亚全集序》等。

蒲柏在《批评论》中首先阐释了自然与艺术的关系。他要求追随自然，按照自然的标准来下判断。自然是艺术的源泉、目的和检验的标准。他认为创作的才能和鉴赏力"这两种才能的光辉必须得之于天"②，规范来自于自然，因此要信奉自然。同时，同时性也是一种自然。对于自然的禀赋，应给予约束和引导，而不能压制。"缪斯的骏马，应该指导而不应鞭笞，应约束它的烈性，不应策动它飞驰。"③这样，自然、人的天赋和法则三者便是一体的。由于自然、人性和法则是永远不变的，因而批评家以此所拟定的批评标准也是永远不变的。

蒲柏虽然信奉古典法则，但他认为这种法则也是来自自然。法则就是自然，只不过是被发现了的、被规范化了的自然。他赞颂维吉尔："他发现荷马与自然原来是不可分。"④因此，他理解的那种古典法则与自然是一体的，是源于自然的，是对自然法则的发现，是方法化的自然。因此，从一个角度说，摹仿自然就是摹仿古人。这种规律是通过作为自然禀赋的天才

① 伍蠡甫主编：《西方文论选》上卷，上海译文出版社 1979 年版，第 305—306 页。
② 蒲柏：《批评论》第一章，《缪灵珠美学译文集》第二卷，中国人民大学出版社 1998 年版，第 15 页。
③ 蒲柏：《批评论》第一章，《缪灵珠美学译文集》第二卷，中国人民大学出版社 1998 年版，第 18 页。
④ 蒲柏：《批评论》第一章，《缪灵珠美学译文集》第二卷，中国人民大学出版社 1998 年版，第 20 页。

发现的,因而同样可以由天才进行修正。"大才有时竟昂然把清规视若无睹。""勇敢地不依戒律,超越庸俗的藩篱。"①这样可以直接赢得读者的欢迎。古典作家所遵循的法则来自自然,古典批评家所制定的批评法则,最终也源自自然。希腊人所制定的金科玉律,在他看来,就是"得之于天"。后来的像维吉尔这样的大诗人也要从希腊人的金科玉律中获得教益。

不仅如此,蒲柏在强调古典作家自然本性的基础上,还强调社会文化因素和时代精神对古典作家的影响。"你的判断要驶向正确的航程,就需要深知每个古代作家的本性:他每页的故事主题、范围的划分;他的宗教信仰、国情风土、时代精神。"②这种将自然与古典等同,以及强调社会文化和时代精神的看法,实际上反对拘于古典法则,认为可以依照自然本身的规律对它进行修正,这就不同于教条化的古典主义。

在讨论到激情时,蒲柏提出要仰仗理性对激情的监督。在《人论》中,他强调自私的激情要服从于理性对激情进行的管辖。理性虽然是天赋的,但需要通过后天的训练而得到提高。在批评家那里,理性表现为判断力。当然这种判断力也同样要遵循自然法则。"你的判断要驶向正确航程,就需要深知每个古代作家的本性:我劝你拿荷马的作品研究和欣赏,日间你研读荷马,夜间就仔细思量,由此而作成判断,由此而求得箴言,请你去追踪缪斯直到她们的渊源。"③

蒲柏还就当时英国流行的巧智说发表了自己的看法。他首先肯定了巧智作为自然的恩赐对于文学创作和鉴赏的作用。他认为巧智与判断是相辅相成的,但同时又相互矛盾和牵制。像其他英国学者德莱顿等人一样,蒲柏认为英国人蔑视未来规则,热爱巧智所赋予的自由,有勇气向罗马人挑战。以公正态度对待巧智的基本法则,与希腊古典的基本精神是一致的,这也使得他的古典主义带有更多的变通。但他也反对义学家们数典忘祖,耍弄小聪明,蔑视古代的典范。

蒲柏的诗歌理论是在当时英国文学创作和文学批评都陷于混乱的背景下提出文学的批评法则的。他受当时欧洲的古典主义思潮的影响,对于当时相关的古典主义法则如崇尚自然和理性、宗奉古典等问题提出了自己的一系列看法,同时又不拘泥于教条,对既有法则有所突破,对当时英国文坛已见端倪的想象和巧智问题,提出了自己相对开明的看法。

二 约翰逊

塞缪尔·约翰逊(Samuel Johnson, 1709—1784),出生于英国斯塔福德郡利奇菲尔德的一个小书铺业主家庭。他自幼受到严格的古典教育并博览群书,1728 年进牛津大学读书时,读过许多导师未读过的书,后因家庭经济拮据而中途辍学。1737 年赴伦敦定居,开始为《绅士》杂志撰写诗人传略、书评等,1738 年发表第一篇长诗《伦敦》,1749 年发表他最重要的说

① 蒲柏:《批评论》第一章,《缪灵珠美学译文集》第二卷,中国人民大学出版社 1998 年版,第 20 页。
② 蒲柏:《批评论》第一章,《缪灵珠美学译文集》第二卷,中国人民大学出版社 1998 年版,第 19 页。
③ 蒲柏:《批评论》第一章,《缪灵珠美学译文集》第二卷,中国人民大学出版社 1998 年版,第 19 页。

教长诗《人类欲望的虚幻》,抨击社会的黑暗和政治的腐败,另曾写过一些戏剧。1750—1752年间,独立主持和发行《漫步者》报,发表自己对当时社会和文坛的评论,是英国后期古典主义的代表作家。1746年—1755年间,他编写出著名的两卷本《英语词典》,1765年编注出八卷本《莎士比亚戏剧集》,1781年,他出版了他的代表性作品——四卷本的《诗人传》。1762年他经三思接受国王乔治三世的年金,1769年皇家艺术学院授予他无薪给古代文学教授衔,1775年牛津大学授予他博士学位。1787年因病去世,入葬伦敦威斯敏斯特教堂。

约翰逊在当时的英国文坛具有重要的地位和重大的影响,被誉为"英国的苏格拉底"、"英国文坛的大可汗"和"他那个时代英国文学的立法者"。他生活在古典主义衰微与启蒙运动兴起之交的过渡时代,是英国古典主义批评的集大成者,同时也不愿意固守古典主义教条。他的主要批评著作是《〈莎士比亚戏剧集〉序言》(单行本),其中对莎剧的普遍人性问题和莎剧的人本论问题作了精辟的论述。约翰逊虽然信守古典主义,主张摹仿自然、寓教于乐,强调普遍性的标准和理性原则,但另一方面,他又为古典主义掘墓。随着约翰逊对英国文坛的独霸数十年,他的思想影响了英国的文坛风气。自此以后,古典主义在英国文坛日益衰竭,浪漫主义文学如暴风骤雨般地席卷而来,取古典主义而代之。

约翰逊从古典主义思想出发,强调类型的重要性。他在《〈莎士比亚戏剧集〉序言》中说:"诗人的任务不是考察个别事物,而是考察类型。"[1]在莎士比亚的作品里,人物的言谈举止都受普遍性感情的影响,一个人物通常代表一个类型,代表着天生的性格,同时又具有个性特征,吸引了形形色色的观众。根据类型理论,他给予莎士比亚以很高的评价,认为这种类型是来自活生生的现实世界:"莎士比亚的思想来自活的世界,他所表现的东西也不外乎他实际看到的事物。"[2]同时,他又从古典主义出发,对莎士比亚提出批评,认为他不守"三一律",过分地追求形式的完美而忽视作品的道德目的,不讲究布局,时间与地点诸多与实际不相符,喜剧台词过于粗野,悲剧的台词近乎夸张,双关语太多太滥等等。

在《〈莎士比亚戏剧集〉序言》中,约翰逊对于"三一律"中的时间整一、地点整一给予了批评。他对"三一律"并没有简单地接受,而是作了仔细的分析。受莎士比亚以降的英国传统的影响,他跳出"三一律"的框框,反对将艺术的真实与现实的真实混为一谈,认为除了情节的整一外,地点和时间的整一都是多余的。他在分析莎士比亚戏剧的情节时,首先肯定了情节的一致性,认为这些作品的情节是一致的,而且是自然的。同时他又对时间的一致和地点的一致持批评态度。对于地点整一而言,约翰逊认为舞台不过是舞台,第一场它指亚历山大里亚,第二场完全可以指罗马。地点是可以幻想的。时间更是可以幻想的。"在所有的存在事物当中,时间对于幻想是最唯命是听的;幻想几年的度过和几小时的度过是同样

---

① 转引自佛朗·霍尔:《西方文学批评简史》,张月超译,南京大学出版社1987年版,第87页。
② 伍蠡甫主编:《西方文论选》下卷,上海译文出版社1979年版,第529页。

不费气力的事。"①这样,约翰逊作为英国古典主义的领军者,则在自毁城墙,动摇了古典主义的堡垒。

在阐释文学的效果时,约翰逊在重视快感的基础上突出强调了作品的教化作用。他认为悲剧和喜剧虽然在题材和表现方法上是相反的,但它们归根结底目的是一样的,即通过快感给人以教导,使人无损于德行。他对莎士比亚缺点的指责,也是从道德伦理的角度出发的,他认为莎士比亚仅仅调动人的强烈的感情是不够的,"写作的目的在给人以教导;诗歌的目的在于通过快感给人以教导"②。"他牺牲美德,迁就权宜,他如此看重给读者以快感,而不大考虑如何给读者以教导,因此他的写作似乎没有任何道德目的。"③他在具体阐释亚里士多德的"净化说"时,也表达了这种思想,即通过恐惧和怜悯消除人体内和心灵中不纯的东西。当然,既然是文学作品,这种教化与快感是紧密联系的。就悲剧而言,一方面,悲剧作品能够让人们作设身处地的联想,因而有教育意义,对人起警醒作用。"能够触动我们心弦的思想,并不在于我们面前的是一些真实的罪恶,而是我们自己也有可能犯这些罪或成为这些罪恶的牺牲品。"④另一方面,悲剧又因其是虚构的而和实际利害保持距离,因而能引起快感。"悲剧给我们的乐趣在于我们意识到它的故事是虚构的;假若我们想到暗杀和叛逆都是真事,这些东西就不会再给我们以乐趣了。"⑤

对于文学批评的标准和方法,约翰逊也提出了自己的看法。在批评的标准上,他以莎士比亚的作品为楷模,主张要"忠于普遍的人性"⑥,并以此为标准衡量一切作品。同时,作品要经受得住时间的考验,以真情实感感动各个时代各个地方的人们。他还认为,要对作家和作品成就作出估价,要对作品有更深切的了解,就要考虑到其时代特征,并进行比较,"必须和他生活的那个时代的情况加以比较,也必须和他自己所特有的机会加以比较"⑦。这种思想,类似于中国的知人论世。在批评的方法上,他要求从常识判断出发,进行实事求是的判断,甚至认为直率比真理更重要。他还要求对作品作理性的裁决,"保持一种理智的距离"⑧,在全局和局部都能冷静地作出裁决,而不是偏激地哗众取宠。这样,对作品就会作出全面的评价,例如对于莎士比亚,就能公正地看到他的优点,而不只是以他不遵守"三一律"而责难他。对于当时的玄学诗,约翰逊既批评他们不摹仿自然和生活、也不喜欢理智的活动,又称赞他们的洞察力和巧智。另外,他还主张文学批评要打破古今,要讲究文风,要宽以待人,等等。这些看法不仅因约翰逊当时的声望,在英国文坛产生了重要影响,而且对我们今天都有相当的启发。

---

① 《〈莎士比亚戏剧集〉序言》,见杨周翰编《莎士比亚评论汇编》上卷,中国社会科学出版社1979年版,第54页。
② 《文艺理论译丛》第4期,人民文学出版社1958年版,第147页。
③ 《文艺理论译丛》第4期,人民文学出版社1958年版,第150页。
④ 《文艺理论译丛》第4期,人民文学出版社1958年版,第157页。
⑤ 《文艺理论译丛》第4期,人民文学出版社1958年版,第157页。
⑥ 《文艺理论译丛》第4期,人民文学出版社1958年版,第146页。
⑦ 《文艺理论译丛》第4期,人民文学出版社1958年版,第160页。
⑧ 《文艺理论译丛》第4期,人民文学出版社1958年版,第182页。

第六节
伏尔泰

一 生平及著作

伏尔泰(Voltaire，1694—1778)，真名弗·马·阿卢埃(Francois Marie Arouet)，出身于巴黎的一个富裕的资产阶级家庭，父亲是法院公证人，后任审计院司务。伏尔泰 10 岁时进耶稣会办的贵族学校圣路易大帝中学就读，自幼天资聪颖，爱好文学。他从 7 年制中学毕业后，就读于法科学校，19 岁退学，以随员身份陪法国驻荷兰大使出使海牙，因为不听大使管束，不久被遣送回国，后在巴黎的一位检察官手下任书记。他不顾父亲反对，执意从事文学事业，经常出入有自由思想的社交界，幽默风趣，喜说俏皮话。1716—1717 年间写了两首讽刺诗，触怒摄政王奥尔良公爵，被囚禁巴士底狱约一年。出狱后他不仅从事悲剧创作，而且亲自参加悲剧演出。1725 年 12 月，伏尔泰在言语间得罪了贵族罗昂·夏博，受辱遭打，因诉诸决斗而中计，政府乘机将他再度投入巴士底狱。他于次年 4 月获释并被驱逐出境，便渡海从伦敦附近的格林尼治登岸，在英国度过了三年的流放生涯，受到了各界的热烈欢迎，其间结识了许多英国的作家、哲学家和科学家，他的思想也获得了飞跃，并对英法间的文化思想交流产生了重要影响，1733 年发表了 25 封用英文写作的《哲学通信》(又叫《英国通信》)，后遭法国政府查禁，通缉作者，从 1734 年起避居女友夏特莱夫人的西莱别墅达 10 年之久。他在宫廷间周旋数年，于 1754 年迁居日内瓦，1758 年年底，在法国和瑞士交界处购置产业，建造别墅，接待各方客人，成为法国启蒙运动领袖。其间除从事著述外，他还始终支持狄德罗等人主持的大百科全书工作，晚年又为社会上的冤假错案伸雪。1778 年 2 月，伏尔泰以 84 岁高龄回到了阔别 28 年之久的巴黎，受到各界热烈欢迎，3 月 28 日出席法兰西学院大会，当选为院长，讨论编纂法语大字典事宜，亲自承担 A 字条目，5 月 30 日午夜 11 时因病去世。临终前的最后一句话是："请永远不要向我谈到基督。"当局不准伏尔泰落葬巴黎，他只得被秘密安葬于香槟省塞里耶尔修道院，1791 年法国大革命期间，补行国葬，迁葬于巴黎先贤祠。

伏尔泰一生著述甚丰，由博马舍主编的《伏尔泰全集》在 1784—1789 年间陆续出版达七十卷之多，其中使他一举成名的悲剧《俄狄浦斯王》(1718)，曾获得国王的赏赐和摄政王的奖金，并从此使用伏尔泰的笔名，其他悲剧则有《布鲁图》(1730)、《查伊尔》(1732)、《凯撒之死》(1732)和《穆罕默德》(1742)等，以及史诗《亨利亚特》(1728)。反映伏尔泰文论思想的著作主要有《论史诗》(1727)、《英国通信》等，其中特别提倡得体、合宜、合度、合体的古典主义传统。

二 启蒙思想与古典主义的矛盾

作为法国启蒙运动领袖和作家，伏尔泰广泛利用各种形式、手段，如艺术的、宗教的、哲学的方式，反对封建专制制度。但他在思想上还不及后继者那样激进，特别是在文学上，伏尔泰还推崇古典主义,钦佩拉辛,遵守"三一律"和古典主义的其他规则,并且身体力行地用古典形式写作史诗和悲剧,瞧不起作为新型的剧种的"流泪的喜剧",因为它所反映的是市民生活。当然有时他也接受经验主义的感性原则去否定古典主义的理性原则。这种矛盾表现在他对莎士比亚的评价上。他一方面首先向法国人介绍莎士比亚,认为莎士比亚具有雄强而丰富的天才,既自然,又雄伟,但是同时又认为他粗野,是"乡村小丑"、"怪物"、"喝醉了的野蛮人",甚至说他没有一点好的审美趣味,且丝毫不懂得规则。当人们宁愿读莎士比亚而不愿读高乃依和拉辛时,他在1776年7月19日致达简塔尔的信中沮丧地说:"我是头一个把从莎士比亚的大粪堆里所发现的珍珠指给法国人看的人,真料想不到有一天我竟帮助人们把高乃依和拉辛的桂冠放在脚下践踏,来替一位野蛮的戏子贴金抹粉。"①说明伏尔泰一方面看到了莎士比亚的才性,同时又受制于古典主义的成见。所以人们一般在评价他的文论思想时,说他既是古典主义后期的优秀代表,又是启蒙思想公认的领袖和导师。

三 古典主义

伏尔泰的文论思想还有着较为浓厚的古典主义色彩,他提倡得体、合宜、合度、合体的古典主义传统。尤其在他对悲剧的讨论中,这种色彩更加突出。首先,他认为悲剧必须遵守"三一律"。在他的第一部悲剧《俄狄浦斯王》的1729年版序言中,他为"三一律"进行了辩护,声称"三一律"主要是在防止悲剧作品不近情理:要求情节一致是"因为人的精神无法同时接受几样东西";要求地点一致是"因为一个单层的行动不能同时在几个地点发生"。② 要求时间一致是因为只有决定性的时刻才会有趣味。他认为舞台上千万不能出现冷场情况,每个角色必须在出场时充分发挥作用。

对古典主义审美趣味的坚持,加之略带民族情绪的原因,伏尔泰对莎士比亚颇有微辞,尽管在《论史诗》中,他主张各民族艺术的法则应该是多样化的,风格也应该是千姿百态的,同时反对片面强调法则,认为荷马、维吉尔等几乎全是凭自己的天才进行创作的。"一大堆法则和限制只会束缚这些伟大人物的发展,而对那种缺乏才能的人,也不会有什么帮助。"③他认为试图从荷马作品中找法则很难,《伊利亚特》和《奥德赛》完全是不同类型,很难总结出规律,强调文学事业属于天才的事业。但在具体的评价中,伏尔泰还是表现出保守的思想。他认为莎士比亚趣味不高,在讨论莎士比亚的剧本《尤利乌斯·凯撒》时,伏尔泰指出高乃依与莎士比亚都是才华横溢的作家,但高乃依的天才比莎士比亚更伟大,两人的差别就像贵族和百姓的差别,尽管他们生长着同样的脑袋。1778年去世前夕,在《致法兰西学院》的信中,他虽然称赞莎士比亚"写过不少神来之句",但也仅仅是"具有一定想象力的野蛮人","只能在伦敦和加拿大取悦于人"④,却不能取得国际声誉。他还固守文学教化作用的传统思想,认

---

① 转引自朱光潜:《西方美学史》上卷,人民文学出版社1979年版,第258页。
② 《俄狄浦斯王·前言》,见《伏尔泰全集》第2卷,1865年巴黎版,第49页。
③ 伏尔泰:《论史诗》,见《西方文论选》上卷,上海译文出版社1981年版,第319页。
④ 《伏尔泰全集》第8卷,第330页。

为悲剧应该是"培养美德的学校",是在"用情节来教训人"。在自己的悲剧创作中,伏尔泰也普遍谨守古典主义传统的法则。

伏尔泰的矛盾是古典主义同启蒙主义之间的矛盾,这种矛盾是这个新旧交替的时代的表现:尽管资本主义已经来到了历史前台,并响亮地喊出了对自由的向往,然而,长期浸淫于与封建专治统治相应的古典文化形态之中,在思想意识之中已经形成对"理性"的皈依,对"权威"的臣服已近乎一种无意识。新旧交替时代的知识界乃至整个社会体必然遭遇这种矛盾。同时,这也是伏尔泰自身的矛盾的表现,接受过良好的传统教育,但不羁的性格和对思想自由的向往和追求,又使得伏尔泰具有了一种超越时代的可能,而他传奇的一生又将这种可能变为了现实。

此外,伏尔泰还将戏剧与时代的发展联系起来,指出特定的剧种只有在某一时代才能成熟:

> 在莫里哀之前没有好的喜剧,就像拉辛之前不存在表现真实精微的思想情感的艺术一样。其原因在于社会还没有达到艺术在他们的时代所达到的完美境界。①

在伏尔泰看来,过去的法国悲剧之所以没有成功,是因为那些作品在内容上充斥着风流艳遇和令人厌倦的冗长的政治性议论,在表演时又缺乏宽敞的剧院与漂亮的布景。在《路易十四时代》中,伏尔泰将该时代的文学当作不可企及的典范,对高乃依、拉辛、莫里哀、布瓦洛、拉封丹等古典主义作家推崇备至,把这个时代当作文学的辉煌时代加以讴歌。总的看来,伏尔泰的文学批评思想古典主义趣味还是相当浓厚,今天来看是趋于保守的。

四　论史诗

伏尔泰给史诗下的定义是:"就史诗本身来看,它是一种用诗体写成的关于英雄冒险事迹的叙述。"②与悲剧受制于舞台不同,伏尔泰认为史诗在时间和空间上是不受限制的,如《奥德修记》的主人公航经七海,时间跨在最后一年的几十天间。而且他认为情节可以是幸福的,也可以是不幸的,主人公的类型与数字等,都可以是自由的,甚至在语言上也可不受限制。他认为"艺术的领域是很广阔的"③,史诗之为史诗,在于它深刻地反映或体现了世界各民族的共性或普遍性,任何有意义的东西都属于世界上所有的民族。这种共性表现在情节上。伏尔泰说各民族都认为单一而简单的情节,比混在一起互不相关的冒险事迹,更能使人感愉快。情节应该是轻松而逐步展开的,而且不使人产生厌倦之感。在主导情节的基础上适当加一些插曲,是人们所普遍喜爱的。据此,伏尔泰肯定在文学上有为所有民族共同接受的关于鉴赏趣味的准则,并说,"这样的准则是很多的"④。

---

① 《伏尔泰全集》,第 2 卷,第 551 页。
② 伏尔泰:《论史诗》,见马奇主编《西方美学史资料选编》上卷,上海人民出版社 1987 年版,第 575 页。
③ 伏尔泰:《论史诗》,见马奇主编《西方美学史资料选编》上卷,上海人民出版社 1987 年版,第 576 页。
④ 伏尔泰:《论史诗》,见《西方文论选》上卷,上海译文出版社 1981 年版,第 322 页。

　　同时，伏尔泰还认为不同时代、不同民族创作的史诗有着各自的特殊性。他在《论史诗》中谈到悲剧时总结说："谁要是考察一下所有其他各种艺术，他就可以发现每种艺术都具有某种标志着产生这种艺术的国家的特殊气质。"[①]从史的题材、情节的角度看，"荷马描绘了喝醉酒的神们，他看见伏尔甘进酒时那种笨拙的样子而开怀大笑。……可是在今天，当然没有一个诗人敢去描写一群围着台子饮酒作乐的天使或圣者"[②]。

① 伏尔泰：《论史诗》，《西方文论选》上卷，上海译文出版社 1981 年版，第 320 页。
② 伏尔泰：《论史诗》，《西方文论选》上卷，上海译文出版社 1981 年版，第 324 页。

第六章
启蒙运动

第一节
概述

所谓"启蒙"（Enlightenment），原意为"照亮"或"启迪"，"启蒙运动"即"光明观念"的运动，或称思想解放的运动。对于启蒙运动，康德在其论文《答复这个问题："什么是启蒙运动?"》中曾对其作这样的界定："启蒙运动就是人类脱离自己所加之于自己的不成熟状态。……要敢于认识! 要有勇气运用你自己的理智! 这就是启蒙运动的口号。"[1]福柯曾针对该文，对"启蒙"作了深入的分析，在他看来："启蒙"因此不仅是个人用来保证自己思想自由的过程。当对理性的普遍使用、自由使用和公开使用相互重叠时，便有了"启蒙"。[2] 事实上，启蒙运动就是 17、18 世纪欧洲资产阶级及其先驱们和人民大众反封建的思想文化运动，这是继文艺复兴之后近代人类的第二次思想解放运动。启蒙主义文艺理论是启蒙运动的一个重要方面，是欧洲当时即将到来的资产阶级革命对新文艺的呼唤。启蒙主义者顺应当时的社会发展的潮流，吸收了当时自然科学和哲学的思想成果，建立了具有强烈的政治倾向和高昂战斗热情的启蒙主义文艺理论，在文艺理论史上写下了光辉的一笔。

一　社会背景

18 世纪的欧洲各国，资本主义的发展水平各异，参差不齐。英国、荷兰由于较早地确立了资本主义制度，资本主义的政治、经济、文化都相应地得到了飞速的发展，政治清明、经济发达、文化繁荣，对欧陆的法德等国有着巨大的吸引力和榜样作用。与此相应的是，这两国的资产阶级力量也比较强大。在政治上，资产阶级政权的确立为资本主义的发展开辟了广阔的道路。在海外的殖民开拓中，英国、荷兰也处于优势的地位，法国与英国在印度争夺殖民地的失败，也在客观上给整个法国的统治阶级和知识阶层以很大的冲击。18 世纪中期的工业革命，首先在英国开展起来，社会经济获得了迅速的发展，成为当时世界上最发达的资本主义国家，将欧洲大陆的主要国家如法国、德国远远地抛到了后面。虽然后来欧洲大陆的资本主义有了很大的发展，资产阶级的力量日渐壮大起来，但是在整个欧洲大陆，腐朽的封建制度仍然存在着，贵族、教士等特权阶层垄断国家的权利。资产阶级虽然在经济上处于优势地位，但在政治上仍然没有获得应有的权利。资产阶级和封建贵族阶级的矛盾便越来越尖锐。资本主义的发展要求推翻封建制度，确立资产阶级的统治，为资本主义的发展开辟道路。整个 18 世纪是欧洲大陆资本主义和封建主义进行生死搏斗的时期，社会的主要任务就是进行资产阶级革命。启蒙运动正是在这样一种社会背景下逐步展开的。

启蒙运动虽然主要在法国和德国展开，但法国和德国的社会形势却不尽相同。当时的法国，在经济上仍然是封建的生产关系占着优势地位，同时，资本主义也有了迅速的发展，工

---

[1] 康德：《历史理性批判文集》，何兆武译，商务印书馆 1990 年版，第 72 页。
[2] 福柯：《何为启蒙》，见杜小真编选《福柯集》，上海远东出版社，1998 年，第 532 页。

场手工业和工业城市都已经出现,有些工场甚至已经采用机器进行生产。而在政治上,法国却仍然是封建的君主专政制度,贵族和僧侣操纵着国家政权,18世纪上半期,专制王权不断地发动对外战争,同波兰、奥地利连年争战。封建君主的穷兵黩武,恶化了整个国家的政治经济形势,再加上他们挥霍无度,使得国库亏空,财政状况急剧恶化。统治阶层把危机转嫁到资产阶级和劳动人民身上,使本来已经紧张的社会关系更加尖锐。资产阶级革命迫在眉睫。较之法国,当时的德国更为落后。18世纪的德国处于深重的民族灾难之中,全国分裂为三百多个封建小邦和一千多处骑士领地。割据一方的小邦对外是外国势力的附庸,对内却是专横残忍的暴君,对人民进行残酷的压迫和剥削。这使得国民经济异常衰弱,人民生活贫困不堪。长期的封建割据阻碍了德国资本主义的发展,资产阶级的力量分散而单薄。德国当时的社会现实,决定了德国整个民族所面对的主要任务是结束封建割据的局面,而资本主义的发展无疑可以尽快地结束经济上的落后状态。

二　文化背景

在文化和精神的领域,这一时期是一个多种意识形态并存互补而又相互斗争的时期。英国资产阶级革命的成果已经巩固下来,资本主义显示了比封建主义更大的优越性。不仅在经济上,在政治制度、精神文化等领域,英国也取得了辉煌的成就。在政治上,英国建立并巩固了资产阶级的国家政权形式和政治制度,完成了资产阶级政治体制由思想到体制的逐步成型化的历史进程,资本主义不再仅仅是作为一种政治理想,而是作为一种现实的可操作的具体制度形式成为可能。这为后来的法国和德国等其他国家的资产阶级革命提供了一个可资摹仿的模板。

在哲学上,兴起了以培根和洛克为代表的英国经验主义哲学。培根(F. Bacon,1561—1626)是英国经验主义哲学的奠基人。他总结了当时的自然科学的成就,提出了"知识就是力量"的著名口号。他强调观察和实验的归纳方法,肯定认识的实践功能,把人类知解力分为记忆、想象和理智这三种活动。洛克是英国经验主义的理论大师,他的理论体系十分庞杂,主要是哲学和政治理论。在哲学上,洛克继承了培根和霍布斯的唯物主义思想,建立了自己的经验主义的认识论体系。他指出,人的认识本身是一张"白纸",在它的上面没有任何标记,没有任何观念,后来出现的知识和观念,都是"从经验来的"。他说:"我们的一切知识都是建立在经验上的,而且最后是导源于经验的。"[1]洛克的哲学思想为经验主义和当时的整个启蒙运动提供了哲学和认识论的基础。

在政治理论上,洛克为"光荣革命"在英国确立的君主立宪政体作辩护,提出了三权分立的政治学说,指出立法权、行政权和对外权三权分立、相互制衡的政权形式是最理想的,反对君权神授的封建专制制度。洛克的政治思想直接影响和培育了18世纪法国的启蒙思想家,和以卢梭为代表的激进的资产阶级的民主主义者。作为法国大革命斗争旗帜的"自由、平

---

[1]　转引自全增嘏主编:《西方哲学史》上册,上海人民出版社1983年版,第563页。

等、博爱"的口号在思想上正源于洛克。洛克关于立法、行政、对外三权分立的学说,正是资产阶级分权学说的最早来源,后来由法国的启蒙思想家孟德斯鸠发展为立法、行政、司法三权分立的学说。

这一时期的科学技术也取得了长足的发展,在天文学上,伽利略发明了望远镜,证明了哥白尼太阳中心说的正确性。早期的科学巨人牛顿(1624—1727)在物理学、数学、流体力学等方面奠定了近代科学技术的基础。科学的发展促进了人们理性的发展,对封建统治和宗教迷信具有巨大的冲击作用,促进了人们思想的解放。

三　文学概貌

与政治和思想文化上的主张相适应,启蒙文学具有鲜明的政治性和民主性。启蒙作家把文学看作是宣传、教育的工具,与古典主义作家所不同的是,他们的创作大多以反映人民大众的生活为主,描写普通人的英雄行为和崇高感情。在他们的作品中,贵族往往是被批判和揭露的对象。启蒙作家常采用民间故事和民众的语言来创作,把深奥的哲学思想写得通俗易懂,以唤醒人民起来反对封建制度和宗教迷信。

当时法国较有代表性的启蒙作家有伏尔泰、孟德斯鸠、狄德罗、卢梭等。伏尔泰虽然在文学观念上,特别是在他的后期,信奉古典主义,但就他的作品所反映的内容而言,特别是在早期,却是18世纪声望最高的启蒙作家。他是一个多产的作家,他的全集包括哲学著作、历史著作、诗歌、小说、戏剧等。他的代表作是哲理小说《命运》《老实人》等,他的哲理小说的人物、故事和背景都出于虚构,他往往通过荒诞不经的故事和人物,把18世纪法国封建社会的丑恶面暴露在阳光下,以嬉笑怒骂的口吻鞭挞专制国王的暴虐,官吏的贪婪,教会的虚伪。孟德斯鸠的代表作是《波斯人信札》和《论法的精神》。《波斯人信札》是一部讽刺作品,通过波斯故事影射法国社会的黑暗,借此阐发作者在政治、社会、宗教、道德方面的启蒙思想。在《论法的精神》这部社会科学著作中,他提出了三权分立的理论,为当时的很多革命家所接受。狄德罗是《百科全书》的主编,他的文学声誉建立在他死后出版的小说《修女》《定命论者雅克》和《拉摩的侄儿》上。卢梭是法国最杰出的启蒙活动家之一,他的代表作品是《新爱洛依丝》《社会契约论》和《爱弥儿》,他的作品顺应当时的历史潮流,主张感情自由,反映了资产阶级革命前夕法国人民不甘受封建王朝统治、要求解放的强烈愿望。

在启蒙运动时期,德国文学取得了丰硕的成果,其主要作家代表有莱辛、歌德和席勒等人。莱辛创作了很多颇有影响的剧作,如喜剧《明娜·冯·巴尔赫姆》、悲剧《爱米丽雅·迦洛蒂》、诗体剧《智者纳丹》等。他的剧作以简洁鲜明的语言反映出时代的关键性问题,勇敢地揭露封建统治阶级的腐朽,并宣传启蒙思想,批判宫廷文艺,给同时代和后代的作家以深刻的影响。歌德和席勒是德国启蒙运动后期的代表人物。《少年维特之烦恼》是歌德的代表作,这部小说通过维特和绿蒂之间的不幸爱情和维特的社会经历,反映出德国知识分子的苦闷,揭露了正在衰亡的封建社会的种种虚伪现象。席勒的代表作是剧本《强盗》《阴谋与爱情》。席勒继承了莱辛的理想,把戏剧看作推行教育的工具。因此在他的剧作中,很多都是对社会黑暗面的大胆揭露,在当时产生了很大反响。

四　文论综述

当时法国较有代表性的启蒙作家有伏尔泰、卢梭、狄德罗等,他们不但在文学创作上有建树,而且对文学理论的发展也作出了巨大贡献。如卢梭"返回自然"的观点,狄德罗的严肃戏剧理论等,都是法国启蒙主义文艺思想中有代表性的理论观点。伏尔泰虽然在戏剧的形式等方面信奉古典主义,并对超越古典主义的英国文学存有偏见,但在文学的发展观等方面,依然体现出启蒙思想。法国启蒙主义文论是从古典主义到浪漫主义过渡时期的文论,对西方文论的发展具有承上启下的作用。

德国启蒙运动分为前后两期。18世纪40年代以前为前期,这一时期的代表人物是高特舍特(Gottsched,1700—1766),他是莱比锡大学的教授,其主要功绩是改革德国戏剧并对戏剧理论有所建树。他推崇德国启蒙哲学家沃尔夫的唯理主义,接受布瓦洛《诗的艺术》的文艺理论,提倡戏剧创作应以高乃依和拉辛为榜样。他的这些主张,在当时是有进步意义的,但他在推崇法国的同时,机械地运用古典主义,未能跳出古典主义所划定的框子。不过,德国启蒙思想最早的文论,可以追溯到古典主义时期奥皮茨(M. Opitz,1597—1639)的《德国诗论》(1624),这是德国文论史上第一部有影响的著作。40年代以后,德国启蒙运动进入高潮,瑞士人波特玛(Bodmer,1698—1783)和布莱丁格(Breitinger,1701—1776),同高特舍特展开争论,他们主张以英国为楷模,强调想象在创作中的作用,认为文艺是任想象创造"可能的世界"。这一场争论在当时引起很大反响,但事实上从这场争论中真正反映出的是德国民族文学的不成熟,依旧缺乏民族性的东西。

启蒙运动后期,德国的民族文学开始走向一个新的阶段,它的奠基人是莱辛。他的理论对当时和后世都产生了重要影响。德国18世纪70年代兴起的"狂飚突进"运动,是启蒙运动的继续和发展,它在反封建和强调文学的民族性方面比启蒙时期更向前跨进了一步,标志着德国资产阶级民族意识的觉醒。这一派作家从本民族历史中吸取题材,发扬民族风格。这一时期有影响的作家和诗人有赫尔德、歌德、瓦格纳等,其中赫尔德和歌德曾合编《德国的风格和艺术》(1773),阐述了狂飙突进运动的文艺纲领和观点。另外,赫尔德在文艺理论方面也有建树,他关于民歌的研究,以及对文学的环境问题的论述均有着精湛的见解。

这一时期的重要文论思想主要反映在卢梭、狄德罗、维柯、莱辛和赫尔德等人的著作中。

法德两国之外,对启蒙思想尤其是在文学理论方面产生巨大影响的,还有意大利思想家维柯(Giovanni Battista Vico,1668—1744)。维柯是意大利著名的法学家、历史学家和语言学家,近代社会科学的创始人。1668年6月23日,他出生于那不勒斯城邦的一个小书商的家庭,幼年时受到过天主教会的小学教育,后缀学,依靠自学成为这一时代的著名学者。1725年出版了其代表作《新科学》,引起广泛关注。1744年1月23日在故乡逝世,终年76岁。

维柯的代表作《新科学》(1725)全名为《关于各民族共同性的新科学的原则,从中得出关于各民族自然法的一些新原则》,关于"新科学"这个名称,维柯之前的伽利略也曾用过,主要意指自然科学,而维柯这里的"新科学",则主要是指历史科学或社会科学,试图将社会科学纳入到科学的体系中。该书初版之后,曾两度修改重版,1744 年后陆续在罗马、巴黎等地印行,在当时就产生了巨大的影响。全书包括五卷:一、原则的奠定,二、诗性的智能,三、发现真正的荷马,四、世界各民族所经历的历史过程,五、各民族复兴时人类典章制度的演变过程,附全书结论。从文学理论角度而言,《新科学》的主要贡献有二,一是对"原始思维"的卓越分析,提出荷马史诗的作者是整个希腊民族,对诗歌、文学的重要性给予了高度的肯定,二是进一步开拓和发展了想象的理论,后世学者吉尔伯特和库恩在《美学史》中认为《新科学》的出现,在 18 世纪初期的南欧"是想象理论方面的伟大事件"[1]。

在维柯看来,原始人天性之中就具有着诗的本性。他引用古埃及人的说法,认为全世界各民族经历了三个时代,即神的时代,英雄时代和人的时代,而诗的本性作为自然本性属于神的时代,初民们想象力最强而推理力最弱。诗的真正起源,要在诗性智能的萌芽中去寻找,而这一诗性智能也被维柯视作是世界之中的"最初的智能",换言之,诗性智能乃是一切人类智能的共同起源。原始人像儿童一样忠实于自己的自然本性,最初的神话故事是人的诗性的忠实描述:"诗的最崇高的工作就是赋予感觉和情欲于本无感觉的事物。儿童的特点就在于把无生命的事物拿到手里,和它们交谈,仿佛它们就是些有生命的人。"[2]

在此基础上,维柯通过对诗性智能的研究,称自己发现了真正的荷马。他所谓"真正的荷马",不是一个具体的诗人,而是指创作荷马史诗的集体,指整个希腊民族。他指出"荷马"这个名词原本指的是"盲人",荷马史诗就是在贵族筵席上歌唱的盲人根据民间传说整理的。它也不是某   特定时代的产物,而是在一个很长的时间内逐渐形成的,因为传说是在民间产生的。在荷马的时代,当时全民族都是诗人,荷马只是当时诗人的理想或代表,是英雄时代的英雄诗人,是"一切崇高诗人的父亲和国王"[3]。从具体作品的风格看,《伊利亚特》与《奥德赛》在风格上是大相径庭的。《伊利亚特》的写作时代,相当于希腊民族的少年时代,崇尚骄傲、狂怒和报仇雪恨。《奥德赛》的时代,希腊则显得暮气沉沉,相对冷静、狡黠,体现出智能。早期的诗歌都是想象力丰富的人们集体创作的产物,凡是民俗传说都必然具有公众信仰的基础;由于有这种基础,传说才产生出来,而且由整个民族在长时期中流传下来。

维柯对"诗性智能"的讨论,是较早从思维角度切入文学起源问题的范例,早在古希腊时期,柏拉图即认为诗的产生源自人类模仿的本能,而维柯则进一步将诗性视作人的自然本性,同人类之为人类相关的语言、文字的创造都被维柯视作诗性智能的体现。固然不能说维柯完全解决了艺术起源、文学起源、诗歌起源的问题,但他的这种思维路径却为这一问题的探究提供了重要的范式。同时,对于"荷马"的卓越的分析将"史诗"的创造者从"英雄"转向"民众",同启蒙主义对思想自由的呼声遥相呼应。

---

① 吉尔伯特和库恩:《美学史》,夏乾丰译,上海译文出版社,1989 年版,第 351 页。
② 《新科学》,朱光潜译,人民文学出版社 1987 年版,第 98 页。
③ 《新科学》,朱光潜译,人民文学出版社 1987 年版,第 430 页。

第二节
卢梭

一　生平及著作

卢梭(Jean Jacques Rousseau, 1712—1778),法国启蒙运动的三大领袖之一,著名的作家、思想家,出生于瑞士日内瓦共和国。父亲是基督教的新教徒和钟表匠,母亲在他出生后几天就因产褥热去世,因此他自幼由姑母抚育。10 岁时父亲与当地贵族发生纠纷,诉讼失败,逃往里昂。卢梭由此被父亲遗弃,在舅舅的帮助下开始读书、做学徒。他从 12 岁起,相继到公证人马斯龙家里打杂,随雕刻匠做学徒,翌年由于不堪师父虐待出逃,过着流浪的生活,进过难民收养所。1728 年 16 岁时,他经神父介绍投奔华伦夫人。在华伦夫人的资助下,他到意大利的都灵,进入公教要理受讲所,改奉天主教(旧教)。同年秋天,到某伯爵家做仆役,不久被逐;后到另一贵族家当差,趁机学习拉丁文和音乐。1730 年曾到教会学校学习,第二年在尚贝里从事测量工作,并自学数学。1732—1734 年寄居在迁居尚贝里的华伦夫人家,涉猎所藏学术著作,阅读柏拉图、维吉尔、蒙田、伏尔泰等人的书,协助她经营家庭手工制药业,常采集植物标本,奠定了研究植物学的志趣。1736 年开始接触洛克、莱布尼茨、笛卡尔等人著作,继续研究音乐理论并作曲,举行小型音乐会。他从小就热爱大自然,这对他日后的思想有重要影响。他 1740 年结识空想社会主义者德·马布里和哲学家孔狄亚克;1742 年结识狄德罗,1745 年结识伏尔泰,与他们一起共同推进了启蒙运动,特别是在"丑角战争"中,为启蒙思想在戏剧领域的胜利准备了条件。

卢梭 1743 年开始创作活动,当年春天发表的歌剧《风雅的缪斯》引起了巴黎音乐界的注意。1747 年创作喜剧《冒失的婚约》,1749 年开始为《百科全书》写音乐条目。1749 年 10 月,在狄德罗的鼓励下,卢梭参加了第戎科学院有奖征文《论科学与艺术的复兴是否有助于敦化风俗》,第二年年底获奖,在日内瓦出版。他自己在《忏悔录》中认为该书弱于推理,缺乏匀称与谐和。他于 1753 年撰写了征文《论人类不平等的起源和基础》,1755 年在阿姆斯特丹出版,受到莱辛的赞扬、伏尔泰的批评。他于 1756 年写书信体小说《新爱洛依丝》,1757 年写《爱弥尔,或论教育》。1758 年针对达朗贝尔的《百科全书》第七卷"日内瓦"条目,发表《关于戏剧演出给达朗贝尔的信》(简称《论戏剧》),该信发表后,加之他对狄德罗《私生子》的不同评价,卢梭与狄德罗、伏尔泰等百科全书派的思想出现了分歧和矛盾。相比之下,伏尔泰和狄德罗更多地强调理性,而卢梭则更多地诉诸灵魂和情感,主张"天赋人权",要求"回到自然"。自 1761 年《爱弥尔》出版、1762 年《社会契约论:政治权利的原理》出版后,卢梭一直受到查究和迫害,后在休谟的协助下逃往英国,1767 年 5 月又逃离英国,后获准返回巴黎,靠抄写乐谱糊口,在当局的监视下撰写《忏悔录》。该书记载了他从出生到 1766 年逃离圣皮埃尔岛之间五十多年的生活经历。他的最后的著作是《一个孤独的漫步者的遐想》。1778 年 7 月

2日早晨,卢梭因严重的尿毒症引起中风而病逝。

二 论科学与艺术

卢梭在《论科学与艺术》中,对法国第戎科学院的征文题目——"科学与艺术的复兴是否有助于敦化风俗"作出回答。他以类似于中国道家老子的态度推崇自然,认为科学和艺术的发展毁坏了人的德行,助长了奢侈、淫逸和奴役。他从科学和艺术的历史经验和自身特征的逻辑论证两个方面,论述了科学和艺术是伤风败俗的。

首先,他从历史的经验出发,指责科学和技术的发展会使人伤风败俗。他回顾历史,指出从文艺复兴以来,科学和艺术只是起到了消极的巩固奴役的作用。科学与艺术越是发展,灵魂就越陷于腐败。"我们的灵魂是随着我们的科学和我们的艺术之臻于完美而越发腐败的。""我们可以看到,随着科学与艺术的光芒在我们的地平线上升起,德行也就消逝了。"[1]人本来为自由而生,而科学和艺术如同枷锁,使人们那种天生的自由情操窒息,使人奴化,成为快乐的奴隶。"因此,科学与艺术都是从我们的罪恶诞生的。"[2]他认为由于科学和艺术的熏陶,我们的风尚里流行着邪恶而虚伪的共同性,这就是文明通过一个模式对人的精神的铸造。

与柏拉图相类似,卢梭认为艺术使人浪费时间去追求虚饰,沉湎于怠惰和奢侈,以致灵魂被腐蚀、风化解体,趣味低劣。他特别谴责了悲剧和喜剧,说它们无补于道德风尚。但与柏拉图不同的是,柏拉图是站在贵族统治阶级的立场上否定艺术,要求艺术为政治服务,而卢梭是站在人民大众的立场上否定过去讴歌帝王将相、为贵族服务的艺术作品,认为它们有害于人民和社会。他还进一步将文明与自然对立起来,认为人天生是善良的,是文明把人教坏了。所以他推崇太古时代的淳朴景象,提出"回到自然去"的著名口号。他以雅典和斯巴达为例,批评雅典以科学和艺术培养人的礼仪和雅趣,贼害和腐化后世;而斯巴达则将艺术家和科学家"一并赶出了它的城垣"[3],从而保持了淳朴而古老的风俗与德行。

卢梭还从科学和艺术的自身特征,对其伤风败俗进行了逻辑论证。首先,他认为"科学与艺术的诞生乃是出于我们的罪恶"[4]。在他看来,天文学诞生于迷信,辩论术诞生于野心、仇恨、谄媚和谎言,几何学诞生于贪婪,物理学诞生于虚荣的好奇心,包括道德本身在内,一切都产生于人类的骄傲。其次,在科学研究中,要经历无数的错误,错误有无穷的组合方式,而真理只能有一种存在方式。在寻求真理历程中的种种错误,对人是有害的。第三,科学和艺术,其目的是虚幻的,其效果是危险的。它们产生于懒惰与虚荣,又滋长了懒惰与虚荣。第四,科学与艺术还虚饰精神,腐蚀判断。

不过,尽管卢梭从理论上否定艺术,但在实践上还是写了许多诗歌、戏剧与小说。他的小说《新爱洛依丝》在西方近代起到了解放情感的作用。他由提倡"回到自然"而掀起感性崇

---

[1] 卢梭:《论科学与艺术》,何兆武译,商务印书馆1963年版,第11页。
[2] 卢梭:《论科学与艺术》,何兆武译,商务印书馆1963年版,第21页。
[3] 卢梭:《论科学与艺术》,何兆武译,商务印书馆1963年版,第10页。
[4] 卢梭:《论科学与艺术》,何兆武译,商务印书馆1963年版,第10页。

拜,提出自我表现,开浪漫主义风气之先,影响了 19 世纪初的浪漫主义文学,所以他又常常被称为"浪漫主义文学之父"。

三　论戏剧

卢梭的《论戏剧》是针对当时法兰西科学院院士、《百科全书》副主编达朗贝尔编写的《百科全书第七卷中的"日内瓦"词条而写的信,意在批评伏尔泰要在日内瓦组织戏剧演出、达朗贝尔要求在日内瓦建立剧院的观点。卢梭在《论戏剧》的"序言"中,开宗明义地说,批评达朗贝尔"既无利可图,也不愉快",乃是出于真理、正义的天职和对祖国的眷恋。

卢梭历数了戏剧的种种不是。他认为戏剧使"劳动松弛,这是第一个损失"[①]。他希望人们"珍惜时间,热爱劳动,严格节约"[②],而戏剧使人不再把劳动看成是娱乐,因而就失去了吸引力,人们也就不再有心思去操心工作。因此要抑制戏剧,让人们专心于劳动。"劳动变成习惯就使怠惰无容身之地,纯洁的良心可以抑制追求轻佻的娱乐的欲念;而只有对自己的不满,闲散的苦恼,对纯朴的正常的口味的丧失,才使邪门外道的娱乐应运而生。"[③]

卢梭还认为,戏剧从效果上看与美德是不兼容的。他反对亚里士多德的悲剧"净化"理论,而受柏拉图的影响,认为舞台上表演的生活方式会成为人们摹仿的对象,最后必然会践踏日内瓦古老的风俗。他认为,希腊悲剧能使希腊人怀念一直活在人民中间的民族的过去,甚至最丑恶的现象也有益处。但是如果在法国舞台上上演这些凶恶戏,就会使人感到恐怖。而喜剧对道德风尚所起的消极作用就更为严重。因为喜剧的风尚和道德更贴近当代生活,剧中所有坏的和有害的行为都不能不对观众产生影响。喜剧的娱乐作用是建立在人心的缺陷上的,因此"一个喜剧愈成功和愈能引人入胜,它对道德风尚就愈起败坏的影响"[④]。他甚至认为"才华出众的莫里哀的戏剧是一所教唆干坏事和败坏风俗的学校,甚至比那些宣传恶德的书还要危险"[⑤]。因为在那里,善良和憨直会成为笑料,而狡猾和撒谎却成为同情的对象。

从经济上讲,卢梭认为日内瓦建立剧院,在经济上是不堪重负的,观众也为此耗费时间和金钱。而戏剧特别是喜剧的形式会成为阴谋家和政党的武器,成为个人报复的工具,以致由描述而变为讽刺和人身攻击。"正是在雅典的戏剧中首先提出驱逐一批伟人,并且还想要处死苏格拉底;正是对戏剧的这种无节制的狂热陷雅典于毁灭。"[⑥]因此,卢梭认为戏剧会危及国家的存在,因而拥护柏拉图把荷马逐出理想国。他对日内瓦容忍莫里哀感到不安。卢梭在此基础上又进一步全盘否定演员,歧视演员这一职业阶层。他认为演员这种职业本身必然会导致他们是奴性的。演员的才能在于摹仿别人的性格,最终由职业而导致自身的卑

---

① 卢梭:《论科学与艺术》,何兆武译,商务印书馆 1963 年版,第 82 页。
② 卢梭:《论戏剧》,王子野译,三联书店 1991 年版,第 124 页。
③ 卢梭:《论戏剧》,王子野译,三联书店 1991 年版,第 19 页。
④ 卢梭:《论戏剧》,王子野译,三联书店 1991 年版,第 43 页。
⑤ 卢梭:《论戏剧》,王子野译,三联书店 1991 年版,第 43 页。
⑥ 卢梭:《论戏剧》,王子野译,三联书店 1991 年版,第 161 页。

贱和奴性。尤其对于女演员,卢梭批评他们粗野无理,丑化自己,并且进一步认为,演员的堕落既是不可避免的,又是不可救药的。

卢梭对戏剧的批评尽管有偏颇之处,以极左的唯道德主义观点全盘否定了戏剧的积极作用,但客观上也对古典主义的戏剧进行了批评,充满着反封建的启蒙精神。

第三节
狄德罗

一　生平及著作

狄德罗(Denis Diderot,1713—1784),18世纪启蒙运动思想家中杰出的代表人物之一,百科全书派的卓越领导人。他出生于香槟省朗格勒的一个富裕的制刀匠家庭。在他的少年时代,他父亲希望他当神父,先让他在当地的耶稣会学校读书,后又送他去巴黎大路易耶稣学院去学神学,1732年获文学学士学位毕业。后违背父旨,转学哲学和文学,父亲为此中断了对他的供养。他忍受着长期的贫穷,刻苦钻研了10年,终于成为一个博学的人,精通希腊文、意大利文和英文,全面地掌握了当时的各类知识,是继亚里士多德之后涌现出来的具有综合精神的优秀学者。1746年,他匿名发表第一部著作《哲学沉思录》,崇尚理性,曾引起轰动,但因批评宗教和教会,巴黎法院决定烧毁其书。1749年出版《盲人书简》(全称是《供明眼人参考的谈盲人的书信》),因而被视为当代著名的原创性的思想家。当局认为他"冒犯上帝",宣传无神论思想,监禁了他三个多月。他经营救获释后从1750年开始组织编撰《科学、艺术与手工业百科全书》,亲自担任主编,并写了一千多个条目,从1751年开始,至1772年共出28卷。目的在于宣扬理性和近代自然科学技术,以照亮人们的头脑,破除信仰的蒙蔽,以改革国家,解放创造力。这便是启蒙运动的主旨所在。为此,狄德罗被恩格斯高度评价为:"如果说,有谁为了'对真理和正义的热诚'(就这句话的正面的意思说)而献出了整个生命,那末,例如狄德罗就是这样的人。"[①]但从1752年开始,该书即遭到查禁,并受到保守派的攻击。他于1784年逝世。

狄德罗知识面广博,《百科全书》中许多繁难的条目出自他的笔下。他的主要著作有小说《修女》、《拉摩的侄儿》、《宿命论者雅克和他的主人》,剧本《私生子》和《一家之主》。主要的文论著作有《论戏剧艺术》、《画论》、《关于〈私生子〉的谈话》、《演员奇谈》等。

二　摹仿自然与追求"理想模板"

狄德罗在文艺观上继承了亚里士多德的看法,强调摹仿。他认为"每种艺术都有自己的优点,看来艺术就跟感觉官能一样:一切感觉官能都不过是一种触觉,一切艺术都不过是摹

---

① 恩格斯:《路德维希·费尔巴哈》,见《马克思恩格斯选集》第四卷,人民出版社1972年版,第228页。

仿,但是每一种感官都用它特有的方式去触觉,每一种艺术都用特有的方式去摹仿。"①而这里的摹仿,主要是摹仿自然。他认为自然是艺术的第一个模特儿,艺术应忠实地摹仿自然。"我们最好是完全按照物体的原样把它们表现出来。模仿得愈周全,愈符合因果关系,我们就愈满意。"②艺术家的任务在于服从自然,表现自然。在创作时,艺术家应该放弃成见,让天才和技巧忠实地描摹自然:"切勿让旧习惯和偏见把您淹没。让您的趣味和天才指导您;把自然和真实表现给我们看。"③文艺的真实性乃是通过摹仿自然,忠实地表现自然来实现的。

狄德罗所讲的对自然的摹仿,与古典主义者对自然人性的摹仿是有所不同的。古典主义者崇尚理性,强调摹仿古人和贵族的生活趣味与情调。布瓦洛要人们好好地认识都市,研究宫廷,注重的是宫廷生活和贵族社会。而狄德罗则强调要到广阔的社会生活中去,到下层人民中间去。同时,狄德罗所强调的摹仿,又不只是对对象的消极描摹。与亚里士多德一样,狄德罗强调文学不是历史,要与想象中的理想模板保持一致。狄德罗的理想模板首先是来自生活的,为作家创造的生动具体的形象,而这形象又是诸多模板的典型化,因而体现了艺术家的理想。同时,这种理想的模板又体现了艺术家探求事物的内在真实,既具有普遍性和概括性,又通过具体生动的形象表达出来,而不同于一般的消极摹写者。

三　想象

狄德罗在《论戏剧艺术》中,较为集中地谈到了艺术想象问题。他首先把想象能力看成是人的一种基本能力。他说:"想象,这是一种素质,没有它,人既不能成为诗人,也不能成为哲学家、有思想的人、有理性的生物,甚至不能算是一个人。"④他对想象的界定是:"想象是人们追忆形象的一种机能。"⑤他将想象和逻辑推理进行比较,认为推理是实然的,想象是必然的:"把一系列必然相联的形象按照它们在自然中的先后顺序加以追忆,这就叫做根据事实进行推理。如已知某一现象,而把一系列的形象按照它们在自然中必然会先后相联的顺序加以追忆,这就叫做根据假设进行推理,或者叫做想象。"相比之下,"诗人善于想象,哲学家长于推理"⑥。这样,想象帮助诗人描写出事物之间联系的逼真,而推理则帮助哲学家揭示出事物的客观规律。

在创作活动中,想象就是根据假设进行的虚构,它与激情的荡漾是融合在一起的。他把这种情形描绘为"想象力活跃了,热情迸发了。人们不断地为之惊奇、感动、气愤、恼怒。如果没有热情,人们就缺乏真正的思想"⑦。

与历史相比,文学离不开逼真。历史重在记录所发生的事实,而文学则重在通过描写来

---

① 狄德罗:《关于〈私生子〉的谈话》,张冠尧、桂裕芳译,见《狄德罗美学论文选》,人民文学出版社 1984 年版,第 121 页。
② 《狄德罗美学论文选》,人民文学出版社 1984 年版,第 364 页。
③ 《狄德罗美学论文选》,人民文学出版社 1984 年版,第 213 页。
④ 狄德罗《论戏剧诗》,徐继曾、陆达成译,见《狄德罗美学论文选》,人民文学出版社 1984 年版,第 161 页。
⑤ 狄德罗《论戏剧诗》,徐继曾、陆达成译,见《狄德罗美学论文选》,人民文学出版社 1984 年版,第 161 页。
⑥ 狄德罗《论戏剧诗》,徐继曾、陆达成译,见《狄德罗美学论文选》,人民文学出版社 1984 年版,第 163 页。
⑦ 《关于〈私生子〉的谈话》,张冠尧、桂裕芳译,见《狄德罗美学论文选》,人民文学出版社 1984 年版,第 59 页。

感动人,这就必须通过想象进行虚构,使不在眼前的事物重现在眼前,获得形象的表象。文学虽然运用了虚构,不完全忠实于事实,却揭示了事物间的必然联系。"在他的作品的整个结构中贯穿一个明显而容易察觉的联系。所以比起历史学家来,他的真实性虽然少些,而逼真性却多些。"①这种逼真的要求,是既要充分地发挥出想象力,显得奇异、新颖,又要体现出自然的秩序。"重要的一点是做到奇异而不失逼真,当自然容许以一些正常的情况把某些异常的事件组合起来,使它们显得正常的话,那么,诗人只要遵照自然的秩序,是可以做到这一点的。"②

当然诗人的想象也不是痴人的梦呓,而是要限定在一定的范围和秩序之中。"诗人不能完全听任想象力的狂热摆布,诗人有他一定的范围。诗人在事物的一般秩序的罕见情况中,取得他行动的模板。这就是他的规律。"③

四　严肃喜剧

狄德罗在著作中重点讨论了戏剧问题,特别是在 1757 年写的《关于〈私生子〉的谈话》和 1758 年写的《论戏剧艺术》中。狄德罗为了打破古典主义戏剧的框框,系统地阐述了自己的戏剧观,特别提出了建立严肃喜剧的主张。

在情节问题上,狄德罗继承亚里士多德的看法提出戏剧情节要奇异而不失逼真。就是说它既要"超出一般事物简单平淡的一致性",表现为"令人惊奇的故事";另一方面它又是可能、可信的,"比起历史学家来,他的真实性虽少些,而逼真性却多些"。④ 对于古典主义的"三一律"法规,狄德罗认为"'三一律'是不易遵循的,但却是合理的"⑤。但他同时谈到,遵守"三一律"不应妨碍创新,不应妨碍反映生活真实。他反对根据某些典范作品制定出清规戒律。

根据现实的需要,狄德罗提出要建立新的符合资产阶级理想的严肃喜剧来取代古典主义戏剧。这是由启蒙运动时期市民的需要所决定的。剧中的人物也由封建时期的帝王将相变为普通市民和新兴的资产阶级。这些人物过去是在喜剧中充当被人取笑的角色,而希望取代帝王将相在舞台上的地位。在此背景下,狄德罗顺应时代要求,打破了悲、喜剧的界限,提出建立市民剧即严肃喜剧的主张。而当时英国流行的一种感伤剧,又称流泪的喜剧,为狄德罗提供了实践依据。这种泪剧用散文的语言,充满情趣,以普遍家庭日常的生活为题材,针砭当时贵族阶层的道德堕落,讴歌资产阶级道德的高尚。狄德罗以此戏剧样式为基础,从理论上进行概括和修正,提出了"严肃喜剧"的概念。

狄德罗认为,法国戏剧只有悲剧和喜剧两种是不符合生活实际的,因为"人不总是在悲哀里和喜乐里",悲剧和喜剧之间应该有一个"中间的类别",即严肃喜剧,即今天所说的正剧。处在愉快的喜剧和悲剧之间的,应该有严肃的喜剧,以人类的美德和本分为主题。他认

① 狄德罗:《论戏剧诗》,徐继曾、陆达成译,见《狄德罗美学论文选》,人民文学出版社 1984 年版,第 157 页。
② 狄德罗:《论戏剧诗》,徐继曾、陆达成译,见《狄德罗美学论文选》,人民文学出版社 1984 年版,第 161 页。
③ 狄德罗:《论戏剧诗》,徐继曾、陆达成译,见《狄德罗美学论文选》,人民文学出版社 1984 年版,第 163 页。
④ 狄德罗:《论戏剧诗》,徐继曾、陆达成译,见《狄德罗美学论文选》,人民文学出版社 1984 年版,第 179 页。
⑤ 《狄德罗美学论文选》,人民文学出版社 1984 年版,第 45 页。

为严肃喜剧应该以家庭的题材与宫廷的题材相对立,"表现自然中发生的一切",要以市民的形象取代贵族人物,以市民的高尚道德鞭挞贵族阶级的腐化堕落,从而为市民阶层树碑立传。由此出发,他主张新剧种应具有帮助和引导人们"爱道德、恨罪恶"的社会作用,作为法律的补充和为道德服务的手段。他认为市民剧应使全国人民严肃地考虑问题而坐卧不安,让人们抛弃偏见,革除弊端,甚至使作恶多端的人能从善如流。

五　戏剧的情境

在悲剧人物的性格塑造上,狄德罗反对古典主义的那种以人为的性格对比来突出某种人物性格的做法,那样会使性格过于简单化,而且为了突出性格所增加的情节,会容易分散观众的注意力。他强调把人物的性格放在情境的关系中去表现,着力于性格与情境的对比,让人物在特定的情境中显露出性格。狄德罗认为,严肃喜剧"所要描写的不应当是性格而是社会状态",是情境。因为"人物性格是由他们所处的情境来决定的",而古典主义戏剧孤立、静止地描写典型化的人物,性格脱离了情境的影响,显得单一。他认为人物性格如果离开了情境,便只能成为一种抽象的观念。"现在情境却应变成主要的对象,而人物性格则只能是次要的",情境"应该成为作品的基础"。他主张性格是由情境决定的。情境中有许多重要的细节。当剧中人物在尖锐激烈的矛盾冲突之中时,他们的性格可以获得最充分的展示。因此,"人物的处境愈棘手愈不幸,他们的性格就愈容易决定"。"你的人物所要度过的二十四小时是他们一生中最动荡最颠沛的时刻",要"把他们安置在尽可能大的困境之中"。这实际上是在要求为人物设置一个最能充分体现出性格的典型环境,只有这样,"人物的处境才有可能更有力地激动人心",也只有这样,才能最充分地揭示出人物的性格。这种对情境的强调,影响了后来的黑格尔。

六　文艺的效用

狄德罗重视文艺的道德教育作用,他认为一部戏剧作品的目的,乃在于"引起人们对道德的爱和对恶行的恨"[1],他认为文艺作品宗旨乃在于彰善瘅恶:"使德行显得可爱,恶行显得可憎,荒唐事显得触目,这就是一切手持笔杆、画笔或雕刻刀的正派人的宗旨。"[2]这与他继承古罗马贺拉斯的"寓教于乐"说是分不开的。

在此基础上,他进一步主张,各民族都应有自己的戏剧,政府可以通过戏剧来达到移风易俗的目的。"任何一个民族都需要适合于他们的戏剧,假使政府在准备修改某项法律或者取缔某项习俗的时候善于利用戏剧,那将是多么有效的移风易俗的手段啊!"[3]

在讨论到道德剧时,狄德罗更强调戏剧的震撼人心的作用:"帮助法律引导我们热爱道

---

① 《狄德罗美学论文选》,人民文学出版社 1984 年版,第 106 页。
② 《狄德罗美学论文选》,人民文学出版社 1984 年版,第 411 页。
③ 《狄德罗美学论文选》,人民文学出版社 1984 年版,第 204 页。

德而憎恨罪恶,人们将会得到多大的好处!"①他认为这些作品应该引起作家深沉的思考,"使全国人民因严肃地考虑问题而坐卧不安。那时人们的思想将激动起来,踌躇不决,摇摆不定,茫然不知所措;你的观众将和地震区的居民一样,看到房屋的墙壁在摇晃,觉得土地在他们的足下陷裂"②,引起人们对国家和前途命运的深刻思考。

对于向来受人轻视的喜剧,狄德罗也高度强调了它的教育作用。他称阿里斯托芬这样的喜剧作家"应该是政府的瑰宝,假使它懂得怎样使用他的话"③,并说阿里斯托芬的喜剧甚至可以代替法律对罪犯进行惩罚。这种说法过分夸大了喜剧艺术对人的心灵的作用,有些矫枉过正,但对纠正人们历来轻视喜剧的教化作用,有着重要的意义。

为了使戏剧能具有道德教化的目的,剧作家首先应该是一个有德行的人。既然狄德罗赋予作家以崇高的教化使命,作家自身的修养和人格在他看来就显得非常重要。"真理和美德是艺术的两个密友,你要当作家,就请自己首先做一个有德行的人",因为"如果道德败坏了,趣味也必然会堕落"。作家只有自身是伟大的,才能写出伟大的作品,才能通过真理和美德感动人,"而我们除了被自然中的两项最有力的东西——真理和美德深深地感动外,还能被什么感动呢?"④与古典主义者强调道德所不同的是,狄德罗是站在资产阶级立场上,宣扬的是资产阶级道德观。

第四节
维柯

一 生平及著作

杨巴蒂斯塔·维柯(Giambattista Vico,1668—1744)是意大利著名的法学家、历史学家和语言学家,近代社会科学的创始人。他曾积极地倡导历史的发展观点和民主思想。1668年6月23日,维柯出生于那不勒斯城邦的一个小书商的家庭,父亲是当地农民的儿子,母亲是马车匠的女儿,家境贫困。7岁时不慎坠楼,头骨受挫,失去知觉五小时,医生断言他短命或成为呆子,但结果他却顽强地活了下来,成了伟大的学者。他幼年时受到过天主教会的小学教育,后缀学,大部分时间是在自学。1686—1695年在一个西班牙贵族罗卡家里当过9年的家庭教师。罗卡当时在学术上有一定的地位,藏书很多,对他的学业发展起了相当的积极作用。他自幼就爱研究罗马法和拉丁语言文学。18岁那年,他在父亲的被控案件中,出庭替父亲辩护,且获得胜诉。后来他在那不勒斯大学学习罗马法和修辞术,毕业后参加那不勒斯大学法学教授竞选,因靠山不硬而落选。后来他做拉丁修辞学讲师,薪金微薄,并自己开过

① 《狄德罗美学论文选》,人民文学出版社 1984 年版,第 138 页。
② 《狄德罗美学论文选》,人民文学出版社 1984 年版,第 139 页。
③ 《狄德罗美学论文选》,人民文学出版社 1984 年版,第 145 页。
④ 《狄德罗美学论文选》,人民文学出版社 1984 年版,第 227 页。

私塾,以补开支不足。他一生穷苦,1725 年出版《新科学》时,因须自付印刷费,只得将仅有的一只珍贵的嵌着五颗纯水色钻石的金戒指卖掉了。《新科学》出版后获得好评,他的诗才得到那不勒斯领主西班牙皇帝查理二世的赏识,任命他为那不勒斯的皇家历史编纂,年俸为一百个荷兰盾。但此时他已觉察到自己快要断气了。他于 1744 年 1 月 23 日在故乡逝世,终年 76 岁。

维柯的代表作是《新科学》(1725),它的全名是《关于各民族共同性的新科学的原则,从中得出关于各民族自然法的一些新原则》,经过一版、二版的一再修改,最后以第三版为定本,在 1744 年后陆续在罗马、巴黎等地印行。全书包括五卷:一、原则的奠定;二、诗性的智能;三、发现真正的荷马;四、世界各民族所经历的历史过程;五、各民族复兴时人类典章制度的变演过程。附全书结论。维柯之前的伽利略也曾用过"新科学"这个名称,但那主要是指自然科学。而维柯这里的新科学,则主要是指历史科学或社会科学,试图将社会科学纳入到科学的体系中。

二　诗性的智能

维柯认为,原始人天性具有诗的本性。按古埃及人的说法,他提出,全世界各民族经历了三个时代,即神的时代、英雄时代和人的时代。诗的本性作为自然本性属于神的时代,初民们想象力最强而推理力最弱。诗的真正起源,要在诗性智能的萌芽中去寻找,而这"无疑就是世界中最初的智能"。一切艺术只能源于诗,最初的人们都是绕着自然本性成为诗人,而不是凭技艺成为诗人的。维柯还认为,最早的象形文字就起源来说都是神话,最早的语言就是诗歌。散文语言是后来从诗的语言中发展而来的。

维柯还认为,初民们将人自己的感受和情感赋予无生命的事物,编造了一系列的神话故事。各种语言中都用人体及各部分以及感觉和情感的隐喻表述无生命的事物。如以人"首"(头)表示顶和开端,以"眼"表示针孔,以及锯"齿",麦"须",海"角"等。再如海在"微笑",风"吹"浪"打"等,都是一种"以己度物"的拟人化的表达。这样,人把自己变成了整个世界,原始人像儿童一样忠实于自己的自然本性。最初的神话故事是人的诗性的忠实描述。"诗的最崇高的工作就是赋予感觉和情欲于本无感觉的事物。儿童的特点就在于把无生命的事物拿到手里,和它们交谈,仿佛它们就是些有生命的人。"[①]

三　想象

维柯非常重视想象,认为想象是人类处于儿童期的天然表现,"诗性的智能"就是想象的智能,它最初是指原始人具有想象和幻想特征的精神活动。这种"诗性的智能"是人类通过想象去认识世界的一种创造性的活动,它依据想象和虚构进行构造,其虚构的基础是生命自身的形象模拟和人类以情感为基础的习俗。诗性的智能其实就是原始思维,就是人类最初

---

① 《新科学》,朱光潜译,人民文学出版社 1987 年版,第 98 页。

的形象思维。这种思维本身就表现了诗意，就是诗。诗的真实是一种"想象的不可能"。他把人的想象能力界定为人的肉体方面的能力，是人的感性的、自然的能力，所以原始人的想象能力很强。原始人虽然无知，却因强壮而能够凭借想象力去创造事物，而且创造出的事物使自己都感到吃惊和惶惑。"这种想象力完全是肉体方面的，他们就以惊人的崇高气魄去创造，这种崇高气魄伟大到使那些用想象来创造的本人也感到非常惶惑。因为能凭想象来创造，他们就叫做'诗人'，诗人在希腊文里就是'创造者'。"①诗人正是继承了人类的这种从原始时代就具有的想象能力。

想象的一个重要功能是比喻。人类最早的比喻乃是采用以己度物的方式，将自己的本性拟移到外物上，如语言表述方式，包括明喻、替换、转喻和隐喻。而最大的隐喻是寓言故事。维柯还将想象的功能由语言生发开去，提出了诗性人物的性格问题。维柯认为诗性人物的性格是寓言故事的本质，诗性人物的性格体现了想象的类概念，这种想象的类概念与理解的类概念是相对立的，具体、个别的特征创造出诗性的类，它一方面个性鲜明、突出，另一方面又有较概括的典型的意义。因此，诗性的人物性格中，体现着想象的共性。这种想象虽然是虚构的，却是一种忠实的叙述，可以达到高度的真实。维柯把它看成是"人类心理的基原活动"②。

维柯还把想象、激情与理智对立起来，进而将诗与哲学对立起来。"推理性愈薄弱，想象力也就成比例地愈旺盛。"③想象力的阶段是独立于理性阶段的，理性的阶段不但不能使诗完善，反而只能毁掉诗性的想象力阶段。"诗人们可以说就是人类的感官，而哲学家们就是人类的理智。"④这样，按照诗的本质，一个人便不可能既是崇高的诗人，又是崇高的哲学家，因为诗的功能把整个的心灵沉浸在感官里，而哲学则必须把心从那感官里抽出来。哲学飞升到一般，诗则沉没到一般。他将诗歌的想象功能和理智功能放在同等的地位。

维柯在想象问题上提出了新颖的见解，吉尔伯特和库恩的《美学史》给予了其很高的评价，认为他的《新科学》的出现，在18世纪初期的南欧"是想象理论方面的伟大事件"⑤。

第五节
鲍姆嘉通

生平及著作

鲍姆嘉通（Alexander Gottlieb Baumgarten，1714—1762），德国启蒙运动时期的哲学家、美学家。历来在美学史上形成共识的看法，是他第一个采用"Aesthetica"的术语，提出并建

---

① 《新科学》，朱光潜译，人民文学出版社1987年版，第162页。
② 《新科学》，朱光潜译，人民文学出版社1987年版，第230页。
③ 《新科学》，朱光潜译，人民文学出版社1987年版，第98页。
④ 《新科学》，朱光潜译，人民文学出版社1987年版，第152页。
⑤ 《美学史》，夏乾丰译，上海译文出版社1989年版，第351页。

立美学这一特殊的哲学学科,因此被誉为"美学之父"。他的主要美学著作是博士学位论文《诗的哲学沉思录》(1735)和未完成的《美学》(1750—1758)。此外,他在《形而上学》(1739)、《"真理之友"的哲学书信》(1741)和《哲学百科全书纲要》(1769)中,也谈到了美学问题。他的思想对康德、谢林、黑格尔等德国古典美学家发生过重大影响。鲍姆嘉通将美学分为理论的和实践的两种,理论的主要指美的理论,实践的则主要指艺术的理论。他虽然不是从创作实际出发,去总结诗歌理论,而是在理性主义的传统影响之下,从抽象演绎出发来讨论诗,但鲍姆嘉通对诗的掌握和理解,却是相当精辟、深刻的,对后世的诗学产生了影响。

在《诗的哲学沉思录》里,鲍姆嘉通对诗进行了如下定义:

> 诗就是一种完善的感性谈论,诗法就是诗的科学,诗的艺术就是用诗的特有构思方式创作作品,诗人则是指能欣赏诗意的人。①

鲍姆嘉通首先强调感性,而且这种感性是完善的,唯其如此,它才具有审美价值。诗作为一门艺术,具有独特的构思方式,其独特就是遵循诗法规则。诗人不只是懂诗法,更要能欣赏诗意。在这里,鲍姆嘉通强调了感性、诗意和构思方式等法则。紧接着,鲍姆嘉通又进一步强调了"感性表象"和"词",认为一首诗的要素就是:一、感性表象;二、它们之间的关联;三、作为符号的词。在当时的背景下,鲍姆嘉通不把诗看成是游戏或感官欲望的满足,而强调诗意,强调诗的自身的完善,即它的审美价值,有着积极的意义。

鲍姆嘉通所强调的"表象"也就是"意象",在他看来,诗必然要让人感动,诗的表象应该让人感动,"引起感动的便是诗意的"②。这种感动是由明晰的表象引起的,他将具有诗意的感性表象界定为"意象",它通过感动由感性印象再生,而它激起的情感则比再生意象更为重要,更有诗意。受理性主义的影响,鲍姆嘉通强调诗的表象即意象,应该感性而明晰,生动而明确,而不能过于模糊,混乱无伦次。明晰就具有诗意,而且越明晰,越具有诗意。所以,只有作为意象的表象,才是具有诗意的。感性直觉表象具有刺激力,因而具有诗意。梦幻中的表象是意象,因而也具有诗意。总之,"明晰的意象具有诗意,因而使它们易于感觉的也应该是诗意"③。此外,鲍姆嘉通还认为意象必须与主题相关联,才有诗意:"对于自身并非是主题的诗的感性印象和意象来说,只有通过主题加以确定,才具有诗意。"④

鲍姆嘉通谈诗意很推崇"奇迹"。他称诗人具有模仿奇迹的自由,使人惊奇的事物,总是具有诗意的。因此所谓模仿,不是模仿散漫的自然,而应该体现自然之间的内在联系和完善性:"如果一首诗仅仅以自然为唯一目标,那么这种自由就无异于'放肆'。因为自然与奇迹显然是毫无关系的。"⑤他由此来判断虚构的价值,把现实中能找到的事物称为真实的虚构,加以强调,认为虚构不应出现自相矛盾,但也不能获得证实或确定,否则就反而缺乏诗意了。

受传统的影响,鲍姆嘉通也通过诗与画的比较,来讨论诗的性质。但是他的看法是诗优

① 鲍姆嘉滕:《美学》,简明、王旭晓译,文化艺术出版社年版,第129页。
② 鲍姆嘉滕:《美学》,简明、王旭晓译,文化艺术出版社年版,第137页。
③ 鲍姆嘉滕:《美学》,简明、王旭晓译,文化艺术出版社年版,第142页。
④ 鲍姆嘉滕:《美学》,简明、王旭晓译,文化艺术出版社年版,第153页。
⑤ 鲍姆嘉滕:《美学》,简明、王旭晓译,文化艺术出版社年版,第145页。

于画。他认为诗的意象比画更明晰、更完善。诗画一致是古希腊文论相沿而下的传统,古希腊时代的西蒙尼底斯就曾经说过"画是静穆的诗,诗是语言的画",此说甚为流行。但鲍姆嘉通强调,诗与画的一致,"并不是指双方的艺术形式,而只是指它们所造成的相同效果",比较来看,"画仅能在平面上呈现某个意象,而不能呈现意象的每一个方面,更不能再现运动"。[①]而诗则可以有多方面的表现,可以呈现运动,可以在对象中呈现更多的东西,具有广延方面的明晰性。所以诗凭借语词和话语所得到的意象,比可见事物中呈现出的意象更为清晰。概言之,诗比画更完善。这一看法,和同时代莱辛《拉奥孔》中论诗画的著名区分,已经是异曲同工了。

在《美学》一书里,鲍姆嘉通还比较系统地讨论了灵感问题。他认为灵感是人的一种先天能力,是天赋的才情。他把灵感看成艺术家创作活动中的心理过程,指出这种过程具有不可模仿性和不可重复性。在灵感里,思想感情表达得十分明晰而有序,理智在其中与感性表象融为一体,因而艺术家是清醒的而不是迷狂的。这显然是以理性主义精神,超越了柏拉图的神灵凭附说。

第六节
莱辛

一　生平及著作

莱辛(Gotthold Ephraim Lessing,1729—1781),德国著名的戏剧家、批评家和美学家,德国启蒙运动第二期的代表。他出身于萨克森小城卡曼茨的一个牧师家庭,自幼学习刻苦,被老师称为"一匹需要双份饲料的马"。在少年时代,他就学习了希腊文、拉丁文、英文和法文,爱好希腊罗马古典文学和德国文学,并创作了自己的第一部喜剧《年轻的学者》。1746年9月,他奉父母之命,进入莱比锡大学学习神学,后又改学医学,但他的志趣主要在文学和哲学。《年轻的学者》上演获得成功后,他立志要做德国的"莫里哀"。1748年11月,莱辛来到柏林,成为德国文学史上第一个靠写作为生的职业作家。此后的12年间,他往来于柏林、维滕贝格和莱比锡之间,为生计奔波。他编辑多种刊物,于1753年至1755年陆续出版了6卷本《文集》,包括诗歌、寓言、剧本和评论,被车尔尼雪夫斯基称作"德国新文学之父"。另外,他还翻译了德莱顿的《论戏剧》、哈奇生的《论道德上善与恶的观念的根源》和《狄德罗先生的戏剧》,介绍狄德罗的戏剧理论和作品。1760年10月至1765年5月,莱辛在布雷斯劳任普鲁士将军陶恩钦的秘书,研究古希腊的文化和艺术以及宗教史和斯宾诺莎的哲学,这种经历影响了他的宗教观和历史观的形成。1765年,他回到柏林,1766年完成了美学名著《拉奥孔》。1767年4月,他应邀到汉堡担任民族剧院艺术顾问,并为第一年演出的52出戏撰写

---

① 鲍姆嘉滕:《美学》,简明、王旭晓译,文化艺术出版社年版,第142页。

104 篇评论,1769 年辑成《汉堡剧评》出版。为谋求固定收入,莱辛于 1770 年到布伦瑞克公爵的沃尔芬比特尔图书馆当管理员。他一生穷困潦倒,1776 年才得以与汉堡的一个寡妇结婚,但次年底妻子即死于难产。1781 年 2 月 15 日,莱辛因脑溢血在布伦瑞克逝世。歌德、席勒和海涅等人均以崇敬的心情给他以极高的评价。他主要文艺理论著作有《文学书简》、《拉奥孔》和《汉堡剧评》等。

二　诗与画的界限

莱辛在《拉奥孔》中,从拉奥孔雕像群入手,通过对诗与画的艺术规律的比较论证,批评了温克尔曼主张"诗画同一"和崇尚"单纯静穆"的古典主义文艺观的片面性,把人的动作或行动提到了首位,确立和发展了现实主义的文艺理论,阐释了市民阶层的理想形象,反映了启蒙运动积极变革的时代精神。其目的在于建立统一的德国民族新文学,引导艺术家将艺术创造与反封建、反宗教的现实生活紧密地结合起来。

《拉奥孔》的副标题是"论画与诗的界限,兼论《古代艺术史》的若干观点",明确指出了该书讨论的主要内容。拉奥孔是希腊传说中特洛伊的英雄,阿波罗太阳神庙里的祭司。特洛伊王子巴里斯在访问希腊时,拐走美女海伦王后,从而引发了一场战争。在这场战争中,希腊人攻打特洛伊,九年攻打不下,到第十年时,希腊将领奥地苏斯想出木马计,将一只肚里藏有伏兵的大木马放在城外,佯装撤退。特洛伊人好奇,要将木马拖进城内,拉奥孔识破此计,竭力劝阻,特洛伊人不听,导致城陷。拉奥孔为此而触怒了站在希腊人一边的女神雅典娜,在他和他的两个儿子到海边游泳时,雅典娜派两条巨蛇将他们缠死。公元 50 年前后,阿革山德罗斯等三位罗得岛的雕塑家将这一题材刻成大型群雕,后来被长期埋没于罗马的废址,到 1506 年才被发掘出来。古罗马诗人维吉尔在他的史诗《伊尼德》第二卷也描述过这一题材。但同样的题材,在造型艺术雕刻和诗中,处理的方法是大不相同的。莱辛通过拉奥孔这个题材在雕塑和史诗中不同的艺术处理,论证了造型艺术和语言艺术各自所具有的不同规律,以此来论证画与诗的界限。

对于诗与画的界限的讨论,由来已久。早在古希腊时代,西摩尼德斯就曾说过:"画是一种无声的诗,而诗则是一种有声的画。"既谈到了诗与画的联系,也谈到了诗与画的区别。莱辛将这段话引在《拉奥孔》的扉页上。古罗马时代的贺拉斯,在《诗艺》中也曾说"诗如此,画亦然。"到 17、18 世纪,诗画同一成了流行的信条,人们在诗中追求画意,画中追求诗意。温克尔曼即持诗画同一的观点,认为古希腊雕像群中的拉奥孔之所以不哀号,是要表现一颗伟大而宁静的心灵,并认为古希腊文艺的最高理想是"静穆"。莱辛则着重阐释了诗与画两者的区别。他认为,雕塑艺术中拉奥孔之所以不哀号,是造型艺术的特殊规律所决定的。

莱辛认为,诗与画的区别主要体现在以下几个方面:

首先,希腊的造型艺术以美为最高法律,而诗则可以表现丑。拉奥孔雕塑之所以发出轻轻的叹息,而不像维吉尔的诗那样哀号,是造型艺术的性质决定的。"凡是为造型艺术所能追求的其他东西,如果和美不兼容,就须让路给美;如果和美兼容,也至少须服从美。"①在造型艺术中,如果将人物的激情及其强弱程度在面孔上表现出来,就要对原形进行丑陋的歪曲,就会失去平静状态中的美的线条,这与希腊的美的最高法律是不兼容的。那种哀号的、扭曲的面孔,会令人恶心。正因如此,古代的造型艺术总是采取淡化处理的办法。"这种把极端的身体苦痛冲淡为一种较轻微的情感的办法在一些古代艺术作品里确实是显而易见的。"②根据古代造型艺术的原则,莱辛坚决反对将丑作为绘画的题材。

而诗不同,诗不像造型艺术那样直接通过感性形象诉诸视觉,而是描绘动作的过程。"因为诗人们所描绘的是动作而不是物体,而动作所包含的动机愈多,愈错综复杂,愈相互冲突,也就愈完善。"③在诗里,诗人通过描述一个过程,使丑的效果受到削弱。"按照丑的本质来说,丑也不能成为诗的题材;不过荷马却曾在特尔什提斯身上描绘出极端的丑,而且是按照这种丑的各个并列部分来描绘的。"④通过对各个组成部分的先后列举,丑的效果受到了削减,形体的丑,在诗里由于把在空间中并列的部分转化为在时间中承续的部分,就完全失去了它的不愉快的效果,因此就仿佛失其丑了,所以它可以和其它形状更紧密地结合在一起,产生一种新的特殊效果。

第二,诗与画在塑造形象的方式上有很大区别。莱辛认为,绘画、雕塑等造型艺术是空间艺术,而诗是时间艺术。莱辛是从绘画与诗用来模仿的媒介或手段、模仿的对象、产生的效果等方面来探讨空间艺术与时间艺术的特殊规律的。在塑造形象上,诗与画在方式上是不同的,"绘画运用在空间中的形状和颜色。诗运用在时间中明确发出的声音。前者是自然的符号,后者是人为的符号,这就是诗和画各自特有的规律的两个源泉"⑤。"绘画所用的符号是在空间中存在的,自然的,而诗所用的符号却是在时间中存在的,人为的。"⑥人为符号指的就是语言符号。语言符号反映生活的广阔性和丰富性,最适合于诗的创作。当然,"绘画所用的符号并非全都是自然的","诗所用的符号也不单纯是人为的。文字作为音调来看待,可以很自然地模仿可以耳闻的对象。"⑦诉诸听觉的人为符号和诉诸听觉的自然符号的结合,是诗与音乐、舞蹈的结合,即戏剧艺术。

三　关于"最富于孕育性的顷刻"

莱辛关于诗与画主要区别的第三点,认为造型艺术是空间的艺术,只能选择最富于孕育性的瞬间,而诗的表现则完全不受时间的限制,可以在时间上自由地表现实践发展的历程。莱辛从诗与画的界限中发现了艺术中时间与空间的辩证关系及其规律。

---

① 莱辛:《拉奥孔》,朱光潜译,人民文学出版社 1979 年版,第 14 页。
② 莱辛:《拉奥孔》,朱光潜译,人民文学出版社 1979 年版,第 17 页。
③ 莱辛:《拉奥孔》,朱光潜译,人民文学出版社 1979 年版,第 204 页。
④ 莱辛:《拉奥孔》,朱光潜译,人民文学出版社 1979 年版,第 130 页。
⑤ 莱辛:《拉奥孔》,朱光潜译,人民文学出版社 1979 年版,第 181—182 页。
⑥ 莱辛:《拉奥孔》,朱光潜译,人民文学出版社 1979 年版,第 171 页。
⑦ 莱辛:《拉奥孔》,朱光潜译,人民文学出版社 1979 年版,第 174 页。

　　莱辛认为,"造型艺术是通过物体来暗示物体",在事物的静态形式中体现出动态,以有限的富有孕育性的顷刻,显示出无限丰富而深刻的意蕴。拉奥孔雕像选择拉奥孔叹息的那一顷刻,那是最富有孕育性的顷刻,它给欣赏者的想象以最充分的自由活动的余地。人们通过他的叹息既可想象他走过来的道路和内心的矛盾与痛苦,又可以想象他的未来的命运,仿佛可以听见他的哀号。在艺术创作中,凡是可以让人想到只是稍纵即逝或按其本质是忽来忽去的东西,凡是只能在某一顷刻暂时存在的现象,就不应该在那一顷刻表现出来。

　　造型艺术选择的最富于孕育性的时刻,既包含过去,又暗示未来,可以在反复玩味中让想象进行自由地活动,让人感受到比画面本身更多的东西。"绘画在它的同时并列的构图里,只能运用动作中的某一顷刻,所以就要选择最富于孕育性的那一顷刻,使得前前后后都可以从这一顷刻中得到最清楚的理解。"[①]如果描绘的是顶点的情景,"到了顶点就到了止境,眼睛不能朝更远的地方去看,想象就被捆住了翅膀"。因此画家应选择顶点前的一个顷刻。

　　通过这一顷刻,我们可以想象前后发生的事,使绘画更生动。"在拉奥孔叹息时,想象就听得见他的哀号:但是当他哀号时,想象就不能往上面升一步,也不能往下面降一步;如果上升或下降,所看到的拉奥孔就会处在一种比较平凡的因而比较乏味的状态了。想象就只会听到他在呻吟,或是看到他已经死去了。"莱辛举了提牟玛球斯画美狄亚来证明他的观点,表现美狄亚时,不是选择她杀害亲生儿女的那一顷刻,而是选择杀害前不久母爱与妒忌相冲突的时候,留下了最丰富的想象空间。

　　莱辛的"最富于孕育性的顷刻"的观点是有价值的。自然万物是变化不居的,即使再高明的艺术家也无法全面描绘出时间的流动性,尤其是在造型艺术中,艺术家只能选择某一顷刻中的某一情景。为了使艺术作品包蕴更为深广的社会内容和更加耐人回味,莱辛认为,"最能产生效果的只能是可以让想象自由活动的那一顷刻了。我们愈看下去,就一定在它里面愈能想出更多的东西来"[②]。这一富于孕育性的顷刻既是前一顷刻的显现和组合的效果,又是后一顷刻的显现和组合的原因。所以这一顷刻不能选择在一种激情发展的顶点。到了顶点就到了止境,眼睛就不能朝更远的地方看,想象就被捆住了翅膀。

　　莱辛提出的选择最富于孕育性的顷刻的艺术规律,是古希腊绘画和雕刻艺术的总结。

　　而诗的表现是自由广阔的,完全不受时间的限制。诗的最高法律是它的真实性,常常以人物的高贵品质吸引我们,而主要不在于美的肉体的描述。与绘画相比,描述美的肉体不是诗的强项,诗通常通过其有感染力的描述留给读者想象。在维吉尔描写的拉奥孔的放声号哭中,我们更多地想到他正经历的痛苦,而不会想到他号哭的样子,不会想到号哭就要张开大口,而张开大口就会显得丑陋。我们如果要在这行诗里要求一幅美丽的图画,那就失去了诗人的全部意图。也许单独看这一行诗有些不顺眼,但是它在上下文已有铺垫,从而有所冲淡和弥补,也就不会发生断章取义的情形。也许拉奥孔此时看上去不够体面,但我们已了解到他是一位英雄，他是在为特洛伊人民而遭受劫难，所以读者对眼中和心中的他，决不会用丑来形容，读者心中所能有的只是我们对他的敬爱之情。因此，诗人毫无必要把他的描绘集中到某一顷刻。他可以随心所欲地就每个动作、每个情节从头说起，描绘中间所有的变化曲折，直到结局。当然，作为时间的艺术，诗也有它自身的局限。"诗在它的持续性的摹仿里，也只能运用物体的某一个属性，而所选择的就应该是，能够引起该物体的最生动的那个感性形象的那个属性。"[1]

四　戏剧理论

莱辛的戏剧思想主要反映在他的《汉堡剧评》中。他对以高特舍特为代表的德国的新古典主义的莱比锡派的戏剧观进行了猛烈的抨击。高特舍特主要致力于德国文学，尤其是德国戏剧的发展与繁荣，编译出版过六卷本的《德国舞台》，试图扫除当时德国舞台流行的粗野的民间戏剧，奉法国古典主义为圭臬，主张效仿法国，上演"法国化的戏剧"，以改进德国古老的戏剧。莱辛则彻底否定高特舍特的观点，而崇尚英国的莎士比亚。他认为，在继承古希腊罗马传统方面，高乃依只是形似，而莎士比亚却能做到神肖，尽管在修养上高乃依很了解传统。在《关于当代文学的通讯》第17期中，他说："高乃依只是在形式上接近古人，而莎士比亚却在本质上接近他们。"[2]莱辛认为英国人的口味比法国人的口味更适合德国人的要求。

莱辛对法国古典主义的"三一律"进行了详细的分析和批评，认为它们是对古代文艺理论的教条化和歪曲，是不值得依凭的。"依我之见，但愿伏尔泰和马菲的《墨洛珀》持续八天，发生在七个希腊地点！但愿它们的美使我完全忘却这些书本的教条。"[3]古代的戏剧虽然体现着"三一律"的情形，但那是戏剧演出有歌队在场造成的，而现代戏剧废除了歌队，时间和地点的一致也就没有必要了，而情节的一致是必要的。他强调情节的美妙动人，反对墨守成规。他既肯定法则又重视天才，更强调天才和法则、想象和判断之间的协调。他强调不拘于"三一律"的法则，又要求情节的推理要合乎逻辑，行动必须合乎情理，要有连贯性、可然性、描写相互联系的事件，联结各种动机和效果的链条。天才的作品应该"包含着远大的目的，即教导我们应该做什么或者允许做什么的目的"[4]，作家应该抱着改善人生的目的进行写作。他说天才的艺术家和渺小的艺术家之间的区别就在于：前者是"有目的地写作，有目的地模仿"，后者是"为写作而写作，为模仿而模仿"。

在《汉堡剧评》中，莱辛大力倡导民族化的市民戏剧，反对古典主义文风雕琢、矫揉造作的戏剧，这些戏剧表现了封建贵族阶层的意识，悲剧中的主人公都是帝王将相，市民阶层只是喜剧和滑稽剧中的讽刺、嘲笑的对象。莱辛要求建立民族戏剧和市民戏剧，这与德国启蒙运动要求民族统一的政治目标是一致的。莱辛追求启蒙主义的社会理想，强调文艺的教育

---

① 莱辛：《拉奥孔》，朱光潜译，人民文学出版社1979年版，第83页。
② 伍蠡甫等主编：《西方文艺理论名著选编》上卷，北京大学出版社1986年版，第290页。
③ 莱辛：《汉堡剧评》，张黎译，上海文艺出版社1981年版，第242页。
④ 莱辛：《汉堡剧评》，张黎译，上海文艺出版社1981年版，第181页。

作用,认为作品应该对改善人性有所助益。莱辛甚至"把戏剧视为法律的补充",可以扬善惩恶,认为剧院应该是道德教育的大课堂。在题材上,莱辛认为戏剧不应该只描写王公贵族及其宫廷生活,而应该是表现市民阶层的日常生活。在戏剧语言方面,莱辛认为古典主义戏剧的文风雕琢、矫揉造作,它们那些雍容的语言、空洞的辞藻、华丽的韵律,都表现出宫廷生活违反自然的特征。他提倡用单纯的、自然的日常生活的语言去代替贵族华而不实的语言,主张在戏剧中即使表现贵族阶级的人物,他们的语言也应该自然。

莱辛强调性格在戏剧中的地位和作用。他是西方文论史上由重视情节转向重视人物性格特征的重要理论家,也是由古典主义的类型性格向典型性格过渡的时期的重要理论家。他说:"在最细微的行动中,性格也可以得到表现;并且只有把性格表现得最明确的行动,按照艺术的判断,才是最伟大的行动。"[1]"一切与性格无关的东西,作家都可以置之不顾。对于作家来说,只有性格是神圣的,加强性格,鲜明地表现性格,是作家在表现人物特征的过程中最当着力用笔处。"[2]一方面,他要求性格具有普遍性,"普遍的性格是这样的一种性格,在他身上集中了人们从许多个别人,或者从一切个别人身上观察来的东西"[3]。同时这种普遍性在一定的程度上又与个别性相统一。"具有普遍性的事物在我们的想象中是一种存在方式,它与具有个别性的真实存在的关系,犹如具有可能性的事与具有真实性的事的关系一样。"[4]

莱辛对于德国戏剧,从理论上和实践上,都作出了重要贡献,体现了现实主义精神。

第七节
赫尔德

一　生平及著作

赫尔德(Johann Gottfried Von Herder,1744—1803),出生于当时东普鲁士的小城莫隆根,父亲原为手工业工人,后任小学教师,母亲也出身于手工业工人家庭,双亲都是虔诚的新教徒,严格讲求伦理义务。赫尔德在当地学校受到良好的教育,学会了拉丁文、希腊文和希伯来文,熟悉了《圣经》和荷马的史诗等。1762 年,在一个俄国军医的帮助下,赫尔德进入哥尼斯堡大学学医,后转学神学,但更勤奋地学习哲学和文学艺术等。他此时崇尚康德,向其学习逻辑学、形而上学、道德学、数学,特别是深受康德前批判时期的宇宙学和人类学思想的影响。他喜读柏拉图、休谟、夏夫兹别里、莱布尼茨、狄德罗和卢梭等人的著作,因而同时受到了他们的影响;在社会文化和文艺观点上,还深受"北方奇人"哈曼的影响。后人称哈曼是赫尔德的"精神之父"。1764 年末经哈曼介绍,赫尔德到里加教会学校任助理教师兼在教堂

---

① 莱辛:《汉堡剧评》,张黎译,上海文艺出版社 1981 年版,第 50 页。
② 莱辛:《汉堡剧评》,张黎译,上海文艺出版社 1981 年版,第 125 页。
③ 莱辛:《汉堡剧评》,张黎译,上海文艺出版社 1981 年版,第 479 页。
④ 莱辛:《汉堡剧评》,张黎译,上海文艺出版社 1981 年版,第 465 页。

布教。1766—1767年写作《论德国现代文学片断》,1769年写作《批评之林》。1769年离开里加,开始旅行,由海路到巴黎,结识"百科全书派"领袖狄德罗和达朗贝尔等。在取道荷兰回国途中,赫尔德在汉堡与莱辛相处数周,尽管对莱辛有所批评,但深受其影响。1770年3月中旬到秋季,赫尔德伴霍尔斯坦因旅行,原定三年,到斯特拉斯堡时他辞去了这个职务,其间结识了青年歌德,彼此结下了亲密的友谊,并写作出版了后经柏林皇家科学院悬赏的论文《论语言的起源》,主要讨论语言的起源及其与诗的关系,其中涉及他对荷马、莎士比亚及民间诗歌的看法。1771—1776年间赫尔德在比克堡任首席牧师。这时正是"狂飙突进"运动兴起的时候,他完成了启蒙运动到狂飙突进运动的过渡,并被看成德国"狂飙突进"文学运动理论纲领的制订者,其间也因郁郁不得志而增长了宗教情绪,把《圣经》看成民间诗歌最古老的里程碑。1773年,写作了《论莪相和古代民间的诗歌》和《莎士比亚》。1776年移居魏玛。1789年对法国大革命持欢迎态度,受到宫廷的反对和冷遇。其间赫尔德的思想由狂飙突进转入浪漫主义,并成为浪漫主义运动的先驱,与古典主义彻底决裂。1778年赫尔德出版了代表作《诗歌中各族人民的声音》等。另外,《论中古英国和德国诗的相似性》、《荷马——时代的宠幸者》、《卡利贡尼》等,也是他的代表性著作。他还曾翻译过高乃依的《熙德》。1803年,赫尔德在孤寂、凄苦中去世。

二　人道主义与文艺问题

赫尔德把文艺看成人道的具体体现。他认为"人道是人类天性的目的,上帝把这个目的连同人类自己的命运一起交给人类自己"[①]。他把人的天性看成由人道的目的构成的。人类更高尚的感觉和欲望,我们的理性的自由,以及语言、文学、艺术和宗教,都是为了人道这个目的而赋予我们的。文学艺术在人道的培养过程中起着重要作用。文学艺术的根本目的就是使人类人道化。他说:"艺术和发明创造的进展本身就给人类越来越多的手段,把大自然所不能消除的东西加以限制,或者把它变为无害的东西。"[②]"人的一切制度,一切科学和艺术,只要是正当的,都只有一个目的,那就是把我们人道化。"[③]当然,赫尔德并没有将一切文学作品都看成是促进人道的。他同时谴责了一些文学作品的消极影响,特别是古典文学研究已经堕落为供人消遣、装点门面的角色。他指责那些"使人野蛮化的艺术科学"[④],寄托了人类的兽性,助长、掩饰、点缀、美化了人们天生的骄气、无耻的狂妄和盲目的偏见等。在此基础上,赫尔德颂扬了高度体现人道精神的作品,认为"艺术奠定了人类的形象化的范畴",

---

[①] 北京大学西语系资料组编:《从文艺复兴到十九世纪资产阶级文学家艺术家有关人道主义人性论言论选辑》,商务印书馆1973年版,第439页。

[②] 北京大学西语系资料组编:《从文艺复兴到十九世纪资产阶级文学家艺术家有关人道主义人性论言论选辑》,商务印书馆1973年版,第450页。

[③] 北京大学西语系资料组编:《从文艺复兴到十九世纪资产阶级文学家艺术家有关人道主义人性论言论选辑》,商务印书馆1973年版,第455页。

[④] 北京大学西语系资料组编:《从文艺复兴到十九世纪资产阶级文学家艺术家有关人道主义人性论言论选辑》,商务印书馆1973年版,第456页。

是"人类的形而上学","第二造物主"①。他还高度评价了希腊艺术是人道的学校,它尊重并热爱人类,培养人性。他还说:"艺术奠定了人类的形象化的范畴"②,是凭借着感性形象来促进人道精神的,因而起到了逻辑思维所起不到的作用。希腊艺术之所以成为人道的艺术,就是因为这些作品将对人类的认识、尊敬和热爱,都体现在具体的人身上。

三 诗歌的基本特征

赫尔德认为诗歌是原始人的语言,人类孩提时代的语言。特别是史诗,它与人类原始的、已经一去不返的阶段紧密相联。从文学的角度,他将人类的发展阶段划分为诗歌、散文和哲学三个阶段。他认为"人类最早的语言是歌唱"③,而史诗属于人类的童年,它与人的自然情感及自发性是息息相通的。赫尔德强调诗的音乐性,强调诗歌的音响和格律。他要求诗人们"不单单用眼睛……同时要聆听,或者尽可能地把他的诗作朗诵给别人听。抒情诗应当那样去读……它们的精神、起伏、生命随着音响而呈现出来"④。诗歌在其本质上是感人肺腑的语言,"它是充满热情的并且是能唤起这种热情的一切东西的语言,是人们经历过、观察过、享受过、创造过、得到过的想象、行动、欢乐或痛苦的语言,也是人们对未来抱有希望或心存忧虑的语言,——这样的语言怎么可以是不感人肺腑的呢?"⑤人类丰富的情感,对世界的感觉,都在语言形态中留下痕迹。诗人还以自己的感受去打动和影响感同身受的人,"使所有言同此声、心同此感的人心情激动"⑥。这种语言的感人作用是很自然的,能在人的心灵上留下印迹,故诗人通过语言的渠道进行交流。赫尔德认为诗歌除了应该是抒情性的以外,又还是寓言性的、比喻性的。因为诗歌脱胎于原始人的语言,而语言所用的思维方式正是想象和比拟,原始人通过象征、寓意、比喻来思想,三者结合在一起便构成了寓言和神话。因此,他认为诗歌不是对物的模仿,而是"对创世和命名的神性的模仿"。在赫尔德看来,诗歌是原始人的语言、人类孩提时代的语言,诗歌的时代一去不返了,因为诗歌是与自然情感和原始思维息息相通的,而现代发明却窒息和扼杀了诗歌所赖以产生的条件。由此出发,赫尔德为当代诗歌设计了一条拯救之路,认为民间诗歌的再生是诗歌的复兴之路。因此他反对摹仿法国和拉丁文字,认为诗人应注意借鉴民间诗歌、歌谣、传说、神话中的诗性因素,因为这里面包含了更多往昔和原始的东西,包含更多诗性的因素。这种"民间诗歌"的概念产生了深远的影响。另外,赫尔德还给予诗歌和诗人以崇高的评价,认为诗的地位高于哲学,诗人对人类心理乃至知识的作用,高于哲学家,甚至认为诗人是"第二造物主"。

① 北京大学西语系资料组编:《从文艺复兴到十九世纪资产阶级文学家艺术家有关人道主义人性论言论选辑》,商务印书馆1973年版,第456页。
② 北京大学西语系资料组编:《从文艺复兴到十九世纪资产阶级文学家艺术家有关人道主义人性论言论选辑》,商务印书馆1973年版,第460页。
③ 赫尔德:《论语言的起源》,姚小平译,商务印书馆1999年版,第44页。
④ 转引自韦勒克:《近代文学批评史(1750—1950)》第1卷,上海译文出版社1997年版,第247页。
⑤ 《欧美古典主义作家论现实主义和浪漫主义》(二),中国社会科学出版社1980年版,第272页。
⑥ 《欧美古典主义作家论现实主义和浪漫主义》(二),中国社会科学出版社1980年版,第272页。

四　文学的发展观

赫尔德批评当时德国文坛对法国古典主义的拙劣摹仿,要求德国作家忠实于自己和自己民族的祖先,强调文学艺术与语言同民族间是不可分割的整体,通过自然的过程向前推进,每个民族的文学艺术和情感生活,必然与民族的体质和周围的环境是联系在一起的。不仅如此,他还将民族文学的发展与政治制度和民主生活联系在一起。他认为政治上的专制会导致文学艺术的停滞,带来鉴赏的专制,只有在开明的民主制度下,才会产生人道主义的文学,古希腊和共和政体时代的罗马就是范例。为此,他坚决反对宗教裁判所对作品的检查,反对文学艺术领域的垄断。他谴责神圣罗马帝国对德国民族文学发展进程的垄断,在丧失独立和自治的时期,德意志失去用本民族语言进行文学创作的自由。当然,赫尔德在要求保持民族文学传统的同时,也不排斥吸收其他民族的积极成果。他盛赞英国在保持民族文学的同时,吸收和同化文艺复兴时期的意大利和其他民族的文学。

赫尔德将他的历史哲学思想贯穿到对世界文学的发展史的研究之中。他认为文学史的研究应该追溯到文学的兴衰发展,重视不同地区、不同时代诗人的作品风格。他反对那些因循守旧的文学史,全靠引经据典,像牲口拉磨一样在一切民族一切时代的作品中重复转圈,以致鼠目寸光,视野不够开阔。他主张在抓住"国家之间、时代之间、天才之间的异同进行比较"[①]。他还倡导要从社会学的角度研究文学史,并在自己的研究中考虑到气候、种族、习俗乃至民主制度与文学发展的关系。这对后世丹纳等人产生了影响。

赫尔德强调史的研究在文学理论中的重要作用,认为起源问题是推断事物性质和特征的最好切入点。他自己在论述诗歌问题时,就曾穷其根源,认为诗歌和语言的起源是一回事。他曾说到文学理论的作者的观念"产生于种类繁多、现象各异的具体事物,而在这之中起源问题则是一切的一切"[②]。赫尔德的文学史观多少受到生物学研究的影响,他惯常的思维方式是比拟,并且认为这是人们认识事物的唯一方式。他将生物学研究比附于文学史的考察。他说正如"树木从根部生长的道理一样,要推究一门艺术的发展和繁荣,也必须从它的起源谈起。它的起源包含着它的产品的全部生命,正如一种植物的整体连同它的各个部分全都蕴藏在一颗种子里一样"[③]。这种起源学理论,突出地表现了其文学史观中生物学的倾向,在 19 世纪被推向极端。

五　文学批评

在文学批评中,赫尔德倡导"移情的批评概念",要求设身处地地领会作品的精神,还作品以本来面目。"全世界每个明智的批评家都会说,为了理解和阐释文学作品,就必须深入

---

① 《近代文学批评史(1750—1950)》第一卷,杨岂深、杨自伍译,上海译文出版社 1997 年版,第 259 页。
② 《近代文学批评史(1750—1950)》第一卷,杨岂深、杨自伍译,上海译文出版社 1997 年版,第 250 页。
③ 《近代文学批评史(1750—1950)》第一卷,杨岂深、杨自伍译,上海译文出版社 1997 年版,第 250 页。

到作品本身的精神中去。"①赫尔德再三强调要"活读书",要"揣测作者的心灵深处",将每部作品看成一颗灵魂的印记。在文学批评上,赫尔德反对古典主义的批评原则,这种批评企图建立一个连贯的、系统的文学理论和一成不变的评判标准。他认为批评是一种移情化和非理性的过程。他反对理论体系和吹毛求疵式的批评。批评家不是作品立法者和批评的法官,而"应当是作者的仆人,友人和超然的评判者……应当设身处地去体会作者的思想感情,怀着作者写作时的精神去阅读他的作品,这样做有困难,然而却是有道理的"②。他还进一步强调时代和民族的因素及其对习俗的影响。"尤其是对诗人,最不可或缺的说明是对其时代和民族的风俗习尚的说明。"③在此基础上,文学批评还需要批评家有悟性,有天赋,才能对作品进行评判。"没有天才的批评毫无意义。唯有天才才能评价和教育别人。"④赫尔德的批评原则来源于其历史观。他强调每部文学作品都应该按照其历史背景来看待和解释,还把每部作品都视为其社会环境的组成部分,从而认为如果每部作品都各得其所,批评也许并不需要。

　　赫尔德在进行文学批评时,还经常使用到"典型"这个概念,他所谓"典型"主要是指普遍与特殊的统一,以表述大自然的美和艺术作品的美,从中体现特定内容的"真"与感性形态的统一。他认为文学艺术以美的形式表现事物的本质,以个性形式表现一定的观念和理想,从个别表现一般,艺术形式是个别和一般、个性和共性、普遍和特殊的统一。他在《雕塑》中曾说:"一般普遍的东西都仅仅存在于特殊的东西内,仅仅从特殊的东西才产生普通的东西。"⑤只有特殊与普遍融合在一起时,才能产生艺术的快感。他反对康德那种综合一千个人而取平均值的机械的典型创造方法,认为应该找到具有代表性的形象加以综合。尽管他的典型思想的论述是初步的、粗糙的,但对后世有相当的影响。

① 转引自蒋孔阳、朱立元主编,范明生著:《西方美学通史》第三卷,上海文艺出版社 1999 年版,第 919 页。
② 转引自韦勒克:《近代文学批评史(1750—1950)》第一卷,杨岂深、杨自伍译,上海译文出版社 1997 年版,第 244 页。
③ 转引自蒋孔阳、朱立元主编,范明生著:《西方美学通史》第三卷,上海文艺出版社 1999 年版,第 920 页。
④ 转引自蒋孔阳、朱立元主编,范明生著:《西方美学通史》第三卷,上海文艺出版社 1999 年版,第 920 页。
⑤ 转引自蒋孔阳、朱立元主编,范明生著:《西方美学通史》第三卷,上海文艺出版社 1999 年版,第 950 页。

第一节
概述

一 社会背景

德意志民族是在公元 6 世纪日耳曼王国建立之后,才成为一个独立的民族的,而日耳曼民族最初是在与罗马人的斗争中发展起来的。约公元前 5 世纪到凯撒时代(约公元前 1 世纪),日耳曼民族还处于蛮荒阶段。日耳曼民族迁徙过程中与罗马人展开了频繁的战争,逐渐形成了许多部落联盟,5 世纪末战胜罗马建立了自己的国家——法兰克王国,德意志民族最终形成了。文艺复兴以后,15—16 世纪马丁·路德的宗教改革形成了新教联盟和天主教联盟两个教派的分裂和斗争。在波弗米亚发生的一个地区争端导致了"三十年战争"(1618—1648 年),德意志的大部分地区遭到破坏,诸侯割据局面形成,使德国长期落后于英法两国。18 世纪末到 19 世纪,德国在政治上仍然处于分裂割据局面,有三百个大小不一的诸侯小邦和 1000 多块独立的骑士领地,他们各自为政,相互征战,严重地阻碍着德国资本主义的发展。在地理位置上,德国处于欧洲的中央,距当时的世界贸易大通道大西洋非常遥远,这在一定程度上限制了资本主义的发展。英国在 17 世纪、法国在 18 世纪资产阶级就形成并强大起来,而德国到了 19 世纪资产阶级才开始形成。资产阶级的软弱使得他们对封建贵族具有依赖关系,他们的经济对象往往就是那些封建贵族和官吏,这就使得资产阶级和封建势力的矛盾不是那么尖锐。而在这一时期的法国,资产阶级革命正如火如荼地进行,德国资产阶级曾受其影响,革命热情一度高涨,但法国人革命后期,特别是雅各宾专政时期所出现的暴力情况,和贫民群众所爆发出来革命热情,使得德国资产阶级看到了革命的负面效果,革命热情低落,幻想通过社会改良和感化的方式来实现社会变革,为资本主义的发展开辟道路。加之当时德国面对的主要任务,是尽快结束分裂割据局面,实现国家和民族的重新统一,所以资产阶级革命并没有付诸实际行动。

二 文化背景

德意志民族在长期动荡和艰苦的生活环境中,在与罗马人长期争战的战斗历程中逐渐养成了内向、深沉和善于思辨的性格特征。这种性格特征在中世纪宗教信仰和近代宗教改革的影响下,愈发变得鲜明。马丁·路德用德语翻译《圣经》,促进了德语的规范化,形成了严谨、明确、逻辑缜密、表达清晰的近代德语,为善于思考的德意志民族提供了一种恰切适宜的工具。在启蒙时代,德国理性主义和思辨哲学达到了很高的水平。以莱布尼茨、沃尔夫为代表的理性主义批判精神,为后世德国古典哲学和文论的产生奠定了基础。

17—18 世纪自然科学革命和发展,对于德国古典哲学和文论的产生和发展也有积极的促进作用。16—17 世纪是科学革命的时代,而 18 世纪则是民族科学传统兴起的时代。这一时期上承文艺复兴开始的近代科学之光,下启 19 世纪工业和学术的伟大变革,对于人类理性的开拓和发展是一个非常重要的时期。15世纪哥白尼的日心说大胆地否定了被神学奉为金科玉律的托勒密地心说，建立了新的宇宙运动的学说体系。在整个16世纪，科学发展中的工匠传统与学者传统结合起来，产生了一种新的科学研究方法，即实验方法。这种方法发展为经验主义理论，推动科学技术迅猛地应用于生产。牛顿经典力学的三大定律和万有引力定律奠定了经典物理学的基础。在医学领域里，血液循环理论逐渐形成。各种科学越来越多地应用到工业生产中，其中最突出的就是适应市场需要的航海术，和工业发展所要求的机械制造之类的应用科学技术。航海定时器和蒸汽机的发明制造成为17—18世纪的最为重要的科技成就。17—18世纪自然科学的革命和发展激发了思想家们的怀疑精神和开创新型思想体系的理性智能。

三 文学概貌

从18世纪末到19世纪中叶，由康德奠基，到黑格尔集其大成，再以费尔巴哈为终结的德国古典哲学和文艺理论，基本就产生在这一时期。德国这一时期的文学也较为发达，出现了文学的狂飙突进运动。歌德、席勒等饮誉世界的文学大师正出现在这一时期。1770年，狂飙突进运动的精神领袖赫尔德在斯特拉斯堡向一些志趣相投的诗人宣讲莎士比亚等人的天才、卢梭的感伤情调和进步的社会思想以及潜藏在民间文学中的巨大文学宝库。狂飙突进运动开展起来，贯穿着卢梭的人道主义和感伤主义，对自然热爱、对社会不满的诗歌大量涌现。歌德的《少年维特之烦恼》正产生在这一时期。作品描写了一个感伤、纵情、失意的爱情故事，深深地影响了整整一代欧洲人的生活。席勒在这一时期写出了处女作《强盗》，通过描写一个参加盗群、用恐怖手段对统治者进行复仇的青年卡尔的形象，表达了席勒改造社会、建立共和国的政治理想。在狂飙突进运动大约持续了十年以后，德国文学发生了明显的转折，进入了所谓的浪漫主义的古典主义时期。歌德和席勒抛弃了狂飙突进时期的革命精神，更多地把目光投向了古希腊罗马时代。歌德的作品《伊菲格尼亚在陶里斯》的发表，标志着歌德从狂飙突进到古典主义的转变。剧本体现了歌德以纯洁的人性消除邪恶，以道德感化、打动统治者，完成社会改良的思想，革命性大大减弱。这一时期席勒的反叛精神也逐渐衰退，认为理想的艺术应当描写通过理性而重新取得人性的人，也走向古典主义。歌德的名著《浮士德》是成功体现这一时期德国文学从狂飙突进向古典主义过渡，实现浪漫主义和古典主义的结合的作品，《浮士德》是歌德以毕生心血完成的一部著作，也是迄今为止德国文学史上最辉煌的巨著，在这部史诗性的巨著中，歌德采用现实主义和浪漫主义相结合的创作方法并吸收古希腊悲剧的艺术技巧，总结了文艺复兴以来300年间资产阶级精神的发展史。

四 文论综述

德国古典文论无疑是成就最为辉煌的文艺理论体系，康德、黑格尔、席勒、歌德、谢林，他们或是建构了博大理论体系的哲学大师，或是创作成就斐然的天才作家。德国古典文论无论在体系上还是在与具体文学创作实践的关联上，都是成就卓著和影响深远的。这些理论大师处于古代和现代的衔接点上,他们的成就总结了西方自古希腊以来的文论思想,开创了后代难以企及的博大而精深的思想体系。他们文艺思想中的许多重要观念又直接启示了现代主义和后现代主义的西方文艺理论。德国古典文论对整个西方现代文论的影响是怎样估量都不过分的。

除康德、黑格尔、席勒、歌德、谢林之外,费希特的文论思想也有重要的地位。费希特主要是一位哲学家,他的文论思想比较零散。他的哲学思想对德国前期浪漫主义影响很大。约翰·哥特利勃·费希特(Johann Gottlieb Fichet)(1762—1814),生于德国东部的一处贫困的农村,兄弟姐妹众多,生活贫困,后得到贵族资助得以受到教育。费希特受康德的影响较大。单纯从理论来讲,他明确谈到艺术上的天才理论。在艺术领域费希特坚持康德的天才论,但他反对康德所谓艺术家的天才为艺术立法的观点,而认为艺术规则制约着天才,而规则也不能产生天才。他认为艺术家是天生的,如果不具有艺术家的天分,就不要违背自然的意志勉强地去做艺术家。一个真正的艺术家应努力表现出灵魂深处的理想,而其他的东西则不予理会,因为这种理想是天才的产物,代表着高尚的趣味,而这趣味又必定有助于实现人类理性的最后目的——道德的完善。

第二节
康德

一 生平及著作

康德(Immanuel Kant,1724—1804),德国古典哲学和美学的奠基人,也是西方近代最有影响力的哲学家和美学家之一。康德出生在东普鲁士哥尼斯堡的一个笃信基督教的家庭,家庭充满浓厚的宗教气氛,他的父亲是个马鞍匠,家庭并不富裕。父母希望他将来成为牧师,于是将他送入官方教会学校学习。但教会学校中烦琐的宗教仪式和沉闷的空气,打消了他日后当牧师的念头。1740年,康德进入哥尼斯堡大学学习,在大学期间,他醉心于自然科学和哲学,并获得了对拉丁文经典作家的深刻认识和运用拉丁文写作的本领。这为他以后用作为当时规定的标准文字的拉丁文写作打下了基础。大学毕业后,从1746年到1755年,他当了九年的家庭教师,在这期间,他利用空余时间,继续研究哲学。1755年,康德以题为《论火》的学位论文获得硕士学位,并以《对形而上学认识论基本原理的新解释》这篇论文求得讲师资格。在哥尼斯堡大学讲授物理学、地理学、数学、形而上学和逻辑学等多门课程,这期间还发表了《自然通史与天体论》(1758年)等大量具有独创性的自然科学著作和论文。1770年,康德被普鲁士国王任命为哥尼斯堡大学形而上学和逻辑学教授。从这以后,康德专心于他的教学和哲学的研究,完成了他的全部哲学著作。《纯粹理性批判》(1781),《实践理性批判》(1788年),《判断力批判》(1790年)是康德的三大代表作。1786年至1798年,康德先后被推选为哥尼斯堡大学校长,柏林科学院、彼得堡科学院、意大利西恩科学院院士,他的名声响誉全欧洲。虽然他拥有众多的头衔,但事实上康德并非是一个热衷名利之人,在他50年之久的教学和研究生涯中,他专心治学,过着几乎刻板的生活。他的生活极有规律,据说,他的邻居以他出来散步的时间来调整钟表的时间。但他也并不是一个弃世绝尘的隐士,他始终关注当时欧洲的形势发展,许多影响世界进程的事件在他的著作中都有不同程度的反映。1804年,康德逝世。他墓碑上的诗句代表了人们对他的高度评价:"在这里,伟大的导师将流芳百世,青年人啊,要想想怎样使自己英名永存!"[1]

二　艺术的特征

康德对艺术特征的阐述,主要是从他的思想体系出发,在理论上进行探讨的。他将艺术作为人的能动创造物,通过对艺术与自然、艺术与科学、艺术与手工艺的关系的研究,既看到了艺术与自然、科学以及手工业相联系的一面,又分析了艺术独有的特征。

1. 艺术与自然

康德所谓的自然,主要包括两方面的内容,一是自然而然,不假人为的,二是理性所把握的自然的形式规律。在对待艺术与自然的关系上,康德首先给我们阐释了二者相统一的一面。康德提出:"自然只有在貌似艺术时才显得美,艺术也只有使人知其为艺术而又貌似自然时才显得美。"[2]自然貌似艺术,是指在审美的眼光里,自然作为一个整体,看上去是自由的。而艺术貌似自然,是指它充满生机和活力,体现出自然界的必然法则,看上去浑然天成,无雕琢痕迹。这种艺术与自然的统一,在西方只有到了康德才有如此深刻而系统的看法。在探讨了二者统一的一面之后,康德为我们更深刻地揭示了二者之间的差别。在康德看来,艺术作为自由意志的创造性的产物,是通过天才来实现的。它既反映了主体与生俱来的创造力,又反映了人们的主观意图,人们"时时有一确定的企图来创造出某物"[3],而相比之下自然却是本能的、天性的行为。蜂巢尽管精致,却只是纯粹自然作用的结果,只是一种自然。从表现的角度说,艺术可以表现自然中丑的事物,化丑为美,"美的艺术显示出它的优越性的地方,在于它把自然中本是丑的或不愉快的事物描写得美。例如复仇女神、疾病、战争的毁坏等等(本是些坏事)可以描写得很美,甚至可以由绘画表现出来"[4]。艺术的这一特征是自然望尘莫及的。

康德对艺术和自然关系的看法,是在继承了前人思想的基础上加以阐发的。古希腊学者在倡导艺术摹仿自然、摹仿人的生活时,以柏拉图为代表的一派多强调照人本来的样子去摹仿,而亚里士多德则主张"按照人应当有的样子来描写"[5]。这"应当有的样子",便是理性所把握和期望的自然。自然的两方面含义,经古罗马一直沿续了下来,康德的自然与艺术的关系的观点就是在总结前人的基础上进行阐发的。

---

[1]　阿尔森·古留加:《康德传》,贾泽林等译,商务印书馆1981年版,第288页。
[2]　《判断力批判》45节,朱光潜译,转引自《朱光潜美学文集》第四卷,上海文艺出版社1984年版,第406页。
[3]　《判断力批判》上卷,宗白华译,商务印书馆1964年版,第152页。
[4]　《判断力批判》48节,朱光潜译,转引自《朱光潜美学文集》第四卷,上海文艺出版社1984年版,第410页。
[5]　《诗学》罗念生译,见《诗学·诗艺》,人民文学出版社1962年版,第94页。

2. 艺术与科学

对于艺术与科学的关系的看法,西方一直存在着两种倾向。一是侧重于强调艺术与科学的一致性。毕达哥拉斯学派曾从数学和声学观点去研究音乐节奏的和谐,认为美在于对象形式的和谐,这主要是从科学的角度替艺术寻求解释。在欧洲有过重大影响的黄金分割律就源于该学派。古希腊曾有雕刻家集中全城美女,集她们优点来雕美女像,所采取的也是一种科学的态度。另一种倾向则强调艺术与科学之间的差异。柏拉图认为诗得自于神赐的灵感,乃是非理智的迷狂状态下的产物,与理智的科学不同。后来普罗提诺等人认为艺术美在于艺术家心灵所赋予的理式,强调人的主观因素。到了近代浪漫思潮,则更看重人文精神,尤其是人的情感因素,而将艺术与科学迥然对立。

康德则对以上这些观点进行了批判、吸收。首先,他认为艺术与科学有相联系的一面。按康德的思想,审美对象作为合规律与合目的的统一,其有合规律的必然的一面,这与科学相联系。同时,"美的艺术在它的全部的完满性里包含着不少科学,例如对古代文字的知识、古典作家、历史学、古代遗产的熟悉等等,因这些学识构成了美的艺术的必要的准备和根基"[①]。这也正体现了科学的精神。当然,艺术品的创作和鉴赏也需要一定的知识作基础,然而康德更强调艺术与科学相区分的一面。在康德的思想体系中,艺术品被视为审美对象,属于判断力评判的对象,而科学的内容则属于知性认识的对象。前者属于审美的范畴,反映出情感的普遍性;后者属于认知的范围,反映出知性的必然性。艺术是感性的,不直接涉及对象的概念,而科学作为自然的认识,需要抽象为概念。其次,康德还认为,艺术的独特之处还在于,它是主体的产品,是人的创造物,需有独创性,而科学是可以摹仿的。科学是理智的,艺术是直觉的。艺术作为一种创造性的活动,其创造的才能隶属于发明的领域,而科学作为一种掌握知识的活动,科学研究的才能属于发现的领域。"发明某件事是与发现某件事大不一样的。人们所发现的事是被看作从前已经存在着,只是还没有被人知晓的"[②]。总之,康德在前贤的基础上,考察了科学与艺术的异同。他看到了二者相联系的一面,即从一预设的概念出发,使美的艺术包容了对象的完满性,并以一定的科学知识作基础。同时,康德也看到了艺术与科学的根本区别。科学在本质上只是一种发现,科学知识只是一种知性认识,通过抽象的概念来加以表现。而艺术作为审美对象,隶属于情感领域,在本质上是感性的,其中体现了主体的独创精神。

3. 艺术与手工艺

艺术的第三个特征,是体现了创作者的自由性和合目的性。康德认为这是艺术与手工艺的区别所在。在康德看来,艺术是自由的,就好像只是游戏,艺术品的创造对创作者来说是愉快的、合目的的,而手工艺则是雇佣的,是一种机械的劳作,其劳动过程作为一种受逼迫的负担是困苦的,只是由于它的结果所获得的报酬吸引着劳动者。这是艺术与手工艺的根

① 《判断力批判》上卷,宗白华译,商务印书馆 1964 年版,第 150 页。
② 《实用人类学》,邓晓芒译,重庆出版社 1987 年版,第 118 页。

本区别。艺术创造与物质生产在心态上也有差别。康德认为艺术创造是一种自由的活动，体现了主体的意志。这是一种自发的活动，是通过灵感的激发、依靠天才的创造性活动；而手工艺则主要是一种满足他人的意志和愿望的活动。手工艺的活动一般只需要掌握一定的技巧即可摹仿和炮制，只要经过努力，都可以完成，而较少受到灵感的影响。

艺术与手工艺在创作效果上也有区别。艺术是一种"对自身愉快的"，"好象只是游戏"的活动。[①] 因此，艺术活动对人的身心有着积极的影响。"一切感觉的变化的自由的游戏（它们没有任何目的做根柢）使人快乐，因它促进着健康的感觉"[②]，"不需有任何实际利益的意图安置于根柢之上"[③]。艺术之中包含着喜、怒、哀、乐等情感活动，这些活动，"促进了身体内全部的生活机能"[④]。而手工艺作为一种有报酬的劳动，其过程是枯燥的、乏味的，只是为着工资而被迫进行。也正因如此，手工艺的目的性、预见性很强。而艺术的自由，则是一种无目的的合目的性，具有非自觉性的因素。

艺术的技巧与手工艺也有相类似的一面。康德认为，即使是自由的艺术也需要遵守某种机械性的规律，只有通过这些规则，艺术品才能获得物化形式，即通过艺术的表现形式和物质手段使得富有生机的心灵创化获得躯体而得以生成。康德曾认为天才的艺术家体现着自然之道，为艺术制定规则，而对规则和传达符号的掌握与运用，即艺术技巧的揣摩与学习，又需要付出艰辛的劳动，这与手工艺在形式上是相通的。康德在艺术和手工艺之间，只强调对象本身性质的差异，而不强调个体能力的高低。他根据当时所处的环境，对强迫性劳动的手工艺与自由的艺术所进行的区分和阐述，具有一定的积极意义。

三　天才论

对主体性问题的重视和倡导，从文艺复兴时期发端，经笛卡尔等人发展，到康德的批判哲学体系可谓集其大成。康德对艺术天才的研究正是奠定在对主体性的研究的基础上的。从目的论原则出发，康德开始系统研究艺术问题。他将自然与艺术贯通起来，将天才的自然能力与艺术创造联系起来。受当时文艺界的狂飙突进运动的影响，康德特别注重人的个性。关心个体的艺术创造能力，并且首次将天才与鉴赏联系起来考察，提出了西方文论史上第一个系统的天才学说。

1. 天才的定义

康德对天才问题的讨论，既以判断力为基础，又超越于判断力之外。他认为天才是一种以判断力为基础，又偏重于想象的先天直觉能力。康德把天才看作是"天赋的才能"，是天生的心灵禀赋，是"艺术家天生的创造机能，它本身是属于自然的"，这种才能"是和摹仿的精神完全对立着的"。[⑤]康德将天才看成有别于理智的先天能力，一种与生俱来的自然现象，天才

①《判断力批判》上卷，宗白华译，商务印书馆 1964 年版，第 149 页。
②《判断力批判》上卷，宗白华译，商务印书馆 1964 年版，第 178 页。
③《判断力批判》上卷，宗白华译，商务印书馆 1964 年版，第 179 页。
④《判断力批判》上卷，宗白华译，商务印书馆 1964 年版，第 179 页。
⑤《判断力批判》上卷，宗白华译，商务印书馆 1964 年版，第 154 页。

是艺术家特有的禀赋，与学问迥然不同。但是天才的先天性还不足以界定天才的性质，因为康德曾将人的理智能力界定为先天的。在《判断力批判》中，康德认为天才的根本心理基础在于非凡的想象。通过想象力，天才将看不见的东西的观念，如极乐世界、地狱世界等在完满的状态中加以具体化。在创造的过程中，天才的想象力具有着创造性和自由性等特征，艺术创造的特征就包孕在想象力之中："属于天才本身的领域是想象力，因为它是创造性的，并且比别的能力更少受到规则的强制，却正因此而更有独创力。"[①]

2. 天才的基本特征

康德将天才的基本特征概括为独创性和典范性两个方面。

独创性是天才的首要特征，它是一种不可重复的发明。独创性与抄袭和矫揉造作是格格不入的，抄袭是一种机械的摹仿，而"矫揉造作是抄袭的另一形式"[②]。艺术不是天才的本能产品，艺术品也不同于蜂窝，艺术的独创性之中，体现着理性的意图。"人们只能把通过自由而产生的成品，就是通过这一意图，把他的诸行为筑基于理性之上，唤做艺术。"[③]这种理性意图使艺术创造成为一种自由的活动。独创性正体现在这种自由的活动之中。独创性的作品还显现出一种生气。这种生气是从天才的心中灌注到艺术作品之中的，体现了主体的独创性，因而使作品具有独特的精神风貌。有些艺术品，虽然被期待成为美的艺术品，而且也非常合乎规范，鉴赏时也挑不出毛病来，但成不了优秀的艺术品，就是因为缺少或没有精神（生气）。

天才的第二个特性是它的典范性。在康德看来，即使是有独创性的作品，有时也可能是无意义的。"所以天才的诸作品必须同时是典范"，"它自身不是由模仿产生，而它对于别人却须能成为评判或法则的准绳"。[④]

康德所说的典范性，主要包括两个方面的内容：一是强调天才的作品对其他天才的"唤醒"和启发作用；二是为艺术立法，成为其它作品的评判准则。典范性作品的"唤醒"作用有两个特点，一是"不可摹仿"，康德认为天才的产品是"后继者的范例而不是模仿对象"，"它是对于另一天才唤醒他对于自己独创性的感觉"，[⑤]从而可以从既有的规则的束缚中解放出来。"不可传授"是唤醒作用的第二个特点。康德认为作为一种自然禀赋，天才是不能传授的，他们只能通过典范来唤醒其他天才，使这些天才能够自觉地意识到自己的天生素质，从而同样地将它们运用到艺术创造的过程之中。

为艺术立法，是典范性的另一作用。康德认为每一艺术须以诸法则为前提，法则使作品成为可能。如果没有先行的法则，作品便不能称作是艺术。艺术不能为自己制定法则，艺术的法则来自天才，而天才是因体现自然才具备法则的。法则是自然通过天才给予艺术的，而它对于创作者本人来说是非自觉的。康德将天才的基本特征归纳为独创性和典范性，是很

① 《实用人类学》邓晓芒译，重庆出版社 1987 年版，第 119 页。
② 《判断力批判》上卷，宗白华译，商务印书馆 1964 年版，第 165 页。
③ 《判断力批判》上卷，宗白华译，商务印书馆 1964 年版，第 148 页。
④ 《判断力批判》上卷，宗白华译，商务印书馆 1964 年版，第 153 页。
⑤ 《判断力批判》上卷，宗白华译，商务印书馆 1964 年版，第 164—165 页。

精辟的,但其中也有不完满之处。例如对于独创性,康德对于到底何种能力被称为是独创性能力未加以界定。再如典范性的作用,康德强调了"唤醒"的特殊方式,并将艺术创造的最终根源归结为自然,是自然通过天才为艺术立法,片面地强调了自然根源的一面,忽略了它的随社会发展而发展的一面。

3. 鉴赏中的天才

康德第一次从创作与鉴赏贯通的角度来探讨天才与鉴赏的关系,把鉴赏力视为天才的基础和必备条件,并以作品为中介,来讨论天才与鉴赏力在主体心态上的异同,最终通过作品的内在精神(灵魂,生气)而统一于他的主观的合目的性的原则。康德认为,鉴赏力是天才的基础。有鉴赏力的人不一定有天才,而有天才的人,必须要有鉴赏力,才能进入创作过程,创造出既有独创性,又引起共鸣的美的艺术品。鉴赏力与天才既有相互联系的一面,又有着各自不同的侧重点。鉴赏力是评判的能力,而天才则主要是创造的能力。天才强调独创性,而鉴赏则主要强调普遍有效性。与鉴赏贯通的重要的天才能力是赋予作品以精神或灵魂。康德认为天才的心意等能力赋予作品以精神,而"精神是人心中灌注生气的原则"[1]。康德以目的论原理来研究作品的灌注生气问题,并且把它看成是天才的心意能力的结果。根据目的论的原理,康德认为艺术如同自然,富有生命力,这样他就从目的论角度将艺术与自然贯通起来。从精神的角度把握艺术品,正与鉴赏判断所要求的"对于每个人有效的主观的合目的性"[2]是一致的。天才的心灵活力,正是通过作品的精神,在鉴赏中获得实现的。

总之,康德在阐述天才时,强调了主体的心意状态和作品的内在精神结合的作用。鉴赏力是天才创作的基础,并最终使天才所创作的作品的价值获得了实现。

四 艺术分类

艺术分类的研究由来已久。从柏拉图、亚里士多德就已露出萌芽,并且提出了一些对后世有相当启发的看法。但他们所说的艺术,与今天审美意义上的艺术有着相当的区别。审美意义上的艺术分类,则是 18 世纪以后的事。系统的艺术分类,需要三个基本前提:一是美的艺术与非艺术界限的明确;二是各类不同艺术的共同审美特征的寻求;三是艺术分类的统一原则的确立。康德的艺术分类学说之所以系统、深刻,就是因为它是建立在这三个基本前提的基础上的。

1. 美的艺术与非艺术的界限

艺术分类的第一个前提,是将美的艺术与科学、手工艺和其他实用技术产品区别开来。美的艺术必须有其相对的质的规定性,才能在其基础上进一步进行分类。康德从审美意义上,对艺术与非艺术进行了划分。他接受并发展了前人对艺术与非艺术的划分。他在《判断力批判》的第 44 节中,解说了机械的艺术与审美的艺术。他认为机械的艺术反映了人们对可

---

① 《实用人类学》,邓晓芒译,重庆出版社 1987 年版,第 119 页。
② 《判断力批判》上卷,宗白华译,商务印书馆 1964 年版,第 123 页。

能对象的理解和把握,并且通过一定的行为使这种可能的对象得以实现。它主要指为着一特定的目的而进行的创造性的实践活动。这种活动对可能完成的对象进行认识,并以这种认识为依据进行创造。它的目的指向直接功利,最终服务于实际的物质需要,实际上主要指技术。而审美的艺术是"拿快感做它的直接的企图"①,其中包括快适的艺术和美的艺术。康德所说的快适的艺术指空间的视觉形式或时间的听觉形式给人们带来的快感,是一种单纯的感觉,即单纯以享乐为目的。这种艺术被视为一种浅层的艺术。康德心目中真正的艺术,是他所说的美的艺术:"美的艺术是一种意境,它只对自身具有合目的性,并且,虽然没有目的,仍然促进着心灵诸力的陶冶,以达到社会性的传达作用。"②这种社会性的传达,指艺术家与欣赏者,欣赏者与欣赏者之间有共鸣,可以交流的普遍有效性。它不只是一种单纯的官能感觉的快乐,而是一种反省的判断。

这样,康德便把美的艺术从与科学混为一谈的状态中厘清。在前人的基础上,康德从审美的角度对艺术进行明确界定,划定了它与非艺术的界限,从而使得在此基础上所进行的艺术分类成为可能,艺术分类随之也获得了质的飞跃。

2. 艺术的共同审美特征

对艺术进行分类,还必须有另一个前提,即各类艺术应该是一个有机整体,各类艺术必须拥有共同的基本特征来维持其质的规定性,才能使艺术世界获得统一性的理解,否则各类艺术互不相关,也就没有在"美的艺术"的名义下分类的必要了。寻求各门艺术间的统一性,尤其是跨度较大的艺术门类之间的联系,从古希腊就已有之。西摩尼德斯(公元前556—前469)曾说:"画是一种无声的诗,而诗则是一种有声的画。"③后来亚里士多德以"摹仿"来概括各类艺术的共同特征。古罗马的贺拉斯又提出"诗如画"的命题。这些说法对后世均产生了深刻影响。

康德对艺术的共同审美特征的概括,也是建立在对前人批判继承的基础之上。他以美为艺术的统一思想,认为各艺术门类,其目的都是为了体现美。至于审美原则在各门类艺术中的具体表现,康德在阐述艺术分类的内在原则时,侧重的是感性与知性的结合与和谐方式,在阐述各类艺术的特征时,侧重的是体现审美原则的程度,感性表现形态的差异、主体视听感觉的统一性等。审美原则的具体表现方式的不同,导致了各门艺术类型的差异。

3. 艺术分类的统一原则

在审美的原则之下,康德阐述了他的艺术原则。

在康德之前,西方一直袭用亚里士多德的艺术分类原则,并从不同的角度加以发展。亚里士多德的艺术分类,乃是从摹仿原则出发,认为不同的艺术乃是"摹仿所用的媒介不同,所取的对象不同,所采的方式不同"④。亚里士多德的这种分类方法,是18世纪对艺术审美的

---

① 《判断力批判》上卷,宗白华译,商务印书馆1964年版,第150页。
② 《判断力批判》上卷,宗白华译,商务印书馆1964年版,第151页。
③ 转引自《拉奥孔》,朱光潜译,人民文学出版社1979年版,第2页。
④ 《诗学》,见《诗学·诗艺》,罗念生等译,人民文学出版社1962年版,第3页。

自觉意识形成以前的第一个系统的分类原则。康德是亚氏之后第二个确立艺术分类的系统原则的人。他将亚氏的"摹仿"改变为"传达",当然也就可以包括非摹仿艺术,包括艺术所创造的"自然所不能实现的东西"。同时,他还吸收了杜博和门德尔松关于自然符号和人工符号的分法,从艺术的传达方式与日常交际方式相似的使用角度来确立分类原则。通过语言(如文字)、动作(或表情)和声调(包括发音、姿态、抑扬),他将艺术分为三类:语言艺术、造型艺术和感觉游戏的艺术。其中语言艺术包括雄辩术和诗;造型艺术包括雕刻、绘画、建筑、园艺等;而感觉游戏艺术,包括音乐和色彩艺术。康德认为这三种传达方式使得思想、直观和感觉相互结合,构成传达者充分的表达,同时传达给别人。通过这三类艺术,传达者全面占领了感受者的各个感受领域。

康德的艺术分类有着继往开来的重大功劳。他在明确界定了"美的艺术"的范围之后,将当时的基本艺术形式罗列起来,进行分类,并且最重要的,是他能力求制定一种系统的分类原则,使艺术分类科学化。

第三节
歌德

一　生平及著作

歌德(Johann Wolfgang von Goethe,1749—1832),德国著名的作家和思想家,出生于美茵河畔法兰克福城的一个富裕的市民家庭,父亲是法学博士,做过法兰克福市议员,母亲是市议会议长的女儿。1765—1768 年,歌德遵从父愿在莱比锡大学学习法律。但他自己却喜爱艺术和自然科学。1768 年他因病回家休养,病愈后,1770—1771 年就学于斯特拉斯堡大学,成为法学博士。他早年接触了斯宾诺莎的哲学,与一些作家、思想家相识,尤其受赫尔德影响,与赫尔德一起发动和领导了著名的"狂飚突进运动"。1771 年 8 月,歌德回到故乡,10月 14 日发表演说《莎士比亚命名日》,1772 年写成历史剧《铁手骑士葛兹·冯·伯利欣根》,旋即蜚声德国文坛。1774 年,他写成小说《少年维特之烦恼》以及一些抒情诗,并开始构思《浮士德》,其片断于 1790 年出版。1775 年,他又写成《哀格蒙特》,该剧于 1788 年发表。1775—1786 年,歌德应邀担任魏玛宫廷枢密顾问和大臣,其间试图推行改革,但阻力重重。政治上的不顺利,加上对科学研究和文学创作的牵挂,歌德于 1786 年—1788 年及 1790 年摆脱了宫廷生活,去意大利游历,潜心研究古希腊罗马雕塑和文艺复兴时期的绘画等,其思想由浪漫主义向古典主义转变。从 1794 年 7 月开始,他同席勒亲密合作,自觉地走上了古典现实主义道路,共同为创立德国民族文学作出了杰出的贡献,直至 1805 年 5 月 9 日席勒去世。经过 10 年的努力,两位德国的伟人将德国文学推向了古典现实主义的高峰。他曾与席勒合写《警句》,在席勒的敦促和二人共同切磋下,于 1796 年完成了《威廉·迈斯特的学习时代》,并曾写过叙事诗《赫尔曼与窦绿苔》。1806 年《浮士德》第一部脱稿,于 1808 年出版。1809 年完成长篇小说《亲和力》,1811 年开始撰写自传体小说《诗与真》,1830 年全部脱稿。1817 年发表《意大利游记》,1819 年出版抒情诗集《西方与东方合集》,1827 年完成诗集《中德四季晨昏杂咏》。1823 年起,爱克曼到魏玛拜访歌德,并担任歌德秘书,直至 1832 年歌德在魏玛逝世。之后他写下了《歌德谈话录》。1831 年,《浮士德》第二部脱稿。

集中体现歌德文论思想的著作主要有:《论德国的建筑艺术》(1772)、《说不尽的莎士比亚》(1813)、《评述温克尔曼》(草稿,1805)、《歌德格言和感想集》、《诗与真》(1831)、《歌德谈话录》(1823—1832)。他的这些文论著作与学究式的纯粹理论思辨不同,是一种直觉感受的抒发。

二 艺术与自然或现实生活

在艺术与自然的关系上,歌德提出了一个辩证的双重关系的观点:"艺术家对于自然有着双重关系:他既是自然的主宰,又是自然的奴隶。他是自然的奴隶,因为他必须用人世间的材料来进行工作,才能使人理解;同时他又是自然的主宰,因为他使这种人世间的材料服从他的较高的意旨,并且为这较高的意旨服务。"[1]

歌德晚年一直强调现实生活对于艺术的重要作用,要求艺术忠于自然,植根于现实。他认为他的"全部诗都是应景即兴的诗,来自现实生活,从现实生活中获得坚实的基础。我一向瞧不起空中楼阁的诗"[2]。现实生活为诗人提供了激发情感的机缘,是诗歌的基础素材。他写《少年维特之烦恼》,也是因为他自己"生活过,恋爱过,苦痛过"[3]。他认为作家只有在熟悉了某些方面的生活,才能写好某些方面的题材的诗。

同时,歌德又强调了艺术必须超越自然,创造出一个高于自然和现实生活的艺术整体,充分肯定了艺术家的主体创造性和能动性。他在《论狄德罗对绘画的探讨》中认为,"自然与艺术之间有一条巨大的鸿沟把它们分开","对自然的全盘摹仿在任何意义上都是不可能的",[4]艺术作品既是自然的,又是超自然的,它是艺术家作为自然的主宰能动创造出来的"第二自然"。这种"第二自然"的创造首先必须对自然要有选择。"本来存在的自然是不能摹仿的:本来的自然含有许多不重要、不合适的东西,我们必须有所选择。"[5]在此基础上,他进一步强调了艺术家的心灵和人格在艺术创造中的重要意义。"艺术要通过一种完整体向世界说话。但这种完整体不是他在自然中所能找到的,而是他自己的心智的果实,或者说,是一种丰产的神圣的精神灌注生气的结果。"[6]艺术家在作品中所表现出的心智和人格精神,是外在自然中所没有的。歌德还特别强调了艺术的独创性。他认为作家的独创性在于"他们能

① 爱克曼辑录:《歌德谈话录》,朱光潜译,人民文学出版社 1982 年版,第 137 页。
② 爱克曼辑录:《歌德谈话录》,朱光潜译,人民文学出版社 1982 年版,第 6 页。
③ 爱克曼辑录:《歌德谈话录》,朱光潜译,人民文学出版社 1982 年版,第 18 页。
④ 转引自朱光潜:《西方美学史》下卷,人民文学出版社 1979 年版,第 426 页。
⑤ 《诗与真》第二部分,第七卷,转引自《欧美古典作家论现实主义和浪漫主义(二)》,中国社会科学出版社 1981 年版,第 299 页。
⑥ 爱克曼辑录:《歌德谈话录》,朱光潜译,人民文学出版社 1982 年版,137 页。

够说出一些好象过去还从来没有人说过的东西"①,"选择题材之后,能把它加以充分的发挥"②,超乎人的预料之外。因此,这种创新,既是奠定在现实的基础之上,又说出了前人所未曾说过的话。

三　一般与特殊的关系

歌德还从一般与特殊的关系出发,阐释诗的形象创造问题。从启蒙运动开始,西方的文论家们就继承亚里士多德的看法,开始重视艺术形象中一般与特殊的关系。从一般与个别的关系出发,歌德区分了两种截然不同的创作方法,一是从抽象的概念或理念出发,通过具体感性形态以寓意的方式加以表现,二是从生活中所感受到的具体、感性、个别的东西及其特征入手,通过个别显示出一般。"诗人到底是为一般而找特殊,还是在特殊中显出一般,这中间有一个很大的分别。由第一种程序产生出寓意诗,其中特殊只作为一个例证或典范才有价值。但是第二种程序才特别适宜于诗的本质,它表现出一种特殊,并不想到或明指到一般。谁若是生动地把握住这特殊,谁就会同时获得一般而当时却意识不到,或只是到事后才意识到。"③

在两者的具体关系方面,歌德与前人的看法有所不同,歌德强调要从特殊中表现一般。"在一个探索个别以求一般的诗人和一个在个别中显出一般的诗人之间,是有很大差别的。一个产生出了比喻文学,在这里个别只是作为一般的一个例证或者例子;另一个才是诗歌的真正本性,即是说,只表达个别而毫不想到,或者提到一般。"④根据这一思想,歌德抑"寓意"而推崇"象征"。他认为寓意是变现象为概念,再变概念为形象,而象征则把现象变为观念,再由观念变为意象。"艺术的真正生命就在于对个别特殊事物的掌握和描述。"⑤个别特殊的事物,常常是自己亲身经历过的,具有不可摹仿性,同时又可以让人根据各自的经历和体验,从中获得共鸣。如果是为一般而找特殊,作品中的一般和特殊之间,常常会缺乏必然联系,出现概念化的倾向。

歌德的这种"在特殊中显出一般"的思想,经过黑格尔的发挥,到马克思那里,就成了"典型"理论。马克思所说的"莎士比亚化",就是歌德所推崇的莎士比亚的那种"在特殊中显出一般",而马克思所批评的"席勒式",正是歌德所不满意的席勒的那种"为一般而找特殊"。

四　古典的和浪漫的

歌德在与席勒的讨论中,谈到了现实主义和浪漫主义的区别和优劣问题。他和席勒两人用了"古典的"和"浪漫的"这两个概念。歌德认为,"古典的"和"浪漫的"这两个概念最初是由他和席勒提出的。"我主张诗应采取从客观世界出发的原则,认为只有这种创作方法才

---

① 《歌德的格言和感想集》,程代熙、张惠民译,中国社会科学出版社 1982 年版,第 76 页。
② 《歌德的格言和感想集》,程代熙、张惠民译,中国社会科学出版社 1982 年版,第 87 页。
③ 转引自朱光潜:《西方美学史》下卷,人民文学出版社 1979 年版,第 416 页。
④ 《歌德的格言和感想集》,程代熙、张惠民译,中国社会科学出版社 1982 年版,第 81 页。
⑤ 爱克曼辑录:《歌德谈话录》,朱光潜译,人民文学出版社 1982 年版,第 10 页。

可取。但是席勒却用完全主观的方法去写作,认为只有他那种创作方法才是正确的。"①席勒谈到的素朴诗和感伤诗的分别,大体也是古典的和浪漫的分别。歌德要求从客观现实出发,他的古典主义实际上是一种现实主义,他的浪漫主义实际上是指感伤主义。他称古典主义是健康的,浪漫主义是病态的。因此,歌德所反对的近代所谓"浪漫的",实际上是反对软弱的、病态的感伤主义。他所要求的,则是强壮的、新鲜的、愉快的作品,认为这才符合古典文艺精神。

其实歌德与席勒在本质上是没有多大区别的。他们都与施莱格尔兄弟的消极浪漫派不同,都是以古典为理想,以求实现现实主义与浪漫主义的统一。正因如此,席勒也曾认为歌德"违反了自己的意志,实在是浪漫的",并且指出歌德的《伊菲姬尼亚》是情感占优势,不符合古典精神。从歌德对莎士比亚的论述中,我们可以看到,歌德实际上是在寻求古典的(即现实主义)和浪漫的两者的有机协调。在他看来,莎士比亚就协调得很好。"古代诗篇中占着统治地位的是天命与完成之间的不协调,近代诗篇中则是愿望与完成之间的不协调。"②"由于莎士比亚以一种极妙的方式把古今结合起来,他在这方面是独一无二的。"③他把莎士比亚看成理想的化身,而他自己的创作实践也体现了这样的追求。

五　民族文学与世界文学

歌德探讨了建立民族文学的道路,并且提出了世界文学的口号。

在德意志民族四分五裂的背景下,歌德希望德国能够统一。他主张通过文化促进德国的统一,而统一又推动文化的发展。他在《文学上的无短裤主义》一文中,阐释了古典性民族作家产生的条件:"一个古典性的民族作家是在什么时候和什么地方生长起来的呢? 是在这种情况下:他在他的民族历史中碰上了伟大事件及其后果的幸运的有意义的统一;他在他的同胞的思想中抓住了伟大处,在他们的情感中抓住了深刻处,在他们的行动中抓住了坚强和融贯一致处;他自己被民族精神完全渗透了,由于内在的天才,自觉对过去和现在都能同情共鸣;他正逢他的民族处在高度文化中,自己在教养中不会有什么困难;他搜集了丰富的材料,前人完成的和未完成的尝试都摆在他眼前,这许多外在的和内在的机缘都汇合在一起,使他无须付很高昂的学费,就可以趁他生平最好的时光来思考和安排一部伟大的作品,而且一心一意地把它完成。"④他把民族文学和民族作家看成伟大的时代和民族历史的产物。一个优秀的民族作家必须反映出全民族思想的伟大、情感的深刻及行动的坚强,而且对民族的历史与文化有深切的了解,能够汲取前人的经验教训。

在此基础上,歌德还提出建立世界文学的口号。在 1827 年 1 月 31 日与爱克曼的谈话中,歌德将中国传奇与贝朗瑞的诗加以对比,称赞中国人的思想、行为和情感更加明朗,更加

① 《歌德谈话录》,朱光潜译,人民文学出版社 1982 年版,第 221 页。
② 蒋孔阳主编:《十九世纪西方美学名著选》(德国卷),复旦大学出版社 1990 年版,第 78 页。
③ 蒋孔阳主编:《十九世纪西方美学名著选》(德国卷),复旦大学出版社 1990 年版,第 79 页。
④ 转引自朱光潜:《西方美学史》下卷,人民文学出版社 1979 年版,第 433 页。

纯洁,也更合乎道德。"我愈来愈相信,诗是人类的共同财产。诗随时随地由成百上千的人创作出来。""民族文学在现代算不了很大的一回事,世界文学的时代已快来临了。现在每个人都应该出力促使它早日来临。"①在 1830 年 3 月的一份提纲里,他又进一步发挥说:"这样一种世界文学在不久的未来将会形成,这在人类交往日益加快的情况下已属必然。"②他要求珍视外国,但不应把自己束缚在任何个别的东西上。他认为中国文学、塞尔维亚文学和《尼伯龙根之歌》可以作为我们的楷模,但范式仍然应该回到古希腊人那里去找,其他一切文学只能用历史的眼光去看,汲取它有价值的东西。他主张向莫里哀学习,向莎士比亚学习,但是首先要学习古希腊人。这种观点,多少有点厚古薄今,但从以传统的源头为本的角度看,还是有相当道理的。作为一种理想,他希望世界文学的来临,是可以理解的,而且随着文化交流的日益频繁,世界文学名著已经实现了资源共享,但事实上,所谓消弭民族差异的世界文学来临的理想,在短期内是不可能实现的。

第四节
席勒

一 生平及著作

席勒(Johann Christoph Friedrich von Schiller, 1759—1805),诗人、剧作家、历史学家和文艺理论家。他出生于涅卡河畔的马尔巴赫的一个医生家庭,父亲是外科医生,后来在部队做军医。1773—1780 年他被公国的统治者强制进入卡尔军事学院学习了八年,先学法律,后改军医,那里管束极严,与外界隔绝,这种经历使得他日后更迫切地追求自由。毕业后他做过军医,学过法学。他读书期间研读了莎士比亚、卢梭、歌德和其他"狂飙突进"诗人的作品,1781 年发表第一个剧本《强盗》,发出"德国应该成为共和国"的呼声。该剧 1782 年在曼海姆公演获得巨大成功。1784 年发表剧本《阴谋与爱情》等作品,投身于"狂飙突进"运动。他为此曾遭受卡尔·欧根公爵的处罚,生活无着,经济拮据,健康受到损害,在魏玛、莱比锡、耶拿和德累斯顿之间游走。1788 年经歌德推荐,席勒开始担任耶拿大学历史学副教授。1789 年法国大革命爆发时,他兴高采烈,欣然接受了巴黎国民议会授予的"法兰西共和国名誉市民"的称号。1790 年与夏洛蒂结婚。后对法国大革命的暴力方式感到失望,加上身患肺病,故在丹麦王子奥古斯丁堡公爵的资助下,研究康德哲学和历史,编辑《新塔莉亚》杂志(1792—1793)和文学月刊《季节女神》(1793—1797),发表了一系列学术著作。后又出版《文艺年鉴》。1794 年与歌德正式订交,并在歌德的鼓励下,开始诗歌和戏剧创作,共同推进了德国文学的发展,使之达到了古典现实主义高峰。两人合作直到席勒 1805 年逝世。

---

① 《歌德谈话录》,朱光潜译,人民文学出版社 1982 年版,第 113 页。
② 彼得·伯尔纳:《歌德》,关惠文等译,人民文学出版社 1986 年版,第 119 页。

他的作品除了狂飙突进时代浪漫主义剧作《强盗》和《阴谋与爱情》外,到古典现实主义时期则有剧本《华伦斯坦》三部曲(1798—1799)和剧本《威廉·退尔》(1804),他的诗篇《欢乐颂》则因贝多芬的交响乐而传遍世界。涉及到文论的著作主要有:《审美教育书简》(1793—1794)、《论秀美与尊严》(1793)、《论激情》(1793)、《论素朴的诗和感伤的诗》(1795)、《论悲剧题材产生快感的原因》(1791)、《论悲剧艺术》(1792)等。

二　艺术中的现实与理想

席勒在他的作品中贯穿着"自由"这个理想,当然这种自由是奠定在人的本性的基础上的。他在《论素朴的诗和感伤的诗》一文中,对于古典现实主义的诗和浪漫主义的诗进行了比较,涉及到了艺术中的现实与理想问题。席勒认为,素朴的诗源于有限的自然,是客观的,不带个人色彩的,造型性的,因而是现实主义的;而感伤的诗源于无限的观念,是主观的,带有自我反思的,音乐性的,因而是浪漫主义的或理想主义的。素朴的诗或感伤的诗反映了侧重现实和注重理想的差异。

就时代而言,素朴的诗是属于古代的,感伤的诗是属于近代的。当然近代也可以出现素朴的诗人,如莎士比亚和歌德,古代也会出现感伤的诗人,如贺拉斯。但这毕竟是例外。同时,素朴的诗与感伤的诗在表现内容和感受方式上也有所不同。他认为素朴的诗是在摹仿现实,而感伤的诗是在表现理想。席勒说:"在自然的素朴状态中,由于人以自己的一切能力作为一个和谐的统一体发生作用,他的全部天性因而表现在外在生活中,所以诗人的作用就必然是尽可能完美地模仿现实;在文明的状态中,由于人的天性的和谐活动仅仅是一个观念,所以诗人的作用就必然是把现实提高到理想,或者换句话说,就是表现或显示理想。"[1]席勒第一次阐释了现实主义概念,认为现实主义是同活生生的现实,同有限的自然,同感性的真实相联系的,而理想主义则同无限的观念,同自由的理想相联系。在感受方式上,席勒说:"因为素朴的诗人除了素朴的自然和感觉以外,再没有其它的模板,只限于模仿现实,所以他对于自己的对象只能有单一的关系,因而在处理上是没有选择余地的。"而感伤的诗人"沈思事物在他身上所产生的印象;他的心灵中所引起的和他在我们心灵中所引起的感情,都是以他的这种沉思为基础。……感伤的诗人经常打交道的是两个互相冲突的感觉和印象,是当作有限看的现实,和当作无限看的他的观念。他所引起的混合感情总是证实这种源泉的双重性"。[2]

素朴的诗被席勒称为是自然的恩赐,诗人依赖经验凭借天性或自然进行创作。只有自然在诗人身上依据内在必然性发生作用时,诗人才能达到自己的目标。感伤的诗则是诗人通过自己内在的努力,使带有缺陷的对象完善起来,并且依靠自己的力量,使自己的有限的状态转到绝对自由的状态。换句话说,素朴诗人是通过自然的帮助,感伤诗人则用自己的内

① 《论素朴的诗和感伤的诗》,蒋孔阳译,《古典文艺理论译丛》第 2 册,人民文学出版社 1962 年版,第 2 页。
② 《论素朴的诗和感伤的诗》,蒋孔阳译,《古典文艺理论译丛》第 2 册,人民文学出版社 1962 年版,第 5 页。

在力量来滋养自己和净化自己。"诗可以描述它的对象的一切界限,即把它个性化,而表现出形式的无限;或者诗可以使它的对象摆脱一切界限,即把它理想化,而表现出绝对观的无限,——换句话说,诗或者作为绝对的描述是可以无限的,或者作为绝对物的描述可以是无限的。前一条路是素朴诗人所走的,后一条路是感伤诗人所走的。"①

素朴的诗是通过自然个体和生动的感性对象来感动我们,它在我们身上引起的是愉快的、纯洁的和平静的感觉,包括那些悲剧。素朴的诗是生活的儿子,它引导我们回到生活中去。感伤诗人则是凭借观念和高度的精神事物强烈地感动我们,给我们的印象是严肃的和紧张的。因为在感伤诗中必须将想象力的表像和理性的概念相结合,在两种全然不同的心境中摇摆不定。作为隐遁和静寂的产物,感伤诗招引我们获求隐遁和静寂。

席勒认为,自然赋予素朴诗人"总是以不可分割的统一的精神来行动,在任何时候都是独立的和完全的整体,并且按照人的实质在现实中表现人性"。而对于感伤诗人,自然"从他内心深处恢复抽象在他身上所破坏了的统一,在他自己里面,使人性益臻完善,从有限的状态进到无限的状态"。② 素朴诗人在感性的现实方面占优势,而感伤诗人则能通过思想比素朴诗人提供更崇高的对象。

三　戏剧特征论

席勒继承了莱辛等人的看法,把戏剧看成是"人类生活的一面坦诚的镜子"③。这是由古希腊的摹仿说发展到文艺复兴时代的镜子说并对他产生影响的结果。席勒尤其强调了戏剧的坦诚性。他反对那种自然主义的戏剧表现,强调通盘透视的整体意识。他从人的需要出发,将戏剧表演看成是一种诗意的游戏。他认为每个人虽然都期待借助想象力的艺术而在一定程度上摆脱实在事物的限制,可他更愿意为可能的事物感到高兴和给他的想象提供空间。尤其是在现实中生活得很平庸的人,戏剧提供给他们以通过想象创构的空间。

在《好的常设剧院究竟能够起什么作用?》中,席勒阐释了剧院的社会功能。他认为"剧院起着教育人和教育民族的作用",这一点"戏剧艺术比其他任何姊妹艺术都更优越"。④ 剧院对人的心灵进行全面的塑造。"剧院给渴望活动的精神展现着一个无限的领域,给每种精神能力以食粮,并不使个别的精神能力过度紧张,而且使理智的教育和心灵的教育与最高尚的娱乐结合起来。"⑤戏剧的功能可以与宗教、法律和道德互补,乃至起到他们起不到的作用。"在人间的法律领域终止的地方,剧院的裁判权就开始了。当正义为金钱而迷惑,而尽情享受罪恶的奉禄时,当强权的罪行嘲笑它的无能,而人们的畏惧捆住了官府的手脚时,剧院就接过宝剑和天平,并在一个极大的法官席前撕碎罪恶。"⑥戏剧可以行使道德法庭的功能。

① 《论素朴的诗和感伤的诗》,蒋孔阳译,见《古典文艺理论译丛》第 2 册,人民文学出版社 1962 年版,第 29—30 页。
② 《论素朴的诗和感伤的诗》,蒋孔阳译,见《古典文艺理论译丛》第 2 册,人民文学出版社 1962 年版,第 33—34 页。
③ 《论当代德国戏剧》,见《席勒散文选》,张玉能译,百花文艺出版社 1997 年版,第 3 页。
④ 《席勒散文选》,张玉能译,百花文艺出版社 1997 年版,第 310—311 页。
⑤ 《席勒散文选》,张玉能译,百花文艺出版社 1997 年版,第 313 页。
⑥ 《席勒散文选》,张玉能译,百花文艺出版社 1997 年版,第 314 页。

"在剧院中表演的这些生动图景最终与普通人的道德融为一体,并且在各种单独情况下决定着他的感情"①,"剧院的作用范围还在继续延伸。即使在宗教和法律认为伴随着人的情感有损它们尊严的地方,剧院对于我们的教育仍然是热忱的"②。"剧院不仅让我们注意人和人物性格,而且让我们注意命运,还教给我们忍受命运的伟大艺术。""剧院给我们展示人类痛苦的形形色色场景。它人为地把我们拉入别人的困窘之中,并使我们流下狂喜的眼泪,用勇气和经验的巨大增加来报答眼前的痛苦。"③"剧院不仅使我们了解人类的命运,它还教会我们能够对抗不幸并宽宏大量地对待不幸。只有在我们改变了这种不幸的困窘深度的情况下,我们才能够对这种不幸作出判断。"④"剧院是公共的渠道,智能的光芒从善于思考的部分人民之中照进剧院,并且以柔和的光线从这里照彻整个国家。""人们从剧院里出来就会自行与教育的谬误作斗争,戏剧也会期待成为处理这种值得注意的主题的场所。"⑤

四 悲剧和喜剧

席勒曾有两篇专门讨论悲剧问题的论文,即《论悲剧题材产生快感的原因》和《论悲剧艺术》。而在《论素朴的诗与感伤的诗》中也涉及到了悲剧和喜剧问题。席勒一生以悲剧创作为主,却没有写下喜剧。他对悲剧的谈论也很多,而对喜剧问题却谈得不多,但认为喜剧在主体性上比悲剧有更高的地位。在《论素朴的诗与感伤的诗》中,他将喜剧与悲剧的区别看作是优美心灵与崇高心灵的差别。他认为悲剧在所处理的客体上占有优势,然而喜剧却需要更重要的主体。在主体性上,喜剧高于悲剧。这种思想直接地影响了黑格尔的思想。

在悲剧问题上,席勒认为"悲剧是对一系列彼此联系的事故(一个完整无缺的行动)进行的诗意的摹拟,这些事故把身在痛苦之中的人们显示给我们,目的在于激起我们的同情"⑥。悲剧通过否定的形式显示人类的自由,是目的性与反目的性冲突的表现。一切快感的源泉在于目的性,而审美的快感在于精神性自由的快感,因而悲剧快感的源泉来自于精神的目的性,这是以反目的性为前提的目的性,即感性自然的反目的性与理性道德的目的性冲突。这就将悲剧与道德紧密地联系起来。在《论崇高Ⅱ》中,席勒对悲剧效果作了具体的分析,认为悲剧的快感是一种混合的感情,并将悲剧的情感看成是一种崇高感,这种快感是表现最高程度的恐惧与提高到兴奋的愉快的一种组合,这是一种来自道德本性的精神自由的快感。席勒说:"悲剧的感动和我们由痛苦而生的快乐,是以道德上合情合理之感为基础的。"⑦席勒还提出悲剧题材动人的先决条件是要激发观众的同情心,引起反感、使人厌恶的人物,便不适宜于当悲剧的人物。同时,"一切同情心都以受苦的想象为前提,同情的程度,也以受苦的想

① 《席勒散文选》,张玉能译,百花文艺出版社 1997 年版,第 315 页。
② 《席勒散文选》,张玉能译,百花文艺出版社 1997 年版,第 316—317 页。
③ 《席勒散文选》,张玉能译,百花文艺出版社 1997 年版,第 319 页。
④ 《席勒散文选》,张玉能译,百花文艺出版社 1997 年版,第 320 页。
⑤ 《席勒散文选》,张玉能译,百花文艺出版社 1997 年版,第 321 页。
⑥ 《论悲剧艺术》,张玉能书译,杨业治校,见《古典文艺理论译丛》第 6 册,人民文学出版社 1963 年版,第 98 页。
⑦ 《论悲剧题材产生快感的原因》,孙凤城、张玉能译,杨业治校,见《古典文艺理论译丛》第 6 册,人民文学出版社 1963 年版,第 82 页。

象的活泼性、真实性、完整性和持久性为转移"①。

第五节
谢林

一　生平及著作

谢林(Friedrich Wilhelm Joseph von Schelling，1775—1854)，1775 年 1 月 27 日出生于斯图加特附近的小城莱昂贝格的一个基督教新教徒家庭，父亲是教堂执事。谢林 6 岁启蒙，15 岁进入杜宾根神学院学习，与荷尔德林、黑格尔同居一室。在同班同学中除第一次外，每次考试都是第一。他与同学阅读、讨论过康德的《纯粹理性批判》、席勒的《强盗》和卢梭的手抄本，与黑格尔一起参加政治俱乐部，受到 1789 年法国大革命的震撼，传说《马赛曲》的歌词是由谢林译成德语的。同时，谢林还与黑格尔一道在杜宾根郊外的草地上种了自由之树。他 17 岁完成硕士论文《根据〈创世纪〉第三章对有关人类罪恶起源的古代箴言进行批判和哲学阐释的尝试》，并出版问世。1793 年 6 月见到费希特，并深受其影响。1795 年 6 月，谢林从神学院毕业后先去当家庭教师，后到莱比锡大学听课和进行研究，写出了给他带来巨大声誉的《作为研究知识学导论的有关自然哲学的一些观念》。1798 年在许多名人的举荐下，谢林担任了耶拿大学教授，时年 23 岁。1803 年，谢林在 28 岁时与比他大 12 岁的奥·威·施莱格尔的妻子卡罗琳娜堕入情网，成为她的第三任丈夫。6 年后卡罗琳娜逝世，谢林与她的女友戈特尔小姐结婚。1805 年谢林在慕尼黑获得巴伐利亚科学院院士头衔，1808 年被任命为艺术科学院秘书长，同时被授予勋章，获得了贵族头衔。他 1825 年开始在慕尼黑大学任教授，1841 年开始任柏林大学教授。学生中有恩格斯、克尔恺郭尔、巴枯宁等人。1842 年谢林开始任普鲁士宫廷枢密顾问。1846 年谢林停止讲课。1854 年谢林在瑞士的疗养城镇拉加茨逝世，享年 79 岁。

谢林的主要著作，除前面提到的以外，还有《论一般哲学的可能形式》(1795 年)、《对自然哲学的看法》(1798)、《先验唯心论体系》(1800) 等。集中体现他的文艺思想的是《艺术哲学》。《艺术哲学》写于 1802—1805 年，正式出版于谢林逝世后的 1859 年。而在此之前，若干在耶拿大学和维尔茨堡大学所作的讲演记录本，已经广为传布。1845 年，伦敦出版了《艺术哲学》的英译本。

二　艺术与哲学的关系

谢林主要是从自己的哲学体系出发进行推衍，又通过对艺术的研究完成他的同一哲学

---

① 《论悲剧艺术》，见《古典文艺理论译丛》第 6 册，人民文学出版社 1963 年版，第 94 页。

的构筑的。他认为"理智直观的这种普遍承认的、无可否认的客观性,就是艺术本身"①。"艺术是哲学的唯一真实而又永恒的工具和证书,这个证书总是不断重新确证哲学无法从外部表示的东西,即行动和创造中的无意识事物及其与有意识事物的原始同一性。正因为如此,艺术对于哲学家来说就是最崇高的东西,因为艺术好像给哲学家打开了至圣所。"②他认为哲学是从诗歌中诞生的,得到诗歌的哺育,最终则犹如百川汇海,复归于它们曾经由之发源的诗的大海洋中。艺术是具有绝对客观性的,而且处于客观性的顶端,如果去掉客观性,艺术就变成了哲学。谢林说:"哲学则是通过艺术直接客观化;而作为现实事物之精神的哲学理念,则通过艺术成为客观者。正因为如此,艺术在理念世界所据有的地位,犹如有机体在现实世界中所据者。"③"如果赋予哲学以这种客观性,哲学就会不再是哲学,而变成了艺术。"④就企及最崇高的事物而言,哲学仿佛是引导一小部分人达到这一点,"艺术则按照人的本来面貌引导全部的人到达这一境地"⑤。艺术世界描绘的是现实世界的形象或行动,但这只是表面的形式,它所表现的深层意蕴却是那绝对或行动,但这精神,是最具有精神性或理性的。艺术与哲学的区别只在于"艺术具有所谓特殊性之规定,并属于映象;如果将此排除,它便是理念世界的最高幂次"⑥。谢林还认为艺术通过象征的方式建立在有意识活动与无意识活动的同一之上。艺术家通过自我的明确目的和意图进行创造,这同时又是一种自由自在的活动,它将普遍与特殊的绝对无差别性在特殊事物中进行表现。

在此基础上,谢林还论述了艺术与自然的关系。他继承传统的艺术摹仿自然说,他认为艺术的原型就是自然。因为艺术是表现精神或神性的,这种精神或神性来源于自然。而自然本身是有生命和精神的,艺术家忠实地描绘了自然,生命和精神就在其中。"我们所说的自然界,就是一部写在神奇奥秘、严加封存、无人知晓的书卷里的诗。"⑦艺术描绘了自然,便自然会有诗意。同时,谢林又反对照搬自然。自然中的生命和精神并不裸露在现象的表面以具象的形态存在,也不集中地突出出来,它们需要艺术家去芜存精,提炼出内在的精神加以表现。

三 天才论

谢林在《先验唯心论体系》和《艺术哲学》两书中,继承了康德的天才论,并从自己的思想体系出发,对天才问题进行了系统阐述。谢林是从天才入手推导自己的艺术概念的,他认为艺术是天才的作品,有了天才才有艺术,天才是艺术的根源。"完美无瑕的作品只有天才才能创造出来,正因为如此,美学中的天才就等于哲学中的自我。"⑧由于谢林认为艺术中的普遍性与特殊性是统一的。"艺术中的普遍者与其在作为个体的艺术家本身所接纳的特殊者,

---

① 谢林:《先验唯心论体系》,石泉、梁志学译,商务印书馆1977年版,第273页。
② 谢林:《先验唯心论体系》,石泉、梁志学译,商务印书馆1977年版,第276页。
③ 《艺术哲学》,魏庆征译,中国社会出版社1996年版,第39页。
④ 《先验唯心论体系》,石泉、梁志学译,商务印书馆1977年版,第278页。
⑤ 《先验唯心论体系》,石泉、梁志学译,商务印书馆1977年版,第278页。
⑥ 谢林:《艺术哲学》,魏庆征译,中国社会出版社1996年版,第37页。
⑦ 谢林:《艺术哲学》,魏庆征译,中国社会出版社1996年版,第276页。
⑧ 谢林:《先验唯心论体系》,石泉、梁志学译,商务印书馆1977年版,第268页。

绝对契合。"①而天才的艺术家便可将普遍性的东西和特殊性的东西统一起来,进入绝对无差别境界。即天才在作品中既能体现出绝对观念或世界精神,又能保持个体的特殊性,进行有目的的自由活动,把自己的个性显露在作品中。谢林受康德影响,认为天才是独立自律的,自身体现和表现法则。谢林说:"天才所摈弃的律则,乃是纯机械的理智所赋予者;天才是独立自律的,只规避异己的法度,而不规避其自身的法则。"②

在谢林的体系中,天才是一种绝对的自发显现。天才所添加到创造物上面的奇妙的东西,乃是绝对本身原初所具有的东西,它对人来说是意外的,而对绝对来说却并不意外,也不是无目的的,它就是绝对自身的目的,是绝对自身要实现出来的东西。天才存在于冥冥之中、超越万有的绝对,借助人的手把自身的本性展现于创造物,从而产生出意想不到的效果。作为一种未知的力量,天才如同"未经我们认识,甚至违背着我们的意志而实现了没有想象到的目标。可以被称为命运一样的,这种不可理解的东西,这种不受自由的影响,在某种程度上又违背着自由,永远躲藏到自由中的东西,这种在创造过程中得到了统一,把客观事物添加到有意识事物上的东西,也可以用模糊的天才概念来表示。"③

谢林把神看成是一切艺术的绝对根源,神当然也就是天才的根源。在谢林的体系中,一切现实的事物和艺术作品的真正创造者乃是绝对、同一、世界精神,也就是神的神性通过带有神性的人的概念或观念参与了产品的创造,把神性转移到对象上去,这就是天才的活动。因此就可以说,天才是神的绝对性的一个片断。神是一切产品的根源,一切都是神从自身生产出来的。神从自身生产出来的只能是自己的本质的表现,而神的本质又是超越一切的至大至圣的绝对精神,当它显示出来的时候,一般人只能惊叹莫名,只能呼之为天才。

在《论造型艺术和自然的关系》一文中,谢林也说:"艺术家像每一个精神活动家一样,只按照神和自然写在他心中的规则行事而不是按照其它规则。谁也帮不了他,必须自己帮助自己;因此他也不能被借用,因为那并非为他自己之故而爆发出来的东西会倏忽间消失殆尽,同时也正因为如此,就没有人能指挥他,或给他确定一条道路……"④作为一种特殊的禀赋,天才是与身俱来的,是神和自然赐给他的。神和自然在天才心中的规则,并不是明晰的法则,更不是用语言叙述出来的,而只是一种深层的本能。只要天才进行创造,那奇妙的神性就会自然而然地流露出来。显然,作为深藏在天才心灵中的一种潜能,天才无法借给他人使用,他自己也不知道附在艺术品上的最精妙的感人性质是如何产生的。天才既无法指挥,也无法通过后天造就起来。

为了突出天才的特殊性,谢林将天才与普通的才能作了对比。在他看来,普通的才能只有单纯经验的必然性,而且这种必然性还是一种偶然性,而天才则具有绝对的必然性。就是说,天才是先天的,总能创造出表现绝对观念或神性的艺术作品,因为天才本身就是神性的

---

① 谢林:《艺术哲学》,魏庆征译,中国社会出版社 1996 年版,第 190 页。
② 谢林:《艺术哲学》,魏庆征译,中国社会出版社 1996 年版,第 6—7 页。
③ 谢林:《先验唯心论体系》,石泉、梁志学译,商务印书馆 1977 年版,第 265 页。
④ 《谢林选集》第三卷,第 423 页,转引自蒋孔阳、朱立元主编:《西方美学通史》第四卷,上海文艺出版社 1999 年版,第 322 页。

一个片断,天才出手即不同凡响,这就是他所说的必然性。而普通的才能则是后天的,可以通过努力学习和演练获得的。有才能的人有时也能创造出较好的艺术作品,但有时却要出现败笔,这就是谢林所说的经验的必然性。

四 神话与悲剧

谢林将神话看成艺术的必要条件和原始材料。他认为,"神话乃是尤为庄重的宇宙,绝对面貌的宇宙,乃是真正的自在宇宙,神圣构想中生活和奇迹叠现的混沌之景象。这种景象本身即是诗歌,而且对自身说来同时又是诗歌的质料和元素。它(神话)即是世界,而且可以说即是土壤,唯有植根于此,艺术作品始可吐葩争艳、繁茂兴盛"①。谢林还认为"既然诗歌是质料的形象本原,即较狭义形态的艺术,那末,神话则是绝对的诗歌,可以说,是自然的诗歌,它是永恒的质料;凭借这种质料,一切形态得以灿烂夺目、千姿百态地呈现"②。

谢林将基督教神话与希腊神话区别对待。他认为基督教教义将人们对自然和宇宙的客观认识全部推归为神的作用,在人们的内心把对自然的恐惧引向对神的顶礼膜拜,从而丧失了对自然这一无限物的判断能力。而"希腊人的神话形成自成一体的理念象征的世界,"无限在有限中得以直观。有限被设想为无限的比喻。谢林明显地表露出自己对希腊神话的偏爱,而对基督教这种作为一种具有强烈社会目的的宗教,则明显不太喜欢。

而悲剧作为西方古老的艺术,几乎成为古代文论家不容跳过的研究对象。谢林在《艺术哲学》中具体讨论艺术类型时,着重讨论了悲剧。谢林认为悲剧因素的本质在于命中注定的同时又是自愿选择的不幸。悲剧可以借助不仅同命运,乃至同生命完全和解的情感来结束。"悲剧的实质在于主体中的自由与客观者的必然实际的斗争;这一斗争的结局,并不是此方或彼方被战胜,而是两方既成为战胜者,又成为被战胜者,即完全地不可区分。"③这一点,后来影响到了黑格尔的悲剧的永恒公理说。

谢林认为作家在构思悲剧情节时,其主要目的在于揭示出事物的必然性或主体行为的基础,并主要借助于外在的手段,构思的艺术手法似乎在于赋予主人公以足够广泛的品格。而软弱者或外在情节玩偶的人物是不能成为悲剧英雄的。如果没有命运的其他安排,性格便应成为他的命运。悲剧的价值不仅在于表现苦难与不幸,还在于对命运的反抗。悲剧中的"英雄人物虽然在一种意义上和外在方面看来失败了,却在另一种意义上高于他周围的世界,从某种方面看,他们并没有受到击败他的命运的损害,与其说被夺去生命,不如说从生命中得到了解脱"。谢林还认为在悲剧中绝不可能有偶然事件的地位。情节的外在不间断性,构成了真正的悲剧的特征,正是情节本身之内不间断性和统一的表现。

谢林还高度称赞了合唱的作用,认为它是至高无上的技巧之最佳的和最激动人心的创举。

---

① 谢林:《艺术哲学》,魏庆征译,中国社会出版社1996年版,第64页。
② 谢林:《艺术哲学》,魏庆征译,中国社会出版社1996年版,第65页。
③ 谢林:《艺术哲学》,魏庆征译,中国社会出版社1996年版,第371—372页。

第六节
黑格尔

一　生平及著作

黑格尔(Georg Wilhelm Friedrich Hegel，1770—1831)，19世纪德国古典哲学和美学的集大成者，辩证法的大师。黑格尔出生于德国符腾堡公国首府斯图加特城，他的父亲是公国财政部税务局的书记官，母亲是一个虔诚的宗教徒。1780年起，黑格尔就读于斯图加特的一所文科中学，接受古典和启蒙教育。1788年，黑格尔入图宾根大学学习哲学和神学，他对神学不感兴趣，而致力于哲学。1798年，黑格尔毕业于图宾根大学神学院。1801年，黑格尔经同学谢林推荐到耶拿大学任教，法国拿破仑入侵耶拿后，前往纽伦堡任中学校长。1816年，黑格尔重新回到大学，任纽伦堡大学教授。1818年应普鲁士教育大臣之邀到柏林大学任教，主讲哲学。1829年，黑格尔被推举为柏林大学校长兼政府代表。1831年被授予红鹰勋章，同年11月因霍乱去世。黑格尔一生著作丰富，他生前出版的主要著作有：《精神现象学》(1807)，此书标志着黑格尔从谢林的追随者到独立创立哲学体系的转变；《逻辑学》(又称《大逻辑》，1812—1816)，在这部书中他系统地阐明了他的辩证法思想；《哲学全书》(1817)，其中包括逻辑学、自然哲学和精神哲学三部分，是黑格尔整个客观唯心主义哲学体系的系统表达。他的其他著作如《哲学史讲演录》(1833—1836)、《历史哲学》(1837)、《美学》(1836—1838)等都是在他逝世后由他的学生整理出版的。他的文论思想主要集中在三卷本的《美学》讲演录中。

二　艺术的类型与发展

黑格尔凭借自身对艺术史知识的掌握和高超的艺术鉴赏力，以历史的和逻辑的观点相统一的方法，具体考察了世界艺术的发展史，论述了不同阶段中艺术内容和艺术形式的关系：物质表现形式压倒精神内容；物质表现形式与精神内容契合；精神内容压倒物质表现形式。与这些关系相适应，黑格尔将艺术的类型分为三种：象征艺术、古典型艺术和浪漫型艺术。黑格尔对艺术发展三阶段的划分，继承了德国艺术史家温克尔曼关于艺术发展三阶段的论点。温克尔曼在其《古代艺术史》中将古代艺术发展过程划分为东方艺术、古希腊艺术、中世纪和近代艺术。黑格尔借鉴这种分类方法，将艺术的类型分为三种，为我们勾勒了一幅人类艺术史发展的蓝图。

1. 象征型艺术

关于象征，黑格尔是这样界定的："象征一般是直接呈现于感性观照的一种现成的外在事物，对这种外在事物并不直接就它本身来看，而是就它所暗示的一种较广泛较普遍的意义来看。"[1]象征以一种人们可以感性观照的现成的外在事物，暗示某种意义，如狮子象征刚强、

---

① 黑格尔：《美学》第2卷，朱光潜译，商务印书馆1979年版，第10页。

威严,鸽子象征和平,圆形象征永恒等。但"象征在本质上是双关的或模棱两可的"[①]。以狮子为例,除刚强、威严外,还与凶暴、残忍、勇猛等多种意义相连。象征本身的暗示性和多义性造成了象征型艺术的模糊性、神秘性和暧昧性。在象征型艺术中,形式和内容的关系仅是一种象征关系,物质不是作为内容的形式来表现内容,而是物质的表现形式压倒精神的内容,用某种符号,某种事物来象征一种朦胧的认识或意蕴。印度、波斯、埃及等东方民族建筑是典型的象征型艺术。如埃及的金字塔,在黑格尔看来,就是由"艺术创造出来"的巨大的象征形象,其中有着很丰富的精神性的东西,金字塔的每一个部分都被赋予象征的意义:塔尖象征日光,塔的庞大结构、塔内的甬道象征人生奥秘,石门象征神界的威严等。黑格尔认为,象征艺术最初的艺术类型是艺术前的艺术,在这个时期人类的认识有限,找不到合适的感性显现的形象来表达自己的理念,于是就采取了以某种符号或外在事物作为象征的形式。"我们把一般象征型艺术看作意义和表现形式还没有达到完全互相渗透互相契合的一种艺术形式。"[②]随着历史的发展,象征型艺术在经历了不自觉的象征、崇高的象征和自觉的象征三个具体阶段后,过渡到完美的艺术类型——古典型艺术。

2. 古典型艺术

象征型艺术由于理念本身的不确定性、抽象性,造成了形式与内容的分离。到了古典型艺术,理念是具体的,它无需借助于外在形式,而是自己否定自己,规定自己,使自己外现于形象。形式成为理念的感性显现,理念不再外在于形式,而是渗透到形式的全部,形式也不再外在于内容,而是符合内容的要求并充分表现内容,这样内容和形式达到了高度统一。在黑格尔看来,古典型艺术结束了象征型艺术意义与形象分裂的状态,使二者实现了和谐统一,艺术遂结束了它的前艺术时期,进入了"真正的艺术"时期。黑格尔对于古典型艺术给予了高度的评价,他认为"古典型艺术是理想的符合本质的表现,是美的国度达到金瓯无缺的情况。没有什么比它更美,现在没有,将来也不会有"[③]。黑格尔认为古典型艺术是最理想的艺术。人的形象是古典型艺术的艺术表现的中心。古典型艺术不借助于外在事物体现精神性的内容,而是以精神性的主体自己来作为表现形式。人的全部构造"显得是精神的处所","是精神的唯一可能的自然存在","精神也只有在肉体里才能被旁人认识到"[④],"形成真正的美和艺术的中心和内容的是有关人类的东西。"[⑤]用人的形象作为艺术表现的中心,是绝对理念作为艺术内容不断发展的结果,也是艺术成熟的标志之一。古典型艺术对人的认识已进入自觉的阶段,它所表现的精神内容也从象征主义的抽象模糊发展为具体明确。古典型艺术常通过对人的情感、本能冲动、事迹、遭遇、行动的描绘来和谐地表现精神。希腊艺术是理想的古典型艺术,古典型艺术的特征在希腊艺术中得到了充分的体现。希腊人心目中的神,不是高高在上的,而是具有着人的形体,有同凡人一样的生活,有着凡人的喜怒哀乐,神不是

---

① 黑格尔:《美学》第2卷,朱光潜译,商务印书馆1979年版,第12页。
② 黑格尔:《美学》第2卷,朱光潜译,商务印书馆1979年版,第148页。
③ 黑格尔:《美学》第2卷,朱光潜译,商务印书馆1979年版,第274页。
④ 黑格尔:《美学》第2卷,朱光潜译,商务印书馆1979年版,第166页。
⑤ 黑格尔:《美学》第2卷,朱光潜译,商务印书馆1979年版,第163页。

一个抽象、模糊的概念,而是被直接感性化,具体化为一个个栩栩如生的人的形象。如宙斯是正义、道德、权力等理念的具体化,雅典娜则是智能、和平的化身,他们不仅生活在人们之中,而且推动了人们的生活。古希腊艺术使人的形象成为艺术的中心,从而实现了美的理想。古典型艺术消除了象征型艺术表现出来的那种物质形式和精神内容不协调的矛盾,使内容与形式构成了一个和谐的整体。古典型艺术以人的形象作为艺术表现的中心,有益于艺术的进一步发展,但由于理念始终处于运动变化之中,随着时代的发展,古典型艺术的这种和谐,又出现了新的分裂,最后导致了它的解体。

3. 浪漫型艺术

黑格尔所讲的浪漫型艺术,不同于文学史上所说的18世纪末出现的浪漫主义思潮,它的时间跨度是从中世纪到黑格尔所处的时代(18世纪末—19世纪初)。绝对理念的发展使艺术的精神内容压倒物质形式,于是内容与形式出现了新的不协调。"精神愈感觉到它的外在现实的形象配不上它,它也就愈不能从这种外在形象中去找到满足,愈不能通过自己与这种形象的统一去达到自己与自己的和解。"[①]外在现实的形象无法满足精神内容的要求,于是精神内容"退到它自身",即退回到精神世界,以表现精神的内在生活为主要内容,浪漫型艺术由此产生。浪漫型艺术有着自身一系列的新特点,首先浪漫型艺术遵循内在主体的原则。在浪漫型艺术中,由于精神退回到自身,直接表现精神的内在内容、展示内心生活,所以表现自我、表现心灵的矛盾和冲突,就成为浪漫型艺术的主题。"浪漫型艺术的真正内容是绝对的内心生活,相应的形式是精神的主体性,亦即主体对自己的独立自由的认识。"[②]其次,浪漫主义不回避古典主义表现的罪恶、丑陋、怪诞。浪漫型艺术是精神退回自身、与自身和解的产物,这实质上是精神自分裂、自运动的过程。只有通过分裂,精神才能转化为更高层次的统一。故浪漫型艺术表现痛苦、丑恶,甚至死亡,乃是出于精神运动的必然。再次,浪漫型艺术有着更高的精神美。浪漫型艺术虽丧失了古典型艺术那种自由生动、静穆和谐的理想美,但却获得了更高的精神美,因为古典型艺术还只是"精神在它的直接的感性形象里的美的显现",而浪漫型艺术则是精神超越了直接的感性显现,达到"自己与自己的融合"。浪漫型艺术以中世纪基督教艺术为开端,经历了以荣誉、爱情和忠贞三大主题为中心的"骑士风"阶段,至文艺复兴时期,进入它的第三阶段即近代资本主义的浪漫型艺术。

总之,黑格尔对艺术所作的这种划分,为我们提供了较为系统、清晰的艺术发展简史。他把一部人类艺术史解释为客观的绝对理念、精神在不断外化自己、显示自己的运动中从摸索性形象(象征型)到与形象吻合(古典型),再到返归精神(浪漫型)的历程。在他的理论中,包含着对艺术发展历史与规律的许多天才的猜测和合理的思考。

三 诗论

由于黑格尔把诗看成是最高的艺术形式,加之他本身对各种文学作品的深入研究,所以

---

① 黑格尔:《美学》第2卷,朱光潜译,商务印书馆1979年版,第285页。
② 黑格尔:《美学》第2卷,朱光潜译,商务印书馆1979年版,第276页。

他的诗论部分写得十分精彩。黑格尔所说的诗是广义的诗,也就是文学。黑格尔将诗分为三种,并对各自的特征作了精辟的概括。

首先是史诗。黑格尔认为史诗的根本特征是客观性。史诗是通过对客观世界发生的事迹的忠实描述,来揭示其内在发展规律的,诗人自己并不露面,"其中事态是自生自发的,诗人退到台后去了"①。史诗往往以客观地反映整个民族、时代的精神为主要内容,它常以英雄人物为主人公,通过对他们及其业绩的描写来表现全民族的精神。在强调史诗的客观性的同时,黑格尔并不否定诗人的主体性,认为虽然史诗描述的是客观的东西,"可是在诗里表现出来的毕竟还是他自己的,他按照自己的看法写成了这部作品,把他自己的整个灵魂和精神都放进去了"②。因此,黑格尔所说的史诗客观性,是渗透著作者主体性的客观性。与艺术历史发展的三种类型相适应,黑格尔把史诗的发展分为三个阶段:第一阶段是东方史诗,代表作有印度史诗《摩诃婆罗多》、《罗摩衍那》,阿拉伯的抒情叙事英雄歌《哈玛莎》、《牟尔拉卡特》等。第二阶段以荷马史诗为代表的希腊罗马古典型史诗。第三阶段,浪漫型史诗,代表作有但丁的《神曲》,塞万提斯的《堂吉诃德》等。

其次是抒情诗。与史诗的客观性相反,抒情诗是对史诗客观性的否定,它以主体性为基本特征。它的"内容是主体(诗人)的内心世界,是观照和感受的心灵,这种心灵并不表现于行动","抒情诗采取主体自我表现作为它的唯一的形式和终极的目的"。③ 抒情诗的主体性特征决定了它描写的内容比之史诗要狭窄。它描写的重点不是必然的对象,而是偶然发生的情感。所以在黑格尔看来,从一首史诗中可以看出一个时代、民族的基本精神,而从一首诗中至多只可以体现其中的一个特殊方面,"只有通过全民族的抒情诗的全部作品,而不是通过某一首抒情诗,才能把全民族的旨趣、观念和目的都表现无遗"④。另外,抒情诗在表现方式上与史诗有较大差异。史诗以客观世界为出发点,它"一般是铺开来描写现实世界及其杂多现象",而让诗人"淹没在客观世界里"⑤;抒情诗则把客观世界"吸收到他的内心世界里",使之主体化、内心化、情感化,变成诗人思想感情的组成部分。所以,黑格尔认为史诗的写作原则是展开和铺陈,"抒情诗的原则是收敛或浓缩"。⑥

第三是戏剧诗。黑格尔对戏剧体诗评价最高,认为戏剧体诗是诗中之冠,因为它既有史诗的客观性因素,又有抒情诗的主观性因素,是适宜于表现人物性格冲突的。黑格尔将戏剧分为悲剧、喜剧和正剧,其中以悲剧理论影响最大,故在下面将作详细介绍。

四 悲剧观

黑格尔被公认为是继亚里士多德之后"唯一以既独创又深入的方式探讨悲剧的哲学

① 黑格尔:《美学》第3卷下册,朱光潜译,商务印书馆1981年版,第99页。
② 黑格尔:《美学》第3卷下册,朱光潜译,商务印书馆1981年版,第113页。
③ 黑格尔:《美学》第3卷下册,朱光潜译,商务印书馆1981年版,第99—100页。
④ 黑格尔:《美学》第3卷下册,朱光潜译,商务印书馆1981年版,第190—191页。
⑤ 黑格尔:《美学》第3卷下册,朱光潜译,商务印书馆1981年版,第212页。
⑥ 黑格尔:《美学》第3卷下册,朱光潜译,商务印书馆1981年版,第212页。

家"①。他的悲剧理论虽在其整个理论中所占篇幅的比重不大,但他的悲剧学说的地位却十分重要。伊恩雷尔·诺克斯曾这样评价黑格尔悲剧学说的地位:"人们如果谈黑格尔的艺术哲学而不去考察他关于悲剧本质的概念,那就几乎等于演《哈姆雷特》这出戏缺了丹麦王子的角色。"②

　　1. 悲剧冲突的本质

　　作为一个哲学家,黑格尔的悲剧学说中也处处渗透着他的哲学思想。他以一个哲学家的眼光,在亚里士多德之后对悲剧作出深刻而系统的研究。黑格尔认为悲剧最适合表现辩证法,于是在悲剧史上第一个把矛盾冲突学说真正运用于悲剧学说,自觉地把悲剧看成是一种对立统一的辩证过程。他的悲剧学说正是以"冲突说"为基础的。在黑格尔的影响下,悲剧必须表现冲突,成了西方许多悲剧作家恪守的创作原则。黑格尔对悲剧理论的突出贡献,表现在他明确提出理想的悲剧只能建立在特定的矛盾冲突之上,矛盾是一切运动和生命力的根源。事物正是因为本身的矛盾,所以才有运动和发展。这一理论对悲剧也同样适用,悲剧冲突是悲剧的推动力量,"因为冲突一般都需要解决,作为两个对立面斗争的结果,所以充满冲突的情境特别适宜于用作剧艺的对象,剧艺本是可以把美的最完满最深刻的发展表现出来的"③。悲剧的本质就是表现两种对立的普遍伦理力量的冲突及和解。黑格尔运用对立统一的矛盾法则解释悲剧冲突。他把冲突看成戏剧的最高情境,只有当情境显示对立统一、导致冲突的时候,情境才开始现出它的严肃性和重要性。

　　黑格尔重视由精神方面的差异而产生的冲突,认为只有建立在这种冲突基础上的悲剧,才是理想的悲剧。换言之,唯有精神方面的矛盾冲突,才能构成悲剧的原动力。黑格尔指出:"形成悲剧动作情节的真正内容意蕴,即决定悲剧人物去追求什么目的的出发点,是在人类意志领域中具有实体性的本身就有的一系列的力量:首先是夫妻,父母,儿女,兄弟姊妹之间的亲属爱;其次是国家政治生活,公民的爱国心以及统治者的意志;第三是宗教生活,不过这里指的不是不肯行动的虔诚,也不是人类胸中仿佛依据神旨的判别善恶的意识,而是对现实生活的利益和关系的积极参预和推进。真正的悲剧人物性格就要有这种优良品质。"④这一系列力量是存在于人类意志领域中的三种实体性的普遍的伦理力量。真正的悲剧人物所体现的必是某种合理的精神力量,他的一切行为皆受到这一普遍精神力量的驱使,因而他们的行为是正当的。但普遍的伦理力量进入人物性格时,被具体化和特殊化,这样每个人物都代表一种伦理力量,每一个悲剧人物就其性质来说,只是作为一种个别的"普遍力量"出现。这种"个别"的性质决定其在追求"个别性"的目标和性格时必然坚持片面性的立场,冲突双方相持不让,均站在片面的立场上维护自己、破坏对方,从而形成不可避免的矛盾冲突。如黑格尔所说"双方都在维护伦理理想之中而且就通过实现这种伦理理想而陷入罪过中"⑤。

————————

① 转引自蒋孔阳:《德国古典美学》,商务印书馆 1980 年版,第 313 页。
② 转引自程孟辉:《西方悲剧学说史》,中国人民大学出版社 1994 年版,第 300 页。
③ 黑格尔:《美学》第 1 卷,朱光潜译,商务印书馆 1979 年版,第 260 页。
④ 黑格尔:《美学》第 3 卷下册,商务印书馆 1981 年版,第 284 页。
⑤ 黑格尔:《美学》第 3 卷(下册),商务印书馆 1981 年版,第 286 页。

这就是悲剧冲突的必然性,也是悲剧冲突的实质。

2. 悲剧冲突的类型

黑格尔将悲剧冲突分为三种:

第一种由单纯的物理或自然的原因造成,如疾病、车祸、地震等所产生的冲突。这种冲突就其本身来说不是一种理想的戏剧冲突,它只是作为冲突的基础、原因和起点对引起进一步的冲突有作用,悲剧艺术之所以选用它们作题材,正是看重了这一点。以索福克勒斯的悲剧《菲罗克忒忒斯》为例:菲罗克忒忒斯的脚被毒蛇咬伤是单纯的自然原因,但这一自然原因破坏了他生活的和谐,给他带来了被弃荒岛九年的悲惨命运。他对自己不公正的待遇表示愤慨,采取了一系列的行动,从而带来了一系列的冲突后果。菲罗克忒忒斯"身体上的灾祸"导致了该剧"进一步冲突的最远原因和出发点"。事实上,如果将自然性的灾祸孤立起来看,不过一些偶然的事件而已。但一旦将它作为悲剧的题材,普通的自然性灾祸就被赋予了新的内容,成为引起进一步冲突的起点。

第二种是自然条件所产生的心灵冲突。这里的自然条件是指和自然紧密联系的亲属关系,阶级地位,权利世袭以及人的自然禀赋和脾性等。作为外在的力量,就其本身而言,也并非是构成冲突的必然因素,但当它和人们的追求、愿望相联时,就成为构成心灵冲突的基础。黑格尔将这种冲突具体分为三类:第一类,由亲属关系所引起的继承权,尤其是"王位继承权"的冲突。过去王位的继承权没有明文规定,王室成员都可继承,因而经常发生亲属之间的王位之争。描写这类冲突的名剧有:索福克勒斯的《七将攻打忒拜》、莎士比亚的《麦克白斯》等。第二类,阶级出身和人应有的权利、欲望和要求构成的冲突。黑格尔对这一冲突的论述反映了他思想的矛盾。黑格尔主张作为一个有独立意识的人,他理应有生的权利,有人的自由和自尊,他可以凭自己的资禀和才能选择自己的道路。但现实生活中,出身的差别,由于世俗和法律的影响,已变成一堵不可逾越的墙,个人根本没有选择的自由,由此便产生了冲突。农奴何尝不渴望自由的生活,但其出身决定了他们没有自由,被人统治。黑格尔在讨论这种冲突时,为了适合他的艺术理想和人性理想,对这类冲突在艺术中的运用作了种种限制。例如他认为个人想超越阶级的局限,必须在心灵方面具备另一阶级的优点,否则这种要求便是愚蠢的。如果一个仆人有贵族的教养、社会地位和生活方式,他被一个公主或贵妇爱上是合理的。然而一个仆人又怎么会有贵族的教养、地位和生活方式呢?黑格尔自己也不得不承认正是由于出身的差别。"人的概念"的体现"仿佛受到一种自然力量的阻碍和危害"[1]。这种冲突的例子在文学史上不乏其例,如席勒的《阴谋与爱情》中平民之女路易丝与宰相之子斐南相爱以悲剧告终,就反映了这种冲突。第三类,由天生性情造成的主体情欲所形成的冲突。最显著的例子要数莎士比亚的《奥赛罗》,奥赛罗因为妒忌、心胸狭窄、多疑而杀死美貌的妻子,酿成他们的爱情悲剧,这种天生的性情,使人们违反了道德和合理的原则,导致了人的心灵冲突。以上的三种冲突都是由人的自然条件所导致的心灵的冲突,这些冲

---

① 黑格尔:《美学》第 1 卷,朱光潜译,商务印书馆 1979 年版,第 265 页。

突归根到底,只是导致精神分裂与对立的动因和外部条件。黑格尔认为这种自然条件的作用是"形成更进一步的冲突的枢纽"。所谓的"更进一步的冲突"即是下面所讲的第三种冲突。

第三种冲突是心灵的冲突,这是最本质性的冲突,也是黑格尔认为最理想的冲突。黑格尔所说的心灵冲突是指,"一方面须有一种由人的某种现实行动所引起的困难、障碍和破坏;另一方面须有本身合理的旨趣和力量所受到的伤害"[1]。引起心灵的冲突的根源是人们的行动破坏了某种本身是合理的东西,从而引起心灵的矛盾和心灵差异面的斗争。这种冲突的根源不在于外部自然,而在于作为主体而存在的人的行动之中。黑格尔将这种冲突也分为三类:第一类,人无意中做错了事,后来认识到那件事在本质上破坏了某种应受尊重的道德力量,即冲突源于"行动发生时的意识与意图和后来对这行动本身的性质的认识之间的矛盾"[2]。如俄狄浦斯无意中犯下了弑父娶母之罪,当他明白真相后,大错已铸成,于是心灵陷于分裂和冲突。第二类,"意识到的而且由于这种认识和意图才产生出的破坏"[3]。与上面一种冲突的无意识性不同,这一类型的冲突源于人的有意识的行动。反映这类冲突的悲剧有埃斯库罗斯的《俄瑞斯忒斯》(三部曲),剧中的阿耳戈斯国王、特洛伊战争中的希腊联军统帅阿伽门农,为了大军胜利返回希腊,不得不杀死亲生女儿祭神。黑格尔认为这种冲突最能体现心灵性的冲突。第三类,行动本身不引起冲突,但是"由于它所由发生的那些跟它对立矛盾的而且是意识到的关系和情境,它就变成一种引起冲突的行动"[4]。以罗密欧与朱丽叶的爱情悲剧为例,二人相爱本身并不引起他们心灵的冲突,但是隐藏在他们爱情背后的家族世仇,决定了爱情双方必然陷入冲突。

3. 悲剧的结局和效果

悲剧中的任何一方,作为一种伦理的体现者和推动者来说,均有其存在的理由和正确合理的一面,但对于另外一个合理的力量而言却又是片面的、不合理的。任何冲突都会有一个终结,悲剧冲突也是如此。悲剧冲突的解决,要通过代表片面性和特殊性要求的悲剧人物的毁灭,使破坏伦理实体的统一的片面的因素遭到否定,即"把伦理的实体和统一恢复过来",以显示"永恒的正义"。在黑格尔看来,悲剧人物性格和行动的矛盾冲突本身并非悲剧的要义所在,悲剧的真正要义在于证明冲突双方的那种代表普遍力量的伦理要求并不意味着真理,而只有将这种片面性否定才能达到真正的伦理理念,即所谓的"永恒的正义",或"永恒的公理"。黑格尔认为悲剧的结局有两种:一种是冲突双方同归于尽;另一种是冲突的双方有一方实行退让,放弃原先片面性的要求,双方和解,永恒的公理取得了胜利。能说明第一种情形的典型的悲剧是索福克勒斯的悲剧《安提戈涅》。安提戈涅为尽兄妹之情,不顾国王克瑞翁的禁令为其哥哥波吕涅克斯收葬,最后自杀于牢中;克瑞翁从维护国家利益出发,严禁任何人为争夺王位而死的人收尸,双方陷入无法克服的矛盾,导致悲剧性结局。他们双方既

① 黑格尔:《美学》第 1 卷,朱光潜译,商务印书馆 1979 年版,第 271 页。
② 转引自程孟辉:《西方悲剧学说史》,中国人民大学出版社 1994 年版,第 305 页。
③ 黑格尔:《美学》第 1 卷,朱光潜译,商务印书馆 1979 年版,第 272 页。
④ 黑格尔:《美学》第 1 卷,朱光潜译,商务印书馆 1979 年版,第 273 页。

有合理化，又有各执一端的片面性，各自的片面性导致矛盾的激化，安提戈涅毁灭，国王家破人亡，但也正是这种结局，使冲突双方的合理性得到了坚持，实现了"永恒正义"的胜利。可以说明第二种结局的有埃斯库罗斯的《复仇女神》。俄瑞斯忒斯受太阳神阿波罗之命，为替父报仇，杀死母亲。复仇女神代表女权要追究俄瑞斯忒斯的罪责，太阳神阿波罗则代表父权为其辩护，在法官们投票表决的票数正反各半的情况下，雅典娜投了决定性一票使俄瑞斯忒斯得以赦免。复仇女神们也因得到永远受雅典人崇拜的结果而颇感满意，双方的冲突以和解结局。不管悲剧的结局是毁灭性的还是调和性的，其伦理意义是一样的，即抛弃导致冲突的片面性，从而达到新的"和谐"。悲剧通过冲突的展开与"和解"的实现，揭示了永恒正义的胜利，从而给人以胜利的欢愉和满足，这就是悲剧的效果。

黑格尔的悲剧学说是自亚里士多德以来在悲剧史上树立起来的又一座丰碑。他第一个用辩证统一的观点去揭示悲剧的本质。黑格尔悲剧思想以"冲突"为核心，他把悲剧的本质解释为不同伦理力量之间的冲突，以永恒正义的胜利作为悲剧结局。和亚里士多德一样，黑格尔的悲剧学说的基本倾向是乐观的。他通过"永恒正义的胜利"赋予悲剧以乐观主义底蕴。在黑格尔之后许多理论家都明确指出，悲剧不是悲观主义，相反悲剧之中可能蕴含着比喜剧更丰富的乐观主义，悲剧的最终目的应是加强观众对于人类美好事物的信念。

第八章
浪漫主义

第一节
概述

一　社会背景

欧洲的浪漫主义运动是法国大革命、欧洲民主运动和民族解放运动高涨时期的产物,它反映了资产阶级上升时期对个性解放的要求,是政治上对封建领主和基督教会联合统治的反抗,也是文艺上对法国新古典主义的反抗。启蒙运动在政治上为法国大革命作了思想准备,在文艺上也为欧洲各国浪漫主义运动作了思想准备。在启蒙运动的影响下,欧洲日益壮大起来的资产阶级与没落的封建贵族地主开展了持久的斗争,这一斗争从最早的尼德兰革命到英国资产阶级革命,再到 1789 年法国资产阶级革命达到高潮。在法国大革命的影响下,18 世纪末到 19 世纪 30 年代的欧洲,资产阶级民主革命运动广泛开展,欧洲封建势力遭到了沉重的打击,资产阶级的统治得以基本确立。

同时,欧洲封建势力并不甘心退出历史舞台,以俄国、普鲁士、奥地利为中心的"神圣同盟"对新生的资产阶级政权发动反扑。整个这一时期是社会急剧变革的时期,过于紧张的斗争形势使得新生资产阶级政权要采取暴力的方式以捍卫胜利成果,同时也导致了许多方面的影响。特别是法国雅各宾专政时期的暴力措施所造成的红色恐怖,给人们留下了难以抚平的心理创伤。封建贵族阶级江河日下,面对复杂的社会现实,无能为力的小资产阶级特别是知识分子,也对革命后的社会现实深感失望。启蒙运动所宣扬的自由、平等、博爱的"理性王国"被残酷的社会现实击得粉碎。整个社会笼罩在这种动乱、疲惫和幻灭中,积极奋斗的革命激情逐渐消减,人们更加清醒地看待革命,看待革命可能的成果。同时早期资本主义生产方式的残酷性,资产阶级野蛮压迫工人阶级造成的悲惨,资本主义生产方式固有矛盾的暴露,特别是 1825 年英国第一次经济危机的爆发,使得整个社会重新审视资本主义的可能现实。席卷欧洲的浪漫主义运动,正是当时社会各阶层对法国大革命的后果以及启蒙思想家提出的"理性王国"普遍感到失望的一种反映。

二　文化背景

整个这个时期的文化,一方面继承了启蒙运动的人文主义理想,继续高扬理性,宣传平等自由的人文思想,强调人的天性独立自主,等等,另一方面,在经历了法国大革命的陶冶之后,社会上的精神思潮也有了不同于启蒙活动的新现象,人们开始对资本主义、对启蒙运动的"理想王国"表示怀疑。革命的血淋淋的暴力杀戮,早期资本主义生产方式的残酷性,以及道德堕落、贪污腐化,使得人们对现实的幻灭感愈来愈加强烈。整个社会的精神文化从对外界的关注逐渐转向对内心自我的审视。

这一时期的唯心主义哲学,为浪漫主义运动的兴起准备了哲学基础。浪漫主义文学运动的兴起,也同这一时期流行的德国古典哲学和空想社会主义思潮有着密切的联系。德国古典哲学本身就是哲学领域里的浪漫主义运动,它奠定了文艺领域里的浪漫主义运动的理论基础。康德关于艺术无功利的基本美学观念影响着整个欧洲。受康德启发的费希特的这一时期的"自我哲学"思想在当时的影响也很大。自我哲学强调了自我的中心地位,把"自我"看成是世界的本源,强调自我对非我的创造,强调天才、灵感和主观能动性,或者把客观精神提到派生物质世界的地位,强调人是自在自为的、绝对的、自由的。这些哲学观点反映出近代资本主义社会中与日益发展的自由竞争相适应的个性解放、个人自由的要求。它一方面提高了人的尊严感,唤起了民族的觉醒,促进了对美、崇高、悲剧、创作自由、天才等美学范畴的重视和研究,对浪漫主义文学起了积极的影响;另一方面,它还宣扬宗教和神秘主义,把"自我"提到高于一切的地位,对浪漫主义文学也产生了消极的影响。同时在欧洲各国启蒙运动中传播甚广的空想社会主义思潮,使一些浪漫主义作家揭露私有制的罪恶,同情劳苦大众,幻想一个没有剥削、压迫的自由平等社会。这对浪漫主义运动也起到了一些积极的影响。

与此同时,随着资本主义生产关系的发展和固有矛盾的暴露,社会上还产生了空想社会主义思潮。资本主义制度的建立,并没有使人进入启蒙运动思想家们所宣扬的理性王国,社会上充满了剥削、压迫、奴役和不平等。法国的圣西门、傅立叶,英国的欧文等早期空想社会主义者,企图利用道德感化的方式来改变人的精神,以实现人人平等、个个幸福的社会乌托邦。资本主义制度确立以后,生产力获得了高速发展,工业革命使得机器生产代替了手工劳动,大规模的机器生产的工厂和庞大的城市开始形成,社会关系也日趋简单化为一种赤裸裸的金钱关系,社会道德失范,人心堕落。一些思想者厌倦资本主义的城市文明,向往田园牧歌式的乡村生活,卢梭"回归自然"的理论在当时便引起了强烈的反响。体现封建宫廷文化规范的古典主义,这一时期还有一定的影响力,作为与新兴资本主义文化思想对立的封建宫廷意识形态而存在。另外,与启蒙运动思想不同的是,在对待中世纪的态度上,浪漫主义者已不再像启蒙运动者那样激进和狂热,甚至有许多人对中世纪具有怀恋之情,因为人的理性并没有让人进入幸福的精神王国,上帝的天国又重新具有新的吸引力。非理性的潜流此时也暗暗成长起来,尤其表现在文学上。

三 文学概貌

"浪漫主义"(romanticism)一词来源于中世纪各国由拉丁文演变的方言(roman)所写的"浪漫传奇"(romance),即中古欧洲盛行的英雄史诗和骑士传奇、抒情诗。后来浪漫主义运动开始奉这些富于幻想、传奇色彩的文学题材和风格形式为典范。18世纪的启蒙主义作家开始打破古典主义的清规戒律,反对盲目摹仿希腊罗马,于是产生了卢梭的《新爱洛依丝》那样推崇感情自由和个性解放的作品。18世纪后期在英国出现的感伤主义诗歌和小说,则为农村破产唱挽歌,诅咒城市腐化的习俗,歌颂大自然的幽美风景。

18世纪末19世纪初的欧洲文学,正处于一个重大的转折时期,文艺复兴确立的古典主义在盛行了200年之后走向了消亡,浪漫主义文学获得了辉煌的发展,成为席卷全欧的一场文学潮流。这一时期出现的一批浪漫主义的文学作品,是文艺复兴之后欧洲文学史上的又一创作高峰。在浪漫主义之前,德国曾掀起狂飙突进运动,继承和发展法国启蒙运动的战斗传统,响应卢梭"回到自然"的口号,和英国感伤主义结合起来,产生了歌德的《少年维特之烦恼》和《威廉·迈斯特的学习时代》之类富于浪漫主义激情的作品。正因如此,浪漫主义文学最早在德国兴起。诺瓦利斯是德国早期浪漫主义在创作上的主要代表。他的作品显出浓厚的神秘色彩,希望回归中世纪。《夜的颂歌》是他的代表作,否定人生,歌颂黑夜和死亡,沉湎于神秘的世界。施莱格尔兄弟、蒂克等人也是早期浪漫派(或称"耶拿派")的重要代表。后期的浪漫派作家重视民歌和童话,阿尔尼姆与布伦塔诺合编了民歌集《儿童们的奇异号角》,格林兄弟搜集和编写了童话集《儿童与家庭童话集》和《德国传说》。后期的重要作家还有霍夫曼和察米索,前者有短篇小说集《谢拉皮翁兄弟》等,后者有童话体小说《彼得·史雷米尔奇异的故事》等。在整个这一时期,英国浪漫主义文学成就最高。其中最早出现的浪漫主义作家,是华兹华斯、柯勒律治和骚塞等"湖畔派"诗人,他们的诗歌作品讴歌宗法式的农村生活和自然风景,缅怀中古时代的"纯朴",以否定丑恶的城市文明。继湖畔诗以后的拜伦、济慈和雪莱等人,则热切地关注现世生活,具有鲜明的资产阶级的民主主义倾向。瓦尔特·司各特是欧洲历史小说的创始人,其诗歌创作富有浪漫主义的色彩。在英国和德国浪漫主义文学的影响下,法国浪漫主义形成于1820年左右。由于革命后期的复辟与反复辟的斗争异常激烈,法国的浪漫主义显示出鲜明的政治色彩。法国早期浪漫主义作家是夏多布里昂和史达尔夫人。夏多布里昂的中篇小说《阿达拉》的问世,标志着法国浪漫主义文学的开端。20年代中期,一批具有进步思想的作家开始走上文坛,如雨果、缪塞、大仲马、诺迪耶等。雨果的悲剧《欧那尼》1830年出演并引起轰动,标着浪漫主义在法国的胜利。与英德两国不同,30年代后,法国民主主义文学继续发展,形成了现实主义与浪漫主义并驾齐驱的局面,30、40年代,雨果、乔治·桑、缪塞、大仲马等浪漫主义作家创作了大量经典的浪漫主义作品。雨果的《巴黎圣母院》、《悲惨世界》,大仲马的《基督山伯爵》、《三个火枪手》等作品都产生在这一时期。

四 文论综述

作为一种创作方法,浪漫主义在反映客观现实上侧重于从主观内心世界出发,抒发对理想世界的热烈追求,常常使用一些热情奔放的语言、瑰丽的想象和夸张的手法来塑造形象。浪漫主义的创作倾向由来已久,早在人类的文学艺术处于口头创作时期,一些作品就不同程度地带有浪漫主义的因素和特色。但这时的浪漫主义既未形成思潮,更不是自觉为人们掌握的创作方法。作为一种主要文艺思潮,浪漫主义从18世纪下半叶至19世纪上半叶开始盛行于欧洲并表现在文化和艺术的各个部门。

浪漫主义是一种复杂的文学思潮,它在各国的发展情况也因其国家的政治、文化等方面的发展情况不同而显出差异。浪漫主义理论家虽然在具体的文艺主张上有所不同,但在基本的理论倾向上还可以见出一些大致相同的理论特征。浪漫主义者大都强调自我,强调主体性,在美学观念上受康德的艺术无功利性的思想的影响,认为文学应该表达自我内心的情感和感受,应该表现出人的强烈感情,以对内心感受的表现去代替对外在世界的客观再现。主体性、重情主义和表现理论是浪漫主义者的基本观念。浪漫主义者都强调天才和作家的主观创造性,反对一切清规戒律,强调艺术的无功利性和独立地位,对古典主义的陈腐教条不屑一顾。浪漫主义者爱好民歌民谣,对中世纪民间文学推崇备至,他们的作品常常以中世纪的城堡作为背景,歌颂中世纪骑士精神和游吟诗人的生活。海涅在评述德国浪漫主义时曾说:"它(浪漫主义)不是别的,就是中世纪文艺的复活,这种文艺表现在中世纪的短歌、绘画和建筑物里,表现在艺术和生活之中。这种文艺来自基督教,它是一朵从基督的鲜血里萌生出来的苦难之花。"[1]浪漫主义对中世纪的怀念,可以看作是对启蒙运动失望的表现。浪漫主义运动在 19 世纪初期首先在德英两国展开。英国的华兹华斯和柯勒律治在 1798 年合写的《抒情歌谣集》和 1800 年华兹华斯为歌谣集写的理论性的《序言》,被认为是英国浪漫主义产生的标志。在德国,1786 年费希特在耶拿大学开设讲座,吸引了施莱格尔兄弟、诺瓦利斯蒂克等人,他们在 1791 年一起创办了《雅典娜神殿》杂志,由施莱格尔兄弟两人主编,形成了浪漫主义小组,被称为耶拿派浪漫主义或早期浪漫主义。1805 年以后,阿姆宁、布任塔诺等人又在海德堡形成了一个浪漫主义中心,被称为海德堡浪漫主义或后期浪漫主义。法国浪漫主义的出现则稍微推后点,1827 年雨果发表剧本《克伦威尔》及其序言,批判了古典主义的"三一律"原则,标志着法国浪漫主义理论纲领的形成。

各国浪漫主义都有自己的理论主张和理论家,除了在后面几节中讲到的浪漫主义理论大师之外,英国的雪莱、济慈,法国的夏多布里昂等人的浪漫主义理论也卓有成就。雪莱(Percy Bysshe Shelley,1792—1822),是一位充满浪漫主义和英雄色彩的早逝的诗歌天才,出身于富裕的地主家庭,从小就表现出强烈的反抗精神,小学时代曾公开反对教师体罚学生,大学时代因论文《无神论的必要性》而被牛津大学开除,并曾到爱尔兰参加反对英国统治的斗争。雪莱在哲学上受柏拉图客观唯心主义的影响,曾翻译过柏拉图的《饮宴篇》和《伊安篇》,柏拉图神赐迷狂说对其影响很大。1822 年,雪莱在渡海时因遇风暴船沉而不幸溺死。雪莱的作品主要有诗歌《西风颂》、《伊斯兰的起义》,诗剧《解放了的普罗米修斯》,五幕悲剧《钦契一家》等。他的主要理论著作《诗辩》,是和皮诃克论战的产物。雪莱驳斥了皮诃克《诗的四个阶段》中的诗歌消亡理论,强调诗并没有走向没落,而是仍在随着社会的发展而发展。在《诗辩》中,雪莱分析了诗的创作方法,为诗人辩护,认为诗人对社会发展有着巨大的作用,是人类文明的创造者,是"没有得到社会承认的立法者","诗人们……不仅创造了语言、音乐、舞蹈、建筑、雕塑和绘画,他们也是法律的制定者,文明社会的创立者,人生百艺的发明者,他们更是导师,使得所谓宗教,这种对灵界神物只有一知半解的东西,多少接近于美与真"。[2] 他还强调诗人的想象力和诗的表现力,说"一般说来,诗可以解作想象的表现,自有人

---

① 《论浪漫派》,张玉书译,人民文学出版社 1983 年版,第 11 页。
② 《缪灵珠美学译文集》第三卷,中国人民大学出版社 1998 年版,第 137 页。

类便有诗"①。想象所行的是一种中和之道。与推理相比,想象是尊重事物之间的相同,而推理是尊重事物之间的相异。诗以语言为媒介,更能直接地表现出我们的内心活动和激情,表现出普遍的人性,体现出时代精神和民族意志。另外,雪莱对诗的快感、诗人的灵感等问题,也有独到的发现。济慈(John keats,1795—1821),和雪莱一样也是一位短命的诗人,出身于伦敦的一个车马店主的家庭。他一生穷困潦倒,对现实强烈不满,曾加入以亨特为首的激进民主集团,1821 年 2 月因患肺结核在意大利逝世,年仅 26 岁。在文艺上,济慈厌倦现实的丑恶,向往自然景物和古代希腊的艺术。其理论思想散见于他的《书信集》中。他反对诗歌的教化作用,反对诗歌中的说教推理,反对诗歌具有明显的意图,认为诗歌只能感而得之,不能思而得之,强调诗的感受性和无目的性。在 1819 年的《希腊古瓮颂》里,济慈说"美即是真,真即是美",主张诗歌里真与美的结合。他强调感受,对社会思想不信任,只相信个人心灵感受的孤独心境,这可能与他的贫病交加的人生处境有关。在《书信集》中,济慈还主张诗歌创作心态的自然,反对矫揉造作,追求一种含蓄、恬静的美学风格。夏多布里昂(Vicomte de Francois-René Chateaubriand,1768—1848),是 19 世纪上半期法国浪漫主义的代表作家和理论家。他出身于一个没落贵族的家庭,波旁王朝复辟时期曾任高官,后流亡伦敦,专事写作,直到去世。他的主要理论著作是 1800 年写的《基督教的真谛》,从诗意的角度为基督教精神辩护。夏多布里昂的文艺理论思想较多地受到基督教神学的影响,宣称所谓的"基督教诗意",认为基督教是最富有诗意,最富有人性,最有利于自由、艺术和文学的。在此基础上,他要求以基督教的精神去衡量一切文学作品,诗歌创作应该体现基督教的神幽诗意。

第二节
德国浪漫主义

一 弗·施莱格尔

弗·施莱格尔(Fridrich von Schlegel,1772—1829),德国早期浪漫派的精神领袖和重要理论家。他是奥·威·施莱格尔的弟弟,但因其成就比他哥哥大,所以一般提到施莱格尔兄弟时,首先提到的是弟弟——弗·施莱格尔。他出身于汉诺威的一个牧师家庭,早年受到启蒙思想的影响,同情过 1789 年法国大革命,后转向法国贵族,曾在耶拿大学任教。1798 年,他与哥哥一起在耶拿共同创办了《雅典女神殿》杂志,并以他们为核心形成了一个文学流派,文学史上称为"早期浪漫派",或称"耶拿浪漫派"。他在文学创作方面没有太大的成就,在文学批评方面则不但是浪漫运动的开路先锋,而且影响深远。1808 年转信天主教,鼓吹将浪漫主义概念与基督教思想结合起来。1809 年开始在奥地利首相府担任外交职务。主要著作有《论希腊喜剧的美学价值》、《论歌德的迈斯特》、《批评片断》、《断片》、《关于诗的谈话》等。

---

① 《缪灵珠美学译文集》第三卷,中国人民大学出版社 1998 年版,第 135 页。

弗·施莱格尔的最大贡献在于对浪漫主义的推崇和界定。他说："浪漫主义的诗是包罗万象的进步的诗。它的使命不仅在于把一切独特的诗的样式重新合并在一起，使诗同哲学和雄辩术沟通起来。它力求而且应该把诗和散文、天才和批评、人为的诗和自然的诗时而掺杂起来、时而溶和起来。它应当赋予诗以生命力和社会精神，赋予生命和社会以诗的性质。它应当把机智变成诗，用严肃的具有认识作用的内容充实艺术，并且给予它以幽默灵感。"[①]他所谓的"包罗万象"是指浪漫主义的诗包括一切文学形式，并超越于具体特定的样式。而所谓"进步"，则指其"不断前进"，他认为"只有浪漫主义的诗像史诗那样能够成为整个周围世界的镜子，成为时代的反映"，而且这种诗能够赋予整个社会和生命以诗的性质。这种诗与诗意的生活，如"哲学中的机智、生活中的交际、友谊和爱情"等，在本质上是一回事。

他经常使用"感伤"一词，将感伤，乃至奇异、怪诞和自白，看成是浪漫主义诗歌的特征。其基本动机是反抗平庸，反对那些缺乏生气的庸俗、呆板和惰性，故他在对待尘世的态度上常常是持一种反讽，甚至玩世不恭的态度。他将诗看是再现永恒的、永远重大的、普遍美的事物，同时要表现出人心中的神性，包含诗人透辟的观察和理解。在《关于莎士比亚的早期著作补记》中，弗·施莱格尔对浪漫主义文学进行了阐释。他认为浪漫主义作品在表现性方面有着独特的格调。他认为"特殊和个性的事物也只能用特殊的方法和格调，按照主观的看法，来理解和表现。因此个性的艺术和格调似乎是拆不开的伙伴。所谓格调，就艺术来说，是一种精神的主观方向和意识的个性状态，它表现在某些原来应该理想化的作品中"[②]。他认为浪漫主义作品是高格调的、个性化的作品，高尚而不庸俗，既不同于死板的学究式的古典主义作品，也不同于浅薄的、颓废感伤的作品。

他理想中的浪漫主义戏剧对象就是"某种以人类和命运相互糅合而形成的现象，它把最宏伟的意蕴与最大的统一性结合起来。个别成分之间的关联可以有两种方式完成为一个绝对的整体"。弗·施莱格尔把莎士比亚解释为浪漫主义文学的代表，用莎士比亚同古典主义抗衡。弗·施莱格尔还以古希腊喜剧为材料，较为深入地探讨了喜剧问题。他认为喜剧的功能是使人快乐。他认为快乐本身是善的，同时也最感性地包含着一种较高的人类自身的直接享受，它是人类较高本质的、固有的、自然的、初始的状态。他所谓的快乐，主要是指古希腊的早期喜剧，即阿里斯托芬时代喜剧中所表现、感发起来的快乐。这种快乐将最轻松、最快乐的东西、粗俗的东西与神性的东西结合起来，其中包含着伟大的真理。

二　奥·威·施莱格尔

奥·施莱格尔（August Wilhelm von Schegel，1767—1845），是弗·施莱格尔的哥哥，耶拿浪漫派初期的领袖人物。1787 年起在哥廷根大学学习语言文学，师从抒情诗人毕格尔，1796 年前往耶拿，开始为《季节女神》杂志撰稿，1798 年开始任耶拿大学教授，与弟弟共同创

① 弗·施莱格尔：《断片》，见《古典文艺理论译丛》第 1 册，人民文学出版社 1961 年版。
②《古典文艺理论译丛》第 9 册，人民文学出版社 1964 年版，第 95 页。

办和主编《雅典娜神殿》杂志(1798—1800),1804 年开始任斯达尔夫人的秘书和文学顾问,直到 1813 年。他曾陪同斯达尔夫人遍游欧洲各国,并把德国浪漫主义传到法国。1813—1814 年任瑞典王储的新闻秘书。1818 年起任波恩大学教授,并创办梵文印刷厂,开创梵文研究。他曾以优美的德语韵文翻译但丁、莎士比亚、彼特拉克、阿里奥斯托等人的作品。他的主要文艺理论思想体现在《关于美的文学和艺术的讲演》(1801—1802)和《关于戏剧艺术和文学的讲演》(1807—1808)等著作中。

奥·威·施莱格尔受康德美学的影响,主张艺术作品是没有直接的物质功利目的的。他说:"一座房屋是用来在里面住人的。但是,在这个意义上,一幅画或一首诗又有什么用处呢? 一点用处也没有。许多人一向善意对待艺术,但是如果从效用方面来推荐它,那就未免方枘圆凿了。这等于把它极度贬低并把事情完全搞颠倒了。勿宁说,不愿意有用,才是美的艺术的本质。"①说艺术没有直接的物质目的,是有道理的。但同时,艺术作品作为精神产品,有着精神目的,愉悦心灵、寓教于乐,正是艺术的目的。可惜奥·威·施莱格尔为了反对艺术的功利性,没有提到这一点。同时,奥·威·施莱格尔在重视人性的共同点的前提下,看到了其分裂离异的个别性,认为人的具体个性,要在文学作品的创作中显示出来,要在文学批评中尊重人的个性,并进而反对因袭,尊重独创。这就与古典主义者强调对古人的摹仿有着明显的不同。

奥·威·施莱格尔将艺术理论区别为"技艺的艺术理论"和"哲学的艺术理论":"关于技巧的艺术理论说明怎样才能完成一件艺术品,而关于哲学的艺术理论要说明的是创作什么作品。"②他重视技巧性的理论,因为它具体、实用,而轻视哲学性理论。他认为:"一种卓越的技巧性理论毫无疑问比一种毫无用处的哲学性理论更受宠爱,从技巧性理论中人们学而有所得,而毫无用处的所谓哲理食而无味。"③康德主义者的哲学的艺术理论被奥·威·施莱格尔看成大而无当的屠龙术。这种技巧性理论的存在是"因为艺术成果不应只作为精神世界的草图存在,而应出现在表像世界中作为作品公诸于世"④。这样说当然并不意味着技巧是万能的。一方面技巧理论成熟后会自动回归哲学理论,另一方面技巧问题不能作机械规定,否则那些作品就会没有生气,备受限制,"不是能够使人的情感得到激发、升华的创造性艺术作品"⑤。更有精神价值的作品"生气勃勃,令人回肠荡气,回味无穷"⑥。而在内容和技巧之间,奥·威·施莱格尔又反对古典主义过分注重形式技巧的雕琢,而更注重作品的思想内容。他在论述戏剧问题的时候说:"究竟是什么东西使一个剧本富有诗意? ……一件艺术作品如果要有诗意的内容,就必须反映思想意识……没有这种思想意识,戏剧就完全没有诗

---

① 《欧美古典作家论现实主义和浪漫主义(二)》,中国社会科学出版社 1981 年版,第 360 页。
② 蒋孔阳主编:《十九世纪西方美学名著选》(德国卷),复旦大学出版社 1990 年版,第 304 页。
③ 蒋孔阳主编:《十九世纪西方美学名著选》(德国卷),复旦大学出版社 1990 年版,第 305 页。
④ 蒋孔阳主编:《十九世纪西方美学名著选》(德国卷),复旦大学出版社 1990 年版,第 305 页。
⑤ 蒋孔阳主编:《十九世纪西方美学名著选》(德国卷),复旦大学出版社 1990 年版,第 306 页。
⑥ 蒋孔阳主编:《十九世纪西方美学名著选》(德国卷),复旦大学出版社 1990 年版,第 306 页。

意。"①总之,没有技巧,作品不能形成整体;过分拘泥于技巧,则会使作品缺乏生气。

在《关于美的文学和艺术的讲演》中,奥·威·施莱格尔还阐释了艺术史和艺术理论的关系。他一方面承认"艺术史不可缺少艺术原理",每一个别的艺术现象只有通过理论才能获得它的真正地位,理论是具体艺术现象地位的前提。但同时,"理论也不可无艺术史而独立存在","理论的产生从根本上说是以艺术的事实为前提的"。"历史对于理论来说是永恒的法典。理论始终致力于使这部法典日臻完善地公诸于世。"②

三　海涅

海涅(Heinrich Heine,1797—1856),德国著名诗人、散文家和政论家,1797 年 12 月 13 日出身于杜塞尔多夫的一个犹太商人的家庭。他青年时期即爱好写诗,在波恩大学时曾听过奥·威·施莱格尔的文学讲演,受过浪漫主义文学的熏陶。早期的诗歌风格清新柔美,又质朴自然,富有民歌韵致。1843 年结识马克思,在马克思的影响下思想上比较激进,写出政治诗《时代诗歌》。其中《西里西亚纺织工人之歌》最为有名。1848 年德国资产阶级革命失败后,他又转向消极,甚至乞灵于宗教。他的诗歌代表作是《德国——一个冬天的童话》。主要理论批评著作有《论浪漫派》和《论德国宗教和哲学的历史》等。其中《论浪漫派》写于 19 世纪 30 年代在巴黎流亡期间,向法国人介绍德国文化特别是浪漫派文学。这主要是针对斯达尔夫人 1809—1810 年所写的《德意志论》对德国浪漫主义的美化而写的,他认为斯达尔夫人用德国的浪漫主义反对法国的现实主义是错误的。

海涅反对德国文学继承中世纪的浪漫主义。他认为中世纪浪漫主义"艺术表现的,或者不如说暗示的,乃是无限的事物,尽是些虚幻的关系,他们仰仗的是一套传统的象征手法,或者进而仰仗譬喻,基督自己就试图以各式各样的譬喻来阐明他的唯灵论思想,因而中世纪艺术品里充满了神秘的、谜样的、奇异的和虚夸的成分;幻想费了九牛二虎之力,想用感性的图像,来表现纯粹精神之物,它凭空想出荒唐透顶的愚行"③。艺术是生活的镜子,中世纪的天主教已经销声匿迹了,因而以它为基础的艺术也就枯萎褪色了。因此,中世纪艺术已经没有了现实的土壤,也就没有继承的必要。

海涅还认为耶拿派的浪漫主义一味地缅怀中世纪,无视德国现实,是注定没有出路的。在此基础上,海涅称耶拿派是"专制主义的刽子手","基督的鲜血里萌生出来的苦难之花",是"中世纪文艺的复活"。④ 在《论浪漫派》中,海涅对歌德与席勒进行了比较,他认为应该将这两位天才的艺术家的长处发扬光大,汲取他们两人的长处,才是德国文学的发展方向。在歌德和席勒之间,海涅更倾向于席勒。他说:"席勒为伟大的革命思想而写作,他摧毁了精神上的巴斯底狱,建造着自由的庙堂。"⑤相比之下,他对歌德则有微词:"歌德也歌颂过一些伟

---

① 奥·威·施莱格尔:《戏剧性与其它》,因生译,见《古典文艺理论译丛》第 11 册,人民文学出版社 1966 年版,第 236 页。
② 蒋孔阳主编:《十九世纪西方美学名著选》(德国卷),复旦大学出版社 1990 年版,第 308—309 页。
③ 海涅:《论浪漫派》,张玉书译,人民文学出版社 1979 年版,第 14 页。
④ 海涅:《论浪漫派》,张玉书译,人民文学出版社 1979 年版,第 5 页。
⑤ 海涅:《论浪漫派》,张玉书译,人民文学出版社 1979 年版,第 47 页。

大的解放战争的史实,但是,他是作为艺术家在歌唱。"①他认为歌德的"杰作点缀了我们亲爱的祖国,犹如美丽的塑像点缀一座花园,可是它们毕竟只是塑像","歌德的作品不会激起人们的行动,不比席勒的作品"。② 作为革命家的海涅对于作为革命家的席勒无疑给予了崇高的评价,同时,他又坚决反对抬高席勒来压制歌德:"再没有比贬低歌德以抬高席勒更愚蠢的事了。"③另外,他还对施莱格尔兄弟作了辛辣的嘲讽。

第三节
英国浪漫主义

一　华兹华斯

华兹华斯(William Wordsworth,1770—1850),出身于一个律师家庭,毕业于剑桥大学。早年曾受到法国启蒙运动思想家的影响,对法国大革命表示同情,但雅各宾派专政后持消极保守的态度。1795 年与柯勒律治邂逅,1798 年共同出版了诗集《抒情歌谣集》,1800 年诗集再版时,华兹华斯作序,直接叙述了自己独创新颖的诗论。1815 年,华兹华斯抽掉柯勒律治的诗,将自己的诗作单独成篇,又加写了一篇序言。《抒情歌谣集》在英国文学史上开创了浪漫主义的新时代,而华兹华斯宣言式的序言,就成为英国诗歌史上的里程碑,对垄断诗坛的古典诗歌给予了毁灭性的打击。英国从此进入浪漫主义时代,以华兹华斯为代表的"湖畔派"诗人就成了英国第一代浪漫派诗人;华兹华斯的崇拜者甚至把随之而来的整个时代称为华兹华斯时代。而华兹华斯的这两篇序言,成了文论史上的名篇。晚年,华兹华斯的思想走向保守,无甚作品。总体上说,他的思想受感伤主义影响较浓,且热衷于唯情论和回归自然的思想。主要反映其文论思想的作品包括《〈抒情歌谣集〉序言》、《〈抒情歌谣集〉1815 年版序言》、《论哀歌》、《〈抒情歌谣集〉附录》及书信。

华兹华斯首先对诗的本质问题提出了自己的见解,突出强调了诗对情感的表现。他认为:"诗是一切知识的菁华,它是整个科学面部上的强烈的表情。""诗是一切知识的起源和终结——它象人的心灵一样不朽。"同时,他更推崇诗对情感的表现,认为"诗是强烈情感的自然流露"。他提出诗"起源于在平静中回忆起来的情感。诗人沉思这种情感直到一种反应使平静逐渐消逝,就有一种与诗人所沉思的情感相似的情感逐渐发生,确实存在于诗人的心中",诗人"通常都由于现实事件所激起的热情而作诗"。④ 他认为动作和情节的重要性都是由情感赋予的,而不是相反。对情感的重视和强调,是浪漫主义的重要特征之一,与古典主义以理性为准则、漠视情感表现有着根本的区别。华兹华斯将摹仿看成是对情感的摹仿,是

① 海涅:《论浪漫派》,张玉书译,人民文学出版社 1979 年版,第 48 页。
② 海涅:《论浪漫派》,张玉书译,人民文学出版社 1979 年版,第 49 页。
③ 海涅:《论浪漫派》,张玉书译,人民文学出版社 1979 年版,第 52 页。
④ 《〈抒情歌谣集〉序言》,曹葆华译,见《古典文艺理论译丛》第 1 册,人民文学出版社 1962 年版。

情感表现的结果。他认为："实际生活中的人们是处于热情的实际紧压之下，而诗人则在自己心中只是创造了或自以为创造了这些热情的影子"，"诗人希望使他的情感接近他所描写的人们的情感。"①并在此基础上强调好诗的合情合理。

华兹华斯由此还强调了想象问题。诗歌中的情感和想象是相辅相成的。在英国，对想象力的重视从爱迪生就开始了。华兹华斯站在浪漫主义立场上将想象抬到了相当的高度。他认为想象"是把一些额外的特性加诸对象，或者从对象中抽出它的确具有的一些特性。"这就使对象作为一个新的存在，反作用于执行这个程序的头脑。同时想象力可以调整对象的形态，使他更合乎审美的理想，"使日常的东西在不平常的状态下呈现在心灵面前"。从中体现出诗人的创造力，"把众多合为单一，把单一化为众多"。当然有时候，他也过分地将想象神秘化了。

华兹华斯还提倡用日常的语言写平常的事件。他主张诗应该"自始至终竭力采用人们真正使用的语言来加以叙述或描写"。这主要是指那些基层的、过着"微贱的田园生活"的人，他们的语言是质朴、自然的，与美妙的大自然息息相通，很少受到社会上虚荣心的影响。这些语言是民间化、日常化的。他同时强调，韵文的语言与散文的语言并无本质的区别，诗的语言应该散文化、口语化。他反对古典主义的那种雕琢语言的态度。在作品所反映的形象方面，华兹华斯主张要写日常的生活事件。"我通常都选择微贱的田园生活作题材，因为在这种生活里，人们心中主要的热情找着了更好的土壤。"而且，"他们表达的情感和思想都很单纯而不矫揉造作。"他这样说，虽然有消极遁世、隐居田园的成分，但从根本上说，还是表现了他对下层人民尤其是农民的深切同情。他的有关诗篇如《迈克尔》、《露西·葛雷》、《水平的母亲》、《毁了的村舍》等，便是深切地同情下层人民的佳作，深深地感动着读者，与描写上层社会和宫廷社会的古典主义作品恰成鲜明对比，同时也表明作者对因资本主义社会发展而日益严重的道德败坏、人欲横流的现实的不满，在一定程度上说也是继承和发展了启蒙主义者卢梭等人所提倡的"平民化"和"返回自然"的观点。

二 柯勒律治

柯勒律治(Samuel Taylor Coleridge，1772—1834)，出身于牧师家庭，英国著名的"湖畔派"诗人，文学批评家。他是一位牧师的第十三个儿子，少年时代酷爱哲学和神学。父亲死后，他在 10 岁时被送进基督教医院的慈善学校，生活使他变得孤独而好遐想。青年时代曾幻想去美洲原始森林建立"平等社会"。柯勒律治对法国大革命开始持欢迎和同情态度，曾写过《巴士底的陷落》，对大革命进行热情的讴歌，后来又为热月党人辩护。雅各宾派专政后，他转而对革命采取敌视的态度。他曾在德国学习康德和谢林哲学，深受施莱格尔兄弟的影响，后思想日趋保守和神秘。在诗歌创作上，曾与华兹华斯共同出版《抒情歌谣集》，其作品比华兹华斯更富浪漫气息。他的主要理论批评著作有《文学生涯》、《莎士比亚评论集》、《批评杂

---

① 《〈抒情歌谣集〉序言》，曹葆华译，见《古典文艺理论译丛》第 1 册，人民文学出版社 1962 年版。

文集》等。在一个时期内,柯勒律治被抬到英国文学批评史上至高无上的地位。19 世纪法国著名批评家圣·佩韦甚至认为:"亚里士多德、朗吉努斯、柯勒律治这三位才是永垂不朽的。"

柯勒律治对艺术与现实的关系进行了阐释。他试图将传统摹仿说和表现说融合起来,认为艺术是人与自然之间的中介,是将人的思想情感注入物质媒介之中。"作为音乐、绘画、雕刻和建筑的总称的艺术,是人与自然之间的媒介物和协调者。因此,这是一种使自然具有人的属性的力量,是把人的思想情感注入一切事物(即他所注意的对象)的力量,颜色、形状、动作、声音是他所结合的成分,它在一个道德观念的模子里把它们压印成统一体。"① 他认为艺术把人与自然加以协调,既表现人的心灵,又摹仿自然,使人的心灵与自然协调一致,并借助物质媒介的帮助,实现人与自然的统一。

不过,柯勒律治更侧重于人的因素。一方面艺术离不开人的心灵,艺术是人类所独有的,艺术的素材出自人的心灵,艺术作品是为了心灵而产生的。人的情感和思想能够借助于艺术而得以表现,并给心灵带来愉快。另一方面,艺术又是自然的摹仿者。这种摹仿应该是摹仿自然事物内在的东西,而不是刻意追求与所摹仿的事物在外表上的相似。这种内在的东西是通过感性形象,凭借象征自然的精神与人相沟通的,是自然与人情的统一。同时,为了准确地摹仿自然,艺术家还要跳出自然,才能把握自然的内在精神,并且使之与人的精神相契合。同时,艺术家可以以自己的角度选择视角,以求在似与不似之间摹仿对象,使描写物与对象异中有同,同中有异,以实现对象与心态的契合。

柯勒律治作为一个诗人,在对艺术理论的探讨中对诗歌问题给予了高度的关注。他将诗歌与科学加以比较,认为诗歌的"直接目的是乐趣而不是真理",同时这种乐趣是以作品作为整体而获得的。"如果是给一首符合诗的标准的诗下定义,我的答复是:它必须是一个整体,它的各部分相互支持、彼此说明;所有这些部分都按其应有的比例与格律的安排所要达到的目的和它那众所周知的影响相谐和,并且支持它们。"② 他突出地强调作品的娱乐作用,这在浪漫主义时代有着特殊的意义。而他强调作品有机整体的看法,则是对亚里士多德以来观点的继承。柯勒律治还对诗歌的格律进行了阐述和强调,他认为格律是加强了的兴奋状态,并由兴奋时所产生的自然语言相伴随。在诗歌创作中,格律总是受意志制约,是一种自主的行动。

这样,他就提出格律中包含着情感和意志、自发的冲动与自主的意图之间的相互渗透和相互统一。格律的具体功能在于增强通常的感觉和注意力的活泼性和易感性,借以激起读者的好奇心和兴奋。"格律是诗的正当形式,诗如果不具格律,就是不完全的、有欠缺的。"③ 这样过于强调格律对于诗的重要性,在当时是非常必要的,但如果我们今天以格律严格地要求一切诗歌,又显得过于苛求了。

柯勒律治对想象问题进行了深入的研究,提出了颇具影响力的观点,并且将其运用于对

---

① 转引自蒋孔阳、朱立元主编:《西方美学通史》第五卷,上海人民出版社 1999 年版,第 594 页。
② 转引自蒋孔阳、朱立元主编:《西方美学通史》第五卷,上海人民出版社 1999 年版,第 600—601 页。
③ 转引自蒋孔阳、朱立元主编:《西方美学通史》第五卷,上海人民出版社 1999 年版,第 602 页。

莎士比亚的评论中,从而把对想象问题的研究大大地推进了一步。想象问题的讨论由来已久,古希腊的阿波罗尼乌斯将想象看成高于摹仿,"连它所没有见过的事物也能创造,因为它能从现实里推演出理想"①。但古希腊学者一般不太重视想象。中世纪到文艺复兴也有人研究想象,但不系统。古典主义者虽认为艺术离不开想象,却将想象与理智相对立。而维柯则对想象进行了系统研究。到浪漫主义那里,想象获得了崇高的地位。柯勒律治认为,创作应当以"想象为灵魂,这灵魂无所不在,它存在于万物之中,把一切形成一个优美而智能的整体"②。柯勒律治还将想象与幻想作了严格的区分,认为幻想是一种低级的心理能力,只涉及固定的和有限的事物,只是摆脱了时空秩序的回忆,必须从现成的材料中获取素材,而这些现成材料又是由联想规律产生的,而想象则是人类的高级心意能力,是人类知觉和活力的原动力,充满着创造活力,使固定的、没有生命的事物充满生机。想象在意志和理解力的推动下创造别有意味的整体,使对立面相调和统一,并且将艺术家自己的激情乃至整个生命赋予对象,并与对象融为一体。莎士比亚之所以伟大,就在于他具有卓越的想象力,赋予所表现的对象以尊严、热情和生命。在《李尔王》中,想象的特征表现得尤为出色。

柯勒律治还高度重视艺术的天才问题。他说:"诗是诗的天才的特产,是由诗的天才对诗人心中的形象、思想、情感一面加以支持,一面加以改变而成的。"③他认为艺术天才应当以良知为躯体,以幻想为服饰,以行动为生命,以想象为灵魂,善于巧妙地把自己心中的形象、思想和感情表现出来,创造出一个优美的整体。天才的具体特点包括,天才首先应当具有独到的见解,把司空见惯的事物表达出新意来,通过未泯的童心给人以喜出望外的新奇。其次,天才必须具有一种整合能力,通过一种主导的思想情感去贯串一系列的思想,形成统一的艺术形象,使有意识的与无意识的,外部的和内部的东西在作品中得以协调。第三,为了充分发挥天才的能力,艺术家常常选择那些与自己兴趣和背景有相当距离的对象来描写,以便使情感得到充分的表现。第四,天才善于将自己精神中有人性、有智能的生命力转移到作品中,使所描写的对象具有激情和尊严。第五,诗人同时是哲学家,天才的诗歌中具有一定的思想深度和活力。第六,天才的获得需要天赋和后天勤奋的结合。莎士比亚精湛的艺术成就,是他刻苦钻研,以广博、谙熟的知识与真情实感相结合的结果。

第四节
法国浪漫主义

一　斯达尔夫人

斯达尔夫人(Germaine de stael, 1766—1817),原名安娜·路易·日耳曼尼·纳克尔,出

---

①《外国理论家、作家论形象思维》,中国社会科学出版社 1979 年版,第 9 页。
② 转引自蒋孔阳、朱立元主编:《西方美学通史》第五卷,上海文艺出版社 1999 版,第 592 页。
③ 伍蠡甫主编:《西方文论选》下卷,上海译文出版社 1979 年版,第 33 页。

身于金融巨头的家庭,祖上是爱尔兰血统,20 岁时嫁给瑞典驻巴黎公使斯达尔男爵。她 15 岁开始写作,崇拜卢梭,1788 年出版《论卢梭著作及书信集》,尤其推崇卢梭的感情至上主义。她喜爱交际,善于谈吐,热情充沛,思想活跃,常在自己的沙龙接待社会名流。1792 年雅各宾专政后逃往瑞士和英国。1795 年她返回巴黎,重开沙龙,成为政界的一个中心。斯达尔夫人曾是拿破仑的崇拜者,后因失望而生怨恨,呼吁自由,反对独裁,曾在 1803 年和 1810 年两度被拿破仑逐出巴黎和法国。1817 年,她在巴黎逝世。著有小说《苔尔芬》、《柯丽娜》等,但影响不大。作为法国浪漫主义运动的先驱,她的两部文论著作,即 1800 年出版的《论文学》,全名为《论文学与社会机制的关系》,以及 1810 年出版的《论德意志》,对法国的浪漫主义运动产生了重要影响,并且成为实证主义文论的先声。后来,她又专门出版了《论北方文学》一书。她的代表作《论文学》,一方面受到卢梭的唯情论影响,另一方面又将孟德斯鸠《论法的精神》中所写的关于气候对人的精神的影响运用到文学研究中,并且受到狄德罗关于文学艺术与社会风尚相互制约的观点的影响。她的《论文学》开篇就说:“我的本旨在于考察宗教、风尚和法律对文学的影响,以及文学对宗教、风尚和法律的影响。”[1]

斯达尔夫人谈到了民族性格与文学的关系。她在《论文学》第十一章“北方文学”中,讨论了自然环境和社会环境决定文学的思想,提出了南方文学与北方文学的区别,而自己则更偏向于北方文学,她以荷马为南方文学的鼻祖,莪相为北方文学的鼻祖,贬抑希腊文学而推崇北方文学。莪相本是公元 3 世纪苏格兰行吟诗人,18 世纪的作家麦克菲森假托莪相写作,使之名声大噪。斯达尔夫人认为北方文学优于南方文学。她将希腊、罗马、意大利、西班牙和法国文学归入南方文学,将英国、德国、丹麦和瑞典文学归入北方文学。北方文学具有忧郁的特点,忧郁与哲学相协调,其想象也近乎狂野,喜爱海滨、风啸和灌木荒原,反映了厌倦现实、渴望理想的浪漫情怀。她认为南方文学与北方文学的差异首先是由气候造成的。南方有清新的空气、茂密的树林和清澈的溪流,这种生动活泼的自然可以激起独特的情怀,其温暖明朗的气候使诗人沉湎于快乐之中。而北方的气候则表现为阴冷和凄风苦雨,故使人激情荡漾,兴趣更为广泛,思想更为专注。而恶劣的气候却可以使北方人具有自由民族的精神,“由于土壤硗薄和天气阴沉而产生的心灵的某种自豪感,以及生活乐趣的缺乏,使他们不能忍受奴役”[2]。鉴于当时希腊人处于土耳其人的奴役之下,斯达尔夫人就认为希腊人易于奴役。她批评希腊人缺乏道德哲学,其文学无以表达更为深切的感受,如埃斯库罗斯的悲剧就避开了道德结论,这种责备反映出斯达尔夫人鲜明的个性和大胆泼辣的浪漫主义作风。北方文学中“民族和时代的普遍精神比作家个人性格留下更多的痕迹”。

斯达尔夫人实际上将南方文学与北方文学分别看成古典诗与浪漫诗的同义词。古典诗指古代的诗,浪漫诗是指由骑士传说产生的诗。她将它们移用在基督教兴起前后的两个时代,态度鲜明地褒扬浪漫诗而贬抑古典诗。法国诗富于古典色彩,不能赢得观众,而英国诗

① 斯达尔夫人:《论文学》,徐继曾译,人民文学出版社 1986 年版,第 12 页。
② 斯达尔夫人:《论文学》,徐继曾译,人民文学出版社 1986 年版,第 148 页。

是土生土长的浪漫诗,深受各界欢迎。她还认为北方的浪漫诗从古希腊的文化中吸取了有益的营养,同时体现了自己的独创精神,情感复杂而强烈,哲理深刻,既具有伟大的气魄,又具有真正的诗的灵感,其最高成就便是英国文学和德国文学。英国文学如莎士比亚的作品,德国文学如席勒和歌德的作品,都具有头等的美。在《论德意志》第二卷第 11 章中,斯达尔夫人还就古典诗与浪漫诗作了系统区分,她指出,"浪漫的"一词,是指源于中世纪的行吟诗人,由骑士精神和基督教教义产生的诗歌,反映了骑士传统,以冲突为特征,是新近传入德国的。而古典诗则指古代的诗,表现了古代的趣味,它以单纯为特征,尽管斯达尔夫人抨击古典诗,指责布瓦洛为文学带来了学究气,不利于艺术的崇高的活力,但她对古典主义的趣味和法则还是有所认同和继承的。而"浪漫主义文学是唯一还有可能充实完善的文学,因为它生根于我们自己的土壤,是唯一可以生长和不断更新的文学;它表现我们自己的宗教;它引起我们对我们历史的回忆;它的根源是老而不古"①。斯达尔夫人竭力主张创新,重感情和想象,有力地推动了浪漫主义运动的发展。

斯达尔夫人还将法国文学和德国文学分别作为南方文学和北方文学的代表进行比较评述。她认为作为北方文学代表的德国文学更具个性特点和创造精神。德国人对事物的评鉴没有固定的趣味、标准,相对显得自由、独立,评论作家作品时,不拘泥于一般的规律和固定的程序。而作家则常常显示出自己的主导作用,造就自己的读者,形成自己的读者群。"作家支配评判者,不接受评判者的法律。"法国人中有着更多的富于思想修养者,读者对作家要求很高,读者的趣味支配着作家。法国大部分作品的旨趣受着流行趣味左右。法国作家的作品文笔清新开朗,德国作家讲究深厚隽永。法国人讲究构思的精巧,德国人追求思想的深刻。

二　雨果

维克多·雨果(Victor Hugo,1802—1885)是法国浪漫主义运动的后期领袖,著名诗人、小说家、戏剧家和文论家。父亲是拿破仑手下的军官,不得志,波旁王朝复辟后,给他恢复了当年拿破仑弟弟授予他的将军头衔;母亲是虔诚的保皇派。雨果早期的抱负是要当夏多布里昂,当时的诗歌大都歌颂保皇主义和天主教,辱骂革命。1826 年,雨果与维尼、缪塞、大仲马等另组浪漫派第二文社,明确反对古典主义,1827 年发表《〈克伦威尔〉序》,这是他为自己第一部戏剧《克伦威尔》所写的序言。戏剧不成功,序言却很成功,它使雨果一举成为浪漫主义运动的中坚。1830 年,雨果的戏剧《欧那尼》上演,受到保守派攻击,但得到了戈蒂耶、巴尔扎克等同行的支持,从此浪漫主义戏剧在法国繁荣昌盛。他的小说《悲惨世界》出版后很快传遍欧洲。1841 年,雨果当选为法兰西学院院士。40 年代雨果的态度一度保守,1848 年大革命使他开始激进,1851 年,拿破仑三世政变,他参加了共和党人起义,失败后流亡 19 年。他的文学作品除了上面提到的外,还有诗歌《惩罚集》、《凶年集》,长篇小说《巴黎圣母院》、《海上劳工》、《笑面人》、《九三年》等,理论著作则还有《〈短曲与民谣集〉序》、《莎士比亚论》、

---

① 伍蠡甫、胡经之主编:《西方文艺理论名著选编》中卷,北京大学出版社 1986 年版,第 41 页。

《论司各特》等。

雨果在《〈克伦威尔〉序》中,阐释了文学创作中的对照原则,这一原则同时贯穿在他的其他理论著作和创作实践中。他认为"万物中的一切并非都是合乎人情的美","丑就在美的旁边,畸形靠近着优美,丑怪藏在崇高的背后,美与恶并存,光明与黑暗相共"①。在现实生活中,在人生中,都存在着美丑的对立。"滑稽丑怪作为崇高优美的配角和对照,要算是大自然给予艺术的最丰富的源泉。"②"这两种典型交织在戏剧中就如同交织在生活中和造物中一样。因为真正的诗,完整的诗,都是处于对立面的和谐统一之中。"③在雨果看来,单一的美会给人以单调重复之感,很难形成对照和有变化,而丑和滑稽作为一种陪衬,使优美和崇高显得更美,给人以鲜明、深刻而强烈的印象。他将文学的发展分成三个历史时期,第一个时期是抒情短歌时期,抒情短歌歌唱永恒,人物是伟人,如亚当、该隐,特征是纯朴。第二个时期是史诗时期,史诗赞颂历史,人物是巨人,如阿喀琉斯,特征是单纯。第三个时期是戏剧时期,戏剧描绘人生,人物是凡人,如哈姆雷特、麦克白、奥赛罗,特征是真实。这种概括未必准确,但强调文学发展到当时,是真实地描写人的生活的阶段,写出丰富、真实的凡人,必须运用对照原则。莎士比亚就为我们提供了成功的范例。"莎士比亚的对称,是一种普遍的对称,无时不有,无处不有;这是一种普遍存在的对照:生与死、冷与热、公正与偏倚、天使与魔鬼、天与地、花与雷电、音乐与和声、灵与肉、伟大与渺小、大洋与狭隘、浪花与涎沫、风暴与口哨、自我与非我、客观与主观、怪事与奇迹、典型与怪物、灵魂与阴影。""正是以这种现存的不明显的冲突,这种永无止境的反复,这种永远存在的正反,这种最为基本的对照,这种永恒而普遍的矛盾,伦勃朗构成他的明暗,比拉奈斯构成他的曲线。"④事实证明,文学和其它艺术作品都是充满对照的。如果放弃对照原则,作品就会显得片面、不真实、不鲜明。即使作家自身,作为活生生的凡人,也不会是纯粹、单一的抽象物。雨果的这种对照原则主要是针对古典主义单纯的类型化的特征提出的。雨果自己认为他的思想,来源于善恶、美丑并存的人生观。但在形象塑造中,雨果过于通过夸张的手法,使对照鲜明,有时显得不够自然。

雨果还强调文学要服务于人民的精神生活。他首先认为天才的作家是属于人民的。"天才的作家如果不属于人民,那末又属于谁呢?他们是属于你的,人民,他们是你的儿子,也是你的父亲;你生育他们,而他们教导你。"⑤而作家是从精神角度给人以帮助,为人类的生活服务。"人类的心灵需要理想甚于需要物质。人有了物质才能生存,人有了理想才谈得上生活。你要了解生存与生活的不同吗?动物生存,而人则生活。"⑥雨果认为,他所处的时代,过于追求物质,便产生了堕落。因此,作家要在灵魂中再燃起理想,满足灵魂所渴求的东西,

① 《雨果论文学》,柳鸣九译,上海译文出版社1980年版,第30页。
② 《雨果论文学》,柳鸣九译,上海译文出版社1980年版,第35页。
③ 《雨果论文学》,柳鸣九译,上海译文出版社1980年版,第45页。
④ 雨果:《莎士比亚论》,见《雨果论文学》,柳鸣九译,上海译文出版社1980年版,第156页。
⑤ 雨果:《莎士比亚论》,见《雨果论文学》,柳鸣九译,上海译文出版社1980年版,第182页。
⑥ 《雨果论文学》,柳鸣九译,上海译文出版社1980年版,第169页。

成为人民的启蒙导师。这是医治时弊,缔造人类精神健康的重要途径。他反对"为艺术而艺术"的思想,主张"我们坚持创作社会的诗、人类的诗、为人民的诗,这种诗赞成善而反对恶,表白公众的愤怒、辱骂暴君,使坏蛋绝望、使不自由的人解放、使灵魂前进、使黑暗退缩"①。

① 《雨果论文学》,柳鸣九译,上海译文出版社 1980 年版,第 186 页。

第一节
概述

一 社会背景

从 19 世纪 30 年代开始,英国和法国的资产阶级取得了决定性的胜利,资产阶级政权得以巩固下来。然而封建残余势力也不甘心失败,伺机发动反扑。在资产阶级内部,大资产阶级掌握了国家政权,与中小资产阶级的矛盾日益加剧。资本主义经济在这一时期获得了迅猛的发展,雇佣大量工人的大型工厂越来越多,资产阶级作为一种独立的政治力量登上了历史舞台,资本主义生产的残酷性和政治压迫,使得无产阶级具有彻底的革命性。德国和意大利在这一时期实现了国家统一,促进了资本主义经济的发展,但封建残余势力依然强大。俄国在 19 世纪初,资本主义因素有了显著的增长,但是,俄国的沙皇制度和农奴制度严重地阻碍了资本主义的进一步发展,1816 年的改革是一次不彻底的资产阶级改革运动。东欧各国在 30 至 60 年代正处于民族解放运动的高涨时期。而北欧各国在 40 至 50 年代,由于资本主义经济的发展,资产阶级先后参加了政权,民主民族解放运动蓬勃地开展了起来。

这一时期资产阶级革命的高潮已经过去,资产阶级在整个社会中的主导地位已经确立,大革命时期资产阶级和劳动人民的反封建联盟随之瓦解。劳动人民抛头颅、洒热血换来的国家政权为资产阶级所操控,又反过来成为压迫剥削劳动人民的政治工具。工人阶级和资产阶级成为社会对立的利益集团,他们之间的斗争不可避免地展开,这一时期,出现了早期工人运动的第一次高潮,英国宪章运动、法国里昂工人起义、德国西里西亚纺织工人起义先后开展起来,同时,工人运动开始组织国际联合。随着生产力、科学技术和资本主义商业经济的发展,各国的政治经济关联愈来愈密切,整个欧洲乃至世界逐步走向一体化,各国间的相互影响加深,文化思潮的传播更为广阔,而影响则更加深远。

这一时期是科学技术飞速发展的时期,蒸汽机这种新型动力的广泛应用,使得传统资本主义生产由手工工场过渡到机器工厂时代,汽船、火车等现代交通工具缩短了地理上的空间距离。工业资本主义时代的一个基本结果是工人阶级形成,工人阶级与资产阶级的矛盾随之出现。社会财富日益集中,城市化不断发展,工人阶级日益贫困化,资本主义基本矛盾——生产社会化和生产资料的资本主义私有制之间的矛盾不断暴露,经济危机时有发生。

二 文化背景

在社会文化领域,马克思主义形成并产生了广泛而深刻的影响,在工人阶级斗争实践的基础上,马克思、恩格斯批判地吸收了德国古典哲学、英国古典政治经济学和法国空想社会主义的理论精华,创立了科学共产主义,建立了一整套对资本主义制度进行批判和颠覆的理论体系和意识形态武器。整个这一时期,社会主流文化思潮由启蒙运动对资本主义理性主义的讴歌赞美,到大革命时期的为之奋斗牺牲,到浪漫主义时代的幻灭失望,再到 19 世纪 30

年代之后的对资本主义的全面批判。在当时社会中,没落封建阶级、资产阶级和工人阶级、劳苦大众作为两种处境不同的利益集团存在着,与之相适应的文化形态,便是古典主义、浪漫主义和批判现实主义三股文化潮流。整个社会的思想主潮在经过对资本主义的幻想破灭之后,进入了冷静的批判时期。严酷的社会现实,使得清醒和有正义感的知识分子用理性的解剖刀去分析这个罪恶社会的弊端和病症,一股批判现实的理性,在经过了浪漫主义的短暂迷茫之后重新回归。影响巨大的马克思主义把文艺纳入其整个社会革命的理论体系中,强调文化和意识形态的阶级性,文化的批判精神开始同无产阶级革命的目标发生关联。此外,启蒙运动的理想和理性继续存在着,而且在社会上起着相当程度的影响作用。古典主义在没落贵族和封建残余那里也还大有市场。

三　文学概貌

批判现实主义是一次影响全欧的文学思潮,首先在法国开始,然后蔓延到英国、俄国,最后波及全欧。19 世纪中期是法国文学的繁荣时期,浪漫主义文学仍在持续发展。批判现实主义文学在 30 年代初登上文坛之后,迅速成为文学主潮,并对欧美其他国家的现实主义运动的形成和发展产生了积极的影响。1830 年前后,司汤达、梅里美和巴尔扎克等先后步入文坛,为批判现实主义文学的蓬勃发展开拓了道路。司汤达在 20 年代发表的论著《拉辛与莎士比亚》中阐明了他的现实主义文学观,他的长篇小说《红与黑》的问世,标志着批判现实主义的真正开端。巴尔扎克的《人间喜剧》以其丰富的历史内容和典型化的创作方法,代表了法国批判现实主义的最高成就。

英国批判现实主义文学出现于 19 世纪 30 年代,40、50 年代达到创作高峰。狄更斯是英国批判现实主义文学的奠基人,他的笔触几乎触及英国社会各个领域。40、50 年代,英国涌现出了一大批出色的小说家,他们创作的数量不大,但风格各异,对社会问题的揭露也达到了一定的深度。威廉·梅克皮斯·萨克雷(1811—1863)在他的代表作《名利场》中,对资本主义社会人与人之间的金钱关系,以及伪善、假道学、势利眼等丑恶的现象进行了深刻的揭露和尖锐的嘲讽。盖斯凯尔夫人(1810—1865)的小说《玛丽·巴顿》以宪章运动为背景,表现了失业工人的悲惨生活和他们的自发斗争。此外,女作家夏洛蒂·勃朗特(1816—1855)的《简·爱》描写了一个谦谨生活而有独立精神的女性简·爱的形象,在英国文学里独树一帜。在 30、40 年代宪章运动的高潮中,涌现出一批工人诗人,他们用诗歌歌曲等形式进行宣传鼓动工作,是最早的无产阶级文学。

俄国批判现实主义文学形成于 19 世纪 30 年代,50、60 年代走向繁荣,70 年代至 90 年代达到最高峰,20 世纪初趋于没落。普希金是俄国浪漫主义文学的创始人,也是现实主义文学的奠基者,莱蒙托夫、果戈理等早期浪漫主义作家在 30 年代纷纷转向现实主义。果戈理的讽刺作品确立了这一时期俄国文学的批判倾向,加强了由普希金奠基的俄国批判现实主义。从 50 年代起,俄国文学迅速繁荣起来,以车尔尼雪夫斯基、屠格涅夫以及诗人尼古拉·阿列克塞耶维奇·涅克拉索夫为代表的革命民主主义者成为文艺的领导者,俄国批判主义文学状况有所改变。

德国文学这一时期要稍逊一筹,艺术上不够成熟,未能形成较大影响,民主诗人海涅和毕希纳尔的作品代表着这一时期德国文学的最高成就。东欧各国的民主解放运动在19世纪30年代至60年代形成高潮,这一时期文学的共同主题是反对异族奴役和封建专制,争取自由独立。波兰诗人亚当·密茨凯维支既是波兰浪漫主义文学的奠基者,又为现实主义文学开启了道路。东欧文学这一时期成就最大的是匈牙利诗人裴多菲·山陀尔(1823—1849),他的诗具有反对民族压迫、反对封建专制的思想倾向,长篇叙事诗《使徒》是其代表作。他的脍炙人口的短诗《自由与爱情》在我国广为流传。这一时期北欧最重要的作家是丹麦的童话作家安徒生,他以丰富多彩、充满魅力的神话,第一次为北欧文学赢得了世界声誉。安徒生的童话提示了贫富悬殊的社会现实,揭露了统治阶级的愚昧无知,对下层劳动人民表示深切的同情。《卖火柴的小女孩》、《丑小鸭》、《皇帝的新衣》等是其代表作。

批判现实主义是这一特定历史时期复杂的社会形势的产物,浪漫主义对社会的抽象抗议和对未来的空洞设想已不能满足时代的要求,真实地表现现实生活、典型地再现社会风貌、深入了解和努力提示种种社会矛盾的现实主义文学成为社会潮流。

四 文论综述

批判现实主义作家大多出身中小资产阶级,处于大资产阶级和无产阶级的夹层之间,他们以人性论为基础,提倡人道主义和政治上的浪漫主义,他们的创作理论奠基于唯物主义反映论。现实主义作家重视真实地再现社会生活,提示社会生活中的各种矛盾,强调典型的重要意义,强调作家的理性眼光和批判精神,着意观察生活、分析社会,选择典型事件、塑造典型人物,透过集中的情节去展示广阔的社会生活。他们在真实地反映现实环境和时代特征的同时,还以严肃的态度力求精确地表现细节的真实。塑造典型环境中的典型性格是批判现实主义作家的基本理论主张。恩格斯曾说:"在我看来,现实主义的意思是,除细节的真实外,还要真实地再现典型环境中的典型人物。"[①]

与创作上的丰富成果相对应,在理论上,众多的现实主义理论家也进行了多方面的理论探索。在文论方面,法国现实主义主要以司汤达为主,而俄国则主要有革命民主主义文论家别林斯基、车尔尼雪夫斯基、杜勃罗留波夫和列夫·托尔斯泰,英国有狄更斯、萨克雷等。另外值得一提的,还有俄国著名作家果戈理和契诃夫。

果戈理(Ниролáй Васúльевич Гóголь, 1809—1852),生于乌克兰波尔塔瓦省。他父亲是个不太富裕的地主,博学多才,爱好戏剧,曾经用俄文写过诗,用乌克兰文写过剧本。果戈理的作品以"极度忠于生活"的现实主义精神、鲜明生动的典型形象和笑中含泪的讽刺手法,奠定了俄罗斯批判现实主义的基石。同时,他也是一位文学批评家,在批评活动中总结了他自己所遵循的现实主义操作原则。作为俄国现实主义喜剧和讽刺文学的大师,他丰富和发

---

① 恩格斯:《致玛·哈克奈斯》,见《马克斯恩格斯选集》第4卷,人民出版社1972年版,第462页。

展了俄国现实主义的文学理论。果戈理反对当时俄国舞台上简单模仿英法的庸俗喜剧，主张创作出富于民族特性、无情揭露和嘲笑俄国社会黑暗现实的讽刺喜剧。他说："看在上帝的面上，给我们表现俄罗斯人的性格吧，让我们表现我们自己，表现我们的骗子、我们的怪人吧！把他们拉上舞台，在哄堂大笑之下示众！"他要求真实地表现人物性格，表现出读者熟悉的内容，以打动读者，产生共鸣："只有真实地表现人物性格，不是以背得滚瓜烂熟的一般特征，而是以自然流露的民族形式来表现，才能以自然流露的民族形式来表现，才能以栩栩如生的生命力打动我们，以致脱口而出：'是啊，这可是个熟人'——只有这样的描写，才能带来真正的益处。"①

在现实主义的理论中，果戈理以普希金为俄罗斯民族文学和文学语言的奠基人。他这样描述民族性：

> 真正的民族性不在于描绘农妇穿的无袖长衫，而在于表现民族精神本身。即使诗人描写完全生疏的世界，只要他用含有自己的民族要素的眼睛来看它，用整个民族的眼睛来看它，只要诗人这样感受和说话时，能使他的同胞们感觉到，似乎就是他们自己在感受和说话，那么，他在这时候也可能是民族的。②

换言之，真正的现实主义不在于写什么，而在于怎样写，在于怎样观察和表现世界，以正确地表现民族精神。

果戈理推崇喜剧，认为喜剧是社会生活的一个画面和一面镜子，同样可以为崇高的目的服务。他说"喜剧是这样一种讲坛，从那里可以对一大群人上生动的一课"，可以"在众口如一的笑声中，揭示人们熟悉的、但被隐藏起来的陋风恶习，在普遍而隐秘的共鸣中，展示人们熟悉的，但又羞于外露的高尚情感"。③ 他还说，喜剧中的笑要比人们所想象的重要得多，也深刻得多，"它能够使事物深化，使可能被人疏忽的东西鲜明地表现出来，没有笑的渗透力，对生活的无聊和空虚的揭露便不能发聋振聩"④。果戈理是这样说的，也是这样做的。他本人的《钦差大臣》，就是身体力行，充分体现了他的现实主义创作原则。

契诃夫（А. П. Антон Павлович Чехов，1860—1904），俄国 19 世纪末伟大的批判现实主义小说家、戏剧家，1860 年 1 月 29 日生于罗斯托夫州塔甘罗格市。祖父是赎身农奴。父亲曾开设杂货铺，1876 年破产，全家迁居莫斯科。契诃夫只身留在塔甘罗格，靠担任家庭教师维持生计和继续求学。1879 年进莫斯科大学医学系。1884 年毕业后在兹威尼哥罗德等地行医，广泛接触平民和了解生活，这对他的文学创作有良好影响。早期主要从事短篇小说创作，与美国的欧·亨利、法国的莫泊桑并称世界三大短篇小说之王，代表作主要有《变色龙》、《套中人》等。契诃夫是俄罗斯以短篇小说誉满文坛的优秀的批判现实主义大师。他积极参与当年的文学生活，他对俄国和外国许多作家的评论和他对青年作家的批评与建议，体现了

---

① 《果戈理文集》第 6 卷，文学出版社莫斯科 1953 年版，第 116 页。
② 《果戈理文集》第 6 卷，文学出版社莫斯科 1953 年版，第 33 页。
③ 《果戈理文集》第 6 卷，文学出版社莫斯科 1953 年版，第 117 页。
④ 《果戈理文集》第 6 卷，文学出版社莫斯科 1953 年版，第 273 页。

他深刻的文论思想。

契诃夫主张要按照生活的本来样子描写生活。1888年,他在给基塞列娃的信中,曾说:"文学所以叫艺术,就是因为它按生活的本来面目描写生活。它的任务是无条件的、直率的真实。"[①]他所要求的真实,就是要反映出生活中的典型的东西。对此他要求作家扩大视野,博闻广识,深入社会生活和政治生活。契诃夫也主张现实主义的描写要能引起共鸣,并且应当表达主观情感,比如风景的描写:

> 风景描写首先应当逼真,好让读者看了以后一闭眼就立刻能想象出您所描写的风景,至于把昏光、铅色、水塘、潮湿、白杨的银白、布满乌云的天边、麻雀、遥远的草地等因素搜罗在一起,那算不得图景,因为尽管我有心,却没法把这些东西想象成一个严整的整体。……风景描写只有在适当的时候,在它能像音乐或者由音乐伴奏的朗诵,向读者传达这样那样心情的时候,才合适,才不至于把局面弄糟。[②]

但契诃夫也不是简单地要求摹写生活的表面,而是要求有所取舍,看出生活应当呈现的状态,认为在艺术中正像在生活中一样,没有什么偶然的东西。所有的现实生活,反映到作家的作品里,都是经过心灵陶冶过的,都不可能是原生态的自然反映。所以,他希望作家不仅要使读者"看见目前生活的本来面目",而且还要使他"感觉到生活应当是什么样子"。[③] 契诃夫的现实主义文论思想来自他的创作实践的经验,并且在当时的俄国同行特别是青年作家中,产生了很大影响。

第二节
法国现实主义

一　巴尔扎克

巴尔扎克(Honoré de Balzac,1799—1850),祖上是农民,父亲在大革命时期起家,他家成为巴黎以南图尔城的中等资产阶级家庭。1814年巴尔扎克随父亲到巴黎。1816—1819年在法科学校学法律。1817年当过律师的文书。毕业前后做过律师的助手。他透过律师事务所的窗口,看到了巴黎社会的黑暗腐败。1819年开始创作神怪、幻想小说,但没有引起读者的兴趣。1828年开始经营出版、印刷业,结果以欠债告终。1829年起开始投身文坛,写了《朱安党人》,此后20年间,他夜以继日,勤奋写作,共创作了91部长、中、短篇小说,总名为《人间喜剧》,被誉为"社会百科全书"。其中包括"风俗研究"、"哲理研究"、"分析研究"三个方面,其中"风俗研究"的内容最丰富。他的《人间喜剧》是法国和世界文学史上规模空前宏伟、内容极其丰富的作品,把批判现实主义推向了高潮。1850年8月18日,他病逝于巴黎。

---

① 《契诃夫论文学》,人民文学出版社1958年版,第35页。
② 《契诃夫论文学》,人民文学出版社1958年版,第240—241页。
③ 《契诃夫论文学》,人民文学出版社1958年版,第281页。

他的文学作品的代表作主要有《欧也妮·葛朗台》、《高老头》、《邦斯舅舅》、《幻灭》等。他的文论著作主要有1842年所写的《〈人间喜剧〉前言》、自己作品的20多篇序和跋，以及大量的评论和书简。

巴尔扎克继承文艺复兴以来的镜子说，主张文学艺术是社会生活的反映。他在《古物陈列室》、《〈钢巴拉〉初版序言》中说："从来小说家就是自己同时代人们的秘书。"①他在《〈驴皮记〉初版序言》中说："作家应该熟悉一切现象，一切感情。他心中应有一面难以明言的把事物集中的镜子，变幻无常的宇宙就在这面镜子上面反映出来。"②在《论艺术家》中，他更明确地说："一个人习惯于使自己的心灵成为一面明镜，它能烛见整个宇宙，随己所欲反映出各个地域及其风俗，形形色色的人物及其欲念。"③他还现身说法，以自己的《高老头》等作品为例，说明作品的素材取自生活，在生活中有其原型的某一部分，应加以综合，而不能简单临摹。"文学采用的也是绘画的方法，它为了塑造一个美丽的形象，就取这个模特儿的手，取另一个模特儿的脚，取这个的胸，取那个的肩。艺术家的使命就是把生命灌注到他所塑造的这个人体里去，把描绘变成真实。"④这种综合的过程，就是典型化的过程。这里一方面强调了反映现实，同时也强调了作家的整合能力和灌注生气，反对纯客观地抄袭生活。"世界上没有光凭脑子就可以想出这样多小说来的人。"⑤那些与现实生活毫无联系的作品，是僵死的，而反映现实、研究现实的作品，才能享有永恒的光辉。"写书之前，作家应该已经分析过各种性格，体验过全部风俗习惯，感受过一切激情。"⑥他把当时的文学划分为三类，一是"观念的文学"，是事件和观念的堆积，语言干枯，给人以空洞的感觉，指的是古典主义文学。第二类是"形象文学"，描写高贵的形象、浩大的自然景物，字句有诗意，形象很丰富，作家往往把自己放进他的人物里。"形象文学"指的是浪漫主义文学。第三类是巴尔扎克自己的现实主义文学，它要求按照生活原样表现世界，形象与观念融为一体，行动和梦想有机统一。同时，他还要求作家不仅表现生活现象，而且还要研究生活，展现出生活现象的内在原因，寻求隐藏在生活和人物背后的内在意义。巴尔扎克在主张"照生活原样表现世界"的同时，也进一步强调了作家的思想观念、激情理想和创造精神。

巴尔扎克提出，为了使人物的存在变得更为悠久，就必须使他成为典型。所谓典型，巴尔扎克说："'典型'指的是人物，在这个人物身上包括着所有那些在某种程度跟它相似的人们最鲜明的性格特征；典型是类的样本。因此，在这种或那种典型和他的许许多多同时代人之间随时随地都可以找出一些共同点。但是，如果把他们弄得一模一样，则又会成为作家的毁灭性的判决，因为他作品中的人物不会是艺术虚构的产物了。"⑦巴尔扎克一方面强调了典

① 《古典文艺理论译丛》第10册，人民文学出版社1965年版，第121页。
② 《古典文艺理论译丛》第10册，人民文学出版社1965年版，第112—113页。
③ 《古典文艺理论译丛》第10册，人民文学出版社1965年版，第100页。
④ 《古典文艺理论译丛》第10册，人民文学出版社1965年版，第120页。
⑤ 《古典文艺理论译丛》第10册，人民文学出版社1965年版，第121页。
⑥ 巴尔扎克：《驴皮论初版序言》，见《古典文艺理论译丛》第10册，人民文学出版社1965年版，第113页。
⑦ 《古典文艺理论译丛》第10册，人民文学出版社1965年版，第137页。

型的共性特征，又要求与共性有所不同，通过虚构而使人物具有鲜明的个性特征。为了体现鲜明的个性，巴尔扎克还强调对偶然的研究。他说："偶然是世上最伟大的小说家，若想文思不竭，只要研究偶然就行。"[①]同时，他所说的典型不仅仅是指人物，而且还包括事迹和具体环境。他在《〈人间喜剧〉前言》说："不仅仅是人物，就是生活上的主要事件，也用典型表达出来，有在种种式式的生活中表现出来的处境，有典型的阶段，而这就是我刻意追求的一种准确。"[②]典型的事件中，在特定的环境中，典型人物得到了充分的刻画显示。巴尔扎克强调塑典型要以现实出发，而不能从观念出发。由亲身经历的生活而创造出来的典型，有着现实的土壤和真切的生活体验，因而具有感染力。巴尔扎克认为艺术的真实不等于生活的真实，艺术的真实更为典型，更为美满和理想。为了更准确地表现典型人物，巴尔扎克非常重视细节的真实："小说在细节上不是真实的话，它就毫无足取了。"[③]这种细节的真实包括所描写的习俗必须符合时代的习俗，人物活动的细节要与人物的性格相符。细节的真实可以揭示出生活的真实。

巴尔扎克在《〈人间喜剧〉前言》中，还提出了作家有自身不同于政治家的法则，作家的法则是作家之为作家的法则，它与政治家的法则是迥然不同的。他认为作家与政治家能够"分庭抗礼"，作家的法则甚至比政治家的法则更杰出。他信奉波纳尔的名言："一个作家在道德上和政治上应该持有固定的见解，他应该把自己看作人类的教师。"这名言在巴尔扎克看来是一切作家的法则。"它们是保皇党作家的法则，同时也是民主党作家的法则。"[④]作家的法则是站在人类的角度看问题，而不像政治家站在某一集团、某一派别的利益考虑问题。作家可以超越个人的政治见解去公正地写作。这种现实主义的真实性法则，使得作家成为某种意义上的真理的宣扬者，因而作家应该具有一定的社会责任感。

巴尔扎克自己的创作就证明了这一点。巴尔扎克在政治上是个正统派，同情没落的贵族阶级，但在作品中，他却身不由己地辛辣地讽刺和嘲笑这些贵族，而赞赏了共和主义者。这样，巴尔扎克就违背了政治立场，体现了作家的真实性法则，从而真实地反映了社会现实，揭示出生活的本质，因而在创作上取得了卓越的成就。他的成就被恩格斯称为"现实主义的伟大胜利"。

二　司汤达

司汤达（Stendhal，1783—1842），原名马利·亨利·贝尔（Marie-Henri Beyle），是法国批判现实主义作家，曾两度供职于拿破仑军队，崇拜英雄主义，文化上深受法国百科全书派思想的影响，不满宫廷、贵族与教会的统治，蔑视上流社会的风俗与时尚。其主要长篇小说有《阿尔芒丝》、《红与黑》和《巴尔玛修道院》等，文论著作主要有《拉辛与莎士比亚》、《意大利绘

① 伍鑫甫主编：《西方文论选》下卷，上海译文出版社 1979 年版，第 168 页。
② 《古典文艺理论译丛》第 2 册，人民文学出版社 1957 年版。
③ 伍蠡甫主编：《西方文论选》下卷，上海译文出版社 1979 年版，第 173 页。
④ 伍蠡甫主编：《西方文论选》下卷，上海译文出版社 1979 年版，第 169 页。

画史》等。司汤达的现实主义文论思想,主要有以下几个方面:

首先是对新古典主义的批评。司汤达的《拉辛与莎士比亚》是他在 1823 年和 1825 年先后出版的两本反对古典主义小册子的合集。在书里,司汤达提倡莎士比亚的浪漫主义,而反对拉辛的新古典主义。不过,司汤达在这里提倡的浪漫主义精神,实际上是现实主义的创作原则。他讥笑那些谨小慎微的古典主义者,死守荷马的诗句和以西塞罗的论点之类的作根据,不敢越雷池一步。他也反对对莎士比亚等人作机械的模仿,而是学习他"对我们生活于其中的世界的研究方法"。他对新古典主义的三一律原则,特别是关于时间一律和地点一律,进行了有力的批评。对此他说:

> 关于拉辛与莎士比亚的全部争论,归结起来就是:遵照地点整一律和时间整一律,是不是就能创作出使 19 世纪观众深感兴趣、使他们流泪、激动的剧本;或者说,是不是就能给这些观众提供戏剧的愉快……我认为遵守地点整一律和时间整一律实在是法国的一种习惯,根深蒂固的习惯,也是我们很难摆脱的习惯,理由就是因为巴黎是欧洲的沙龙,欧洲的风格、气派,但是我要说,这种整一律对于产生深刻的情绪和真正的戏剧效果,是完全不必要的。①

司汤达进而质问古典主义文论:为什么悲剧表现行动必须限制在 24 小时或 36 小时之内?场景地点为什么不许变换?或者按照伏尔泰的说法,变换只能限于王宫的不同部分?他指出,一桩阴谋事件或者是革命运动,在这样几十个小时内是不能完成的。拉辛式的悲剧只能选取 24 小时或 36 小时,不可能展现出激情的发展过程。《奥塞罗》这样的戏让人产生兴趣,第一幕表现爱情,第五幕把妻子杀了,展现了情感变化的历程,但如果把剧情变化限制在 36 小时之内,则将是荒谬的,只能令人憎厌。

浪漫主义兴起以来,对新古典主义的"三一律"的批评不绝于耳。司汤达于 1823 年批评"三一律",这对于英国和西方文论的发展来说,并不新鲜,但从法国当时浪漫主义和新古典主义激烈论争、新古典主义势力尤为强大的背景来看,司汤达对新古典主义的批评依然具有重要的意义。尤其是,他从戏剧产生审美效果这个角度来阐明自己的观点,这与古人并不重复。这不仅有力地支持了法国的浪漫主义运动,而且为 1830 年以后的现实主义文学在法国和欧洲的蓬勃发展,奠定了理论基础。

其次,司汤达提出了现实主义的创作原则。《拉辛与莎士比亚》的一个主调是:一切伟大的作家都是他们时代的浪漫主义者,因为他们表现他们自己时代的真实的东西。所以拉辛是浪漫主义者,莎士比亚也是浪漫主义者。甚至,他认为古典主义顶礼膜拜的荷马以降的古希腊悲剧诗人,也是浪漫主义者:

> 索福克勒斯和欧里庇得斯都曾经是卓越的浪漫主义者,他们为聚集在雅典的希律人创作悲剧;他们的悲剧是按照当时人民的道德习惯、宗教信仰、对于人的尊严的固定

---

① 司汤达:《拉辛与莎士比亚》,上海译文出版社,1979 年,第 6—7 页。

看法创作出来的,它们当然也给人民提供了最大的愉快。①

司汤达把浪漫主义定位在表现当代的生活风尚,从而感动同时代的人,这正是现实主义的艺术原则。司汤达本人无论是在文学作品中还是在文论著作里,都主张文学应当反映现实生活。在《意大利绘画史》里他说,文学就是社会的表现。在小说《红与黑》里他也说,小说好像一面镜子,摆在大路上,有时它照出的是蔚蓝的天空,有时照出的却是路上的泥沼。《拉辛与莎士比亚》里,司汤达一再强调文学应该反映出不同时代的风俗、时尚。不同于"浪漫主义"作品符合当地人的习惯和信仰,他讽刺古典主义者提供的文学是取悦于他们的祖先。在风格上,他认为两者也有根本不同。"浪漫主义者"是勇往直前的,不怕冒险。"古典主义者"则是谨小慎微,没有荷马的诗句,没有西塞罗的观点作为依据,就寸步难行。而莎士比亚之所以也是浪漫主义者,同样是因为他表现了自己的时代:

> 莎士比亚是浪漫主义者,因为他首先给1590年的英国人表现了内战所带来的留学灾难,并且,为展示这种种悲惨的场面,他又大量地细致地描绘了人的心灵的激荡和热情的最精细的变化。②

这可见,司汤达所说的反映现实,不只是反映时代的风尚,还要描绘出"人的心灵的激荡和热情的最精细的变化",描绘出这激情的发展过程。所以他对人自称自己的职业是"观察人心的"。在谈到莎士比亚的悲剧《奥塞罗》和《麦克白》时,司汤达说:剧中所表现的这种人类心灵的热情变化,就是诗在人们面前最辉煌的展示。司汤达在《红与黑》中写于连、德·瑞那夫人和玛特尔小姐等人物时,便是在着力描写思想上的矛盾和感情上的波澜,集中展现人物的内心世界。

再次是关于"舞台假象"。司汤达对此解释说,所谓舞台假象,就是相信台上出现的事件,是真实存在的行为。他举了一个以戏为真的事例。1822年8月,在剧场执行警卫任务的士兵,看见在莎剧《奥塞罗》第五幕中奥塞罗要杀死苔丝德梦娜的情节时,竟然真的开枪,打伤了扮演奥塞罗的演员。司汤达认为,"舞台假象"一方面是指观众很清楚自己是在剧场,另一方面又因身临其境而相信虚构。在舞台上演出的最激动人心的短暂时间里,观众完全相信情节是真实事件了。

司汤达认为,这种虚构的真实让观众信以为真,并且强烈地感动着观众,从而构成了戏剧的快感。他称舞台假象是完美的假象,是愉快而又极其稀有的刹那,只能在演员唇枪舌剑、回肠荡气的热烈的戏剧气氛中遇到。对此,司汤达同样更推崇莎士比亚的现实主义,认为这些转瞬即逝的完美的假象,在莎士比亚的悲剧里比在拉辛的悲剧里更常见到。

总之,司汤达无论是抨击新古典主义,还是强调表达时代风尚、描绘心灵,抑或阐述戏剧的"舞台假象",都是在倡导现实主义的创作原则。

---

① 司汤达:《拉辛与莎士比亚》,上海译文出版社,1979年,第26页。
② 司汤达:《拉辛与莎士比亚》,上海译文出版社,1979年,第27页。

第三节
英国现实主义

一 狄更斯

狄更斯(Charles Dickens, 1812—1870),英国 19 世纪批判现实主义文学的杰出代表作家。他少年时代生活贫困,曾先后做过律师事务所学徒、法庭记录员和报馆采访员等。1836年发表的连载小说《匹克威克外传》,漫画式地反映了当时英国各阶层的现实生活,引起巨大轰动。他一生共创作了长篇小说 14 部,中篇小说 20 余部,短篇小说数百篇,特写集一部,长篇游记两部,以及大量演说词、书信、散文等。代表作有《大卫·科波菲尔》、《董贝父子》、《双城记》、《荒凉山庄》、《小杜丽》等。狄更斯小说致力于描写社会中、下层的小人物,以幽默的笔触和细致的分理分析,叙写他们的喜怒哀乐。其创作中展现的人道主义情怀和社会批判精神,对五四以来的中国小说也产生了很大影响。

狄更斯并无专门的文论著述,但他在一些序跋和文学评论中仍然留下了许多闪光的现实主义文学创作思想,对这些创作思想,狄更斯本人在创作实践中是身体力行的。我们这里主要介绍以下两方面内容。

首先,强调文学反映生活真实性。这是狄更斯文学思想的根本立场。狄更斯本人的全部文学作品都是对 19 世纪英国社会现实的真实写照。在他看来,文学最重要的创作原则就是客观、真实地描摹现实生活。对此他指出,作家在文学创作中涉及人物塑造时,应当"按照他们实际的样子加以描绘"①,由此他栩栩如生地展示出各色人物在社会现实生活中的真实原貌。文学创作以"指出严酷的真实"为明确追求,②无论是描写正面人物,还是鞭挞反面人物,都应该牢牢遵循这一点。在狄更斯看来,所谓真实,就是现实生活的本来面目,作家的责任,也就是冷静如实地向读者传达出现实生活的本来面目,做到恰如其分地据生活来刻划人物。狄更斯的著名小说《双城记》,便以法国大革命为时代背景。作者自述道,这部小说"凡提及(哪怕略微提及)革命前或革命时期法国人民的状况,都忠实地根据最可靠的见证"③。言及自传体小说《大卫·科波菲尔》的创作时,狄更斯也声称,自己在作品中着力描绘的无不是"真情实况"④,这是作家亲身经历的客观性具象浓缩,是无法作假、无可否定的真情实况。

作为英国批判现实主义文学的奠基人之一,狄更斯屡屡申明生活真实和文学真实之间的紧密联系,不遗余力地呼吁文学的真实性。对那种认为文学创作可以脱离现实生活自成一统的观点,狄更斯是很不以为然的,他说过这样的话:

---

① 狄更斯:《〈奥列佛·特维斯特〉第三版前言》,见《英国作家论文学》,汪培基等译,三联书店 1985 年版,第 150 页。
② 狄更斯:《〈奥列佛·特维斯特〉第三版前言》,见《英国作家论文学》,汪培基等译,三联书店 1985 年版,第 152 页。
③ 狄更斯:《双城记·初版序》,石永礼、赵文娟译,人民文学出版社 1993 年版,第 1 页。
④ 狄更斯:《大卫·考波菲·作者序》,张谷若译,上海译文出版社 1999 版,第 17 页。

人都是他周围生活的一部分并不可避免地要同它发生联系;每一个人一旦想要脱离生活,就会陷入虚伪的境地;必须跟生活打成一片。尽量投入生活,附带也就尽量发挥了自己的作用。[①]

这就是说,人不是超越现实生活而孤立存在的,每个人总和丰富多彩的现实生活打着各种各样的交道。显然,狄更斯是基于现实生活的普遍存在性和巨大包容性,才把现实生活确立为一切文学创作的坚实立足点的。这一理论符合狄更斯本人的文学创作实际。事实上,狄更斯一生勤奋创作的一系列小说作品,都是对上述申明的自觉注脚,如他在《荒凉山庄》中,细致描绘出来的伦敦大法庭的司法运作状况,便惟妙惟肖地展现了如长年笼罩着伦敦的神秘大雾一般诡异的真实社会生活情态。

其次是充分强调文学提升生活真实的升华功能。狄更斯强调尊重真实性是文学创作活动的根本立场,却并不主张机械地照搬现实生活。事实上,在尊重生活这一前提下,狄更斯从没有忽视文学对现实生活的提升功能,反之相当重视文学艺术对社会现实的积极升华作用,自觉站在良知和道义立场上,积极介入社会现实生活。这也使狄更斯尽管充分肯定了在文学创作中运用讽刺、象征和夸张等手法的可行性,但与此同时,他又认为对这些手法的运用不能满足于就事论事,而应包含超越的努力。例如,他的长篇小说《匹克威克外传》,尽管淋漓尽致地如实写出了当时英国社会各阶层人物客观表现出来的种种特征,其中不乏对丑恶、伪善、唯利是图等各色人物的弱点的冷峻嘲谑,但当真实描摹着这一幅幅世态人情时,狄更斯又充分注意到了文学创作源于生活真实却高于生活真实的性质,从而恳切地提醒读者在阅读这部小说时"能够看到人性更加光明仁慈的一面"[②]。换言之,狄更斯对现实社会生活中阴暗面的表现,是有所提升和超越、深深寄寓了乐观希望的。他始终主张赋予文学作品"一点好心肠的小润色"[③],这突出地反映狄更斯不满足于简单摹写现实、而是在此基础上进一步发挥主观能动性,从主体鲜明价值取向出发,对现实进行深刻反思和艺术加工的努力追求。

总体来看,狄更斯的现实主义文论思想尽管非常零散、不成体系,但如果我们把他这些思想细加寻绎,仍可以得出一个清晰、明确的面貌。更重要的是,狄更斯本人在小说创作中身体力行,以一部部不朽于世界文学之林的文学名著,一次次卓有成效地提出并验证了自己的现实主义理论主张。19世纪法国著名文艺批评家丹纳曾赞叹说:"狄更斯身上有一种画家的气质——而且是英国画家的气质。从来没有什么人能够像他那样准确而又详细地并且充满精力地把一幅图画的各个部分和色调勾画出来。"[④]这是对狄更斯现实主义文论思想十分中肯的评价。

---

① 纹绮:《狄更斯妙语录》,甘肃人民出版社1989年版,第178页。
② 狄更斯:《匹克威克外传·一八三七年初版序》,刘凯芳译,译林出版社2002年版,第6页。
③ 见鲁宾斯坦:《英国文学的伟大传统》下册,上海译文出版社1998年版,第155页。
④ 丹纳:《狄更斯》,见罗经国编《狄更斯评论集》,上海译文出版社1981年版,第35页。

二　萨克雷

萨克雷(William Makepeace Thackeray，1811—1863)，英国 19 世纪著名现实主义小说家，也是英国现实主义文学的杰出代表作家之一。他曾在剑桥大学学习，后游学德国。其作品对英国社会种种势利风尚、投机冒险和金钱关系作了颇为深刻的揭露。他著有小说、诗歌、散文、小品等大量文学作品。他属于受到马克思赞誉的、和狄更斯等文坛巨匠巍然并列的英国"一批杰出的小说家"。代表作有《名利场》、《潘登尼斯》、《纽可谟一家》、《亨利·艾斯芒德的历史》等。

萨克雷也并无专门的文学理论著述，但他在许多文学评论文章里，留下了闪光的现实主义文论思想。我们将之归纳为以下两方面的内容予以介绍。

首先，萨克雷主张小说描摹真实。萨克雷所处的年代，英国文学的发展正处于一个趣味日渐式微的徘徊期，拜伦、司各特分别在诗歌和小说上的成功，虽然带来了大量读者，但在他们去世后，也因后继无人而造成读者尤其是年轻读者的鉴赏力开始变得卑俗粗糙。文学作品数量上升，质量却下降了，许多滥俗的冒险小说、军事小说、犯罪小说等纷纷涌现，文坛上一度弥漫着一股平庸的风气。针对当时风行的一些远离真实的作品，他本人以戏谑的手法，写过《名作家的小说》(1847)，模仿、取笑同时代流行的几部小说。

作为一名写作新手，萨克雷十分厌恶充斥于文学界的虚假风习。他试图通过寻找文学创作上的光辉榜样来努力矫正时风，这个榜样就是 18 世纪英国著名小说家菲尔丁。早在青少年时代，萨克雷便熟读了菲尔丁的许多作品，从中发现了适合自己的创作倾向。1840 年，《菲尔丁全集》在英国出版，萨克雷发表了《菲尔丁的作品》一文，捍卫了菲尔丁小说作品中蕴含着的伟大艺术价值。他指出菲尔丁的作品充溢着仁爱精神和对人类抱以宽大同情的智慧，在描摹人生真实性上，达到了深刻的功力，认为菲尔丁的《汤姆·琼斯》等长篇小说"提出一幅人生的鲜明真实的图画"，字里行间"尽可能给你提出人性的全部真理"[1]，反映在作品风格上，就是令人动容的诚实和坦白。为此他认为菲尔丁的小说在表现现实生活这一点上达到了高度的真实性和准确性，认为其对读者具有很强的教育意义。而归根到底，在萨克雷看来，菲尔丁的现实主义小说成就是在于"令人赞美地忠实于自然"[2]。这是符合文学史事实的。

同样，对于同时代的现实主义文学大家狄更斯，萨克雷也表示了自己深深的钦敬，在他看来，由于狄更斯严格遵循文学如实描绘客观真实这一现实主义创作法则，使他的《匹克威克外传》等作品在人物性格塑造和情节构思安排上，具有一种逾越时空的高度可信性，其笔下各色人物的"文雅的幽默、仁慈的智慧与热情而仁慈的天性，现在确实使我们感动，使我们相信，为什么他们就不能为我们的子女存在，正像他们为我们存在一样呢？"[3]这突出体现了

---

① 萨克雷：《菲尔丁的作品》，见《英国作家论文学》，汪培基等译，三联书店 1985 年版，第 158 页。
② 萨克雷：《菲尔丁的作品》，见《英国作家论文学》，汪培基等译，三联书店 1985 年版，第 164 页。
③ 萨克雷：《狄更斯的赞辞》，见《古典文艺理论译丛》第 2 册，人民文学出版社 1961 年版，第 189 页。

萨克雷以本国优秀作家为楷模、以现实主义为准绳严格要求自我的良苦用心。

菲尔丁和狄更斯的现实主义文学思想也深深影响了萨克雷的小说创作,正是沿着他们深入开创的现实主义文学道路,萨克雷的小说也取得很大成就。他的宗旨是始终尽自己所知来描摹真实。这就带来了如何真实表现生活中假恶丑现象的问题。对此,萨克雷的做法是,作家准备描摹真实时,就"必定要暴露许多不愉快的事实",但对这些客观事实,作家仍然应当据实加以展现。他把社会生活中那些缺乏信仰、仁爱和希望的人视为小说创作中的讽刺目标,主张作家不应轻易放过他们,而应该沉下心来努力暴露他们,在逗引读者发出欢笑声的同时毫不留情地揭发他们。他的不朽名作《名利场》,便运用现实主义创作手法如实地描摹出了他所处的社会中人们自私自利、追名逐利、为此不惜相互倾轧的一派时代"名利场"景象。小说所反映的社会现实虽然发生在特定的时空环境中,但它的感染力一样被及后代读者,从中可以领略到现实主义文学超越特定时空背景的持久生命力。

其次,萨克雷对道德与审美的关系作出了细致辨析。这实际上是对艺术真实性要求的进一步深化。文学既然应当如实表现生活的真实、讽刺揭露丑恶,如何表现真实生活中的道德标准,便成为萨克雷必须解决的首要问题。在谈到菲尔丁《汤姆·琼斯》一书问世后引起的一些关涉道德因素的批评和攻击时,萨克雷义正辞严地指出:"不管这本书道德还是不道德,任何人只要把它仅仅当作一件艺术品来考察,他一定会感到这是人类的机巧的才能的惊人的作品。"[①]这就是说,文学作品并不是道德标准的简单对应物,不应当简单套用现成的道德标准,来衡量一部文学作品的成败得失。

萨克雷反对的是机械地从某种道德信条出发去评判作品,他本人是充分认可道德陶冶作用在文学活动中的必要性的,他追求的目标,是让道德标准在文学创作中自然地流露和体现出来。例如,在创作《名利场》时,他把自己称为"讽刺的道德家"[②],认为这部作品是在对现实生活的幽默表现中娱乐读者和教诲读者,而决非将道德要求强行专断地灌输给读者。这样,道德标准在文学作品中的表现也就不再是单一的,而是具备了丰富立体的人性色彩。萨克雷对此论述道,作家在创作中应"看到真相的正反两面"[③],这意味着文学中的道德因素不是一成不变的,而是随着人物性格的自然发展而发展。这是萨克雷对英国现实主义文论思想作出的贡献。

总体来看,萨克雷和狄更斯等19世纪英国小说家相似,在现实主义创作原则和美学尺度等方面,都有拓展和深化。他提出的一些现实主义文艺问题,在今天并未失去其启示性和教益。马克思曾把萨克雷和狄更斯等作家赞誉为"现代英国的一批杰出的小说家",指出"他们在自己的卓越的、描写生动的书籍中向世界揭示的政治和社会真理,比一切职业政客、政论家和道德家加在一起所揭示的还要多。他们对资产阶级的各个阶层,从'最高尚的'食利者

---

① 萨克雷:《菲尔丁的作品》,见《英国作家论文学》,汪培基等译,三联书店1985年版,第161页。
② 杨绛:《〈名利场〉译本序》,人民文学出版社1957年版,第5页。
③ 杨绛:《〈名利场〉译本序》,人民文学出版社1957年版,第13页。

和认为从事任何工作都是庸俗不堪的资本家到小商贩和律师事务所的小职员,都进行了剖析"①。无疑,马克思的评价根源于萨克雷等人在文学创作上的现实主义指导思想,它是值得我们认真对待的。

第四节
俄国现实主义

一　别林斯基

维萨里昂·格里戈里耶维奇·别林斯基(Виссарион Григорьевич Белинский,1811—1848),是俄国革命民主主义者、现实主义文论的先驱和代表人物。他生于波罗的海要塞斯维亚堡,父亲是船队医生,母亲是舰长女儿。他在短暂的一生中,主要从事文学刊物的编辑和文学批评工作,曾为《望远镜》杂志和《杂谈报》写稿,出任《莫斯科观察家》杂志编辑,主持《祖国纪事》杂志的文艺批评栏,还为《现代人》杂志工作过。他的思想发展以1841年为界分为前期和后期。前期美学观点主要受黑格尔的影响,后期则克服了客观唯心主义的影响,唯物主义和现实主义占主导地位。主要著作有《文学的幻想》、《论俄国中篇小说和果戈理君的中篇小说》、《艺术的概念》、《论普希金》(11篇)、《给果戈理的信》、《1847年俄国文学一瞥》等。

别林斯基深刻地阐述了文学创作和文学批评的特点与规律,是俄国现实主义文论的奠基人,关于现实主义的重要理论原则都是由他确定的,如文学的真实性、典型性和完整性三大原则,都在别林斯基的著述中有清楚的说明。他首次提出了"艺术是形象思维"的命题,较早地论述了典型问题。

在真实性问题上,别林斯基首先强调现实生活是文学艺术的源泉和基础。关于文学的真实性,别林斯基要求文学要反映现实生活,按照人与人之间的关系来理解现实,要按实际生活的原样对现实进行真实的描写,通过创造典型的方法进行。"在一位具有真正才能的人写来,每一个人物都是典型,每一个典型对于读者都是似曾相识的不相识者。"②他所谓的典型化,是在植根于现实关系的基础上,通过理想化的方法进行的,即所谓"把现实理想化"。"'把现实理想化'意味着通过个别的,有限的,无限的事物,不是从现实中摹写某些偶然现象,而是创造典型的形象。"③

在别林斯基的现实主义文学观中,其典型理论尤为突出。他把典型化提到了艺术创作的首位,强调揭示事物和人的本质,主张把典型性格放在一定的生活环境中,使其体现出时代的精神特征。这些独创性见解成为俄国现实主义文学的理论基石。他的"熟悉的陌生人"的提法,常常成为人们解释和理解典型形象的注脚。在《论俄国中篇小说和果戈理君的中篇

---

① 马克思:《英国资产阶级》,见杨柄编《马克思恩格斯论文艺和美学》下册,文化艺术出版社1982年版,第470页。
② 《别林斯基选集》第1卷,满涛译,上海译文出版社1979年版,第191页。
③ 《别林斯基选集》第2卷,满涛译,上海译文出版社1979年版,第102页。

小说》一文中,别林斯基指出:在真正有才能的作家的笔下,每个人物都是典型;对于读者,每个典型都是一个熟悉的陌生人。别林斯基的典型观是奠定在具体的基础上的共性与个性的有机统一:

> 什么叫做作品中的典型？一个人,同时又是许多人,一个人物,同时又是许多人物,也就是说,把一个人描写成这样,使他在自身中包括着表达同一概念的许多人,整类的人。……每一个人物都是生动的形象,里面没有一点抽象的东西,却好像没有经过任何修改和变更,整个儿从日常现实中撷取过来似的。①

所以有时候,别林斯基也把典型称为具体概念,认为它是一种丰满的、囊括一切方面的、完全与自身相等的,能够充分表达自己的真实绝对的概念。具体是指个别,概念是指一般,所以只有具体的概念,才能够体现在具体的艺术形式之中。这样在作品中,每一个人物身上都应该区别出两个方面来,其一是一般的、人类的,其二是特殊的、个人的,从而使人物一方面是整个这一类人物世界的表现,同时又是一个完整的、个别的、具体的人物。别林斯基认为如此在典型中,就包含了两个极端,即普遍事物和特殊事物的有机融合的胜利,从中体现了有限与无限的统一。

别林斯基要求作品的典型中有生动的个性,它应当“充满美和生命的形象,最后显现为一个完全独特的、完整的、锁闭在自身内的世界”②。他认为个性不仅是形象的有机部分和重要特征,而且还是一切精神特征的秘密所在:“首先必须在他纷繁复杂、多种多样的作品中掌握住他个性的秘密,也就是那仅仅属于他一个人所有的他的精神特点。”③因此,没有强烈的个性与人格发展的戏剧,难道有可能存在吗？别林斯基对此作出了断然否定的回答。而莎士比亚的魅力,在他看来也是在多重权力互相争夺之间,所展示的个性之间的斗争。他在论及普希金悲剧《吝啬的骑士》时,又明确指出,吝啬鬼的理想只有一个,然而他们的典型,却是千差万别的。

别林斯基强调形象思维特别是想象的运用,提出了“形象思维”的概念。他指出诗人用形象来思考,诗是寓于形象的思维,正确论述了文学创作过程的本质及其特征。他还强调文学应该服务于社会的崇高利益。除了真实和典型以外,别林斯基还强调形象上的整体性。如他充分肯定莱蒙托夫的《当代英雄》,认为它具备整体的完备性、丰满性和锁闭性,故而作品构成了一个完整的世界:“在这个世界中,一切部分都和整体相适应,每一个部分独自存在着,构成一个锁闭在自身内的形象,同时作为必不可少的一部分,为整体存在着,来促成整体印象。”④

别林斯基充分重视作品中的强烈的主体意识,对此他说:

> 如果一部艺术作品只是为描写生活而描写生活,没有发自时代主导思想的强大的、

---

① 《别林斯基选集》第 1 卷,满涛译,上海译文出版社 1979 年版,第 492 页。
② 《别林斯基选集》第 2 卷,满涛译,上海译文出版社 1979 年版,第 251 页。
③ 《别林斯基选集》第 4 卷,满涛译,上海译文出版社 1980 年版,第 327—328 页。
④ 《别林斯基选集》第 2 卷,满涛译,上海译文出版社 1979 年版,第 251 页。

主观的激动,如果它不是痛苦的哀号或者欢乐的赞歌,如果它不是问题或者对于问题的解答,那么,对于我们时代说来,它便是一部僵死的作品。①

主体意识也是一种激情。为此他还提出"激情说",认为激情是作家主观意识和主观情绪的反映,激情的品格越高,文学作品的思想性就越强。由此他坚定不移地主张,批评家的首要课题,就是要揣摸出他准备加以评价的那个诗人的作品中的激情,到底是什么东西。

除了文学创作的真实性、典型观、形象思维和主体意识外,别林斯基的现实主义理论还包括现实主义文学批评的理论和特点。他主张批评应当忠实地反映现实,主张批评家的强大感受力应当和以审美观为主导的历史观统一。因此,批评家必须具有卓越的艺术感受能力:"敏锐的诗意感觉,对文学印象的强大感受力,这才应该是从事批评的首要条件。"②在此基础上,别林斯基坚持按照艺术本身的规律来批评艺术,反对用政治标准取代艺术标准。他举例说,水不能用尺量,道路的长短不能用斗量,同样,不能按照政治来议论艺术,也不能按照艺术来议论政治,二者都是必须按照它们各自的法则,来加以议论。当然,艺术标准和审美批评不排除批评的历史观:用他自己的话说,那就是在判断文学的时候,除了美学观点之外,还需要有历史观点。但历史观并不取代审美标准,而且是奠定在审美标准的基础上的,所以:"确定一部作品的美学优点的程度,应该是批评的第一要务。""当一部作品经受不住美学的评论时,它就已经不值得加以历史的批评了。"③在谈到什么是文学批评时,别林斯基强调这是一种不断运动的美学。这显然是用变迁和发展的眼光来看文学批评。

在俄国,现实主义的真正奠基者是普希金,前半期批判现实主义最大的代表是果戈理,而以文学批评帮助确立批判现实主义的,则是革命民主主义先驱别林斯基。

二　车尔尼雪夫斯基

车尔尼雪夫斯基(Николай Гаврилович Черныщевский,1828—1889),俄国革命家、哲学家、作家和批评家。其主要理论批评著作有《艺术对现实的审美关系》、《俄国文学果戈理时期概观》,文学作品主要有《怎么办》、《序幕》等。这些著述中,车尔尼雪夫斯基明确地提出了批判现实主义的创作原则,在理论上给蓬勃兴起的文艺运动,提供了有力的指导。

车尔尼雪夫斯基提出"美是生活"的主张,强调文学的思想性,反对为艺术而艺术,要求艺术对生活作出判断,给人民大众以教益。他指出,生活高于艺术,现实美高于艺术美,这虽然在学理上是悖谬的,但在学术界陷入玄学思辨、严重脱离生活的当时,是一种必要。因此,他一方面主张艺术的唯一源泉在于生活,但同时,另一方面他又强调艺术家的主动性:"艺术的主要作用是再现生活中引人兴趣的一切事物;说明生活,对生活现象下判断。"④车尔尼雪夫斯基指出,这种判断在艺术家的作品中表现出来,就是艺术作品的新功用,唯其如此,艺术

---

① 《别林斯基选集》第 3 卷,满涛译,上海译文出版社 1980 年版,第 575 页。
② 《别林斯基选集》第 1 卷,满涛译,上海译文出版社 1979 年版,第 348 页。
③ 《别林斯基选集》第 3 卷,满涛译,上海译文出版社 1980 年版,第 595 页。
④ 《艺术对现实的审美关系》,周扬译,人民文学出版社 1979 年版,第 103 页。

才成为人的一种道德活动。

这种艺术家主动性,车尔尼雪夫斯基认为也是通过生活加以表现的。他强调艺术不是用抽象的概念,而是用活生生的个别的事实去表现思想,是尽可能在生动的图画和个别的形象中,具体地表现一切。因此,虽然车尔尼雪夫斯基总体上贬抑想象,但在批评古典主义者的模仿时,也强调作家的想象和创造力。在1856年所写的有关普希金的小册子中,他认为优秀的文学作品"以活生生的例子向我们描写和讲述,在各种环境中,人们如何感觉,如何行动,这些例子大部分是由作家本人的想象所创造的"[1]。这是充分肯定了想象在文学创作中的作用。

对于典型环境问题,车尔尼雪夫斯基也给予了足够的重视。在强调反映现实的基础上,他要求作家还必须理解和体会人物在他安置的环境中,将会如何行动和说话,又说,"这些细节只有在事件的现实环境中才有真正的意义,而被孤立起来的故事却阉割了这个环境"[2]。这些思想,可视为别林斯基典型理论的一个补充。

车尔尼雪夫斯基重视现实生活,把它看作文学艺术的源泉。但是他走向另一个极端,认为自然和现实高于艺术,自然美和现实美高于艺术美,故此,艺术只是现实的替代品。对此他举过绘画原作和印刷品的例子:

> 艺术作品与现实中相应的方面和现象的关系,正像印画对它所要复制的画的关系。印画是由原画复制出来的,并不是因为原画不好,而是正因为原画很好;同样,艺术再现现实,并不是为了消除它的瑕疵,并不是因为现实本身不够美,而是正因为它是美的。印画不能比原画好,它在艺术方面要比原画低劣得多;同样,艺术作品任何时候都不及现实的美和伟大;但是,原画只有一幅,只有能亲自去参观那陈列这幅原画的绘画馆的人,才有机会欣赏它,印画却成千幅地传播于全世界,每个人都可以随意欣赏它,同样,现实中美的事物并不是人人都能够随时欣赏的,艺术的再现(固然拙劣、粗糙、苍白,但毕竟再现出来了)却使人人都能随意欣赏了。[3]

很显然,车尔尼雪夫斯基把绘画的原作比作自然,把原作的印刷品视为艺术。艺术从自然而出,所以永远不可能高于自然。从中看出他对创作中的主体能动性,重视还是不够的。

车尔尼雪夫斯基的文论贡献还在于他的悲剧观上。他在批判黑格尔悲剧观的基础上,根据自己对现实社会的观察和切身体会,提出了自己具有现实意义的独特的悲剧观。他认为黑格尔不从生活出发,而从理念出发界定悲剧的本质,实际上是宿命论的观点,企图将悲剧的观念和命运的观念联系在一起。车尔尼雪夫斯基反对宿命论,提出悲剧是人生中可怕的事情,与艰苦斗争有着密切的联系,但又不能等同。他尤其反对不分是非的"过失说"和"永恒公理说",否认黑格尔悲剧矛盾冲突必然性的思想,认为悲剧没有任何必然性,纯粹是偶然的原因造成的。这就抛弃了黑格尔悲剧理论中的合理内核。车尔尼雪夫斯基给悲剧下

---

[1] 转引自《现代文艺理论译丛》第六辑,人民文学出版社1964年版,第318页。
[2]《艺术对现实的审美关系》,周扬译,人民文学出版社1979年版,第105页。
[3]《艺术对现实的审美关系》,周扬译,人民文学出版社1979年版,第91—92页。

的定义是：悲剧是人生中可怕的事物。他还认为，"悲剧是人的伟大的痛苦，或者是伟大人物的痛苦"①。进而言之：

> 悲剧是人的苦难和死亡，这苦难和死亡即使不显示出任何无限强大与不可战胜的力量，也已经完全足够使我们充满恐怖和同情。无论人的苦难和死亡的原因是偶然还是必然，苦难和死亡都是可怕的。②

比较黑格尔，车尔尼雪夫斯基的悲剧理论强调悲剧来源于现实生活，这是他现实主义精神的表现，但否认悲剧矛盾的必然性，则是他的局限所在。

出于对现实的深切了解和独特感受，车尔尼雪夫斯基指责艺术的想象。他认为，人之所以要想象，是由于日常生活过于贫乏，一个人无所事事时，才会受到想象的支配，现实生活只要稍稍可以过得去，幻想就显得暗淡无光。想象的功能在车尔尼雪夫斯基的眼里，因此极为单调和有限，它在艺术创作中基本上没有用武之地。为此，车尔尼雪夫斯基极力贬低想象的效果，认为想象虽能丰富和扩大对象，但是人不能想象一件比曾经观察和经验到的还要强烈的东西，我们只能想象一个人比我们见过的更高，更胖，但比在现实中见到的更美的面孔，我们就无从想象了。因此他断言，完成的艺术作品不及艺术家想象中的理想范型，而这个理想又绝对比不上艺术家偶尔遇见的活人的美。同现实的事物相比较，车尔尼雪夫斯基认为想象的事物"在强度上是微弱的，在内容上是贫乏的"。因此，"幻想的奔放对于我们的时代很少有意义，不仅在科学领域如此，在艺术领域中也是如此"③。

总之，车尔尼雪夫斯基高度重视社会现实生活，强调现实生活作为文学艺术源泉的一面，重视现实的是非和正义。这些都是值得充分肯定的。但车尔尼雪夫斯基对人在现实中的主观能动性重视得不够，对于作品高于现实的一面，对于艺术中的想象功能等均有一定的偏见。

三　杜勃罗留波夫

杜勃罗留波夫（H. A. Добролюбов，1836—1861），俄国革命民主主义者、唯物主义哲学家、现实主义文学批评家。他生于神父家庭，幼年时就反对沙皇专制制度，曾任《现代人》杂志批判专栏和副刊《口笛》主编。主要论文有《论俄国文学发展中人民性渗透的程度》、《什么是奥勃洛摩夫性格？》、《黑暗王国》、《黑暗王国的一线光明》、《真正的白天什么时候到来？》等。杜勃罗留波夫高度重视从社会现实出发来对文学进行批评活动。他称自己的批评方法为"现实的批评"，并且明确地阐释了现实主义文学批评的目的、任务、标准、原则、方法等问题。

作为一位俄国的文论天才，杜勃罗留波夫对现实主义文论发展有着卓著的贡献。从文学再现变化发展的生活的原则出发，他强调文学应植根于现实生活，是现实生活决定着文学

---

① 车尔尼雪夫斯基，《车尔尼雪夫斯基论文学》中卷，上海译文出版社 1979 年版，第 86 页。
② 《艺术对现实的审美关系》，周扬译，人民文学出版社 1979 年版，第 32 页。
③ 《艺术对现实的审美关系》，周扬译，人民文学出版社 1979 年版，第 1 页。

而不是相反："不是生活按照文学理论而前进,而是文学随着生活的趋向而改变。至少到现在为止,不仅是我们这里,到处都一样。"①杜勃罗留波夫因此主张文学批评应该根据现实生活及其发展,而不是根据永恒不变的审美原则来评论作品。由此他反对那种把理论家教本中所叙述的一般规律套到作品上去,符合这些规律就是出色的,不符合就是不好的做法。他认为这种机械的本本主义方法是:

> 搜索一种死气沉沉的完美,把一种衰朽的,对我们毫不相干的理想表现给我们看,把那些从美的整体上割裂下来的碎片向我们猛掷,他们就常常离开生气勃勃的运动,对新的活跃的美闭起眼睛,不打算了解新的真理、生活新进程的成果。②

所以,批评工作一是要发现事实,指出事实;二是要根据事实进行评判。他强调说,当批评家指出事实,分析事实,做出自己的结论的时候,对作者并没有危险,对事实来说,也并没有危险。危险只发生在批评家歪曲事实,信口说谎的时候。文学批评的任务,故此是要正确地解释作家在作品中所描写的东西,阐明作家在作品中所隐含的意识到和没有意识到、甚至与作家主观意图相矛盾的意义。他认为这种批评的优点在于向那些还不曾习惯在文学上集中思想的人,就作家作扼要的叙述介绍,从而使这些人能够容易理解作家的作品特色和意义。因为批评的最好办法,就在于"把问题叙述得这样,使读者能够自行根据列举的事实做出自己的结论"③,换言之,只有从事实出发的现实的批评,对读者才具有意义。

杜勃罗留波夫 1859 年先后发表《什么是奥勃洛摩夫性格?》和《黑暗王国》。"奥勃洛摩夫性格"也就是普遍出现在这一时期俄国文学中的"多余的人"的性格。杜勃罗留波夫根据普希金、莱蒙托夫、屠格涅夫和冈察洛夫的作品,深刻分析了产生"多余的人"的社会条件、他们的蜕变过程和杜勃罗留波夫的寄生性质,认为只有同奥勃洛摩夫性格作斗争,才能形成符合时代要求的新人。《黑暗王国》则是分析奥斯特洛夫斯基的剧作。杜勃罗留波夫指出奥斯特洛夫斯基熟悉俄国社会生活,是描绘人类性格和心理活动的天才,并且是抓住了生活的实质、时代的脉搏。他把奥斯特洛夫斯基在《大雷雨》之前的众多剧本中所描绘的俄国生活,称作"黑暗王国"的形形色色的方面。这个"黑暗王国",指的就是农奴制度和宪兵统治下一种人专横跋扈、一种人倍受欺压的沙皇俄国。

杜勃罗留波夫将现实主义理论发展为真实性、典型性、形象性原则。他认为衡量一件艺术作品的主要尺度是真实,故而艺术作品的主要价值,就是它的生活真实性。而真实性是"我们决定每一种文学现象的价值等级和意义的尺度"④。杜勃罗留波夫认为他强调的真实是一种本质的真实,即所谓的"逻辑的真实"。即是说,不是以照相式的摹写来取代对现实的真实描写,不是局限于描写生活的个别现象,而要揭示生活的本质。因此,艺术创作理应体现客观现实在人们意识中的反映,作家和艺术家的主要价值,就在于不仅描写真实风俗习

① 《杜勃罗留波夫选集》第二卷,辛未艾译,上海文艺出版社 1959 年版,第 130 页。
② 《杜勃罗留波夫文学论文选》,上海译文出版社 1984 年版,第 337 页。
③ 《杜勃罗留波夫文学论文选》,上海译文出版社 1984 年版,第 3239 页。
④ 《杜勃罗留波夫选集》第一卷,辛未艾译,上海文艺出版社 1959 年版,第 281 页。

惯,还描写真实的精神和感情。杜勃罗留波夫由此强调艺术家应当是思想家,反对"为艺术而艺术"的流行风尚。

关于典型,杜勃罗留波夫提出了典型人物和典型环境的理论,他认为人物的典型性产生于典型环境,同时表征着时代的特征。他把典型的真实性同形象结合起来,把艺术形象作为现实主义艺术论的最根本的特点,在此基础上阐明了他的形象性原则,认为艺术形象是艺术家的情感和思想的产物和表现。

另外,杜勃罗留波夫强调文学作品的人民性问题,专门写了篇《论俄国文学发展中人民性渗透的程度》,来阐发他的人民性思想。关于什么是人民性,他指出,一方面"我们把人民性了解为一种描写当地自然的美丽,运用从民众那里听到的鞭辟入里的语汇,忠实地表现其仪式、风习等等的本领",但另一方面:

> 要真正成为人民的诗人,还需要更多的东西,必须渗透着人民的精神,体验他们的生活,跟他们站在同一的水平,丢弃等级的一切偏见,丢弃脱离实际的学识等等,去感受人民所拥有的一切质朴的感情。[①]

所以在杜勃罗留波夫看来,人民性表现得最充分的地方,也是真实性表现得最充分的地方,作家必须抛弃本阶级的偏见,深入到人民大众中间去。而杜勃罗留波夫所说的人民大众,当时主要指的是俄国的农民阶级,这是很大程度上被知识分子忽略过去的底层阶级。

四　托尔斯泰

列夫·尼古拉耶维奇·托尔斯泰(Л. Н. Толстой, 1828—1910),俄国文学的巨擘,出生于图拉省亚斯纳亚-博利尔纳的一个大贵族家庭。1844 年考入喀山大学,先后进入阿拉伯语文系、土耳其语文系、法律系和哲学系学习,1847 年因不满学校的教育方式而退学。1851 年与其兄去高加索,并在那里服役,开始了他的创作生涯,写了《童年》(1852)、《少年》(1853)等自传体小说。1855 年 11 月,托尔斯泰来到彼得堡,结识了文坛名流涅克拉索夫、屠格涅夫、车尔尼雪夫斯基、冈察洛夫、奥斯特洛夫斯基等人,与《现代人》杂志建立了密切的联系。1859 年末,他在家乡从事农民子女的教育事业,企图以教育救国救民。1862 年 9 月结婚,开始专门从事文学创作,写了《战争与和平》(1863—1869)和《安娜·卡列尼娜》(1873—1877)。在《忏悔录》(1879—1880)中,托尔斯泰宣布与上层贵族地主阶级决裂,从宗法制农民立场批判沙皇专制制度,宣传"勿以暴力抗恶"和"道德上自我完善"的思想。1881 年 9 月因子女读书,一度举家迁到莫斯科,后花 10 年时间写成长篇小说《复活》(1889—1899)。因长期的思想矛盾和精神痛苦,1910 年 11 月 10 日,他以 82 岁高龄出走离开故乡,路上突患肺炎,20 日死于阿斯塔波沃小车站。主要文论著作有《论所谓的艺术》(1896)、《什么是艺术?》(一译《艺术论》,1898)以及相关的日记、书信、笔记、讲话等。

托尔斯泰创作伊始,就关注社会现实和人生,呼吁文学忠实反映实际生活,强调生活的

---

① 《杜勃罗留波夫选集》第二卷,辛未艾译,上海文艺出版社 1959 年版,第 184 页。

真实性,典型地再现生活的风貌,使文学作品为最广大的普通民众服务。这种创作态度,正反映出他所处时代的批判现实主义精神。托尔斯泰不仅自觉地去实践他的这种思想,而且从理论上系统地阐释了这种思想。比如他强调艺术正可以加强人们在生活中的联系:"我们的生活无论现在、过去、将来都跟别人的生活紧密相连。生活——跟别人的生活、跟共同的生活联系得越紧密,那生活就越丰满。这种紧密联系正可以借助广义的艺术建立起来。"[1]又比如,他主张作家应该忠实地按照实际生活原来的样子描写生活:

> 他随手拿来他在生活中看到的东西,不管其内容如何,只要是拿来了,他便非常形象地传达出来,直到最后一笔都能让人心领神会。他永远真诚,这便是主要之点,这一点是作家身上的伟大的品质。[2]

为此,托尔斯泰反对作家自己过分凭空想象、过分表现自己,且对自己作品的真实性引以为豪,称他全心全意热爱自己小说里的主人公,尽力再现他的完美,这样他便是真实的。他甚至认为文学艺术作品中的谎言比现实生活中的谎言更可怕,因为生活中撒谎固然下流,但还不至于毁掉生活,但在艺术领域内的谎言,却足以毁掉艺术本身。为此他批评莫泊桑的《温泉》不按艺术的要求描写肮脏的情欲,指责莫泊桑的《俊友》不作选择和评判地反映生活,奴隶式地模仿自然。

托尔斯泰主张文学是情感的表现。在《艺术论》中,托尔斯泰开门见山,说明艺术为什么不能用美来阐释,理由是美本来就是一个众说纷纭、莫衷一是的概念,以美来阐释艺术,那就是以糊涂对糊涂,越发不知所云。所以,艺术的定义是传达情感,作家必须有感而发,然后读者在作品中共鸣作者的情感。故而各种各样的情感,构成了艺术作品的内容:

> 各种各样的感情——非常强烈的或者非常微弱的,非常有意义的或者微不足道的,非常坏的或者非常好的,只要它们感染读者、观众、听众,就都是艺术的对象。[3]

托尔斯泰同时说明,艺术作品的创造活动,本身是起于在心里唤起一度体验过的情感,在唤起此一情感之后,用动作、线条、色彩、声音以及言词所表达的形象,加以传达,使别人也能体验到同样的情感。这就是艺术活动。

托尔斯泰认为,情感反映了作家对生活的独特体验。艺术家所表现的情感,必然是他切身体验过的独特情感,而不是别人的情感。他认为人类最美好的情感是宗教的情感,带有普遍性的情感。因此,他把宗教性的作品和世界性的作品,推举为最优秀的两类文学作品,认为文学应该表达素朴的感情,体现出人类的博爱意识。基于这样的标准,他对《旧约》中约瑟的故事推崇备至,认为它即具有素朴的宗教情感,又具有超越国界和文化的普遍性。托尔斯泰艺术表现情感的著名观点,是针对当时流行的"为艺术而艺术"的观点发声的。

关于情感,托尔斯泰指出,艺术作品正因其具有强烈的感情,而具有感染力。他把艺术的感染力看成是艺术与非艺术区别的标志:"要区分真正的艺术与虚伪的艺术,有一个肯定

① 《列夫·托尔斯泰论创作》,戴启篁译,漓江出版社1982年版,第9页。
② 《列夫·托尔斯泰论创作》,戴启篁译,漓江出版社1982年版,第68页。
③ 托尔斯泰:《艺术论》,丰陈宝译,人民文学出版社1958年版,第47页。

无疑的标志,即艺术的感染性。"①他甚至认为感染性不仅是艺术的一个肯定无疑的标志,而且感染的程度也是衡量艺术价值的唯一标准。② 作者所表现的情感感染读者或观众,使读者或观众也体验到同样的感情。作品的感染力取决于情感,那么感染力的程度也取决于情感的特征,由此托尔斯泰判断,艺术的感染力的深浅,决定于三个条件:一、所传达的情感具有多大的独特性;二、这种情感的传达有多么清晰;三、艺术家真挚程度如何。换言之,决定于艺术家自己的情感体验到达了什么程度,关键是情感要真挚朴实,不能矫揉造作。所以艺术应当为大众服务,不能只是满足少数上层人追求享乐的需要,否则,就会导致艺术的腐朽、堕落,就会产生赝品。托尔斯泰认为上层阶级的艺术常常有三种不足挂齿的情感:即骄傲的情感、淫荡的色情和厌世的情绪。这些情感特征,将导致艺术的感染力丧失殆尽。

托尔斯泰虽然强调文学作品的思想内容,但他同样重视艺术的形式技巧。他强调文学作品的主要特点是"完整性,有机性,以及这样的特质,形式和内容构成一个不可分割的整体以表达艺术家所体验过的感情"③。他特别强调内容和形式的统一。他还认为掌握技巧是艺术家的基本功。"艺术家应当掌握技巧。而为了掌握技巧,艺术家应该长期地做大量的工作。"④他还强调技巧要熟练掌握到"在工作过程中很少想到技巧,好似一个行走的人不去考虑行走的机械原理一样"⑤。在技巧中,他主张构思应该别具一格,对此,他称赞契诃夫的短篇小说在构思上别具一格:"他是个怪作家,他扔出词句,似乎七零八落,可是一看,一切都有了生命。多聪明呵!"⑥他还说契诃夫小说没有多余的细节,以很少的篇幅包容众多的内容,如契诃夫的《语文教师》,在语言上通俗、易懂、简炼生动。而他认为这一点应该向人民学习。他曾说:"人民用来说话的语言中间有表现一切事物的语言,诗人但愿能够用来说话——这种语言我是感到亲切的。"⑦他还说:"跟庄稼人交谈以后,则简洁、鲜明、富有语言之美。"⑧

五　陀思妥耶夫斯基

陀思妥耶夫斯基(Фёдор Михайлови Достоевский, 1821—1881),俄国著名的 19 世纪批判现实主义的作家,1821 年生于莫斯科一个医生家庭。父亲是一个平民出身的军医,1828 年获贵族称号,思想保守,因虐待农奴而被农奴殴打致死。1834—1837 年,他在莫斯科一所私立寄宿学校学习,深受一位具有启蒙思想的语文老师的影响,读了许多俄国和西欧作家的著作。1838 年,陀思妥耶夫斯基进入彼得堡军事工程学校学习,1843 年毕业后被分配到彼得堡工程兵团工程局绘图处工作。但他一心想当作家,1844 年辞职从事专业创作。1845 年他写完第一部小说《穷人》,受到别林斯基的赞赏,从而成为自然派的一员。1846 年写完第二

① 托尔斯泰《艺术论》,丰陈宝译,人民文学出版社 1958 年版,第 148 页。
② 托尔斯泰《艺术论》,丰陈宝译,人民文学出版社 1958 年版,第 149—150 页。
③ 托尔斯泰:《艺术论》,丰陈宝译,人民文学出版社 1958 年版,第 110 页。
④ 《列夫·托尔斯泰论创作》,戴启篁译,漓江出版社 1982 年版,第 130 页。
⑤ 《列夫·托尔斯泰论创作》,戴启篁译,漓江出版社 1982 年版,第 131 页。
⑥ 《列夫·托尔斯泰论创作》,戴启篁译,漓江出版社 1982 年版,第 59 页。
⑦ 《列夫·托尔斯泰论创作》,戴启篁译,漓江出版社 1982 年版,第 204 页。
⑧ 《列夫·托尔斯泰论创作》,戴启篁译,漓江出版社 1982 年版,第 207 页。

部小说《双重人格》，显示了他的现实主义的独到之处，即着重揭示人的内在本性和精神状态的矛盾变化，以幻想和其他想象的手法描摹病态的心理和人格的分裂。这使他不仅成为揭露资本主义社会的现实主义作家，而且影响到现代派作家，并被现代派奉为先驱。他 1849 年因参加空想社会主义等政治活动被捕，被判处死刑，1850 年获减刑服四年苦役，刑满后编入西伯利亚边防军，1857 年获准恢复贵族权利，并与伊萨耶娃结婚，1859 年迁居特维尔，年底回到彼得堡，恢复创作。后曾创办杂志，旅游欧洲，对西欧社会深感失望，竭力推崇基督教精神。1881 年 1 月 28 日，他在彼得堡逝世。他的小说代表作有《罪与罚》（1866）、《白痴》（1868）、《群魔》（1871—1872）、《卡拉马佐夫兄弟》（1879—1880）等。主要文论著作有《俄罗斯文学组论》（1861）、《爱伦·坡小说三篇》（1861）、《雨果的长篇小说〈巴黎圣母院〉》、《作家日记》（1873、1876、1877、1880）等。

　　陀思妥耶夫斯基高度重视艺术的真实性，反对虚假。他曾经说："在某种程度上说：文学是一幅画，是一面镜子。"[1]他还说："艺术的力量就在于真实及其鲜明的体现。"[2]"而任何虚假都是谎言，已经根本不是现实主义了。"[3]他同时认为艺术真实不同于生活的真实。艺术不是生活的照搬，对生活的照搬不是艺术的方法。他认为"历史事件的本质不可能被艺术家表现得与实际发生的情况完全一模一样的"[4]，"艺术的真实是完全不同于自然真实的另一种真实"[5]。这些说法，都显示了陀思妥耶夫斯基作为一个现实主义作家的基本观点。

　　但是，陀思妥耶夫斯基并不满足于这一点，他的独特之处还在于他更强调人物心理描写的真实。这种真实是客观存在的，而优秀的作家细腻真挚地反映了这种真实。他不仅自己在作品中着力于人物心理事实的描写和刻画，而且盛赞美国作家爱伦·坡对心理的描写："最好不要把爱伦·坡称为幻想作家，而称为乖张的作家。他的乖张多么不同寻常、多么大胆！他几乎始终选择最最不同寻常的现实，把自己的主人公置于最最不同寻常的现实，把自己的主人公置于最最不同寻常的外部或心理环境之中，他在叙述主人公的心理状态时多么细腻，多么真实，简直令人拍案叫绝！"[6]同时，他认为现实是荒诞的、令人难以置信的。因此，真正反映现实的作品，应该反映出生活的荒谬与不可思议性。他说："真实——特别是处于纯净状态中的真实是世界上最富于诗意的东西，不仅如此，甚至比人的圆滑的头脑能胡吹和想象出来的东西更荒诞，在俄国真实总是具有荒诞的性质。"[7]他还说："我对（艺术的）现实有自己独特的看法，而且被大多数人称之为几乎是荒诞的和特殊的事物，对于我来说，有时构成了现实的本质。"[8]这样，他的艺术真实比起俄国革命民主主义者反映的所谓的生活的"本来面目"更为荒诞和难以置信，因而能更好地表现 19 世纪末期的社会动荡转型和人性的裂变

① 转引卢那察尔斯基：《论俄罗斯古典作家》，蒋路译，人民文学出版社 1958 年版，第 277 页。
② 《陀思妥耶夫斯基论艺术》，冯增义、徐振亚译，漓江出版社 1988 年版，第 92 页。
③ 《陀思妥耶夫斯基论艺术》，冯增义、徐振亚译，漓江出版社 1988 年版，第 155 页。
④ 《陀思妥耶夫斯基论艺术》，冯增义、徐振亚译，漓江出版社 1988 年版，第 154 页。
⑤ 《陀思妥耶夫斯基论艺术》，冯增义、徐振亚译，漓江出版社 1988 年版，第 85 页。
⑥ 《陀思妥耶夫斯基论艺术》，冯增义、徐振亚译，漓江出版社 1988 年版，第 58 页。
⑦ 《陀思妥耶夫斯基论艺术》，冯增义、徐振亚译，漓江出版社 1988 年版，第 168 页。
⑧ 《陀思妥耶夫斯基论艺术》，冯增义、徐振亚译，漓江出版社 1988 年版，第 328 页。

异化。为此陀思妥耶夫斯基重视对人的心灵的真实性的描写,并且盛赞《安娜·卡列尼娜》在描写心理方面所取得的成就,认为"这一切都是通过大量对人的心灵心理研究,十分深刻而有力地,以我们前所未有的艺术描写的现实主义手法表现出来的"①。看上去陀思妥耶夫斯基的创作和主张更具有理想化的色彩,但正如他自己所说:"我的理想主义比他们的现实主义更为现实。"②

陀思妥耶夫斯基还高度重视文学作品的艺术性,不过他认为艺术性的目的乃在于更充分、更深刻地表现对象的主题,使作品变得更为高明。他认为"作家的艺术性就是写得高明的能力"③。检验艺术作品艺术性的"办法就是我们要看艺术的主题思想和体现主题思想的形式之间是否完全一致"④。他批评"功利主义者轻视艺术和艺术性,并不把它们置于文学事业的首位,这样他们也就直接违背了自己的初衷"⑤。他反对从狭隘的功利出发进行写作,反对评论对创作"直接发号施令,要求并指定写这个而不要去写那个"。如果作家只是听令写作,"不按照自己的灵感写作,写出来的几乎全是废品。"⑥他坚持艺术必须忠实于现实,艺术的技巧是为作品服务的。

文学作品艺术性的一个重要特点,还表现在处理题材的主观能动性上。现实主义的一个重要特点,便是在描写对象时不像镜子那样消极地反映,而应该发挥作家主导意识的作用。"从镜子的映像中看不出镜子是怎样看待对象的,或者最好说它不表示任何态度,仅仅是消极地、机械地反映而已。"⑦

陀思妥耶夫斯基还强调文学的倾向性,强调文学服务于人民的一面。他在 1847 年与别林斯基的思想发生决裂,反对别林斯基把文学"贬低为仅仅是写些新闻报导,或者奇闻轶事"⑧。表面上看来,陀思妥耶夫斯基是反对文学具有倾向性的:"从我这方面来说,争论的中心思想是艺术不需要倾向性,艺术本身便是目的,作家只应该为艺术而操心,思想是自然而然会产生的。因为思想是艺术性的必不可少的条件。"⑨其实他是反对功利主义者的倾向性,如杜勃罗留波夫等人主张倾向性从作品中自然而然地流露出来,所以他还同时反对"为艺术而艺术"的倾向。他的那种由作品自然流露出来的倾向,便是反映人民生活,为人民服务。他说:"我知道文学是人民生活的一种表现,是社会的一面镜子。"⑩文学作品应该考虑到人民的内在需要,反映人民的生活,体现出人民的理想。他盛赞普希金是人民的诗人,其作品充满了人民性。人民从普希金的作品可以感觉到,"普希金是自觉地用俄罗斯的语言、俄罗斯

---

① 《陀思妥耶夫斯基论艺术》,冯增义、徐振亚译,漓江出版社 1988 年版,第 244 页。
② 《陀思妥耶夫斯基论艺术》,冯增义、徐振亚译,漓江出版社 1988 年版,第 327 页。
③ 《陀思妥耶夫斯基论艺术》,冯增义、徐振亚译,漓江出版社 1988 年版,第 19 页。
④ 《陀思妥耶夫斯基论艺术》,冯增义、徐振亚译,漓江出版社 1988 年版,第 19 页。
⑤ 《陀思妥耶夫斯基论艺术》,冯增义、徐振亚译,漓江出版社 1988 年版,第 26 页。
⑥ 《陀思妥耶夫斯基论艺术》,冯增义、徐振亚译,漓江出版社 1988 年版,第 37 页。
⑦ 《陀思妥耶夫斯基论艺术》,冯增义、徐振亚译,漓江出版社 1988 年版,第 75 页。
⑧ 《陀思妥耶夫斯基论艺术》,冯增义、徐振亚译,漓江出版社 1988 年版,第 451 页。
⑨ 《陀思妥耶夫斯基论艺术》,冯增义、徐振亚译,漓江出版社 1988 年版,第 452 页。
⑩ 《陀思妥耶夫斯基论艺术》,冯增义、徐振亚译,漓江出版社 1988 年版,第 450 页。

的形象、俄罗斯的观点跟他们说话的第一人,他们感到了普希金身上的俄罗斯精神"①。这是由于普希金爱人民之所爱,敬人民之所敬,充满着俄国的精神,身上跳动着俄国的脉搏。他还高度评价涅克拉索夫:"在他的一些伟大的诗篇中,他凭借自己的一颗心,凭借诗人的灵感,与人民的本质是紧紧结合在一起的。从这个意义上说,他是人民诗人。"②他不仅高度评价其它作家具有人民性的作品,而且专门在 1876 年的《作家日记》中写了《论对人民的爱》,认为"文学中真正美好的一切都来自人民"③。他自己的作品中也同样体现了人民性,尽管其中有时掺杂着狭隘的民族主义情绪。

① 《陀思妥耶夫斯基论艺术》,冯增义、徐振亚译,漓江出版社 1988 年版,第 50 页。
② 《陀思妥耶夫斯基论艺术》,冯增义、徐振亚译,漓江出版社 1988 年版,第 230 页。
③ 《陀思妥耶夫斯基论艺术》,冯增义、徐振亚译,漓江出版社 1988 年版,第 184 页。

第一节
概述

一 社会背景

从 18 世纪末到 19 世纪初,唯意志论思想在德国产生,这有着深刻的社会背景。德国分裂为近 300 个小国,各小国的君主和贵族,成了至高无上的统治者,采取一些野蛮的手段来巩固自己的地位。当时较为强大的两个公国是普鲁士和奥地利。普鲁士是个典型的军阀农奴制公国,通过战争兼并和掠夺其他周边小公国。18 世纪末,它统一了德国,并开始充当欧洲警察,向大革命胜利的法国进攻,兵败后又与英国结为反法联盟。德国的目的在于削弱法国,维护自己的封建专制制度。但 19 世初,德国再度向法国进攻时,遭到惨败,并被迫签订了屈辱的提尔西特和约。

由于在德法战争中德国的多次失败,德国的民众强烈厌战,并反对封建统治,而封建贵族却竭力维护其封建统治,与欧洲其它国家大力发展资本主义社会极不协调。在此背景下,德国社会上普遍存在着悲观的心理,市民阶层在政治上没有权力,在经济上也处于依赖的地位,性格显得狭隘、软弱、怯懦,缺乏主动性,农奴虽有强烈的革命欲望,却处于无知无识的社会最底层。整个社会与英法相比,显得落后、保守,到处弥漫着小市民的庸俗习气。在残酷的社会现实面前,人们普遍地感到苦闷、悲观和痛苦,叔本华悲观主义的唯意志论思想,正是在这种社会背景下产生,又是在这个背景下发展起来的。

二 文化背景

文艺复兴之后,西方各国先后崛起了反对中世纪封建专制和基督教神学的资本主义思潮,其中包括笛卡尔的唯理论哲学、18 世纪的启蒙主义哲学和德国古典哲学,它们都以理性主义为主流,把人的本质归结为理性,把理性看成人们认识世界和创造世界的最根本的尺度。而唯意志论则对这种理性万能、永恒、至高无上的理论提出怀疑和批判,用生命意志来否定和取代理性,把生命意志规定为人的本质特征和终极意义的显现,并且将它扩充为整个宇宙、世界的本质。

这种唯意志论最初产生于德国,随后向法、英和北欧一些国家传播和扩散。这是由于当时敏感而脆弱的知识分子对当时的战争和接踵而至的政权更迭特别反感和失望,资产阶级理性王国的理想在残酷的现实面前变为泡影,于是他们开始对理性价值观产生了怀疑和动摇。在德国,唯意志论开始出现,并且受到一部分哲学家的关注和亲睐。唯意志论在德国的出现,首先同以黑格尔为代表的上升的资产阶级思想是对立的,它不仅是对理性的绝望,也是对资产阶级乃至整个人类前景的绝望。叔本华钻研康德的先验学说、谢林的先验思维理论和费希特的"自我"学说,并且专门从哥廷根大学转学到柏林大学听费希特的课,又热衷于印度的佛教哲学,在此基础上形成了自己的思想,从理性所不能达的直觉入手,对黑格尔的理性主义哲学体系进行反拨。

随着 1848 年德国资产阶级革命失败,反理性主义思潮进一步弥漫、扩散于德国资产阶级之中,唯意志论获得了进一步发展的精神气候。特别是 19 世纪下半叶,自由资本主义向垄断资本主义过渡时期,为唯意志论从悲观主义向热烈、积极进取的方向发展奠定了社会基础。

三　文学概貌

这种消极、悲观的情绪同样反映在文学中,施莱格尔兄弟、梯克和诺伐里斯的作品被人们消极地接受着,形成了浪漫的悲观主义文学。这种文学思潮推崇"无所为而为的艺术",崇尚自我中心,对现实采取虚无主义的态度,否定现实,宣扬死亡。基督教思想发展中的非理性主义思潮,也直接导致了浪漫主义文学中神秘主义、直觉主义和超验主义的产生。在德国作家施莱格尔兄弟、诺伐里斯和霍夫曼,英国诗人华兹华斯、柯勒律治和骚塞以及法国文人夏多布里昂、拉马丁和维尼等人的作品中,可以看到当时基督教思潮的千姿百态。他们在这种非理性主义的支配下用神秘梦幻的格调来描述超自然、超理念的题材,虽因走向极端而把人的内心体验和幻想与大自然的奥妙弄得玄而又玄、不可思议,却也有着"物我合一"、"归之寰宇"的神秘美感和"湖光山色"、"幽谷深林"的自然馨香。在美国,浪漫主义作家霍桑曾以写实的手笔在其《红字》中剖析早期北美清教徒生活中的真与伪,探究人性命运的罪与罚。而爱默生、阿尔柯特、黎普里等人则在直觉、超验的创作中悠然神往、流连忘返。尽管唯意志论本身没有直接产生相关的文学思潮,但它对后来非理性主义的各种文学思潮的影响,是广泛而深远的。

四　文论综述

以叔本华和尼采为代表的唯意志论文论思想,将本能冲动和意志情感凌驾于人类的理性之上,开启了文论中非理性主义思潮,对后来的人本主义、直觉主义、存在主义和实用主义等文论思想产生了重要影响。

叔本华认为艺术是在复制作为一切现象的本质的理念。这种理念是直观的、想象的,是人的意志的直接客观化,在个别人物中表现自己。艺术的目的在于把人们引入忘我的境界,暂时从意志的束缚中得以超脱。叔本华从意志论出发解释悲剧,把悲剧看成是诗的艺术的顶峰,悲剧的目的在于表现人生可怕的方面,使人意志镇静,产生退让的感情,放弃生命和生存意志。其真正的意义在于揭示原罪,即生存本身的罪。人生是一种带有喜剧特点的悲剧,悲剧的喜感是一种崇高感。叔本华的悲剧论深刻地影响了中国的王国维等人。叔本华还认为,天才具有双重智力,即主观智力和客观智力。主观智力是为自己的意志服务,客观智力是作为世界的镜子为世界服务。艺术是天才客观智力的结果。

德国作曲家、戏剧改革家和思想家理查德·瓦格纳(Richard Wagner, 1813—1883)的艺术理论在从叔本华到尼采思想的发展转变中起着重要作用。瓦格纳受到德国早期浪漫派的影响,特别是在法国大革命失败后,他尤其重视人性的拓展,强调人的主观能动性。他主张理想的歌剧应和希腊悲剧一样,是社会理想的宣扬者,并提出以艺术拯救宗教。瓦格纳在艺术理论中建立象征性的艺术意志,以象征化了的英雄精神作为艺术的意志。尽管瓦格纳与叔本华并不相识,也没有读过叔本华的书,但两人的精神息息相通。叔本华把艺术作为现实中摆脱生存意志的避难所,瓦格纳则把艺术视为自由意志驰骋的天地。瓦格纳将浪漫主义思想与意志论交融,从而超越了叔本华的悲观主义和虚无主义。

叔本华和瓦格纳对早期的尼采影响很大。尼采受叔本华"作为意志和表象的世界"观念的影响,认为日神阿波罗和酒神狄俄尼索斯的对立统一,构成了艺术的本质。日神代表着对生命个体的肯定,是具体个别的;酒神代表着对生命本原的肯定,是普遍永恒的。日神艺术代表了梦的形象世界,主要表现为造型艺术和史诗;酒神代表了醉的现实世界,主要表现为音乐和抒情诗,悲剧就是从音乐精神中诞生的。他认为悲剧的实质是通过个体化的毁灭而证实生命意志的无限威力。同时,尼采还把瓦格纳当成自己的精神导师,他认为瓦格纳的戏剧具有革命性意义,酒神精神得到了张扬。瓦格纳赞颂爱的意志,他戏剧中的英雄们总是为实现爱的欲望而勇敢地走向死亡,是尼采超人的范本。瓦格纳酒神式的戏剧理想被尼采奉为艺术和哲学的立法者。瓦格纳以他强大、傲慢的性格被尼采奉为超人。

第二节
叔本华

一 生平及著作

叔本华(Arthur Schopenhauer,1788—1860),德国著名的哲学家,出身于但泽的一个大银行家家庭,是位才华横溢的作家。童年时代曾被送往法国过了一段漫游生活,回国后在汉堡一所商业学校学习过,又在父亲的带领下漫游过欧洲许多地方,1809 年起在哥廷根大学学医,后改学哲学,跟 G·E·舒尔曼研修柏拉图和康德著作。1811 年向柏林大学提交论文《充足理由律的四重根》,1812 年获博士学位。他曾在魏玛他母亲的文学沙龙里结识歌德,便崇敬歌德。后在 F·迈耶尔的指导下,研究印度哲学和佛学,尤其受到《奥义书》的悲观厌世思想的影响。1820 年去柏林大学任讲师,讲授《整个哲学或关于世界的本质和人的精神的学说》,曾与黑格尔同时开课争学生,但听课者从未超过三人。1822 年被聘为副教授,因不及黑格尔的影响力,遂愤而辞职,靠丰厚的遗产过活。他从 1831 年开始定居于法兰克福,直到逝世。他的文论思想反映在他的哲学著作中。他的主要著作有:《视觉和色彩》(1816)、《作为意志和表象的世界》(1818)、《自然界中的意志》(1836)、《伦理学的两个基本问题》(1814)及论文集《附录和补充》(1851)等。叔本华是从黑格尔的对立面的角度提出自己的哲学思想的。黑格尔把理性推向了极致,而叔本华则认为人的精神世界中有理性所不能达的境界,而且是人生的最高精神境界,这对后世的反理性和非理性思想产生了重要影响。

二 艺术特征论

叔本华在艺术本质问题上，表现出鲜明的反理性倾向。他将艺术看成是形而上的本体界，而将科学视为形而下的现象界。他推崇艺术而贬抑科学。艺术把握世界，则是物我交融的观审状态，即通过直观的认识把握对象，它是非功利的、非理性的、直观的，并通过纯粹主体而超越于对象个体、个别的局限性而把握到世界的本质。而科学的理性思维则被贬为只能认识现象而远离世界的本质。

基于这一点，他将艺术的唯一源泉看成是对理念的认识，它唯一的目标就是传达这一认识。他认为艺术对理念认识的观察方式是"独立于根据律之外的观察事物的方式"①。他认为艺术的对象不是现象，而是本质的东西、理念，通过观审的方式，艺术把个别对象从现实的一切关系中超拔出来，它撇开了遵循根据律所作的理性的考察方式。艺术通过直观理念的方式复制和传达理念，因而高于理性认识世界的方式。

艺术特有的基本功能，在于它是人摆脱痛苦的手段之一。他认为生命意志的本质就是痛苦，因为它是人永不满足的欲求，因而这种痛苦是与生俱来、生生不息的。要想摆脱痛苦，只有使人的认识从为意志服务、充当意志的关系中解脱出来。根本彻底的解脱之途只有寂灭、涅盘，即死亡。而暂时的解脱办法只有艺术。由于艺术采取的是独立于根据律之外的纯粹观审方式，故在表象世界中可以直观到意志的直接客体，因而艺术能够躲避为意志服务的劳役和束缚，使主体与对象水乳交融，进入物我两忘的审美境界。正是通过这种方法，艺术使人们摆脱了尘世的痛苦。意志本身是痛苦，但是如果通过理念的中介而进入纯粹的观审状态，或是由艺术进行复制，便会消除痛苦。这是因为艺术乃是消除痛苦的一种方式，它通过各种方式暗示了宇宙和人生的本来性质即痛苦，从而带来心灵的净化和对生命意志的否定，因而使人领悟到摆脱痛苦的根本途径，这样，痛苦便会转化为精神的安慰和心灵的愉快。叔本华从他的生命意志本体和直观主义认识论出发，将艺术看成高于理性和科学，同时又是人类走向寂灭的一步。这割裂了艺术与现实的社会生活的联系，反映了他逃避现实的悲观主义情怀。

三 天才论

叔本华将天才看成艺术创造的重要素质。他认为艺术活动"完全浸沉于对象的纯粹观审才能掌握理念，而天才的本质就在于进行这种观审的卓越能力"，"天才的性能就是立于纯粹直观地位的本领，在直观中遗忘自己，而使原来服务于意志的认识现在摆脱这种劳役"。②天才的任务在于考察理念的艺术认识方式。

叔本华认为，与常人相比，天才"在他一生的一部分时间里，他的认识能力，由于占有优势，已摆脱了对他意志的服务，他就要流连于对生活本身的观察，就要努力掌握每一事物的

① 《作为意志和表像的世界》，石冲白译，商务印书馆 1982 年版，第 259 页。
② 《作为意志和表像的世界》，石冲白译，商务印书馆 1982 年版，第 259 页。

理念而不是要掌握每一事物对其他事物的关系了"①。天才可以持续进行完全不计利害的观察，即观审或静观，而不是流连于日常的生计、根据律关系和理性概念之间。叔本华把天才看成一种超人。"正如天才这个名字所标志的，自来就是看作不同于个体自身的、超人的一种东西的作用，而这种超人的东西只是周期地占有个体而已。"②

天才和日常生活中的精明是迥然不同的。天才在日常生活中往往显得非常笨拙，甚至连很简单的事也应付不了。天才超越了因果律和动机律的关系，其本领在于直观，这种直观的认识和理性的认识或抽象的认识是根本对立的，故他们的性格常常违背事情常理，屈服于剧烈的感受和不合理的情欲，从自己的剧烈的意志活动中表现出特殊的精力，它往往根据眼前的直观印象，不假思索地陷入激动和情欲的深渊。正因天才背离天性、脱离意志进入静观，故表现为天赋的创作能力。这种能力是艺术才华而非实干能力。

天才与疯癫有一定的相似性，与疯癫相邻甚至互为交叉。天才因违背天性，与常人格格不入，故意志与智能相分离。在常人看来，天才似乎精神不正常，与疯癫者一样，都抛弃了事物根据律的关系。但在叔本华看来，天才与疯癫还是有区别的。天才在灵感激发状态之余，与常人是大体相同的。只有在摆脱意志而掌握理念的观审中，天才才显示出超乎异常的高度紧张，这种紧张情绪近乎迷狂和疯癫，而每次紧张之后都有长时间的间歇。在间歇中，天才便恢复其常人状态，与疯癫不同。

天才具有非凡的想象力，叔本华认为想象力"是天才性能的基本构成部分"，但反对把天才等同于想象力，具有想象力还不等于天才。天才的本质在于它是纯粹的观审能力，想象力则是这种观审能力的补充和扩展。想象力的作用是"把他的地平线远远扩充到他个人经验的现实之外，而使他能够从实际进入他觉知的少数东西构成一切其余的事物，从而能够使几乎是一切可能的生活情景——出现于他面前"③。他认为想象力可以帮助艺术家无限地拓展自己的视野，"想象力既在质的方面又在量的方面把天才的眼界扩充到实际呈现于天才本人之前的诸客体之上、之外。以此之故，特殊强烈的想象力就是天才的伴侣，天才的条件"，"这想象之物就是认识理念的一种手段，而表达这理念的就是艺术"。④

四 悲剧

叔本华在艺术分类的基础上，着重对悲剧进行了阐释。他把悲剧看成是最高的诗艺，是整个文艺的高峰。他认为悲剧是专门表现人类生活中的不幸的，表现为意志在最高级别上与意志的客体性的分裂与冲突。它以表现人生可怕的一面为主旨，在人们面前演出了人类难以形容的痛苦与悲伤，以及邪恶的胜利，嘲笑着人的偶然性的统治，演出了正直、无辜的人们不可挽救的失陷等等，其中暗示着宇宙和人生最本质的东西。

① 《作为意志和表像的世界》，石冲白译，商务印书馆 1982 年版，第 262 页。
② 《作为意志和表像的世界》，石冲白译，商务印书馆 1982 年版，第 264 页。
③ 《作为意志和表像的世界》，石冲白译，商务印书馆 1982 年版，第 260 页。
④ 《作为意志和表像的世界》，石冲白译，商务印书馆 1982 年版，第 261 页。

叔本华的悲剧学说体现了悲观主义的哲学观。他将世界看得非常丑恶,根本就没有什么正义可言,有的只是痛苦、不幸和罪恶的胜利。他把苦难丛生的世界看成是一团黑暗,人类似乎生活在永无尽头的漫漫长夜,根本见不到光明的前途,要寻求幸福,只能寄托于来世,寄托于彼岸的天国。这实际上混淆了正义与罪恶的关系。

叔本华将悲剧分为三类:一是剧中角色本身是不幸命运的肇祸人,以一种异乎寻常的、发挥得淋漓尽致的恶毒而导致悲剧,如《威尼斯商人》中的夏洛克。二是由盲目的命运或偶然错误导致不幸,如索福克勒斯的《俄狄浦斯王》等,主要是描写理想化的英雄人物和命运的冲突,最终因不能摆脱命运的摆布而毁灭。三是普通人由于彼此地位环境条件的不同而造成的矛盾和冲突,以致给人与人之间造成伤害和不幸,这种伤害和不幸不能简单地归咎于普通人的任何一方。其中没有恶毒已极的人物的参与,只是那些在道德上平平常常的人的相互对立所造成的不幸。在这三类悲剧中,叔本华最推崇的是第三种悲剧,"因为这一类悲剧不是把不幸当作一个例外指给我们看,不是当作由于罕有的情况或狠毒异常的人物带来的东西,而是当作一种轻易而自发的、从人的行为和性格中产生的东西,几乎是当作人的本质上要产生的东西,这就是不幸也和我们接近到可怕的程度"[①]。因此,这第三种悲剧是最惨的。他把由人组成的这个社会看成是一个没有正义、没有理性、没有宁静的空间,人人都有后顾之忧,随时会身遭不测,不得安宁。在这个环境里,悲剧事件随时可以发生。它对常人的威慑力很大。因为这种苦难和厄运是生来就有的,人人都要碰到的。"我们看到最大的痛苦,都是在本质上我们自己的命运也难免的复杂关系和我们自己也可能干出来的行为带来的,所以,我们也无须为不公平而抱怨。"[②]

叔本华从他的悲观主义立场出发,宣扬"人生即是悲剧的诞生"的论点,认为悲剧艺术要反映人生来就要赎罪的主张。他反对在善恶与是非、有罪与无罪、正义与非正义之间确立标准。这种思想与黑格尔悲剧学说在本质上是一致的,且显得更为颓废、消极,对尼采等人产生了相当的影响。

第三节
尼采

一　生平及著作

尼采(Friedrich Nietzsche,1844—1900),德国著名哲学家、诗人、唯意志论的主要代表。出生于普鲁士萨克森州洛肯镇的一个祖传七代牧师的家庭,4岁时父亲因车祸去世,两年后弟弟又去世。从此,尼采生活在母亲、妹妹、祖母和两个姑姑的周围,逐渐显示出音乐的才

---

① 《作为意志和表像的世界》,石冲白译,商务印书馆1982年版,第352页。
② 《作为意志和表像的世界》,石冲白译,商务印书馆1982年版,第353页。

华。其父与普鲁士国王弗里德里希·威廉是故交,做过四位公主的教师,这使得尼采从小有机会接受很好的教育。他从小喜爱文艺,尤其是诗歌、悲剧、音乐。1864 年,尼采进入波恩大学学习神学和古典文献学,但次年即转入莱比锡大学专门研究古典语文学。大学期间迷恋《作为意志和表象的世界》,竟废寝忘食沉浸于其中整整两周。1869 年,25 岁的他任瑞士巴塞尔大学语言学教授,讲授古典语言学,获得当时语言学家的赏识。1878—1879 年尼采因患精神分裂症,健康状况每况愈下,不得不辞去教职。1879—1889 年间,他过着飘泊的生活,但始终未放弃对哲学和思想领域的探索,写下了大量作品。1889 年尼采因神志不清在魏玛疗养直至 1900 年病逝。

尼采一生的创作可分为三个时期:1870—1876 年是尼采哲学的初创时期,代表作是《悲剧的诞生》(1871);1877—1882 年是他的思想发展时期,代表作有《人性的、太人性的》(1878)、《朝霞》(1881)等;1883 年之后是尼采摆脱以往哲学家的影响,思想趋于成熟、独创他的人生哲学的时期,这一时期的主要著作有《快乐的知识》(1882)、《查拉图斯特拉如是说》(1885)、《善恶之彼岸》(1886)、《基督教之敌》(1889)等。

尼采首先是一位哲学家,他对文艺的看法主要体现在他的《悲剧的诞生》一书中,虽然这是一本文艺论著,但这部书的意义却不仅仅止于文艺论著,它包含着尼采全部哲学思想的萌芽,是尼采整个人生哲学的奠基之作。《悲剧的诞生》是尼采的处女作,他的悲剧学说主要集中在此书中,而悲剧学说在其整个唯意志论的哲学中占有很崇高地位,故要真正了解尼采的思想,就首先要了解他的悲剧学说。而要了解他的悲剧学说,就有必要先了解"日神"和"酒神"这两个概念。

二　日神和酒神

在《悲剧的诞生》一书中,尼采在考察前人悲剧学说的基础上,第一次把日神阿波罗和酒神狄俄尼索斯这两个概念引入悲剧领域,从这两个概念着手去研究悲剧。"尼采对悲剧的阐释的核心是日神和酒神之间的辩证关系。"[①]在尼采的哲学中,他用日神象征着美的外观的幻觉力量,酒神则表现惊骇狂烈的情绪的放纵力量,日神代表造型艺术,酒神代表音乐艺术。在《悲剧的诞生》中,尼采把日神和酒神比作人的两种不同的生活现象,认为前者展示为"梦"的幻境和美的形象,后者则体现为激情的狂热、忘我的境界。日神精神体现为梦境,以"幻想"和"外观"为特点。具有日神精神的人,在情感上是有节制的,"适度的克制,免受强烈的刺激"、"大智大慧的静穆"是其基本特点,他在静观梦幻世界的美妙外观中寻求一种强烈而又平静的乐趣。尼采所说的日神状态就是梦幻状态,在梦幻世界中,人们摆脱存在的变幻和痛苦,获得心灵的宁静。而酒神精神则体现为醉态,以"惊骇"和"狂喜"为其特征。处于酒神状态中的人"整个情绪系统激动亢奋","要求紧张有力的变化",整个人如痴如狂,在情感上是无节制的,主体从自我的崩解中体验到生生不息的意志的永恒,获得自身与自然本体融合

---

① 宾克莱:《理想的冲突》,马元德等译,商务印书馆 1984 年版,第 187 页。

的最高欢乐。总而言之,尼采认为酒神迷醉现实、消解个体,日神使现实变得梦幻、创造个体,二者均植根于人的本能,悲剧艺术家在创作悲剧时,不是受酒神冲动便是受日神冲动的影响,酒神和日神是悲剧艺术生成的原动力和根源。

三　悲剧的诞生

尼采对希腊悲剧诞生的探讨,是从歌队的合唱入手的。他首次提出"悲剧从悲剧歌队中产生"这一观点。尼采之所以从研究歌队入手,是有他自己的理由的,"古代传说斩钉截铁地告诉我们,悲剧从悲剧歌队中产生,一开始仅仅是歌队,除了歌队什么也不是。因此我们有责任去探索作为真正原始戏剧的悲剧歌队的核心,无任如何不要满足于流行的艺术滥调,说什么歌队是理想的观众,或者说它代表平民对抗舞台上的王公势力"[1]。尼采的悲剧由歌队产生这种观点,虽是传统的看法,但他对歌队性质及其作用的看法都是新颖的。他反对歌队是理想的观众或代表平民对抗王公势力的传统看法,提出歌队是悲剧的音乐精神的体现,是悲剧中的抒情诗,其作用在于歌唱或召唤酒神,让酒神把人们带到超出凡夫行径的理想境界。在尼采看来,悲剧的诞生与酒神精神密切相关,但酒神是通过歌队来体现的,观众在歌队音乐造成的幻觉中看到了酒神狄俄尼索斯的苦难经历,是歌队使悲剧的酒神精神得以表现。

但仅由歌队参与还不能产生真正的悲剧,悲剧的真正产生还是依赖于日神的参与。随着原始悲剧的发展,歌队的合唱要去感受更多人,使更多人能体验到酒神的情状,于是在合唱的基础上,出现了情节舞台形象、对白等,即日神因素介入合唱,从而使得酒神的幻想形象有目共睹,成为舞台主角。尼采是这样解释这一过程的:"酒神,这本来的舞台主角和幻象中心,按照上述观点和按照传统,在悲剧的古老时期并不真的在场,而只是被想象为在场,也就是说,悲剧本来只是'合唱',而不是戏剧。直到后来,才试图把这位神灵作为真人显现出来,使这一幻象及其灿烂的光环可以有目共睹。于是便开始有狭义的戏剧。"[2]日神和酒神的融合使得悲剧的真正形成成为可能。但人们并不把出现在舞台上的悲剧主角当作真人看待,而是将之当作心神恍惚中所见到的幻影,这就是日神的梦境状态。而歌队依然存在,它的作用是把观众的心境激发到狂热的程度。有了幻境,有了形象,有了日神精神与酒神精神的高度交融,悲剧便真正诞生。

四　悲剧的衰落与复兴

尼采对希腊悲剧衰落及其根由的讨论,是他悲剧理论的一个重要组成部分。在古希腊的三大悲剧家中,尼采推崇埃斯库罗斯和索福克勒斯,认为希腊悲剧,在他们的时代达到鼎盛。而自他们以后,悲剧从欧里庇得斯开始走向衰弱。尼采认为,导致悲剧衰落的主要原因

---

① 尼采:《悲剧的诞生》,周国平译,三联书店 1986 年版,第 31 页。
② 尼采:《悲剧的诞生》,周国平译,三联书店 1986 年版,第 33 页。

是欧里庇得斯用理性和探究精神取代酒神精神,"把原始的全能的酒神因素从悲剧中排除出去,把悲剧完全建立在非酒神的艺术,风俗和世界观的基础上"[①]。总而言之,欧里庇得斯借助理性主义的"苏格拉底倾向"扼杀了希腊悲剧之魂——非理性的酒神精神,"欧里庇得斯止是借此抗争和战胜埃斯库罗斯悲剧的"[②]。在尼采看来,悲剧随着酒神精神的灭亡而灭亡。

对于希腊悲剧的灭亡,尼采是非常痛心的,但并没有彻底的绝望。他在对理性文化的声讨中,发现了现代文明把科学精神推到极至,从而孕育着悲剧文化重新崛起的契机。他呼唤酒神精神的复苏,认为悲剧的再生,在科学和理性的普遍有效性被证明有限以后,是可能真正实现的。

尼采的悲剧学说,本质上是一种反理性的崇尚本能冲动的唯意志戏剧学说,尼采悲剧理论的核心是推崇以酒神精神为根基的悲剧文化,并以之反对理性主义文化。这在当时有其积极的意义,他在资本主义上升时期,能敏锐地感觉到与资本主义文明息息相关的理性精神对人类本性的压抑和扭曲,这是应该肯定的。但他在反对理性、反科学的同时,却走向了极端,他站在反理性主义的立场上怀疑一切,这必然最终走向虚无主义和神秘主义。

---

① 尼采:《悲剧的诞生》,周国平译,三联书店 1986 年版,第 48—49 页。
② 尼采:《悲剧的诞生》,周国平译,三联书店 1986 年版,第 50 页。

第一节
概述

一 社会背景

实证主义、自然主义和前期象征主义,都诞生在 19 世纪的法国,这与法国当时的社会风尚是密切相联的。从 19 世纪 30 年代开始,法国的资本主义势力取得了决定性的胜利,但资产阶级与封建贵族之间的斗争还没有结束。1830 年的七月革命结束了波旁复辟王朝的统治,但封建贵族的势力依然存在。中小资产阶级与大资产阶级的矛盾,资产阶级与工人阶级的矛盾日趋复杂。40 年代,反对七月王朝的斗争日趋激化,终于酿成了 1848 年的二月革命和六月起义。1851 年 12 月,大资产阶级的代表拿破仑三世发动政变,第二年 12 月,拿破仑三世正式称帝,结束了第二共和国的统治。在 1871 年,爆发了震惊世界的巴黎公社革命。随着资本主义的迅速发展,工业文明突飞猛进,崇尚科学成为当时的时尚。与此同时,掠夺、丑恶和贫穷的现象也进一步显露出来。

二 文化背景

在 19 世纪 30—60 年代期间,随着自然科学突飞猛进的发展,哲学领域提倡尊重科学和人的心理,科学实验的方法被广泛地运用于医学、生物学和文艺学。法国哲学家孔德提出了实证主义思想,主张从人类感觉到的经验事实出发,依靠人们的观察和经验,以获取实证的知识。他把欧洲的思想主要分为神学阶段、形而上学阶段和实证阶段这三个阶段。他提出了实证阶段以科学为本,尊重经验和事实。这实际上是经验主义思想在新的科学时期的表现,是对思辨的形而上学和教条论的反驳。孔德用实证主义科学的原则对社会和文学进行研究,并在丹纳那里得到了进一步的加强和深化。这种做法,实际上是在科学方法的影响下,将自然现象与社会现象混同起来。

自然主义是法国 19 世纪另一个重要的文学思潮。与实证主义一样,自然主义也将科学实验的方法运用于文学的创作、研究和批评。它将人看成是偶然存在的孤立的生物,仅仅是杂乱而无意义的化学现象,认为人的存在没有形式,没有意义,没有理想,没有道德,甚至认为没有上帝。人的性格和行动,乃是生命的生理遗传和环境自然作用的结果。他们将这种意识运用到创作之中,对现象作静态的生物学的描述。左拉将写小说看成是与在实验室做实验一样,认为它不应受社会规律的支配。

三 文学概貌

在 19 世纪的法国文坛,创作深受社会环境和人们的观念的影响。除了实证主义作为一种研究方法,间接地影响到自然主义创作外,自然主义、特别是条证主义均形成气候,出现了一批作家和大量的作品。

左拉也根据自己的实验小说理论,进行自然主义的创作,强调文学作品的科学性和真实性,要求作品对现实采取超然的态度,超越政治、党派和道德。左拉的《德莱丝·拉甘》和《玛德兰·费拉》注重于对人物的生理分析,然后他又专门化整整三年时间,研究了大量的病例资料,并花25年的时间,写出包括20部长篇小说的《卢贡·马卡尔家族》。但实际上,他并不完全采用自然主义。而自然主义小说的典型代表,则是龚古尔兄弟合写的小说《日尔米尼·拉基德》。小说不触及拉基德悲惨人生的社会原因,而是对人物进行病理的分析。

波德莱尔不仅提出了象征主义理论,还写出了诗集《恶之花》,它被作为法国象征主义的开山之作。它包括《忧郁和理想》、《巴黎画景》、《酒》、《恶之花》、《叛逆》和《死亡》六个诗组。这些作品通过象征的手法,揭示了资本主义社会的种种污秽,在创作过程中发掘恶中之美。波德莱尔不仅敬重美国象征主义先驱爱伦·坡,还将他的作品翻译成法文。这种象征主义倾向影响了马拉美、魏尔兰、兰波和比利时的诗人梅特林克等人。马拉美的《诗与散文》、梅特林克的剧作《青鸟》等象征主义作品,是其中的优秀之作。

四 文论综述

受孔德实证主义精神的影响,丹纳以种族、环境、时代研究文学,并且写出了讲究实证的《英国文学史》。而法国的另一个重要批评家圣·佩韦,在孔德实证论的基础上,只承认人的感觉是"可以实证的确实事实,而科学只是主观经验的描述"。他对文学家的实证包括种族、国家、时代、出身、环境、教育和首次的成功与失败等等。他还将文学批评比作植物的采撷,主张用生物学的办法,搜罗事实,加以阐明。对于这种批评,他自认为是以间接的方式来提示隐藏着的诗和创造,而且意味着一种发明和永恒的创作。他还认为文学批评的重点是作家,而非作品。他高度重视创作和批评对于创作的作用,认为文学批评的目的是要寻找和培养具有古典精神的作家,复苏艺术趣味。

在前期象征主义运动中,美国诗人爱伦·坡在写作《乌鸦》等大量作品的同时,还写了《创作哲学》、《诗歌原理》等文论著作。他主张诗歌应该震动人的灵魂,要以追求最高境界的神圣的美为目标,这种神圣的美是超脱于客观物质世界的彼岸的辉煌,从而实现灵魂的升华的。他认为外在事物与内在精神之间有着感应关系,象征主义正通过事物与思想间的多样结合,引领灵魂进入神圣美的境界。他还特别强调了音乐在象征主义诗歌中的重要性。与爱伦·坡一样,法国著名的象征主义诗人马拉美不仅创作了一定数量的诗歌,而且提出了自己的理论主张,要求"诗歌表现心灵状态、心灵的闪光,用魔法提示出客观物体的纯粹本质",并认为诗歌高尚地帮助了语言,拓展了日常语言的表现力。他还进一步强调了诗歌的音乐性,主张文学完全是个人的,是表现个人的内心体验,诗人是孤独者。由于马拉美在象征主义运动中居于领袖地位,因而其创作及主张对象征主义运动了产生了广泛的影响。

第二节
丹纳

一　生平及著作

丹纳(Hippolyte Adolphe Taine，1828—1893)，生于律师家庭，自幼聪明好学，长于抽象思维，老师曾预言他是一个"为思想而生活"的人。他中学时代成绩卓越，文理各科都名列第一，1848 年以第一名进入巴黎国立高等师范学院攻读哲学。1851 年毕业后任中学教员。不久，因与当局政见不合而辞职，以写作为业。丹纳精通希腊文、拉丁文、英文、德文、意大利文等。1857 年之后的几年间曾漫游英国、比利时、荷兰、德国、意大利诸国。1864 年应巴黎美术学校之聘，开设美术史讲座；1871 年曾在牛津大学讲学一年。1878 年被选为法兰西学院院士。丹纳是法国著名的文艺理论家和史学家，历史文化学派的奠基者和领袖人物，被称为"批评家心目中的拿破仑"，他的艺术哲学对 19 世纪的文艺研究产生了深远的影响。主要文论著作有《拉·封丹及寓言诗》(1854)、《英国文学史》(1864—1869)、《评论集》(1858)、《评论续集》(1865)、《评论后集》(1894)、《意大利游记》(1864—1866)、《艺术哲学》(1865—1869)。另外关于哲学和历史，丹纳也多有著述。《艺术哲学》一书是丹纳在巴黎美术学校讲课时讲稿的辑录，也是丹纳最重要的文艺理论著作，集中体现了他的文艺理论思想。

二　种族、时代、环境三要素理论

在西方科学界，能量守恒定律、细胞学说和达尔文进化论这三大发现，标志着 19 世纪自然科学突飞猛进的发展。丹纳深受 19 世纪自然科学的影响，尤其对达尔文的生物进化论思想推崇备至。在哲学上，丹纳受德国哲学家黑格尔和法国实证主义哲学家孔德的影响。在《艺术哲学》一书中，我们可以清晰地发现达尔文进化论和孔德实证主义的影响。丹纳认为，一切事物的产生、发展、演变和消亡，都有其内在的规律，精神科学和自然科学在内在精神和研究方法上是一致的，他们不同的仅仅是研究对象，因此，自然科学的研究方法完全可以应用于精神科学(包括文学艺术)的领域之内。他说："美学本身便是一种实用植物学，不过对象不是植物，而是人的作品。因此，美学跟着目前精神科学与自然科学日益接近的潮流前进。精神科学采用自然科学的原则、方向与谨严的态度，就能有同样稳固的基础，同样的进步。"[1]丹纳认为文学研究应该从具体的文学史实出发，在分析大量的文学史料的基础之上，才能发现文学艺术的规律。"我们的美学是现代的，和旧美学不同的地方是从历史出发，而不从主义出发，不提出一套法则叫人接受，只是证明一些规律。"[2]在《艺术哲学》中，丹纳分析了大量史实，对一些典型的文学现象进行了深入的探讨，书中列举了古希腊、中世纪欧洲、文

---

[1] 丹纳：《艺术哲学》，傅雷译，人民文学出版社 1983 年版，第 11 页。
[2] 丹纳：《艺术哲学》，傅雷译，人民文学出版社 1983 年版，第 10 页。

艺复兴时期的意大利、16 世纪的法国、17 世纪的荷兰的艺术文艺史实,并加以分析比较,科学地揭示了文学艺术与种族、环境、时代这三个要素的紧密关系。

1. 种族

丹纳的种族指的是种族特性,它来源于天生的遗传性,是一个种族区别于其他种的独有特性,这是一种不会随着时代环境的发展变化而改变的原始印记。"我们所谓的种族,是指天生的和遗传的那些倾向,人带着它们来到这个世界上,而且它们通常更和身体的气质与结构所含的明显差别相结合。这些倾向因民族的不同而不同。"①这种种族特性是一个民族的原始模型的巨大标志,是一个民族特有的生命力量或原始冲动,是第一性的不变的印痕,它隐藏在这个种族的变化着的语言、宗教、文学和哲学之中,隐藏在种族发展的历史进程中,即使在漫长的历史过程之后,地域、气候、环境发生了巨大的变化,我们仍然可以透过时代所给予这个种族的第二性的印痕,去发现种族自身的"血统和智力的共同点",正因如此,种族才得以延续,文化传统才得以保存。这是种族的天性,比如希腊人身上都具有水手的素质,早在荷马时代希腊人就能泛舟渡海,具有适于航海的天性,而且这种天性至今保持不变。希腊 1840 年全国仅有九十万人,水手竟有三万,海船四千艘,几乎垄断了地中海短程航运。其它如某些人勇敢而聪明,某些人胆小而心存依赖,某些人有高级的概念和创造等等,都会在种族的天性,即"永久的本能"上留有自己的烙印。这种"永久的本能"是一种"不受时间影响,在一切形势、一切气候中始终存在的特征"②。他高度推崇希腊人的艺术家才能,认为古希腊艺术之所以发达,与希腊人的种族天性是不可分的。希腊人有着艺术家的天赋,有乐观和活泼的天性,有精细敏锐的感官,而这正是一个艺术家的必备素质。他认为是民族的性格和特性决定了艺术的某些特点,也构成了艺术发展的原始动力。对于种族形成的原因,他更多地强调地理环境和自然气候。他认为种族的特征是由自然环境造就起来的,而种族的特征又体现在民族的精神文化上,成为民族精神文化原始动力的一部分。

2. 环境

丹纳的所谓环境,既指地理、气候等自然环境,也指社会文化观念、思潮、制度等社会环境。丹纳坚持整体的联系的观念,反对孤立地看待和分析事物。他认为一件艺术作品是从属于作者的全部作品的,艺术家本身也是隶属于某种艺术宗派或艺术家家族的。而艺术宗派则属于它周围的趣味和与之相一致的社会。"因为风俗习惯与时代精神对于群众和对于艺术家是相同的,艺术家不是孤立的人。"③同样,种族个人也不是孤立的,也要受到自然和社会环境的影响。"因为人在世界上不是孤立的,自然界环绕着他,人类环绕着他,偶然性的和第二性的倾向掩盖了他的原始的倾向,并且物质环境或社会环境在影响事物的本质时,起了干扰或凝固的作用。"④民族间的深刻差异往往源于所居地的地理环境,气候的不同、地域的

---

①　伍蠡甫,胡经之主编:《西方文艺理论名著选编》,北京大学出版社 1986 年版,第 151 页。
②　丹纳:《艺术哲学》,傅雷译,人民文学出版社 1983 年版,第 147—148 页。
③　丹纳:《艺术哲学》,傅雷译,人民文学出版社 1983 年版,第 6 页。
④　伍蠡甫,胡经之主编:《西方文艺理论名著选编》,北京大学出版社 1986 年版,第 152 页。

差异将影响居于其上的种族的性格。日耳曼民族和希腊拉丁民族之所以显出巨大的差异，主要是由于他们所居住的国家之间的差异："有的住在寒冷潮湿的地带，深入崎岖潮湿的森林或濒临惊涛骇浪的海岸，为忧郁或过激的感觉所缠绕，倾向于狂醉和贪食，喜欢战斗流血的生活；其它的却住在可爱的风景区，站在光明愉快的海岸上，向往于航海或商业，并没有强大的胃欲，一开始就倾向于社会的事物，固定的国家组织，以及属于感情和气质方面的雄辩术、鉴赏力、科学发明、文学、艺术等。有时，国家的政策也起著作用……"①自然环境的优劣影响着种族的性格和文学艺术的发展，寒冷潮湿的气候、惊涛骇浪的海岸会使人忧郁过激，倾向于狂醉贪食，喜欢流血战斗。光明愉快的风景区则使人活泼热情，倾向于社会的事物、发展感情和气质方面的事业，如文学艺术等。

　　社会环境包括国家政策、政治斗争、宗教信仰等等，这些会影响人们的时代精神和风俗情况，从而引起文学艺术的变化和发展。丹纳以希腊悲剧的消亡为例，来说明社会环境变化对文学艺术发展所带来的显著影响。他说希腊悲剧的黄金时代，即埃斯库罗斯、索福克勒斯、欧里庇得斯的作品诞生的时代，这正是希腊人战胜波斯人的时代，小小的共和城邦以极大的努力获得独立，在光明的世界中取得了领袖地位。而到了民主风气消亡、马其顿的入侵使希腊受到异族统治的时代，希腊的民族独立和精神元气一起丧失，悲剧也随之衰弱。而法国古典主义悲剧出现时，正好是路易十四统治下正统的君主政体时代，提倡宫廷生活，讲究仪表的优美和起居的优雅，悲剧则以讨好皇帝和宫廷贵族为目的，剧中人物都是宫廷人物，讲究庄严高雅和诗句的工整。当君主政体和宫廷制度被法国大革命一举清除之后，古典主义悲剧也不复存在。人类的精神文化兴盛与衰落，都可以从自然环境和社会环境中找到原因和根据。"每一个形势产生一种精神状态，接着，产生一批与精神状态相适应的艺术……今日正在酝酿的环境一定会产生它的作品，正如过去的环境产生了过去的作品。"②

　　3. 时代

　　丹纳所谓的时代，内容较为广泛，包括精神文化、社会制度、政治经济状况等，这些因素影响当时的时代精神和风俗习惯，形成一个时代独有的"精神的气候"。丹纳首先从生物学的立场出发，认为气候和自然条件影响着物种的繁衍和生长，在荒僻的山峰上，怪石嶙峋的山脊上，陡峭的山坡上，由于自然条件的恶劣，只有坚韧的松树可以生长。寒冷降临时，狂风不断，在冰柱高崖间，唯有松树这种坚强耐苦的树木可以巍然独存，"自然界的气候起着清算与取消的作用，就是所谓'自然淘汰'"③。而在后天的精神生活中，也有一种"精神的气候"，它对物种的生长起着与自然气候大致相同的作用，"的确，有一种精神的气候，就是风俗习惯与时代精神和自然界的气候起着同样的作用"④。这种"同样的作用"，就是和自然气候相同的选择和淘汰作用。"必须有某种精神气候，某种才干才能发展，否则就流产。因此，气候改

① 伍蠡甫，胡经之主编：《西方文艺理论名著选编》，北京大学出版社1986年版，第153页。
② 丹纳：《艺术哲学》，傅雷译，人民文学出版社1983年版，第66页。
③ 丹纳：《艺术哲学》，傅雷译，人民文学出版社1983年版，第34页。
④ 丹纳：《艺术哲学》，傅雷译，人民文学出版社1983年版，第34页。

变,才干的种类也随之而变,倘若气候变成相反,才干的种类也变成相反。精神气候仿佛在各种才干中作着'选择',只许某几类才干发展而多多少少排斥别的。"①这种精神气候对艺术家的影响和制约作用是巨大的,决定着艺术类型的此起彼伏。"时代的趋向始终占着统治地位。企图向别方面发展的才干会发觉此路不通,群众思想和社会风气的压力。给艺术家定下了一条发展的路,不是压制艺术家,就是逼他变弦易辙。"②悲观绝望的精神状态占统治地位的时代就会产生悲哀的艺术。3 世纪至 10 世纪时的欧洲,由于腐朽堕落,人口锐减、异族入侵、连年饥馑、疫疠较多,人们丧失了勇气和希望,悲观绝望成为社会中占主导地位的精神气候。苦难使群众悲伤,而艺术家既为群众中的一分子,也必分担群众的苦难。在一个苦难的时代里,艺术家不可能置身事外,他可能像别人一样破产和遭受苦难,他的妻子儿女、亲朋好友也会领受同样的灾难,这必定影响到艺术家的气质,本性快活的人不会像以前那样快活,本性抑郁的人会更加抑郁。另一方面,艺术家在愁眉不展的人中间长大,从儿童起,日常看到的多是令人悲伤的景象,必然会使他更加地忧郁和悲哀。"艺术家从出生到死,心中都刻着这些印象,把他因自己的苦难所受的悲伤不断加深。"③况且,艺术家之所以为艺术家,是因为他比别人具有更敏锐的洞察力,更惯于辨别事物的本质。在悲伤的时代里,他在事物中看到的只能是悲伤。再加上艺术家本有的夸张本能和过度的幻想,他还会把悲伤推向极端。"特征印在艺术家心上,艺术家又把特征印在作品上,以致他所看所描绘的事物,往往比当时别人所看到所描绘的色调更阴暗。"④况且,艺术家的创造活动也不是孤立的,而是受到同时代人的影响和协助的,在悲伤的时代里,人们只经验到痛苦的感情,而他们所给艺术家的启示,也只能是这种悲伤和痛苦,艺术家要表现幸福、反映欢乐的感情,便会孤独无助,也就不可能产生好的作品。而且在一个悲伤的时代,艺术家的作品只有表现悲伤的情感,才能引起读者的共鸣。所有这些都规定着作家的创作倾向,使之符合整个时代的"精神的气候"。

在种族、环境、时代三个因素中,种族因素是内部根源,环境是外部压力,时代则是后天的推动力量,正是这三者的相互作用,影响和制约着包括文学艺术在内的精神文化的发展及其走向。丹纳关于构成精神文化三要素的理论明显受到前人的诸多影响。18 世纪前期启蒙思想家孟德斯鸠主张以人类社会和客观环境去探讨决定政治法律的因素;19 世纪初法国女作家斯达尔夫人认为风俗环境、气候等自然条件决定着文学艺术的发展,自然环境与时代精神决定了文学艺术的发展方向,文艺是"民族精神"的产物。而在丹纳这里,关于文学艺术发展的种族、环境、时代三要素学说发展成为一个严密完整的理论体系,他的划分虽然有些含糊不清,但却基本覆盖了影响文学艺术发展的主要因素,初步地揭示了文学艺术与外部世界的复杂关系。

---

① 丹纳:《艺术哲学》,傅雷译,人民文学出版社 1983 年版,第 35 页。
② 丹纳:《艺术哲学》,傅雷译,人民文学出版社 1983 年版,第 35 页。
③ 丹纳:《艺术哲学》,傅雷译,人民文学出版社 1983 年版,第 36 页。
④ 丹纳:《艺术哲学》,傅雷译,人民文学出版社 1983 年版,第 37 页。

三　特征理论

丹纳给艺术下的定义是："艺术的目的是表现事物的主要特征,表现事物的某个凸出而显著的属性,某个重要观点,某种主要状态。"[1]主要特征是什么呢？丹纳说："我们要记住'主要特征'这个名词。这特征便是哲学家说的事物的'本质',所以他们说艺术的目的是表现事物的本质。"[2]世间一切事物自有其本质,即有其"特征",艺术的目的便是把这个特征表现得较为显著。因为在现实生活中,由于受到别的因素的阻碍,不能深入事物之内充分表现事物的主要特征,艺术的任务就是要弥补现实的缺陷。"人感觉到这个缺陷,才发明艺术加以弥补。"[3]丹纳认为艺术是一个总体,是一个各部分相互联系的整体,这个总体并不是一定要与现实相符,而是要表现和突出事物的主要特征。丹纳肯定艺术要依赖现实,要摹仿现实,但不认为一味摹仿现实的作品就是好作品。"用模子浇铸是复制实物最忠实最到家的办法,可是一种好的浇铸品当然不如一个好的雕塑。"[4]绝对正确的摹仿并非艺术的目的,他举卢浮宫内的一幅肖像画为例,认为作者尽管用了四年的时间,用放大镜工作,画出了皮肤的纹缕、颧骨上细微莫辨的血筋、散在鼻子上的黑斑,甚至表皮下的细小至微的淡蓝血管,可谓最工细、最精确的艺术品了,但一张出色的速写要比它有力一百倍。艺术家要表现出事物的本质或主要特征,必须发挥自己的创造性,应当对现实事物有所选择,选取事物的主要特征来表现,有时候为了表现的需要,还要改变各部分的比例关系,以突出事物的主要特征和作者的感受。他说："现实不能充分表现特征,必须由艺术家来补足。"[5]艺术家为了使对象的某个特征表现得格外显著,为了使自己对那个对象的主观感受特别清晰,在摹仿各部分之间的关系的时候,可以加工、改造、改变这种关系。摹仿艺术和非摹仿艺术"两者都是用同样的方法,就是配合或改变各个部分的关系,然后构成一个总体"[6]。丹纳以米开朗基罗的美第奇家族的陵墓上四个云石雕像《晨》、《暮》、《昼》、《夜》为例,说,在现实生活中没有一个真正的男人与女人会和他们相像,为了突出愤激与悲痛的感情,故意把躯干和四肢加长,眼眶特别凹陷,额上的皱痕像怒目的狮子,这些典型是愤怒的英雄,是悲痛的巨大的反映,通过有意改变人体各部分之间的比例关系,而获得了极高的审美效果。从艺术表现事物的主要特征这一基本观点出发,丹纳规定了衡量艺术的尺度,提出艺术作品要表现事物最重要的特征,表现事物有益的特征,并强调所表现的特征的效果的集中程度。丹纳的特征理论具有较浓厚的唯物主义倾向,对后世的典型理论影响很大。

---

[1] 丹纳:《艺术哲学》傅雷译,人民文学出版社 1983 年版,第 23 页。
[2] 丹纳:《艺术哲学》傅雷译,人民文学出版社 1983 年版,第 22—23 页。
[3] 丹纳:《艺术哲学》傅雷译,人民文学出版社 1983 年版,第 25 页。
[4] 丹纳:《艺术哲学》傅雷译,人民文学出版社 1983 年版,第 17 页。
[5] 丹纳:《艺术哲学》傅雷译,人民文学出版社 1983 年版,第 26 页。
[6] 丹纳:《艺术哲学》傅雷译,人民文学出版社 1983 年版,第 246 页。

第三节
左拉

一　生平及著作

　　爱弥尔·左拉(Emile Zola，1840—1902)是著名的自然主义实验小说作家和自然主义理论的提出者。1840年4月2日生于巴黎，父亲是工程师兼数学家，在左拉年幼时去世，故左拉自幼家境贫困，靠助学金读完中学，当过职员、雇工和记者，娶女工为妻，对下层社会非常熟悉。他曾同情巴黎公社，1898年发生迫害犹太青年的"德雷福斯案件"时，他因伸张正义，发表《致共和国总统的公开信》而被判处一年徒刑并处罚金，逃亡英国一年。他1902年死于煤气中毒。他从1868年开始制定《卢贡-马卡尔家族》的写作计划，背景是法兰西第二帝国时期，讲的是一个家族的两个分支在遗传法则的支配下，所产生的有关神经和血缘的变态的种种事实，从而解释小说中人物"气质"和环境的双重问题。他的文论思想主要受孔德的实证论、丹纳的文艺观及遗传学和贝尔纳的实验医学的影响较深，提出了自然主义的理论。他的主要理论著作有《〈卢贡-马卡尔家族史〉总序》(1871)、《戏剧上的自然主义》(1880)、《实验小说论》(1880年发表，1893年修订再版，包括《论小说》)以及《自然主义的小说家》等。

二　真实感

　　在《论小说》中，左拉认为，在浪漫主义时代，人们对小说家的赞词莫过于说"他有想象"。"今天，小说家最高的品质就是真实感。"[1]他甚至说真实感是作家一切判断、因而也是读者对作品的一切判断的试金石。那么，左拉的"真实"到底是指什么呢？左拉说："真实感就是如实地感受自然，如实地表现自然。"[2]他认为对于作家来说，观察的才能尤为珍贵，"观察的才能比创造的才能更为少见"[3]，因此，小说家就是观察家。他要求作家谨慎地观察生活，而且对于那些传统哲学家、规章制造者、理想家极为反感，因为他们都是从主观出发，而不是从现实出发，是不足为训的。小说的妙处在于它如实地感受自然，如实地表现自然，按生活原来的样子表现，而不是追求新鲜、奇怪。就文体而言，小说是最具真实感的，可以具有描写的客观性和细节的真实性。

　　左拉同时并不排斥虚构。"当然，小说家还是要虚构，他要虚构出一套情节，一个故事，只不过他所虚构的是非常简单的情节，是信手拈来的故事，而且总是由日常的生活提供给作家的。再说，虚构在整个作品里就只有微不足道的重要性。(在那里)事件只是人物的逻辑发展。"[4]他把虚构看成是真实描写的必要补充。总体上说，左拉还是过于强调客观。

---

[1] 《论小说》，见《古典文艺理论译丛》第8册，人民文学出版社1964年版，第122页。
[2] 《古典文艺理论译丛》第8册，人民文学出版社1964年版，第122页。
[3] 《古典文艺理论译丛》第8册，人民文学出版社1964年版，第123页。
[4] 《古典文艺理论译丛》第8册，人民文学出版社1964年版，第120—121页。

三　实验方法

左拉提倡要用实验的方法进行写作。他的实验小说理论的直接影响来自法国生理学家贝尔纳 1865 年发表的《实验医学研究导论》，左拉受此启发，主张要用实验的方法进行写作。他认为："如果实验方法可以获致物质生活的知识，它也应当获致感情生活和智力生活的知识。"①他还说："小说家是一位观察家，同样是一位实验家。观察家的他把已经观察到的事实原样摆出来，提出出发点，展示一个具体的环境，让人物在那里活动，事件在那里发展。接着，实验家出现了，并介绍一套实验，那就是说，要在某一故事中安排若干人物的活动，从而显示出若干事实的继续。之所以如此，乃是符合了决定论在检验现象时所要求的那些条件的。"②实验的方法是先给人物造成一定的环境，让他在其中活动，通过这种实验得出个人的知识，用来证实遗传、生理、环境诸因素对人物性格的决定作用。所以，他把小说看成作家在观念面前的一份实验报告。

左拉认为作家创作文学作品，像科学家从事实验工作一样，"回到自然和人；它是直接的观察、精确的割解，对存在事物的接受和描写"③。这就是说，要把文学纳入科学的轨道，用科学控制文学。在左拉看来，只有科学才是真理，只有用科学控制文学，才能真正回到自然，使文字立足于真理的疆域。他认为写人是"首先须从人生的真源来认识人"④，这里所谓的"人生的真源"，就是遗传学、生理学所揭示的规律，通过科学方法来阐明生理学、遗传学的规律对人的作用。他自己的《卢贡·马卡尔家族史》就是根据这方面的观点写出来的。左拉在小说中研究了该家族的血统与环境的关系问题，揭示出几个孩子的情欲和性格形成的内在过程，深入到德行和罪恶的深处，用生理学的方法进行挖掘。左拉将作家看成是科学家，而不是政治家和道德家，认为作家不应该有政治倾向、不应该做道德评价。一部作品应该是以科学家的身份记录事实、科学地客观地反映现实。他否定想象，把情节和构思放到次要的地位，否定作家的主导意识，要求作家对自然作忠实的反映。这样探索的动机是好的，也有一定的效果，但仅仅从生物学等科学的态度进行探索，忽略了其社会性的一面，并且不顾及艺术的自然性的特点，无疑违背了艺术规律和现实规律。

第四节
波德莱尔

一　生平及著作

波德莱尔（Charles Baudelaire，1821—1867），法国著名诗人、文艺批评家。1821 年生于

① 伍蠡甫主编：《西方文论选》下卷，上海译文出版社 1979 年版，第 250 页。
② 《西方文论选》下卷，上海译文出版社 1979 年版，第 250 页。
③ 《西方文论选》下卷，上海译文出版社 1979 年版，第 246 页。
④ 《西方文论选》下卷，上海译文出版社 1979 年版，第 246 页。

巴黎,6 岁丧父,母亲一过服丧期即改嫁。波德莱尔自幼仇恨继父,迁怒母亲。他从小才华出众,喜欢想象,玩世不恭,中学时因拒绝交出同学传递的纸条而遭开除。他于 1839 年进入文坛。他喜爱巴尔扎克和雨果的小说,也喜欢雨果、戈蒂耶、拜伦和雪莱的诗,尤其推崇爱伦·坡。早年生活放荡。曾翻译爱伦·坡作品达 17 年。晚景凄凉。1867 年 8 月 31 日去世。文学的代表作有诗集《恶之花》。文艺批评涉及小说、诗歌、戏剧、绘画、雕塑、音乐、舞蹈等领域。其中包括 1845 年、1846 年、1849 年、1951 年的《沙龙画评》,后来的艺术批评论文结集为《美学探奇》,文学批评论文结集为《浪漫派的艺术》以及《德拉克洛瓦论》等。

二　感应论

波德莱尔认为,人们对于美的本能反映,是对上天的感应,审美世界是客观世界后面超验的本体,而象征是一种固有的客观存在。在自然界的万事万物之间,在外部世界和人的精神世界之间,有一种内在感应关系,彼此沟通,互为象征,大自然就是一座象征的森林,它暗示着多重复杂的含义,各种感官之间也存在相互沟通融合的通感关系,形、声、色、味交相感应,感觉间可以相互挪移,诗人对这种神秘深奥的感应心领神会,诗人的任务在于发现、感知和表现这种固有的象征关系,和其中深藏的意蕴。他在十四行诗《感应》中,便表达了他的感应与象征统一的理论主张。他认为,自然在冥冥之中发出神秘的信息,仿佛是人类自身的悠长的回音,反映了人与自然的感应关系。这种感应关系,便可以看成是一种艺术的象征。

波德莱尔认为,诗歌的目的是寻求天堂中一种缥缈、玄妙的最高的美,它是反映在自然真实中的超自然的真实。万事万物中神秘的象征关系是不可以直接呈现的。从象征论的立场出发,波德莱尔否定了现实主义的理论和摹仿说,"我认为描绘存在的东西是无用的,是枯燥乏味的",惟妙惟肖地摹写自然"是艺术的敌人"。[1] 他将摹仿自然看成是艺术对自然的拙劣的抄袭。

为此,波德莱尔非常重视想象,他将想象视为"各种能力的王后"[2]。在浪漫主义那里,想象是情感的翅膀,而波德莱尔的想象,则是感受、分析、综合的一种统合。诗人正是通过想象力去穿越表象,透视现实世界,洞悉其中的感应关系,发掘深藏其中的超自然的"精神上的含义",探索到高于象征意味的境界,从而达到物质世界高度融合的境界的。这便是永恒的艺术世界,便是一种最高的美。正因如此,波德莱尔认为,"由于想象力创造了世界,所以它统治这个世界"[3]。

波德莱尔透过感应去理解世界,把世界看成彼此沟通的整体,这对于艺术化的思维方式起到了拓展的作用。从艺术的眼光看,他认为是诗人将意义赋予世界,并且发现和创造了世界最高的美,这是富有诗情画意的。但如果从认识论的角度看,这又过分地夸大了艺术的作用。

---

[1] 《波德莱尔美学论文集》,郭宏安译,人民文学出版社 1987 年版,第 404 页。
[2] 《波德莱尔美学论文集》,郭宏安译,人民文学出版社 1987 年版,第 403 页。
[3] 《波德莱尔美学论文集》,郭宏安译,人民文学出版社 1987 年版,第 407 页。

三 恶之美

波德莱尔把世界与人的心灵看成是一种感应关系,认为既然世界上存在着丑,艺术中就要表现丑,他明确指出艺术应该表现丑,把丑看成艺术美的必不可少的组成部分。他在为《恶之花》草拟的序言中提出要"把善同美区别开来,发掘恶中之美",并且把表现恶中之美,看成是诗歌的重要目的之一。他认为丑恶通过艺术的表现而变为美,是艺术的重要长处。"丑恶经过艺术的表现化丑为美……这是艺术奇妙的特权之一。"[①]在艺术中,发掘和表现恶中之美,并不是指美丑不分,以丑为美,而是经过艺术表现从丑恶中揭示社会和人生带有本质特征的深刻内涵,传达诗人因现实的丑恶而产生的忧郁、愁思及不幸等情感特征和诗人的叛逆精神;要从丑恶的现实中发现其中所含蕴的审美价值,化腐朽为神奇,点铁成金。这其中反映了波德莱尔能够直面人生,反映了他对包含着丑恶、不幸和痛苦的人生的体验和思考,其间不乏悲观主义成分,但他主张用象征的方法去表现丑恶,抛开对丑恶现象和事实的描述。《恶之花》便是他发掘和研究现实生活中的恶中之美,并且通过象征的手法加以表现的。

这种恶中之美带有鲜明的时代色彩,与古代正统的优美、和谐、崇高等范畴是迥然不同的。波德莱尔通过象征的方法来表现丑恶的本质,从而给读者的心灵以强烈的震撼。通过象征的方法对恶中之美进行表现,这对西方现代的文学艺术产生了深远的影响,使西方文学艺术完成了浪漫主义文学艺术向现代主义文学艺术的过渡,加深了西方的悲观主义情调,开启了法国象征主义的航向。

第五节
叶芝

一 生平及著作

威廉·巴特勒·叶芝(William Butler Yeats,1865—1939),爱尔兰著名象征主义诗人,剧作家,文学批评家,后期象征主义代表作家之一。他生于都柏林一个画师家庭,自小喜爱诗画艺术。1886 年就读于都柏林艺术学校,并开始文学创作。80 年代后期积极参加爱尔兰民族自治运动,1890 年创建爱尔兰文学研究会。1896 年结识格雷戈里夫人,得到她的许多支持,并创办爱尔兰国家剧场活动,团结了一批爱尔兰作家,创作反映爱尔兰民族斗争与生活的作品,促进了爱尔兰的文艺复兴运动,1904 年创建阿贝剧院。1921 年爱尔兰独立以后,他被选为参议员。1923 年,由于"他那些始终充满灵感的诗,它们通过高度的艺术形式反映了整个民族的精神",叶芝获得诺贝尔文学奖。他 1939 年病逝于法国罗格布鲁勒。叶芝被艾

[①] 《波德莱尔美学论文集》,郭宏安译,人民文学出版社 1987 年版,第 85 页。

略特称为"当代最伟大的诗人"。

叶芝是个勤奋的作家,一生创作成绩丰厚,其主要的诗集包括《芦苇中的风》(1899)、《在七座森林中》(1903)、《绿盔》(1910)、《责任》(1914),重要诗集有《柯尔庄园的野天鹅》(1919)、《马可伯罗兹与舞者》(1920)、《古堡》(1928)、《回梯》(1929)等(1950 年结集为《诗集》),诗剧有《胡里痕的凯瑟琳》(1902)、《黛尔丽德》(1907)、《炼狱》(1938)等(1952 年结集为《戏剧集》)。在创作的同时,他还写作大量的文学评论、诗论文章,死后结集在《论文与序言》(1961)、《探索集》(1962)、《评论选》(1964)等书中。

二 象征主义的内涵

在法国,象征主义文学理论经过了马拉美,发展到瓦莱里。在英语国家,发展象征主义的是爱尔兰诗人叶芝。与他的前辈和同一流派的象征主义文论家一样,他反对自然主义的文学创作方法,认为只利用科学家的实证方法来研究文学和指导文学创作是错误的,因为自然主义式的观察世界的方法只能看到社会现实的表象,对蕴涵在表象之下的"最高真实"却无法认识,文学作为语言艺术,要表达的正是"最高真实",因此,自然主义的文论与文学创作方法不能指导文学的研究与创作。要表现"最高真实",就应该回到人的内心,用象征的、暗示的语言来表现人的心灵世界,而不能纠缠于客观的细节,应该通过沉思,使灵魂向上升华,去抓住内心的幻想。

1900 年,叶芝发表了一篇论文,叫做《诗歌的象征主义》。在这篇论文里,他系统地阐述了自己的象征主义文学理论观点。首先,他认为象征主义手法存在于任何艺术形式当中,比如音乐、绘画、雕塑、舞蹈等,尤其表现在文学之中,他甚至夸张地提出一切文体都意在表现"那种连续性的难以言喻的象征主义"[1]。他举英国诗人彭斯的两句诗为例,来具体说明文学中的象征手法是如何体现在诗句中的:

> 洁白的月在白色的海浪后面落下去了,
>
> 时光也和我一起消逝,哦!

对这两句诗,他评论道:"没有比彭斯的这些诗句更富于令人感伤的美的诗句了。而且这两行诗具有完美的象征意义。去掉了形容月亮的白与海浪的白,它们与时光消逝之间的关系便非人的智力所能捉摸,从而你就失去了它们的美。但是,当这一切,月,海浪,白,消逝的时光,还有那最后一声感伤的呼喊,都聚集在一起时,它们唤起一种情感,这种情感是任何别的颜色、声音和形式的组合所无法唤起的。我们可以称它是隐喻手法,但最好把它叫做象征手法。"[2]

在这个评论中,我们首先注意到诗句是如何构成象征的,即"月,海浪,白,消逝的时光,还有那最后一声感伤的呼喊,都聚集在一起时,它们唤起一种情感",或者说"全部声音,全部颜色,全部形式,或者是因为它们的固有的力量,或者是由于源远流长的联想,会唤起一些难

---

① 叶芝:《诗歌的象征主义》,见《二十世纪文学评论》(上),上海译文出版社 1987 年版,第 52 页。
② 伍蠡甫:《现代西方文论选》,上海译文出版社 1983 年版,第 53—54 页。

以用语言说明、然而却又是很清楚的感情"①。当诗句中的各个因素都发挥作用时,才构成象征,就是说,象征必须是整体的象征。接下来,叶芝强调说:"当声音、颜色、形式三者像音乐般地和谐美妙时,它们变得就像同一种声音、同一种颜色、同一种形式,它们所唤起的感情虽然互有差异,然而却是同一种感情。"②叶芝认为象征来自于诗句的构成因素,像音乐般协调一致。他的音乐的比喻使人想起瓦莱里纯洁的音乐化理论,显然,瓦莱里只强调诗歌语言的音乐化,以及由此产生的诗情世界与梦幻世界的和谐,而叶芝更强调诗歌的各个构成因素以及整体的象征性。

其次,虽然隐喻与象征都要求人们从客观物象之外看到隐含的内容,但是叶芝还是认为它们是不同的:"当隐喻还不是象征时,就不具备足以动人的深刻性。而当它们成为象征时,它们就是最完美的了。"③可见,在叶芝看来,隐喻不如象征具有深刻性,它可以成为象征的基础,但象征更完美、动人。

三　象征的表达

一切的象征都是为了表现出感情,但是,象征怎样才能表达出最强烈的感情呢?

叶芝认为,一种感情只有找到它的表现形式,如"颜色、声音、性状或某种兼而有之物",才能被人感知,才算是真正存在,否则,就没有活力与生气。这说明叶芝要求内在感情有相应的表现形式,只有如此,才能被人感知。形式与感情之间,形式由于感情的注入而充满生气,反过来又可以唤起感情;感情由于被赋予了形式而被人所知。

他认为,表达出的内在感情的强弱程度取决于象征因素的多少以及各因素之间是否协调一致。他进一步论述道:"任何艺术作品,不管是史诗还是歌,其各个组成部分之间也存在着这样的关系,而且它越是完美,完美的因素越是多样化,则它在我们身上唤起的感情、力量或者说上帝的形象就越是强有力。"④

叶芝还认为,艺术家的感情才是世界存在与毁灭的根源,诗人、画家和音乐家在"不断地造就人类,而又毁灭人类"。无力的、虚弱的东西才真正是有力量的,而现存的、有用与强有力之物则相反,原因在于"一首小小的抒情诗能唤起一种感情,这种感情又把其他感情汇集在自己周围,并和后者融合在一起成为一部伟大的史诗。最后,由于它变得越来越有力,它所需要的形体或象征也就越来越直率粗犷,而不必那样纤巧。此时,它就带着全部汇集的感情涌溢出来,置身并活动于日常生活盲目的本能冲动之中,成为力量中的力量"⑤。一首抒情诗的作用与力量就是这样发挥出来的。据此,他认为一次战争可能来自一个孩子吹过笛子,一件艺术作品就可能使"民族遭蹂躏,城市被征服"。这种感情是植根在人心灵深处的原始感情,它同时也是艺术家的创作动力。诗人、艺术家能通过沉思冥想体会它,用象征赋予它

---

① 伍蠡甫:《现代西方文论选》,上海译文出版社 1983 年版,第 54—55 页。
② 伍蠡甫:《现代西方文论选》,上海译文出版社 1983 年版,第 55 页。
③ 伍蠡甫:《现代西方文论选》,上海译文出版社 1983 年版,第 54 页。
④ 伍蠡甫:《现代西方文论选》,上海译文出版社 1983 年版,第 55 页。
⑤ 伍蠡甫:《现代西方文论选》,上海译文出版社 1983 年版,第 55 页。

形式,唤醒它,用自己的作品感染人。所以,叶芝的最后结论是:"照我想来,孤独的人们在苦思冥想之时是从九级力量的最底层获得了创作的冲动,从而创造和毁灭人类,甚至是世界本身。"①至此,叶芝认为世界的存在与否取决于艺术家的原始感情。

四 感情的象征与理性的象征

叶芝对象征主义的一个很重要的发展是他把象征区分为两种:感情的象征与理性的象征。象征主义发展初期,文论家如爱伦·坡、波德莱尔、马拉美等都推崇艺术家的非理性的创作,崇尚直觉,欢迎神秘主义。而在象征主义的后期,理性又得到了回归,瓦莱里提倡诗人的思维能力,而叶芝把理性的象征与感情的象征同等对待。

叶芝认为感情的象征只能唤起人的感情,不能引起深切感动,而理性的象征可以唤起与情感交织在一起的观念,能使人透过表象,看到事物的本质,当然,如果只有观念,则不够生动形象,其生命是短暂的。叶芝对于这两种象征进行了细致深入的比较。他举诗句中的白色与紫色来说明:这两种颜色只能唤起人的感情,却无法说明人为何受感动,而一旦两种颜色与诗句中理智的象征关联在一起,马上就唤起人的情感与理智上的无数感悟,产生无穷的意义,结果本来无生气、无意义的事物,就像受到强光的照耀,焕发了生气,表现了难以言传的智慧。因此,理智在象征中唤起了人们对意义的联想,从而使人摆脱了俗世尘缘,进入仙界。叶芝比较莎士比亚与但丁,认为但丁比莎士比亚的境界更高,因为莎士比亚只能使人融入现实的世界,而但丁却可以使人与上帝或女神在一起,这才是至高的境界。

达到这样的至高境界,就必须进入一种"出神"的状态,或者说"又睡又醒"的状态。叶芝认为这才是唯一的创作时刻。欣赏诗歌时,韵律可以使人达此境界,因为,一方面它"迷人的单调使我们入睡",另一方面,"多彩的变化使我们清醒"。"在这种情况下,从意志的压抑下解放出来的心智就在象征中显露出来了"。② 或者,"当恍惚或疯狂或沉思冥想使灵魂以它为唯一冲动时,灵魂就在许多象征之中周游,并在许多象征之中呈现自己"③。可见,所谓"出神"的状态,实际上就是一种半梦半醒、近乎无意识的梦幻状态,此时,理智对人的心智的压制放松了,潜藏在人内心深处的精神就表现出来,成为象征。而读者欣赏艺术作品,也需要使自己进入这种出神忘形的精神状态,才能体会作者的象征意。在叶芝看来,"诗歌感动我们,是因为它是象征主义的"。这里的象征主义是指与理性结合的象征主义,并非是纯粹直觉,完全无意识与非理性的神秘主义。

与瓦莱里一样,叶芝提出了理智在象征主义中的重要作用,与此前的象征主义文论家相比,这显得更为辩证和全面。他们主张诗歌创作并不完全是非理性的、神秘的冲动,而是需要有理性的参与,而且坚持认为理性的参与使创作更动人,更深刻,更完美。这在 20 世纪初各种非理性主义、神秘主义泛滥的时代,确实难能可贵。

---

① 伍蠡甫:《现代西方文论选》,上海译文出版社 1983 年版,第 56 页。
② 伍蠡甫:《现代西方文论选》,上海译文出版社 1983 年版,第 56 页。
③ 伍蠡甫:《现代西方文论选》,上海译文出版社 1983 年版,第 59 页。

第一节
概述

一　社会文化背景

第一次世界大战是一场帝国主义列强争夺霸权的非正义战争,于1918年11月结束。战争的性质决定了战后的世界格局的重新分配只是西方列强对于世界霸权的重新争夺与分割。因此,这种争夺与分割并不可能消除。列强之间的巨大矛盾,隐藏着再次战争的隐患。战后建立的凡尔赛—华盛顿体系正是如此,它不是和平的象征,而是新的世界大战的准备。第一次世界大战以后,世界处于短暂而可贵的和平时期。各国政局相对稳定,加紧发展自己的经济,加上科学技术在这一阶段的飞速发展,西方各国经济发展迅速,出现了一派繁荣的景象。但好景不长,资本主义固有的矛盾引发了1929年世界性的经济危机,资本主义经济陷于崩溃与大萧条当中。列强之间脆弱的平衡被打破,固有矛盾尖锐起来。为了走出经济危机,美国实施罗斯福新政,而德、意、日三国则走上了侵略扩张的战争道路,英、法、美等国的绥靖政策纵容了这种侵略行径,助长了法西斯的气焰,第二次世界大战不可避免地爆发了。

进入20世纪,人类的科学技术取得了突飞猛进的发展,为人类进步作出了巨大贡献,医学在这一阶段同样是科学发展的一个亮点。在这一时期医学上的成就主要体现为精神病学所取得的进步,确切地说是以弗洛伊德为代表的精神分析学说的创立。千百年来,人类一直在努力更深入、更清晰地了解自身,却始终无法解析精神之谜,而精神分析学说为人类对自身的精神与意识的研究开拓了一条新的道路,打开了一扇通向精神的窗子,使人们发现在感觉意识之下还隐藏着一个复杂的潜意识世界,这无疑是人类精神研究的一大进步。

精神分析学说在医学上固然得益于弗洛伊德的精神病学研究,但同时也受到了20世纪初非理性主义哲学,如叔本华、尼采的唯意志论和狄尔泰、柏格森的生命哲学的深刻影响。弗洛伊德认为叔本华所谓的无意识之"意志",即是他所坚持的精神欲望。另外,他像柏格森一样,认为人的本质乃是一种神秘的生命冲动,只不过在他那里是指性欲冲动,同样,这种性欲冲动作为人的潜意识本能是永恒流动的,是人的行动的真正基础。弗洛伊德的精神分析学说,形成了一个完整的思想体系,并被广泛传播,影响巨大,在他在世的时候就已经形成了"弗洛伊德主义"。到了20世纪30年代,新一代精神分析学家如荣格、阿德勒(1870—1937)、沙利文(1892—1949)与弗洛姆(1900—1980)等,对精神分析作出不同程度的修正和不同方向的发展,形成了新弗洛伊德主义,在世界广泛流行。当然,这种流行也与资本主义社会的现状大有关系。西方社会的各种危机日益给人们带来众多的灾难、挫折和苦闷,这些问题在精神分析学说中找到了解释和解决办法,自然受到人们的欢迎,同时也使精神分析学说走出专业医学领域,进入了广阔的社会与文化领域,成为西方社会独树一帜的思潮。

二　文学概貌

意识流文学是 20 世纪上半叶影响巨大的文学流派。意识流本是一个心理学术语,出自美国心理学家威廉·詹姆斯的《心理学原理》(1890)一书,它指人的思维和意识像河水的流动一样连续不断。弗洛伊德与荣格对人的无意识的研究与论述,使人们开始重新审视人的无意识,从某一方面也推动了意识流理论的巩固与发展。一战以后,西方作家对现实感到幻灭,文学描写开始转向对人的内心世界的挖掘。意识流文学的重要代表人物有英国女作家弗吉尼亚·伍尔芙、爱尔兰作家詹姆斯·乔伊斯、法国作家普鲁斯特和美国作家威廉·福克纳等。

弗吉尼亚·伍尔芙(1882—1941)是英国最早开始创作意识流作品的作家。她的论文《现代小说》是英国"意识流"文学的一份宣言书,她主张发掘人的内心世界,因为头脑接受的实际上是生活中细小奇异而易逝的种种印象,作家的任务就应该描写人的这些主观印象。她的小说《墙上的斑点》就是一个典型的意识流小说,描写的是主人公对墙上的一个斑点(实则是一只蜗牛)引发的一系列联想,通过主人公意识流的活动,展示了人物的内心世界。她的其他小说作品还包括《达洛卫夫人》(1905)、《到灯塔去》(1927)、《波浪》(1931)等等。她的作品大都重视对人的内心世界的描述,不看重具体的小说情节的叙述。

詹姆斯·乔伊斯(1882—1941)是 20 世纪最著名的意识流小说家,他的小说都是以都柏林为背景,取材于爱尔兰的现实生活。他的早期作品《都柏林人》(1914)是部短篇小说集,用现实主义的创作手法描绘了都柏林的风土人情。后来的作品包括《一个青年艺术家的画像》(1916)、《尤利西斯》(1922)和《芬尼根的觉醒》(1939)。其中《尤利西斯》(1922)是乔伊斯的代表作,也是意识流小说的经典作品。这部小说情节简单,但作者无疑关注的是其中三个主人公的内心世界,通过描述三个人的内心活动,不仅刻画了三个人物,而且通过这三个人物展示了都柏林的丰富多彩一天。作为西方现代主义的一部代表作,《尤利西斯》通过人的意识流来展现世界,是对传统写作方式的重大突破。

马塞尔·普鲁斯特(1871—1922)是法国意识流小说的先驱。他受到柏格森的生命哲学与直觉理论的影响,试图把这些理论应用于自己的文学创作。他最重要的长篇小说作品是《追忆逝水年华》(1927),这部长篇小说共分七卷,前四卷在其生前出版,后三卷直至其死后五年才出齐。这本书描写的是"我"对往事的追忆,但其叙述方式很独特,整部小说没有连贯的故事情节,一切都随"我"的内心感受以及回忆和联想而展开,因此所有的故事都是随意置放的,没有逻辑的关联。显然,普鲁斯特关注的是人物的内心世界,整个展示的也是人物的意识流,而展现出来的世界和生活便是"我"看到的和回忆中的世界与生活,这正是意识流创作手法的一种特点,也是对传统的现实主义创作手法的突破。

威廉·福克纳(1897—1967)是美国现代最重要的作家之一,也是美国"南方文学"的代表作家,他被认为是继乔伊斯之后最有影响力的意识流小说家。他的主要作品包括:《喧哗与骚动》(1929)、《我弥留之际》(1930)、《八月之光》(1932)、《押沙龙,押沙龙》(1936)等等。

他的全部作品包括19部长篇小说和75部短篇小说,他的大部分作品构成他的"约克纳帕塔法世系"的一系列小说,是对约克纳帕塔法这一地区生活的全面展示。他的小说在现实主义叙述手法的基础上进行了现代主义的尤其是意识流写作手法的实验。他用意识流手法发掘人物的内心生活,把情节转化为人物主观的混乱的意识流或内心独白,同时又结合对故事的清晰叙述,真实地展现了整个小说世界,《喧哗与骚动》就是这种写作手法的典型。

意识流小说是对现实主义小说的传统创作手法的反动与突破,它所追求的不是对故事的客观的清楚的叙述,而是要直接显示人物意识流的原始轨迹,通过这种展示,使人们更清楚地认识人的心灵世界,这也是文学艺术创作领域的重大拓展。

三 文论综述

作为文学批评流派的精神分析学派首先是对传统文学批评理论的一种反叛。19世纪末的欧洲文学批评以实证为主,强调环境、遗传对文学创作的决定作用,对文学作品的批评往往演化为研究作家的生平的传记式批评,或者无限扩展了对相应的社会环境(或时代精神)的描述。随着弗洛伊德的心理学理论的发展,人们日益接受了存在一个深不可测的潜意识世界的观点,一个新的世界出现在人们的面前。弗洛伊德运用自己的心理学理论对一些文学和艺术作品作了全新的独特再阐释,得出了新的结论。他的批评方法被称作精神分析的批评方法。当然,从整个精神分析的发展历史来看,精神分析理论无疑是要包含弗洛伊德的批评理论的,而非相反或等同。

精神分析理论有着漫长的发展过程,大致可以分为三个时期:弗洛伊德时期,荣格时期和拉康时期。这三个时期都以人的无意识为研究对象,但同时又各有侧重与理论阐释,从而也形成了三种极不相同而互有联系的精神分析理论。它们的次序也大致勾画了精神分析理论的学科发展史。当然,不应该忘记在每一个阶段,还可能会有他们的志同道合的同行,他们也是学科历史的创造者。

弗洛伊德本人的批评理论以及以他为中心形成的(大部分是他的弟子和朋友)理论和对他的理论的阐释构成了精神分析第一阶段的理论体系。在这一阶段,精神分析理论家利用弗洛伊德的心理学理论对文学进行批评。但是,在批评实践中,他们往往通过作品寻找性意识的象征符号,并把这种象征符号与作者的创作动机直接联系起来进行批评。显然这种"粗俗的"符号论没有超出弗洛伊德自己的批评模式,而只是证明无意识理论的正确性,对于文学则无实质的研究。另一种批评是直接把文学作品当作心理学研究的病例来研究,就是通过分析作品的人物形象、语言或行动,以及故事结构等来说明作者的创作心理。他们实际是要寻找作者隐藏在作品中的心理倾向。现在看来,这些批评方法是比较机械的。

第一阶段的理论缺陷在第二阶段得到了弥补。一方面,荣格对弗洛伊德的心理结构理论进行了改造,创立了集体无意识理论,并进而推出了原型批评,对后来的文论尤其是弗莱的理论,产生了很大影响。另一方面,还有一些批评家如诺曼·霍兰德(1927—)对弗洛伊德的性本能学说进行了修正,避免了传统精神分析理论的偏狭,加入了人的社会性,并借助其他的哲学或文学理论重新阐释了精神分析理论。比如,霍兰德认为,读者与文本是一种本我幻想与自我防卫的关系,也即文学作品把读者内心的潜意识愿望转化为可以被社会接受的内容,这构成了读者阅读作品的乐趣源泉。他还从接受美学理论来阐释读者与文本的关系,认为读者可以根据自己的个性和愿望来阅读和理解作品,因此这是一种个性的再创造。

第三阶段,拉康把语言学理论引入精神分析理论。他运用结构主义语言学的理论去阐释人的无意识与语言的关系,去解释人的主体性问题。这样,他就借助结构主义语言学的科学性修正了精神分析理论的过分的客观性与随意性。他反对弗洛伊德的无意识先于语言的观点,坚持认为人的无意识是在社会的语言网络中形成的,语言先于无意识,因此,人是在社会网络中逐渐找到主体的自我的。这是精神分析理论的一次"语言革命",一方面使我们可以进一步认识无意识与社会的关系,另一方面,我们可以通过语言这个中介来认识这一关系。无疑,这是精神分析的重大进步,拉康的理论对当代女权主义、结构主义等各派批评理论产生了深刻影响。

第二节
弗洛伊德

一 生平及著作

西格蒙德·弗洛伊德(Sigmund Freud,1856—1939),奥地利精神病学医生,著名心理学家。弗洛伊德出生于莫拉维亚的弗赖堡(今在捷克境内),父亲是个善良乐观的犹太呢绒商,4岁时全家迁居维也纳,在那里,弗洛伊德度过了他的大半生:学习,工作,做医生,做精神病研究和写作。1938年6月,由于纳粹的迫害,他被迫离开维也纳,逃往伦敦。1939年9月23日,弗洛伊德病逝于伦敦。

弗洛伊德自幼聪慧,在学校总是名列前茅,喜欢读歌德与莎士比亚。大学预科毕业后,进入维也纳大学医学院,最初他专注于生物学,后来由于法国神经学家沙柯的影响,开始转向精神分析的研究。1895年,弗洛伊德与布劳尔合作出版了《歇斯底里研究》,标志着精神分析学的诞生。1900年,《梦的解析》出版,记录了他在精神分析方面的研究成果。该书出版后颇受冷遇,后来才被人重视起来,在弗洛伊德生前已重版八次。之后弗洛伊德进入多产期,连续出版了多本精神分析与利用精神分析方法批评文学艺术作品的著作,声名日隆。1930年,他获得歌德奖金。

弗洛伊德的著作包括心理学和许多关于文学艺术与社会科学方面的著作,主要有:《梦的解析》(1900)、《日常生活的精神分析》(1904)、《开玩笑与无意识的关系》(1905)、《机智与无意识的关系》(1905)、《文明化的性道德与现代精神病》(1908)、《作家与白日梦》(1908)、《列奥纳多·达·芬奇和他童年的一个记忆》(1910)、《图腾与禁忌》(1913)、《陀思妥耶夫斯基与弑父者》(1927)、《论幽默》(1927)、《文明及其不满》(1929)、《摩西与一神教》(1939)等。

这些作品拥有极大的启发性,为许多学科指出了新方向,同时,精神分析也不再单纯地作为医疗的一个方法,而是开辟了对人类精神进行研究的新领域,甚至有位他的传记作家认为:"如果不了解精神分析学的内容,简直无法把握现代文学艺术的发展趋势。"这样的评析可以说是客观的。

二　性欲升华论

弗洛伊德是一个哲学气质浓厚的精神病学家。他首先是一个精神病学家,然后才是一个文学批评家。他是从他的精神分析学出发去研究和阐释文学现象,从而得出他独树一帜的文学理论的。

弗洛伊德学术研究的开端是达尔文的生物进化学说,他是从生物学研究转入到心理学研究的。他从动力学原理的角度来研究人的心理,他认为人格是在人的生物能向心理能的转化过程中形成的,而转化活动的开端则是人的本能。本能是储存在人体内的需要,需要得到满足,本能得到释放,从而保持人体中能的平衡。在这个过程中产生了各种行为,不同的行为出自不同的需要,也就来自不同的本能。弗洛伊德把各种各样的本能总结为生命本能与死亡本能,由此派生出各种本能,产生人格机构的动力。本能说是弗洛伊德精神分析学说的基础。

本能同时体现了人格的内在结构。弗洛伊德将人格的内在结构分为三个层次:本我、自我和超我。他们有各自的作用和行动原则。本我是存储本能的地方,是各种本能的驱动之源,它奉行快乐原则,即趋乐避苦,趋利避害。超我是人的良心与社会律令,它的作用就是阻止本能的直接发泄,努力使本能释放在理想的对象上。自我居于本我与超我之间,起协调、平衡二者的作用,它奉行现实原则,努力去调节、压抑本能的冲动,引导它避免与社会现实发生冲突。当然它并不是取消快乐原则,而只是暂缓。

在此基础上,弗洛伊德把人的心理也相应地分为三个意识层次:无意识层(或潜意识层),前意识层与意识层。这三个层次的关系是:无意识层好比本能的汪洋大海,漫无边际,是人所不可知的。无意识层保存了被压抑的人类情感与观念,它的产生多与儿童发育过程中的创伤性经验有关。无意识永远在骚动,试图进入意识层,但它受到前意识层的"检查"。前意识层是调节无意识与意识的"检查"机制,它可以使无意识进入意识,但它更多的是阻止无意识,控制无意识,使之被压抑在意识与前意识之下。意识则是使人可以察觉、感知自我与外界的心理活动,处在心理结构表层。

弗洛伊德的无意识理论认为,人类所有行为的最初动力是人的本能,尤其是性本能,即力比多(Libido)。如前所言,本能在人的潜意识中骚动不安,寻找着发泄的突破口,然而社会现实总是作为外界压力来阻止、压制本能的突破,这就形成了本能的发泄与反发泄的冲突。人受本能的驱动,寻找释放本能的途径,因为从根本上讲,本能最终还是要释放出来的,只有如此才能维持人体能量的守恒。弗洛伊德说:"生活正如我们所发现的那样,对我们来说是太艰难了;它带给我们那么多痛苦、失望和难以完成的工作。为了忍受生活,我们不能没有缓冲的措施,……这类措施也许有三个:强而有力的转移,它使我们无视我们的痛苦;代替的满足,它减轻我们的痛苦;陶醉的方法,它使我们对我们的痛苦迟钝、麻木。"[1]这些"缓冲的措施"的产生反映了本能与现实的矛盾与冲突,而它们之所以必不可少,原因在于人的本能受到强大而严酷的生活现实的压抑,不能得到直接而充分的释放,而本能又不能被固定,否则就会因为压抑而引发精神疾病。因此,人必须寻找其它途径使本能得到发泄。根据弗洛伊德的说法,艺术与科学走的是转移的途径,宗教作为幻想则是代替,而嗜物成瘾则是陶醉。总之,无论是哪种途径,都是人用来躲避现实压迫,释放本能的方法。

　　弗洛伊德把文学艺术的创造理解为性欲转移和升华的途径。他认为艺术家创造美,科学家发现真理,这些活动既可以使本能得到释放,使人从这些活动中得到快乐,同时又可以造福他人,因此是"高尚的和美好的"。同时,他还认为艺术家的本能冲动高于正常的人,因此其本能与现实冲突的激烈程度也会高于常人,但是,艺术家能够通过自己的艺术创作活动,"通过在内部的精神的过程中寻求满足,来使自己独立于外部世界"。这样,"命运摆布他的力量也就小多了"。[2] 在《精神分析引论》一书中,弗洛伊德更是明确指出:"我们相信人类在生存竞争的压力之下,曾经竭力放弃原始冲动的满足,将文化创造出来,而文化之所以不断地改造,也由于历代加入社会生活的各个人,继续地为公共利益而牺牲其本能的享乐。而其所利用的本能冲动,尤以性的本能为最重要。因此,性的精力被升华了,就是说,它舍却性的目标,而转向他种较高尚的社会的人的目标。"[3]艺术家和科学家的贡献在于,在同等的现实压力之下,他们可以超越单纯的性本能的满足,而把性本能冲动转移和实现在"较高尚的社会目标上",同时,也通过这样的途径,他们超越了现实,逃脱了受压抑的命运。

三　俄狄浦斯情结与白日梦

　　弗洛伊德把本能作为人的行为,尤其是艺术家、作家的文艺创作活动的动机,同时,他把本能分为生存本能与死亡本能,由这两大类本能生出多种情结。而情结则是本能类型的集中表现。其中,俄狄浦斯情结是最为著名的一种。所谓俄狄浦斯情结(Oediplex),就是一种恋母妒父的心理。弗洛伊德认为,每个人童年时都有这种情结,艺术家的童年更为明显。他认为,俄狄浦斯情结是艺术家进行艺术创作的原始动力。

　　通过分析《俄狄浦斯王》与《哈姆雷特》这两部名剧,弗洛伊德证明了人物身上存在着俄狄浦斯情结,同时也为我们提供了一个利用精神分析理论进行文学批评的范例。《俄狄浦斯王》作为一部悲剧,为什么使观众深受感动?人们通常认为其悲剧效果在于至高无上的神的意志和人类逃避即将到来的不幸时的毫无结果的努力之间的冲突。也就是说,它是一出命运悲剧,说明人在命运面前必须承认自己的渺小。但弗洛伊德提出疑问,为什么靠同样的冲突写成的其他悲剧却并不动人? 因此,他认为这部戏的悲剧效果并不在于命运与人类意志

① 西·弗洛伊德:《论升华》,见《弗洛伊德论美文选》,张唤民等译,知识出版社 1987 年版,第 170 页。
② 西·弗洛伊德:《论升华》,见《弗洛伊德论美文选》,张唤民等译,知识出版社 1987 年版,第 171 页。
③ 西·弗洛伊德:《精神分析引论》,高觉敷译,商务印书馆 1984 年版,第 9 页。

的冲突,而在于表现这一冲突的题材的特性。就是说,剧中人物的命运与我们的内心有发生共鸣的东西。弗洛伊德解释说:"实际上,一个这类的因素包含在俄狄浦斯王的故事中:他的命运打动了我们,只是由于它有可能成为我们的命运……也许我们所有的人都命中注定要把我们的第一个性冲动指向母亲,而把我们第一个仇恨和屠杀的愿望指向父亲。我们的梦使我们确信了事情就是这样。俄狄浦斯王杀了自己的父亲拉伊俄斯,娶了自己的母亲伊俄卡斯忒,他只不过向我们显示出我们自己童年时代的愿望实现了……正是在俄狄浦斯王身上,我们童年的最初愿望实现了。"[①]

俄狄浦斯之所以能引起观众内心的共鸣,是因为他与观众都在精神上有一种情结:恋母妒父心理,不同只在于俄狄浦斯实现了观众被压抑的愿望。弗洛伊德在莎剧《哈姆雷特》中也看出了这种情结,他认为它们"来自同一根源":"在《俄狄浦斯王》中,作为基础的儿童充满愿望的幻想正如在梦中那样展现出来,并且得到实现。在《哈姆雷特》中,幻想被压抑着。"[②]对于剧中哈姆雷特为父报仇时行动再三拖延的原因,弗洛伊德不同意哈姆雷特性格优柔寡断的解释,他认为,这也是因为俄狄浦斯情结:"哈姆雷特可以做任何事情,就是不能对杀死他父亲、篡夺王位并娶了他母亲的人进行报复,这个人向他展示了他自己童年时代被压抑的愿望的实现。这样,在他心里驱使他复仇的敌意,就被自我谴责和良心的顾虑所代替了,它们告诉他,他实在不比他要惩罚的罪犯好多少。"[③]

通过这两个例子,弗洛伊德用俄狄浦斯情结解释剧中人物的行为动机,同时也说明人物身上所潜藏的情结。在后来的学术研究中,弗洛伊德更把这种说法加以扩展。他试图说明艺术家的创作动机都是出于俄狄浦斯情结。典型的例子包括他对米开朗琪罗创作《摩西》的解释,以及对《卡拉马佐夫兄弟》创作动机的解释。到后来,弗洛伊德在《图腾与禁忌》一书中甚至宣称社会、宗教、艺术的起源都是俄狄浦斯情结。如果弗洛伊德的俄狄浦斯情结讲出心理学的一个真理,那么他这样无限地扩展其运用的范围,就是走到了真理的反面。

四　作家与白日梦

我们前面已经谈到,弗洛伊德认为,为了使本能冲动得到释放,可以有多种途径。艺术家采用转移和升华本能的途径,通过性欲的升华,创作出艺术作品。一方面,释放本能,得到快乐;另一方面,通过自己的艺术活动以逃避现实的压制。所以在《自传》中,弗洛伊德写道:"显然地,想象的王国实在是一个避难所。这个避难所是人们因为必须放弃现实生活中某种本能的需求而痛苦地在从'享乐主义'转到'现实主义'这一过程中建立起来的,所以艺术家就如一个患有神经质病的人一样,从一个他所不满足的现实中退缩下来,钻进他自己的想象力造成的世界中。但艺术家不同于精神病患者,因为艺术家知道如何去寻找那条回去的道路,而再度把握现实。他的创作,即艺术作品,正如梦一样,是下意识的愿望得到一种假象的

① 西·弗洛伊德:《〈俄狄浦斯王〉与〈哈姆雷特〉》,见《弗洛伊德论美文选》,张唤民等译,知识出版社1987年版,第15页。
② 西·弗洛伊德:《〈俄狄浦斯王〉与〈哈姆雷特〉》,见《弗洛伊德论美文选》,张唤民等译,知识出版社1987年版,第17页。
③ 西·弗洛伊德:《〈俄狄浦斯王〉与〈哈姆雷特〉》,见《弗洛伊德论美文选》,张唤民等译,知识出版社1987年版,第18页。

满足,而且在本质上也和梦一样,是具有妥协性的。因为它们也不得不避免跟压抑的力量发生正面冲突。"①

在《作家和白日梦》一文中,弗洛伊德拿孩子玩游戏与作家进行创作来进行比较,说明两者的相似性。他认为,首先,游戏与艺术创作两种行为都创造了一个自我的幻想世界,而且孩子与作家都以严肃的态度来对待自己的行为,同时却又能区分出幻想世界与现实世界;其次,孩子长大以后停止游戏,但是"他现在用幻想来代替游戏。他在空中建筑城堡,创造出叫做白日梦的东西来"②。而作家创作文学作品,也正像做白日梦一样:"现时的强烈经验唤起了作家对早年经验(通常是童年的经验)的记忆,现在,从这个记忆中产生了一个愿望,这个愿望又在作品中得到实现。"因此,弗洛伊德得出结论:"一篇创造性作品象一场白日梦一样,是童年时代曾做过的游戏和代替物。"③

但我们必须注意到艺术创作毕竟不同于白日梦。白日梦的动力来源是未曾满足的愿望,每个白日梦都是愿望的一次满足。但是这些愿望都是要小心隐藏,不敢露于人前的,因为那是人的心理深处的隐私。艺术家的创作也是把隐私暴露于人前。但不同之处在于艺术家通过自己的艺术加工,可以使这个白日梦给受众带来审美快感,即使它的实际内容对于作者来讲是不愉快的。因此,艺术创作要高于白日梦。弗洛伊德要强调的只是艺术创作与白日梦一样,是未曾满足的愿望的一次满足。

弗洛伊德的精神分析学说在心理学史中无疑有开创之功,即使被应用到文学批评理论中也极有启发意义。尤其是在进入 20 世纪之后,无意识批评是文学批评由传统向现代的第一个转向。在实际批评当中,即使弗洛伊德的批评结论有时不能使人信服,但不可否认,他给予文论家一个全新的领域和角度,实在是功不可没。当然弗洛伊德的理论的偏激之处也是显而易见的:一是太狭,这尤其表现在他对俄狄浦斯情结太过于推崇。二是太泛,这表现在他的泛性论学说。弗洛伊德运用性本能冲动来解释一切艺术创作的动机和来源,显然是忽视了文学艺术自身的规律,忽视了社会背景对艺术创作的影响。

第三节
荣格

一　生平及著作

卡尔·荣格(Carl Gustav Jung, 1875—1961),瑞士著名心理学家,分析心理学的创始人。他出生于一个有浓厚宗教气氛的家庭,因此童年时受到强烈的宗教影响。早年在巴塞尔大学学医,1900 年去苏黎世大学任教,从事精神病研究和治疗。荣格早期服膺弗洛伊德,

① 西·弗洛伊德:《弗洛伊德自传》,廖运范译,东方出版社 2005 年版,第 87—88(?)页。
② 西·弗洛伊德:《作家与白日梦》,见《弗洛伊德论美文选》,张唤民等译,知识出版社 1987 年版,第 30 页。
③ 西·弗洛伊德:《作家与白日梦》,见《弗洛伊德论美文选》,张唤民等译,知识出版社 1987 年版,第 36 页。

1906 年他与弗洛伊德建立通信关系。他们的通信达七年之久,但由于学术观点的分歧,两人最终分道扬镳。有一段时期荣格曾陷入深深的苦闷,在艰苦思索之后,他终于走出了弗洛伊德的束缚,开始形成自己的理论体系,称为分析心理学,继续对人的精神领域进行不懈的探索,直到生命结束。1961 年,86 岁的荣格在家中逝世。他的主要著作有:《无意识心理学》(1916)、《心理类型》(1921)、《探索心灵奥秘的现代人》(1931)、《原型和集体无意识》(1936)、《心理学和炼金术》和《人及其象征》(1964)等。

二　集体无意识

荣格最初是弗洛伊德的忠实信徒,得到弗洛伊德的赏识。弗洛伊德把荣格当作自己的接班人,推荐他担任国际精神分析学会第一任主席。但是后来荣格在学术观点上与老师产生了分歧,结果导致师生关系中断。两个人的分歧在于:弗洛伊德坚持个体无意识,而荣格却发现了集体无意识。

弗洛伊德的个体无意识理论认为人的意识分为三个层次:无意识、前意识与意识,对应着人格心理结构的本我、自我与超我。其中,无意识主要来源于个人在童年时代所遭受的创伤性经验,性本能受到压抑而隐藏在无意识层中。在这里,个体无意识是限于个体的,来源只限于童年时期的创伤性经验。荣格的集体无意识理论则认为:首先,无意识不仅是指弗洛伊德的性爱(即力比多),而是要比性爱广泛得多,更多的是指一种普遍的生命力;其次,更为重要的是,在荣格的无意识结构中,无意识不仅来自个体被压抑的本能冲动,而且还具有比个体无意识更深层的无意识,即超越个体的集体无意识。在这里,荣格迈出了超越弗洛伊德的第一步,即,即便是个体的无意识,也包含两个层面:一层只关系到个体,是表层的个体无意识;另一层更深刻,是超越个体,与生俱来,负载着整个种族的所有经验的集体无意识。集体无意识是一个使荣格享负盛名的概念,简单说来,就是一个种族的记忆,它包括两个方面的特征:第一,在范围上,它是关于一个种族的记忆,为某一种族的所有成员共同拥有,是一种集体经验,包含着集体中所有成员的无意识,是他们共同的心理基础;第二,在时间上,集体无意识包含着这个种族经过千百年所沉积起来的集体经验,在荣格看来,个人的无意识中还保存着个人所附属的整个种族所有历史的经验,对于个人来讲,它是与生俱来的,先天的。

集体无意识的理论是荣格进行文学批评的基础。集体无意识既然是普遍的,先天的,那作家在进行文学创作之时,他所创作的东西,也就不仅如弗洛伊德所说,是个体的性欲的升华,而且是作家所在的种族记忆的体现。这种种族记忆力量是如此强大,以至于不是作家控制着作品,而是作品控制着作家。荣格说:“创造性冲动常常是如此专横,它吞噬艺术家的人性,无情地奴役他去完成他的作品,甚至不惜牺牲其健康和普通人所谓的幸福。”[①]因此,在荣格看来,“艺术是一种抓住人并使之成为它的工具的天然动力。艺术家不是那种被赋予自由意志来追求自己的目的的人,而是那种让艺术通过他来实现其目的的人。作为人,他可以有

---

① 卡·荣格:《论分析心理学与诗歌的关系》,见伍蠡甫主编《西方文艺理论名著选编》(下册),北京大学出版社 1987 年版,第 369—370 页。

情绪、意志和个人的目的，而作为艺术家，他是更高意义上的'人'——他是'集体的人'——是肩负着铸造人类无意识的精神生活的人"①。荣格认为，艺术家都以为自己的创作是自由的，那只不过是幻想，他的创作实质上受着集体无意识的束缚，好比游泳，艺术家以为自己在游泳，而实际上是一股暗流在卷着他走。

三　原型或原始意象

一首好诗或艺术品为什么能使人感动，引起人的共鸣？弗洛伊德认为是因为它们展现了我们潜意识中的幻梦，实现了我们在现实中受挫的、被压抑的愿望。但是荣格提出了另外的解释：艺术家受到创造性冲动的驱使，在集体无意识的控制之下创作出了艺术作品。那么，艺术作品所展现的也是集体无意识，即整个种族的普遍心理的状态与形式，荣格称之为"原型"，或"原始意象"。由于原型普遍地存在于整个种族的集体记忆之中，所以当人们欣赏艺术作品时，艺术作品就激活了观赏者内部的集体记忆，从而引起了观赏者的共鸣。

在荣格看来，在个体心理的形成过程中，被压抑的意识沉积到无意识中，构成个体无意识的一部分，这固然与个人的经验有关，但同时个人还通过遗传，先天地拥有了集体无意识，他甚至还认为集体无意识比表层的个体无意识更能影响人的心理。同时他认为集体无意识会随着人类的发展而不断进化，对于个人来说，集体无意识就是一套预先形成的形式，通过它，个人就与整个种族联系在一起，因为它是所有人共有的，通过它，个人也与历史联系在一起，因为它是以往所有历史经验的集合。当然，作为个体，他的一生既融入了种族记忆，同时又为种族类记忆做出自己的贡献。集体无意识、种族记忆，通过一定的形式表现出来，就是"原型"或"原始意象"。文学艺术作品就是通过原型和原始意象来表现集体无意识的。荣格认为原型的最初形式是人们对于某种情境所作的反应，而当这种情境反复出现，就逐渐印刻在人们的心理结构中。在遇到同样的情境时，人们就会做出相同的心理反应，这种特定的心理模式就构成了原型。因此，有多少种典型情境就有多少种原型，所有的原型加起来就构成了集体无意识。所以荣格说：原型或原始意象"为我们祖先的无数类型的经验提供形式。可以这样说，它们是同一类型的无数经验的心理残迹"②。

艺术品被创作出来，就负载着各种原型和原始意象，"每一个原始意象中都有着人类精神和人类命运的一块碎片，都有着在我们祖先的历史中重复了无数次的欢乐和悲哀的一点残余，并且总的说来始终遵循着同样的路线。它就象心理中的一道深深开凿过的河床，生命之流在这条河床中突然奔涌成一条大江，而不是象过去那样象宽阔而清浅的溪流一样向前流淌"③。所以在观赏艺术品的时候，遇到原型，人们就像突然被拨动了尘封已久的心弦，"会突然获得一种不寻常的轻松感，仿佛被一种强大的力量运载或超度。在这一瞬间，我们不再

① 卡·荣格：《心理学与文学》，见戴维·洛奇编《二十世纪文学评论》上，上海译文出版社 1987 年版，第 333 页。
② 卡·荣格：《论分析心理学与诗歌的关系》，见伍蠡甫主编《西方文艺理论名著选编》(下册)，北京大学出版社 1987 年版，第 376 页。
③ 卡·荣格：《论分析心理学与诗歌的关系》，见伍蠡甫主编《西方文艺理论名著选编》(下册)，北京大学出版社 1987 年版，第 376 页。

是个人,而是整个族类,全部人类的声音一齐在我们心中回响"①。观赏者与艺术品所蕴含的原形产生了强烈的共鸣,同时观赏者的无意识得到突然的释放,获得了巨大的快感,感觉到生命找到了皈依,幸福地融入到族类当中,与整个人类同呼吸共命运。

从另一方面讲,艺术家要创作出伟大的艺术品,只凭个人的力量是不够的,他应当学会借助原型的力量,通过原型,他可以发出更强大的声音,因为"一个用原始意象说话的人,是在同时用一千个人的声音说话。……他把我们个人的命运转变为人类的命运"②。无论是观赏者还是艺术家,都在整个族类的怀抱中获得幸福。观赏者通过原型融入了集体,而艺术家的创作也只有融入集体才能获得更响亮的声音,并同时与集体保持沟通,这一切活动的媒介都是原型。所以,荣格这样来说明伟大艺术的奥秘:"创造的过程,就在于从无意识中激活原始意象,并对它加工造型精心制作,使之成为一部完整的作品。通过这种造型,艺术家把它翻译成了我们今天的语言,并因而使我们有可能找到一条道路以返回生命的最深的泉源。"③作为一个心理学家,荣格能对文学讲出如此深刻的见解,实在是难能可贵的,同时,这个见解对于我们也是非常有启发意义的。

关于艺术家、作品、原型之间的复杂关系,也许下面一种看法代表了荣格的典型见解:"不是歌德创造《浮士德》而正是《浮士德》创造了歌德。《浮士德》除了是一种象征以外还能是什么呢? 我所说的象征,不是指对某些熟知事物的比喻,而是指某些还不太明确的然而是活生生的事物的表现。在这里,它是生活在每一个德国人心灵里的东西,而歌德促使它诞生了。"④可见,在荣格看来,不是作家创造作品,而是作品创造作家,因为,作品代表的是原型,反映的是集体意识,它抓住了作家的手,逼迫他创作出作品。所以,要成为伟大的作家,就要找到控制自己的力量。

① 卡·荣格:《论分析心理学与诗歌的关系》,见伍蠡甫主编《西方文艺理论名著选编》(下册),北京大学出版社 1987 年版,第 376 页。
② 卡·荣格:《论分析心理学与诗歌的关系》,见伍蠡甫主编《西方文艺理论名著选编》(下册),北京大学出版社 1987 年版,第 376 页。
③ 卡·荣格:《论分析心理学与诗歌的关系》,见伍蠡甫主编《西方文艺理论名著选编》(下册),北京大学出版社 1987 年版,第 377 页。
④ 卡·荣格:《心理学与文学》,见戴维·洛奇编《二十世纪文学评论》(上),上海译文出版社 1987 年版,第 335 页。

第一节
概述

一 社会文化背景

19世纪末20世纪初,西方各资本主义国家之间矛盾重重,世界处于动荡飘摇之中。与西欧列强相比,俄国是帝国主义阵线中的薄弱环节,经济水平长期处于落后状态。在国内,由于资本主义制度改革不彻底,留下了很大的封建残余,导致生产关系不能适应社会生产力的发展,造成国内阶段矛盾冲突十分尖锐,这从另一方面又影响和束缚了俄国经济的发展。1900年至1903年的经济危机,使俄国的经济雪上加霜,国内矛盾也日益深化。1904年爆发日俄战争,俄国战败,彻底暴露了俄国沙皇封建制度的落后性,阶级矛盾到了一触即发的地步。经过1905年的革命失败,俄国工人阶级日益成熟起来,并为1917年的十月革命做好了准备。一战使俄国经济遭受重创,进一步激化了国内阶级矛盾。1917年2月,工人和士兵发动起义,推翻了沙皇政府,但被资产阶级窃取了胜利果实。在布尔什维克党的领导下,工人和农民通过武装起义,推翻了资产阶级临时政府,建立了无产阶级苏维埃政权,终于取得了社会主义革命的胜利。此后,苏维埃政权立即公布法令,退出帝国主义战争,并开始为保卫和发展社会主义政权进行艰苦的斗争。

第一次世界大战之后,资本主义各战胜国开始联合起来,对苏联进行武装干涉,企图把新生的社会主义政权扼杀在摇篮中。经过艰苦卓绝的斗争,苏联新政权成功粉碎了外国的武装干涉,并顺利地结束了内战。三年的帝国主义战争,三年的独立战争,使苏联国民经济濒于崩溃。为了恢复凋敝的国民经济,苏维埃政权实行了战时共产主义政策,全力以赴恢复经济,接着,根据形势的变化,又实行了新经济政策,发展社会主义商业,带动农业发展。很快,在20年代,苏联经济开始迅速发展起来,经济实力大大增强,进一步巩固了苏维埃政权,并显示出社会主义制度的优越性。1929年,苏联开始实行第一个五年计划,力图把苏联建设成为一个工业化强国,到二战以前,经过两个五年计划的发展,苏联已基本实现了目标,成为世界第二强国。但是在这个过程中,左倾错误与个人崇拜一直未能得到纠正。二战打断了苏联经济的发展,德国的入侵给苏联造成了巨大的损失。从1943年开始,苏联实施第四个五年计划,迅速恢复了国民经济。然而,党内政治生活的错误却愈演愈烈,个人崇拜盛行,民主集中制和法制遭到严重破坏,而且,党内不正常批判还蔓延到党外,扩展到语言学界、政治经济学界与生物学界,对许多学术问题进行了政治性的不公正的批判,造成了十分恶劣的影响,也严重影响了国内经济的发展和社会主义的形象。

二 文学概貌

19世纪末20世纪初,俄国文坛发生了翻天覆地的变革。随着民粹派运动的失败,封建社会的矛盾进一步加剧,加之现代西方社会思潮的剧烈冲击,俄国的现代意识开始觉醒。与此相对应,俄国文坛无论在文学创作方面,还是在理论批评方面都在发生着除旧革新的变化。这一时期,在批评理论方面,俄国形式主义文学理论异军突起,而在文学创作方面,诗歌流派争奇斗艳,小说、戏剧、散文各方面都取得了突飞猛进的发展,形成了俄罗斯文学的"黄金时代"之后的又一个高峰——"白银时代"。这一时代的文学创作,正如文学批评领域一样要"重估一切价值",要与传统决裂,走出自己的新路。这种文学革新的势头,尤其表现在诗歌创作领域。

"白银时代"的创作成就主要表现在诗歌创作方面。当时,由于新旧各种流派百花齐放,彼此之间互相竞争,互相促进,形成了一支现代主义的多声部大合唱。在现代主义大潮流之下,象征主义、未来派、阿克梅派、意象派等各流派此起彼伏,与此同时,无产阶级革命诗歌、知识派、农民派等都各有所成。不过总的看来,这一时期的俄罗斯诗歌还是以象征派和未来派诗歌为主流,而且与当时的社会大风气相呼应。这主要表现在:诗歌的哲理性内涵丰富了,突出了诗歌的个性和抒情性;艺术手法推陈出新,注重诗歌的象征性、语言的新奇、修辞的革新,以及诗歌的音乐性。这一切都是对传统的诗歌艺术的革新。主要诗人和作家有别雷、阿赫玛托娃和马雅可夫斯基等人。

安德烈·别雷(1880—1934)是俄罗斯年轻一代的象征派诗人代表之一。他与勃洛克、索洛维约夫三人被合称为"俄国象征主义的三驾马车"。他不仅写作诗歌,还创作小说。他的长篇小说《彼得堡》是欧洲现代主义小说的一个高峰。他的第一部诗集《碧空泛金》象征由尘世升华为永恒,第二部诗集《灰烬》象征着从天界返回尘世。他的诗与散文没有严格的区别。他还著有有关象征主义的理论专著,但即使是文学理论,其中也不难看出其诗人的气质。他对象征主义进行了深入的探索,并且深刻影响了后来的马雅可夫斯基、叶赛宁等许多现代诗人。

安娜·安·阿赫玛托娃(1889—1966)是俄罗斯阿克梅派的代表人物,也是该派最有成就者。她的诗歌善于捕捉情感与心灵的细微波动,善于利用极高质感的细节意象,而且表现得十分细腻、简洁而典雅。她的后期诗歌充满了历史的凝重感。阿克梅派是俄国"白银时代"的一个重要的诗歌流派,后起于象征派。象征派虽为"当之无愧的文学",但阿克梅派比象征派更关注于事物的客观性和质感,更关注现实和世俗化。其主要成员还包括古米廖夫、戈罗杰茨基、曼德尔施塔姆等。

弗拉基米尔·弗·马雅可夫斯基(1893—1930)是20世纪最有影响力的俄罗斯诗人,也是苏维埃诗歌的奠基者。他早年是未来派的重要成员,写出了《穿裤子的云》(1915)等极富未来派风格的一批作品。十月革命以后,他的诗风一转,开始贴近现实生活,融入了浪漫主义的革命激情,又不失未来主义的现代特色。在主题上,他也积极地宣传革命,歌颂社会主义,是重要的苏联革命诗人。他的主要作品有《列宁》(1924)、《好!》(1927)等。在诗歌艺术上,马雅可夫斯基始终是个勇敢的革新者。从早期开始,他始终积极地进行诗歌语言与诗歌韵律的多种实验,可以说,他的诗歌创作始终体现着未来主义的特色。未来派是俄国现代主义的一个重要流派,曾有自我未来派和立体未来派之分,都是在意大利未来派艺术的影响下产生的。其主要成员有谢维梁宁、赫列勃尼科夫、布尔柳克与早期的马雅可夫斯基等人。他们大都激烈反对传统文化,主张粗犷怪诞,鼓吹现代趣味。

鲍利斯·列·帕斯捷尔纳克(1890—1960),苏联诗人和小说家,著名小说《日瓦戈医生》的作者。1958 年获得诺贝尔文学奖,但迫于当时苏联政府的压力谢绝受奖。1913 年开始同未来派诗人交往,并结识了勃布洛夫和马雅可夫斯基。1914 年第一部诗集《云雾中的双子星座》问世。1922 年至 1933 年的 10 年中,他出版了诗集《生活啊,我的姊妹》和《主题与变调》,叙事诗《施密特中尉》、《1905 年》和《斯佩克托尔斯基》,确立了在苏联诗坛上的地位。

三　文论综述

在俄罗斯"白银时代"文学繁荣的同时,俄国文学批评界也掀起了一股除旧布新的思潮,一群莫斯科的大学生,出于对文学批评现状的不满,怀着对文学研究的极大热忱,先后成立了以罗曼·雅各布森为代表的"莫斯科语言学小组"(1914—1915)和以维克托·什克洛夫斯基为代表的"诗歌语言研究会"。这两个研究小组的理论家大都从语言学角度来开展文学研究,由于诗歌是讲究语言的文学形式,他们尤其重视诗歌研究。

他们受索绪尔的结构语言学理论的影响很深,认同索绪尔关于语言是封闭的结构系统和语言的共时性与历时性的观点。同时,他们又受到日内瓦语言学派、胡塞尔的现象学以及文学创作的象征主义和未来派的影响,因此他们重视语言学理论对于文学批评的重要性,雅各布森甚至认为诗学是语言学的一部分,重视以语言学为切入点去探讨文学的艺术特征及其发展历史,反对从文学的外部因素(如作家生平、社会环境、创作心理等)去研究文学作品。他们认为文学研究的对象就应该是"文学性",而文学性只叮能隐含在作品内部,因此,研究者的任务就是去探究文学本身的特点与功能,这就要求研究文学作品的语言、风格以及结构形式,也就是作品的创作手法和技巧。正是从这些特征出发,俄罗斯的这一批评流派被称作俄国"形式主义"批评流派。

形式主义文学理论关注的主要理论问题包括以下几个方面:

首先,文学创作的艺术在于审美过程而非审美目的,其过程就是目的。因此,形式主义者主张用"陌生化"手段,即改变人们由于感知的自动化而麻木的艺术感知,主张通过使现实中的事物形象变形,在艺术创作中创造新的艺术形式。

其次,文学作品是已经成为客观存在物的艺术作品,而非各种意识之内的印象,也就是说,文学作品有其自身的独立性,对它的研究与其作者和读者的主观心理和意识无关。当然,形式主义者把作品也看作一种形式的构造了。

第三,文学研究的对象是文学的"文学性"即文学之所以成为文学的特性。这使形式主义者要求深入文学作品的形式与结构内部进行研究,找出文学性,他们认为文学性存在于形式而非内容之中。

第四,形式主义者认为文学是语言的艺术,因此由语言学入手最为合适,而且自索绪尔结构主义语言学建立以来,语言学已经成为一门科学,他们认为文学研究以语言学为基础,可以实现科学的、客观的文学研究的理想。当然,他们从索绪尔那里得到启发,把文学研究划分为内部研究与外部研究,并着眼于以形式分析为主的内部研究。

　　形式主义文论在 20 世纪 20 年代繁荣一时,但是很快受到国内文学理论界的严厉批评,他们认为它与现实社会脱节,所以它很快就销声匿迹了。1930 年什克洛夫斯基宣布放弃形式主义,标志着形式主义作为一个文学理论派别的结束。但是,形式主义的理论方法并未结束,它通过雅各布森走出了俄罗斯,在布拉格形成了布拉格学派,在巴黎产生了结构主义批评理论,在纽约则影响了新的语言学派,我们由此可以看出形式主义文学批评顽强的生命力。

第二节
什克洛夫斯基

一　生平及著作

　　维克托·什克洛夫斯基(Viktor Shklovsky,1893—1984),苏联著名作家,文艺理论家和批评家。他是彼得堡"诗歌语言研究会"(即奥波亚兹)的创始人,也是俄国形式主义文论的代表人物之一。他出生于彼得堡一个普通教师家庭,从小就喜欢俄罗斯语言文学,后来进入彼得堡大学历史语言学系读书,与未来派诗人马雅可夫斯基、赫列勃尼科夫等人交往甚密。1914 年,他出版《词语的复活》一书,反响很大,被誉为"俄国形式主义诞生的宣言"。他积极参加各种文学活动,逐渐把一批志同道合者吸引到身边,共同创立了"诗歌语言研究会",研究俄罗斯当代诗歌。1916 年,他发表的《作为手法的艺术》一文,成为形式主义的纲领性论文。他是一个优秀的组织者,在他的带领下,诗歌语言研究会引领了影响深远的俄国形式主义思潮。1930 年,什克洛夫斯基发表文章《给科学上的错误立个纪念碑》,表示放弃形式主义[1],标志着俄国形式主义的瓦解。之后,他转入其他领域的研究,直到 50 年代,他才又转回到文学理论研究上来。什克洛夫斯基是个勤于著书的人,留存的作品很多,其中关于文学理论方面的主要著述有:《散文理论》(1925)、《托尔斯泰的小说〈战争与和平〉中的材料与风格》(1928)、《关于俄国古典作家小说的札记》(1955)、《维克托·什克洛夫斯基文集》(3 卷,1973)等。

二　"陌生化"理论

　　什克洛夫斯基在创立形式主义学派的初期,为了宣传自己的理论主张,积极参加与各文学派别的论战,旗帜鲜明地表明自己的理论主张。首先,他坚持文学的独立自主性,主张文学应该与文学的社会功能理论断然区别,他曾言辞激烈地说:"艺术永远是独立于生活的,它

---

[1] 关于形式主义者在 30 年代各奔东西,有人认为是出于苏联国内马克思主义文艺理论氛围的压迫,雷纳·韦勒克的解释倒是平和得多,参见《近代文学批评史》第七卷,杨自伍译,上海译文出版社 2006 年版,第 533 页。

的颜色从不反映飘扬在城堡上空的旗帜的颜色。"由此可见他对当时流行的文艺理论的厌恶之情。他的理论立场是要把文学理论建设为一门科学,坚决反对任何神秘主义倾向,他主张:

> 在文学理论中我从事的是其内部规律的研究,如以工厂生产来类比的话,则我关心的不是世界棉布市场的形势,不是各托拉斯的政策,而是棉纱的标号及其纺织方法。①

所以什克洛夫斯基所主张的文学理论研究,实际上是对文学的内部研究,排除了对文学的外部关系(如与作者、读者和社会的关系)的研究,或者说,他的研究对象就是作品本身,就是文学的内部规律。无疑,他的这种文学理论在当时是相当激进的,但从文学理论史的角度来看,却代表着 20 世纪文学理论研究的新方向。无独有偶,20、30 年代的英美新批评派,也同样持这种见解。韦勒克与沃伦合著的《文学理论》一书中,就旗帜鲜明地把文学理论分为外部研究与内部研究。他们认为只有内部研究才是真正的文学理论研究。当然,什克洛夫斯基的"内部规律的研究",正是他所说的,"全部都是研究文学形式的变化问题"。在他看来,文学史的演变就是新的文学形式被创造出来(或被发现出来)并代替旧形式的过程。而演变的内在动力(或机制)就在于他最著名的理论——"陌生化"理论。

"陌生化"的说法是什克洛夫斯基在 1917 年发表的《作为方法的艺术》一文中提出的。在文中,他犀利地批驳了波捷波尼亚的"艺术即形象思维"的观点,认为波捷波尼亚没能对诗的语言与一般语言加以区分,也未注意到有两种形象,一种是"作为实际思维手段",一种是"作为加强印象的手段"。什克洛夫斯基认为,诗的形象是加强印象的手段,也是诗的语言的手段,而一般语言的形象乃是思维,与诗无关。② 他进一步从斯宾塞的创造力节约的观点出发,认为在现实生活中,人们通过语言来认知事物,人们在接触事物的开始阶段,可以通过各种途径感受到事物,但因为语言作了人与物的中介,按照节约精力的原则,久而久之,语言就代替了事物,人能感受到的只有语言,只有概念,不再能感受到事物的形象,也就是说,人的感觉迟钝了,麻木了,意识不到事物了。正如什克洛夫斯基所描述的那样:"事物似乎是被包装着从我们面前经过,我们从它所占据的位置知道它的存在,但我们只见其表面。在这种感受的影响下,事物会枯萎,起先是作为感受,后来这也在它自身的制作中表现出来。……事物或只以某一特征如号码出现,或如同公式一样导出,甚至都不在意识中出现。……生活就是这样化为乌有。"③ 这就是"无意识的自动化"过程。在此,人失去了对世界,对事物的灵敏感受,活在了语言的牢笼里,"事物就在我们眼前,我们知道了这一点,但看不见它"④。而艺术,"正是为了恢复对生活的体验,感觉到事物的存在,为了使石头成其为石头,才存在所谓的艺术。艺术的目的是为了把事物提供为一种可观可见之物,而不是可认可知之物。艺术的手法是将事物'奇异化'(即'陌生化')的手法,是把形式艰深化,从而增加感受的难度和时间的手法,因为在艺术中感受过程本身就是目的,应该使之延长。艺术是对事物的制作进行

---

① 维克托·什克洛夫斯基:《散文理论·前言》,刘宗次译,百花洲文艺出版社 1997 年版,第 3 页。
② 维克托·什克洛夫斯基:《散文理论·前言》,刘宗次译,百花洲文艺出版社 1997 年版,第 7 页。他对思维与艺术的区分还见于另一处,参见第 33 页。
③ 维克托·什克洛夫斯基:《散文理论·前言》,刘宗次译,百花洲文艺出版社 1997 年版,第 9—10 页。
④ 维克托·什克洛夫斯基:《散文理论·前言》,刘宗次译,百花洲文艺出版社 1997 年版,第 11 页。

体验的一种方式,而已制成之物在艺术之中并不重要"①。

从这一段话里,我们可以看出什克洛夫斯基对于艺术的基本态度:首先,艺术的功能在于唤回或恢复人们在日常生活中已经变得麻木和迟钝的对世界的感觉。一般语言使人们的感觉"自动化",而诗的语言正相反,它同样是指称事物,但它是用使身边熟悉的事物变得陌生的方式(即"陌生化")来指称。这样,就阻止了意识的自动化,反而增加了感受的难度,延长了人们感受事物的时间长度。如此,人们就可以更深刻地感受到事物,这就是艺术的目的。

其次,在欣赏艺术的过程中,感受过程本身就是目的。也就是说,艺术不再是人们用以认识世界的工具,而具有自身独立存在的价值。举例来说,欣赏诗不仅仅是为了懂得诗的意义,更重要的是为了感受诗本身,感受诗的语言。诗的价值就是诗本身。因此,诗的意义("已制成之物")不重要,重要的是诗本身的形式("事物的制作")。从这两点我们可以看出什克洛夫斯基的理论确实是形式主义的理论。

"陌生化"理论带来三个重要的转向:一、对文学的研究开始由外向内转,就是说文学只是形式和手法,与文学的内容、思想和感情不再有什么关系,文学本身有了价值。二、更重要的是,如果文学只是形式与手法,那么文学史的演变就只是文学形式的更迭,不再与社会背景、作者个性有关。三、文学史的发展不再成为一种发展而只是一种变化,老的形式被新的形式淘汰,而新形式也会逐渐老化,被更新的形式代替,这期间没有优劣的发展,只有新旧的轮换。"新形式的出现并非为了表现新的内容,而是为了代替已失去艺术性的旧形式。"②

三　一般语言与诗歌语言

什克洛夫斯基的文学理论,包括他的"陌生化"理论,都是建立在他对语言的研究和分析的基础上的。在某种程度上,形式主义学派的理论很多都是从语言研究入手的,研究者本身很多就是语言学家,这反映出索绪尔的语言学理论的影响。什克洛夫斯基批评波捷波尼亚错把艺术当作了形象思维,而他错误的原因就在于没有注意区别诗的语言与一般语言。由这两种语言同时产生了两种形象,"作为实际的思维手段、把事物进行归类的手段的形象,与作为加强印象的手段的形象"③。什克洛夫斯基认为,一般语言的形象只是抽象的手段,把事物的本质从事物的品质中抽象出来,这实质上是一种思维,与诗无关;而诗的形象乃是诗的语言手段之一,作为方法与修辞格相同,其作用只是加强印象。波捷波尼亚由于没有能够分辨出这两种形象,结果把艺术当作了一种特殊的思维方式,而什克洛夫斯基认为,一般语言可以用来进行形象的思维,但是诗的语言、艺术的语言,并非为了思维,而只是为了加强印象。

在这里,什克洛夫斯基阐述了他对语言的初步区分。在日常的交际活动中,语言是传递交际双方信息的工具,交际的内容与话语意义的重要性要远远大于其形式,交际用语的实用功能要大于它的审美的形式功能。交际用语就是一般日常语言。但是在艺术领域,尤其是

---

① 维克托·什克洛夫斯基:《散文理论·前言》,刘宗次译,百花洲文艺出版社 1997 年版,第 10 页。
② 维克托·什克洛夫斯基:《散文理论·前言》,刘宗次译,百花洲文艺出版社 1997 年版,第 31 页。
③ 维克托·什克洛夫斯基:《散文理论·前言》,刘宗次译,百花洲文艺出版社 1997 年版,第 7 页。

作为语言艺术的文学领域,情况相反,交际依然要传达信息,但是语言的意义和传递的信息变得次要,而话语表达本身,即它的形式上升到首要地位,甚至形式本身就是目的,语言在这里就是文学语言,诗歌语言。正是从这一理论和观念出发,什克洛夫斯基以及其他同道理论家,才被称为形式主义者,因为他们认为对于文学的语言,它的形式要比内容更重要,也正是在这一基础上,形式主义文论家建构了他们的各种理论。

什克洛夫斯基认为,一般语言与诗歌语言两者不能被截然分开,它们之间也有着紧密的联系。一般语言是诗歌语言的基础,而诗歌语言则是对一般语言的一种升华与提炼。那么一般语言如何才能转变为诗歌语言呢?他用陌生化理论解释了这种转变。一般语言只有经过艺术家的扭曲和变形,达到陌生化,才能成为诗歌语言。或者说,诗歌语言其实是一般语言的陌生化。他说:"我们在研究诗歌语言时,无论是研究它的语音和词汇构成,还是研究它的词语位置的性质以及由词语组成的意义结构的性质,我们处处都能见到艺术具有的同一的标志:即它是为使感受摆脱自动化而特意创作的,而且,创造者的目的是为了提供视感,它的制作是'人为的',以便对它的感受能够留住,达到最大的强度和尽可能的持久。同时,事物不是在空间上,而是在不间断的延续中被感受。诗歌语言正符合这些特点。"[1]

如同其他艺术领域一样,文学的语言也是通过陌生化来获得语言的艺术性的,只有如此,人们才能避免感受的自动化,永远保持对于语言的艺术的新鲜感受。所以,从语言的陌生化理论出发,什克洛夫斯基把诗歌定义为"一种障碍重重的、扭曲的言语。诗歌言语——是一种言语结构。散文——则是普通语言:节约、易懂、正确的语言"[2]。显然,语言的区别也构成了文学类型的巨大差别。在他看来,只有诗歌才算是语言的艺术,正如他所说的"艺术的节奏存在于对一般语言节奏的破坏之中"[3]。诗歌就是这种情况。

正是从陌生化理论出发,什克洛夫斯基认为艺术只是一种手法或技巧,而艺术的创新也并非全面的本质的创新,更多的是技巧的轮替,因为所谓创新,只是一种对现存手法的陌生化,唯一的标准是避免自动化。他以普希金为例,当时俄国人已经习惯了杰尔查文式激情昂扬的诗歌语言,一旦普希金把俗语引入自己的诗歌,就使人觉得诧异。什克洛夫斯基以这个例子说明了陌生化理论的本质和作用。但从这个例子中我们也可以看到,所谓新旧雅俗只是相对的提法,新的会变旧,旧的会被重新提出来成为新的,雅的被普遍接受时便成为俗的,俗的进入高雅艺术便上升为雅的,所以,在什克洛夫斯基看来,实际上没有历史性的问题。从接受者的角度看,所谓新旧、雅俗,只是原有习惯是否被打破的问题,也无关创新的真实性,一切只是手法的翻新,只是一场游戏。这两个方面,应该说是什克洛夫斯基的文学理论的薄弱之处。从本质上看,这是因为他只关注文学的形式,忽略了文学的思想内容对于文学的意义。

① 维克托·什克洛夫斯基:《散文理论·前言》,刘宗次译,百花洲文艺出版社 1997 年版,第 20 页。
② 维克托·什克洛夫斯基:《散文理论·前言》,刘宗次译,百花洲文艺出版社 1997 年版,第 22 页。
③ 维克托·什克洛夫斯基:《散文理论·前言》,刘宗次译,百花洲文艺出版社 1997 年版,第 22 页。

第三节
雅各布森

一　生平及著作

罗曼·雅各布森(Roman Jakobson，1896—1982)，俄裔美国语言学家，文学理论家。他是莫斯科语言学小组的创始人之一，俄国形式主义文论的核心人物，结构主义文学理论的布拉格学派的发起人之一。从早年起，雅各布森就注意收集民间文学语言材料。1914 年他进入莫斯科大学学习，学习期间他创建了"莫斯科语言学小组"，后来与"诗歌语言研究会"(即"奥波亚兹")合并，共同促成了俄国形式主义文学流派的形成。1921 年，雅各布森移居捷克斯洛伐克的布拉格，成为布拉格语言学小组的核心成员，发展了他理论中的结构主义倾向。第二次世界大战期间，雅各布森流亡美国，在纽约创建了语言学小组，继续进行结构主义文学理论的研究。雅各布森的主要论著包括《俄国现代诗歌》(1921)、《论捷克诗歌》(1923)、《普通语言学论文集》(1963)，另外还有大量的语言学、诗学论文。

二　文学的本质："文学性"

俄国形式主义的兴起是基于一些人对当时俄国文学批评现状的不满，当时的俄罗斯文学批评，流行的依然是从社会学角度(现实主义批评与革命民主主义批评)或心理学角度(浪漫主义批评)或生平角度来进行批评，它们的共同特点是把文学与其他学科联系起来，运用其他学科的一些理论来解决文学的问题，而实际的情况是把文学依附于其他学科的理论，最后得出的结论仍然还是文学在此处或彼处证明了其他学科的理论，或者说，文学只是其他学科理论的试验场。这样的结论自然是无助于说明文学的，至多能说明文学的内容与思想方面的问题。正如雅各布森所形容的那样，"直到现在我们还是可以把文学史家比作一名警察，他要逮捕某个人，可能把凡是在房间里遇到的人，甚至从旁边街上经过的人都抓了起来。文学史家就是这样无所不用，诸如个人生活、心理学、政治、哲学，无一例外。这样便凑成一堆雕虫小技，而不是文学科学，仿佛他们已经忘记，每一种对象都分别属于一门科学，如哲学史、文化史、心理学等等，而这些科学自然也可以使用文学现象作为不完善的二流材料"[1]。正因如此，文学在这样的批评方法中只能充当其他学科的证明材料。弗洛伊德式的文学批评就是如此，他对文学作品作出的各种解读与阐释，最后只能说明他的精神分析理论的正确性。但在形式主义文论家看来，这样的批评丝毫无助于说明文学本身的特性：文学凭什么成为文学？文学依靠什么特性使自己区别于哲学、社会学、文化学和心理学等其他学科呢？雅各布森说："诗学的基本问题是：话语何以能成为艺术作品？"[2]

---

[1] 转引自鲍·艾亨鲍姆：《"形式方法"的理论》，见托多罗夫编选《俄苏形式主义文论选》，中国社会科学出版社 1989 年版，第 24 页。

[2] 罗曼·雅克布森：《语言学与诗学》，见波利亚科夫编《结构—符号学文艺学方法论体系和论争》，佟景韩译，文化艺术出版社 1994 年版，第 172 页。

　　形式主义文论家首先要说明文学本身的特性是什么,即要说明文学科学的研究对象应是区别于其他一切材料的文学作品的特殊性。雅各布森提出这个问题的答案:"文学科学的对象不是文学,而是'文学性'(literariness),也就是使一部作品成为文学作品的东西。"①"文学性"这个概念对于形式主义文论家非常重要,因为如果文学研究的对象是文学性,那么文学研究就可以摆脱以往从庞杂的文学作品入手的研究方法,而对所有文学作品的研究,不论它们有多么大的差异性,都可以归纳在一起,因为它们都属于对"文学性"的研究。这样做,首先,可以建立起文学研究的独立的学科地位,文学研究就是对文学性的研究;其次,可以防止文学研究偏离到其他学科上去,避免只关注对个别文学作品的研究。形式主义文论家的文学研究其实只有两个目标,一个是坚持文学研究的单纯性,与其他学科划清界线,另一个是整个形式主义学派的系统性与科学性。每一个文学理论家都做出了自己的贡献,从不同的方面,不同角度自觉地去建立这门科学。前一个目标用"文学性"研究可以保证,后一个则是整个形式主义学派的共同努力的结果。雅各布森的贡献是对语言的诗性功能的研究。

　　实际上,形式主义文论从索绪尔的语言学理论得到启发,认为应该从语言学入手来进行文学研究。文学首先是语言的艺术,以语言为切入口也是形式主义文论研究的自然之举。甚至雅各布森认为:"诗学研究言语结构的问题,就像美术理论研究绘画的结构。因为语言学是研究各种言语结构的一般科学,所以可以把诗学看作是语言学的一个组成部分。"②他认为,诗学是文学研究的核心,与语言学一样,它应该研究文学当中的历时问题与共时问题,但这两个方面又并非是截然对立的,它们又有共通之处,"共时性与历时性的对立使体系的概念与演变的概念形成对照。由于我们承认每一种体系都必定表现为一种演变,另一方面,演变又不可避免地具有系统性,这种对立也就失去其原则的重要性"③。

三　语言的诗性功能

　　雅各布森对形式主义文论的主要贡献在于他用索绪尔的语言学理论和术语解释了"语言何以成为艺术作品"的问题。他认为,语言的诗性功能构成了语言在文学作品中的艺术性。那么,什么是语言的诗性功能呢?

　　在雅各布森之前,另一位文论家列·雅库宾斯基就对语言的不同功能进行了研究,他认为语言在实际交际中与诗歌中的功能是不同的,在实际交际中,语言只是一种交流的手段与工具,它的各种构词因素(语音、形态因素等)没有独立的价值,但是他认为还存在其他的语言学系统,其中,实际交流的目的会退居次席,语言学的构词因素会获得独立价值。雅库宾斯基没有明确提出语言的构词因素在诗歌中的独立价值是什么。在雅库宾斯基的研究基础上,雅各布森进一步研究了语言的各种功能。

① 罗曼·雅各布森:《语言学与诗学》,见波利亚科夫编《结构—符号学文艺学方法论体系和论争》,佟景韩译,文化艺术出版社1994年版,第24页。
② 罗曼·雅各布森:《语言学与诗学》,见波利亚科夫编《结构—符号学文艺学方法论体系和论争》,佟景韩译,文化艺术出版社1994年版,第172—173页。
③ 罗曼·雅克布森:《文学和语言学的研究问题》,见托多洛夫选编《俄苏形式主义文论选》,中国社会科学出版社1989年版,第117页。

雅各布森对语言交际行为进行了深入的研究，认为任何语言交际行为都可以分解为六个因素，即发送者、接收者、信息、语境、接触与符码。而整个交际行为过程如下：发送者发出信息给接收者，在这个过程中，信息必须被编码，成为交际双方都可以理解的符码，对符码的理解与接受必然处在一定语境中，这就又必须依靠双方的某种接触，才可能完成。至此，交际行为最终得以完成。

雅各布森同时认为，在交际过程中的六个因素，可以根据我们对它们不同的侧重，体现不同的语言功能。比如，当我们关注发送者时，语言主要地表现为表情功能或情态功能，"目的是直接表现说话人对所说事物的态度"；当我们关注接受者一方时，语言突出了它的意动功能，主要表现为命令式、祈使句等；当我们关注的是交际活动的内容，语言就突出其指示功能或交流功能；有时我们只为检查信息是否畅通，只以交流接触为目的，即语言就突出了呼应功能；如果我们以信息本身为言语对象，我们就突出了语言的元语言功能；最后，"纯以话语为目的，为话语本身而集中注意力于话语——这就是语言的诗歌功能"。"诗歌功能加强了符号的明显性，因此也深化了符号与对象的基本对立。"[①]说到底，语言的诗歌功能只关注话语本身，或者说，诗歌功能当然不是语言艺术的唯一功能，但是在语言艺术中，诗歌功能就是核心的，起决定作用的功能，而在语言艺术之外，诗歌功能就退居次席了，起辅助作用，让位于语言的其它功能。

这样，雅各布森就从交际语言学的角度解释了"语言何以成为艺术"的问题。在他看来，语言无非是在交际过程中关注话语本身，发挥了诗歌功能而已。相对于以往对此问题的解释，这样的答案无疑科学了许多。

四　选择与组合

那么，如何用语言学原则解释诗歌功能呢？雅各布森从语言学角度对语言的诗歌功能进行具体操作的方法，是在对于失语症的研究中发现的，"任何失语症状，其实质都是程度不同的某种损伤：要么是负责选择和替换的官能出了毛病，要么便是组合和结构上下文的能力受到了破坏"。[②] 结果，前者是相似性关系被取消了；后者是被消除的为毗连性关系。"相似性出现障碍的结果是使隐喻无法实现，毗连性出现障碍则使换喻无从进行。"[③]也就是说，前种患者得的是"选择性障碍"，无法说出"隐喻性"的句子；后者患的是"组合性障碍"，无法说出"换喻性"句子。雅各布森认为，任何一个话语段（discourse）的主题都是通过相似性关系或者毗连性关系引导出下一个主题的。失语症患者就是在这两种关系中非此即彼地受到抑制，而在正常的言语行为中，这两种关系也是非此即彼地占据优势。在这里，雅各布森用索绪尔的语言学理论解释了失语症患者的失语现象，或者反过来讲，他用失语症来证明了索绪尔语言学理论中语言所具有的两方面特征和功能：选择与组合。

---

① 罗曼·雅克布森：《语言学与诗学》，见波利亚科夫编《结构—符号学文艺学方法论体系和论争》，佟景韩译，文化艺术出版社1994年版，第181页。
② 罗曼·雅克布森：《隐喻与换喻的两极》，见伍蠡甫、胡经之主编《西方文艺理论名著选编》（下），北京大学出版社1987年版，第429页。
③ 罗曼·雅克布森：《隐喻与换喻的两极》，见伍蠡甫、胡经之主编《西方文艺理论名著选编》（下），北京大学出版社1987年版，第429页。

雅各布森认为,言语行为采取的两个操作方法就是选择与组合,"选择是在对应,即类似和相异,同义和反义的基础上进行的;组合(造句)则以连接为基础",而"诗歌功能就是把对应原则从选择轴心反射到组合轴心。对应成为顺序关系的规定因素"。[①]

在我们的日常语言活动中,语言所遵循的操作方法主要是组合,即顺沿着组合轴来组织语言,如"船驶过大海","铁犁犁过大地"等等,遵循的是连续性原则;但是在特殊的语言活动(如诗歌)中,语言所执行的操作方法主要是选择,即顺沿着选择轴来组织语言,遵循的是相似性原则,或者说,主要是对应原则。这时诗歌的语言就表现为从选择轴上选出的词语被强行地反射到组合轴上,于是就会产生这样的句子,如"船驶过蓝色的大地",或者"铁犁耕过土壤的大海"之类。显然,这就造成了隐喻。在雅各布森看来,诗歌的功能就是一种手段,即通过相似性原则,把对应上升到语句,从而使连续性原则退居次席。

需要注意的是,相似性和对应原则不仅体现在词语的层面,还表现在意义与表现手法的层面;同时,如此繁复的对应,一方面可以揭示出不同事物与活动彼此之间的相似性,深化对事物本质的理解,另一方面,又必然产生语句的多义与含混,甚至意在言外的象征性。当然,这些特征也就是诗歌语言的特征。这样,雅各布森从语言学入手,用较科学的理论方法解释了诗歌功能的操作性问题,这是对"文学性"问题的最根本的解答。

五　隐喻与换喻

雅各布森"隐喻与换喻"的理论不仅用来解释诗歌语言的文学性的来源,还被应用到广阔的范围来解释文学史上的某些问题。例如文学类型问题:关于抒情诗与史诗,"俄国抒情诗歌中,占据优势的是隐喻结构;而在英雄史诗里则以换喻方法为主"[②];关于诗歌与散文,"隐喻之对于诗歌,换喻之对于散文分别构成阻力最小的路线"[③]。又如文学潮流问题:"隐喻手法在浪漫主义和象征主义流派当中所占据的优势地位……正是换喻手法支配了并且实际上决定着所谓的'现实主义'的文学潮流……现实主义作家循着毗连性关系的路线,从情节到气氛以及从人物到时空背景都采用换喻式的离题话。"[④]甚至该理论还扩展到其他艺术门类,如绘画和电影。实际上,雅各布森认为这一"二元现象"(dichotomy)无论对于语言行为还是对于一般人类行为都具有"根本性的意义和影响"。另外,他还认为弗洛伊德解释梦的"转移"与"凝聚"结构的理论,弗雷泽的作为交感式巫术的"摹仿"巫术与"传连"巫术理论,其实质也与他所谓的"二元现象"类似。

① 罗曼·雅克布森:《语言学与诗学》,见波利亚科夫编《结构—符号学文艺学》,佟景韩译,文化艺术出版社 1994 年版,第 182 页。
② 罗曼·雅克布森:《隐喻与换喻的两极》,见伍蠡甫、胡经之主编《西方文艺理论名著选编》下,北京大学出版社 1987 年版,第 431 页。
③ 罗曼·雅克布森:《隐喻与换喻的两极》,见伍蠡甫、胡经之主编《西方文艺理论名著选编》下,北京大学出版社 1987 年版,第 435 页。
④ 罗曼·雅克布森:《隐喻与换喻的两极》,见伍蠡甫、胡经之主编《西方文艺理论名著选编》(下),北京大学出版社 1987 年版,第 431 页。

第一节
概述

一 社会文化背景

美国由于在一战中充分利用了自己的有利条件,大发战争横财,结果从 20 世纪 20 年代开始,美国经济持续繁荣,经历了一个黄金时期,工业发展迅速,人民的生活水平大幅度提高,大量现代化电器进入普通百姓家庭,改善了生活条件。但经济繁荣的背后也潜藏着爆发经济危机的隐患。同时,经济危机在政治上的表现严重破坏了战后资本主义世界的秩序与平衡,各国政局动荡,经济衰退,骚乱不断。为克服危机,美国实行了罗斯福新政,加强国家对经济的干预。而德国、日本则积极侵略扩张,转移危机,为二战埋下了伏笔。日本偷袭珍珠港之后,美国放弃中立国立场,太平洋战争爆发了。美国的参战加速了战局的发展。经过残酷的战争,1945 年,二战结束。由于二战没有殃及美国本土,而且由于战争的军事需要,美国的工业在二战期间有了很大的发展。战后的美国一跃成为世界超级大国,一方面到处扩张,干预各国内政,另一方面又与苏联展开军事竞赛,拉开"冷战"序幕,开始实施其全球霸权战略。

二战以前的西方,自然科学发展迅速,各种科学发现不断闯入人们的视野,各种最新科技成果层出不穷,这些科学上的发现和进步既改善了人们的生活条件,另一方面也对人们已有的传统思想观念造成了极大的冲击。所以这一时期的西方思想领域,也发生了如科学领域一般规模的思想革命,各种新的思想观念涌现出来,各种哲学派别令人眼花缭乱。其中与科学发展最相适应的就是西方的逻辑实证主义哲学。这派哲学的代表人物是罗素(1872—1970)和维特根斯坦(1889—1951)等人。他们在他们的哲学理论中认为,哲学应该为科学服务,哲学家的业务不是创建一套科学之外的有关宇宙的知识体系,而是对科学家已提出的理论原理进行逻辑分析,从而使其语言清楚,概念明晰,逻辑正确。因此,在他们看来,哲学的功能就在正确分析科学、陈述科学命题,避免产生理解的歧义和逻辑的误差。显然,这种观念是在现代自然科学、数学、语言学等学科发展的影响下产生的一种哲学观念,它追求的是与科学一样准确的哲学。所以,实证主义哲学倡导建立一种按照精确规则构建而成的语言系统,来代替充满混乱和歧义的日常语言。当然,这样的倡导带着浪漫主义的理想色彩。不过,追求科学客观的哲学精神也影响到了其他学科领域,如文学批评。

二 文学概貌

20 世纪初的美国文坛也是一个除旧革新的时代,原有的所谓"高雅派"诗人,顶多只能模仿英国维多利亚浪漫主义的末流,成了一批"写十四行诗"的侏儒,维多利亚诗风再也不能引起人们的兴趣,但仍然在一段时间内控制着诗坛。1912 年,哈丽特·蒙罗创办《诗刊》(*Poetry*),并聘任艾兹拉·庞德为海外编辑。这本《诗刊》所选的诗人几乎都是新人,一时间,美国出现了许多的新诗人。这些新诗人反抗英国的诗歌传统,与美国绅士派诗歌全然不同。很快他们掀起了一场新诗运动,文学史上称之为"美国的诗歌复兴",成为整个美国现代诗歌的起点。而原来的那些"高雅派"诗人很快就从文坛上消失了。新诗运动是一个使美国诗歌现代化的运动,也是使美国诗歌民族化的运动。新诗运动中最引人注目的诗歌派别就是意象派,它是美国现代诗歌中影响最大的诗派。

艾兹拉·庞德(1885—1973)是 20 世纪初期美国最重要的现代诗人,也是美国新诗运动和意象派的开创者和鼓吹者。他受日本诗歌和中国古典诗歌的影响,创作出不同于传统的维多利亚式的意象诗,使诗歌摆脱陈腐的维多利亚措词风格的"感情的滑行"。他的最主要作品是《诗章》(1940),在这部诗集里,庞德表现了他的思想与情感的流动性,并使时间的流逝戏剧化,线性时间消失了,线性的诗律与持久的文雅风格也消失了,他要表现的是他自己。在语言上,庞德喜欢用多层次的措词,句法与诗行被打碎了,没有规则的节奏或诗行长度,诗人的词语感决定了诗行的长度。这一切都构成他对传统诗歌的突破,也为后来者开辟了道路。

埃米·罗厄尔(1874—1925)是庞德脱离意象派后新诗运动的代表,如果说庞德促进了新诗运动的发生,那么罗厄尔的贡献就在于推广了自由诗和意象派诗歌,她是新诗运动的积极鼓吹者。然而作为诗人,她的诗艺比不上庞德,有人认为,她的诗歌成就主要是她那些翻译的汉诗以及模仿诗。

威廉·卡罗斯·威廉斯(1884—1963)是意象派的又一名主将。他早期的诗歌充满了乡土色彩和浪漫主义色彩,后期他发展了一种他特有的意象派手法,使用实际语言的节奏,将诗歌还原为鲜活的语言。他的主要作品包括《佩特森》(1—5 卷,1963)、《荒漠音乐》(1954)、《爱的旅程》(1955)等等。

T·S·艾略特(1888—1965)不仅是 20 世纪最具影响力的文论家,同时更是一位具有开拓者意义的现代派诗人。他早期的诗歌具有浪漫主义气息,但情调低沉,常用联想、隐喻和暗示,表现现代人的苦闷。接触象征主义诗歌之后,他转向现代诗歌艺术。他的诗歌代表作主要有《阿尔弗莱德·普鲁弗洛克的情歌》(1925)、《荒原》(1922)、《灰星期三》(1930)和《四个四重奏》(1934—1943)等。他的诗表现的是现代人对生活的麻木与冷漠,同时又深含作者对现代的深层思考。在诗歌艺术方面,他充分利用了自己渊博的知识,通过多含义的象征、丰富多彩的典故以及新颖独特的诗歌形式,对当代诗歌作出了卓越贡献。

罗伯特·潘·沃伦(1905—1989)既是一位新批评派文论的主将,同时也是一位卓有才能的现代派诗人和小说家,是美国的第一任桂冠诗人。沃伦开始写诗时受到 17 世纪玄学诗人、哈代、艾略特、庞德和叶芝的影响。他的诗以传统诗歌形式为基础,重视押韵,主题基本上是关于感情的。这一时期的作品大都收入他的《诗选,1923—1975》(1976)中。战后,他还出版了《国王的全班人马》(1946)等十多部小说。布鲁克斯曾经指出:"沃伦的诗歌、小说,和批评文章一起组成了一个高度统一、连贯的整体。"从主题上说,沃伦的作品处理的主题是尝试着理解过去、努力获得一种真实、获得关于自我的知识、承担责任、救赎,以及希望、爱和忍耐的价值。

三 文论综述

西方文论史发展到 20 世纪,有两个重要的转向,一个是心理学转向,一个是语言学转向。前者的结果是弗洛伊德精神分析学说的兴盛,后者则起始于俄国形式主义文论。应该说,俄国形式主义文论更能代表现代西方文论的大趋势,因为俄国形式主义文论从索绪尔语言学理论中汲取养分,第一次真正把文学理论从以作者为研究中心转向了以作品即文本为研究中心的轨道上来,真正为 20 世纪西方文学理论指出了方向,开拓了道路。

英美新批评并未受到俄国形式主义文学理论的影响,在新批评派的维姆萨特与布鲁克斯合著的《西洋文学批评简史》(1957)当中,只字未提俄苏形式主义文学理论。但自瑞恰兹开始的新批评派也把文学批评的对象定为作品本身,或者说从文学活动本身即内部进行研究。从大趋势上说,新批评与俄苏形式主义文论异曲同工,当然,其中各自的形式是相异的。

根据赵毅衡的说法,新批评派的发展历史经历了三个大的阶段[①]:

前驱期(1915—1930):新批评派真正的先驱是英国的 T·E·休姆(1883—1917),他主张浪漫主义时代已经结束,"新古典主义"时代就要到来。英国诗人 T·S·艾略特和语言学家 I·A·瑞恰兹将休姆的思想发扬光大,主张从古典主义和宏观主义的角度来对文学进行科学的研究,并发展出具体的研究方法——"细读法"。瑞恰兹的得意门生威廉·燕卜荪则以自己的研究成果证实了老师研究方法的可行性。

形成期(1930—1945):新批评派作为一个名号,并非产生于英国,而是美国。约翰·克罗·兰色姆的《新批评》(1941)一书介绍了英国文论家艾略特、瑞恰兹及燕卜荪的文学理论,称他们为"新批评家"。在书中他呼吁本体论的文学批评。虽然"新批评"的称号本来是兰色姆用来称呼以上这几位文论家的,没想到他自己也被归于这一批评流派,虽然他,以及他的几位弟子,并不接受这一称号,并力图用"本体论批评"、"张力批评"、"反讽批评"等一些别的术语来指称自己的批评方法,但"新批评"这个称号已被人们普遍接受,他们的争论反而使这一称号更为盛行。同时以兰色姆为首的美国新批评家通过创办杂志、著书立说,推广新批评理论,结果新批评派日益壮大,逐渐成为美国文学理论界的主流。

极盛期(1945—1957):二战以后,新批评派在美国进入极盛时期,几乎控制了文学评论界和大学文学专业。这时继南方集团而兴起的文学理论家主要有韦勒克、沃伦、维姆萨特和布鲁克斯,这四位批评家同在耶鲁大学执教,因此被称为"耶鲁学派"(或"耶鲁四人帮")。韦勒克与沃伦合著的《文学理论》(1949),维姆萨特与布鲁克斯合著的《文学批评简史》(1957),这两本书一横一纵,对新批评派的理论进行了总结,并使之系统化。维姆萨特与比尔兹利合写的两篇论文《意图谬见》(1946)、《感受谬见》(1948),把文学独立于作者与读者,进一步使文学孤立起来,同时也使新批评派理论变得狭隘和封闭,不可避免地走向了衰亡。

---

① 赵毅衡编选:《"新批评"文集》前言,中国社会科学出版社 1988 年版。

第二节
瑞恰兹

一　生平及著作

艾·阿·瑞恰兹(Ivor Armstrong Richards，1893—1979)，英国文学批评家，文学理论家和诗人。他早年在剑桥大学主修哲学，1918年获硕士学位，后又学习心理学，毕业后留校任研究员。他的非专业背景使他避免了偏狭的缺点，为他的文学批评注入了新的活力。他自1930年以后长期担任美国哈佛大学教授，教学是他一生事业的重要组成部分。他推广基础英语和宏扬古典文学，为英语的普及与推广做出了巨大贡献。他向往东方文化，曾在日本、印度和中国的清华大学与北京大学讲学(1929—1931)，并有关于老子与孟子的著作，1979年再次访华。

瑞恰兹的学术成就十分卓著，有多方面的著作，文学理论方面的著作有：《美学基础》(1921，与奥格登、伍德合著)、《意义的意义》(1922，与奥格登合著)、《文学批评原理》(1924)、《科学与诗歌》(1925)、《实用批评》(1929)、《柯勒律治论想象》(1934)、《修辞哲学》(1936)等。

二　语义分析与文本细读

瑞恰兹的文学理论被人称为"文学语义学"，是说他以文学的语言为切入口，对文学进行研究。他对文学语言的意义问题特别重视，甚至可以说，他的主要研究对象是语言，而共同点则是要力图把握语言的确切含义，为此，他提出"语义分析"和"文本细读"法("close reading")，甚至引入心理学研究的方法，对语言进行详细的辨析，防止误读。

在剑桥大学任诗歌教授时，瑞恰兹做过许多教学实验，其中有一个实验十分有趣。他把一些经典诗歌与平庸诗歌混合起来，隐去姓名发给听课者，要求他们对这些诗歌作出独立评论。结果让人大感意外：那些杰作被评论者批驳贬低，而那些平庸之作却被赞赏有加。在这个实验当中，诗歌评论中的许多问题与困难暴露了出来。经过仔细研究之后，瑞恰兹在《实用批评》(1929)一书中研讨了这些问题。在序言中，他把干扰评论者对诗歌作出正确判断的因素(他称之为"困难")列为以下几条：

一、无法辨别诗中"平易朴素"的感觉，看不懂诗的含义，不能把诗当作"一个陈述或一个表达"来理解；

二、无法从审美角度欣赏诗歌，缺乏感受诗意的能力，漠视诗的形式与作用；

三、在诗歌阅读当中，全凭读诗时产生视觉意象，然而这些意象是些胡思乱想，与主题无关；

四、漫无定常的，与诗歌毫无关联的记忆与影响；

五、已有的观念与情感干扰对诗歌的阅读，形成评论诗歌时的陷阱；

六、敏感过度,滥情;

七、太过压抑情感;

八、信奉教条,墨守成规,有宗教伦理方面的偏见;

九、单凭诗歌的艺术技巧来评判诗歌,这是"技术上的先入之见";

十、总结式的批评,即"那些自觉不自觉的理论"所形成的先入之见。

瑞恰兹认为,正是这些阅读上的"困难"造成了对诗歌批评上的偏差,对诗歌意义上的误解。瑞恰兹给我们列举这些困难,是想向我们证明,在读诗评诗之时,我们受到多少与诗本身的价值和意义无关的外部因素的影响:

首先是大部分陈念偏见的影响。我们平时自觉不自觉形成的某些对诗的意见干扰我们对某诗作出中肯客观的评价,使我们不自觉地从我们的先入之见的角度来对待这首诗。这自然而然完全是从个人主观好恶来评判,不能使我们正确理解、欣赏诗。

其次,瑞恰兹重视从评论者的心理角度说明这些偏见的形式。比如,放纵情感与压抑情感都不是以正常的心态来对待、评判诗歌,而读诗时漫无目的的回忆和只关注诗句引起的意象,也阻碍了我们宏观地评论一首诗,尤其是当我们把这些回忆和意象当作唯一的评判标准的话。

再次,拿一些与诗歌无关的宗教伦理观念来评论诗,瑞恰兹认为从这样的外部因素评论诗歌是不恰当的。可见,瑞恰兹是从个人的好恶、个人的心理以及社会意识形态三方面来论述评论诗歌时的障碍的。

从相反的角度来理解瑞恰兹的语义学批评的含义,我们可以看出,所谓语义学批评,实际就是把一首诗当作一首诗来读,或者说当作"一个陈述或一个表达"来理解。就是说,语义学批评是一种内在的批评。瑞恰兹反对从这些外部因素来理解诗,不重视一首诗与人的心理或与道德、宗教、伦理的关系。他关注的是一首诗的内部因素,如诗歌的语言,诗句的结构组织,文学的多义性等等,总之,关注诗本身。这样,瑞恰兹就把诗或文学作品从与它相关联的诸因素上独立出来。在此基础上,他提出一种"文本细读法"来对文学作品进行具体的深入的阅读,通过对作品的详尽分析,参照评论之中出现的种种误读,进行细致的语义分析,最终正确理解一首诗的意义。

瑞恰兹把文学作品孤立起来进行细读的语义学分析方法对后来的新批评派产生了很大影响。语义学分析形成了新批评派的一个基础和原则,并得到了后来批评家的继承和发展,当然,这又不可避免地导向文本的孤立,最终使新批评派走向了狭隘与封闭。

三 科学的语言与情感的语言

瑞恰兹在《文学批评原理》(1924)一书前言中提出:批评就是力求辨析经验和进行评价[①]。他把作品孤立出来,那么,要对作品进行分析,首先就要面对文本的语言,这也是新批评必然要面临的问题。

[①] 瑞恰兹:《文学批评原理》前言,杨自伍译,百花洲文艺出版社1992年版,第1页。

　　瑞恰兹一直强调语言的不同作用。在《文学批评原理》一书中,他明确地说:"存在着两种判然有别的语言用法"①,即"语言的科学用法"与"语言的感情用法"。这两种用法是不一样的:前者"为了一个表述所引起的或真或假的指称而运用表述";后者"为了表述触发的指称所产生的感情的态度方面的影响而运用表述"。即是说,"要么为了文字激发的指称而运用文字,要么为了随之而来的态度和感情而运用文字"。② 因此他认为诗歌语言和科学语言在本质上就是不同的,科学语言是一种符号语言,它要求符号所指称的主题的真实性,作为表述,它要求"真";而诗歌语言是一种有情感的语言,它并不关注表层陈述的真实性(当然它表述的或许是更高的真实),允许受到歪曲的指称,即虚构,但它更关注引发情感的指称,尤其是美的指称。同时,在过程方面,科学语言要求的指称正确,还包括必须合乎逻辑;而对于情感语言而言,逻辑就不那么重要了,严密的逻辑甚至会成为表述的障碍,因为只要情感上可以接受就可以了。结果,"就科学语言而论,指称方面的一个差异本身就是失败:没有达到目的。但是就感情而论,指称方面再大的差异也毫不重要,只要态度和感情方面进一步的影响属于要求的一类"③。所以,作为一种陈述,科学陈述关注的只是信息的准确传递,并不关心陈述引起的情感效果,它要求陈述严守逻辑、可以反复验证,追求的是真实的力量,使人理智上信服;而诗歌语言的陈述只能称作是"拟陈述",它关注信息传递,但更关注情感传递,而对于陈述是否真实,是否合乎逻辑,它并不关心,它追求的不是逻辑上的力量要人信服,而是情感上让人感动的力量。

　　在区分科学语言与诗歌语言的基础上,瑞恰兹进而论述由此而产生的关于"真"的问题。"真"的问题正是两种语言用法的关键差异:在这个问题上,正可以看出科学和诗歌对语言的要求的巨大差别。这个问题历来使人容易混淆。瑞恰兹认为有三种"真"的意义④:一、科学含义,真就是"一个指称所指的事物客观上汇合起来的方式如同指称所指",而"任何一门艺术极少包含这层含义"。二、可接受性。"真等同于'内在必然性'或者正确性"。三、艺术的含义。真等同于真诚,其反面含义就是艺术家"不抱任何明显的企图而想用对自己不起作用的效果来对读者产生效果",就是说,如果自己都不相信自己的说法,而想要读者相信自己的说法,这就是不真诚。艺术家首先必须要真诚,才会写出真诚的作品来。艺术家必须通过真诚来打动读者。所以,在真的问题上科学家要求事实的真,艺术家要求情感的真。诗歌不同于科学。

　　瑞恰兹对科学语言和诗歌语言作出区别让我们对文学本质有了更清晰的认识,只有在比较之中才可以分清物的本质,这对于我们有着十分积极的意义。不过,完全把文学作品孤立起来,只对其内部进行分析,只能走入狭隘的道路,这又是不科学的,不客观的。后期新批评派的结论就证明了这一点。

---

① 瑞恰兹:《文学批评原理》,杨自伍译,百花洲文艺出版社 1992 年版,第 238 页。
② 瑞恰兹:《文学批评原理》,杨自伍译,百花洲文艺出版社 1992 年版,第 243 页。
③ 瑞恰兹:《文学批评原理》,杨自伍译,百花洲文艺出版社 1992 年版,第 244 页。
④ 瑞恰兹:《文学批评原理》,杨自伍译,百花洲文艺出版社 1992 年版,第 244—247 页。

四　语境理论

瑞恰兹在他一生的批评事业中始终关注两个问题：一个是如何能用客观科学的方法研究文学，为此他主张把文学孤立起来进行研究；另一个是如何科学地确定文学作品的意义，防止误解。他不仅大力提倡语义学分析和细读法（实际上他同时主张在文学批评中引入心理学，但受到美国新批评派的全力反对，他们积极奉行的只是瑞恰兹的语义学），而且还主张在语境中考察词语的意义。因此，他提出了他的语境理论。

瑞恰兹认为应该建立一门新修辞学，因为"旧修辞学是辩论的产物，它是作为辩护和说服的基本原理而发展起来的。它是实践的理论，本身就是被渴求辩论的冲动所左右"[①]，因此必然导致偏见和狭隘。而新修辞学是"一门研究词语理解正误的学科，必须承担起探求意义的任务，"[②]它的任务，并非只是去说服，而是进行说明性的论述，阐明一个观点，并要求对之进行检验。因此这门新修辞学就可以是客观的、科学的了。

要探索并确定词语的意义，瑞恰兹认为必须引入语境。"如果迄今为止我们把意义总结为代表特性的功效，那么这种描述首先就适用于词汇的意义，这种意义的功能就是充当一种替代物，使我们能看到词汇的内在含义。它们的这种功能和其它符号的功能一样，只是采用了更为复杂的方式，是通过它们所在的语境体现的。"[③]对于语境，瑞恰兹有特别的理解。传统的语境的含义是："这个词前后的其它词确定了该词的意义，而这些词在语境中也同样产生熟悉的感觉。"[④]但是，在瑞恰兹看来，语境的范围可以扩大到整个的语言环境，比如与莎士比亚同时代的关于某词的全部用法，甚至关于该词的一切情况。这个范围可以无限扩大，但最终肯定仍然无法准确定义词语的意义。

瑞恰兹用了一个聪明的办法来理解"语境"，他从否定的角度来定义它。因为一个词往往同时具有多个意义，否则就是错误，但在实际应用中，并非每个意义都同时出现并起作用（然也并非只有一个意义出现，传统修辞学要求意义是确定的，因此语境之中的单词只允许出现一个意义，否则就是错误。瑞恰兹也有这样的倾向。但后来的新批评家，尤其是瑞恰兹的弟子威廉·燕卜荪，坚持词语的复义性，认为复义增加了语言的表现力，正是语言的功能所在），这样就产生"一种语境的节略形式"，"当发生节略时，这个符号或者这个词——具有表示特性功能的项目——就表示了语境中没有出现的那些部分"。[⑤] 如果把语境当做一个链条，这个链条的每一个环节就是一个词，而每个词的意义连接起来就构成意义的链条。换一个角度，如果要确定某词的意义，就相当于把这个链条的一环取下，那么这一环的空缺就是该词的意义。所以瑞恰兹说："一个单词表示了语境中没有出现的那些部分；正是从这些没

① 赵毅衡编选：《"新批评"文集》，中国社会科学出版社 1988 年版，第 288—289 页。
② 赵毅衡编选：《"新批评"文集》，中国社会科学出版社 1988 年版，第 288 页。
③ 赵毅衡编选：《"新批评"文集》，中国社会科学出版社 1988 年版，第 294—295 页。
④ 赵毅衡编选：《"新批评"文集》，中国社会科学出版社 1988 年版，第 295 页。
⑤ 赵毅衡编选：《"新批评"文集》，中国社会科学出版社 1988 年版，第 296 页。

有出现的部分这个单词得到了表示特性的功效。"①他把这个理论作为一个定理,因为它的"出发点不是印象,而是分类,是认识,是反映的法则,是相似行为的复现"②。因此,这个定理他认为是科学的。

这个语境是什么呢? 瑞恰兹认为:"我们的意义结构——这结构就是我们的世界——是由我们头脑中和世界上的这些法则,这些行为的相似复现所组成,而不是由以往个别印象的复制物所组成。"③这正符合前面所谈的语境的无限扩大。瑞恰兹实际上认为所谓语境就是我们的世界,以及这个世界使我们产生的整个含义结构。语境理论有什么功能呢? 瑞恰兹认为它能阻止我们对意义作出错误的判断,可以防止我们出于各种主观原因,自以为是地对意义做出解释,所以语境理论不能告诉我们应该怎么做,但它告诉我们什么不能做。

瑞恰兹在西方现代文论史上的作用在于,他是新批评派的一个先驱,他的理论指出了后来的新批评派的方向。他的理论建树主要有以下三个方面:首先是把文学独立出来,提倡对文学本身进行研究;其次是明确区别了文学语言与科学语言,为新批评派专注于文学内部研究扫清了障碍;第三,他的语境理论十分高明和科学,是内部研究的一个典范。他的理论有的被新批评派继承发展,但美国新批评派对他也有反对之辞,主要认为他在文学批评中加入了心理学研究的内容,不是纯粹的内部研究。但是,文学与心理学是紧密联系的,人为地把二者隔离开来,无疑是新批评派的狭隘性的表现。

第三节
艾略特

一　生平及著作

艾略特(Thomas Stearns Eliot,1888—1965),20 世纪最有影响的诗人和文学批评家之一,英国新批评派的代表。有文学史家甚至把 20 世纪称作"艾略特时代",可见他的影响力。他出生在美国密苏里州圣路易斯的一个宗教家庭。1909 年,他进入哈佛大学,师从新人文主义者欧文·白璧德,并受到其反浪漫主义的影响,获得硕士学位后,又进入巴黎大学研究柏格森哲学。一战爆发后,他又去牛津大学研究哲学。他在伦敦曾任银行职员,兼职做编辑,并开始进行诗歌创作,参与文学活动。1917 年,他发表第一本诗集《普鲁洛克和其他观感》,1922 年发表长诗《荒原》,声名鹊起。艾略特是个多面手,他不仅进行诗歌创作,而且还企图复活诗剧,创作了多部诗剧,同时他还创办杂志,他的文学评论及研究也极有成就。1927 年,他加入英国国籍,宣称"政治上,我是个保皇党;宗教上,我是个英国教徒;文学上,我是个古典主义者"。1948 年获得诺贝尔文学奖。1965 年 1 月,艾略特在伦敦逝世,葬于威斯敏斯特

---

① 赵毅衡编选:《"新批评"文集》,中国社会科学出版社 1988 年版,第 297 页。
② 赵毅衡编选:《"新批评"文集》,中国社会科学出版社 1988 年版,第 298 页。
③ 赵毅衡编选:《"新批评"文集》,中国社会科学出版社 1988 年版,第 298 页。

大教堂"诗人角"。

他主编的杂志有《自我》和《标准》(1922—1939)。他在文学批评方面的主要文章包括：《传统与个人才能》(1917)、《玄学派诗人》(1921)、《批评的功能》(1923)、《论但丁》(1929)、《诗歌的用途和批评的用途》(1933)等等。《文选》(1932)收录了艾略特1932年以前最重要的批评文章，可以看作是20世纪西方最有影响力的文学批评著作。

二　有机整体观

艾略特对文学有一种很强烈的整体观倾向，他对传统的重新评价充分体现了他的这种倾向。在他看来，一切都应该是一个统一的有机的整体。

艾略特有机整体观表现在两个层面：每一部具体文学作品本身是有机的整体，由具体作品组成的整体文学也是有机整体。对于具体作品而言，他认为其中的每一个构成部分都是一种有机的组织，并非是简单的各部分相加。这种观点强调作品的每个构成部分之间紧密的有机联系。因此，在解释和评论作品时，要求把作品的每个部分都与作品整体联合起来一起考察，坚决反对断章取义，对作品进行任意的割裂。

这种情况也体现在具体作品与整体文学的关系上。艾略特认为，没有任何一位艺术家拥有完整的意义，因此，不可能就他本身来对他的作品进行评价，必须把他放在他与前辈艺术家的关系中来进行考察。对一部新作品的评价也应该如此。新作品与以往一切作品的关系是互动的，艾略特说："当一件新的艺术品被创作出来时，一切早于它的艺术品都同时受到了某种影响。现存的不朽作品联合起来形成了一个完美的体系。由于新的(真正新的)艺术品加入到它们的行列中，这个完美体系就会发生一些修改。在新作品来临之前，现有的体系是完整的。但当新鲜事物介入之后，体系若还要存在下去，那么整个的现有体系必须有所修改，尽管修改是微乎其微的。于是每件艺术品和整个体系之间的关系、比例、价值便得到了重新的调整；这就意味着旧事物和新事物之间取得了一致。"[1]"牵一发而动全身"，这就是艾略特文学整体观的真谛。用他的另一句话说，就是"在同样程度上过去决定现在，现在也会修改过去"。[2] 艾略特认为，以往一切不朽的作品构成了一个完美的、完整的体系，这个体系构成了文学的传统，在这个传统里产生了一切新作品，不可避免地，新作品都是以传统为基础、为背景的，必然受到它的影响。一个成熟的诗人，会通过艰苦的劳动学习它，得到它。他会形成一种"历史意识"，不仅能感受到过去的过去性，也能感受到过去的现在性，也就是说，能够同时抓住历史和现在，这使"一个作家最强烈地意识到他自己的历史地位和他自己的当代价值"。[3] 这说明一个诗人必须把自己放到传统当中，才能创作出具有历史价值的作品。他的作品会引起对传统的改写(如果它确实是新的话)，但它必然也将融入这个传统中，构成传统的一部分。艾略特认为，对一部作品的批评，也必须把它放到传统之中，才能确定它的

① 艾略特：《传统与个人才能》，见《艾略特文学论文集》，李赋宁译，百花洲文艺出版社1994年版，第3页。
② 艾略特：《传统与个人才能》，见《艾略特文学论文集》，李赋宁译，百花洲文艺出版社1994年版，第3页。
③ 艾略特：《传统与个人才能》，见《艾略特文学论文集》，李赋宁译，百花洲文艺出版社1994年版，第3页。

历史地位和价值。另外,要注意到这个传统由于新作品的不断加入,就成为一个不断变化更新的运动体,不会是一个一成不变的凝固体。所以,文学批评必须在作品与传统之间的互动关系中进行,因为说到底,在艾略特看来,它们都归属于文学的有机整体。

艾略特对文学的有机整体观,不仅是继承了西方古典文论有关文学整体观的优良传统,吸收了它的精华,而且更大胆地把这种观念扩大到整个文学体系,开阔了我们批评的视野,扩展了文学批评的基础,难能可贵的是,他能以运动的、变化的眼光来对待传统,显示了他作为大批评家的深刻与智慧。

三 "非个人化"理论

英国批评家 J·M·默里等文学批评家都是浪漫主义者,与他们的前辈们一样,他们都强调个性,都相信"必须依靠内心的声音"。而艾略特则站在反浪漫主义的立场上,希望建立科学客观的批评,所以他提出了著名的"非个人化"理论。

艾略特明确提出:"诗歌不是感情的放纵,而是感情的脱离;诗歌不是个性的表现,而是个性的脱离。"[1]在他看来,诗人只有努力使自身融入到伟大的传统当中,个人的才能才可以得到充分的实现,他说:"诗人把此刻的他自己不断地交给某件更有价值的东西。一个艺术家的进步意味着继续不断的自我牺牲,继续不断的个性消灭。"[2]这个观点可以说是他对文学创造者提出的最重要的要求。他之所以得出这样的结论,是出于以下的考虑:

在艾略特看来,一个包括一切不朽的作品的文学传统,形成了一个完整的,而且可以吸纳新事物的不断变化的体系。面对着这个传统,一个作家不可避免地将受到它的深刻影响。在任何发展的阶段和轨迹上,都留有这个传统的烙印(而且艾略特认为这个烙印越深,作家就越有成就)。另外,批评家对作家进行评价的时候,也就不可能只针对该作家本身作出判断,批评家必须不仅考虑作家的个性,更重要的是必须考虑与这个作家有关的,特别是对他产生影响的,与他形成对照的其它因素,概括说来,就是"传统"这个因素。所以传统对于作家来说,就是一个无处不在的巨大背景,时时处处在影响着作家。作家会以自己的个性影响这个传统,其实那是十分微弱的。随着他的成熟,他必将归附于这个传统。在艾略特看来,只有二流的诗人才会保持"个人的"特质,因为他把自己的意识用错了地方,优秀的诗人懂得把自己的诗与自己的感情和个性脱离,成为一个"非个性化"的诗人,懂得把自己交付于传统,通过传统发出自己的声音,而不是在与传统的分歧与对抗中表现自己。这时候,我们会发现,"不仅他的作品中最好的部分,而是最具有个性的部分,很可能正是已故诗人们,也就是他的先辈们,最有力地表现了他们作品之所以不朽的部分"[3]。正是如此,他泯灭了自己的个性,成为一个成熟的诗人。

那么诗人对于他的作品意味着什么呢?难道诗不是诗人写出来的吗?艾略特用一个化

---

① 艾略特:《传统与个人才能》,见《艾略特文学论文集》,李赋宁译,百花洲文艺出版社 1994 年版,第 11 页。
② 艾略特:《传统与个人才能》,见《艾略特文学论文集》,李赋宁译,百花洲文艺出版社 1994 年版,第 5 页。
③ 艾略特:《传统与个人才能》,见《艾略特文学论文集》,李赋宁译,百花洲文艺出版社 1994 年版,第 2 页。

学反应的比喻说明了他的观点：把一条白金丝放入一个装有氧气和二氧化硫的容器里，两种气体产生化学反应，形成硫酸，而白金丝无任何变化。诗人的头脑就是那白金丝，它只是产生诗的催化剂，没有他就没有诗，但诗中并不含有它。通过这个比喻艾略特形象地说明了诗人在诗歌创作中的作用。另外，他认为诗人的头脑只是一个"精细地完美化了的媒介"，但也只是一种媒介而已，"通过这个媒介，许多印象和经验，用奇特的和料想不到的方式结合起来"①。首先，他认为诗人的头脑就是一个"捕捉和贮存无数的感受、短语、意象的容器"，这些感受、短语和意象在容器里等待着与形成一个新的化合物的成分结合在一起，所以诗人对于诗歌只是一个工具，诗人本人的印象和经验并不等于诗中蕴含的印象和经验。从另一方面讲，诗人的作用就在于把头脑里储存的感受、意象组织综合、加工成一首诗。他并不需要煞费苦心地去寻找新的感情，更不必完全体验这些感情（有些感情在现实中并不存在），普通的感情也可以加工成为一首诗。艾略特认为，诗歌并不是感情，从某种程度上说，"诗歌是一种集中，是这种集中所产生的新东西"②。所以，诗歌的艺术价值不在于感情的伟大，而在于这种集中的剧烈。艾略特的结论是，"诗歌是有意义的感情的表现，这种感情只活在诗里，而不存在于诗人的经历中。艺术的感情是非个人的"③。

艾略特提出"非个人化"理论，其目的在于反对浪漫主义者提出的"听从内心的声音"的口号，他希望把对诗人的兴趣转到诗歌上面来，消灭诗人的个性，以便使艺术接近科学。

第四节
兰色姆

一 生平及著作

约翰·克罗·兰色姆（John Crowe Ransom，1888—1974），美国著名的文学批评家、诗人、教师和编辑。早年就读于田纳西州的凡德比尔特大学，后来获得牛津大学博士学位。一战期间曾在部队服役，战后任教于凡德比尔特大学、俄亥俄州肯庸学院等多所大学。他与克林思·布鲁克斯、艾伦·退特以及罗伯特·潘·沃伦形成美国的新批评派，他们四个被称为"南方农业派"或"逃亡者"（这个名称出自他出版的一份诗刊《逃亡者》）。1921—1925年间，他出版了诗刊《逃亡者》，1939—1959年间，他创办并主编了著名的文学评论刊物《肯庸评论》。他的主要理论著作包括：《世界之躯》（1938）、《新批评》（1941）、《绕过丛林：1941—1970年论文选》（1972）等等。兰色姆是英国新批评理论转向美国的一个转折点，起到了一个承前启后的作用。他总结并吸收了瑞恰兹与艾略特的理论、观点与方法，建立了以文本为中心的美国新批评派的理论。可以说，他才是新批评派的真正奠基者，为新批评派的形成与发

---

① 艾略特：《传统与个人才能》，见《艾略特文学论文集》，李赋宁译，百花洲文艺出版社1994年版，第6、9页。
② 艾略特：《传统与个人才能》，见《艾略特文学论文集》，李赋宁译，百花洲文艺出版社1994年版，第10页。
③ 艾略特：《传统与个人才能》，见《艾略特文学论文集》，李赋宁译，百花洲文艺出版社1994年版，第11页。

展作出了不可磨灭的贡献。

二　本体论批评

兰色姆虽然是新批评理论的奠基者,但他并不称自己的理论是新批评。他心目中的新批评是指英国的瑞恰兹、艾略特和燕卜逊的批评理论,认为他们形成了与传统文学批评截然不同的新型的批评。但是他对这些新批评理论并不满意,于是他提出了自己的批评是一种"本体论批评"。

本体论原来是一个哲学术语,指的是对于事物的本原和本体的研究,1934 年,兰色姆写了《诗歌:本体论札记》一文,把这个术语引入到文学批评当中,是为了说明诗的类型之所以不同的原因。他说:"一种诗歌可因其主题而不同于另一种诗歌,而主题又可因其本体即其存在的现实而各不相同。"①据此,他从感性和理性的关系入手,区分了事物诗、柏拉图式的诗歌和玄学诗的不同。他认为:"柏拉图诗太理想主义了,而事物诗又太写实了,而写实是令人生厌的,是不能维持人的兴趣的。因此,诗人就引进了奇迹的心理上的手段。"②这就是玄学诗。在兰色姆看来,玄学诗避免了事物诗的过分写实(感性)和柏拉图诗的过分理想主义(理性),毋宁说是结合了事物诗的感性和柏拉图诗的理性,"它使我们在刚得到的奇特的描述的厚实的事物中观察、惊叹和欢跃",它对事物所作的论断是十分真实的。因此,兰色姆高度赞扬玄学诗:"'玄学'(或奇迹信仰)所鼓舞的一种诗歌是这个文学领域中我们所知道的最有独创性,最令人兴奋,在理智上或许是最风趣的诗歌,在其他文学领域中也可能没有什么可与之媲美的东西。"③

兰色姆的"本体论"批评的概念包含两个方面的含义:

第一是诗歌的本体性。"我们怎样能把一首诗和一篇散文区别开来呢?"兰色姆分别对人们关于两者的差异的几种看法作了反驳。诗歌和散文的区别不在于道德伦理,因为它既存在于诗歌,也存在于散文,批评家对诗歌的这种道德批评立足点并不在诗歌,而是道德。区别也不在于诗歌的乡情或感情发泄,因为诗中的这种感情是不可捉摸的,难以确定的,所以主情派的批评常常极为含混。诗歌的结构也不能构成这种差异,否则诗歌就只是"大量局部组织联缀起来的一种松散的逻辑结构"④。那样的话,一首诗就还不如一篇科技散文。所有这些差异(道德、逻辑、情感),都不能构成诗歌与散文的本质差异,因为,在兰色姆看来,它们都是外在于诗歌的。而他认为,"诗歌的特点是一种本体的格的问题。它所处理的是存在的条理,是客观事物的层次,这些东西是无法用科学论文来处理的"⑤。我们生活的世界,在科学论文或其他的非艺术处理方式中,被删削、简化,变成了易于处理的形式,因此我们以这些形式看到的世界,不是真实的世界。兰色姆认为,诗歌的功能就是"旨在恢复我们通过自

---

① 兰色姆:《诗歌:本体论札记》,见赵毅衡编选《"新批评"文集》,中国社会科学出版社 1988 年版,第 46 页。
② 兰色姆:《诗歌:本体论札记》,见赵毅衡编选《"新批评"文集》,中国社会科学出版社 1988 年版,第 90 页。
③ 兰色姆:《诗歌:本体论札记》,见赵毅衡编选《"新批评"文集》,中国社会科学出版社 1988 年版,第 65 页。
④ 兰色姆:《征求本体论批评家》,见赵毅衡编选《"新批评"文集》,中国社会科学出版社 1988 年版,第 73 页。
⑤ 兰色姆:《征求本体论批评家》,见赵毅衡编选《"新批评"文集》,中国社会科学出版社 1988 年版,第 74 页。

己的感觉和记忆淡淡地了解的那个复杂难制的世界。就此而言,这种知识从根本上或本质上是特殊的知识"①。也就是说,诗歌保存着完整的真实世界,通过它,我们可以重新看到世界的真实面貌。从这一点上,其他对世界的处理方式是不能与诗这种方式相比的。也正是从这一点上,显现出诗歌和散文的差异。所以,诗歌有着自己的本体性,体现在它的功能上。

第二是对诗的本体性的批评。因为诗有自己鲜明的本体性,所有对诗的批评也必然是一种"本体论"批评。这种批评首先必须承认诗本身的本体性存在,它必须把非诗歌本体的种种东西(道德、逻辑、情感之类)抛开,而专注于诗的内部研究。也就是说,本体论批评应当把诗作为一个封闭的,独立自主的存在来看待,专注于研究诗的内部因素的组合、运动。当然这种研究必须同时是客观的。反过来讲,本体论批评反对从读者的阅读感受,从作者的创作心理,从作品的社会历史背景,从道德伦理角度以及其他外部因素来对作品作出研究。在他的另一篇文章《文学批评公司》(1937)中,兰色姆列出了以下六种外部的研究方法,对它们逐个作了批驳,要求在本体论研究中剔除它们。六种批评方法是:①批评家对作品的阅读感受;②作品主要内容的归纳与解释;③文学史研究;④语言文字研究;⑤道德研究;⑥其他特殊方面的(如地名)的研究。这六种研究方法都是围绕作品所作的外部研究,在兰色姆看来,它们都不能深入到作品的内部,也就不能对作品的本质作出真正的研究,它们的结果也必将是无关作品本身的结论,因此,应该予以剔除。

三 "构架—肌质"理论

1941 年,英国某大学邀请当时美国文学批评三大派别——保守的道德批评派,激进的社会批评派和形式主义的新批评派——的代表进行辩论。兰色姆在会上为他的新批评派立场辩护。为了具体说明自己的"本体论"批评,兰色姆首次提出了"构架—肌质"理论。

兰色姆提出关于诗的一个公式:"诗的表面上的实体(可以是能用文字表现的任何东西)有一个 x 附丽其上,这个 x 就是累加的成分。诗的表面上的实体继续存在,并不因为它有散文性质而消失无余。那就是诗的逻辑核心,或者说诗的可以意解而换为另一种说法的部分。除了这个以外,再就是 x,那是需要我们去寻找的。"②此处的 x,就是使一首诗成为诗的东西,使诗区别于散文的诗的特质。那么,如何理解"表面实体"与 x 的关系呢?兰色姆打了两个比喻来说明这种关系。

首先,兰色姆把诗比喻为一个民主政府,把散文比喻为一个集权政府。民主政府不会压制它的公民,剥夺公民个人独立的性格,而集权政府只顾行使职权,无视公民的存在,只把公民视作国家的机能部分,更别说公民的独立性格了。在这个比喻中,政府与公民的关系就是

---

① 兰色姆:《征求本体论批评家》,见赵毅衡编选《"新批评"文集》,中国社会科学出版社 1988 年版,第 74 页。
② 兰色姆:《纯属思考推理力的文学批评》,见赵毅衡编选《"新批评"文集》,中国社会科学出版社 1988 年版,第 93—94 页。

表面实体与 x 的关系,他说:"在这个比喻里,整个政府的行动,当然代表一首诗的要义或者逻辑意义部分。公民的性格代表诗里的各个细节的特点。这种特点就是我那个公式里的 x。"①

其次,兰色姆把诗比作一所房子:"它显然有一个'蓝图',或者说一个中心逻辑构架,但同时它也有丰富的个别细节,这些细节,有的时候和整个的构架有机地配合,或者说为构架服务,又有时候,只是在构架里安然自适地讨生活。""一首诗有一个逻辑的构架(Structure),有它各部的肌质(Texture)。"②"构架"与"肌质"构成了一首诗(如同一所房子)。其中,"构架"指的是诗的内容逻辑陈述,也就是可以用散文来进行转述的思想内容或主题意义。它的作用是负载诗的肌质部分,而且这里的逻辑并非科学意义的逻辑,它遵循的是艺术的逻辑。"肌质"指的是诗的不能用散文转述的部分,更多的是指诗的种种细节,用兰色姆的比喻来说,是指民主政府中公民的性格,墙壁上涂的颜色,糊的壁纸或挂的装饰。肌质对于墙壁并无功能性作用,却可以美化墙壁,也就是说,使墙壁不仅仅是一个构架。不过,在这里兰色姆走向了绝对,他认为在逻辑上肌质与构架无关。这种观点割裂了构架与肌质相互依存的关系。没有肌质,诗就没有构架;而诗没有构架,就什么也没有了。实际上,他的学生布鲁克斯就从作品的有机整体观出发对老师作了批评③,他认为诗中可以用散文转述的部分只是"脚手架",而不代表诗的"内在结构"和"真正结构",是外在于建筑物的,而不是他的老师所说的"墙壁"。

兰色姆认为,对于一首诗而言,肌质要比构架重要得多,因为肌质才是诗的精华,才构成诗的本质,诗之为诗,诗之区别于散文,都在于附丽于构架上的肌质。他说:"如果一个批评家,在诗的肌质方面无话可说,那他就等于在以诗而论的诗方面无话可说,那他就只是把诗作为散文加以论断了。"④甚至有时候"局部的肌质并不辉煌,但却把全部结构掩盖了"⑤。但是在诗的整体价值上,兰色姆又认为,诗的价值应该既包括构架的价值,也包括肌质的价值,就象一所房子的价值,既包括房子本身的价值,也包括装修陈设的价值。总之,他认为,诗的总价值要比各部分的价值大。这样他又把构架与肌质结合起来了。

第五节
维姆萨特与比尔兹利

一　生平及著作

W·K·维姆萨特(William K. Wimsatt,1907—1975),美国文学批评家、诗人、博学的

---

① 兰色姆:《纯属思考推理力的文学批评》,见赵毅衡编选"新批评"文集,中国社会科学出版社 1988 年版,第 96 页。
② 兰色姆:《纯属思考推理力的文学批评》,见赵毅衡编选"新批评"文集,中国社会科学出版社 1988 年版,第 97 页。
③ 布鲁克斯:《释义误说》,见赵毅衡编选"新批评"文集,中国社会科学出版社 1988 年版,第 193—194 页
④ 兰色姆:《纯属思考推理力的文学批评》,见赵毅衡编选"新批评"文集,中国社会科学出版社 1988 年版,第 98 页。
⑤ 兰色姆:《纯属思考推理力的文学批评》,见赵毅衡编选"新批评"文集,中国社会科学出版社 1988 年版,第 105 页。

新批评派理论家。他从 1939 年起就在耶鲁大学任英语教授,曾努力推动并维护过新批评派的理论。他的主要著作包括:《塞谬尔·约翰逊散文体》(1941)、《可憎的矛盾:文学和批评研究》(1965)、《文学批评简史》(1957,与克林思·布鲁克思合著)等。《意图说的谬误》(1946)和《传情说的谬误》(1949)是他与比尔兹利合写的两篇论文,收入他的《语言偶像:诗的含义的研究》(1954)一书中。

M·C·比尔兹利(1915—1985),美国坦普尔大学哲学教授,此前曾在耶鲁大学执教过哲学与美学。其著作包括《美学:批评的哲学诸问题》(1958)、《从古典希腊到当代的美学》(1966)等。

二 意图谬误

美国著名文学批评家 M·H·艾布拉姆斯曾经提出,所有的批评必然要涉及到四个因素:作品、作家、读者和世界。这四个因素相互之间有着复杂的关系。无论从哪一个因素出发的批评理论,都必须同时考虑到另外的三个因素的影响。而实际上这四个因素之间的关系是如此的复杂,以至于每一种理论顶多可以说明这个问题的某个方面,而没有哪一种理论能够一语道破这个问题的所有可能,一言难尽倒正可以说明这个问题的特点。反过来,也许正是这种一言难尽的状况吸引无数的学者来研究这个问题,以期能够有所得,使人更清楚地理解这个问题。

美国新批评派却似乎走了相反的一条道路。从英国的瑞恰兹、艾略特,到美国的新批评派诸学者,都一直在努力使自己的批评达到绝对科学客观的境界。从瑞恰兹、艾略特和兰色姆的批评理论中我们可以看出,他们都在努力使自己的注意力集中在作品本身,尽量不去考虑作者对作品的影响、读者对批评的作用。瑞恰兹在自己的批评中借助心理学的知识,就曾受到新批评派的严厉批评。

意图说在西方文学批评史中有极深的渊源,无论是古典主义的文学理论,还是浪漫主义的文学理论,还是历史传记式的文学批评,都不同程度地关注作者的创作意图,把作者的创作意图作为评判作品价值的重要标准。坚持意图说的最突出的代表是克罗齐。他著名的定义是"直觉即表现",在他看来,一件艺术品只要在作者的头脑中构思好了,艺术品就算完成了。至于如何把心中的构思通过介质变成实物,在他看来是无关紧要的,因为那只是作者的实践活动而不是艺术活动,创造的作品也不是艺术品。美就美在成功的直觉表达,而丑就是不成功的直觉表达。另一个例子是歌德,他曾经用三个问题来评判作品:"作者一开始企图做什么?他的计划合情合理吗?他贯彻其计划是取得了多大的成功?"他所关注的首先是创造者的意图,意图决定了作品的成败。意图论者历来就认定,艺术品是表现创造者的物质载体,批评家的任务是透过艺术品去认识创造者,而创造者的思想决定了他的艺术品的价值。所以评价艺术品的价值,就要看艺术家在创作它的时候企图表达的是什么,实现了作者意图的是成功之作,反之则为失败之作。

维姆萨特与比尔兹利对意图说进行了尖锐的批评,他们认为:"把作者的构思或意图当作判断文学艺术作品成功与否的标准,既不可行亦不足取。"①为什么呢? 他们认为,一部作品固然必是起自作者的某种意图,必得经过作者的构思,然后经过创作实践,才最终成为实在的艺术品,但是,批评的对象应该是作品,而不应该是意图,因为意图只是说明作品产生的原因,批评中对意图的评价只能说是对作者的创作意图的"表达方式"的评价,这些都不是对作品本身的评价。柯勒律治的诗歌和文学理论的差异就说明了"诗的评断和诗的意图并不等于他的作品,否则就不会有失败的作品了"。而且,我们不能有足够把握去确定作者的创作意图是什么。因为,一方面,我们不可能知道作者的想法,另一方面,作者在创作当中也会修改原有的创作意图,这些都说明了创作意图的不可靠。所以,作者的创作意图在评价作品的过程中是不足为凭的。唯一可靠的批评标准只有作品本身,只有根据一个人说出的话才可以知道他在想什么。维姆萨特和比尔兹利提出的最有力的证据是:"如果诗人成功了,那么这首诗本身就表现出诗人当时试图干些什么,如果诗人没有成功,那么这首诗就不是充分的证据,而批评家必须跳出这首诗的范围,去找在诗中并未充分体现意图的证据。"②另外,作品一旦产生,就不再受到作者的控制,获得了独立的地位,从而属于读者。它的价值要取决于读者对它的评判。所以接受美学就认为作品的价值要取决于读者对它的接受。总之,维姆萨特和比尔兹利认为意图说是一种谬误,它的谬误在于混淆了诗与诗的来源,这是哲学家们称为"起源的谬误"的一个特例,"它试图从从诗的心理原因推衍出批评标准着手,而以文学传记和相对主义告终"③。

三 传情谬误

维姆萨特和比尔兹利认为传情说也是一种谬误。与意图说混淆了诗与诗的来源的谬误不同,"传情说的谬误在于混淆了诗和诗的结果(诗是什么和它所产生的效果),这是认识论上怀疑主义的一种特例,虽然在提法上仿佛比各种形式的全面怀疑论有更充分的依据。它试图从从诗的心理原因推衍出批评标准入手,而以文学传记和相对主义告终"④。

他们认为,为批评所寻找的标准必须是确定的、可靠的。而意图因为在作者心中不易把握而不可靠,传情说则试图以读者阅读诗歌时所引发的主观感受来作为批评的标准,同样也是不可靠的,因为读诗时引发读者何种感受,这要受到诸多方面的因素的影响,比如读者所处的环境,本人的文化程度,知识背景,尤其是阅读的主观情绪,这些都是难以把握的。因此,阅读时的主观感受也就只能产生些印象主义的、主观主义的结论。显然,这些结论都不足以担任诗歌评价的标准。

更为重要的是,他们认为文学批评要探究的问题是"诗是什么",而不是"诗所产生的效果是什么"。对于新批评派来讲,他们努力要建立的是一种科学的、客观的批评,因此特别强

---

① 维姆萨特与比尔兹利:《意图说的谬误》,见戴维·洛奇编《二十世纪文学评论》,葛林等译,上海译文出版社1993年版,第568页。
② 维姆萨特与比尔兹利:《意图说的谬误》,见戴维·洛奇编《二十世纪文学评论》,葛林等译,上海译文出版社1993年版,第569—570页。
③ 维姆萨特与比尔兹利:《传情说的谬误》,见戴维·洛奇编《二十世纪文学评论》,葛林等译,上海译文出版社1993年版,第591页。
④ 维姆萨特与比尔兹利:《传情说的谬误》,见戴维·洛奇编《二十世纪文学评论》,葛林等译,上海译文出版社1993年版,第591页。

调批评的对象必须是作品本身,任何偏离这一中心的批评都会因为造成主观性、不确定性而遭到他们的反驳。传情说以读者的主观感受为批评标准,意图说以作者的创作意图为批评标准,"结果都会使诗本身,作为批评判断的具体对象,趋于消失"[①]。这样实际就偏离了批评,偏离了诗歌本身。

应该说,维姆萨特和比尔兹利的理论对于传记式批评和印象主义批评无疑是有针砭作用的。但是,只强调以文本为中心,切断作品与作者的联系和作品与读者的联系,无疑是又陷入了相反的片面性,也终于导致了新批评派最终的狭隘与封闭。作品毕竟是处在社会环境中的人创作出来的,单独把作品孤立起来,切断与产生它的环境的联系,只能成为一个"精致的瓮",虽然美丽,却没有生命。

---

① 维姆萨特与比尔兹利:《传情说的谬误》,见戴维·洛奇编:《二十世纪文学评论》,葛林等译,上海译文出版社 1993 年版,第 591 页。

第一节
概述

一　社会文化背景

1945 年,第二次世界大战终于结束了。二战留下了一个饱受蹂躏、残破不堪的法国,整个国家在二战当中几乎成为一片废墟,物质损失难以估量。战后,法国首先面临的就是振兴经济,恢复生产。戴高乐由于坚持他在战时实行的独裁统治,在政治上不得民心,被迫辞职。法国建立了由共产党、社会党与基督教民主党联合执政的第四共和国,致力于经济改革,实行大规模的国有化生产,并实行指导性的计划经济,马歇尔计划又为法国经济的恢复注入资金支持,这一切都有利于法国战后经济的迅速恢复与发展。经过三个五年计划之后,到 60 年代末,法国经济已经得到全面发展,人们的物质生活大幅度提高,社会结构和生活方式也有了极大改变,法国已进入到现代社会行列,当然这其中也潜藏新的经济问题。

在解决经济问题的同时,法国政局风云变幻,首先是对战时那些右倾或通敌的知识分子进行清洗活动,并在清洗活动中使用暴力,惩罚过重,打击面太宽,引发了知识分子的强烈不满,许多人抗议这种过分严厉的清洗活动。这反而形成了一股潜在的保守力量,使法国共产党在战后大选之中并未单独执政,法国政局又回到三党执政的旧议会制度。另一方面,法国在战后的殖民地大国地位也摇摇欲坠。1946 年,法国卷入印度支那战争,历时七年,损失惨重;其后又有了阿尔及利亚战争,历时十年,更使法国元气大伤。其时,左派知识分子都站在殖民地国家一方谴责法国政府,结果使政府民心大失,导致第四共和国倒台,戴高乐再次执政。

20 世纪上半期的自然科学的发展,对社会的各个领域都产生了重大影响。第三次科学技术革命不仅在思想领域有极大影响,而且还影响了文学。法国结构主义在某种程度上就是自然科学的发展倾向对哲学和文学产生影响的结果。结构主义思潮一开始是作为一种方法和研究方向而出现的,同时又综合了其他学科的方法论,体现出综合性的特征。科学化思潮对于文学批评的影响在结构主义文学理论中体现得很明显。一些学者试图使文学批评成为一门独立的科学,具有自成体系的方法与工具,追求文学理论的科学性与系统性。总之,科学,以及由科学发展而形成的科学思潮,极大地影响了法国战后的哲学思想,结构主义文学理论也是这种哲学思想的一个方面。这种科学哲学思潮,与同时代的非理性思潮形成了战后法国乃至整个欧美世界的两大思潮。

二　文学概貌

战后的法国文坛总体上受 20 世纪各种现代主义艺术的深刻影响,也走向了现代主义的道路。不过,应该注意到,在战前法国文坛已出现大量的现代主义文学作品,例如普鲁斯特、纪德、莫里亚克和马尔罗等人,都已在自己文学创作中放弃传统的现实主义创作方法,开始探索现代主义的写作方法。现代派小说就是二战后法国现代主义文学潮流的重要的一支。它主要表现为两支前后相继的文学流派:存在主义和新小说派。到50年代中期,存在主义已日趋衰落,代之而起的是新小说派。

新小说派的代表人物有阿兰、罗伯·格里耶、娜塔丽·萨罗特、米歇尔·布托尔、克罗德·西蒙、罗贝尔·潘热、克洛德·莫里亚克等。新小说派作家常常身兼两职,既是作家,又是批评家。他们的理论文章有助于读者理解他们充满现代气息的作品,而且也有助于使他们构筑统一的理论基础。他们的理论主张主要有:反对传统小说模式,倡导各种创作实验和创新;破除人道主义神话,建立新现实主义文学,他们作品中的客观视角实践了其理论;反对倾向性文学,回归文学本身,这明显是对存在主义的反拨。可以说,虽然新小说派作家创作风格彼此不同、各有特点,但总体上都实践了他们的理论主张。

新小说派的作品中的思想和艺术特色,大致可归纳为以下几点:①主要对事物进行细致精确的描写,突出细节;②小说结构太多,时空交叉,反对编年史式和戏剧化的结构,表现出无组织、无次序、片断性和跳跃性的特征;③新小说在思想上大多充满悲观主义情绪,这是当时人们精神状态的反映;④小说人物大都没有个性,人物只是一些符号,而没有外表特征,没有历史,可以说,淡化了人物等等。新小说在艺术形式上的各种创新,丰富了小说的表现方式,这是新小说的一部分历史价值所在。

三　文论综述

结构主义批评理论在现代文论史上起着承上启下的作用。它继承了俄国形式主义和英美新批评派的以文本为研究和分析对象的客观化和科学化的研究方法,并使之臻于完善,但物极必反,完善的结构并非牢不可破,它启发了解构主义的批评理论,而解构主义的目标就是要推倒解析并颠覆所谓牢固的结构。

结构主义的理论来源首先是索绪尔的结构语言学理论。索绪尔认为,传统语言学以历史的态度看待语言的方法是错误的,语言乃是能指的语音与所指的概念的结合,两者正如一张纸的两面,共同构成语言。同时,能指与所指的关系是约定俗成的,这样就把语言的共时性特征引入了语言学。索绪尔还认为语言和言语是不同的,语言具有一种系统和体制的内在结构,而言语是语言在现实生活中的具体化,具有千变万化的形态,但是,它是语言内在的共同结构的多种变形,因此受制于语言。语言具有内在结构的观点给了结构主义者极大的启发,他们的研究目标就是寻求文本的内在结构。

结构主义不仅是一种文学批评理论,它更是一种思潮。让·皮亚杰(1896—1980)本是位心理学家,但他的心理学理论具有结构主义的某些特征,他还专门写了一部《结构主义》来系统阐述自己的结构主义研究方法。他认为,结构具有三种功能:①整体功能,即构成结构整体的各种因素之间的有机联系,构成一个有机系统,并发挥整体的作用;②转换功能,即结构内部存在着某些规律与规则,它们具有一种构成功能,使各因素的意义与功能为人们所理解;③自我调节功能,即结构各因素在执行转换功能时,自身的调节不需要借助外力来进行,也就是说,结构是一个相对封闭与独立自足的整体。人类学家克劳德·列维-斯特劳斯在《结构人类学》一书中对结构也做了一番说明:结构的各构成因素是相互关联的,任何一个因素的变化都会引起相关因素的变化,甚至是整体的变动,如果人们对整体结构能够很好地把握,那么对于某一因素的变化引发的一系列变化就可以做出准确的预测。另外,结构内部所发生的现象和事实,都可以从结构中找到解释,显然结构在他看来也是封闭而自足的。

像其他诸多文论思潮一样,结构主义文论实际上并不是一个理论统一的学派,它更多的是一系列具有共同特征的方法论,即结构主义方法论的集合。结构主义文论家也没有一个共同的纲领,他们共同运用结构主义的理论方法来研究文学,但每个人的理论又各不相同,形成不同的派别,其中包括法国学派,主要代表有列维-斯特劳斯、阿尔都塞、罗兰·巴特、格雷马斯、托多洛夫等人,以及符号学派,主要代表有苏珊·朗格、艾柯和洛特曼等人,另外还有普洛普的叙事学研究、巴赫金的复调理论和狂欢化理论等等,精彩纷呈,展现了结构主义方法的广泛适用性和生命力。

结构主义文学理论自身的基本特征主要体现在三个方面:一是文论家寻求理论批评的模式,以达到客观地、理性地把握研究对象,深刻地理解对象;二是他们强调文学研究的整体观,不仅要对作品进行深入的细读,还要有对作品结构的整体把握;三是他们强调对文学作品的符号学与叙事学的研究。他们认为语言与叙事结构更能体现作品的深层结构,通过这两个方面的深入研究,就可以抓住作品的深层结构,从而更好地理解作品。

可见,虽然结构主义文论与形式主义文论和新批评文论一样,是以语言学为文学理论研究的起点的,但是结构主义文论要比它们更完善,更深入。这主要表现在两个方面:首先,结构主义不仅仅关注文学作品的语言和形式,而把这方面的研究纳入到对文学作品结构整体性研究的框架当中,这是研究范围的扩展和研究深度的深化的表现;其次,结构主义更具有系统的观念,更关注整体地、全面地把握作品,不仅研究作品的表层结构(语言、形式、叙事等),而且还更进一步探寻隐含在作品内部的深层结构。虽然这依然是一种形式主义的研究方法,但无疑是更完善的研究方法。

第二节
弗莱

一　生平及著作

诺思罗普·弗莱(Northrop Frye,1912—1991),加拿大著名文艺理论家、文艺批评家,是20世纪西方文学理论界的巨擘之一。他出生于加拿大魁北克省的舍布卢克,后就学于多伦多大学和牛津大学,1940年获得牛津大学硕士学位。毕业后在多伦多大学教授英国文学,曾担任《加拿大论坛》编辑。弗莱一生著述颇丰,其主要的著作有:《威严的对称:威廉·布莱克研究》(1947)、《批评的解剖》(1957)、《同一性的寓言:诗的神话研究》(1963)、《顽强的结构：文学批评与社会研究》(1970)、《批评之路》(1973)、《世俗圣经：传奇结构研究》(1976)、《伟大的代码》(1982)，等等。这些著作大都视野开阔，见解深刻，特别是《批评的解剖》一书，更是被欧美文论家称作是文论史上里程碑式的巨著、原型批评的"圣经"，在欧美文论界产生了深远的影响。

二　整体文学批评

在某种程度上，历史的每一次进步都是从反叛开始的，文论史也有类似特点。英美新批评派文论切断了作品与作者、读者和社会的联系，把作品孤立了起来。他们认为，文学研究只应该以文学作品本身为研究对象，通过对作品的研读来探究作品的含义。其中具有某些合理性，但其极端性产生了不可避免的狭隘与偏见，走进了文本的死胡同。对此，弗莱提出了自己的批评，并提出自己的一种观察和研究方法：

> 在观赏一幅画时，我们可以站得近一些，对其笔触和调色的细节进行一番分析。这大致相当于文学中新批评派的修辞分析。如退后一点距离，我们就可更清楚地见到整个构图，这时我们是在端详画中表现的内容了……再往后退一点，我们就能更加意识到画面的布局，如我们站到很远处观赏一幅像圣母玛利亚这样的画，那么能见到的仅是圣母的原型，一大片蓝色对比鲜明地环绕着那个引人瞩目的中心。在文学批评中，我们也得经常与一首诗保持一点距离，以便能见到它的原型结构。[1]

弗莱的这种"向后站"的批评方法使他在看出文学的修辞之外，更看到了文学作品的内容和结构，最后看出了作品所蕴含的最深层的结构——原型。弗莱的批评结合了人类学、神话学与结构主义的批评方法，在他的批评中，主要论题就是以作品所潜藏的神话原型为研究对象的，"原型批评"的名称之也由此而来。根据弗莱的这种批评方法，我们从中可以看出弗莱以后文学批评活动的倾向：

首先，他把文学批评作为自己的研究对象来看待，也就是说，他的批评乃是批评的批评。弗莱是现代西方文论史上第一个把批评作为独立的理论学科，并对之进行系统探讨的文论家。《批评的解剖》就是这种做法的一次成功尝试。在弗莱看来，批评是指"涉及文学的全部学术研究和鉴赏活动"，同时，"像它的研究对象一样，批评也是一门艺术"[2]。他又说："批评是一种思想和知识的结构，这种结构本身有权力存在，而且不依附于它所讨论的艺术，具有一定程度的独立性。"[3]

其次，他认为批评涉及有关文学的全部学术研究。这就包含了以往从各个学科角度来对文学所作的研究与鉴赏活动。这样，他就把文学作品与语境的关系扩展了，从社会、宗教、文化等角度对文学的研究都被囊括在文学批评的范围之内了，构成一个文学批评的整体结构。正是在这个基础之上，弗莱的批评形成了视野开阔、海纳百川的宏博气派，突破了新批

---

① 弗莱：《批评的解剖》，陈慧等译，百花文艺出版社 2006 年版，第 198 页。
② 弗莱：《批评的解剖》，陈慧等译，百花文艺出版社 2006 年版，第 4 页。
③ 弗莱：《批评的解剖》，陈慧等译，百花文艺出版社 2006 年版，第 6 页。

评派埋头于文本内部结构与修辞分析的牢笼。同时,如果我们要考察一部作品,也要从这个整体结构出发去研究,这构成了一个整体研究的批评模式。

再次,在"向后站"的宏观考察之下,弗莱看到的是文学作品的原型。弗莱正是用文学原型的理论来解释和命名他所观察到的,隐藏在众多文学作品背后的共有的那种结构的。他举例说:"如果我们'向后站'来读斯宾塞的《变幻诗章》就能见到诗的背景是一片井然有序的光环,而前景的下方突然冒出一团不祥的黑色——景象十分像是《约伯记》开头时那种原型状态。"[①]弗莱就是这样把所有的文学作品都归纳于文化起源时的几种结构,一方面,这把整个文学活动联结为一个彼此关联的整体;另一方面,这个整体的内容都被总结为几种文学的原型。这形成了弗莱原型批评的特点。

三 原型批评理论

通过对文学作品的深入研究,弗莱发现,众多类型的文学作品背后隐藏着一些反复出现的、相似的结构类型,他称这样的结构类型为原型。但是,他所谓的原型并不等同于卡尔·荣格的原型。在荣格那里,原型是集体无意识的表现形式。荣格认为,文学作品反映了某一族类的集体无意识,当我们阅读一部作品,读出其中所蕴藏的原型时,我们就会产生一种轻松感,与作品产生一种共鸣,此时仿佛"整个族类,全人类的呼声一齐在我们心中回响"[②]。最早把荣格的原型概念引入文学批评的是莫德·博德金(1875—1967),她在《诗歌中的原型模式》(1934)一文中探讨了诗歌中反复出现的某些意象、场景和结构,她认为这些意象、场景和结构实际上都来源于《圣经》的原型,具有某种原始的意义。

弗莱的原型不同于荣格以心理学为基础的原型,他把原型移植到文学领域,作为一种结构模式,是一种文学原型。他说,所谓原型,是指"将一首诗与另一首诗联系起来的象征,可用以把我们的文学经验统一并整合起来。而且鉴于原型是可供人交流的象征,故原型批评所关心的,主要是把文学视为一种社会现象,一种交流的模式。这种批评通过对程式和体裁的研究,力图把个别的诗篇纳入全部诗歌的整体中去"[③]。

受神话学和心理学的启发,弗莱认为神话表达的是早期人类的种种欲望与幻想,而神也就相应地是人类欲望的隐喻表现。现代社会压抑了人类的欲望,神话也就趋于消亡,代之而起的是文学的兴起。因此,他认为文学是"移位的神话",神也变形为文学作品中的各类人物。在《历史批评:模式批评》一章中,弗莱首先从历史演变的角度对西方文学作品进行了分类。他把作品分为两大类:虚构型与主题型,前者以叙述人物故事为主,后者则以向读者传达寓意为主。他重点研究了虚构型的作品,并将其中的人物按能力高低分为五种,由此出现五种文学的基本模式:①神话:其中人物超乎常人,甚至凌驾于自然规律之上,如神;②浪漫传奇:其中人物能力高于常人,但须服从自然规律,如传奇中的英雄;③高模仿:模仿现实生

① 弗莱:《批评的解剖》,陈慧等译,百花文艺出版社 2006 年版,第 198 页。
② 卡·荣格:《论分析心理学与诗歌的关系》,见伍蠡甫主编《西方文艺理论名著选编》,北京大学出版社 1987 年版,第 376 页。
③ 弗莱:《批评的解剖》,陈慧等译,百花文艺出版社 2006 年版,第 142 页。

活与人物,但略高于他们,如大多数领袖人物;④低模仿:完全模仿现实生活与人物,如现实主义小说中的人物;⑤反讽与讽刺:其中的人物的能力低于常人。弗莱考察了西方文学史,认为这五种模式是按由高到低的顺序演变的,现代西方文学正处于反讽模式的阶段,如乔伊斯、卡夫卡等人的文学作品正表现了反讽的特色。而同时,其中也含有了神话的因子,这说明现代文学又开始向神话模式循环。他认为主题型文学作品也具有如此的演变模式和周期。

在荣格的"原型"概念中,原型是集体无意识的象征,它体现为一些破碎的、混乱的原始意象,是"同一类型的无数经验的心理残迹",本质上则是一种神话形象。弗莱把荣格的"原始意象"移入文学作品之中,原始意象也转变为文学意象,一个原型就是在文学作品中反复出现的一个意象,或"一个象征,可用以把我们的文学经验统一并整合起来"。这样,文学作品中反复出现的某些意象,如大海,就可能暗示了故事与大海的某种联系,这种与大海所产生的联系可能就构成某种原型。弗莱认为,原型是一种文学意象,所有的文学作品中都存在着各种意象。这样,各个作品之间就是互相联系的,以原型为线索,就可以看出文学类型的共通之处,也可以看出文学类型的演变轨迹。弗莱把原型就其意义划分为三大类型:神谕意象,即展示天堂景象与人类理想的意象;魔怪意象,即表现地狱及人类堕落的意象;类比意象,即界于天堂与地狱之间的种种意象。其中,神谕意象与魔怪意象直接源于神话世界的意象,类比意象则是神话世界的种种变异,主要表现为浪漫主义与现实主义的文学类型。

弗莱受到大自然四季轮回、循环往复运动的启发,同时也受到斯宾格勒在《西方的没落》一书之中所论述的文明的产生、兴旺、发展和衰落的循环理论的影响,把文学作品中所包含的四种叙事模式比拟为四种神话,分别对应一年春夏秋冬四季,来表现四种文学类型:

> 春天,黎明与出生方面:喜剧、牧歌与田园诗的原型;
>
> 夏天,正午与婚姻、胜利方面:浪漫传奇的原型;
>
> 秋天,日落与死亡方面:悲剧与挽歌的原型;
>
> 冬天,黑暗与毁灭方面:讽刺作品的原型。

弗莱认为,文学是移位的神话,这四种文学类型是神话的四种文学形态,而这四种形态向下又分裂出更小的神话原型,向上则总括为一个神话原型。神话构成这四种文学类型的基础。他认为,这四种类型从神话开始,而后依次演变为喜剧、传奇与讽刺。发展到讽刺阶段,文学作品中就开始渗入神话的成分,而后这一过程再一次循环。文学类型的演变历史就像四季一样是周而复始的,整个过程构成一个神话。

总之,弗莱以他特有的"向后看"的文学研究方法,突破了新批评派狭隘的作品内部研究模式,把关注的焦点投向了文学作品的叙事结构,从中看出各种作品所共有的叙事模式,他用"原型"来称呼它。他受到神话学、人类学与心理学的巨大影响,从神话的角度来考察文学类型和叙事模式,得出了文学史的"循环发展说"。当然,弗莱的神话原型理论也存在着机械性的不足,尤其忽视了文学作品所拥有的个性。

第三节
罗兰·巴特

一　生平及著作

罗兰·巴特(Roland Barthes，1915—1980)，20 世纪法国著名的文论家和批评家,是结构主义向解构主义过渡的重要人物。他出生于一个海军中尉家庭,父亲早亡,他随母亲迁居巴黎。在校读书时,他成绩优异。但不幸的是,他在中学毕业前身染严重的肺结核病,不得不中断学业,出外疗养长达十年之久。期间,他博览群书,学识大进。1947 年,他受加缪推荐,开始在《战斗报》发表文章。后来,他又在法国文化部门及驻外部门任过职,并发表了大量的文章。1953 年,他出版了自己的第一部著作《写作的零度》。1960 年开始,他担任高等研究实验学院经济与社会科学专业的研究负责人。1976 年,他以学士学位申请到了法兰西学院教授资格。1980 年,他不幸死于车祸。

罗兰·巴特一生著述颇丰,其主要的著作有:《写作的零度》(1953)、《神话集》(1957)、《论拉辛》(1963)、《符号学原理》(1964)、《批评与真实》(1966)、《S/Z》(1970)、《批评论文选》(1972)、《文本的快乐》(1973)、《恋人絮语》(1977)等。

在 1975 年出版的《罗兰·巴特谈罗兰·巴特》一书中,巴特曾将自己的学术研究分为四个阶段:第一阶段是"社会美学"阶段,代表作主要包括《文学的零度》和《神话集》,这一时期他主要立足于文本的生成研究;第二阶段主要将传统的文学批评改造为"文学的科学";第三阶段是"文本阶段",代表作有《符号帝国》与《S/Z》,他致力于对文本的深层结构进行分析;第四阶段是所谓"道德阶段",代表作主要有《文本的快乐》和《恋人絮语》等,在这一阶段他主要联系话语与文本来探讨快感、欲望等问题,抒发个人的人文感怀,进入了社会与文化批评的境界。

二　零度写作

从第一部文论著作《文字的零度》开始,巴特就借助于索绪尔等人的语言学模式,从符号学角度对文学进行系统研究。他所谓的零度写作,乃是"创造一种白色的、摆脱了语言秩序中一切束缚的写作"。他借鉴语言学家在两极之间寻求中性的、零度状态的做法,来界定写作的零度状态:"某些语言学家在某一对极关系(单数与多数,过去时和现在时)的两项之间建立了一个第三项,即一中性项或零项。这样,在虚拟式和命令式之间似乎存在着一个象是非语式形式的直陈式。"[1]这根本上是一种新闻式的、直陈式的写作,这是一种完全的"不在","是一种毫不动心的纯洁的写作"[2],为的是消除语言的社会性或神话性给写作带来的特定的

---

[1]《符号学原理:结构主义文学理论文选》,李幼蒸译,三联书店 1988 年版,第 102 页。
[2]《符号学原理:结构主义文学理论文选》,李幼蒸译,三联书店 1988 年版,第 103 页。

向度。"语言结构象是一种'自然',它全面贯穿于作家的言语表达之中,然而却并不赋予后者以任何形式,甚至也不包含形式。"[1]巴特对语言结构进行了区分,认为,文学作品是作家的言语,是由语言生化出来的。语言像自然界一样整个地贯穿了作家的言语,它不仅为作家构筑文学作品提供了规则和惯例,而且也为文学作品所涉及的范围划定了疆域。

针对传统西方文论中如法国布封等人的"风格即人"的思想,以及浪漫主义文学思潮对文学个性的高度强调,巴特在书中提出了他的"零度写作"风格的思想,主张作家写作之时,应该尽量回避自己的感情色彩和主观意向性,做到零度介入,即以中性的非感情化的态度,将作家自己的主体性遮蔽起来。这种观点,反映了结构主义关于超越个人结构的无作者思想。他认为左拉的自然主义作品,加缪、海明威等人的作品都是无风格的、透明的。他们的作品通过语言的编码系统反映出来,"所有的写作痕迹,象一种最初为透明、单纯和中性的化学成分似地突然显现,在这种成分中,简单的延续性逐渐使处于中止态的全部过去和越来越浓密的密码体系显现出来"[2]。有时候,他甚至认为风格是个性化的,处于文学之外的东西。他说:"语言结构在文学以内,而风格则几乎在文学以外。"[3]

巴特同时认为,言语和文体风格从经纬两度制约了作者的创作。语言的纬线和文体风格的经线共同为作家勾勒出作品的自然属性,作家不能只是选择这一个或者那一个。语言作为消极的条件可能在初始状态中发挥作用,文体风格中则体现了作家的气质和语言的必然性。在前者中,作家发现了与历史之间的密切联系,而在后者中,作家则发现了与自己过去的密切联系。相比之下,言语是组合的、句段的和历时性的向度,具有换喻的功能;文体风格则是选择的、联想的和共时性的向度,具有隐喻的功能。作品不是一种交流的工具,而是提供说话的渠道。在这里,语言被自由地生产着。文学的文本要求有一种"可写性"。

但巴特认为零度的风格本身也是一种风格。通过对政治式写作、文学式写作等不同方式的写作的比较,通过对写作方式与语言结构、与历史的联系等方面的辨析,通过对法国古典作家风格的探讨,他提出,风格本身是在特定的历史时间状态下发展起来的写作方式,写作即风格。纯粹的写作是不存在的,一个作家各种可能的写作,是在历史和传统的压力下被确定的。"写作绝不是交流的工具,它也不是一条只有语言的意图性在其上来来去去的敞开大道。……写作是一种硬化的语言,它独立自主,从来也未想赋予它自己的延存以一系列变动的近似态,而是通过其记号的统一性和阴影部分,强行表现出一种在被说出以前已被构成的言语形象。"[4]

与言语相比,写作既通过言语来表现,又有其与言语相对立的地方。写作"永远显得是象征性的,内向性的,显然发自语言的隐秘方面的";而言语则"仅只是一种空的记号之流,只有其运动才具有意义"[5]。在与语言的关系中,"言语只存在于语言显然起着吞没作用之处,

①《符号学原理:结构主义文学理论文选》,李幼蒸译,三联书店 1988 年版,第 67 页。
②《符号学原理:结构主义文学理论文选》,李幼蒸译,三联书店 1988 年版,第 72 页。
③《符号学原理:结构主义文学理论文选》,李幼蒸译,三联书店 1988 年版,第 68 页。
④《符号学原理:结构主义文学理论文选》,李幼蒸译,三联书店 1988 年版,第 72 页。
⑤《符号学原理:结构主义文学理论文选》,李幼蒸译,三联书店 1988 年版,第 72 页。

这种吞没作用只卷去了字词的变动部分。反之,写作永远植根于语言之外的地方","表现出一种隐秘力量的威胁,它是一种反交流","因此在一切写作中我们都发现一种既是语言又是强制性的对象的含混性"。他认为在写作深处有一种语言之外的环境,像是有意图的目光存在者。这种目光可能是"一种语言的激情",也可能是"一种惩罚的威胁","于是写作企图把行为的现实性和目的的理想性结合进单一的性质中去"。[①]

三 语言符号与文本符码

巴特的文论思想虽然经历了三个阶段,并且从结构主义转向了解构主义,但他运用符号学的原理对文学的研究,则是一以贯之的。从早期的《文字的零度》,到中期的《符号学原理》,再到晚期的《S/Z》,都贯穿着符号学的精神,将普通的语言符号原理,推进到文化符号的研究。

在《符号学原理》中,巴特把符号学看成是语言学的一个部分,重视文学作为语言符号的特征,"文学中的自由力量并不取决于作家的儒雅风度,也不取决于他的政治承诺(因为他毕竟只是众人中的一员),甚至也不取决于他的作品的思想内容,而是取决于他对语言所做的改变"[②]。文学作品对语言的选择,是出于内容表达的需要。他认为但丁在写《新生》时,"他选择民间语言,既非出于政治理由,也非出于论战需要,而是考虑某种语言与他主题的适应性"[③]。文学具有乌托邦的功能,是"语言的乌托邦"。他还说:"文学的第三种力量,它的严格的符号学力量,在于玩弄记号。"[④]

巴特通过对语言与言语、能指与所指、组合与系统、内涵与外延这四对符号学概念的分析,揭示出语言结构的二元对立的特征,以此来分析话语及其意义系统。首先,他将语言、言语这对概念扩展到符号学领域,认为它们不能再遵循语言学模式,而必须对之加以调整。对此,巴特是从生成学的角度来论述的。"语言"不是由"说话的大众"约定俗成的而是人为制定的。符号的"任意性"是由决策集团单方面决定的。这个决策集团既可以是技术专家,也可以是更分散更隐蔽的集团,如时装和汽车系统、日常家具系统等。语言的产生的基础是"物质",而不是言语。在符号学的系统中存在着三个层面:物质、语言、实用。

其次,巴特把符号的构成作为能指与所指的统一体来看,认为符号是在"环境"中体现出价值的。从功能性上看,能指与所指是符号的两个相关物。能指、所指、意指这三个范畴从功能性这一角度出发,在语言学的基础上又得到了阐发。符号学的符号与它的语言学原形一样,也由能指与所指组成。功能符(源于实用,并兼具功能性的符号学符号),其过程可表示为:词—(实用)→符号—(吸收意义)→实用物品。能指及其性质是一种纯相关物,与所指的区别在于它是一中介体,物质于它是必须的。所指,在语言学中,所指是"事物"的心理

① 《符号学原理:结构主义文学理论文选》,李幼蒸译,三联书店1988年版,第73页。
② 《法兰西学院文学符号学讲座就职讲演》,见《符号学原理:结构主义文学理论文选》,李幼蒸译,三联书店1988年版,第4页。
③ 《法兰西学院文学符号学讲座就职讲演》,见《符号学原理:结构主义文学理论文选》,李幼蒸译,三联书店1988年版,第10页。
④ 《法兰西学院文学符号学讲座就职讲演》,见《符号学原理:结构主义文学理论文选》,李幼蒸译,三联书店1988年版,第12页。

再现，是符号的使用者通过符号所指的"某物"。意指，可理解为一个过程，是将所指与能指结成一体的行为，该行为的产物便是符号。巴特认为，语义只有经过意义与价值的双重制约才可真正确定。对于意义与价值这一双重现象，巴特引用了索绪尔的一页纸的比喻：把纸切分为几份时，我们一方面得到了不同的纸片（A，B，C），每一片相对于其他都有一个价值；另一方面，每张纸片都有正面与反面，二者被同时切分（A—A′，B—B′，C—C′），这便是意义。

受索绪尔和雅各布森的影响，巴特阐释了组合与系统这对范畴，他认为组合与系统是符号学分析的双轴。组合根本上就是由"可加以切分的实体"构成的。而系统则是一种聚合关系。在服装中，组合就是同一套服装中不同部分的并列，如裙子，衬衫，外套；而系统则是同一部位的不同款式，如无边女帽，窄边帽，宽边女帽等。

巴特对内涵与外延的论述，是通过分析意指过程的两个系统而建立的。意指系统首先会延伸出第二个系统，从而使前者变成了一个简单要素，这样就有两个即相互包含又彼此分离的意指系统。如果把 E 作为能指，R 作为意指行为，C 作为所指，则第一系统就为 ERC。第一系统的 ERC 产生第二系统，它有两个切入点，即第二系统的 E 或 C。如果从 E 切入，则第一系统 ERC 就构成外延，第二系统就构成内涵。如果从 C 切入，则第二系统就成为元语言。作者梳理了索绪尔符号学的基本概念，确定了符号学的研究对象及发展方向，并说明我们生活在一个充满意义的世界中。

在《符号学原理》中，巴特关注符号化过程和意义的产生过程，指出了符号学的两个发展方向，一是组合范畴的、对叙事信息的结构分析，二是聚合范畴的、对内涵单位的分类，巴特把它们运用到具体的文学研究中。

到了第三阶段，巴特在《S/Z》中将《萨拉辛》按符码分成一个个的阅读单位。巴特通过五种符码将这篇中篇小说分成 561 个阅读的意义单元，将作品的意义系统看成能指碎片的统合。这五种符码分别是：①阐释符码，包括各种提出和回答问题和对各种事件的说明的意义单位。这是真相的声音。②意素符码，体现着人物在作品中的独特性，是一种个人的声音。③象征符码，在文本中有规律地重复，形成具有特定文化含义的意象模式，是象征的声音。④情节符码和行为符码，合称为布局符码，是在文本中表现行动及其因果关系的情节的序列。这是经验的声音。⑤文化符码，它是在文化系统中形成的，用以论证公理。这是对科学和智慧符码的运用，是一种科学的声音。由于文化符码的概念较为宽泛，故招致了更多的争议。巴特认为这五种符码构成文本的网络或局域，故将阅读作品视为符码解构体系，以这五种符码解构文本。重复阅读文本，可以看到文本的不同侧面。他将阅读视为符码的来回移动。"在话语之流中，阐释符码必须设置拖延（障碍，中断，歧途）；阐释符码的结构在本质上具反动性，因为它以中断这一分段进行的手法，妨碍群体语言的不可阻止的进展。"[1]巴特的贡献在于开拓了新的理解、阐释的视野，但他自己的分析，牵强附会之处也不少，特别是文本的脉络被肢解了。而且这种解码方式只是读解作品的组合特点，不能反映出作品的是非优劣。

---

[1] 《S/Z》，屠友祥译，上海人民出版社 2000 年版，第 158 页。

四　叙事层次

巴特是在肯定叙事作品存在普遍共同模式的前提下,对作品的叙事层次结构进行分析的。他认为叙事作品是超越国家、历史和文化而存在的,具有普遍意义的文学样式。对它的研究,人们不应该只满足于描述一些个别的叙事种类,而应该建立区分和辨别的法则,依据一个共同的模式对叙事作品进行研究。"这个共同的模式存在于一切言语的最具体、最历史的叙述形式里。"①而结构主义正是通过成功地描述语言来驾驭无穷无尽的言语的。因此,他提出应该以语言学来作为叙事作品结构模式分析的基础。

巴特借用语言学的描述概念,从作品的普遍结构上划分和分析叙事作品的功能、行动和叙述,"这三层是按逐步结合的方式相互连接起来的:一种功能只有当它在一个行动者的全部行动中占有地位才具有意义,行动者的全部行动也由于被叙述并成为话语的一部分才获得最后的意义,而话语则有自己的代码"②。

叙事作品的第一个描述层是功能层。在功能层中,巴特把意义作为衡量的标准,因为它们具有功能的特征。功能层中看似漫不经心的描写,其实可能包含着某种意义。巴特从结构的角度看待作品的意义功能,认为它们在语言学角度上是内容单位,而不是纯粹的语言单位。他把叙事单位看成是语言单位内涵的意义,在功能单位上属于可以小于句子的话语。这是作品的最小叙述单位,构成叙事的最基本的层次。他还将功能单位分属于分布类和结合类。分布类相当于功能,使人联想到一个能指,其断定是在后面,是横向组合断定;结合类则包括所有的标志,而标志使人想到所指,其断定是在"上面",甚至是潜在的,是纵向聚合断定。功能包含换喻关系,与行为的功能性相符。在叙事性作品中,民间故事一类功能性强,而心理小说一类则标志性强。功能中的单位又被分为关键的铰链功能和起催化作用的填补功能,后者与核心也有联系。在叙事作品中,功能在一定的逻辑关系中联系在一起,形成一个个序列,最终完成一个接一个的相互联系的叙事过程。序列有始有终,可以作为一个更大叙事系列的子项。巴特认为,功能是通过人物发挥作用、显示意义的。

巴特所说的第二个描述层是行动层。行动层准确说来是人物层,人物是通过行动来表现性格的,这种行动,主要不是指琐屑的细节,而是细节的总和,是欲望、交际、斗争这样一些抽象意义上的行为方面。行动层主要是处理人物关系的结构。巴特继承亚里士多德的看法,重视对行动进行结构分析,而反对把人物当做心理本质,以心理性质来分析人物。"结构分析从诞生的那天起最讨厌把人物当做心理本质,哪怕是为了分类。"③阅读作品是通过人物的行动及其关系来把握人物,而不是通过他的心理。在叙事作品中,人物是叙述的必要部分,但众多的行动主体不能通过人物来分类。这些人物无论是主角还是陪衬者,都是基本人物,都是事件的参与者,都是自己序列的主人,他们通过系列中的行动显示自己的特征。于

① 《叙事作品结构分析导论》,张裕禾译,见《符号学美学》,辽宁人民出版社1987年版,第109页。
② 《叙事作品结构分析导论》,张裕禾译,见《符号学美学》,辽宁人民出版社1987年版,第115页。
③ 《叙事作品结构分析导论》,张裕禾译,见《符号学美学》,辽宁人民出版社1987年版,第128页。

是,他主张用行动法则来描述主要人物关系在故事中的变化,即根据人物"做什么"来描述和划分人物,因为人物是交际、欲望(或追求)和考验三大语义轴的组成部分。"人物作为三大语义轴的组成部分是成双成对安排的,所以无穷无尽的人物世界也服从于一种投射在整个故事中的纵向聚合结构(主体/客体,施惠者/受惠者,辅助/反对)。"①巴特在分析格雷马斯等人的人物类型理论的基础上,借助语言学理论,从非心理学语法范畴,即通过"我"、"你"、"他"三种人称形式对人称进行分类。其中"你"、"我"之间是个体直接对话的,既相互联系,也相互转换。"我"是主体人称,"你"是非主体人称。"他"则可能指许多人,或指任何人,是非人称的行动主体。巴特认为,这种由语法范畴划定的主体,只有与描述的第三层叙述层结合起来的时候,才具有意义。

在描述层的第三个层次叙述层中,巴特认为叙事作品作为客体也是交际的对象。叙事作品有授与者和接受者。他批评文学理论著作很少提及读者问题,但是由于对接受的符号尚缺乏研究,他决定先论述叙述符号。他反对将作者与叙述者简单等同,也反对叙述者是全知全能的上帝,或是作品中角色视野的总和。他将作者与作品具体情境中的叙述者分离开来,认为在叙事作品中,"说话的人不是(在生活中)写作的人,写作的人也不是存在的人"②。叙述者和作品中的人物,都是纸上的生命,是作品分析的对象,而不是分析的出发点。因此,在叙述层,巴特考察的是叙述人、作者和读者的关系。他以语言学的分析方法,将叙述者的代码分为人称体系和非人称体系。无人称是叙事作品的传统形式,因为语言本身有一套旨在排除说话人的现在的时态体系。由于事件就发生在当场和即刻,人称主体常以改头换面的形式涌入叙事作品。叙述的传统形式通常无人称,而混合使用人称体系,是一种娴熟的技巧。在叙述层中,叙述符号把"功能"和"行动"纳入作为叙述交际的作品,同时把读者带入作品的世界。特定的叙述符号沟通了叙述者和读者的联系,使叙述具有一种模棱两可的作用,既打开了叙述通向外界的大门,又封上了叙事作品的大门,使之成为一种语言的言语。

五　读者与批评

巴特在《S/Z》中对读者给予了重视,强调了读者在阅读文本过程中的能动性,从中显示出他对结构主义的突破。"数世纪以来,我们对作者感兴趣太甚,对读者则一点儿也不注意。大多数批评理论依照冲动、压抑、无法遏制之类,来尽力解释作者为什么写作品。""人们力求确立作者所意谓者,毫不顾及读者所理解者。"③文学的目的不只是让读者做消极的选择者,更要做作品积极的生产者。读者的阅读规则"出自古老的叙事逻辑,出自某种甚至我们出生之前就将我们组织了的象征形式,一句话,出自广阔的文化空间,我们个人(无论作者或读者),身处其中,只不过是一个通道而已"④。受克莉斯特娃等人的影响,巴特认为作品要满足

---

① 《叙事作品结构分析导论》,张裕禾译,见《符号学美学》,辽宁人民出版社1987年版,第130页。
② 《叙事作品结构分析导论》,张裕禾译,见《符号学美学》,辽宁人民出版社1987年版,第134页。
③ 《S/Z》,屠友祥译,上海人民出版社2000年版,第51页。
④ 《S/Z》屠友祥译,上海人民出版社2000年版,第53页。

329329329

读者的音乐性要求,并着重强调了小说的复调。"能引人阅读之文是一种调性的文。"[①]他还把读者分为一般的读者和富有创造力的读者。阅读同样是一种创造性的活动。"阅读是一种语言的劳作。阅读即发现意义,发现意义即命名意义;……它是一种处于生成过程中的命名,是孜孜不倦的逼近,换喻的劳作。"[②]他认为阅读是一种游戏,阅读中只有游戏的真理。在《作者之死》等文章中,巴特认为,读者的诞生,必须以作者的死亡为代价。

同时,巴特要使文学批评成为一种真正的写作,一种与文学创作等值的活动。他毕生追求使文学批评成为文学的一部分。在《批评与真实》的第一部分,巴特强调了批评的拟真性,这种"批评的拟真通常是选择字面上的符码的"[③]。这种符码语言与实物是不同的。他对当时关于批评的拟真性的客观性、品味和明晰性这三方面的实证主义要求和古典的要求,作出了自己的阐释。他认为批评的客观性不是基于作品字面上的意义,而是要从语言的象征本质出发,看作品如何将选择的模式运用到作品的分析上去。因此,批评的客观性从一个角度看,是象征的客观性及其运用。批评的具体性不是实物,也不是抽象,而是习惯,习惯控制着批评的拟真的品味。因此,批评既不以实物,也不以抽象的思想为对象,"而只应以单一的价值为对象"[④]。对于明晰性,他反对那种教条地固守已故作家的语言,而拒绝新词新义的做法。他从接受的角度出发,主张"语言也只能在可接受的范围之内才可谓之明晰"[⑤]。他认为作家要对言语及其自身的真实负责。他还强调:"文学的特性问题,只能在普遍符号理论之内提出:要维护作品内在的阅读,就非了解逻辑、历史和精神分析不可。总之,要把作品归还文学,就要走出文学,并向一种人类学的文化求助。"[⑥]文学批评的基础在于其理解符号和象征的能力,"象征的功能是一种能使人建立思想、形象和作品的非常普遍的能力,一旦超越语言狭隘的理性运用,这种功能就受到纷扰、限制和审查"[⑦]。

在书的第二部分,巴特着重讨论了建立文学的科学、文学批评和阅读这三个方面,并且以言语为核心,将它们看成是有机的整体,其中特别强调了语言与文学的关系。他认为作家"只应以某种言语的自觉性为特征",要体验到"语言的深度"[⑧]。作家和批评家共同面对的对象是语言。评论的危机是由语言的象征性引起的。这种象征性使得作品的结构包含着多元意义。"象征是稳定的,只有社会意识,和社会赋予象征的权利可以变动。""人经历了多元的时间,但永远说着同一的象征性语言。"[⑨]为了体现出模糊性特点,诗人很早就开始采用"提示"或"引发"的方法。作家将模糊性构成符码,用符码使之形式化。因此,"文学著作所依附的象征语言在结构上来说,是一种多元的语言。其符码的构成致使由它产生的整个言语(整

① 《S/Z》,屠友祥译,上海人民出版社 2000 年版,第 97 页。
② 《S/Z》,屠友祥译,上海人民出版社 2000 年版,第 70 页。
③ 《批评与真实》,温晋仪译,上海人民出版社 1999 年版,第 12 页。
④ 《批评与真实》,温晋仪译,上海人民出版社 1999 年版,第 16 页。
⑤ 《批评与真实》,温晋仪译,上海人民出版社 1999 年版,第 23 页。
⑥ 《批评与真实》,温晋仪译,上海人民出版社 1999 年版,第 29 页。
⑦ 《批评与真实》,温晋仪译,上海人民出版社 1999 年版,第 32 页。
⑧ 《批评与真实》,温晋仪译,上海人民出版社 1999 年版,第 45 页。
⑨ 《批评与真实》,温晋仪译,上海人民出版社 1999 年版,第 50 页。

个作品)都具有多元意义"①。这些作品不受语境的环绕、提示、保护和操纵,任何现实的人生都不能告诉我们作品的应有意义。象征性语言的不确定性是绝对纯粹的。作品的言语符合第一符码,允许多层次的阐释,但多层次的阐释不能改变作品自身。而作品的第二符码则受到一定的限制。巴特从语言学角度出发,主张:"在作者与读者前,作品变成一个语言问题,人们感受到它的本质,从而接触到它的限制。作品成了广泛的无休止的词语调查的信托者。人们总希望象征只有想象的性质,其实象征本身也具有批评的功能,而批评的对象就是语言本身。"②

巴特主张,一方面应该建立文学的科学,另一方面文学批评则可以公开、冒险地给作品以特殊的意义。尽管人们阅读和评论作品都同样面对作品,但批评乃是通过语言的中介进行批评的书写,而阅读,则直接面对作品。于是,巴特又直接从文学的科学化、批评和阅读三个方面系统探讨了文学作品,从而"环绕作品编织一个语言的冠冕"③。对于文学的科学化问题,巴特认为,过去只有文学史,而没有文学科学,这是因为还没有认识到文学作为书写对象的本质。"文学的科学模式,显然是属于语言学类型的。"④在文学科学的对象上,作家与作品是分析的起点,而其终极目的则应该是语言。因此,文学应该是一种"话语的科学"。作为文学的科学,对作品所感兴趣的,是作品产生的生成意义的变异。它不是诠释象征,而是指出象征的多方面功能。文学的客观性是一种象征的客观性,是建立在可理解性上的。这就不是作品字面的实义,而是虚义。批评家应该把语言学的"假设的描写模式"运用到文学作品的分析中,语言学可以把一个"生成的模式"给予文学。他甚至认为文学科学是一种话语语言学。他反对等待作家去世以后才能客观地处理作品的说法,认为这是荒谬的,"用轶事的真实去印证象征的真实是徒劳无功的"⑤。

对于文学批评,巴特认为批评不是科学,"科学是探索意义的,批评则是产生意义的"。"批评所能做的,是在通过形式——即作品,演绎意义时'孕育'出某种意义。"⑥批评者要将多重意义重叠起来,让第二重意义即演绎的意义飘荡在第一义即本义之上。批评的三大限制在于,要把作品中的一切都看成有意义的,作品并非纯粹的对对象的反射;作品的变形影像屈从于视角的限制转换;一切反省过的内容,必须遵循某些规律,永远向着同一方向转化。这种限制使得批评家不能信口雌黄,意义在结构上是由区别所产生的。文学作品乃是主体与语言的融合。对于象征的讨论,要探究揭示象征锁链的模式。要通过象征去寻求象征,而不是去解剖象征。批评作为一种有深度的、定型的阅读,目的是成为对作品作诠释的解码。它只是对作品有所发现,而并不能改变作品自身。批评话语本身就是要恰切,读者的阅读不能为批评家的批评所代替。为了增加作品的可理解性,批评家的评论在做着拆解和重建

---

① 《批评与真实》,温晋仪译,上海人民出版社 1999 年版,第 52 页。
② 《批评与真实》,温晋仪译,上海人民出版社 1999 年版,第 53 页。
③ 《批评与真实》,温晋仪译,上海人民出版社 1999 年版,第 54 页。
④ 《批评与真实》,温晋仪译,上海人民出版社 1999 年版,第 55 页。
⑤ 《批评与真实》,温晋仪译,上海人民出版社 1999 年版,第 58 页。
⑥ 《批评与真实》,温晋仪译,上海人民出版社 1999 年版,第 62 页。

工作。

巴特在结构主义和解构主义文论发展史上有着重要的地位。他的符号与结构的研究方法，在科学主义的基础上，广泛关注文化现象。除了文学以外，他的研究对象还涉及音乐、摄影、绘画和服装等方面，从法国当时的社会大背景中关注、审视和支持当时的先锋文化，对后世文论的文化视角有着积极的影响。巴特的著作，用他自己在《法兰西学院文学符号学讲座就职讲演》中的话说，大都只是各种性质含混的随笔文体，这样做虽然有些随意，有时显得不够严谨，但同时也不受理论体系的束缚，在矛盾的表述中透露出智慧的火花。巴特还常常采用结构的解读方法，从作品的内部结构分析作品。他运用心理分析学、社会学、语言学等所提供的种种方法来观察、剖析文学作品，并通过符号、代号、标记加以综合归纳，开拓了人们的视野，让人耳目一新。不过，文学文本毕竟是绚丽多彩的，有着丰富的文化意蕴，把它们纳入一种普遍固定的知性模式中，就未免显得简单化、教条化了。对于许多优秀的文学作品来说，这种文本解析方法，会让人感到是方枘圆凿、削足适履。尽管如此，他的文论思想，对于后代的文论研究，尤其在方法上能给人们以很多的启示。

第四节
巴赫金

一 生平及著作

米哈伊尔·米哈伊洛维奇·巴赫金（Mikhail Bakhtine，1895—1975），俄罗斯著名文学理论家，批评家。他出生于奥勒尔一个没落的贵族家庭；父亲是一家银行的高级雇员。他幼时生活优裕，但身体状况不佳。他自幼聪慧，迷恋文学和哲学。1915年，他进入彼得堡大学读书，未毕业就南下聂维尔城，在该市中学教书。1920年，到维捷布思克市，在该市的师范学院任教，度过了饥荒时期。1924到1929年，他居住在列宁格勒，结交了知识界的各方面朋友，形成了所谓的"巴赫金小组"。在小组研讨当中，他作过康德哲学和经典作家的研究报告，1928年，他由于"不合法地讲授唯心主义课程"而被捕，1929年年底，他不经审讯，就被判刑五年，初判流放，后经朋友营救才改判发配库斯塔奈。1933年刑满，他便定居库斯塔奈，依靠朋友的帮忙接济，读书写作，完成《长篇小说话语》（1934—1935）。1936年他骨髓炎病发，截去一腿。40年代初，他穷困潦倒，靠亲友接济生活，但仍坚持读书写作，完成多部著作。1940年完成论拉伯雷创作的博士学位论文写作，被授予副博士学位。之后，他进入萨兰克斯教育学院任教，直到1965年退休，1972年迁至莫斯科，1975年逝世。

巴赫金的主要著作有：前期的《艺术与责任》、《语言创作的方法问题》等。1929年发表的《陀思妥耶夫斯基的创作问题》（1963年修订版更名为《陀思妥耶夫斯基诗学问题》）是他的代表作，内中提出"复调小说"理论，为他获得世界性声望奠定了基础。30年代写成《拉伯雷与中世纪和文艺复兴时代的民间文化》。去世后编成的论文集有《美学和文学问题》和《语言创作美学》。中译本有他的各主要著作的单行本和河北教育出版社 1998 年出版的《巴赫金全集》六卷本。

二　对话理论

1961 年,柯日诺夫与他的两位同行去萨兰克斯的摩尔达瓦大学拜访了时年 65 岁的巴赫金,巴赫金告诉他们,"你们要注意到,我可不是文艺学家,我是哲学家"[①]。如果说巴赫金的学术生涯是从文艺理论研究与文学批评开始的,那他则是以哲学家的身份结束的。或者更确切地说,从一开始,巴赫金身上就有了哲学家的气质。这从他的早期著作中就可以看出端倪。甚至在他的理论研究的早期,他就计划写一部规模宏大的"伦理哲学",可惜由于种种原因未能完成。但他的思想已经在早期著作(20 年代上半期)如《论行动哲学》、《审美活动中的作者与主人公》等著作中显露出来。正如钱中文所总结的那样,"贯穿于其绝大部分著作的有一种精神,这就是交往、对话的哲学精神"[②]。

巴赫金认为,现今人们的文化世界与生活世界相互隔绝,无法形成和谐的沟通与统一,是因为在人的存在中,行为与责任不能统一。为此,巴赫金强调行为产生人的存在,也就是说,参与存在(即行为)使人拥有了人的价值,人的文化价值。这是一种积极的入世哲学。没有行动,就无法产生后果,而不为后果负自己应有的责任,人之存在就无法得到确证。因此,行动是人得到生存的确证,是自我确证的关键,人必须有所行动,必须加入生活,参与存在,在自我的参与感、责任感中得到人存在的自我证明。这可以说是一种积极的存在主义哲学,它强调了人在存在中的主动性与主体性。他说:"行为具有最具体而唯一的应分性,以应分性为基础的我存在中在场这一事实,不需由我来了解和认识,而只须由我来承认和确证","要产生应分的因素,首要的条件是:从个人内心承认确有唯一性个人的存在这一事实,这一存在的事实在心中变成为责任的中心,于是我对自己的唯一性,自己的存在,承担起责任"[③]。

巴赫金在语言学研究中也十分关注语言的交往与对话性质。他认为,意识形态表现和替代着它所在以外的某种东西。就此而论,它是一种符号,没有符号,就没有意识形态。而意识就是在人与人的交往过程中,由符号材料构成的。因此,人与人的交往的物化表现物就是符号,话语只能在人与人的交往过程中才能形成,交往因此也就是最重要的,因为意识形态的起源就在于人与人的交往。由此看来,巴赫金的交往理论,实际上也是他的行动哲学的一种体现。交往就是一种行动。从另一方面看,人与人的交往产生话语,那么话语所代表的就是世界的交往活动,正如巴赫金所言:"语言—言语的真正现实……是言语相互作用的社会事件,是由表述及表述群来实现的。"[④]话语只有在具体的言语场景之中才可以理解,巴赫金认为语言的形成次序是:"社会交际的形成(根据基础),在它之中形成言语交际和相互作

① 转引自《巴赫金全集》卷一,钱中文序,河北教育出版社 1998 年版,第 5 页。
② 转引自《巴赫金全集》卷一,钱中文序,河北教育出版社 1998 年版,第 17 页。
③ 巴赫金:《论行为哲学》,见《巴赫金全集》卷一,河北教育出版社 1998 年版,第 41—43 页。
④ 巴赫金:《马克思主义与语言哲学》,见《巴赫金全集》卷二,河北教育出版社 1998 年版,第 447 页。

用,在后者中形成言语行为的形式,并且这一形成,最终反映在语言形式的变化中。"①因此,"语言是一个由说话者的社会言语相互作用而实现的不断形成过程"②,话语是针对对话者的。

因此语言的本质在于交往,没有交往就无法形成语言。而交往就意味着说话者与听话者,语言确实就是说话人说给听话人的,语言连接着说话人与听话人。每一次对话的场境,就是说话人通过语言把意义传递给听话人。这个基本的事实说明:第一,"言语的语言实际单位不是孤立的个体的独白,而至少是两者话语的相互关系,即对话"③。语言必然形成对话,进入语言,就是进入对话情境。语言的对话的特征排除了个体的独白。第二,"任何一种理解都是对话的"④。对话双方的语言和对语言的理解与回应也构成对话,没有单方面的理解。既然对话必然涉及到说话人与听话人双方,这双方都是对话这个概念所蕴含的应有之义,那么这里必然涉及到作为对方的他者。巴赫金这样定义"他人言语":"这就是言语中之言语,表述中之表述,但与此同时也是一种关于言语之言语,表述之表述。"⑤这个定义说明了对话中的他者(他人)是对话双方的言语中所必然含有的。

总之,巴赫金的交往对话理论强调在人的行为过程中实现个人的价值,表现自己的存在,就是加入表述活动,形成言语行动,而这必然涉及到形成对话的双方;在对话的过程中,要形成完整的对话场境,或者说要使对话进行下去,必须承认作为对方的"他人言语",正如他所说的"在话语中,我是相对于他人形成自我的……话语是连接我和别人之间的桥梁……话语是说话者与对话者之间共同的领地"。这说明他人在对话中的不可或缺的作用。

三 复调小说理论

巴赫金的最有创造性的文学理论之一就是他的复调小说理论。这是他在对陀斯妥耶夫斯基的创作艺术的研究中提出的。1929 年,巴赫金出版了《陀斯妥耶夫斯基创作问题》一书,出版之后引起了众多的争论,著名理论家卢那察尔斯基撰文评介,给予了基本的肯定。1963年,在经过作者的大量修改之后,该书再版,同时更名为《陀斯妥耶夫斯基诗学问题》,出版之后在国内外引起巨大反响。后又多次再版,并被译为多种文字。

陀斯妥耶夫斯基是俄国最有成就的小说家之一,素以思想深刻见长。俄国批评界早对他的小说进行过深入的研究和评论。在前人研究的基础之上,巴赫金得出自己极具独创性的研究成果。他认为陀斯妥耶夫斯基创造出一种全新的艺术思维类型,即"复调型"。这是一种新的艺术模式,是陀斯妥耶夫斯基在小说艺术上所作的原则性的创新。因此,巴赫金认为陀斯妥耶夫斯基首先是一名艺术家(当然是属于特殊的类型),而不是哲学家或政治家。《陀斯妥耶夫斯基诗学问题》是巴赫金的一本专论陀氏创作艺术的理论著作。

---

① 巴赫金:《马克思主义与语言哲学》,见《巴赫金全集》卷二,河北教育出版社 1998 年版,第 448—449 页。
② 巴赫金:《马克思主义与语言哲学》,见《巴赫金全集》卷二,河北教育出版社 1998 年版,第 451 页。
③ 巴赫金:《马克思主义与语言哲学》,见《巴赫金全集》卷二,河北教育出版社 1998 年版,第 468 页。
④ 巴赫金:《马克思主义与语言哲学》,见《巴赫金全集》卷二,河北教育出版社 1998 年版,第 456 页。
⑤ 巴赫金:《马克思主义与语言哲学》,见《巴赫金全集》卷二,河北教育出版社 1998 年版,第 466 页。

　　什么是复调型小说呢？巴赫金首先在书中谈到阅读陀氏著作的印象："这里讲的不是某一位创作了中长篇小说的文学艺术家，而是几位堪称思想家的作者，发出了一连串的哲理议论。"①一般批评家认为这是陀氏思想复杂性的表现，多种议论代表陀氏思想的多个侧面。但巴赫金不同意这种解释，他认为："陀斯妥耶夫斯基恰似歌德的普罗米修斯，他创造出来的不是无声的奴隶（如宙斯的创造），而是自由的人；这自由的人能够同他自己的创造者并肩而立，能够不同意创造者的意见，甚至能反抗他的意见。"这是陀氏作为小说家的艺术创新之处，也是他的伟大之处。他描述陀氏小说人物的功能特征："有着众多的各自独立而不相融合的声音和意识，由具有充分价值的不同声音组成真正的复调（注：复调本是个音乐术语……）——这确实是陀斯妥耶夫斯基长篇小说的基本特点。"②具体说来："在他的作品里，不是众多性格和命运构成一个统一的客观世界，在作者统一的意识支配下层层展开；这里恰是众多的地位平等的意识连同它们各自的世界，结合在某个统一的事件之中，而相互间不发生融合。陀斯妥耶夫斯基笔下的主要人物，在艺术家的创作构思之中，便的确不仅仅是作者议论所表现的客体，而且也是直抒己见的主体。因此，主人公的议论，在这里决不只局限于普通的刻画性格和展开情节的实际功能（即为描写实际生活所需要），与此同时，主人公的议论在这里也不是作者本人的思想立场的表现（例如像拜伦那样）。主人公的意识，在这里被当作是另一个人的意识，即他人的意识；可同时它却并不对象化，不囿于自身，不变成作者意识的单纯客体。在这个意义上说，陀斯妥耶夫斯基笔下的主人公形象，不是传统小说中一般的那种客体性的人物形象。"③

　　巴赫金认为，陀氏小说的人物在小说的构思之中是能发表个人看法、有独立意识的叙事主体，而不是作者的传声筒。在小说中，这个主体可以不受作者的"束缚"（当然不是真的不受束缚，它毕竟是作者创作出来的）而自主发展，它所表达的意见，作出的活动，都完全代表他自身这个人物，而不是代表作者。这与传统小说人物在作品中的地位不同。

　　在巴赫金看来，传统的小说是一种独白型小说。他特别举托尔斯泰为例，在他的小说中，人物的世界是封闭的，相互之间没有关联，因此也就不能形成一种对话的关系，而作者超脱于他所有的人物之外，用自己的视野去包容他们，用自己的地位去理解和完成它们，因此所有的人物都由作者一个人论定完成，整部小说实际上是作者一个人在说话，"因此，每一个角色生与死的总体的和最终的意义，只可能在作者视野中揭示出来，而且只能靠这种比任何一个角色都要宽阔得多的作者视野，换句话说是靠了角色本身既不能听、也不能看的特点。作者广阔视野所具有的完成论定的独白型功能，就表现在这一点上"④。而且，"在独白型作品中，作者对主人公的最终论定的评价，本质上就是背靠背的评价，它不要求也不考虑主人公本人对这一评价能做出回答。作者不给主人公作结论的权利，主人公无法打破作者背靠

① 巴赫金：《陀斯妥耶夫斯基诗学问题》，见《巴赫金全集》卷五，河北教育出版社 1998 年版，第 2—3 页。
② 巴赫金：《陀斯妥耶夫斯基诗学问题》，见《巴赫金全集》卷五，河北教育出版社 1998 年版，第 4 页。
③ 巴赫金：《陀斯妥耶夫斯基诗学问题》，见《巴赫金全集》卷五，河北教育出版社 1998 年版，第 4—5 页。
④ 巴赫金：《陀斯妥耶夫斯基诗学问题》，见《巴赫金全集》卷五，河北教育出版社 1998 年版，第 93 页。

背论定评价的牢固框架。作者的评价态度不会遇到来自主人公的内心的对话式的反抗"①。从这个意义上说,独白型作品中的小说人物是作者的传声筒。巴赫金认为以往的批评家没有能真正理解陀氏小说的复调的艺术特点,仍然用独白型小说的批评标准去评价,结果必然得出错误的结论。

不仅如此,在陀氏小说当中,人物的思想也成为艺术描写的对象,他创造了思想的形象。陀氏小说中的人物,不仅在地位和功能上脱离了作者的控制,成为一种主体,而且在小说中独立自主地表现自己的思想。这种人物不再是"一个客体形象,而是一种价值十足的议论,是纯粹的声音"。陀斯妥耶夫斯基把思想看作"两个或几个意识相遇的对话点上演出的生动事件"②。因此,思想在本质上也是对话性的。这一艺术发现使作者成为一个"思想艺术家",在他那里,思想也是艺术形象,各种思想在故事中被彼此争论交锋,使小说成为一个大型对话的结构。巴赫金要描绘的就是这种结构,这种结构也形成陀氏复调小说的艺术特征。

如果作品人物不再是作者议论的客体,不再是作者的附庸,而取得了独立的主体地位,那么,人物的地位在彼此之间就是平等的,甚至与作者所代表的地位平等。这样,在所有的小说人物之间就必须形成一种对话关系,或者说是一场大型对话。巴赫金说:"在陀斯妥耶夫斯基长篇小说中,一切莫不是归结于对话,归结于对话式的对立,这是一切的中心。一切都是手段,对话才是目的……两个声音才是生命的最低条件,生存的最低条件。"③在另一处,巴赫金还说:"用话语来表现真正的人类生活,唯一贴切的形式就是未完成的对话。生活就其本质说是对话的,生活意味着参与对话:提问、聆听、应答、赞同等等。"④

联系巴赫金的对话理论,我们可以知道,巴赫金的复调小说理论之思想根源实际上来自他的哲学中的对话理论,他提倡人与人之间的对话、交流甚至争辩。在这种对话过程中,小说展示出主人公对世界的认识,同时发现自我。巴赫金在论陀斯妥耶夫斯基的复调小说时,认为不仅小说人物的地位和功能与传统的独白型小说有根本的不同,而且思想在小说中也成为艺术描写的对象,这使陀斯妥耶夫斯基成为一位伟大的思想艺术家。这种艺术思维的变化,也引起陀氏小说艺术结构的变化和艺术手法的更新。这种变化与更新主要体现在作者把一些在传统小说当中不相容的因素(如人物、思想)强行拼贴在一起,使它们形成激烈的对抗与对位,形成大型对话结构,一切因素都对白化了。因此可以看到,在大量的对话中各种思想、行动激烈交锋,造成了陀氏小说的那种紧张、压抑的气氛。

四　狂欢理论

"狂欢化"理论是巴赫金的文学理论的又一贡献。在《陀斯妥耶夫斯基诗学问题》中,巴赫金对狂欢化理论就已有了论述,而在《佛朗索瓦·拉伯雷的创作与中世纪与文艺复兴时期

---

① 巴赫金:《陀斯妥耶夫斯基诗学问题》,见《巴赫金全集》卷五,河北教育出版社 1998 年版,第 94 页。
② 巴赫金:《陀斯妥耶夫斯基诗学问题》,见《巴赫金全集》卷五,河北教育出版社 1998 年版,第 115 页。
③ 巴赫金:《陀斯妥耶夫斯基诗学问题》,见《巴赫金全集》卷五,河北教育出版社 1998 年版,第 341 页。
④ 巴赫金:《关于陀斯妥耶夫斯基一书的修改》,见《巴赫金全集》卷五,河北教育出版社 1998 年版,第 387 页。

的民间文化》一书中,巴赫金对狂欢化进行了全面的阐释。在前一篇论文中,巴赫金认为陀斯妥耶夫斯基的复调型艺术思维对他的作品的体裁与情景布局产生了决定性的影响,陀氏创作的是全新的体裁类型,而与欧洲的另一些体裁传统相联系,其中就包括"狂欢化的文学"传统,即"狂欢体"。[①] 在后一篇论文中,巴赫金认为人们之所以无法理解拉伯雷创作中的某些奇特现象,是因为人们已经习惯于文艺复兴以来占主导地位的(常常是主流的、官方文化的)思维模式与艺术形式,而忘记了中世纪与文艺复兴时期的生活感受、文化传统,因此,只有进入到中世纪与文艺复兴时期的现实生活场景,才能从根本上理解拉伯雷的创作。巴赫金认为研究者应该充分了解中世纪文艺复兴时期的笑文化,因为拉伯雷的创作是民间笑文化在文学领域的代表,扎根于民间渊源。了解笑文化就是了解并"创建艺术和意识形态的把握方式"。

巴赫金认为,这种笑文化的典型表现方式就是狂欢节。他认为"狂欢节上形成了整整一套表示象征意义的具体感性形式的语言,从大型复杂的群众性戏剧到个别的狂欢节表演。这一语言分别地,可以说是分解地(任何语言都如此)表现了统一的(但复杂的)狂欢节世界观,这一世界观渗透了狂欢节的所有形式……狂欢式转为文学的语言,这就是我们所谓的狂欢化"。[②]

巴赫金总结狂欢节的几个特征:第一,狂欢节是没有舞台,不分演员和观众的一种游艺,因此所有的人不分等级,没有限制,都可以参与其中。不仅如此,狂欢的人们并非在观看狂欢表演,而是实实在在地生活在狂欢中,世间原有的一切禁令、特权、规定通通被打破、被抛弃。因此,人们狂欢式的生活,就是脱离了常轨的生活,或者如巴赫金所说,是"翻了个的生活"、"反面的生活"。狂欢中的人们是生活在"第二生活"中的人们。第二,狂欢式生活的行为规则就只是狂欢,人们超越了平日里的行为方式,摆脱了禁令、特权与等级,自由地展示自己,摆脱种种的束缚,回到自身。狂欢的人们建立起一种新型的人际关系,即人人平等,不分彼此,不拘形迹,自由自在,形成一种"狂欢节的世界感受"。第三,这种感受实际上显示的是人们对于人的生活与生存的复杂观念,它显示了世间万物的不断更新,它面向未来。而狂欢节的笑,是普天同庆的笑,是包含一切的笑,甚至是矛盾的笑。如狂欢节加冕脱冕的表演就展示了笑文化的诸种特征,这种表演所表达的核心就是"交替与变更的精神,死亡与新生的精神"。它演示的合二为一的双重仪式正要说明"任何制度和秩序,任何权势与地位(指等级地位),都具有令人发笑的相对性"[③]。因此,狂欢节的笑就具有双重性质、双重意义,它既是讥笑,指向崇高事物,又是欢呼之笑,指向自由的存在。它是深刻反映世界观的笑,是无所不包的笑。

这种笑文化,在巴赫金看来,异常深刻地影响了文学艺术思维。作为基础,它催生了庄

---

① 另两个是叙事体与雄辩体,三者构成了欧洲小说发展的三条线索,其体裁的三个来源则是史诗、雄辩术与狂欢节。见《陀斯妥耶夫斯基诗学问题》,《巴赫金全集》卷五,河北教育出版社 1998 年版,第 143 页。

② 巴赫金:《陀斯妥耶夫斯基诗学问题》,见《巴赫金全集》卷五,河北教育出版社 1998 年版,第 160—161 页。

③ 巴赫金:《陀斯妥耶夫斯基诗学问题》,见《巴赫金全集》卷五,河北教育出版社 1998 年版,第 163 页。

谐体,催生了属于庄谐体的两种体裁:"苏格拉底对话"与"梅尼普的讽刺",它们正如狂欢节的笑一样,具有双重性质。"具有两重性的狂欢节之笑,烧毁一切装腔作势和麻木不仁,但决不会毁坏形象中真正英雄主义的核心。"①

巴赫金认为陀斯妥耶夫斯基作品的体裁特点,与上述两种体裁,尤其是梅尼普体,具有一致性。他举了许多例子来说明这一点,同时也指出了陀氏作品,如《豆粒》(1873)与《一个荒唐人的梦》(1877)的体裁特点,也就是说,实现了狂欢化。陀氏在他全部的作品中,显示出整体的狂欢式的情节布局特征。经过详细的分析,巴赫金认为陀氏的这两个短篇的体裁都渊源于梅尼普体,甚至陀斯妥耶夫斯基还将梅尼普体引入到他的长篇小说,如《罪与罚》、《白痴》,尤其是《卡拉马佐夫兄弟》中。他认为狂欢化使陀氏能够看出一般生活条件无法揭示的人物性格和行为的某些方面,但同时他又认为陀氏作品中的笑是弱化的笑声,虽然如此,这笑仍然艺术地组织了陀氏作品中的世界。在另一处他总结道:"狂欢化把一切表面上稳定的,已然成型的,现成的东西全都相对化了;同时,它又以自己那种除旧布新的精神,帮助陀斯妥耶夫斯基进入人的内心深处,进入人与人关系的深层中去。"②在这个世界里,"排除任何单一的教条主义的严肃性,不让任何一种观点,不让生活和思想的任何一个极端,得以绝对化"③。这形成了一个"大型对话",然而这对话是敞开的,自由的,没有终结的,因此,在这里"一切都在前头,而且永远只在前头"④,关于世界的最后结论还没有说出来。

总之,巴赫金认为,在梅尼普体中,各种异类因素都融合为一个有机的完整的整体,而这个整体的基础则来自于人们的狂欢节和狂欢式的世界感受。狂欢化消除了封闭性,使各类原本不相容的因素融为一体,这就是狂欢化在文学史上的功用所在。陀斯妥耶夫斯基的创作继承了欧洲文学的这一优秀传统,他在自己的艺术世界中,成功地展示并发展了这一传统,也就是说,他以自己的复调这一新颖的艺术形式使狂欢化传统获得了新生。在他的世界里,他要传达的声音是:世界是一场大型的对话,在这场对话中人人平等,都自由地享有自由发表言论的权利,独断与专制在此间必须被抛弃。这是欧洲狂欢式思想和传统的一种延续。

---

① 巴赫金:《陀斯妥耶夫斯基诗学问题》,见《巴赫金全集》卷五,河北教育出版社 1998 年版,第 174 页。
② 巴赫金:《陀斯妥耶夫斯基诗学问题》,见《巴赫金全集》卷五,河北教育出版社 1998 年版,第 222 页。
③ 巴赫金:《陀斯妥耶夫斯基诗学问题》,见《巴赫金全集》卷五,河北教育出版社 1998 年版,第 220 页。
④ 巴赫金:《陀斯妥耶夫斯基诗学问题》,见《巴赫金全集》卷五,河北教育出版社 1998 年版,第 221 页。

第一节
概述

一 社会历史背景

现象学是德国哲学家胡塞尔在继承他的前辈——法国哲学家笛卡儿、康德和胡塞尔的老师布伦塔诺的基础上而创构的一种理论。他在第一次世界大战时代意识形态的危机的背景下,批评了非理性主义的野蛮、实证主义的贫乏和主观主义的脆弱,希望发展一种新的哲学方法,以便使人们获得精神的再生。哈贝马斯把现象学、分析哲学、西方马克思主义和结构主义看成是20世纪世界的四种主要思想思潮。现象学已经成为世界性的思想思潮,从欧洲大陆出发,进而到英美,进而到拉丁美洲和印度、日本。

现象学的形成是资本主义社会性诸多方面的危机在哲学上的一种反映。首先,社会政治经济的危机带来了意识形态的危机,这对现象学产生了巨大影响。在胡塞尔时代,人们经历了第一次世界大战,又目睹了第二次世界大战中法西斯对人类精神文明的摧残、对犹太人的惨绝人寰的杀戮,以及两次大战前后所发生的规模巨大的政治与经济危机,这一切都使人们开始对传统文化产生怀疑,对传统的理性主义失去了信心。人们不可避免地思考人生的意义、价值的真正基础是什么。其次,自然科学的发展,也启发了现象学的思考。19世纪末,自然科学发展突飞猛进,以弗洛伊德为代表的精神分析学说、爱因斯坦的相对论都冲击着医学与物理学的原有基础。自然科学的新发现和新发展启发科学与哲学家对传统的理论进行重新思考。从总的方面看来,战后的西方思想界陷入了深刻的精神和意识形态危机之中。胡塞尔的现象学正是这种危机的一种反映,当然,胡塞尔更是试图利用现象学理论来挽救这种危机,寻出真理,肯定人生的意义与价值。为此他在晚年还专门写了《欧洲的科学危机和超验现象学》(1936)来论述这些问题,这反映出他在晚年对现象学的实践问题和哲学人生观问题的关注。

存在主义的思想渊源固然大部分来自胡塞尔与海德格尔的现象学理论,但也有其特定的现实条件和社会背景。存在主义首先出现于一战之后的德国。作为战败国的德国,经济凋敝,社会动荡,道德沦丧。人们陷入深重的敬畏之中,感到生存受到了威胁,忧虑、彷徨,对未来充满悲观与绝望,加之工业现代化日益使人成为机器的附庸,被异化为物,种种情绪促成了存在主义哲学的诞生,并很快得到广泛传播。二战中,法国被德国占领,恐怖笼罩着人们的心灵,威胁着人们的生存,人们也陷入悲观消沉的情绪中,感觉到人失去了生活目的,个人失去了自由。不过,法国的存在主义,经过萨特的"存在主义的人道主义"的宣扬,更加强调人的自由选择,强调人的行动与创造。当然,二战以后,人们又重新过上和平的生活,现代工业社会得以继续发展,于是,存在主义也就失去了它存在的理论,其根基自然走向了衰亡。

二 文学概貌

存在主义文学流派与存在主义的哲学理论有着紧密的联系,更确切地讲,两者是一个事物的两个方面,存在主义哲学为存在主义文学(小说和戏剧)提供了深厚的哲学基础,而存在主义文学为存在主义哲学提供了独一无二的形象化表现,两者相互作用,共同促进了这个流派和思潮的发生、发展。

存在主义(Existentialisme)是法国宗教哲学家卡布里埃·马塞尔在 1942 年创造并开始使用的,它最初流行于 20 世纪 20 年代的德国,产生于悲观与绝望的社会氛围中,30 年代传入法国。存在主义之所以能形成一个引人注目的思潮,主要归功于萨特的哲学与文学创作以及他个人的社会活动对公众的影响力。二战前后,欧洲思想界与社会人心惶惶,处于一种焦虑与绝望的精神困境之中。而萨特的存在主义哲学认为这个世界是荒诞的,但在荒诞的世界中人有自由选择的权力。这种哲学给人们以心灵的安慰与支持,从而赢得了公众的认可与欢迎,形成了流行一时的哲学思潮。而存在主义的哲学家们同时又用文学,尤其是小说和戏剧等形式,从艺术上阐释和表现自己的思想,于是兴起了存在主义的小说与戏剧,形成了一个文学流派。这一派的文学家(他们有的本身就是哲学家)主要有:让-保罗·萨特、阿尔贝·加缪、西蒙娜·德·波伏娃等。

让·保罗·萨特是存在主义哲学的代表人物,同时也是一位出色的文学家与批评家。他用自己的文学创作与理论批评来形象地表达他的哲学思想,使这两方面有机地统一起来,他的创作成为存在主义真正的堡垒与丰碑。萨特的文学创作体裁主要有小说与戏剧两种类型。他的小说作品主要包括《恶心》、《墙》、《自由之路》、《波德莱尔》等,表达了自己的哲学思想。他的戏剧创作也同样硕果累累,主要剧作有《苍蝇》、《禁闭》、《死无葬身之地》、《肮脏的手》、《聂克拉索夫》等。他在小说与戏剧中用文学的艺术手法表达了他的思想。他的戏剧被称作"情景剧",即以戏剧形式表现人的普通情境及人在此种情境中的自由选择。他的戏剧一般构思巧妙奇特,情节设置简单直接,冲突强烈刺激,直接把人生的困境与难题摆在人物面前,要求人作出快速的自由的选择。

阿尔贝·加缪(1913—1960)也是存在主义文学的代表人物之一。他的代表作包括:《局外人》(1942)、《鼠疫》(1947)、《堕落》(1956)和《流放与王国》(1957),以及哲学随笔《西绪福斯神话》(1942)等作品。加缪在自己的文学作品中要表达的观念是人所生存的世界是个荒诞的世界,但为了自己的自由与理想,必须超越生活,战胜荒诞,即使为此付出代价,甚至是生命的代价也在所不惜。例如在《局外人》中,主人公莫尔索认为"在这个骤然被剥夺了幻想与希望的宇宙里,人感到自己是一个局外人"。因此,他对外部世界持一种无所谓和无动于衷的冷漠态度,他把自己当作一个"局外人"。这显然是存在主义的悲观态度。而在《西绪福斯神话》与《鼠疫》中,这种悲观想法转变为积极抗争的人生态度,西绪福斯超越了命运,里厄医生则战胜了鼠疫。

西蒙娜·德·波伏娃(1908—1986)是萨特的志同道合者与终生伴侣(虽然二人并未结

婚），也是存在主义的重要作家之一。她年轻时也有志于哲学，但因自己不及萨特，就放弃了哲学改为专攻文学。当然，这并不说明她没有哲学才能。她的文学作品也是为表达自己的哲学思想而创作的，其中以萨特的哲学为基础，但也有她自己的独特的发展，尤其是在女性主义方面。她的主要作品包括《女宾》(1943)、《他人的血》(1945)、《一代名流》(1954)、《人无不死》(1947)等。同时，她还有论文集、游记等多种作品。《第二性》(1949)则是波伏娃最具声望的哲学著作，书中宣扬的女性主义观点、男女平等的观点，都为日后女权主义运动作了思想与理论准备。波伏娃的小说大都是哲理小说，表达的是人与人之间存在的对立（如《女宾》），或者人对自己的命运有选择的自由，人的行动表明了自己的存在（如《他人的血》）。显然，这些都是萨特存在主义哲学的一种延伸。

三 文论综述

20世纪的早期，西方精神文化领域受到极大的怀疑，面临着沉重的危机。为了消除这些危机，哲学家提出了种种的解决办法，现象学就是其中影响最大的一种哲学尝试。

现象学的创始人是德国哲学家胡塞尔(1859—1938)，他提出20世纪欧洲精神文化危机的根源在于知识的基础理论危机，因为没有知识基础，对各学科的研究就缺乏一种确定的基础和统一的中心，因此各学科都陷入了狭隘偏执的死胡同。要解决这样的问题，他认为就必须采取一种"回到事实本身"的哲学思维和方法。而现象学就标志着这样一种方法和思维态度。从现象学角度看，我们平时观察事物和思考事物的"自然的态度"是武断的，应该采取"悬置存在"方法暂时对客体存而不论。如此，我们唯一可以确定的就是我们正在意识着的意识，即"纯粹意识"，才是"事实本身"。如何才能"回到事实本身"呢？胡塞尔采用"现象学还原"的方法来把握事实，其中包括"现象的还原"、"本质的还原"和"先验的还原"三步。还原之后剩余的就是"纯粹的先验意识"。他认为这是知识可以确立的基础（这个过程极似笛卡尔论证"我思故我在"的方法）。因此，现象学实际上是"关于纯粹意识本身的科学"。对纯粹意识的研究，早期胡塞尔偏重对意识的意向结构的分析，后期他更关注纯粹意识建构意识对象的分析。这种研究启发了后来的现象学文论的各种理论，也因其自身的局限受到了后来批评家们的批判。

胡塞尔的现象学哲学作为现象学文论的基础，有三方面启发了后来的文论家：以科学的理性的精神研究文学理论，建立文学研究的科学；以现象学的方法确立文学研究的对象；把意识作为文学研究与批评的对象。这三个方面实际也反映出20世纪西方文学理论追求哲学化的趋势。文学理论将被作为一门科学来建构。20世纪现象学文论的主要代表有波兰哲学家、文论家罗曼·英伽登，法国文论家杜夫海纳和日内瓦学派等。

存在主义的哲学根源可追溯到19世纪丹麦哲学家克尔凯郭尔(1813—1855)和尼采(1844—1900)，胡塞尔的现象学对存在主义哲学也产生了深刻的影响。海德格尔与萨特无疑是存在主义哲学的两位大师。海德格尔是胡塞尔的嫡系弟子，但他一方面吸收了哲学的理论精华，另一方面又对其进行了改造，形成了自己的哲学体系，创立了独特的存在主义文论。受胡塞尔和海德格尔的影响,法国哲学家萨特以自己的存在主义哲学为基础,结合马克思主义理论,形成自成一体的存在主义文论。其他存在主义哲学家还有亚斯贝斯(1883—1963)、梅洛-庞蒂(1908—1961)、西蒙娜·德·波伏娃(1908—1986)、苏珊·桑塔格、伊哈布、哈桑等人。存在主义首先是一种哲学,一种文化与文艺思潮,文学理论只是它的副产品,但浓厚的哲学背景增添了这种文论批评的底蕴与独特性。存在主义表达的是战后欧洲的悲观、虚无和荒诞的时代精神,它的理论主张代表了现代主义文学的某些倾向,同时又具有较强的意识形态性。总之,这一系列的历史发展都是以胡塞尔的现象学哲学为理论源头的,因此现象学文论这一称谓自然是实至名归。

现象学文论关注文学作品的意向性,这也是从胡塞尔纯粹意识理论而来的。意向性就是意识活动与意向对象之间的指向关系,意识总是要指向其对象,因此就有了意识的意向性。在现象学文论家看来,文学作品就是纯粹的意向性客体,作品的意义是由艺术作品加上审美想象而生成的意义。

第二节
海德格尔

一　生平及著作

马丁·海德格尔(Martin Heidegger,1889—1976),德国著名的哲学家,存在主义哲学的创始人之一,也是当代西方哲学最有影响力的哲学家之一。他生于德国巴登邦的梅斯基尔希的一个天主教徒家庭,14岁即进入康斯坦茨读中学,三年后转入弗莱堡文科学校,这六年他学到了让他受用终身的基础知识。1911—1913年他在弗莱堡大学攻读哲学,获得博士学位。不久,他获得讲师资格,并开始追随胡塞尔研究现象学。1923年起,他先后在马尔堡大学和弗莱堡大学担任哲学教授。1933年海德格尔任弗莱堡大学校长,1934年即辞职,但继续任教。二战结束后,因为与纳粹的牵连,他曾被禁止授课,1951年解禁,直到1957年他退休。

海德格尔是位典型的学者,他的人生岁月大部分是在大学授课和著述中度过的,人生轨迹可谓平淡,但是他的学说和思想却是具有独创性和革命性的,所以才有了他现在的如此深刻的影响力。他一生著述颇丰,主要的哲学著作包括《存在与时间》(1927)、《论根据的本质》(1929)、《形而上学导言》(1953)、《林中路》(1950)、《演讲与论文集》(1954)、《走向语言之途》(1959)、《路标集》(1961)等,主要的美学与艺术论著包括《艺术作品的本源》(1935)、《荷尔德林和诗的本质》(1936)、《诗人何为》(1946)、《人,诗意地栖居……》(1951)和《诗中的语言》(1953)等等。

二　哲学思想:此在

海德格尔久慕胡塞尔大名,但由于种种原因一直无缘拜谒,亲聆指教。直到1916年,胡塞尔受聘到弗莱堡大学任教,海德格尔才终偿所愿。从此,他跟随胡塞尔研究现象学,深受胡塞尔的影响,而胡塞尔也很欣赏他。胡塞尔曾经说:"现象学,海德格尔与我而已。"但在研究过程中,海德格尔与老师的理论逐渐产生了分歧(当然也许海德格尔从一开始就是带艺投师的)。海德格尔与胡塞尔的分歧主要表现在:胡塞尔始终把现象学的先验还原与先验唯心主义结合在一起,但海德格尔不同意这样的唯心主义立场。在海德格尔看来,胡塞尔的"纯粹的先验自我"概念只能是一种科学的理想,不可能成为真正的"实事本身",因为存在的只能是局限在特定时空的具体的个人,他称之为"此在"。无论如何,诸种科学总是人的活动。胡塞尔认为一切意义都必须从先验主观性中寻找,而海德格尔无法接受与世界相脱离的主体。因此,海德格尔坚持要对胡塞尔的现象学保留修正与发展的权利,这造成二人最后的决裂。

胡塞尔主张世界一切存在物都不过是现象,对真理的人生与获得必须超越日常和透过现象,这样就必须通过他所主张的现象学还原的办法来做到。只是,他所主张的现象学还原是先验的还原,是由"纯粹的先验自我"做到的。显然这是一种先验的唯心论,然而,海德格尔认为这种由先验自我所进行的现象学还原,实际上是不可能实现的,因为纯粹的先验自我在现实中是不可能存在的。存在的只能是被局限在现实时空中的具体的个人,他称之为"此在"。"此在"是一种存在者,但它又与众不同,因为"这个存在者为它的存在本身而存在",也就是说:"此在在它的存在中总以某种方式,某种明确性对自身有所领会。这种存在者本来就是这样的:它的存在是随着它的存在并通过它的存在而对它本身开展出来的。对存在的领会本身就是此在的存在规定。此在作为存在者的与众不同之处在于:它存在论地存在。"[①]

海德格尔认为现象学就是"从显现的本身那里,如它以其本身所显现的那样让它被看待",也就是要"面向事情本身"。显现的就是事物本身的存在,现象学就是要让存在显现。在某种程度上讲,现象学就是存在论。联系前面所谈的"此在",即人作为一种存在者,海德格尔认为,此在的生存论是相对于一切基础存在论而言具有优先地位的存在论。因此,海德格尔的现象学首先关注人的存在,这是萨特存在主义哲学的前提和基础。

海德格尔并不单纯为了讲述人的存在,而是想通过对存在问题的讨论来论述真理问题,在海德格尔看来,现象学研究的就是存在的真理,或者说,真理的存在。他认为,首先必须理解存在的意义,然后才能真正理解人的存在即此在。此在就是存在通过存在者即人显现的场景。

三　艺术论

像许多哲学家一样,海德格尔对于存在的真理的思考,也逐渐把他引向对于艺术的思考,艺术便进入了海德格尔的思考的视野。当然,海德格尔并不是孤立地思考艺术,毋宁说他是通过艺术来重新思考真理的本质,艺术论和诗论是他的整个哲学理论体系的有机组成

---

① 海德格尔:《存在与时间》,陈嘉映、王庆节译,三联书店 2006 年版,第 14 页。

部分,他的哲学、对存在的思考,是他艺术思考的基础,艺术是其哲学的实践场。

1950 年,海德格尔出版论文集《林中路》,其中收录了《艺术作品的起源》一文。这篇论文分五节,其中关键的三节即是 15 年前他所作的关于艺术的两次讲演的内容,第二节《物与作品》是 1935 年 11 月所作,第三、四节《作品与真理》、《真理与艺术》是 1936 年 11 月所作。两次讲演的反响很大,成为"轰动一时的哲学事件"。在这篇论艺术的长文里,海德格尔论述了艺术作品的存在本源问题,完整表述了自己的艺术论。

海德格尔从艺术作品的物质特性入手来思考艺术作品的本源。海德格尔认为,追问一件东西的本源就是追问这件东西的本质,因此寻求艺术作品的本源,也就是追问艺术作品本质的来源。海德格尔开宗明义地指出:"艺术家是作品的本源,作品是艺术家的本源,彼此不可或缺。但任何一方都不能全部包含了另一方。无论就它们本身还是就两者的关系来说,艺术家与作品向来都是通过一个第三者而存在的;这个第三者乃是第一位的,它使艺术家和艺术品获得各自的名称。这个第三者就是艺术。"[①]我们从中可以看出海德格尔艺术观的独特之处。首先,他评判了浪漫主义艺术观。艺术家才是艺术品的本源。但是,海德格尔追问艺术家的本源是什么呢,答案只能是艺术品,因为是艺术品成就了艺术家,没有艺术品就没有艺术家,这就类似于说是《神曲》成就了但丁。其次,海德格尔看出了作品与艺术家之间彼此的依赖关系。虽然相互依赖,但彼此并不构成对方的全部依据,也就是说,不能成为对方的本源。第三,海德格尔艺术论的独到之处在于他提出在两者之外的第三者,即艺术,才是作品与艺术家得以存在的基础,没有艺术就形成不了作品的艺术性,作品就不成其为作品,没有艺术,艺术家所创作的也就不是艺术作品,也就不能称其为艺术家了。这确实是从创新思路对艺术本质作出的解释。

海德格尔所说的艺术有特别的涵义,乃是指"世界"与"大地"的冲突,这是一个历史性的事件,正是这一事件使作品成为作品,它是作品的真正本源。海德格尔以凡·高的一幅画作为例子来说明这一历史性事件,解释"世界"与"大地"的冲突。他这样描写这画中的农鞋(这幅画作即名《农鞋》):

> 从鞋具磨损的内部那黑洞洞的敞口中,凝聚着劳动步履的艰辛。这硬梆梆、沉甸甸的破旧农鞋里,聚积着那寒风料峭中迈动在一望无际的永远单调的田垄上的步履的坚韧和滞缓。鞋皮上粘着湿润而肥沃的泥土。暮色降临,这双鞋底在田野小径上踽踽而行。在这鞋具里,回响着大地无声的召唤,显示着大地对成熟谷物的宁静馈赠,表征着大地在冬闲的荒芜田野里朦胧的冬眠。这器具浸透着对面包的稳靠性无怨无艾的焦虑,以及那战胜了贫困的无言喜悦,隐含着分娩阵痛时的哆嗦,死亡逼近时的战栗。这器具属于大地(Erde),它在农妇的世界(Welt)里得到保存。正是由于这种保存的归属关系,器具本身才得以出现而得以自持。[②]

---

① 海德格尔:《林中路》,孙周兴译,上海译文出版社 2004 年版,第 1—2 页。
② 海德格尔:《林中路》,孙周兴译,上海译文出版社 2004 年版,第 19 页。

海德格尔所谓的"世界"与"大地"无非是一种隐喻,"大地"指的是艺术作品本身所属的物质性,如鞋作为器具。因为"大地乃是涌现着——庇护者的东西"[1]。在海德格尔眼里,物的物性在形而下的物质意义的自然物,是"遮蔽"着的,但是如果有人的活动去开启它,它同时可以在形而上的存在论意义上,即大地的意义上敞开。"世界"指的是艺术作品所构建的一个(艺术的)世界,如画中所表现的农妇的世界。这世界是以大地(即物性)为基础的,但它属于人的世界,它表现出一种人在其中的意义,是时间性的存在,是历史,"决不是立身于我们面前,能够让我们细细打量的对象"[2]。海德格尔认为,大地与世界存在着对立与冲突,一方面大地要使大地上的一切都成为无意义的自然物质,另一方面,世界要努力使作品中的世界充满意义,在这种对立与冲突中产生了艺术作品。在这幅画中,在世界的意义上农鞋向我们展示农妇的故事,在大地的意义上,农鞋只是农鞋,是沉默无言的物。艺术作品就是大地与世界冲突的场所。因此,海德格尔认为,艺术作品的两个基本特征就是"建立一个世界和制造大地"[3]。也就是说,艺术作品要建立一个充满人的生存意义的世界,同时也要展现大地的物质特性。在一件艺术品中,大地敞开了自己丰富的物性,同时又超越物性,拥有丰富多彩的意义。所以,艺术品既敞开又保存了大地。"作品把大地本身挪入一个世界的敞开领域中,并使之保持于其中。作品让大地是大地。"[4]

海德格尔认为艺术作品就产生于世界与大地的冲突之中,艺术作品既建立一个世界又制造大地,"大地与世界的争执在作品的形态中固定下来,并且通过这一形态得以敞开出来"[5]。它"在作品中走进了它的存在的光亮里。存在者的存在的显现被恒定下来"。因此,"艺术的本质就应该是,存在者的真理自行设置入作品"[6]。

四　诗论

早在海德格尔青年时期,他就对诗人荷尔德林产生了浓厚的兴趣,在后来的学术生涯中,他经常在自己的学术著作中引用这位诗人的诗句,并专门对他的诗作过阐释。他说:"这些阐释乃是一种思(Denken)与一种诗(Dichten)的对话。"[7]又说:"这些阐释乃出自一种思的必然性。"[8]在某种程度上,荷尔德林已成为他心目中诗人的代表,是"诗人中的诗人"[9]。海德格尔研究艺术的本源,得出的结论是,艺术的本质是真理,但他断言真理是由诗构成的,一切艺术本质上都是诗。

他对诗的研究也就是他对艺术的研究,而这种研究又是他运用思来思考诗与艺术的结

①　海德格尔:《林中路》,孙周兴译,上海译文出版社 2004 年版,第 32 页。
②　海德格尔:《林中路》,孙周兴译,上海译文出版社 2004 年版,第 30 页。
③　海德格尔:《林中路》,孙周兴译,上海译文出版社 2004 年版,第 35 页。
④　海德格尔:《林中路》,孙周兴译,上海译文出版社 2004 年版,第 32 页。
⑤　海德格尔:《林中路》,孙周兴译,上海译文出版社 2004 年版,第 57 页。
⑥　海德格尔:《林中路》,孙周兴译,上海译文出版社 2004 年版,第 50(?)页。
⑦　海德格尔:《荷尔德林诗的阐释》,商务印书馆 2000 年版,第二版前言。
⑧　海德格尔:《荷尔德林诗的阐释》,商务印书馆 2000 年版,增订第四版前言。
⑨　海德格尔:《荷尔德林和诗的本质》,见《荷尔德林诗的阐释》,商务印书馆 2000 年版,第 36 页。

果。诗是语言的艺术,因此,海德格尔对诗的思考同时又是对思与语言的思考。他有一本书即叫作《思·语言·诗》,记录了他对这三者精深的思考。而他对诗人荷尔德林所作的深入研究和阐释,在某种程度上,可以体现他对于诗与语言的思考。我们以《荷尔德林与诗的本质》(1936)一文为基础,来说明海德格尔对诗的本质的理解。

首先,海德格尔认为诗是语言的艺术,诗必然在语言中活动并得到表现,而要理解诗的本质,首先必须理解语言的本质。语言与诗,在海德格尔看来,是诗使语言成为可能。他认为真正的诗并不是日常语言的更高品类,更不是说日常语言是被人遗忘而且丧失了精华的诗。因此,日常语言是由于诗才得以敞开的,理解语言又必须理解诗,诗与语言两者是相互规定的。同时,诗是一场对话,因为"人之存在建基于语言,而语言根本上唯发生于对话中"①。而且,对话并不仅仅是语言实践的一种方式,更重要的是,"只有作为对话,语言才是本质性的"②。我们因此是一种对话,我们据此成为统一的,因而真正是我们本身。对话及其统一性承荷着我们的此在。

其次,"诗是一种创建,这种创建通过词语并在词语中实现"③。海德格尔不认为这被创建之物就是"持存者"。但这"持存者"是否就是现存之物呢?他认为不是,因为"这个持存者必须被带向恒定,才不至于消失","简朴之物必须从混乱中争得,尺度必须对无度之物先行设置起来"。④ 同时,承载存在者整体的东西也必须进行敞开,因为存在必须被开启,存在者才能显现,因为这持有者是短暂易逝的。所以,诗人就用"命名",即"说出本质性的词语",来使存在者成其所是之物,使"存在者作为存在者而被知晓"。因此,"诗乃是存在的词语性创建"⑤。又因为持有物不可能从消逝物中取得,存在不是存在物,所以诗人之职就在于争取创造。从这个意义上讲,"物之存在和本质必须自由地被创造、设立和捐赠出来。这样一种自由是捐赠意义上的,也是建基意义上的,即人类此在也建基于其上。只有我们能够理解这一点,才是真正理解了诗的本质。"其实,诗本身在本质上就是创建——创建意味着:牢固的建基。"⑥

其三,"人,诗意地栖居……"。海德格尔认为,荷尔德林的栖居并不是人的一种行为方式(如占用住宅),而是看到了人类此在(Dasein)的基本特征,并在这种栖居关系中看到"诗意"。他认为,"人诗意地栖居……"乃是指"作诗才首先让一种栖居成为栖居。作诗是本真的让栖居(Wohnealassen)……作诗,作为让栖居,乃是一种筑造"⑦。在海德格尔看来,作诗是人筑造的一种方式,人活于天地之间,辛勤劳作,但同时对劳作又可以俯仰于天地感到慰藉,这是神性的体现。但人栖居于大地之上,什么是栖居的"尺度"呢?也是神性。人凭借神

---

① 海德格尔:《荷尔德林诗的阐释》,商务印书馆 2000 年版,第 41 页。
② 海德格尔:《荷尔德林诗的阐释》,商务印书馆 2000 年版,第 42 页。
③ 海德格尔:《荷尔德林诗的阐释》,商务印书馆 2000 年版,第 44 页。
④ 海德格尔:《荷尔德林诗的阐释》,商务印书馆 2000 年版,第 44 页。
⑤ 海德格尔:《荷尔德林诗的阐释》,商务印书馆 2000 年版,第 45 页。
⑥ 海德格尔:《荷尔德林诗的阐释》,商务印书馆 2000 年版,第 50 页。
⑦ 海德格尔:《人,诗意地栖居……》,见《演讲与论文集》,三联书店 2005 年版,第 198 页。

性来度量自身的栖居。海德格尔认为,作诗就是这样一种度量行为,在作诗之中,海德格尔认识到了"诗意"的本质。因此"作诗就是这种'采取尺度',而且是为人之栖居而'采取尺度'"①。而且,"惟当诗人采取尺度之际,他才作诗"②。诗人凭借作诗来度量人之栖居,探测人类此在的本质。换句话说"作诗建造着栖居之本质"③。作诗与栖居"相互要求,共属一体",因此,作诗也是人之栖居的一种基本能力。海德格尔又认为,本真地作诗必须要善良,"与人心同在",也就是说"达到人之栖居本质那里,作为尺度之要求达到心灵那里,从而使心灵转向尺度"④。他还认为:"只要这种善良之到达持续着,人就不无欣喜,以神性来度量自身,这种度量一旦发生,人就能够根据诗意之本质来作诗。而这种诗意一旦发生,人就能人性地栖居在大地上。"⑤

其四,作诗是最危险的活动,又是"最清白无邪的事业"。我们只有理解了这一点,才能理解诗的全部本质。怎样理解诗是最危险的活动呢? 他认为,首先,这个时代是个贫瘠的时代,众神皆已隐遁,世界已成无底深渊。当此时节,世界要有转变的根基,只有诗人可以担当创建的职责,只有诗人可以探入深渊,追踪神性的踪迹,这是一种冒险。其次,语言虽是人的一种财富,但却是最危险的财富,因为语言创造了一种危险的可能性。人们只有凭借语言才能接触世界,而语言既作为存在者激励、驱迫人,又作为非存在者迷惑人,因此,"唯语言首先创造了存在之被威胁和存在之迷误的可敞开的处所,从而首先创造了存在之遗失(Seinsverlust)的可能性,这就是——危险"⑥。然而诗又是最清白无邪的事业。说作诗是最清白无邪的,目的在于保护诗人不受伤害,"如果诗人不是'被抛出'日常习惯并且用其事业的无危害性来防止这种日常习惯的话,诗人又如何去从事和保持这一最危险的活动呢?"⑦诗看似游戏而实不然,诗使人聚集于人类此在的根基上,达到一种无限的安宁;同时,诗人之诗所道出的是极为现实的东西,因此实则是牢固的创建。从这两方面看,"作为存在之创建,诗有双重的约束。观照这一最内在的法则,我们才能完全把握到诗的本质"⑧。

第三节
英伽登

一　生平及著作

罗曼·英伽登(Roman Ingarden,1893—1970),波兰哲学家,文艺理论家。他出生于波

---

① 海德格尔:《人,诗意地栖居……》,见《演讲与论文集》,三联书店 2005 年版,第 208 页。
② 海德格尔:《人,诗意地栖居……》,见《演讲与论文集》,三联书店 2005 年版,第 211 页。
③ 海德格尔:《人,诗意地栖居……》,见《演讲与论文集》,三联书店 2005 年版,第 213 页。
④ 海德格尔:《人,诗意地栖居……》,见《演讲与论文集》,三联书店 2005 年版,第 215 页。
⑤ 海德格尔:《人,诗意地栖居……》,见《演讲与论文集》,三联书店,2005 年,第 215 页。
⑥ 海德格尔:《荷尔德林诗的阐释》,商务印书馆 2000 年版,第 39 页。
⑦ 海德格尔:《荷尔德林诗的阐释》,商务印书馆 2000 年版,第 49 页。
⑧ 海德格尔:《荷尔德林诗的阐释》,商务印书馆 2000 年版,第 50 页。

兰的克拉科夫,先后在利沃夫和哥廷根师从波兰著名哲学家特瓦尔多夫斯基和现象学创始人胡塞尔,并在后者移居弗莱堡时,始终追随左右。在胡塞尔的影响下,英伽登专注于现象学研究,认为现象学是一门严格的科学,"现象学带决定性意义的特征在于它的本质直观研究纲领"①。英伽登运用现象学对文学艺术作品的独到分析,使他成为现象学美学理论的主要代表,并成为现象学运动的著名成员之一。1918 年他获得博士学位,此后,他的大部分时间都在从事教学工作与学术研究中度过。他曾在中学教授数学,在大学教授哲学。1945 年,他获得荣誉教授职位。在他死后,波兰科学院出版了他的著作全集。在生命的最后几年,他集中精力修订了他的著作并把它译成德文。他的主要著作包括:《文学的艺术作品》(1931)、《对文学的艺术作品的认识》(1937)、《艺术本体论研究》(1962)、《艺术价值与审美价值》(1964)、《体验艺术作品和价值》(1969)等等。

二　艺术作品的结构

英伽登曾经长期追随哲学家胡塞尔研究现象学,其理论深受胡塞尔思想的影响。在他们看来,哲学并不是总体科学中的一个分支,而是应该为其他学科提供认识基础的科学。因此,他们都致力于研究哲学。对他们来说,现象学是一种研究哲学的方式,研究现象是如何呈现于意识的。现象学强调对现象的还原,对现象进行直观的描述,由此呈现于我们意识中的现象才是真实的。但是,同海德格尔一样,英伽登又不赞同胡塞尔的先验原则,他肯定并希望确立独立于意识的实在世界的存在,带有实在论的倾向,希望通过本体论的研究,分析我们的研究对象的存在性质与存在方式。在此基础上,他对文学的艺术作品进行了现象学的研究,创立了自己特殊的文学理论。

首先,他反对作品存在论中的物理主义与心理主义,前者认为作品是物理实在,如纸上的墨迹,后者认为作品是观念的实在,是超时空的。他也不赞成胡塞尔所认为的,即作品是纯粹意识的建构,因为那样可能会取消作品的本体。他希望确立独立于纯粹意识之外而客观存在的作品本体,意识须依赖于作品本体的存在才有可能产生。

其次,在确立作品本体存在的基础上,英伽登分析了文学作品的结构层次。他认为,文学作品是一个复合的、分层次的客体,共有四个层次:①字音和建立在字音基础上的高一级的语音构造;②不同等级的意义单元;③由多种图式化观相、观相连续体和观相系列构成的层次;④由再现的客体及其各种变化构成的层次②。这四个层次都有自身独立的审美价值,但同时每一层的审美价值都有助于形成作品整体结构的有机的"复调和声"。而其中,第二层次是四个层次的关键,它决定了其他三个层次,虽然它并不能脱离其他三个层次。

字音和建立在字音基础上的高级的语言组合是作品结构的基础。英伽登将文学作品中的语音素材与字音进行了区分,认为后者是不可改变的、超主体性的存在。语音素材包括语

---

① 赫伯特·施皮格伯格《现象学运动》,王炳文、张金言译,商务印书馆 1995 年版,第 324 页。
② 英伽登:《文学的艺术作品》,见蒋孔阳主编《二十世纪西方美学名著选》,复旦大学出版社 1988 年版,第 258 页。

调、音乐、音的力度等,他指出,语音素材在每一次的具体表述中都是不同的,随具体的阅读行为而变化,而字音传达了意义,读者在进行阅读时,不仅能表达出作者的意旨,更能直接感受到作者的全部内心体验。声音与意义相伴随,字音是语音的一种形式,它通过语音素材得到传达,字音植根于意义之中。关于语音在作品中的表现,英伽登提到了韵律,认为韵律是典型的"格式塔质",是构成作品具有审美特质的重要方面。语音与意义的联系是密切的,并取决于字音。英伽登认为诗的语言是最有生命力的语言,它的每一个词都带着"直观的丰富性"。语音学层次构成了对文学作品认识的最初阶段。

英伽登吸收胡塞尔的意向性学说,重点论述了意义层面。首先,他认为意义必然受制于字音,他把意义定义为:"受制于字音的一切东西,这些东西在与字音的联系中构成一个词"。意义是如何被理解的呢? 他认为,每个词都是意向性关联物,每个词所意指的对象就是意向对象,也就是意义。我们就是根据意向来认识和使用意义的。他说:"成功而直接地发现意义意向,本质上就是这个意向的现实化。这就是说,当我理解一个本文,我就思考本文的意义。我把意义从本文中抽出来,并且把它变成我在理解时的心理行为的现实意向,变成一个等同于本文的语词或句子意向的意向。这样我就真正'理解'了本文。"[1]也就是说,理解一个句子意味着在那个句子中现实化了它的意义意向。所谓的"意向的现实化",就是使词的意向与读者在意识中的意向保持一致。而这并不是轻易就可以做到的,这种阅读特别表现在读者运用想象来填补艺术作品的潜在因素和意义空白,并使它们现实化。这时,"我们以一种共同创造的态度投身于句子意义确定的对象领域……因为,如果我们积极地思考一个句子,我们所注意的就不是意义,而是通过它或在它之中确定所思考的东西"[2]。这时,读者就达到了第四个层次:再现客体。也就是说,读者与作者的经验取得了同化。从另一方面讲,正如英伽登意识到的那样,"在这样做时,读者在某种程度上证明自己是文学艺术作品的共同创造者"[3]。

语词的意义有两种考虑方式:作为句子或更高级单位的成分以及作为孤立的单词。在考察胡塞尔的意义之后,英伽登认为"语词意义以及句子意义,一方面是某种客体的东西,不论怎样使用,都保持同一核心,并从而超越了所有的心理经验,另一方面语词意义是一个具有适应结构的心理经验的意向构成"[4]。胡塞尔认为意义是授予给语词的,而英伽登则认为我们是根据语词具有哪种意向来认识和使用它的,意向可以为对象、特征、关系以及纯粹性质命名,但是在各种意义进入相互联系中或意义所意指的对象进入相互联系之中时,它也可以发挥各种句法的和逻辑的功能。第二个层次中,英伽登详细分析了语词和句子意义层次以及如何对它们加以正确地理解。这一层在《文学的艺术作品》中占有很大的篇幅,可以想象意义的理解对于文学的艺术作品的重要性。比如,有意识地赋予词义,就只是存在于或对

---

[1] 英伽登:《对文学的艺术作品的认识》,陈燕谷译,中国文联出版公司1988年版,第31页。
[2] 英伽登:《对文学的艺术作品的认识》,陈燕谷译,中国文联出版公司1988年版,第39页。
[3] 英伽登:《对文学的艺术作品的认识》,陈燕谷译,中国文联出版公司1988年版,第40页。
[4] 英伽登:《对文学的艺术作品的认识》,陈燕谷译,中国文联出版公司1988年版,第23页。

科学术语概念有用,但对于活语言我们就很少有意识地赋予某个词以意义。英伽登认为它们适合于两种语境:用定义构成新的科学术语,以及为需要从概念上把握和命名的对象提供适当例证来构造新术语。英伽登批驳了胡塞尔的观点,认为胡塞尔将语词意义和所谓心理行为的内容等同起来,这个内容是心理行为的一个组成成分或是一个"真正成分"。如果是这样的话,那么"语词本身根本无意义"[1],因为在真实的外在世界中就只有物理符号,它们的心理观念通过"约定俗成"或任意联想同一种心理内容结合起来。于是,能正确理解别人的语词意义就是一个奇迹,有的也只是完全的任意联想,而非恰当的语词意义,那么阅读的多样性、文学作品就是主体间际的,这种科学又是如何成立的? 这种理论和两个人用同一种语言交谈的实际情况是不符合的,有理解的偏差,因为个人理解事态的不同,两人的注意力都指向一个外在于两人的事态,这样就产生了理解的不一致。这些都是对语言实体意义的心理学观点的描述,"根源部分地在于错误地理解了语词构成是如何产生的,部分地在于未能认识每一种语言的社会性"[2]。

　　英伽登反复论证语言的共同性,即一种语言如何为大家所共同理解。比如科学术语,其意义已经被研究者所意求。接着英伽登考察了活语言系统,重点区分了三种不同的基本类型的词:名词、限定动词和功能语词。"名词意义的最重要的功能是对它们所命名的对象进行意向投射"[3]。每一个名词都属于一个确定的纯粹意向客体。马格廖拉认为:英伽登的名词意义中有五个因素,彼此之间不容混淆:意向所指因素;素材内容;形式内容;存在特征以及其他要素[4]。功能语词,如"是"、"和"、"到"、"每一个"等,它们不是通过其意义构成意向对象的,反之它们只是发挥各种功能以联系和它们一同出现的其他语词以及联系名词的对象,帮助名词构成对象的意向性关联物,如"猫和狗"中的"和"使它们加入到更高一级的语义单元。功能语词所发挥的功能在构成句子和句群方面起着重要作用。限定动词把事态确定为(尽管不是单纯地)纯粹意向性关联物(就是意向性对象和意向性的事物状态),在自身的各种形式中创造出极其丰富多样的事态。句子以多种多样的方式构成结构变化多端的高级意群,从这些结构中产生出作为故事、小说、戏剧、科学理论的实体。限定动词构成具体情境,包括若干对象的复杂过程,它们的冲突和一致等等。最后用具有各种确定的要素以及发生在它们中间的变化创造出一个完整的世界,完全作为一个纯粹意向性关联物的句群。如果这样的句群最终构成一部文学作品,那么我们就把互相关联的句子的意向性关联物的全部贮存成为作品"描绘的世界"。

　　对于理解的过程,英伽登提出要想达到真正的理解本文,必须经历三个步骤:理解的前提、理解过程的障碍与延续、读过句子的"回响"。这与作品特定的结构是密切相关的,结构影响阅读。读过的句子以"回响"的形式处于我们经验的边缘域。"回响"的结果是我们目前

---

① 英伽登:《对文学的艺术作品的认识》,陈燕谷译,中国文联出版公司1988年版,第24页。
② 英伽登:《对文学的艺术作品的认识》,陈燕谷译,中国文联出版公司1988年版,第26页。
③ 英伽登:《对文学的艺术作品的认识》,陈燕谷译,中国文联出版公司1988年版,第28页。
④ 马格廖拉:《现象学与文学》,周宁译,春风文艺出版社1988年版,第182页。

读的句子在意义中具体化了,即接受了前文之精微意义。当然即将到来的句子意义也确定我们刚刚读过的句子意义,可以补充修饰它,如此循环不断。这在阅读时就首先知道作品后面部分的阅读中体现得更明显,英伽登认为这就是"心理审视"。英伽登认为"我们只有成功地利用现实化本文提供的所有构成要素,并且构成和本文语义层次包含的意义意向相符合的作品的有组织有意义的整体时,我们才能真正理解作品的内容"[1]。但试图做到这些,的确很难。

第三层是"由多种图式化观相,观相连续体和观相系列构成的层次",每一部作品都是由意向性关联物(也就是词)构成的,但是每个词都是有限的,只能表现事物与意识的有限的方面。由他们构成的作品因此只能呈现出图式化观相的形式,作品只能是多种图式化观相连续体的多种组合形式,其中存在着许多"不定点"或空白,有赖于读者的想象来填补,从而实现作品的"客观化"。

英伽登是将图式化观相与现实世界联系起来进行研究的,这有助于对文学观相本身的理解,比如关于现实主义文学作品的问题。现实主义描写的文学作品绝对不同于文学的历史作品。因为现实主义作品描绘的东西,只是一种现实的本质,至于现实中有没有,那是不肯定的。当然在论及观相的时候,英伽登还是区分了观相和客体。比如对球体的观相和球体作为一个客体就是不一样的,虽然它们都离不开感觉主体。"观相既不是某种心理事件,又不实在于球体所在的空间,观相不是心理的,但又依赖于主体的行为。"[2]至于文学作品的图式化观相,英伽登认为:"图式化观相在文学作品的结构中起到特殊的作用,构成一个重要的层次,因为图式化观相不是从个人心理经验中产生的,它潜在于由意义单元投射的再现的客体中"。[3]如罗曼·罗兰小说《欣悦的灵魂》中再现的巴黎的街道,到过巴黎和从没有到过巴黎的读者感知的是不一样的。这其实是观相的一种间缺,但它不同于未定点。图式化观相的间缺不属于再现的客体的形态,它是观相形态中的组成因素。英伽登给出了一种关于观相的假设:作者在作品中构建一个美学整体,观相的"实现期待"维护这一美学整体[4]。而图式化观相的"实现期待"这一美学特质可以用实例论证"期待实现的"图式化观相,这仍然与含混性有关。而作者的含混意向的意义单元的审美价值,尤其是作者构筑的含混结构造成一种整体性的审美和谐时,含混的意义单元就更为重要了。其后,英伽登还论证了文学作品的形而上质,并加以分类:崇高、悲剧、恐怖、震惊、玄奥、超凡、神圣、痛楚,等等。而再现的客体层次的最有意义的功能就是显示作品的形而上质。

第四层是"再现的客体",与前三层都有关联。整个作品实际上就是一个虚构的(因为只是意义意向的组合)、有"不定点"的、不完整的(因为意向性关联物是有限的)意向关联物。因此,"再现的客体"并不是客观存在的艺术作品,而是一种"想象的客体",其中的转变要有

① 英伽登:《对文学的艺术作品的认识》,陈燕谷译,中国文联出版公司 1988 年版,第 34 页。
② 英伽登:《对文学的艺术作品的认识》,陈燕谷译,中国文联出版公司 1988 年版,第 207 页。
③ 英伽登:《对文学的艺术作品的认识》,陈燕谷译,中国文联出版公司 1988 年版,第 208 页。
④ 英伽登:《对文学的艺术作品的认识》,陈燕谷译,中国文联出版公司 1988 年版,第 211 页。

赖于读者的积极阅读。

英伽登认为文学作品的再现客体具有"外在的现实性";再现的客体模仿现实,但绝对不是现实。这里涉及很多的概念:比如作品的时间、空间,再现的时间、空间,以及作品的"时间透视"现象,它们都是再现的作品世界所必需的。其中时间透视现象出现在文学的艺术作品的具体化的两个方面:一方面,作品描绘的事件和过程在各种时间透视现象中;另一方面,时间透视也适用于整部作品及其具体化的各个阶段。"时间透视现象一般都具有高度的审美相关性,所以作家必须把它作为艺术作品的艺术或审美的效果中的一个重要因素。"再现的客观性体现为由不同类型的未定点构成的图式化观相。当然在图式化构成中,也涉及如何填充"未定点"的问题,比如,有的在本文材料的基础上就可以"填充"或具体化,有的则不那么容易。这里也涉及上面提到的含混性。

文学艺术作品的四个结构层次都具有独立的审美特性,但最高的审美特性是贯彻于整个作品的具有"形而上学性质"的根本属性,正是艺术作品中所蕴含的这种性质才"最深刻地打动了我们",才达到它的顶峰。英伽登认为这种性质蕴含在再现客体的空白处,因此是意向性的,不能"实在化"。我们可以贯彻它却不能知觉它,因此通过阅读我们也可以使之具体化。正是这种具体化使艺术作品获得了特殊的审美价值。但是,英伽登认为:"审美客体并不是具体化本身,而恰好是文学艺术作品在一种具体化中得到表现时所完成的充分体现。"所以,英伽登得出的结论是:"文学艺术作品只有在它通过一种具体化而表现出来时,才构成审美客体。"[1]

三　阅读理论

英伽登认为,文学作品作为再现的客体是虚构的,意向性的,并具体化的,那么,"它就是一种图式化构造,其中各种不同的成分都将一直保持一种典型的潜在性。从这两种情况引出的一个后果就是这一事实:作品中至少某些(如果不是全部的话)审美价值属性和形而上学性质本身得不到充分的表现,而是停留在一种'先确定性'和'准备好'的潜在状态。只有在文学艺术作品在一种具体化中得到充分表现时,(就一种理想情况来讲)才会有所有这类属性的充分实现和直观显示"[2]。这段话说明读者在文学艺术作品的艺术价值构造中所起的作用。在英伽登看来,要想使作品中的审美价值和形而上学性质得到充分的表现,就必须用读者的想象来填充作品的意向性关联词之间的"不定点"和空白。那么怎样才能使读者发挥自己的想象呢?同时又怎样才能保证读者与作品之间意义的同一性呢?

英伽登对陈述句的阅读提供了两种方法:作为对独立于作品的具有实体独立性的现实的判断;作为只是看起来像是论断的句子。第一种阅读指涉物本身,故不能吸引读者意向的"视觉的光线";第二种转向意向行为,在这种行为中句子被认为是作品本身所描绘的客体,

---

① 英伽登:《文学的艺术作品》,见蒋孔阳主编《二十世纪西方美学名著选》,复旦大学出版社1988年版,第268页。
② 英伽登:《文学的艺术作品》,见蒋孔阳主编《二十世纪西方美学名著选》,复旦大学出版社1988年版,第268页。

英伽登所述的阅读就是第二种。语义和意义两个层次的分析,只是在阅读活动中的必然产物,至此还不能说就是达到了对作品描绘的客体进行意向重构和认识。英伽登有意区分这种情况:即一般阅读对于读者即是构成作品描绘的客体,这种阅读指什么阅读? 这样英伽登提出了两种阅读方式:消极阅读和积极阅读。阅读的通常情况是读者的全部努力都在于思考句子的意义而没有使意义成为对象,并仍然停留在意义领域中。在消极的阅读中,读者没有发生同虚构对象的任何交流,理解范围仅限于所读句子本身。而在积极的阅读中,人们不仅理解句子的意义,而且理解它们的对象并同它们进行一种交流。这两种阅读的区别在于心理活动进行的方式。英伽登在这里批驳了实证论的错误观点:认为(1)对象是实在的,(2)只是呈现在我们面前。理由是被动的"凝视"在感觉知觉中获得关于周围实在世界事物和事件的认识。要引向感知的实在对象、对象的投射,只有对象对于我们成为可接近的时候,我们才能同它们进行直接交流,就像同某种真正给予的和自我呈现的东西的交流一样。错误还在于实证论认为超出感觉和内在知觉的范围,我们就不可能从对象获得直接甚至不直接的知识,就像我们仅仅通过理解而获得知识。由此,意义创造出一条接近作品创造对象的通道。意义根本就不是对象而是通过它或在它之中确定所思考的东西,也即当我们积极思考一个句子时,我们构成和实现了它的意义,并且在这样做时,达到了句子的对象即事态或其他意向性句子关联物。对于意义层次,英伽登还提到了作品中所包含的含混性,认为这种含混性"使人们能够欣赏朦胧与空灵的审美境界"[1],如果文学作品失去了含混性,也就失去了它的魅力。此外他还论说了陈述句的伪判断的特点。陈述句有真实的判断和伪判断。文学作品一般是伪判断居多,它不像科学著作。英伽登为此专门在《文学的艺术作品》列专章介绍科学著作和文学作品的不同。

　　就上述两种阅读方式,英伽登提倡积极的能动的阅读,反对消极的接受的阅读。所谓消极的阅读,就是,在阅读过程中,读者只接触到意义,但没有把意义作为对象来进行思考,所以也就没有真正理解句子的意义,更没有与之发生任何交流;而在积极的阅读中,"人们不仅理解句子的意义,而且理解它们的对象并同它们进行一种交流"[2]。英伽登还有另外一种对阅读方式的区分:学者的阅读与读者的阅读。简单说来,学者的阅读是出于研究的阅读,因此只以冷静的客观的态度分析文学作品本身,而尽量沉浸在对作品的审美体验中,英伽登称之为"前审美阅读";读者的阅读是为了审美,因此在阅读过程中读者会充分发挥能动性,沉浸于对作品的审美的情感体验之中,他称之为"审美阅读"。学者的阅读还包括一种对审美阅读本身的研究性阅读,通过反思,获得对审美阅读的知识,他称之为"后审美阅读",属于文学研究的高级阶段。

　　英伽登还对文学艺术作品的艺术价值和审美价值作了区分。他认为两者属于不同的范畴,艺术价值就文学作品自身呈现出的特质,在作品具体化的过程中,只是一个框架,一个基

---

① 马格廖拉:《现象学与文学》,周宁译,春风文艺出版社 1988 年版,第 196 页。
② 英伽登:《对文学的艺术作品的认识》,陈燕谷译,中国文联出版公司 1988 年版,第 37 页。

础;而审美价值是读者在对文学作品的具体化过程中所创造的价值,也就是说,读者在进行阅读活动时,发挥自身的能动性,重构了作品,填补了作品中的空白和"不定点"实现了作品的潜在因素。因此,审美价值要比艺术价值丰富和充实得多。在这种区分里,英伽登强调了读者在阅读活动中的作用。

总之,英伽登的文学理论以胡塞尔的现象学哲学为基础,运用胡塞尔的意向性学说,提出了文学作品的结构层次理论,使我们对文学作品的构成有了更深刻的理解。他的审美阅读理论则特别强调了读者对文学作品意义的创造性作用,突出了作品与读者之间的文学联系。这是现代西方文学理论的一个重要转向,也是现象学哲学所带来的重要成果之一。

第四节
乔治·布莱

一 生平及著作

乔治·布莱(George Poulet,1902—1990),比利时文学批评家,日内瓦批评派代表人物,曾先后在英国爱丁堡大学、美国霍普金斯大学、瑞士苏黎世大学和法国尼斯大学任教。他的理论结合了卢梭的浪漫主义传统、伏尔泰的历史主义以及胡塞尔的现象学方法,开拓了新的批评途径。其代表著作包括:《人类时间研究》(四卷,1949—1968)、《圆的变形》(1960)、《普鲁斯特的空间》(1963)、《爆炸的诗》(1980)以及《批评意识》(1971)、《内部距离》(1959)、《分歧点》(1964)等。

二 纯粹意识批评

在传统的西方文学批评中,批评家关注的对象主要是作者,尤其是浪漫主义文学传统,更是强调作者对于作品的主导作用。进入 20 世纪以来,批评家开始注意到其他因素对于作品意义构成的作用,比如英美新批评派就特别强调作品本身的自足独立,主张从文本出发,切断文本与世界、作者、读者的联系,以文本本身为批评对象。而胡塞尔现象学的兴起对文学批评发生了重大影响,批评家开始认识到读者对于文本意义构成的重要性。受现象学影响的日内瓦学派提出了意识批评,试图通过解读作者的纯粹意识来明确读者在文本意义构成中的作用。他们认为只有作者的主体意识与读者的主体意识在文本中相遇,并取得一致时,文本的意义才真正开始存在。因此,通过追索读者的纯粹意识就可以探究作者在创作时头脑所涌现的纯粹意识,从而获得作品的意义。

现象学认为,现实中的一切事物都只是纯粹现象,它们被我们感知就构成了意识。现象学是研究现象与意识的关系的,现象学是研究纯粹意识的哲学。胡塞尔认为,认识活动具有两重性,既有意向性,又有构成性。所谓意向性,就是意识总是意识到某物的意识,不可能存在没有对象的意识。同时意识又具有构成性。进行意识活动时,意识客体并不是被动的,而是在意识逐渐显示。因此,意识活动是意识与客体相互作用的过程,两者是相互依存的。意识不仅感知世界,同时还构成世界。胡塞尔认为,意义就是在具有意向性与构成性的意识活动中形成的观念性的存在。就是说,意义是在意识活动过程中逐渐显现自身的,它与意识活动同步,可以说,既是意识活动自身,又是意识活动的对象。

乔治·布莱的纯粹意识批评是在胡塞尔现象学理论影响下形成的。他的《批评意识》从实践和理论两个方面展示了他的批评理论。该书出版于 1971 年,被批评家们称作日内瓦学派的"全景及宣言"式的杰作①。该书分上、下两编,上编依次讨论了 16 位批评家追寻批评对象的方式,下编的《批评意识现象学》和《自我意识与他人意识》两篇文章则提出了自己的批评理论。

布莱提出,读者阅读一本书时,意识所感受到的首先是拿在读者手中的的确是一本书,读者意识到他读到了某些内容,这些内容以一种不确定的方式成为他自己的精神世界的一部分,但是同时他又意识到这些东西不是自己的,它们属于另外一个精神世界,即作者,而他自己在思考着作者思考的内容,或者说是作者在借助读者的思考在思考。结果,一方面,"我思考着他人的思想";另一方面,"我成了必须思考我所陌生的一种思想的另一个我了。我成了非我的思想的主体了"。②就此,他得出结论:"阅读是这样一种行为,通过它,我称之为我的那个主体本源在并不中止其活动的情况下发生了变化,变得严格地说我无权再将其视为我的我了。我被借给了另一个人,这另一个人在我心中思想、感觉、痛苦、骚动。"③这样,读者与"隐藏在作品深处的有意识的"作者之间,通过阅读开始有"一个相毗连的意识",读者为此感到惊奇,这种惊奇的意识就是批评意识,从实质上讲却是读者意识。读者必须把发生在另一个人的意识中的某种东西当作自己的来加以体会。也就是说,读者必须意识到他所阅读的文本实质上包括两个方面:首先,是创作主体的思想,此时读者被借给了作者;其次,是读者自己的思想,他仍然可以意识到自己的阅读活动。通过文本,阅读主体与创作主体取得了认同。正是因为有这种认同,作者与读者之间共同拥有"一个相毗连的意识",所以通过对读者意识的探求,批评家就可以探索到作者的意识。

笛卡尔说,我思故我在。布莱也认为,如果不能意识到自我意识,就不能意识到自我,也就不能认识世界,所以自我意识就是"通过自我意识对世界的意识。这就等于说,它进行的方式本身,它认识其对象的特殊角度,都影响着它立刻或最后拥抱宇宙的方式。因为,……谁以一种独特的方式感知到自己,就同时感知到一个独特的宇宙"④。布莱认为,"任何文学作品都意味着写它的人作出的自我意识行为"⑤。我思首先说明我是我之所思的主体,我写,就是写我在思。所以布莱说:"作家以形成他自己的我思为开端,批评家则在另一个人的我

① 让·伊夫·达迪埃:《20 世纪的文学批评》,史忠义译,百花文艺出版社 1998 年版,第 75 页。
② 布莱:《批评意识》,郭宏安译,百花洲文艺出版社 1993 年版,第 257—258 页。
③ 布莱:《批评意识》,郭宏安译,百花洲文艺出版社 1993 年版,第 259—260 页。
④ 布莱:《批评意识》,郭宏安译,百花洲文艺出版社 1993 年版,第 283 页。
⑤ 布莱:《批评意识》,郭宏安译,百花洲文艺出版社 1993 年版,第 279 页。

思中找到他的出发点。"①作家用写作来表达他的我思。在这个过程中,思想随着思考的波动而时起时伏,时分时合,但不管这思想如何看似杂乱无章,它却始终围绕原始的我思而展开,服从着一定的"精神秩序"。批评家要理解作家,也必须服从这个精神秩序,随作家的思考起伏,也就是说融入作家,与他保持同样的思维路线,我思就是他前进的指示标。因此,布莱认为:"批评是一种思想行为的模仿性重复。它不依赖于一种心血来潮的冲动。在自我的内心深处重新开始一位作家或一位哲学家的我思,就是重新发现他的感觉和思维的方式,看一看这种方式如何产生,如何形成,碰到何种障碍;就是重新发现一个由自我意识开始并组织起来的生命所具有的意义。"②所以,批评家的首要任务,就在于去努力发现作家的我思。

但是,如何去发现我思呢?布莱指出,我思并不能成为探索的目标,我思在"思想之外,它是思想作为目标来寻求的那种东西",所以,"谁想重新发现他人的我思,谁就只能碰到一个思想着的主体",也就是说,"我思乃是一种从内部感知的行为"。因此,批评家要想去发现作家的我思,就必须"进行意识行为要求被批评的作者进行的那种活动",此时的我,"应该既在作者那里起作用,又在批评者那里起作用",也就是说,批评家必须计划要用"同样的词语再造每一位作家经验过的我思"。③ 只有这样,批评家与作家之间在意识行为的根子上,即在纯粹意识层面达成真正的认同。这个时候,批评家所见到的我,才是"最初的我",才是作家的纯粹意识。所以,布莱的结论是:"一切批评都首先是,从根本上也是一种对意识的批评。"④

布莱的批评理论简单地说,可以理解为:阅读就是作者与读者通过文本取得对艺术的一种认同的行为,作家的写作是进行我思的一种方式,是自我意识的一种展现,批评家的任务就是去努力揭示作家的我思。其最本质的方法就是去重新体验作家所经营过的我思,因为我思是一种只能从内部感知的行为。

三　日内瓦学派

日内瓦学派,一般认为开始于马塞尔·雷蒙在 1933 年发表的《从波德莱尔到超现实主义》。这部著作批评了当时的实证主义和历史主义的批评理论,追求作家创作活动的深层的经验和意识,追求把自身的批评与作家的创造意识融为一体,沉浸到作品的艺术世界中。这样的全新的文学观念很快找到了知音,启发了后来的众多日内瓦学派理论家,他们纷纷著书立说阐述自己近似的理论主张,推动了这个新理论的不断发展完善,逐渐形成了一个独特的批评流派。

文学批评的日内瓦学派,也常被称作主题批评、现象学批评、意识批评或深层精神批评等等,这些名称实际上是对一群以文学中的意识现象为研究对象的批评家的不同角度的称

---

① 布莱:《批评意识》,郭宏安译,百花洲文艺出版社 1993 年版,第 280 页。
② 布莱:《批评意识》,郭宏安译,百花洲文艺出版社 1993 年版,第 280 页。
③ 布莱:《批评意识》,郭宏安译,百花洲文艺出版社 1993 年版,第 284 页。
④ 布莱:《批评意识》,郭宏安译,百花洲文艺出版社 1993 年版,第 287 页。

呼。当然,这个学派的批评家们远非持有一致的批评理论,他们各自具有自己独特的理论体系,所以这一学派的理论实际上是纷繁复杂的。

日内瓦学派的批评家受现象学的影响很深。现象学理论认为,意识并非纯粹的精神活动,它具有意向性。也就是说,它总要意识到外部世界的人或物,因此,意识与意识对象存在着不可分割的联系,意识并不仅仅被动地感知和记录世界,它还主动地构建世界。因此,在日内瓦学派的批评家看来,文学作品不是某种典型或原型的模仿,而是人的意识创造物,是其内在人格的外化。人们必须将作为社会一员的作家与作为文学创作主体的作家区分开来。作品只是作家的意识的纯粹体现,并非作家现实生活经历的再现。所以,批评家研究文学作品,不应该如传统的实证主义和历史主义批评那样,只去关注有关作品的外部因素,相反,应该关注隐藏在作品深处的作家的意识行为。

日内瓦学派的批评家认为,作家在创作过程中逐渐丰富自己的意识经验,而批评家在阅读和阐释过程中丰富自己的意识经验。批评家的任务就是揭示与评价作者是如何获得和丰富自己的经验的,这其中的经验模式是怎样的。批评家一旦理解了这种经验模式,也就理解了作家与他所创造的艺术世界,作家与外在于他的客观世界之间的现象学关系。

他们还认为批评家的批评方式应该是认同批评与参与批评。批评家要尽可能不怀任何偏见地投入到作品的世界中去,"力图亲自再次体验和思考别人已经体验过的经验和思考过的观念",批评家要在作品中把握到作者的意识,并与之融为一体,亲自体验与思考作者已经体验与思考过的一切。只有这样,才算是达到纯粹意识的批评。乔治·布莱在对日内瓦学派的同行们进行述评时,概括他们的批评:"实际上,批评之所为若非承受他人之想象,并在借以产生自己的形象的行为之中将其据为己有,又能是什么呢?而这种替代,一个主体替代另一个主体,一种自我替代另一个自我,一种'我思'替代另一种'我思',文学批评如若进行,只能在它所研究的想象世界引起的赞叹中、在一种与最慷慨的热情无异的一致的运动中无保留地和这想象世界及其创造者认同。一切都开始于诗思维的热情,一切都结束于(一切又都重新开始于)批评思维的热情。首先要赞叹,永远要赞叹!"[1]拥有这种赞叹意识,作家与批评家双方的意识才得以会合。

这样的结果是:既然批评家与作家都曾经验过同样的意识,那么双方的经验结果,即批评与作品实际上就是同样同等的,都是认识自我和认识世界的一种方式和结果,"诗人是通过他借以想象世界时与世界相适应的那种同情来意识自我的,批评家则通过他对诗人怀有的同情,在内心深处唤醒一个个人形象的世界,他依靠这些形象实现了他自己的我思"[2]。这里,"诗人和批评家共同追寻的是同一个梦"。批评家通过与诗人的意识进行交流,也在与自己内心的形象进行交流,批评家诗化了自己,变成了诗人。这也就是所谓的"一切都开始于诗思维的热情,一切都结束于(一切又都重新开始于)批评思维的热情"[3]。从某种意义上讲,

---

[1] 布莱:《批评意识》,郭宏安译,百花洲文艺出版社 1993 年版,第 190 页。
[2] 布莱:《批评意识》,郭宏安译,百花洲文艺出版社 1993 年版,第 191 页。
[3] 布莱:《批评意识》,郭宏安译,百花洲文艺出版社 1993 年版,第 191 页。

日内瓦学派的意识批评变成了一种关于意识的意识,关于文学的文学。

第五节
萨特

一　生平及著作

让-保罗·萨特(Jean Paul Sartre，1905—1980)，法国存在主义哲学家，作家，文学理论家和社会活动家，也是 20 世纪法国最具有影响力的思想家之一。他出生于法国巴黎的一个海军军官家庭，父亲早逝。早年主要在巴黎郊区的外祖父家度过，自幼聪慧勤奋，热心读书。1924 年，他考入著名的巴黎高等师范学校，攻读哲学。1933 年赴德国柏林的法兰西学院进修，接触到胡塞尔和海德格尔的哲学并深受其影响。1938 年他发表存在主义文学的代表作《恶心》，从此蜚声文坛。1943 年，他发表了自己的哲学代表作《存在与虚无》，形成了自己的存在主义哲学体系。60 年代后，他积极参与社会与政治活动，基本上停止了文学创作活动。1964 年，萨特被授予诺贝尔文学奖，但他以"一向拒绝来自官方的荣誉"为由拒绝领奖。萨特一生著述颇丰。他哲学方面的著作主要有：《存在与虚无》(1943)、《存在主义是一种人道主义》(1946)、《辩证理性批评》(1960)等，文学作品主要包括《恶心》(1938)、《墙》(1936—1938)、《自由之路》(1945—1949)、自传体小说《文学生涯》(1964)等，剧本有《苍蝇》(1943)、《禁闭》(1944)等。他主要的文学批评著作包括三部关于波德莱尔、圣·热奈特和福楼拜的评传，文论著作《什么是文学?》(1947)等，还包括大量的文学批评文章。他的文学作品和文学理论，在某种程度上，是他存在主义哲学的文学解释。

二　存在主义理论

萨特的存在主义理论是在胡塞尔与海德格尔的理论影响下形成的，1943 年他发表的《存在与虚无》一书的副标题即是"现象学存在论"，他试图在此书中把现象学与自己的存在论结合起来，表明了他的理论渊源。该书的出版标志着萨特作为一个哲学家的诞生，他开始用自己的独立思想与哲学话语表述自己对世界的理解。

胡塞尔的理论认为"现象即存在"，他把除了自身以外的一切都"悬置"起来，世界的真实存在被"还原"为自我意识的一部分，存在只是现象，世界只存在于主体的纯粹意识中。萨特以胡塞尔的现象学理论为出发点，但反对胡塞尔忽视客观事实的做法，而倾向于海德格尔。海德格尔也批评胡塞尔过分理想主义，过分重视"纯粹自我"和"纯粹意识"的做法。他开始关注"此在"即现存的事实本身。受海德格尔的影响，萨特重视理论中的实践性，到了后期还从马克思主义理论当中寻找实践性的根据。在晚期的哲学著作《辩证理性批评》一书中，萨特声称自己的存在主义是寄生于马克思主义哲学体系上的一种思想，只是对马克思主义的一种补充。

　　萨特的存在主义哲学理论提出的主要命题是"存在先于本质"。在存在主义理论体系内，人，首先是自为的存在，就是说，他不是一种无意识的纯粹躯体（那是一种"自在的存在"），而是处在人的意识当中，意识的主体既是在感知世界，又可以感知自我，人可以"反思"。所以，对于人来说，只有自己的主观意识才是最有价值的，自我才是真正的存在。人只是生存在自我意识所构建的现象世界里。在现象世界背后，并不存在什么真实存在着的本质或本体。人在现象背后看见的只是虚无和荒谬，人就是生存在这样一个虚无与荒谬的世界里。在这个世界里，人是自由的，然而是被迫自由。因此自由是人的宿命，人可以自由地选择，但必须作出选择。就在自己所作的一系列选择中，人的自我价值得到了体现。但同时，他也必须为自己的选择承担全部责任，并按照自己的责任行事，那么人的本质就体现在他的一系列选择和行动当中，他的选择和行动决定了他是个什么样的人，所以萨特强调"存在先于本质"。针对几种对存在主义的责难所作的辩护，萨特重新阐释了自己的存在主义理论，提出"存在主义是一种人道主义"。他认为："所以是人道主义，因为我们提醒人除了他自己外，别无立法者；由于听任他怎样做，他就必须为自己作出决定；还有，由于我们指出人不能返求诸己，而必须始终在自身之外寻求一个解放（自己）的或者体现某种特殊（理想）的目标，人才能体现自己真正是人。"①

　　在萨特的存在主义哲学理论中，"自由"和"介入"是两个关键词。人作为自己的存在是自由的。这种自由体现在人面对的是一个虚无的世界，人是孤独的，不会有上帝来帮助自己，所以人必须反求诸己，用自己的行动来体现自我价值。就此而言，人是自由的，人可以自由地作出自己的选择。而人做出的每一种选择，都是一种"介入"。首先，人是由于自我意识而与现象世界发生联系的，现象世界是人的意识构建起来的，所以人也是构建活动的参与者。其次，人处在自由选择的世界中，是无法逃避选择的，因为甚至不选择也是一种选择，所以人也无法逃避"介入"世界的活动。因此，萨特的存在主义是一种行动的哲学。

　　萨特的文学批评理论就建立在他的存在主义哲学理论基础之上，他的文学理论观点在《什么是文学？》一书中得到了相当完整的阐发。

三　文学与行动和介入

　　萨特的存在主义并非只是停留在口头上的抽象理论，他认为人要求的是人的积极行动。萨特本人就是一个公众知识分子的代表，在很多重要时刻都立场鲜明，其在巴黎"五月风暴"中的表现正从一个侧面说明了他的哲学的实践性。在文学理论方面，萨特也说："不管你是以什么方式来到文学界的，不管你曾经宣扬过什么观点，文学把你投入战斗；写作，就是某种要求自由的方式；一旦你开始写作，不管你愿意不愿意，你已经介入了。"②萨特认为，人在世界中虽然是自由的，却不得不作出选择。也就是说，你必须介入。文学创作就是介入的一种

---

① 萨特：《存在主义是一种人道主义》，周煦良译，上海译文出版社 1988 年版，第 30 页。
② 萨特：《什么是文学？》，见《萨特文学论文集》，安徽文艺出版社 1998 年版，第 116 页。

形式。从这一点讲,他的文学观与"为艺术而艺术"的唯美主义,以及只关注文本的"新批评派"是针锋相对的,他非常强调文学与社会的关系。但是他也同样尊重文学的审美属性。在《什么是文学?》中,他对自己的介入理论进行了阐述。

首先,萨特把能"介入"的艺术类型与其他类型区分开。他认为,绘画、雕塑和音乐都不能"介入",因为它们都与意义无关:"人们不可能画出意义,人们也不可能把意义谱成音乐。"[1]文学能介入,因为作家是与意义打交道的。而同样是文学,萨特认为诗歌与散文不同,诗歌也不能"介入"。因为诗人不是把语言当作寻求真理的工具,"诗人是拒绝利用语言的人",语言对于他是外部世界的镜子,他把词看作物,而不是符号,人们可以透过符号看到后面的意义,但是在诗歌中,人们被语言迷惑,只看到词汇构成的形象,却看不到词语背后的意义,意义在诗歌中是表现而非表达出来的。而散文则不同,"散文在本质上功利性的"。作家是与意义打交道的,散文作家是个"使用"词语的人,"他指定、证明、命令、拒绝、质问、请求、辱骂、说服、暗示"[2],要求自己的词语有特定的实际效果。散文的词语不是表达的客体,而是客体的名称,这些词是否讨人喜欢不重要,重要的是它们是否正确指示世界上某些东西或某一概念。也就是说,散文词语是人们传达想法的一个中介,它的信息功能要大于其诗性功能(用雅各布森的话说),萨特正是要强调散文词语的信息功能,"它是我们的感官的延长"[3]。所以,在萨特看来,"语言是行动的某一个特殊瞬间,我们不能离开行动去理解它"[4]。语言是行动的一部分,散文是进行某些行动的合适工具。诗歌由于其语言不具有这些功能,因此不适合做行动的工具。

其次,有些坚持纯文学的理论家认为语言不会改变事物,说话者只是一个证人,说话只是一种静观的见证,萨特坚定地认为他们是错误的。因为"说话就是行动,任何东西一旦被人叫出名字,它就不再是原来的东西了,它失去了自己的无邪性质"[5]。例如你说出一件事实,这看似一件客观的事,但是你的行为可能就是一种揭露,你说出了事件的核心,这事件由你掌握,你对它说出的每一个字,都是对世界的进一步介入。例如散文作者就是通过揭露而行动。而且,作家的揭露为的是改变,他把世界的真正面目揭露出来,呈现于他人面前,他人也就不得不承担面对世界的责任,所以,"作家的职能是使得无人不知世界,无人能说世界与他无关"[6]。每个人都必须在世界上负起自己的责任,无人能置身事外。同样,沉默虽然拒绝说话,但同时也是一种说话,也是对世界的一种介入。

四   文学是揭示自由的行动

在《什么是文学?》一书中,萨特明确提出了三个问题:"什么是写作? 为什么写作? 为谁

① 萨特:《什么是文学?》,见《萨特文学论文集》,安徽文艺出版社 1998 年版,第 73 页。
② 萨特:《什么是文学?》,见《萨特文学论文集》,安徽文艺出版社 1998 年版,第 79 页。
③ 萨特:《什么是文学?》,见《萨特文学论文集》,安徽文艺出版社 1998 年版,第 80 页。
④ 萨特:《什么是文学?》,见《萨特文学论文集》,安徽文艺出版社 1998 年版,第 80 页。
⑤ 萨特:《什么是文学?》,见《萨特文学论文集》,安徽文艺出版社 1998 年版,第 81 页。
⑥ 萨特:《什么是文学?》,见《萨特文学论文集》,安徽文艺出版社 1998 年版,第 83 页。

(写作)?"这三个问题涵盖了他对文学的思考的主要论题,同时也构成了他的文学理论的框架。

　　萨特首先提出一个问题:"人们为什么写作?"人们有各种理由来解释,可以为了逃避,也可以为了征服,但人们可以用其他方式来达到逃避与征服的目的,比如隐居和战争。可是人们为什么要选择写作呢? 他认为,"在作者各种意图背后还隐藏着一个更深的,更直接的,为大家共有的抉择"①。那么这个抉择是什么呢? 萨特认为,那就是追寻"自由":"写作,这是某种要求自由的方式。"②

　　人在面对一片风景的时候,对于自我的意识是矛盾的:一方面,人能够意识到自己对于风景所起的"揭示作用",没有自己就没有这片风景;而另一方面,人也意识到自己对于风景(被揭示的对象)的存在并不是主要的,自己在大自然面前是渺小的。萨特认为,艺术创造活动也有类似特征。人进行艺术创作活动的主要动机之一就在于"我们需要感到自己对于世界而言是主要的"③。这一点是可以理解的。在萨特看来,人在感知世界的同时也在揭示世界,世界在存在中是沉默的,它无法呈现自己,它的价值与意义只有在人对其感知的过程中才能呈现出来,所以在这个过程中,人是占有主动权的,没有人的参与,也就没有世界的价值和意义,是人赋予了世界存在的价值与意义,在某种程度上,人才是世界存在的本质。在艺术创作活动中,艺术家就像面对世界时一样,通过自己的创作活动生产出一件艺术品。因此,一方面这件艺术品是自己创作出来的;另一方面,艺术品的意义也是人自己赋予的,因此,人才是主要的。人在艺术品和艺术品的生产过程中,实现了自己的本质,即自由。

　　萨特还认为,艺术品尤其文学作品,也许对于读者而言是一件完成的作品,但对于作者而言,作品永远处于"未决状态",它就像一只奇怪的陀螺,只存在于运动之中,阅读活动体现了这种状况。也就是说文学作品并不能自行展现其意义,它必须通过解读符号或依靠他人才能呈现自身的意义与价值。所以,萨特说:"阅读确实好像是知觉和创造的综合。"也就是说,"读者意识到自己既在揭示又在创造,在创造过程中进行揭示,在揭示过程中进行创造。"④在阅读过程中,读者是一个主要的角色,如果作品不能自动呈现,读者就通过自己的阅读行为将其呈现出来;如果作品对于作者将永远是未完成之作,读者就通过阅读活动将其完成和定型。所以萨特说:"阅读是引导下的创作。"⑤读者也参与了创作,虽然他要有作者的引导。因此萨特得出结论说:"任何文学作品都是一项召唤。写作,就是为了召唤读者以便读者把我借助语言着手进行的揭示转化为客观存在。"⑥

　　萨特认为,作家是通过作品向读者发出自由的召唤,作品就是作为目的被提供给读者的自由。读者在阅读活动中是充分自由的,他有自由选择阅读方式的自由,也有选择不阅读的自由。当然,自由并非意味着可以不负责任。相反,读者必须要对作品负责。因为自由同时

① 萨特:《什么是文学?》,见《萨特文学论文集》,安徽文艺出版社 1998 年版,第 94 页。
② 萨特:《什么是文学?》,见《萨特文学论文集》,安徽文艺出版社 1998 年版,第 116 页。
③ 萨特:《什么是文学?》,见《萨特文学论文集》,安徽文艺出版社 1998 年版,第 95 页。
④ 萨特:《什么是文学?》,见《萨特文学论文集》,安徽文艺出版社 1998 年版,第 98 页。
⑤ 萨特:《什么是文学?》,见《萨特文学论文集》,安徽文艺出版社 1998 年版,第 100 页。
⑥ 萨特:《什么是文学?》,见《萨特文学论文集》,安徽文艺出版社 1998 年版,第 101 页。

也意味着责任,它要求读者必须尊重作品,尊重艺术品的价值。在这里,读者与作品构成一种相互信任的关系。总之,"作家为诉诸读者的自由而写作,他只有得到这个自由才能使他的作品存在。但是他不能局限于此,他还要求读者们把他给予他们的信任再归还给他,要求他们承认他的创作自由,要求他们通过一项对称的、方向相反的召唤来吁清他的自由"①。也就是说,作者与读者都是自由的,前者要求创作的自由,召唤本身的自由,后者则要求阅读的自由,这既是对作家自由的承认,又是对自我的自由的肯定。因此,萨特认为:"阅读是作者的豪情与读者的豪情缔结的一项协定;每一方都信任另一方,每一方都把自己托付给另一方,在同等程度上要求对方和要求自己。因为这种信任本身就是豪情。"②萨特还说:"由于没有一种外在现实能够制约读者的感情,后者就以自由为永恒的根源,也就是说,它们都是豪迈的——因为我把一种以自由为根源和目的的感情叫做豪迈的感情。"③总之,文学的本质就是揭示自由。也正因如此,在整个创作活动中,"作家作为一个自由人诉诸另一些自由人,他只有一个题材:自由"④。可以说,关于文学就是关于自由,作者和读者的自由在显示自身的同时揭示了别人的自由。

　　萨特的存在主义哲学观强调人在孤独世界上的自由,虽然人必须要选择,但至少他还可以自由地选择,这构成了人存在的本质。作家选择创作,正是在这个意义上,也就是选择了自由,而他所创作的,也因此只有一个题材:自由。不管怎样,作家用自己的选择去体现了人作为人的本质,也说明了自身的价值。萨特的存在主义在二战以后盛行一时,正在于他对人的价值和自由的肯定与推崇。

① 萨特:《什么是文学?》,见《萨特文学论文集》,安徽文艺出版社 1998 年版,第 105 页。
② 萨特:《什么是文学?》,见《萨特文学论文集》,安徽文艺出版社 1998 年版,第 108 页。
③ 萨特:《什么是文学?》,见《萨特文学论文集》,安徽文艺出版社 1998 年版,第 104 页。
④ 萨特:《什么是文学?》,见《萨特文学论文集》,安徽文艺出版社 1998 年版,第 115 页。

第十七章
诠释学与接受理论

第一节
概述

一 社会历史背景

第二次世界大战使德国遭受重创,整个国家几乎成为一片废墟,国内经济已然崩溃,民生凋敝不堪。根据波茨坦会议的决定,德国被分裂为民主德国与联邦德国两个阵营,前者属于社会主义国家,后者属于资本主义国家。经过一系列的经济恢复措施,到 20 世纪 50 年代初,联邦德国经济已恢复到战前水平,之后经济高速发展,到 1955 年,其工业已跃居世界第二,成为工业强国。经济的发展也使人们生活水平不断提高,各种家用电器进入居民家庭,极大地改善了居民生活质量。在联邦德国经济稳步前进的同时,政治局势相对平静,先是阿登纳的连续四届执政,为国内经济的持续发展奠定了基础。此后他所属的基督教民主联盟又执政,直到 1969 年。政府政策的连贯性促进了经济的发展。与此同时,社会民主党经过内部改革、政策修正,实力大增,赢得了接下来的大选。1969 年,社会民主党与联盟党联合执政。1973 年德国发生经济危机,勃兰特政府爆出政治丑闻,结果勃兰特辞职,由施密特接替任总理。施密特讲求务实,大力整顿经济,带领德国走出 70 年代经济危机。但是好景不长,1980 年,德国又陷入经济危机,执政两党意见分歧,导致了政治危机,议会重新选举,基督教民主联盟候选人科尔胜出,就任新总理。德国经济重新走上轨道,稳步前进。

二 文论综述

诠释学与接受美学是 20 世纪最重要的文学理论流派之一,它们的产生与发展,标志着文学研究角度的又一次转换。此前的文学理论始终忽视读者在文学阅读活动中的作用,认为读者总是一个被动的接受者,所有文本的意义都是作者赋予的(如 20 世纪前的文学理论),读者不参与文本意义的生成。但是,随着现象学哲学与存在主义哲学的发展,作品本身已成为一个意向性对象,期待读者意识的参与,读者的作用在阅读活动中显露出来。诠释学与接受美学把读者的作用系统地、明确地论证和表述出来,成为 20 世纪文学理论的一次重大转变。

诠释学并不是 20 世纪突然冒出来的,它的历史可以追溯到中世纪后期的经文释义学与文献考证学,到 18 世纪,德国哲学家施莱尔马赫把具体的诠释学理论进行系统的总结和提升,建立了一般诠释学。稍后的另一位德国哲学家狄尔泰进一步阐发了他的思想,创建了精神科学的诠释学方法论。而真正实现诠释学从方法论向本体论的现代性转换的则是海德格尔。海德格尔认为,理解是"此在"(即人的存在)自我确立的基本方式,而理解总是从人已有的"此"出发的,即人的理解活动必然是以他已有的"先行结构"为理解基础的。因此,理解是依存在具体的历史时间过程中的历史性行为,不可能得到超越时间与历史的纯粹客观的理解。但是这无法解释人如何突破先入之见而获取新知,这把他引向了追寻事物本身的现象学。人是如何从事物本身开始组建先行结构的呢? 他试图从诗性语言的角度来探寻这个问题,因为在他看来诗性语言可以超越时间与空间使人直接领悟语言的初始意义,从而直面事物本身。诠释学思想是海德格尔的整个哲学体系的一部分,对这一部分的系统进行整理与阐发,并建立现代哲学诠释学的是他的学生加达默尔。

值得关注的是后起的诠释学理论家对加达默尔的批驳责难。其中有代表性意义的是美国诠释学家赫施,他出版了《加达默尔的诠释理论》(1965)和《诠释的有效性》(1967)两书来对加达默尔的理论展开批评,同时也系统阐述了自己的诠释学思想。赫施认为加达默尔把历史流传物向所有的诠释开放,不存在诠释的优劣问题,这就取消了诠释的有效性(即客观性),会陷入虚无主义和相对主义之中。他认为要保证诠释的有效性就只能依靠以恢复文本的作者原义为标准的传统诠释学,但同时他强调意义与意思的区别:意思是文本的作者的原意,意义则是以新的历史背景理解时所产生的新意,因此,意思不变,意义会随理解而不断变动。这样,他就坚持了诠释学的客观主义立场,同时又作出了灵活的调节。

虽然赫施的驳难很有启发性,但现代哲学诠释学在现代西方文论中的影响仍然很大,康士坦茨学派的姚斯和伊瑟尔所创立的接受美学就是禀承加达默尔的文学理论而建构的。当然,接受美学理论不仅受到诠释学文论的影响,它同时也是现象学意识批评、结构主义和解构主义等理论学派以读者为中心的文学理论与批评潮流中的一支,简而言之,它们都是读者反应批评。读者反应批评以英美理论家为最多最盛,其主要代表有斯丹利·费希和乔纳森·卡勒。所有这些文论家和批评流派,无疑都说明现代文学批评理论不可逆转地偏向以读者为中心的理论。

进入 60 年代以来,在联邦德国,针对文学理论与创作严重脱离社会现实的状况,文学界进行了激烈的批评,主张文学应该重新回归生活,以文本为中心的批评理论切断了文学与社会、历史、文化之间的联系,陷入了形式主义的误区。另一方面,在思想渊源上,它吸收了现象学、诠释学的理论观点,突出强调了文本的不确定性和读者在文本意义构建中的作用,以及文学的接受和产生效果的过程。至此,文学批评的中心从文本转向了读者,诠释学就是这种批评模式的代表,而它的代表则是以姚斯和伊瑟尔为代表的康士坦茨学派。

接受美学的创始者是德国南部康士坦茨大学的五位年轻的文学教授和文学理论家,他们是姚斯、伊瑟尔、福尔曼、普莱森丹茨和斯特里德。中心人物是姚斯和伊瑟尔,这两个人被称为接受美学理论的双子星座。这一学派的主要观点包括:重视读者在文学意义构成中的作用,把读者诠释作为文学演进中的一个环节甚至内在动力;在文学作品社会效果的产生过程中,突出作家、文本和读者三者的相互效果,特别强调了读者的能动作用;更新文学史,建立接受美学,关注读者在阅读过程中的反应机制等等。

诠释学的兴盛时期大约在 20 世纪 60、70 年代,产生了很大的影响,形成一股世界性的理论潮流,产生了许多的理论成果,启发了后起的许多新的理论家,可以说,它的影响至今不衰。

第二节
加达默尔

一　生平及著作

汉斯-格奥尔·加达默尔（Hans-Georg Gadamer，1900—2002），当代德国著名的哲学家、美学家和文艺理论家，是哲学诠释学的创始人和主要代表。他出生于德国马堡，青年时代曾就学于波兰的布雷斯劳大学，德国的马堡大学、弗莱堡大学和慕尼黑大学等大学，攻读文学、古典语言学、哲学与艺术史。1922 年获博士学位，1929 年取得马堡大学教授资格，后曾在莱比锡大学、法兰克福大学和海德堡大学任教，主讲美学、伦理学和哲学。1949 年后一直在海德堡大学任教，直到 1968 年退休，仍为该校荣誉教授。1940 年起，加达默尔先后任莱比锡、海德堡、雅典和罗马科学院院士，德国哲学总会主席、国际黑格尔协会主席。加达默尔一生著述颇丰，其中主要著作包括：《柏拉图的辩证伦理学》（1931，1968 年扩充再版）、《柏拉图与诗人》（1934）、《歌德与哲学》（1947）、《真理与方法》（1960 到 1986 年四次再版）、《历史意识问题》（1963）、《短篇著作集》（四卷，1967—1977）、《黑格尔的辩证法》（1971）、《科学时代的理性》（1976）、《诗学》（1977）《美的现实性——作为游戏，象征和庆典的艺术》（1977）、《黑格尔遗产》（1979）等。

二　哲学诠释学

毫无疑问，加达默尔在学术领域中，首先是一位诠释学的哲学家，然后才是一位诠释学的文学理论家。他的文学理论不是纯粹的对文学家、文学作品和文学史的理论，而是关于文学本身的批评。或者说，他的文学理论实质上是他哲学理论的一个组成部分，他的文学理论是从属于他的哲学理论体系的。当然，对于一个哲学家而言，这也是很自然的事情。同时，他的文学理论虽然从属于他的哲学理论体系，但这丝毫不会影响他的文学理论的独特性；从另一方面讲，他的文论的独特性也许正得益于它深厚的哲学背景。所以我们在讨论加达默尔的文学理论之前，有必要介绍一下他的哲学诠释学理论。

加达默尔的哲学诠释学理论是在前人对诠释学的研究基础上发展而成的，他的主要功绩在于把传统诠释学从方法论和认识论性质的研究上升到本体论性质研究的水平。他认为诠释学决不是一种方法论，而是人的全部经验的组成部分，具有一种本体论性质。他的理论来源是海德格尔对理解的哲学思考（即理解作为"此在"的存在方式），他在《真理与方法》一书的第二版序言中说："我认为海德格尔对人类此在（Dasein）的时间性分析已经令人信服地表明：理解不属于主体的行为方式，而是此在本身的存在方式。本书中的'诠释学'概念正是在这个意义上使用的。它标志着此在的根本运动性，这种运动性构成此在的有限性和历史性，因而也包括此在的全部世界经验。"[①]因此，哲学诠释学要通过对人类的理解现象的研究

---

① 加达默尔：《真理与方法》上卷，第 2 版序言，洪汉鼎译，上海译文出版社 2004 年版，第 4 页。

来探讨人类的全部世界经验,探讨人类与世界的关系,探讨人类存在的真理。

加达默尔的哲学诠释学在《真理与方法》一书中得到完整的展现。在此书中,加达默尔通过对真理问题分别在美学领域、历史领域和语言学领域进行的探讨,发展出真理理解的一套理论。在艺术领域,他认为艺术作品只有在被表现、被理解、被诠释的时候,才具有意义,其意义才得以实现。也就是说,艺术作品的真理与意义只存在于对它的理解与诠释的过程中。到历史领域,加达默尔借助海德格尔对前理解的研究,认为,"一切诠释学条件中最首要的条件总是前理解,这种前理解来自于与同一事情相关联的存在"①。这种前理解在理解与诠释活动中起了积极的作用,因为它为主体提供了理解的"视域"。加达默尔认为,理解与诠释活动就是主体互相扩大视域,彼此接近并达到"视域融合"的过程,在"视域融合"中,历史与现实,自我与他人得到了沟通,结合为一个统一的整体。从这个观点推论,加达默尔认为,对事物的理解必须要有一种"效果历史"意识,因为事物只能存在于一种特定的效果历史中。这样,理解必须是在特殊的视域中进行,不可能有偏离问题的答案。因此,历史总是处于"悬而未决"状态。发展到语言领域,加达默尔认为,事物必须通过语言才能得以表达,理解必须通过语言的形式才能实现。也就是说,语言是理解得以完成的形式。加达默尔认为,语言之于世界就像摹本之于原型,世界只有进入语言,才能得以表现并被我们所理解。因此,世界的语言性先于一切被认为存在的东西。或者说,一切存在之物都被语言包围。至此,加达默尔完成了他的诠释学本体论的转向。

通过完成诠释学的本体论转变,加达默尔实现了要达到的目的:"本书的探究是从对审美意识的批判开始,以便捍卫那种我们通过艺术作品而获得的真理的经验,以反对那种被科学的真理概念弄得很狭窄的美学理论。但是,我们的探究并不一直停留在对艺术真理的辩护上,而是试图从这个出发点开始去发展一种与我们整个诠释学经验相适应的认识和真理的概念。"②他的成果就是本体论的哲学诠释学。

三 艺术作品的存在

加达默尔在对真理进行研究的第一领域即艺术领域,拿艺术作品与游戏相比较,认为它们之间存在着一致性。这一点倒与维特根斯坦在语言研究中拿游戏作比如出一辙。他赞同海德格尔对艺术作品存在方式的论述,也认为艺术作品并非是观赏者进行科学认知的对象、是固定不变的。相反,艺术作品的任何再现,都是艺术作品本身的继续存在方式。它的意义与价值不是依附于作品本身也并非依存于审美意识的主体,它存在于人们对它的理解与诠释的过程中。加达默尔用游戏的存在方式来比拟艺术作品的存在方式。

通常人们认为游戏的主体是做游戏的人,即游戏者,因为没有人的参与,游戏是无法进行的,没有人参与的游戏从本质上就不构成游戏。但是,加达默尔认为,游戏的真正主体不

---

① 加达默尔:《真理与方法》上卷,洪汉鼎译,上海译文出版社 1992 年版,第 380 页。
② 加达默尔:《真理与方法》导言,洪汉鼎译,上海译文出版社 1992 年版,第 19 页。

是游戏者而是游戏本身。当然,游戏也需要游戏者才能得以表现。游戏只有在游戏者摆脱了自己的目的意识和紧张情绪后进行,才能算是真正的游戏。游戏具有一种独特的本质,它独立于那些从事游戏活动的人的意识。所以,"游戏的原本意义乃是一种被动式而含有主动性的意义"①。"游戏根本不能理解为一种活动,对于语言来说,游戏的真正主体显然不是那个除其它活动外也进行游戏的东西的主体性,而是游戏本身。"②游戏的魅力正在于它超越游戏者而成为主宰,"游戏的真正主体(这最明显地表现在那些只有单个游戏者的经验中)并不是游戏者,而是游戏本身。游戏就是具有魅力吸引游戏者的东西,就是使游戏者卷入到游戏中的东西,就是束缚游戏者于游戏中的东西"③。

加达默尔认为游戏之所以吸引和束缚游戏者,原因在于游戏使游戏者在游戏过程中得到自我表现。游戏的本质在于使游戏者在游戏过程中脱离紧张状态。为此,游戏者虽然在游戏活动中制定了规则与目标,但游戏的真实目的转入到游戏任务中去,而自己就此进入表现自身的自由中。所以,加达默尔说:"游戏的存在方式就是自我表现","游戏最突出的意义就是自我表现","游戏的自我表现就这样导致游戏者仿佛是通过他游戏某物即表现某物而达到他自己特有的自我表现。"④

更重要的是,游戏同时又不是单纯的自我表现,实际上,它是为观赏者而表现,是观赏者在欣赏游戏者的自我表现。因此,可以说,"只有观众才实现了游戏作为游戏的东西"⑤。游戏只有在拥有游戏者的同时拥有观赏者,才能达到自身的完整性,"在观赏者的那里,游戏好像被提升到了它的理想性"⑥。也就是说,游戏是游戏者与观赏者共同构成的统一整体,甚至可以认为,不是游戏者而是观赏者才最终决定了游戏的存在方式和本质。

加达默尔认为,艺术作品的存在方式在本质上与游戏具有内在的一致性。首先,艺术作品的主体与游戏一样,不是作者而是作品本身借作者来得以自我表现,虽然它吸引作者来"游戏"(写作)并超越作者,独立于作者的意识之外;其次,正如戏剧一词所指代的观赏游戏的含义所暗示的,文学作品的存在只在于被展现的过程。也就是说,作品只有通过再创造和再现才能使自己达到表现,只有在这个过程中,作品的意义才达到完整,才得到实现。加达默尔说:"对于这样的问题,即这种文学作品的真正存在是什么,我们可以回答说,这种真正存在只在于被展现的过程中,只在于作为戏剧的表现活动中,虽然在其中得以表现的东西乃是它自身的存在。"⑦再次,这个过程同样也就说明,作品的意义不是孤立的,一方面它需要作者的创作,另一方面,它本身也需要读者的理解与诠释,这两个方面构成一个统一体,缺少任何一方面,都不可能展现作品的完整意义。在这里,加达默尔要强调的是读者的理解在作品

---

① 加达默尔:《真理与方法》上卷,洪汉鼎译,上海译文出版社 1992 年版,第 133 页。
② 加达默尔:《真理与方法》上卷,洪汉鼎译,上海译文出版社 1992 年版,第 134 页。
③ 加达默尔:《真理与方法》上卷,洪汉鼎译,上海译文出版社 1992 年版,第 137 页。
④ 加达默尔:《真理与方法》上卷,洪汉鼎译,上海译文出版社 1992 年版,第 139 页。
⑤ 加达默尔:《真理与方法》上卷,洪汉鼎译,上海译文出版社 1992 年版,第 141 页。
⑥ 加达默尔:《真理与方法》上卷,洪汉鼎译,上海译文出版社 1992 年版,第 141 页。
⑦ 加达默尔:《真理与方法》上卷,洪汉鼎译,上海译文出版社 2004 年版,第 151 页。

意义构成中的重要性,没有读者的参与,就没有作品的意义,没有作品的存在。此刻,作品的创作者并不占有主导地位。当然需要注意到,由于作者的创作和读者的理解都具有时间性,尤其是读者是在不同的时代对同一部作品进行理解的,所以,必须认识到,作品的意义和真理只存在于以往和未来对它的理解与诠释的无限过程中,也就是说,是无法穷尽的。

四　艺术作品的理解

通过对艺术作品的存在方式的研究,加达默尔提出了观赏者在确定艺术作品意义生成过程中的重要性,没有观赏者就构成不了艺术作品意义的完整性。那么,观赏者是如何来理解和诠释艺术作品的呢? 这涉及到了关于"理解和诠释"的诸多问题。正是在研究这些问题的过程中,加达默尔发展了传统的诠释学理论,并把诠释学提升到本体论的哲学高度,为诠释学的发展做出了贡献。

传统的诠释学主要是一种方法论,指导如何能对文本作出正确的理解和诠释,而所谓"正确的"就是指准确领会作者的意图,以及消除对作品的误解。要达到"正确"的目的,就必须消除自己已有的主观性意见即成见,努力做到客观地对待文本。同时,要理解以前的作品,还必须克服时间的因素,努力重建作品当时的情境。由此,首先要做到不带丝毫个人的主观性;其次还必须进入到历史中。然而,这一切是不可能完全实现的:首先,人不可能真正做到绝对的客观,彻底地消灭个人成见,他的任何知识都必然带有当下性;其次,人更不可能完全回到历史中,因为历史是不能重演的。所以,从绝对的意义上讲,传统诠释学的两个要求就不可能充分实现。

在《真理与方法》一书的第二部分,加达默尔一开始就对传统的诠释学进行了回顾。他发现它们不能真正实现自己的目标,即不能成为科学的知识,他认为,这是因为"精神科学的知识并不是归纳科学的知识,而是具有一种完全不同种类的客观性,并且以完全不同的方式被获得"[1]。这说明了传统诠释学的失败。他认为由胡塞尔开始,由海德格尔发展起来的现象学研究,能够克服传统诠释学的困境。正是在胡塞尔、海德格尔现象学的基础上,加达默尔把诠释学从方法论、认识论上升到本体论的哲学诠释学水平,相应地也对艺术作品的理解问题提出了自己的新看法。

在继承海德格尔对理解循环和前理解的本体论论述的基础上,加达默尔认为,前理解(或称前见、偏见、先见等)对于该文本的理解是不可避免和不可或缺的。首先,人在接触一个文本之前,不可能没有自己对于该文本的某种预期和期待,这种预期不可避免地带有个人主观性。其次,加达默尔还从词源学角度考证出前见并不只有否定的含义,同时也有肯定的价值[2]。更重要的是,他认为,理解就是读者与作品之间视野融合的过程,是对话的问与答的关系。所以,没有读者的前理解就根本无法形成"视域融合",就无法理解作品,文本意义也

---

[1]　加达默尔:《真理与方法》上卷,洪汉鼎译,上海译文出版社 2004 年版,第 313 页。
[2]　加达默尔:《真理与方法》上卷,洪汉鼎译,上海译文出版社 2004 年版,第 349 页。

就无法呈现。另外,由于"视域融合",读者原有的理解得到更新,文本的意义也得以扩展,从而产生了新的理解和意义。

加达默尔认为:"一切诠释学条件中的最首要的条件总是前理解,这种前理解来自于与同一事情相关联的存在。正是这种前理解规定了什么可以作为统一的意义被实现,并从而规定了对完全性的先把握的应用。"①前理解的重要作用在于给理解者(诠释者)提供了一个特殊的"视域"。所谓视域,就是在某个立足点所能看到的范围。在理解活动中,视域就代表理解者所能先行把握的一切。这个视域为他的理解活动提供了一个基础,这个基础同时也是历史性的。理解者就是在这个基础之上来理解文本的。同时,文本内部也包含着一个视域,它在寻求一个可以进入视域的理解者。在加达默尔看来,双方视域从不是封闭的和孤立的,视域就是理解在时间中进行交流的场所。理解者需要努力扩大自己的视域,和文本的视域进行融合,在这样的融合过程中,理解发生了,这就是"视域融合"。加达默尔认为理解的过程就是视域融合的过程。

他强调视域融合的历时性与共时性,也就是说,视域融合必然是在某个时间的融合,是当下性的。另外,视域融合也是过去与现在,自我与他人共同构成一个统一整体的活动。加达默尔说:"真正的历史对象根本就不是对象,而是自己与他者的统一体,或一种关系,在这种关系中同时存在着历史的实在以及历史理解的实在。一种名副其实的诠释学必须在理解本身中显示历史的实在性。因此,我就把所需要的这样一种东西称之为'效果历史'。理解按其本性乃是一种效果历史事件。"②因此,文本存在于一种特定的效果历史之中,理解者必须具有这种效果历史意识,才能更好地理解文本,而这种理解行为同时也融入到对该文本的理解的历史中。

第三节
姚斯

一　生平及著作

汉斯·罗伯特·姚斯(Hans Robert Jauss, 1921—　),德国文学理论家,批评家,接受美学的主要代表,康士坦茨学派创始人之一。他早年曾在海德堡学习,师从海德格尔。1953 年获得文学博士学位,曾先后在海德堡大学、门斯特大学和吉森大学任教,1961 年晋升为教授,1966 年起任康士坦茨大学教授,他的主要论著包括:《文学史向文学理论的挑战》(1967)、《艺术史和实用主义》(1970)、《风格理论和中世纪文学》(1972)、《审美经验与文学释义学》(1977)、《在阅读视界变化中的诗歌本文》(1980)等。

① 加达默尔:《真理与方法》上卷,洪汉鼎译,上海译文出版社 2004 年版,第 380—381 页。
② 加达默尔:《真理与方法》上卷,洪汉鼎译,上海译文出版社 2004 年版,第 387 页。

二　接受美学理论

60 年代以来,联邦德国文艺学界面临巨大的理论危机,二战后形成的形式主义文学理论陷入了理论的困境。原有的形式主义文学理论主张把文学与社会现实和历史隔离开来,专注于纯审美的文体研究。在文学史研究领域,实证主义的编年史式的文学研究与形式主义的纯审美形式演进史式的文学研究都暴露出自身的理论缺陷:前者的代表是马克思主义文学史,主张社会政治经济和社会思潮的发展决定了文学史,后者则干脆认为文学史是个封闭的自足体,一切演变都在内部进行,不受其他因素的影响。

面对这种情况,年轻的康士坦茨大学教授姚斯勇敢地提出自己的观点。他认为实证主义的文学史将文学史降低到一种"事实"的地位,形式主义文学史将自身理解为没有任何定向的盲目"演进"。这两种文学史的研究方法都是不对的:"把文学演进为一种新与旧之间不停顿的斗争,或描述为形式的标准化与自动化的更替,都是把文学的历史属性归结为文学变化的单维现实,把历史的理解局限在对它们的认识感知。"①换言之,姚斯认为它们都没有揭示出真正的文学史,因为它们割裂了文学与历史、美学研究方法与历史研究方法的内在联系,成为"单维的现实"。他认为只有把两方面统一起来,结合起来,才是科学的文学史研究方法,这就是接受美学。在这种理论中,姚斯加入了现实的一维——读者。

姚斯受到现象学研究方法的启发,从研究文学作品的存在方式入手,来研究读者在文学史中的作用。他明确指出:"在作者、作品与大众三角关系中,大众并不是被动的部分,并不仅仅是作为一种反应,相反,是历史的一个能动的构成。一部文学作品的历史生命,如果没有接受者的积极参与是不可思议的。因为只有通过读者的传递过程,作品才能进入一种连续性变化的经验视野之中。"②起到这种作用的读者,姚斯认为才是"真正意义上的读者",也是接受美学意义上的读者。这样的读者不是文学作品的被动接受者,相反,他积极地参与了文学作品的存在。在接受美学的观念中,只有读者参与了的文学作品才是存在的作品,这是文学作品的一种存在方式,也就是说,读者存在于作品当中。而在实证主义文学史和形式主义文学史中,读者是外在于作品而存在的。所以,文学作品的历史性不能够缺少接受者的能动参与。

姚斯认为,这是以以下几方面为基础的:①读者对文学作品的接受是以以往的阅读经验所形成的"期待视野"为前提的,一部作品,"它唤醒人们对已读过的东西的记忆,把读者引入一种特有的情感状态,并随着作品的开端唤起读者对作品'展开与结局'的种种期待"③。而文学作品的审美价值则取决于它"以某种方式满足、超越、辜负或驳斥它最初读者的期待",艺术特性决定于"在期待视界的改变之间的距离"。④ ②文学的接受要求文学的历时性与共

---

① 姚斯:《文学史作为对文学理论的挑战》,见蒋孔阳主编《二十世纪西方文学美学名著选》,复旦大学出版社 1988 年版,第 490—491 页。
② 姚斯:《走向接受美学》,见《接受美学与接受理论》,周宁、金元浦译,辽宁人民出版社 1987 年版,第 24 页。
③ 姚斯:《文学史作为对文学理论的挑战》,见蒋孔阳主编《二十世纪西方文学美学名著选》,复旦大学出版社 1988 年版,第 480 页
④ 姚斯:《文学史作为对文学理论的挑战》,见蒋孔阳主编《二十世纪西方文学美学名著选》,复旦大学出版社 1988 年版,第 482 页

时性的统一（"文学的历史真实在历时性与共时性的交叉点上显露出来"①）。在历时性方面，同一部作品在不同时代含有不同的理解和评价；在共时性方面，同一部作品在同一个时代被不同的读者阅读，理解和评价也不一样。而同时，不同风格类型的同一时代的作品也具有自身发展的历时性。所以，对于文学的真实历史只有这样才能达到"纯粹历时性角度也许最终能根据创新和自动化，问题与解决的内在逻辑决定性地诠释譬如各种文学体裁史中的变化；然而，只有它突破了形态学的标准，将有重要历史影响的作品与已为历史淘汰的，同一体裁的作品相对照，同时，也不忽略重要作品及其不得不在其中同其它体裁的作品并肩发展的文学环境的关联，它方始达到恰当的历史维度"②。姚斯认为文学史应该是作家、作品和读者三维之间关系的历史，是文学被读者接受和产生效果的历史，他说："文学的历史是一种审美接受与创作的过程。这个过程是在具有接受能力的读者、善于思考的批评家和不断创作的作者对文学本文的实现中发生的。"③

三 期待视野理论

姚斯利用"期待视野"这个概念来说明读者对作品的接受方式和文学的艺术特征。这是从波普尔和曼海姆那里借用来的概念。波普尔高度评价"期待视野"："它同盲人的经验相似，盲人偶然遇到一个障碍，因而体验到这障碍的存在。通过证明我们的设想的虚假，我们实际上与真实取得了联系。对我们错误的反驳是我们从现实中获得的正面经验。"④他用"期待失望"来说明"证伪"的重要。曼海姆用"期待视野"证明我们时代的特征：一个结构极不稳定的社会。艺术史家 E·H·冈布里奇则在《艺术与幻觉》一书中把期待视野定义为"思维定向，记录过分感受性的偏离与变异"。

姚斯的期待视界指的是，在阅读理解之前，读者对作品显现方式的有定向的期待与预期，这种期待有一个相对确定的界域，这个界域限定了读者理解可能的范围。姚斯认为有较狭窄的文学期待视野和较宽泛的生活经验视界两种形态，读者可以利用和结合这两种形态来确定一部新作品的独特倾向。⑤ 更重要的是，姚斯认为期待视界对于文学作品的接受问题的作用机制是：文学作品的接受要在作品与读者期待视界的互动之中逐渐显现。这种机制的具体运作方式正如姚斯所说，"一个连续地建立和改变视界的相应过程也决定了个别的文本同构成这个文类的各种后续的文本之间的关系。新的文本为读者唤起熟知的早先文本的期待视界和规则，那样，这些早先的文本就被更正、修改、改变，或者甚至干脆创新创作了。更动与修改决定了范围，而改变与创新创作则决定了文类结构的界限"⑥。也就是说，期待视

---

① 姚斯：《学史作为对文学理论的挑战》，见蒋孔阳主编《二十世纪西方文学美学名著选》，复旦大学出版社 1988 年版，第 485 页
② 姚斯：《学史作为对文学理论的挑战》，见蒋孔阳主编《二十世纪西方文学美学名著选》，复旦大学出版社 1988 年版，第 485 页。
③ 姚斯：《学史作为对文学理论的挑战》，见蒋孔阳主编《二十世纪西方文学美学名著选》，复旦大学出版社 1988 年版，第 478 页。
④ 转引自《文学史作为向文学理论的挑战》，见蒋孔阳主编《二十世纪西方文学美学名著选》，复旦大学出版社 1988 年版，第 449 页。
⑤ 当然还有两个因素可以有助于这种确定：一是本类作品内在的"诗法"，二是该作品与同一环境下周围熟知作品的联系。参见蒋孔阳主编：《二十世纪西方美学名著选》，复旦大学出版社 1988 年版，第 481 页。
⑥ 姚斯：《文学史作为对文学理论的挑战》，见蒋孔阳主编《二十世纪西方美学名著选》，复旦大学出版社 1988 年版，第 480 页。

界是永远变动不定的,它在作品与读者之间构成了一个互动的平台。新的作品通过种种方式,唤起读者对它的期待,同时也就规定了读者的期待视野,修正、改动了读者旧有的期待视野,这种修正、改动在与新作品的互动之中不断进行,逐渐形成新的期待视野。当然,姚斯在此并没有指出这种互动的方向性,这可以看出俄国形式主义文学理论在他身上的影响。姚斯认为,这种不断进行着的相互作用就构成了文学的历史。文学的连贯性就在期待视界中得以传递,只要能使期待视界客观化,就可以理解和阐释文学史。

姚斯的"期待视界"概念有两个重要前提:第一,每个读者在阅读新作品之前,都已经拥有相当的前理解,也就是说,他已经做好阅读新作品的准备。这种前理解或者来自对该类型作品已有的阅读经验,或者来自对作品所涉及的问题已有所接触。读者绝对不可能以一无所知的状态来接受一部作品。第二,一部作品也决不可能完全孤立地展现在读者的目前,它不可避免地要处在一定的社会历史环境中,而读者也处于同一个环境中,这样,作品就可以用多种方式唤起读者相关的记忆,引导读者进入一种特有的情感状态,从而产生阅读期待。这两个前提可以说明现象学对于姚斯的深刻影响,没有读者对于作品的前理解,就不可能理解作品,没有作品对读者的召唤,就不可能引起读者的阅读期待,而缺少这两个前提,作品与读者之间的关系就被割裂了。

第四节
伊瑟尔

一 生平及著作

沃尔夫冈·伊瑟尔(Wolfgang Iser,1926—   ),联邦德国接受美学理论家,文学批评家,康士坦茨大学教授。他出生于德国玛林堡,后进入莱比锡大学和图宾根大学就读,1950 年获海德堡大学哲学博士学位,以后在多所大学任教。1967 年他进入康士坦茨大学担任英国文学与比较文学教授,遇到姚斯与几位志同道合者,他们共同创立了接受美学的"康士坦茨学派"。他的主要著述包括:《文本的召唤结构》(1970)、《潜在读者》(1974)、《阅读行为:审美反应理论》等等。

二 文本空白与不确定性

作为接受美学的共同创始人,伊瑟尔与姚斯虽然在整体的理论倾向上是一致的。但是,由于两个人的理论基础有所不同,他们的理论倾向和审美趣味也就有所差异。[①] 姚斯更多地借鉴了加达默尔哲学诠释学的理论,注重读者对文本接受问题的研究,而伊瑟尔则更多地受到现象学的理论影响,特别是罗曼·英伽登的理论的影响,所以他关注的是读者对文本的反

---

① 佛马克、易布思合著:《二十世纪文学理论》,林书武等译,三联书店 1988 年版,第 161 页。

应,他称自己的理论为审美反应理论。在英伽登那里,文学作品只是一个文本,是一个意向性客体,同时文本又是一个多层次的"图式化结构",在这个结构中,存在着许多的空白和"不确定领域"。读者在阅读过程中,需要发挥自己的想象力,去"重构"文本,填充那些空白,从而实现文本的潜在因素。这个过程英伽登称之为"具体化"。通过"具体化"作品就从一个意向性客体转化为审美对象。英伽登理论中的"图式化结构"、"不确定领域"和"具体化"等概念给了伊瑟尔很大的启发。在伊瑟尔自己的理论中,他继承了这些概念,并对之进行了修正,从而发展出了自己的理论。他把注意力集中于审美主体(即读者),分析整个阅读行为。他关注三个方面的问题:一是文学作为一种潜在的结构,如何使意义在文本中得到再现;二是文本意义在阅读活动中如何变化;三是文本与读者的关系即阅读活动的交流结构问题。他的三部主要著作似乎依次表达了自己对这三个问题的思考。

伊瑟尔认为,对文学作品的任何研究,都必须考虑作品与阅读者之间的相互作用。读者与作品是同等重要的,因为"文本只提供'程式化的各方面',后者(即读者)促使作品的审美对象得以形式化"。[1] 文学作品包括两个极点:一个是"艺术的",一个是"审美的"。前者是指文本,后者则要依靠读者的阅读活动而具体化。因此,作品本身既不等同于文本,同时又不等同于文本的具体化,它只能处在两个极点之间的位置。在这个位置上,读者与作品都处于一种运动状态,因为作品的作者的创作意图与读者的阅读印象产生了错差,正是这种错差使作品在意识的极点与审美的极点之间游移。在这种游移的状态中,文本的潜力就逐渐显现出来。伊瑟尔的《文本的召唤结构》一书着重论述了文本的"不确定性"问题。

伊瑟尔从 R·D·莱恩的理论中得到一些启发,他认为阅读过程的相互作用之所以不同于其他相互作用的形式,就在于读者与作品不存在"面对面"的情景。也就是说,双方都不能完全地了解对方,双方之间存在着隔阂。伊瑟尔认为正是这种隔阂构成了交流的动因,"这种隔阂,即文本与读者之间的基本不对称,导致了阅读过程中的交流,共同环境和共同理论的缺乏与'无物'相对立,造成了人们之间的相互作用。不对称和'无物'都是空域(blank)[2]的不同形式。空域是不明确的,但有组合能力,构成所有相互作用的过程。动态的双向作用以及实际联系的出现会引起另一行为,消除文本—读者之间的不平衡"[3]。

伊瑟尔把文本与读者的相互作用比作"文学中的交流",他认为这种交流是一个"被置于动态并受到调节的过程",促成交流的动力是"一种处于内在与外在,隐蔽与显露之间的,既能控制又能扩展的相互作用"[4]。伊瑟尔认为,空域和否定可以在交流中起到这种作用:"空域和否定各自以不同的方式控制着交流的过程:空域为情景之间的联接留有余地,使读者对这些景象和情状作出调整,换言之,它们诱导读者在文本中进行基本活动。各种否定形态激发起明确的,为人们所熟悉的因素或知识,目的是剔除它们。然而,被剔除的成分依然可见,

---

① 伊瑟尔:《本文与读者的相互作用》,见蒋孔阳主编《二十世纪西方美学名著选》,复旦大学出版社1988年,第507页。
② 空域(blank),英加登术语,即空白或不确定领域。
③ 伊瑟尔:《本文与读者的相互作用》,见蒋孔阳主编《二十世纪西方美学名著选》,复旦大学出版社1988年,第510页。
④ 伊瑟尔:《本文与读者的相互作用》,见蒋孔阳主编《二十世纪西方美学名著选》,复旦大学出版社1988年,第511—512页。

于是使读者熟悉,明确的因素,知识的态度有所改变。换句话说,他是被领到一个与文本相关的位置。"①在伊瑟尔看来,空域就是文本的结构与意向性关联物在文本中的不连贯,它"召唤"读者发挥自己的主动性,开放自己的创造力,去填补哲学空白("空域"),就是说文本中的结构得到了扩展,意义得到了充实。而否定,在另一方面又控制着读者的创造活动,也就是说,空白不断地唤起读者在阅读过程中已有的期待,而一旦空白得到了填补,空白就被打破,被否定了。读者又获得新的期待视界,被隐藏部分刺激读者的思维,这思维又受显露部分的控制;当内在部分被诠释后,外在部分随后也得到转化。只要读者弥补了隔阂,交流便即刻发生。隔阂本身的功能就像是一个枢轴,整个本文—读者的关系围绕着转②。

在阅读过程中,空白、填补、否定和更新构成了伊瑟尔所谓的"文本的召唤结构"。在这里,我们可以看到英伽登理论的影响,同时也能见到加达默尔的"视域融合"理论对他的启示:文本与读者相互之间是问与答的对话关系。在对话的过程中,读者克服自己的视野局限,与文本作者的视野融为一体,形成一种新视野。就是在这个过程中,文本意义才在运动状态中逐渐显现出来。

总之,在伊瑟尔的理论里,"变化中的空域画出了受自我调节过程引导的游动观点所要经过的途径,而在这个自我调节过程中,空域结构的各种特征互相交织"③。可见,文本的空白(不确定性)构成了伊瑟尔阅读理论的关键。

伊瑟尔认为空域的关键作用主要体现在三个方面:一,构成一个参照域面(referential field)。它由文本中相互作用、相互反映的各部分组成。在这个域面上,各部分之间的异同都得到呈现,并最终联系起来构成一个共同框架,要求对文本形成一个总的观点来"填充"它,因为它本身也形成一个空域。二,控制参照域面。在参照域面形成的过程中,读者观点发生了转移。起初他关注各部分的空域,随着各部分空域显示出关联性,形成新的空域,读者又开始关注新的空域,努力去填充它。三,把读者引向新的主体。读者观点在各部分的空域间游动,又转到新的空域,他所关注的每一个空域都会形成一个主体。一旦形成主体,先前空域与该主体的联系就不再存在。这时,读者的注意力就会转向新的主体性的部分。可以看得出读者观点在文本中不断游移,而空域也在不断地形成和消失,这两者形成的互动过程,构成了伊瑟尔的阅读活动。重要的是,读者构成了阅读活动不可或缺的一部分。伊瑟尔曾这样描述这一阅读活动的过程:"读者填补文本中的空域,然后建立参照域面,其中出现的空域又以主体—结构的方式被填补,各并列主题与背景中产生的空白由读者的立足点占据,由此出发,各种相互间的转化引出审美对象。概括后的结构特征使空域迁移他处,以便使判断进入变化后的空白,后一步则需读者的组建行为来完成。"④

从这个角度来理解伊瑟尔的阅读活动理论,他提出"文本的潜在读者"也就不足为奇了。

① 伊瑟尔:《本文与读者的相互作用》,见蒋孔阳主编《二十世纪西方美学名著选》,复旦大学出版社 1988 年,第 512 页。
② 伊瑟尔:《本文与读者的相互作用》,见蒋孔阳主编《二十世纪西方美学名著选》,复旦大学出版社 1988 年,第 512 页。
③ 伊瑟尔:《本文与读者的相互作用》,见蒋孔阳主编《二十世纪西方美学名著选》,复旦大学出版社 1988 年,第 518 页。
④ 伊瑟尔:《本文与读者的相互作用》,见蒋孔阳主编《二十世纪西方美学名著选》,复旦大学出版社 1988 年,第 517—518 页。

"文本的潜在读者"实际上是说,读者潜藏在文本中。文本既然是一种召唤结构,召唤读者去填充它结构中的空白和不确定领域,那么能够完全响应这种召唤,并完成填充空白任务的读者就是文本的潜在读者。在现实阅读活动中,这样的读者显然是不存在的,因为没有人能自称获得了某文本的全部意义,作品被反复诠释就是一个证据。所以,伊瑟尔所谓的"潜在读者"说明了文本潜在的所有阅读可能性。反过来也说明了每一个读者都可以获得文本的一方面意义,读者构成了文本的意义。

第一节
概述

一 社会历史背景

马克思主义理论在 20 世纪前半期的西方有着惊人的发展,原因是多方面的。首先,西方各国在发展了资本主义经济的同时,也使无产阶级队伍迅速壮大,日益成为一支对抗资本主义制度的重要力量。马克思主义理论也在工人阶级中得到了广泛传播。其次,两次世界大战的痛苦经历,使有识之士看清了西方资本主义制度的种种弊端,引起了人们对西方现行制度的深刻不满。有识之士们努力寻找比资本主义制度更优越的,并能够取而代之的社会制度,马克思主义的社会与经济理论契合了他们的这种要求,自然受到他们的欢迎。更重要的是,在西方资本主义社会陷入重重危机、难以自拔的同时,苏联的社会主义制度显示出资本主义难以企及的优越性。为了解决自己的危机,西方知识分子纷纷以苏联为样板,学习马克思主义理论,希望从中找出救世的良方,这大大促进了马克思主义理论在资本主义国家的传播。这种传播反过来又进一步促进了各国无产阶级的工人运动的发展,促进了工人党的发展。于是,马克思主义理论成了 20 世纪十分重要的思潮。

两次世界大战给世界人民带来了惨痛的经历,资本主义制度种种弊端在此期间暴露无遗。同时,战后的新科技革命,在给西方经济带来复苏和发展的同时,也带来严重的社会危机与意识形态危机,科学并没有从根本上改变人们的现实生活,相反,机械的现代化使人们沦为现代化工业的牺牲品,逐渐失去了人作为人的本质,人被异化了。这种非人性的社会受到左派知识分子的激烈抨击。另一方面,随着对苏联社会主义的进一步了解,斯大林专制主义的做法也打破了西方知识分子对苏联理想化的想象,人们对斯大林的马克思主义极为不满,认为那是对马克思的歪曲与篡改,不是真正的马克思主义。同时,流行一时的激进新左派的一些极端做法也不能赢得赞许,左派没落了。于是,他们提出种种新的西方马克思主义理论,并且各自从自己的立场出发,把马克思与其他学科理论,如存在主义、弗洛伊德主义等接起来,试图寻找西方社会危机的解决办法。这样的做法一方面促进了经典马克思理论的现代性转换,另一方面,也产生了种种不同的新马克思主义理论。

二 文论综述

20 世纪的马克思主义理论依然在全世界发挥着巨大的影响力,但是随着西方进入"后工业化"时期,各国的政治、经济、社会和文化等领域的发展各具特色,文艺理论界对于马克思主义也产生了与以往不同的理解与阐释。这一方面说明马克思主义在新时期的强大生命力,能够适应不同的社会形势;另一方面,这些对马克思主义的新的理解与阐释有些是对马克思主义的发展,但有些是把马克思主义基本论点用于自己的哲学与社会理论的延伸,因此这些理论家实际上在运用自己所理解的马克思主义理论来研究文学理论问题。这样,这些理论也就自然不可能形成统一的理论体系和学术流派。所以,所谓马克思主义文论并非一个目标一致、系统严密的文学理论流派,它指的是西方各种马克思主义文艺理论的一个集合体。

20世纪西方马克思主义文论从匈牙利著名理论家卢卡契的《历史与阶级意识》(1923)开始,德国的柯尔施与意大利的葛兰西也都做出了自己的贡献,产生了巨大的影响。他们虽然遭到西方传统马克思主义的评判,但这股思潮迅速发展,并与同时的各种哲学与社会学理论结合,产生出新型的马克思主义理论,比如"存在主义的马克思主义"、"精神分析学马克思主义"等等,这些理论大都以马克思主义基本理论观点为基础,结合自身的其他学科知识,对文艺现象作出了新的理论创建。这些理论都是对马克思主义理论的当代延伸与发展,从各个角度丰富和深化了传统的马克思主义理论。当然,其中也有许多的误解和错误。

新马克思主义文论主张把文学作品放到社会历史文化的大背景下进行研究,反对把文学与社会和历史割裂开来,与俄国形式主义、英美新批评派和结构主义文论大异其趣。他们从马克思主义理论中经济基础与上层建筑的理论出发,考察文艺的社会功能,特别强调文艺与意识形态的关系。他们把文艺看成意识形态的一个部类,认为文艺受社会与经济的支配,同时它与其他意识形态部类紧密联系。同时,与传统的尤其是庸俗化和机械化的马克思主义文论不同,他们很重视文学的艺术特性和创作规律,从理论和创作实践中强调文学自身的特殊性。

现代西方马克思主义在各国都得到了长足发展,但其中影响最大的流派则是法兰克福学派。它产生于20世纪30年代的德国,因此成员均为法兰克福大学社会研究所的,后来因为纳粹的迫害而迁往日内瓦和美国。该派的理论影响很大,战后继续得以发展,到70年代才逐渐衰退。法兰克福学派的理论以社会哲学理论为主,并不是单纯的文学理论,更准确地讲是文学理论归属于他们的社会文化理论当中。他们的理论是一种"社会批判"理论。他们学习马克思的经典理论著作,又结合现代西方的各种文艺理论,对当代资本主义社会异化与反人性的现象展开激烈的批判。在文艺领域,他们强调现代文艺具有反抗社会压制和异化、为解放人类推波助澜的作用,扩大了该派的影响。

第二节
卢卡契

一　生平及著作

乔治·卢卡契(Lukács György,1885—1971),匈牙利著名的思想家,马克思主义理论家,文学批评家与革命家。他出生于布达佩斯一个富足的犹太人家庭,父亲是一个银行董事。中学毕业后,他先后进入布达佩斯大学和柏林大学学习,1909年获得布达佩斯大学哲学博士学位。1913年到1917年,他去海德堡大学和弗莱堡大学深造。1917年他返回布达佩斯,不久成为匈牙利知识界的领袖人物,1918 年加入匈牙利共产党。匈牙利革命(1919 年)失败后,他流亡到维也纳写出了《历史与阶级意识》。1928 年他受匈牙利党中央的委托起草了《布鲁姆提纲》,受到党内的严厉批判。1933 年希特勒上台后,他移居莫斯科,一直到二战结束。其间他写了大量的理论著作和文学评论文章。1944 年匈牙利解放,卢卡契回到匈牙利,当选科学院院士,并任布达佩斯大学美学、哲学教授。1956 年他出任政府文化部长,不久辞职。1957 年他被开除党籍,1967 年又恢复党籍。1971 年他死于癌症。

卢卡契的一生波澜起伏,在某种程度上,在他的身上折射出匈牙利以及当时世界风云变幻的轨迹,而他的行为也对自己的祖国产生过显著的影响,他不只是一个学者,更是一个积极参与现实的革命家。在文艺理论、哲学、美学领域,他都有所建树,并产生过重大的影响。美国文学史家韦勒克曾将他与克罗齐、瓦莱里和英伽登合称"四大批评家",他的成就由此可见一斑。卢卡契一生勤于著书,主要著作有:《现代戏剧发展史》(1908)、《心灵与形式》(1911)、《历史与阶级意识》(1923)、《现实主义论文集》(1948)、《德国新文学史纲》(1953)、《审美特征》(1963)、《社会存在本体论》(1970,未完成,1984 年出版)等等。

二　文学与社会

卢卡契的文学理论思想不能单纯地孤立起来进行研究,而必须联系到他一生所坚持和维护的马克思主义理论。他当然是位知识渊博的学者,但同时更是一位积极参与社会政治运动的革命家,萨特在这一点上与他颇为相似。或者可以这么认为,他对于文学的研究也是其政治活动的一部分,是他手中的武器,文学是他进行斗争的战场。在他一生的战斗中,他始终坚持马克思主义。也许在他的研究之中有过某些失误,但这一立场是始终不变的。文学研究是他的武器,而运用武器的方法是马克思主义的历史唯物主义,他认为这是研究文学的唯一正确的世界观和方法论。

卢卡契在思想基础和研究方法上,与同时代的埃米尔·施泰戈尔大相径庭,后者是海德格尔存在主义的坚定拥护者,美国"新批评"派的学生,坚持文学"内部批评"的方法。而卢卡契则坚持认为,文学不可能脱离社会、超越时代而独立地存在,根本不存在只由作品本身形成、与外界毫无关系的文学,单纯的作品没有价值,也形成不了历史。因此,对文学的研究绝不应该排除文学与其外围世界的联系,而孤立地关注纯粹的"内部批评"。卢卡契坚持马克思的历史唯物主义立场,认为文学的发生和发展是由社会生产的全部历史过程决定的,文学的价值在于人们通过它来展现和总结自己所处的历史阶段和社会景象,在于人们可以通过它去发现和认识文学作品所反映的社会的历史和人们的生活,所以文学的本质在于反映社会,文学的功能在于使人认识社会。

历史唯物主义总的原则是,社会的经济基础是第一性的、起决定作用的。而文学艺术作为意识形态是上层建筑,起次要作用,经济基础将规定文学与艺术的发展方向。卢卡契反对简单化的反映论观点,他称之为"庸俗化的观点",他认为这种表面上的历史唯物主义与马克思主义的辩证法实际上是背道而驰的。卢卡契坚持辩证地理解文学艺术与经济基础之间的复杂关系,他认为承认经济基础支配、决定作为意识形态的文学艺术,承认文学与社会生活的各方面处于一种互相作用的关系,与承认文学有自身相对的独立性,有自身特殊的发展规律,这两者既是对立的,又是统一的。必须充分认识到文学艺术与经济基础之间的复杂性,必须辩证地来看待这种关系[1]。因为一方面社会的状况非常复杂,另一方面文学中的社会政治问题也异常复杂,更重要的是每个作家,尤其是真正伟大的作家,他的创作比他所代表的文学倾向或社会倾向要丰富、全面得多。因此,卢卡契特别强调具体问题具体研究,重视研究对象的特殊性。研究某一位作家及其作品,或者研究某一时代的作家及作品,都必须首先要对该时期具体的社会历史状况进行研究,以此为基础,才能真正解决问题。卢卡契在 20 世纪 30、40 年代所写的关于德国文学的论文典型地表现了他的这种文学理论观点,例如在论及德国的文学思潮的形成原因时,他说:“德国帝国主义的经济和政治是文学倾向和文学现象的社会基础,是最终起作用的实际原因,当然只能说是最终起作用,因为中间要经过许多环节。”[2]这些长篇论文既有对于某个时期德国文学状况的概述,也有对单个作家作品的深刻研究,总分结合,充分贯彻了他坚持的文学研究方法。

在评价作家作品时,卢卡契也坚持了马克思的原则,以民主与现实主义的标准评价作家作品。在论及德国文学时,卢卡契说:“德国文学是德国人民命运的一部分,一个因素,一种表现和一种反映。因此,我们的表述所要遵循的指导思想是:凡是向德国的苦难作斗争的就是进步的,凡是旨在以任何一种方式使鄙陋状态永久化的努力,我们一律称之为反动。”[3]他还明确谈及标准:“这一标准在任何时候都是与人民,与人民的努力、愿望及痛苦密切地联系在一起的。”[4]可见他认为文学必须而且应该反映社会现实,只有如此,才能发挥文学的认识功能,而民主代表着历史发展的方向,代表着人民的利益。所以,卢卡契认为伟大的作品里面,总有那些代表人民利益,反映社会现实的作品。

同时,他还认为,在文学发展中同样也存在着现实主义与非现实主义创作方法的对立,民主与反民主的倾向对立,他把这种对立归结为进步与反动的对立。德国文学史在很大程度上就是进步文学与反动文学进行斗争的历史。他对德国文学近二百年发展历史的描绘就是向人们展示两种力量在文学领域的对立与斗争。因为他认为,这种情况也同样反映了在德国的历史进程中对文学史的研究某种程度上也就是对社会历史的研究。正是通过对文学史的研究,卢卡契总结出法西斯在德国能够建立专制统治的原因在于德国非民主势力的长期发展。

总之,卢卡契站在马克思历史唯物主义的立场上建立了自己对文学的基本理论:文学作为意识形态由其经济基础决定,但两者的关系并非简单的因果关系,文学研究必须充分考虑两者之间复杂的、辩证的、相互作用的关系。文学是社会现实的反映,但同时又必然是能动

---

[1] 造成这种复杂性的原因,卢卡契在《德国文学中的进步与反动》导言中进行了分析,见《卢卡契文学论文选》第一卷,人民文学出版社 1986 年版,第 6—7 页。

[2] 卢卡契:《帝国主义时期德国文学主潮概述》导言,见《卢卡契文学论文选》第一卷,人民文学出版社 1986 年版,第 111 页。

[3] 卢卡契:《德国文学中的进步与反动》导言,见《卢卡契文学论文选》第一卷,人民文学出版社 1986 年版,第 6 页。

[4] 卢卡契:《帝国主义时期德国文学主潮概述》,见《卢卡契文学论文选》第一卷,人民文学出版社 1986 年版,第 113 页。

的反映;文学具有认识功能,研究文学不能仅仅研究文学的内部,必须研究文学与社会的联系,研究文学也就是研究社会,只有研究社会,才能更好地理解作品。文学与社会历史一样,长期贯穿着进步与反动的斗争,人们必须站在民主和现实主义的立场来评价文学。

第三节
本雅明

一 生平及著作

瓦尔特·本雅明(Walter Benjamin,1892—1940),德国文学批评家、文化史家及文艺理论家,法兰克福学派的重要成员。他出身于一个富裕的犹太人家庭,早年受犹太教影响颇深。1912年,他进入弗莱堡大学攻读哲学,后来又在慕尼黑等多所大学就读,1919年以《德国浪漫派的艺术批评概念》获得博士学位。在一战期间,他遇到马克思主义哲学家布洛赫,受其影响开始研究马克思主义著作。1927—1929年他访问苏联,回国后即加入法兰克福学派,在此期间,他与布洛赫、阿多诺交往甚密。1929年结识布莱希特,深受其文艺理论的启发。1933年纳粹上台,本雅明逃亡巴黎,但仍继续为法兰克福学派撰稿。1940年,纳粹占领法国,9月他不堪纳粹盖世太保的追捕,在逃亡西班牙的途中被困自杀。

作为法兰克福学派的一个代表人物,本雅明英年早逝。但他的著作后来经由同为法兰克福学派成员的朋友阿多诺编辑出版,产生很大影响。他的著作包括《德国浪漫派的艺术批评概念》(1920)、《德国悲剧的起源》(1928)、《单行道》(1928)、《讲故事的人》(1936)、《机械复制时代的艺术作品》(1936)、《什么是史诗剧》(1939)、《波德莱尔——发达资本主义时代的抒情诗人》(1939)、《历史哲学论纲》(1942)等,另有《文集》(1955)、《书信集》(1966)等。汉娜·阿伦特后来也编辑了《启迪——本雅明文选》(1969)出版。这些文集的出版,使他的思想和理论重新被人们发现,甚至形成了一股"本雅明复兴"的研究热潮。另一位当代西方马克思主义文论家杰姆逊曾称赞他为"20世纪最伟大、最渊博的文学批评家之一"。

二 机械复制时代的艺术生产

本雅明受到马克思主义哲学家布洛赫的影响,并在其影响之下开始认真研读马克思主义经验著作。他从马克思主义经济学原理中获得启发,把有关生产的概念与理论应用到艺术领域,发展出一套有鲜明个人特色的艺术生产理论。

首先,他认为艺术创作和物质生产一样有共同的规律,是一种特别的生产活动和过程。它们同样都是由生产者与产品、消费者与消费等因素构成,更重要的是,它们都同样受到生产力与生产关系的规律的制约。当然在艺术生产领域里,艺术家就是生产者,艺术作品就是产品或商品,消费者就是大众(读者或观众),而艺术创作就是生产,艺术欣赏就是消费。如同在物质生产领域中一样,生产技术是生产活动的决定性因素,艺术生产的技术决定了艺术产品的艺术倾向和政治倾向。也就是说,艺术生产技术的进步会提高艺术生产能力,从而改变艺术形式的功能,也就改变了艺术产品的艺术倾向,这也是其政治倾向的一个评判标准。这一点也正符合马克思主义生产力与生产关系的辩证发展原理。生产力决定生产关系,而两者发生矛盾时,就会引起生产关系的变革。在艺术领域中,生产力因素就是艺术生产的技术因素,生产关系则是艺术家与大众的关系,当双方发生矛盾时,艺术革命就发生了,必然产生新的艺术生产技术,产生新的艺术生产关系。

依照这种理论,本雅明对现代艺术的生产与消费进行了相应的评价。在《作为生产者的作者》一文中,他提出读者与观众并非艺术产品被动的接受者,而应该是艺术生产的主动参与者。因此,应该将消费者转化为生产者,也就是说,将读者与观众转化为艺术生产的合作者。在《什么是史诗剧》一文中,他从技术的角度盛赞布莱希特的史诗剧,因为它打破了传统戏剧"第四堵墙"的舞台模式,使观众也能参与到戏剧演出中去,与演员一起构成戏剧创作的一部分。这样,演员与观众就改变了以往生产者与消费者的关系,而成为艺术创作的合作者的关系。因此,一种新的艺术生产的技术催生了一种新的艺术生产关系。这就促成了艺术的进步。

而在《爱德华·福克斯,收藏家和历史学家》一文中,本雅明认为艺术作品的意义要放在具体的历史环境中进行考察,尤其要考察艺术产品的消费状况。因为,"历史唯物主义者必须舍弃历史中的叙事因素。对他来说,历史成了虚构的对象,这一建构点并非空洞的时间,而是确定的时代,确定的生活,确定的作品","历史唯物主义将历史性理解看作被理解的事物的延存,直至现在仍能感觉到这些被理解的事物跳动的脉搏"。① 因此在他看来,爱德华·福克斯的观点的正确之处在于他不仅认识到我们对一部作品的接受必定受着它的同时代人的接受的决定性影响,同时他还认识到接受史的意义,正是接受史开启了他开阔的视野。也就是说,在整个艺术作品的生产链条中,作者并不占据绝对的优先地位,而正是读者和观众在某种程度上影响着艺术作品的意义与价值。正如他后面所说,"过去的作品并没有完结"②。由此我们可以看出,在必要的观念中,作品的意义必须要由具体时代的具体读者才能把握,这是因为作品是在它之前和之后整个历史的一部分,读者只有进入到具体的历史环境,前瞻后顾,才能抓住作品的具体含义;同时,这个历史是个不断变化、流动的过程,这也给不同时代、不同地位的读者(消费者)以不同的机会去参与艺术作品的生产,对作品的理解也因此永远是具体的和历史的。

本雅明独特的艺术生产理论有着丰富的内容,然而正如马克思主义经济学原理所强调的,技术决定生产力水平,生产力决定生产关系。在他的艺术生产理论中,艺术生产的技术也占据一个重要的地位。首先,他认为艺术作品的生产是否先进,关键要看"技术"是否先进,先进的技术必然有助于艺术生产。其次,这种看法同时也带来了它的局限性,技术的革

---

① 本雅明:《经验与贫乏》,王炳均、杨劲译,百花文艺出版社 1999 年版,第 296—297 页。
② 本雅明:《经验与贫乏》,王炳均、杨劲译,百花文艺出版社 1999 年版,第 306 页。

新与发展固然可以产生新形式的文学艺术作品,增强艺术生产能力,但是同时也必然造成只重形式不重内容的后果。单纯的技术论也缺乏艺术发展的方向性,因为先锋的并不意味着一定是先进的,更不会意味着艺术的品质就一定是更高的。再次,技术论打破了固有的形式与内容的两分法,消除了两者的对立,使两者统一到艺术生产的技术上去,这是一种有益的突破和尝试。

三 "灵韵"说

本雅明不仅具有哲学家的理性思辨能力,同时还具有诗人的感受能力和想象力,这使他的文艺理论著作具有一种理性的严谨与感性的生动,具有独特的魅力。在他的理论中有一个诗性概念——"灵韵"。

"灵韵"的概念是作为艺术品与艺术复制品的对立特性提出来的,在《机械复制时代的艺术作品》一文中得到了明确而特别的强调。本雅明认为艺术作品原则上都是可以复制的,但艺术作品的技术复制是现代社会的新产物。在该文引言中,他引述了保罗·瓦莱里的话,艺术的物质部分"不可能摆脱现代科学技术的影响",因此,巨大的革新必将改变各种艺术的技术,甚至艺术概念,"对此,我们必须做好准备"。[①] 他认为,艺术作品虽然可以复制,但复制品却伤害着原来的艺术品,技术复制伤害的就是艺术作品所特有的"灵韵"(Aura),这也使得艺术作品与艺术复制品对立起来。本雅明所用的"灵韵"概念,大致有以下含义。

首先,灵韵代表艺术作品的独特性、不可复制性。本雅明说:"即使最完美的复制品也不具备艺术作品的此地此刻(Hier und Jetzt)——它独一无二的诞生地。恰恰是它的独一无二的生存,而不是然后其他方面,体现着历史,而以上作品的存在又受着历史的制约。"[②]他认为原作的此地此刻就是它的本真性(Echtheit)。原作的本真性可不受技术的可复制性的制约,但却最终会贬低原作的"此地此刻"。因为,"一事物的本真是它从起源开始,可流传部分的总和:从物质上的持续一直到历史见证性"[③]。技术复制由于可以复制艺术品的起源,如自然和社会,所以艺术品的权威性自然也受到了伤害。而在技术复制过程中,艺术品的"灵韵"是唯一不可复制的东西。他说:"复制过程中所缺乏的,可以用氛围(按:即"灵韵",下同)这一概念来概括:在艺术作品的可技术复制时代中,枯萎的是艺术作品的氛围。"[④]在戏剧表演活动中,演员在舞台上面对观众进行表演,双方构成仪式化的交流,表演的现场性给演员身上罩上一层"灵韵"。但是,在拍摄电影时,演员只能面对摄像机表演,失去了与观众的交流的机会,而且,他的表演也不可能是连续的,可能要经过反复的拍摄,而且还需要进行剪接与后期制作,"这样,围绕演员的氛围必然消失,与此同时,围绕他所演的角色的氛围也随之消失"[⑤]。

其次,灵韵指的是艺术作品与观众之间的一种距离感。正是这种距离感,产生了艺术作

① 本雅明:《机械复制时代的艺术作品》,见《经验与贫乏》,王炳均、杨劲译,百花文艺出版社 1999 年版,第 259 页。
② 本雅明:《机械复制时代的艺术作品》,见《经验与贫乏》,王炳均、杨劲译,百花文艺出版社 1999 年版,第 262 页。
③ 本雅明:《机械复制时代的艺术作品》,见《经验与贫乏》,王炳均、杨劲译,百花文艺出版社 1999 年版,第 263 页。
④ 本雅明:《机械复制时代的艺术作品》,见《经验与贫乏》,王炳均、杨劲译,百花文艺出版社 1999 年版,第 264 页。
⑤ 本雅明:《机械复制时代的艺术作品》,见《经验与贫乏》,王炳均、杨劲译,百花文艺出版社 1999 年版,第 265 页。

品的灵韵。本雅明认为,艺术品有两种价值:一种是膜拜价值;一种是展览价值。前者来源于古代的巫术,产生于宗教仪式;后者是后世仪式发展而显现出的价值。由于膜拜,人们把艺术品隐藏起来,只在宗教仪式时对公众开放,这造成艺术品与观众间的距离感和神秘感,使观众产生敬畏感,以实现仪式的目的。也就是说,在这里,仪式是产生敬畏感和艺术品膜拜价值的基础,正如本雅明所说:"艺术的根基不再是礼仪,而是另一种实践:政治。"①随着时代的发展,艺术品从艺术实践中解放出来,其展示价值的表现机会也日渐扩大,艺术品的技术可复制性也从依附礼仪的生存中解放出来了。

第四节
马尔库塞

一　生平及著作

赫伯特·马尔库塞(Herbert Marcuse,1898—1979),美籍德裔哲学家、美学家,法兰克福学派的代表人物。他出生于一个波兰犹太人家庭,1917 年曾加入德国社会民主党左翼,1919 年因不满该党叛变革命的行为而退党。后入弗莱堡大学学习哲学,曾受教于胡塞尔与海德格尔,1922 年获哲学博士学位。1933 年结识马克斯·霍克海默,加入了法兰克福社会研究所。纳粹上台后,他被迫流亡日内瓦,次年移居美国,1940 年起定居美国。二战期间,他曾为美国情报部门服务,战后又曾在多所大学担任教学和研究工作。他积极参与社会现实政治活动,对 60 年代燃遍全欧的左派和学生造反运动投入了巨大的热情,被公认为"精神领袖"。1979 年 7 月,他在赴西德讲学途中逝世。

马尔库塞勤于著述,作品颇多,其中包括:《历史唯物主义现象学概要》(1928)、《历史唯物论基础的新材料》(1932)、《理性与革命》(1940)、《爱欲与文明》(1955)、《单向度的人——发达工业社会意识形态研究》(1964)、《论解放》(1968)、《反革命与造反》(1971)、《艺术,作为现实的形式》(1972)、《审美之维》(1977)等。

二　爱欲解放论

马尔库塞的文艺思想与他的社会批评哲学紧密相关。他是在对发达资本主义社会的分析与批评基础上构建他的文艺理论的。他首先展开的是对现代资本主义社会一系列的批评。随着科学技术的发展,西方社会的物质生活水平得到了很大的提高,人们的物质需求得到了极大的满足。但是,人们同时也日益陷入到非人性化的社会环境中。科学技术泯灭了人的性灵,使人逐渐沦落为社会机器上一个毫无特色的零件,丧失了人作为人的本质特征。人与人的关系日趋紧张,变成了赤裸裸的利益交换和相互利用。人日益屈从于社会这架机

---

① 本雅明:《机械复制时代的艺术作品》,见《经验与贫乏》,王炳均、杨劲译,百花文艺出版社 1999 年版,第 268 页。

器。马尔库塞认为,工业社会对人的控制越来越严密,早期还是通过压制人的需要来维持统治,而现在则是通过制造需要来加强压制。他反对现代工业社会的压制性消费把人的物质需求无限夸大,使人无休止地追求那些本不属于人的本性的虚假的需求。整个社会日益陷入对物质的狂热崇拜中,人变成畸形的拜物狂,被消费异化了。在社会文化领域,人的自然本性,人的思维方式也被纳入社会单一的意识形态框架中,人丧失了独特性、创造性和想象力,成为意识形态一体化的牺牲品。甚至艺术也变成了千篇一律的。总之,社会变成了单维的社会,人也变成了单维的人。

马尔库塞在他的重要著作《单向度的人——发达工业社会意识形态研究》(1964)中对这一切进行了深刻的批判。他认为,当代工业社会已经异化为另一种极权社会,因为它成功地压制了这个社会中的反对派与反对意见,把人内心中的否定性、超越性与批评性泯灭了,这个社会成了单一向度的社会,生活于其中的人也变成了单一向度的人。人丧失了去追求更美好生活的能力,甚至也不再想去过更美好的生活。① 在这本书中,他分别对现代工业社会的政治、生活、文化和思想各个领域的单向度的情况进行了分析和批判。然而,他的结论却是暗淡的,因为人们已经丧失了对现实社会的批评性、超越性与创作性,已经同化于现实社会,不会再提出超越现实的要求了,甚至对无产阶级改造现实的革命性也低估了。“五月风暴”中无产阶级的革命表现使他的认识有所改变。

马尔库塞认为,现代工业社会压制和泯灭了人的性灵、人的本能,消灭了人内在的批评性与创造性。因此,突破这种压制,就必须用文学艺术来促进人的审美解放。审美解放也是他的“总体革命”的一部分,它使人们重新获得对世界感性认识的能力,是一种新感性。艺术本质上从来就带有对现有社会的艺术形态进行造反的功能,对人的艺术与审美能力进行解放的功能,这也是他从社会与文化角度对现代工业社会进行批评后的必然结论。

1950—1951年,马尔库塞在华盛顿大学精神病学系作了一系列讲演,后编辑成书,名为《爱欲与文明》,副标题为“对弗洛伊德思想的哲学探讨”。在这一本书中,马尔库塞力图把弗洛伊德的学说与马克思主义学说结合起来。从心理学的角度展开对当代文明的批评,是马尔库塞社会文化批评的一个典型。

首先,马尔库塞把弗洛伊德的爱欲本质论与马克思主义的人类解放论相结合,提出爱欲解放论。弗洛伊德把人的心理分为意识与无意识,因为无意识是先天形成的,因此更符合人的本质。无意识中主要存在两种本能:生命本能与死亡本能。人要生存,自然生命本能更能代表人的本能。生命本能的表现就是“爱欲”。在现代工业社会中,人的存在受到压抑,也就是指人的本质的爱欲受到了压抑。于是马尔库塞在这一点上把马克思的解放理论引入进来,认为所谓人的解放,就是爱欲解放。爱欲与性欲不同,性欲单纯指代两性之间的欲望,而爱欲则要比性欲的内容宽泛得多,它包括性欲,但也包括人生存所需的其他生物欲望。马尔库塞认为,要取得爱欲的解放,只有通过劳动的解放。就是说,必须首先使人摆脱异化劳

---

① 马尔库塞:《单向度的人》导言,刘继译,上海译文出版社2006年版,第4页。

动的痛苦,使人们在劳动中取得快乐,引起力比多(Libido)冲动的释放,从而实现爱欲的真正解放。这样,马尔库塞就把弗洛伊德理论引入了社会学领域,把爱欲的解放与社会的劳动的变革联系在一起,他认为这是对马克思"劳动是人的本质"理论的一种补充。

其次,马尔库塞认为在现代工业社会中,人的劳动完全被异化了,人的爱欲要求解放,却受到了压抑。他认为现代社会就是压抑爱欲的社会,"在这个世界上,人类生存不过是一种材料、物品和原料而已,全然没有其自身的运动原则。这种僵化的状况也影响了本能、对本能的抑制和改变"①。随着社会生产物质财富能力的增强,一方面个人享受到这些进步带来的物质利益,生活舒适;另一方面,个人也不仅为此付出了他们的劳动,还有自由时间,"生活条件的改善被对生活的全面控制抵消了","自由和满足同统治的要求紧密联系,它们本身成了压抑的工具"。马尔库塞说:"个体由此付出的代价是,牺牲了他的时间、意识和愿望;而文明付出的代价则是,牺牲了它向大家许诺的自由、正义和和平。"②

再次,根据弗洛伊德的假设,文明与爱欲是对立的,文明就意味着爱欲受到压抑。是否有一种不受压抑的文明呢?马尔库塞认为,爱欲并不必然与文明相冲突,爱欲受到压抑也有其历史的根源。他认为压抑有两层,一般压抑与额外压抑。对于文明发展来讲,爱欲就必然受到一定程度的压抑,不可能有充分满足的爱欲,这是合理的压抑;然而当社会的某些生产方式与组织方式,成为一种控制人的工具而强加于人时,它所造成的压抑就成为额外压抑,这种压抑是不合理的。马尔库塞认为,额外压抑产生的社会根源就是现代工业社会。因此,只要解除这个社会历史根源,压抑就可以解除,爱欲就可以获得解放,就可以建立没有压抑的文明社会了。

马尔库塞秉持他一贯的社会文明批判的立场,从弗洛伊德的"受压抑的欲望"理论的角度,结合马克思主义"异化劳动"理论,对现代工业社会展开激烈批判。他的结论是,只有颠覆现行社会的统治秩序,人的爱欲解放才能实现。

三　艺术作为现实形式

在 20 世纪 50 年代,马尔库塞发表《爱欲与文明》,表现出他作为一个哲学家的一面。到 60 年代,他发表言辞激烈的《单向度的人——发达工业社会意识形态研究》,充分表现出作为社会学家的一面;而到了 70 年代,他发表《艺术,作为现实的形式》时,表现出作为纯粹的文艺理论家的一面。在《艺术,作为现实的形式》一文里,他重点论述了现代艺术对于传统艺术的"造反"作用,涉及艺术与社会政治的关系,艺术与未来社会形式的关系等等。他提出了一个乌托邦式的浪漫主义美学和艺术理论。他的论点在《审美之维》(1979)一书中得到了进一步的发展。

首先,他认为想象对于艺术而言是至关重要的,因为它是一种现实经验,而现象中的现

---

① 马尔库塞:《爱欲与文明》,黄勇、薛民译,上海译文出版社 1987 年版,第 73 页。
② 马尔库塞:《爱欲与文明》,黄勇、薛民译,上海译文出版社 1987 年版,第 70—71 页。

实与统治地位的现实是根本不同甚至是相对立的，"以致任何以既定方式所作的交流都似乎是在缩减这两者之间的差异，并污染这一经验"。马尔库塞坚称想象的现实与实际的现实的差异，不希望任何现实中的东西污染想象。因为没有想象，艺术将以商品形式沉入到现实中，将无法保持自身的超越性，不再是它原来所是的东西了。正是因为如此，"这种与沟通媒介本身的不妥协，还扩展到艺术本身的形式"①。艺术作品被复制在资产阶级社会并不鲜见，但是，经过多次复制的艺术品依然保留着"一贯的同一性"，依然是一件艺术品。那么，这种"一贯的同一性"到底是什么东西呢？马尔库塞认为是形式，"那种构成艺术作品独一无二、经世不衰的同一性的东西，那种使一件制品成为一件艺术作品的东西就是形式。借助形式，而且只有借助形式，内容才取得其独一无二性，使自己成为一件特定艺术作品的内容，不是其他艺术作品的内容"。形式是什么？马尔库塞认为："是一种历史的现实，是风格、主题、技法和规则的不可逆反的序列。"②虽然这种形式可以摹仿复制，但终究是同一形式的不同变化形式，而这一形式把艺术与其它人类活动区分开来。因此，艺术也就具有一种"超越"的效用。"这种效用是某种超越形态的功用性，即有用于灵魂或心灵。这些灵魂或心灵尚未进入人们通常的行为中，而且实际上不会改变它。"③艺术使人们不被现实社会同化，而能保持自身的独立性与超越性。马尔库塞认为这就是艺术的作用，是由艺术的形式所赋予的。

　　传统美学追求艺术作品表现的美与真，认为美与真在艺术品中应该和谐统一，应该通过"升华"引起人的审美快感。但是现实生活的状况破坏了这种统一，甚至造成美与真的对立，真与美互不相容。内容与形式互相冲突，形式压倒了内容。这种状况破坏了传统的艺术形式，对传统艺术形式"造反"，因为它已经是死的形式，是对人们对世界的感性反应的压抑，即审美压抑。人们被拘于这死的形式中，已经无法通过艺术感知这个世界。马尔库塞认为，新产生的艺术将是一种"活艺术"，一种作为引导的艺术，它要成为"一种政治力量"，"实在的东西"。但是马尔库塞认为，"艺术与现实分离的裂口"只有在艺术取消它所有形式之后才能填满。艺术应当放弃自己的形式，让现实本身以自己的形式成为艺术。然而这是艺术的"自我拆台"，是自取灭亡。但是另一方面，马尔库塞又认为，无论反艺术怎么"反"，依然是艺术，反"形式"的造反只能丧失艺术本身的性质。所以，马尔库塞认为："真诚的艺术品，我们时代的真正先锋派，远不是缓和这个距离，远不是异化；而是增强异化，并把异化与现存现实的势不两立加固到这样的程度，以致拒绝任何（行为上的）实际的运用。它们以这种方式完善了艺术的认知功用（这种功用内在于激进的、"政治"功用），也就是去明言那不可言说的东西，让人遭遇到他背弃的梦幻和忘却的罪孽。实然和可然之间的可怕冲突越是剧烈，艺术作品就越会疏离于现实生活、思想、行为（即便是政治思想和行为）的直接性。"④他认为卡夫卡、乔伊斯、毕加索等人创作的作品是真正的先锋派作品。

---

① 马尔库塞：《艺术，作为现实的形式》，见《现代文明与人的困境——马尔库塞文集》，李小兵等译，三联书店 1989 年版，第 366 页。
② 马尔库塞：《艺术，作为现实的形式》，见《现代文明与人的困境——马尔库塞文集》，李小兵等译，三联书店 1989 年版，第 368 页。
③ 马尔库塞：《艺术，作为现实的形式》，见《现代文明与人的困境——马尔库塞文集》，李小兵等译，三联书店 1989 年版，第 369 页。
④ 马尔库塞：《艺术，作为现实的形式》，见《现代文明与人的困境——马尔库塞文集》，李小兵等译，三联书店 1989 年版，第 377 页。

　　最后，马尔库塞认为，"活艺术"或艺术的"现实"不能发生在现有社会，而只能发生在"新"社会中，"在这个社会中，不再是剥削主体和客体的新型的男人与妇女，将在他们的劳动和生活中，展现出人和物曾被压抑了的审美可能性视野……艺术的现实化，或'崭新的艺术'，只能被领会为建构一个自由社会的广阔天地的过程"[①]。这显然是一个乌托邦式的理想。在这里，艺术作为现实的形式才是可能实现的。所以作为现实形式的艺术并非要美化现实，而是要对抗现实，"审美憧憬是革命的组成部分"[②]。这种艺术将是创造性的，既包括精神意义上的，也包括物质意义上的创造，它需要一个全新的环境，而这个环境将是对现存社会的总体改造。因此，这种艺术确实将是改造社会的一股政治力量，是"实在的东西"。当然，马尔库塞提醒我们这种艺术的超越性，只体现在它与我们的"日常"现实相区别相分离时，并非要取消传统的艺术形式，它将保留那些与现实艺术相对抗的美与真的形式，因为传统艺术中的美也拥有它的真理性。

---

① 马尔库塞：《艺术，作为现实的形式》，见《现代文明与人的困境——马尔库塞文集》，李小兵等译，三联书店 1989 年版，第 379 页。
② 马尔库塞：《艺术，作为现实的形式》，见《现代文明与人的困境——马尔库塞文集》，李小兵等译，三联书店 1989 年版，第 379 页。

第十九章
解构主义
后殖民主义
女性主义

第一节
概述

一 社会与文化背景

解构主义是在 20 世纪 60、70 年代盛行的一股文艺思潮，这股思潮是在当时遍布欧美的学生造反运动的影响下产生的。经历了 60 年代经济的一度繁荣，法国经济在 60 年代末 70 年代初又出现了新的经济危机，经济停滞，通货膨胀。严峻的经济形势带来了种种的社会问题，社会局势开始动荡不安。1968 年，法国爆发了"五月风暴"，学生组织了大规模的罢课与示威游行活动，要求改革教育制度，工人罢工响应，要求提高工资。"五月风暴"是法国社会现状的一个反映，它标志着法国战后平稳发展时期结束，深刻改变了社会的文化面貌，反映出整个社会政治生活和公众生活进一步自由化与政治化的要求。这种社会的氛围也深刻地反映在人文学科的领域，"五月风暴"掀起了一股泛文化的浪潮，反权威、反中心是其核心，一切都是自由的，文化进入了没有权威的时代。解构主义、后殖民主义、女性主义，以及其他各种后现代主义理论就是在这样的背景下产生的。

在这次学潮之中，西方新马克思主义理论成为一面旗帜，受到学生们的热烈响应。与此相反，"结构不上街"，结构主义理论家大多持冷眼旁观的中立立场，引起学生的强烈不满，其理论与思想也同时受到冷落与怀疑，解构主义思潮应运而生。可以说，后结构主义实际上就是对解构主义的不满与怀疑，否定与反叛。而解构主义就是整个后结构主义思潮的一个重要组成部分。当然，学潮没能实现政治变革，转而进入语言学与文学领域，由对社会政治体制的怀疑、否定转向了对现存的语言体制与结构的怀疑与否定。解构主义主要是发生在语言学与文学领域的一场思想变革。

这场思想变革在哲学上也有其来源。首先，西方自尼采以来流行的一股否定理性、怀疑秩序、否定真理的非理性主义思潮一直在发展着，并发挥着强大的影响力。60 年代法国的"泰凯尔"集团就曾明确提出"后结构主义"，德里达也是其重要成员。其次，海德格尔解构西方形而上哲学体系，给了解构主义者德里达很大的启发，对语言的解构更给德里达以直接的影响。再次，70 年代，结构主义学派在自身内部也产生了理论分歧，有部分成员如罗兰·巴特对结构主义的整个理论体系产生了极大的怀疑，并开始转向解构主义。从此以后，结构主义不可避免地走向了衰落，代之而起的就是解构主义。

二 文论综述

解构主义是对结构主义的批判和反叛，它在许多方面都与结构主义持对立的理论主张。如结构主义重视结构、秩序与中心，而解构主义所做的正是要颠覆秩序，破除中心论，摧毁结构。这典型地表现在福柯与德里达的理论中。前者令人信服地证明权力的无处不在，所以人都只是权力网络的一分子；后者则坚决地打倒逻各斯中心主义。而任何中心意义都是人为设置的,都隐含一个自身的对立面,它们相互抵消或转化,中心也就不具有任何本体论的价值和意义。因此,解构主义主张文字优于语言,否定结构主义的语言先于文字的理论。结构主义者坚持任何文本都存在一个相对封闭和独立的内在结构,结构与符号组成一个稳定的艺术世界,而解构主义认为,这样的文本结构和世界并不存在,因为文本是开放的、无限的,结构并非锁链,而是传达无限的手段,而文字符号是可以置换的,总之,批评家可以重新建构文本。因此,文本实际上从来不是稳定和封闭的,它在不断被消解或自我消解,解构是先于结构的。另外,结构主义者坚持文本的终极意义,而解构主义者认为任何文本都只是充满了互文的游戏,根本没有终极意义,只有意义的游戏。在这个基础上,解构主义者认为阅读活动永远只能是误读。

解构主义理论在 20 世纪 70 年代盛极一时,但也始终受到激烈的批评,其中最有代表性的先有法国"四子",后有美国的耶鲁学派。战后法国思想界发生了两次重大转变,从存在主义转到结构主义,再从结构主义转到后结构主义。而后一次转变的关键人物即是所谓的法国"四子":雅克·德里达、罗兰·巴特、米歇尔·福柯和朱莉娅·克里斯蒂娃。他们大多从哲学的角度来展开对解构主义理论的阐释,德里达后来每年去美国讲学,解构理论也随之传到美国,产生了美国的解构理论。美国以耶鲁大学为中心,形成解构理论的耶鲁学派,也以四位理论家为代表:保罗·德·曼、哈罗德·布鲁姆、希利斯·米勒和杰夫里·哈特曼,组成了所谓的"耶鲁四人帮",代表了美国的解构理论。他们的理论更多的是实践的解构批评理论,更切合文学实践。这两个学派前后相继,共同推动了解构理论的繁盛与发展。

第二节
德里达

一　生平及著作

雅克·德里达(Jacques Derrida, 1930—2004)法国著名哲学家、文学理论家。他出生于阿尔及利亚的一个犹太裔法国人家庭,1949 年因服兵役返回法国,进入巴黎高等师范学院攻读哲学。1960—1964 年在索邦大学教授哲学,1965 年起任巴黎高等师范学校哲学教授。70年代起定居美国讲学,任多所大学的客座教授。1967 年德里达出版了三部著作:《语音与现象》、《论文字学》和《写作与差异》,标志着解构主义理论的正式确立。他的其他著作还包括《扩散》(1972)、《立场》(1972)、《白色的神话》(1974)、《丧钟》(1974)、《真理供应商》(1975)、《有限的内涵》(1977)、《继续生存》(1979)、《明信片》(1980)、《类型的法则》(1980)、《另一只耳朵》(1982)、《哲学的法则》(1990)、《马克思的幽灵》(1993)等。

二　"逻各斯中心主义"批判

如前所述,语言学转向是 20 世纪西方文论发生的一个重要转向。这个转向来源于索绪尔的《普通语言学教程》(1916)，根据索绪尔的理论，语言是一个封闭的系统，语言的存在机制就是差异，这为俄国形式主义批评、英美新批评派、法国布拉格学派和结构主义文学批评提供了理论基础。这些学派的理论研究共同完成了西方文论的语言学转向。这个转向使人们深化了对语言的认识，唤起了人们对语言问题的关注。但是，这种关注已经发生了很大的变化，人们关注的问题已经发生了转移。以往人们关注的是语言如何与其所指保持一致，语言等同于其所指；而现在，人们更关注语言如何与其所指产生分离与错位。也就是说，人们认识到语言在代物指事上是有局限性的，语言并不能百分百充分地再现事物、表达意义，它自身也不是永恒不变的，相反，它具有不确定性，甚至它自身之内还潜藏着颠覆它自身的因素。这说明语言在意义中的功能与本质发生了转变，语言已变得不堪信任。

在拉康的理论中，语言构成了社会的网络，它是先在于人的，人进入社会就是进入了语言的网络，而世界就是由语言构成的网络的对应物。我们固然是困于网络中，但我们同时可以通过读解这语言网络而认识世界。语言是稳定的，世界就是稳定的。但如今，人们认识到语言并不像人们原先想象的那么稳定，它本身就蕴含着不确定性，它在状物表意时是有局限性的，或者说语言现在并不能真正确定地指代其所指，毋宁说它只是能指链条上的能指符号的滑动，是极不稳定的。对于语言的认识被颠覆了，这就是语言解构的本义所在。

考虑到发生这些转变的背景，我们就可以认识到，"解构"理论决不仅仅是有关文学批评的事情，而更是整个时代对已有观念的一种不满和评判，是人们对权威、正统和既定社会体制的一种挑战。"解构"理论是整个社会思想意识发生重大转变的一个产物，而德里达是整个"解构"思潮的一个重要代表。德里达的解构理论首先是对西方"逻各斯中心主义"展开评判与解构。

1966年，德里达发表《人文科学语言中的结构、符号及游戏》，首次对"逻各斯中心主义"发起挑战；1967年他出版《论文字学》，更对"逻各斯中心主义"展开系统评判。在德里达看来，在西方形而上学的思想传统当中，人们总是坚持认为在语言表达的事物背后，必然存在着一种"真言"，一种"逻各斯"。所谓"真言"是不受任何质疑的、不言而自明的本质存在，"逻各斯"就是人类的语言作为能指与其所指（即意义）是融合无间的、紧密结合的。这种"真言"与"逻各斯"构成人们认识世界的基础，同时也成为处在人们认识系统之外的中心与出发点。在形而上学的认识论系统中，西方形成了许多的二元对立范式，比如，言语与书写、精神与物质、实体与虚构、本原与现象、真理与谬误、灵与肉、有与无，等等，这种二元对立范式实际上构成另外一种结构模式，即中心决定结构。在这种结构中，首先确定一物为在场，比如存在、本质、理念、起源、实在、真实、上帝、人，等等[1]。这些东西构成物质的本质，隐藏在现象背后的本质。这里，人们深信人最终可以与作为实体存在的现实世界真正相遇而不需要通过任何中介，人可以从此获得关于世界的终极的总体认识。德里达称这种传统的西方形而上学

① 德里达：《人文科学语言中的结构、符号及游戏》，见戴维·洛奇编《二十世纪文学批评》，葛林等译，上海译文出版社1987年版，第537页。

为"在场的形而上学",但他认为,正是这种对于"在场"的确信不疑,反而阻碍了人们对世界的真正认识,他的解构主义正是要打破这种"在场"的幻想,摆脱那种企图找出终极意义的无益的努力。

"在场的形而上学"的典型表现就是"逻各斯中心主义",与"在场的形而上学"的思维如出一辙。逻各斯中心主义也是首先确定许多的二元对立,确定其中一方为先验的存在,人认识世界就是去追寻现象背后的逻各斯;不仅如此,它还围绕二元对立的某一方构成许多等级,认为此一方必然优于彼一方,结果形成对立双方的优劣对比,此一方被人为地确立为中心、本质或本原,而彼一方也就相应地被定在边缘、次要与派生的地位,受到此一方的压抑。如在西方传统形而上学中,心灵、语言与文字构成三个等级,语言是心灵的表现符号,而文字又是语言的表现符号。因此要真正表达心灵的思想,语言就要优于文字,因为在这里声音与心灵,比文字有更直接的、更具有实质性的近似关联。德里达对逻各斯中心主义的批判,由此就从批判语音中心主义倾向开始。因为在结构主义语言学中,语音中心主义正是逻各斯中心主义的一种变体。

德里达对语音中心主义的颠覆工作主要就是要解构语音与文字的二元对立,解构二者的等级次序。

三　异延

德里达在对传统的西方形而上学进行解构的过程中,感叹于自己无论怎样努力,自己的书写终究还是要落入传统形而上学语言学的窠臼之中,这本身是对解构对象的一种屈服与妥协。有感于此,他意识到必须努力摆脱这个巨大的束缚,走出这个怪圈。为此,他自创了一些新名词,或完全自造,或旧词新义,用来表达自己解构理论的真义。这些词构成"德里达式"的理论术语,在这里我们重点讨论"异延"。

"异延"(différance)是德里达自创的一个词,它来自法语动词"différer",是它的拼错了的名词形式。德里达这么做首先是因为他希望人们由这个词可以联想到那个标准的正确的术语"différence"(差别、差异),他在此强调的是这个词与标准的词——那是由以往大思想家们所沿用的——之间的差异,强调该词的特异性。其次,"différance"(异延)与"différence"(差异)之间的区别只在于"a"与"e",德里达解释说,这个区别要说明的是,"差异"表现的是空间上的差别,而"异延"则要表现意义的表达在时间之流中被不断延搁的过程。因为该词的动词形式"différer"有双重含义,既表示差异不同,又表示推迟延搁,德里达强调后者。其三,这两个词在读音上是完全一样的,因此,德里达说明它们必须时常被提醒是异延的"defférance"还是差异的"différence"①。也就是说,这两个词的差别必须是被写出而不是被说出的,在言语与书写的二元对立中,书写在这里占有优先的地位,这就实现了德里达的本义,即颠覆传

---

① "defférance"这个词出现在1968年德里达给法国哲学学会所作的一次讲演中,同年刊出,题名即为《异延》,后收入《哲学的边缘》一书。在他的讲演中,他就必须时常作提醒与说明的工作。

统的逻各斯中心主义。在此,言语优于书写的秩序被破坏了。

德里达对"异延"没有一个明确的定义(也许是他故意为之,因为一个定义即意味着一个中心,这是一个逻各斯中心主义的漩涡,德里达正是要避开它),至少他的解释不是一贯的,甚至有时是自相矛盾的,他曾经说"纯粹的痕迹就是异延",又说"异延就是形式的构造;另一方面,它又是印象被映现的存在物"。① 实际上,在他看来,异延根本不能算是一个概念,异延是无法用语言表达的。因为每一个表达都表明一种在场,每一次定义都是对自身的中心化与规定,而这是与异延的基本精神相抵触的。异延代表一切差异的根本特征也包含全部差异。它存在于一切在场、实在与存在之中,在颠覆现有结构过程中呈现自己的存在。在空间轴上它表示差异,在时间轴上它表示延搁,因此异延永远是不确定的。德里达用"播撒"来比喻这种不确定性,播撒是无目的的,随意的,因此也是无中心的。它没有任何实在的意义,只是一切存在和实在中的解构因素。这样,异延就代表了德里达解构主义的最典型的思想。

德里达的异延观念是极富独创性的,但同时其局限性也是显而易见的。首先,它是德里达本人解构主义理论的一个典型表达,在异延中,一切固有的中心都被打破了,一切中心都丧失了在逻各斯中心主义的传统中不可动摇的地位,整个结构都变成一个变动不居的运动体。这对于流行的结构主义理论无疑是一次针锋相对的猛烈攻击,它破坏了结构主义的思想基础,一切结构都被解构掉了,变得毫无意义或根本不可能实现。这是解构主义的现实作用。其次,在一切都被解构之后,理论园地里除了不确定、无中心外,还有什么呢? 真理如果不可能存在,所有的讨论都只是能指的空对空,那么解构主义本身的理论意义又何在呢? 这是解构主义的难以自圆其说之处,并为此遭到理论家 M·H·艾布拉姆斯的质疑与批判。其三,不能不承认,德里达(以及其他人)的解构理论实际上是以传统理论为基础、为依托的。没有传统理论,它就是无本之木,无源之水,它就无从解构。解构主义的理论建构始终以传统理论为根基,它并没能真正建立自身本体论的基础,这也是解构主义理论难以摆脱的理论困境。

第三节
赛义德

一　生平及著作

爱德华·赛义德(Edward Wadie Saïd, 1935—2003),西方现代著名的文学学者与文化批评家,后殖民主义批评理论的代表人物之一。1935 年他出生于耶路撒冷,早年曾在耶路撒冷与开罗的西方人办的学校读书,接受英式教育,后来随父母迁居黎巴嫩,并到欧洲国家流浪。1951 年到美国深造,成绩优良,1957 年获普林斯顿大学学士学位,1960 年获得哈佛大学

---

① 德里达:《论文字学》,汪堂家译,上海译文出版社 1999 年版,第 89 页。

的硕士学位,1964年又获得博士学位。从1963年起,他开始在哥伦比亚大学执教,是该校英美文学系讲座教授。赛义德也是位勤于著述的学者,他出版的主要著作包括:《约瑟夫·康拉德传记体小说》(1966)、《起始:意图与方法》(1975)、《东方学》(1979)、《巴勒斯坦问题》(1979)、《世界、文本与批评家》(1983)、《音乐详述》(1991)、《文化与帝国主义》(1993)、《知识分子论》(1994)等等。其中,《世界、文本与批评家》、《东方学》与《文化与帝国主义》三本书的影响最大。

二　东方主义

赛义德的后殖民理论的最好表述体现在他1978年出版的《东方学》①一书中。该书出版以后影响很大,成为西方后殖民主义批评理论的经典著作,也是赛义德的一部代表作。在这部书里,赛义德充分体现了自己的知识分子主张,即介入政治,参与社会,把文学研究与当前的社会政治紧密联系,并同时运用多种社会与文化理论来表达自己的思想,这使得他的著作不仅表现出浓厚的人文气息,而且还表现出强烈的社会责任感和参与性②。

赛义德曾经在很多场合表述过东方主义的概念,但大都不太明晰。如在《东方学》一书的导言中,他说:"与美国人不同,法国人和英国人——德国人、俄国人、西班牙人、葡萄牙人、意大利人和瑞士人则次之——已经具有与东方和睦相处的悠久传统,东方在西欧的经历中占据着特殊的地位,我将把这种传统称为东方主义"。③ 在另一处他写道:"东方主义是一种思维方式,基于'东方'(the Orient)与(大多数情况下)'西方'(the Occident)之间的一种本体论和认识论区别的一种思维方式。"④这是更为一般的意义。还有,他说:"我本人认为,东方主义作为欧洲——大西洋统治东方的权力符号,比它作为有关东方的一种真实话语(它至少在经院或学术上声称是真实的)更具有特殊的价值。"⑤这三个不太联贯的围绕东方主义的表述,可以让我们大致这样理解,东方主义实质上是一种特别的思维方式,是西方人,尤其是法国人与英国人,在与东方的长期接触过程中形成的对东方的一种思维话语,这甚至已经形成一种传统。但是同时,在赛义德看来,这也是欧洲—大西洋统治东方的一种"权力符号",即东方主义不是西方统治东方的一种话语表述("符号"),更是西方用以表现和证明自己有权力来统治东方的一种话语,在这个意义上,它还是"有生产力"的一种话语。正是从这一点上,赛义德看出了"东方主义"所蕴含的全部含义与研究潜力。

《东方学》出版以后,引起了许多的争论与批评,作为对这些批评的回应,赛义德写了《东方主义再思考》一文,在这篇文章中,他清楚地对东方主义进行了说明:"作为思想和专门知

① "Orientalism":国内译者有译为"东方主义"者,此处取三联书店王宇根译法,因为赛义德此处的理论不仅是一种理论倾向,还指相关的理论。
② 确实《东方学》一书当中包含了多种社会学、政治学、历史学等理论,而本书由于关注于文学理论方面,因此只能从纯粹文学批评的角度来介绍赛义德的理论。
③ 赛义德:《东方主义导言》,见《赛义德自选集》,中国社会科学出版社1999年版,第1页。
④ 赛义德:《东方主义导言》,见《赛义德自选集》,中国社会科学出版社1999年版,第2—3页。
⑤ 赛义德:《东方主义导言》,见《赛义德自选集》,中国社会科学出版社1999年版,第6页。

识的一个部分,东方主义当然是指几个相互交叉的领域:首先是指欧洲和亚洲之间不断变化的历史与文化关系,一段具有四千年历史的关系;其次是指发端于西方 19 世纪早期,人们据以专门研究各种东方文化和传统的科学学科;最后是指有关世界上被称作东方的这个目前重要而具有政治紧迫性地区的意识形态上的假定、形象和幻想。东方主义这三个方面之间相对共同的特性是将西方和东方分离开来的界限,而我将证明,这与其说是实际情况,不如说是人为的产物,也就是我所谓的现象地理学。"①与前面的表述相比,可见赛义德对"东方主义"这个概念作了修正:一是把东方主义的历史范围扩大了("具有四千年历史的关系")、客观化了("专门研究各种东方文化和传统的科学学科),二是他更明确地表明了"东方主义"本身所包含的意识形态性和当下性,指出"东方主义"确实是一种"权力符号",它是"人为的产物",是西方借以统治东方的话语。

西方在各种历史文本、各种话语系统中虚构出一个东方,这个东方在本质上与西方有着极大的,甚至是相对立的差异。经过对东方形象在西方意识形态中的研究,赛义德发现,东方形象实际上在西方人眼中是变化的,而这种变化反映了西方对待东方态度的变化。更重要的是,无论形象发生什么变化,其实都是西方为了自身利益而虚构的东方形象。在早期的各种文本中,各种东方主义学者就通过自觉的带有有色眼镜的眼光去审视对方,描述(实际上是"虚构")东方,终于创造出一个与自身相异的、带有神秘与神奇色彩的东方,它与西方有着本质的差异,充满着异域风情。这种神奇的东方引起了西方征服者的野心。因此,在某种程度上,这些虚构的有关东方的描述,实际上成了帝国主义的帮凶。在东方被西方征服后,这种美妙、神奇就褪色了,此时对东方的描述也就改变了色调,成了苦难、落后和急待救助的形象。通过这样的描述,西方一方面找到了征服东方的理由,另一方面又获得了征服者高高在上的满足感。更重要的是,西方在这些虚构中找到了维护自身征服者地位的理论基础。

在这个形象演变的过程中,赛义德看到的是:①东方在整个的历史演变过程中,并没有自己发出的声音,所有的话语都是西方代以发出的,这是因为西方故意压制了东方的声音,强行代替东方来说话。因此,这种所谓的东方只是西方想象中的东方而非真实的东方,其中充斥的是西方对于东方真相的篡改。②各种文本,包括文学作品、历史著作和文化著作,等等,在具体的历史语境当中并不是清白的、客观的,相反,它们与政治、经济和文化利益相互勾结,共同制造对东方的征服,在文化领域它们规定了西方对东方的理解,它们虚构出的东方形象实质上支持了帝国主义的侵略行为。所以,赛义德认为必须把文学研究与政治、社会和历史紧密结合起来,他看到了文学和文化在历史进程中的威力。正是在这个意义上,赛义德认为:"东方主义已经成为西方统治、重建、管辖东方的一种风格……如果不把东方主义作为一种话语来探讨,那就不可能理解欧洲文化庞大的规章制度,正是借助这个庞大的规章制度欧洲才能在政治上、社会上、军事上、意识形态上、科学上、想象上于后启蒙时代对东方施

---

① 赛义德:《东方主义再思考》,见罗钢、刘象愚主编《后殖民主义文化理论》,中国社会科学出版社 1999 年,第 4 页。

加管理——甚至生产……简言之,由于东方主义,东方过去不是(现在仍然不是)一个自由的思想或行动主体。"①

三　文化与帝国主义

毫无疑问,赛义德从来就是一个学院派学者,他只是从政治与文化的角度来解读各种文本,尤其是文学作品,这是他的后殖民主义理论的"文化策略"。在他看来,文本并不是单纯的一部作品,相反,它的存在是处在具体的历史语境当中的,受到各种社会关系的制约。因此,文本既具有理论性又具有实践性。特别是受福柯的知识—权力话语理论的影响,赛义德认为文本表达的是在权力斗争中控制者与受控者的权力关系。正是从政治与文化的角度来解读文本,赛义德笔下的文本才焕发出前所未有的威摄力。作为《东方学》一书的扩充与发展的《文化与帝国主义》(1993)一书,充分体现了赛义德的学术手段。在这部书的前半部分,赛义德重点解读了英国与法国小说家的一些经典著作,因为赛义德认为西方本质上是由它的各种帝国主义事业构成的,文化与文学都是帝国主义事业的一部分,而且,"作为资产阶级社会的文化作品的小说和帝国主义如果缺少一方就是不可想象的……帝国主义和小说相互扶持"②。

在这部书中,赛义德采取了对文本的所谓的"对位解读法",这种方法贯穿全书。所谓"对位解读法"是指"在阅读一篇文字时,读者必须开放性地理解两种可能性:一个是写进文字的东西,另一个是被它的作者排斥在外的东西。"每一件文化作品都是某一刹那的反映。我们必须把它和它引发的各种变化并列起来……另外,我们必须把一个叙述的解构和它从中吸取支持的思想观念和历史联系起来。"③很明显,哪里有压迫,哪里就有反抗。但是在大部分文学文本中,作者只单方面地描写殖民者如何在殖民地上生存、发展、收获和成功,很少描写殖民地被压迫者如何反抗殖民者的统治,所以所有的文本给人的印象是只有统治没有反抗。而"对位阅读法"就是要在文本所描写的殖民活动中("确立的帝国划分")有意识地打起记号,既记录统治行为,也记录反抗行为,这样就可以在文本中发现所谓的帝国印记,从而发现被文本排斥的历史进程。所以,用对位法解读一部作品,"等于在意识到作品所叙述的都市历史的同时,也意识到被统治话语压制的(并与统治话语共谋的)其他历史"④。

在赛义德的"对位解读法"之下规定了另外一种解读方法,即"年代错位法",也就是通过现在来解读过去。具体来说,就是根据后来出现的非殖民化文本来解读帝国主义时期的文本,这样可以充分意识到这些文本所包含的各种关系,正是这些关系赋予它们以活力和象征某种权力的地位,同时又不至于破坏它们本身的审美特性。例如,不能仅仅为了保存和

---

① 赛义德:《东方主义导言》,见《赛义德自选集》,中国社会科学出版社 1999 年版,第 3 页。
② 赛义德:《文化与帝国主义》,李琨译,三联书店 2003 年版,第 96 页。
③ 赛义德:《文化与帝国主义》,李琨译,三联书店 2003 年版,第 91 页。
④ 赛义德:《文化与帝国主义》,李琨译,三联书店 2003 年版,第 51 页。

"尊重"19 世纪英国的"完整性"就放弃对之进行全面理解的必要性,而应该拿出 20 世纪的非殖民化文本或反帝国主义的文本来与那些包含典型的帝国中心论和种族优越论的殖民化文本进行对照,从中可以发现全面的历史。可见,赛义德的这种解读法实际上是在努力发现文本中所隐含的帝国主义观念,他以此证明以往在对帝国主义进行考察时忽视所谓高雅文学的错误认识和倾向。他要说明的是,帝国主义的历史是一种不同历史相互依存,不同领域相互交错和共生互助的现象,不应该把文学领域超脱于帝国主义历史活动之外,文学也是帝国主义的一部分,它们在记录和维护着帝国主义,与帝国主义实质上是一种共谋关系。

赛义德以此令人信服地说明:《黑暗的心》中"虽然康拉德可以清楚地在一个层次上认识到帝国主义的本质主要是纯粹的统治与掠夺土地,他却无法得出结论,看到帝国主义必须结束,以便使殖民地人民在没有欧洲统治的情况下自由地生活。作为他那个时代的产物,尽管康拉德严厉地批评了奴役他们的帝国主义,他却不能给殖民地人民以自由"①。而康拉德的小说"包含了帝国主义的两个十分不同但紧密相关的方面:一方面是一种以力量掠夺领土的思想,这种思想很清楚自己的力量和它带来的后果;另一方面,它通过在帝国主义的受害者和维护者之间确立一个自发的、自我肯定的、正当的权威体系,来推行一种模糊或掩盖这种思想的实践"②。对于简·奥斯汀的《曼斯菲尔德庄园》这部小说,赛义德说:"这部小说虽然不引人注目,却稳步地开拓了一片帝国主义文化的广阔的天地,没有这种文化,英国后来就不可能获得它的殖民领地⋯⋯有必要强调,因为《曼斯菲尔德庄园》把英国的海外力量的现实与伯特兰姆庄园所代表的国内复杂情况联系起来,不从头到尾地阅读那本小说就不可能了解'感觉与参照的体系'。"③而对于叶芝,在赛义德看来,他既是一个非殖民化的、反殖民化的现代派的民族诗人,同时又是一个极端的本土主义诗人,"他在反帝抵抗运动期间阐述了遭受海外统治的人民的经历、愿望和恢复历史的瞻望"④,而"接受本土主义就是接受帝国主义的后果,接受帝国主义造成的种族、宗教和政治的分裂"⑤。

四 后殖民主义文化批评

赛义德是当前西方后殖民主义文化批评的典型代表。后殖民主义批评理论不是专属于某一人的批评理论,它是一种融合了多种文化政治批评理论和批评方法的集合体,是多种理论的共同主题和批评倾向。它与解构主义、后现代文化批评相互融合,相互影响,也是 20 世纪后半期文化批评转向的一条支流。这个转向,突破了纯粹的文本形式研究的狭隘性,把文学批评重新移入到现实社会语境中,并融汇了多种理论,因而具有极广阔的理论基础和批评视野。在风云变幻、矛盾错综复杂的 20 世纪后半期,后殖民主义批评能够成为一门引人注目

---

① 赛义德:《文化与帝国主义》,李琨译,三联书店 2003 年版,第 39 页。
② 赛义德:《文化与帝国主义》,李琨译,三联书店 2003 年版,第 94 页。
③ 赛义德:《文化与帝国主义》,李琨译,三联书店 2003 年版,第 133 页。
④ 赛义德:《文化与帝国主义》,李琨译,三联书店 2003 年版,第 313 页。
⑤ 赛义德:《文化与帝国主义》,李琨译,三联书店 2003 年版,第 326 页。

的显学,是顺理成章的。

一般认为,后殖民主义的兴起是在 20 世纪初就已初露端倪,到 60 年代逐渐自觉和成熟起来,特别是赛义德《东方学》的出版,成为后殖民主义理论成熟的标志。此后,后殖民主义得到了很快的发展,与后现代主义文化批评、女权主义理论等共同构成了 20 世纪末西方后现代主义文化的主要思潮。如果从更广阔的背景来审视,它实际上是西方资本主义社会进入后现代阶段以来,知识分子对其进行文化角度思考的一个结果。它与后现代主义一样,是西方知识界内部反思自身的现代性的一个结果,不过视角不同罢了。它通过对西方中心主义及其文化霸权的反思与批判,形成对西方现代性及其全球性扩张的批判。它之所以引人注目,一方面是由于它触及到了资本主义全球化这个全世界正在面对的问题,必然引起诸多的争论与关注;另一方面,它主张落后的第三世界国家应当争取自己更大的权利,争取自己的独立和自由,批判发达国家的经济扩张与文化霸权,受到第三世界的欢迎。

关于"后殖民"一词的意义及用法,德里克(A. Dirlik)认为有三种说法比较突出:①真实地描述殖民地社会的现实状况,指称后殖民社会或后殖民知识分子;②描述殖民时代以后的全球状况,这种说法显得含义模糊、抽象;③描述关于全球状况的一种话语,这种话语的认识论与心理取向正是全球状况的产物。① 从时间上讲,"后殖民"时代指的是在二战以后,第三世界国家纷纷取得政治上的独立,但同时经济、文化还受到发达国家的影响和控制的年代;另一方面,"后殖民"也指对殖民主义的反思与批判,只是这种反思与批判的关注点是在文化与政治层面。因此,上述第三种用法是"后殖民"更适合的定义。

后殖民理论受到葛兰西的"文化霸权"理论的影响很大,同时法侬的"民族文化"理论、德里达的解构主义理论、福柯的"知识—权力"理论等都为后殖民批评提供了理论支持。在赛义德之后,斯皮瓦克与霍米·巴巴是后殖民理论的重要代表。前者是将女权主义理论、德里达的解构主义以及马克思主义理论整合进自己的理论中,以"边缘"姿态来反思和批判女性命运、文化霸权与帝国主义的问题,显示出深刻而独创的理论视角和极富批判性的理论倾向;后者从法侬的理论出发,以拉康的精神分析为理论武器,看重研究黑人与白人的存在差异与文化殖民的运作方式,强调自身的边缘性与差异性,张扬第三世界的文化理论。甚至西方马克思主义理论家也加入到后殖民的理论思潮中,杰姆逊与伊格尔顿便是其中的代表。杰姆逊近年在《处于跨国资本主义时代中的第三世界文学》一文中,试图以第三世界文学来评判第一世界,用看似颠倒的方法来展示第一世界的形象,并以此打破第一世界的权威性与中心性。

总之,后殖民主义理论首先要思考的是在资本主义全球的语境中,怎样来对待东方主义与西方主义、文化霸权与文化殖民,怎样取得自身的文化身份认同与文化地位等等问题。后殖民理论目前方兴未艾,我们相信,这一理论今后必将还会有更进一步的发展。

---

① 德里克:《后殖民气息》,见汪晖编《文化与公共性》,三联书店 1998 年版,第 446—447 页。

第四节
肖沃尔特、克里斯蒂娃

一　女性主义概述

与后殖民主义文学批评一样，女性主义文学批评也诞生于几乎相同的社会背景下，当然它还有更为长久的过去。但无论如何，女性主义文学批评是与欧洲妇女解放运动分不开的，它是妇女解放运动特别是女权运动发展的一个必然结果。如果说社会政治运动意义上的妇女解放运动是女性自发寻求解放与权利的活动，那么女性主义理论就是为她们所做的理论总结，并在更高程度上使女性自觉地认识到自己的权利和社会地位，更自觉地为之而奋斗。所以，女性主义批评家艾德里安娜·里奇说："政治观点与人们强调的文学新观点之间呈现一个清晰的动态：没有日益发展的女性主义运动，女性主义的学术运动就不会迈出第一步。"①所以，女性主义文论的基础正是妇女解放运动和女权运动，并且带有浓重的意识形态的色彩。

在论述女性主义以前，有必要先回顾一下女权运动的历史。西方的妇女解放运动在20世纪发展迅速，出现过两次高潮。第一次是在20世纪初期，以争取财产权、选举权为目标，以1920—1928年英美妇女获得完全的平等的选举权为高潮。第二次高潮出现在60年代，当时全欧洲风起云涌的学生造反运动，美国人民抗议越战的反战运动，黑人反种族歧视和公民权运动，形成了女权运动的大背景和强大的支持。在此背景下，女权运动较之第一次有了更深入的发展，权利要求深入到就业、教育、政治与文化各个领域，在理论方面，更提升到追寻妇女本质与文化构成的高度，女性主义文学批评从一个侧面生动呈现了这一方面的发展。

在思想与理论基础方面，女性主义文学批评得益于后现代主义批判之处很多（当然它本身构成文化研究的一部分）。从直接的研究目的来看，女性主义文学批评绝非是20世纪20、30年代的各种形式主义、纯文学的批判理论，它有十分现实的社会研究功能，那就是从理论方面为女权运动加油助威。它不可能只局限于得到纯文学的结论，更多的是关于文化和社会的结论。在方法论上，女性主义文学批评吸收了德里达解构主义的方法以及拉康的精神分析语义学的理论方法，同时还有西方新马克思主义文论的有益成分。因此，在20世纪后半期各派理论群雄并起的时代，女性主义文论吸收各派的精华，为我所用，形成了自己跨学科的理论特色，成为20世纪后半期理论大潮中别具特色的一支。

女性主义文学批评有自己独特的关注对象。它是以女性为中心的批评，围绕女性，展开以女性形象、女性写作与女性阅读等为对象的研究。从总的倾向来看，它要求以女性的视角重新审视关于文学的一切方面，用女性的眼光对文学进行重读。它首先激烈地批判文学史

---

① 艾德里安娜·里奇：《当我们彻底觉醒的时候：回顾之作》，见张京媛主编《当代女性主义文学批评》，北京大学出版社1992年版，第123页。

对女性形象的歪曲。因为女性主义批评家认为以往的文学史都是男性书写的,充满了强烈的男权中心主义的特征,是男性的文学史。因此,她们要求发掘文学史独立于男性的女性文学传统,重新书写文学史。在这方面,她们已经取得了部分收获,如美国的吉尔伯特与格芭1985年编辑出版了《诺顿女性文学选集》,就是一项很大的成就。其次,它批判在男权社会中,男权主义文化传统对女性创作的压抑,它注重对文学中女性意识的探讨,探讨研究女性特有的创作方式,关注于女性作家的创作状况。总之,女性主义文学批评试图在一切方面建立起独立于男权主义,有自身性别特征的文学、文学史和文学理论。它追求与男性的平等,这是女性主义批评家的目标。

当前,女性主义文学批评主要有两个派别,即英美学派与法国学派。英美学派的主要代表人物包括凯特·米勒特、锡德妮·简·卡普兰、艾伦·莫尔斯、桑德拉·吉尔伯特、苏珊·格芭和伊莱恩·肖沃尔特等人。这个学派的批评家虽然内部也存在各种分歧,但普遍较为关注对女性文学传统的发觉与重新评价,主张写作独立的女性文学史,同时还主张女性作家之间的团结互助,共同摆脱男权主义的压抑。而法国学派更多地受到解构主义理论的影响,对建立女性文学传统不感兴趣,并持怀疑态度,她们更关注"女性写作"本身,主张建立与男权相异的乌托邦式的文学符号学(其弱点也正在于它是乌托邦式的,因为它是空想的,是对现实的逃避)。这一派理论家主要包括朱莉娅·克里斯蒂娃、埃莱娜·希苏和露丝·伊瑞格瑞等人。

二　肖沃尔特的女性主义文学传统观

伊莱恩·肖沃尔特(Elaine Showalter,1941—　　),美国女性主义文艺批评家,现任普林斯顿大学教授。她的主要著述包括:《她们自己的文学:从勃朗特到莱辛的英国女性小说家》(1977)、《女性之病:妇女、疯狂与英国文化1830—1980》(1985)、《姐妹们的选择:美国妇女写作的传统与变化》(1991)、《性别的混乱:美国妇女文学的传统和变化》、《荒原中的女权主义批评》、《走向女权主义诗学》等。

与此前的女性主义批评不同的是,肖沃尔特不再研究个别的、少数伟大的女作家及其作品,她更多地试图恢复女性文学传统,把女性文学作为一段持续的历史进程。她要追溯并描绘这一历史,《她们自己的文学》一书便是实现她的主张的一部女性主义文学史。同其他女性主义批评家一样,肖沃尔特认为现有的文学史是在父权制意识形态的影响下编制的,因此,现有的所谓文学经典实际上是男权主义的产物,它们排斥女性作家。作为对男权意识形态的反抗,要努力发出女性自己的声音,建构自己的文学史,文学经典就是实现这种目的的一个途径。

首先,她认为女性一直拥有自己的文学传统(只是在男权中心的压制下,成了"被压抑的声音"),女性写作并不像先前的文学史所呈现的那样只是经典的、顶峰的、偶然式的个别作家和作品。实际上女性写作在历史上是一个前后相续的历史,并非偶然出现的异端,而是像男性作家一样,是其所处时代的一个记录者。因此,女性写作也是整个历史传统的不可分割的一部分,只不过受到男权社会的排斥和压抑,大部分被湮没无闻了,没有得到应有的重视。而重新编写文学史,就是要把这些被埋没的女性作家发掘出来,重新给予评价,还原历史的真相。

其次,她认为要重写文学史,必须重建那已经失却太久的女性文学传统,而这是很艰难的,需要付出巨大的努力。在《她们自己的文学》这部女性文学史中,她努力去"描述英国小说从勃朗特姐妹那一代直到当代的女性文学传统,指出了这种传统的发展与任何文学史亚文化群的发展的相似性"。所以,她认为女性文学传统与其他文学传统具有一致性,而她所做的工作就是发掘被埋没的女性文学传统,去填补"奥斯汀高峰、勃朗特悬崖、艾略特山脉和伍尔芙丘陵"这些文学里程碑之间的空白地带,就是要把所有女性作家看作一个前后相继的整体,它具有发展的具体的历史脉络、前后的继承与发展关系,这一切都应该像以往的男权文学史一样,也是社会发展的一个结果与写照。

她把近代妇女文学史发展划分为三个阶段:模仿传统流行模式的阶段,反叛传统标准与价值观并争取自主权的阶段和实现自身内在统一性的阶段,用女性特有性质的提法就是女子气的、女权的和女性的这三个阶段。第一个阶段大约指 1840 年出现冒用男性笔名发表作品到 1880 年乔治·艾略特去世这一段时期。在这个阶段,女性作家模仿男性作家,并把占据支配地位的男性审美标准内化到自己的作品中,呈现出符合男性审美标准的淑女姿态;描述的对象主要是身边的现实社会生活,羞于表达自己特有的感受。第二阶段大约指 1880 年到 1920 年这一时期,称为"反抗阶段"或"女权阶段"。在这一阶段,女性作家表现出激进的反抗精神,但总体上文学建树不大。第三阶段指 1920 年以后的女性写作,这一阶段受到肖沃尔特的赞赏,她认为这一阶段的女性写作既有"女人气"的一面,即涉及艺术与爱、自我发现与社会责任之间的冲突,同时有"女权主义"的一面,即能意识到自我在社会中的地位,又敢于作出种种写作的突破,是女性作家较好地自我实现的阶段。

另一位女性主义批评家陶丽·莫伊曾评论《她们自己的文学》说:"这是一种整体透视,它引导着肖沃尔特游览了英国 19 世纪 40 年代以来整个女性文学风景区。她重新发现了那些被人遗忘和被人忽略的女作家。这是她对整个文学史和特定的女性主义批评的最大贡献。正是在很大程度上由于肖沃尔特的努力,迄今为止,如此众多的无名女作家才开始得到她们应该得到的认可。对于鲜为人知的妇女文学时代来说,《她们自己的文学》是一座真正的信息金山。"①

三　克里斯蒂娃

朱莉娅·克里斯蒂娃(Julia Kristeva, 1941—　),现任巴黎第七大学语言学教授,是心理分析学家和女性主义文学批评法国学派的代表人物。她原籍保加利亚,大学时学习文学,曾担任报纸记者,1966 年获得奖学金,遂迁居巴黎。在攻读博士学位期间,她受结构主义思

---

① 谢玉娥编:《女性文学研究教学参考资料》,河南大学出版社 1990 年版,第 371 页。

想影响很大,曾得到过托多洛夫、戈德曼和罗兰·巴特等解构主义大师的指导与帮助。她同时又加入法国后结构主义理论团体"泰凯尔"①,并成为该团体的主要理论家。她的思想来源十分广泛,对现当代西方文艺理论如精神分析学、新马克思主义、结构主义、符号学和解构主义等都有研究,她汲其精华,去其糟粕,为己所用,形成了自己渊博而独特的理论风格。克里斯蒂娃是个勤奋的作家,她的学术著作包括:《语言——未知物:语言学的尝试》(1969)、《符号学——解析符号学》(1969)、《诗歌语言的革命》(1974)、《中国妇女》(1974)、《恐怖的权力——论卑贱》(1980)、《普鲁斯特——被感知的时间》(1994),等等。另有小说数种。

克里斯蒂娃的学术生涯是 60 年代从语言学开始的,70 年代中期才转向了女性主义研究,同时又学习精神分析学,深受弗洛伊德与拉康的影响。她是一个有个性、极具独立性的女性主义学者,在她的女性主义理论中,她对政治活动和任何权威持一种怀疑主义的思想,强调个性优于政治与权威,提倡女性主义理论应该建立在对个性充分尊重的基础上。在这样的思想基础上,克里斯蒂娃的有些理论主张就和正统的女性主义理论产生了分歧,如她反对女性主义标准的普世性,批驳女性性别先于其存在。她的这些看法引起了其他女性主义者的不满,认为她不为女性说话。不过,这也许正反映出克里斯蒂娃极强的独立精神,她不屈从于任何形式的权威或集团,甚至女性主义。

有趣的是,像肖沃尔特一样,克里斯蒂娃也提出了欧洲女性主义的三个阶段主张。这个主张反映在她 1979 年所写的《妇女的时间》一书中。克里斯蒂娃在书中探讨了女性与时间的关系。她认为时间对于男性与女性是不一样的:男性遵循的是线性时间,即有开始并趋向于未来终点的直线时间;女性遵循的是循环时间,即带有反复与回归的圆环性时间。在这种区分的基础上,克里斯蒂娃认为,现代欧洲女性主义形成了三个阶段:第一阶段,女性发觉性别的不平等,并力求通过斗争取得两性的平等,也就是说,要在线性时间中占有与男性平等的地位。第二阶段,女性主义者(大多在 70 年代)认识到、并强调女性自身不同于男性的特殊性,而且由于坚持与线性时间相对立的循环时间的立场,所以拒绝进入线性时间系统中。这是比第一阶段女性主义更具独立性的表现。不过,过分强调性别的差异性和女性的独特性,极容易陷入逆向的性别不平等的陷阱,克里斯蒂娃对此提出警告。第三阶段,与前两个阶段相比,这一阶段的女性主义者(大多在 80 年代)干脆否认了形而上的男女二分法,主张三个阶段的女性主义互相融合,不强调绝对的男女对立,而提倡多元的差异,重在承认和尊重男女两性的差异,消除双方的紧张和对立。克里斯蒂娃显然更认可第三阶段的女性主义主张,因为她个人更关注个人的独特性,反对集体和共性对个人与个性的压抑。可见,她主张的是一种更宽容、更开放的女性主义。

像其他女性主义者一样,克里斯蒂娃十分关注女性的性别身份,她利用自己渊博的学识,试图从文化、文学、语言以及心理等各层面来探究女性受压迫的根源。《恐怖的权力——

---

① "泰凯尔":即"Tel quel",意为"原样",源自发刊词中引自尼采的话"我要世界,我要它像原来那样",见王逢振主编《新编 20 世纪外国文学大词典》,译林出版社 1998 年版,第 730 页。

论卑贱》一书突出展现了克里斯蒂娃这一方面的理论主张。通过对众多文本的细致解读，她发现妇女的性别形象在各种场合中趋向两种极端：一种是天使的形象，纯洁、高贵；一种是魔鬼的形象，肮脏、低贱。克里斯蒂娃认为妇女的这两种极端对立的形象正是父权制社会生产出来的，它反映出男人对女人的双重态度：女人既是男人的天使，带来欢乐与满足，同时又是男人的恶魔，使男人厌恶又恐惧。然而，它只不过是男权社会性别权力的一种表现罢了，并不能反映女性真实的性别身份。但不管怎样，可以明确的是，女性是被排除在父权制以外的，她们没有语言和权力，是沉默的群体，缺席的性别，在父权制的象征秩序之中，只是一个空洞的符号。而女性主义运动，就是要把女性失去的一切都争取回来，使女性发出自己的声音，说出自己的话语，争取与男性平等的地位与权力，不一定非要进入男权社会，但必须表现并坚持自身的特殊性。这也许正是克里斯蒂娃，以及所有女性主义者共同奋斗的目标。

结语

　　20 世纪以来，中国的现代学术形态，包括范式和方法，主要是在借鉴西方学术形态的基础上建构起来的，文学研究和文学理论也不例外。当今各种文学理论教材的基本构架和文学研究方法，大都受到了西方文论的影响。就连对中国古代文论的整理和取舍，也在相当程度上是以西方文论为参照坐标的。因此，学习西方文论对我们有着至关重要的作用。近年一些有识之士提出中国文论失语症的问题，要求中国文论应当有自己的声音，应该调整对西方文论的态度，反对盲目照搬和全盘西化，这是非常正确的。但无论如何，借鉴西方、继承传统和立足文学和文论的现实这三者应该有机地统一起来，借鉴西方永远是我们研究文论的重要方法之一。

一　西方文论的产生与发展

　　西方文论的形成与西方的地理自然环境、宗教信仰和发达的自然科学等因素有着紧密的联系。在古希腊爱琴海区域，岛屿众多，海上贸易频繁，手工业、航海业和商业都很繁荣。奥林匹斯山地区土壤贫瘠，物产有限，客观上要求向外寻求财富，由此形成了商业性和开放性极强的传统。从古希腊罗马开始，西方人就通过航海与外界联系，发展商业，不断谋求向外扩张和发展，具有相当的冒险性。西方商业社会的海上历险与奇遇，金银珠宝的寻求，战争与掠夺的生活，给文学艺术提供了大量的题材。因此，叙述社会生活与人物的史诗、悲剧类叙事文学作品大量产生，讲摹仿，讲情节，讲形象（典型）。《奥德赛》、《堂吉诃德》、《鲁滨逊飘流记》和《浮士德》等经典作品，都以个人为起点，向外开拓，向外扩展，向外追求。这就促使西方文论不断革新，不断探讨新的理论。西方文论中虽有古典主义，有古今之争，但总的说来是向前发展、求变求新的，这种特点在浪漫主义运动之后显得更为明显。由于政治活动、海外贸易和航海业的需要，古希腊自然科学很发达，毕达哥拉斯的勾股定理、德谟克利特的原子论、欧几里德的几何原理、阿基米德的杠杆定律与阿基米德定律，对艺术的比例对称、黄金分割、透视学、绘画、建筑、雕塑产生了深刻的影响，也影响到了古希腊罗马人的哲学观念和审美情趣。"从公元前五世纪开始，古希腊政治、经济和人的观念发生变化，哲学从上一阶段关注自然、宇宙及其起源的问题转向关注人与社会等问题，人的问题成了哲学研究的中心问题。"[①]西罗多德的《历史》中所描写的主人公从前一阶段的神和英雄转变为现实生活中的人，人开始认识到自己的力量和智慧，人本主义开始形成。西方文论特别是西方早期的文论，对文艺本质、功能的认识都是以哲学基础和自然科学的研究为规范建立起来的。西方文论重视追根究底的分析和研究，多理智上的探讨，讲究修辞和逻辑上的严密性，这与其发达的自然科学密切相关。这一特点在西方一直延续到了当代。

　　古希腊有丰富的文论遗产。《荷马史诗》的序曲中已经谈到诗歌创作中的灵感问题和诗歌鉴赏中的快感问题。抒情诗人品达在《颂歌》中总结前人和自己的创作经验，提出了天才与技巧的问题。他非常重视天才诗人的灵感，要求天赋与修养并重。苏格拉底对灵感问题

---

① 汪子嵩等：《希腊哲学史》第二卷，人民出版社 1993 年版，第 57 页。

也有论述,认为诗人创作并不是凭智慧而是凭借一种天才和灵感。德谟克利特则强调灵感是由神赋予的。这在柏拉图那里得到了充分的继承。此外,哥奇亚斯的《海伦颂》和阿里斯托芬的喜剧已经开始探讨文艺的社会功用和对人类心灵的影响,这也是柏拉图文艺思想的来源之一。而德谟克利特和苏格拉底还着重探讨了文艺的摹仿问题,认为文艺和人的其他活动都起源于摹仿,文艺不仅要忠实于摹仿对象,还要对人的心灵和性格加以表现,创作出完美的人物形象。这是后来亚里士多德"典型说"的雏形。前柏拉图时期的文论思想虽然还不成系统,但它们是柏拉图思想的源头。古罗马文论继承了晚期希腊的一些观点,重视雄辩术和修辞学的研究,更侧重于研究文学的内部规律,对内容与形式、天才与技巧、文学风格、寓教于乐等问题有详细研究,确立了古典主义文论。其成果的结晶则是贺拉斯的《诗艺》与郎吉努斯的《论崇高》。

在古希腊,悲剧创作及理论的盛行影响到了整个西方的古近代的文学与文论,甚至当代的文学与文论也深深地受到了古希腊悲剧理论的影响。公元前 5 世纪前后,希腊悲剧最为兴盛,三大悲剧家就生活在这个时期。当时贵族民主派执政官为了反对专制制度、推行和宣传民主制度,大兴露天剧场,发放观剧津贴,举行剧目表演比赛,推动悲剧事业的繁荣。亚里士多德对悲剧作的一系列不同于前人的精辟的分析,更是对后世产生了深远影响,他是第一个用科学的观点和方法来考察希腊光辉的悲剧艺术的人,并且阐明了许多与之有关的美学概念,提出了许多后世争论不休的悲剧美学问题。悲剧,从亚里士多德开始,作为诗学的一个分支而备受文艺理论家们的关注。后来的悲剧研究,不管是奥古斯丁受柏拉图影响、从基督教教义出发反对悲剧,还是特里西诺等人寄托自己政治理想的悲剧观,以及古典主义者高乃依、德莱顿等人的"悲剧观",都是奠定在阐释和发展亚里士多德的悲剧的基础上的。

中世纪文论虽然受到了神学的摧残,但也有收获。中世纪文化是以基督教文化为核心的文化,同时吸收了希腊罗马的古典文化。文学在这一时期的发展是迟缓的,受阻碍的。文论思想与这种背景相适应,大抵经历了一个从仇视文艺到探索文艺内在规律的过程。圣·奥古斯丁作为中世纪著名的神学家和哲学家,认为文艺作品亵渎了神灵,败坏道德,以悲痛为乐趣,带有欺骗性,因此十分反对世俗文艺,强调文艺要从基督教教义出发,为基督教服务。但是,奥古斯丁对文艺作品的虚构性和象征性的论述却是十分精湛的。另一方面,中世纪法国经院学者、著名哲学家与科学家阿伯拉尔和意大利神学家托马斯·阿奎那对文学的情感性、艺术的独立性以及艺术的真实性和象征性、形式理论等问题的探讨都是这一时期文论的创获。随着中世纪的结束,文艺复兴时期对中世纪的文艺观进行了驳斥,清除了神学家加在文艺上的种种罪名,巩固了文艺的地位,探讨了文艺作品的具体创作和欣赏规律。亚里士多德的《诗学》在这一时期被发现,得到了广泛的传播和研究,并引起了保守派与革新派之间的论争。但丁对俗语的研究和强调,特里西诺的悲、喜剧理论,卡斯特尔维屈罗的三一律等文论,一同促进了文艺的繁荣。

文艺复兴之后,从 17 世纪初开始,古典主义文论在法、英等国兴起,18 世纪延续到了德国和俄国。文艺复兴促使了古典文化的再次复兴,古希腊罗马文化受到重视,形成了以笛卡尔为代表的大陆理性主义和以培根为代表的英国经验主义两大哲学思潮,对古典主义产生了巨大的影响,文艺创作获得了极大的繁荣。弥尔顿、高乃依、拉辛、莫里哀等人的文学创作达到鼎盛。正是在这样的背景下,古典主义文论处于统治地位。到18世纪,欧洲各国的资本主义因素得到发展,英国和荷兰较早确立了资本主义制度。整个18世纪是资本主义和封建贵族阶级进行殊死搏斗的时期,启蒙运动由此开始,启蒙文论也随之产生。启蒙文论家们同时也是优秀的作家,大都有大量的哲学著作和优秀的文艺作品。伏尔泰、狄德罗和卢梭等人以民间故事和民间语言进行创作,把深奥的哲学思想写得通俗易懂,唤醒了广大民众,超越了古典主义的严格限制,开启了后期的浪漫主义文学与文论。这一阶段是西方文论发展的承上启下阶段。

19世纪是浪漫主义文论和现实主义文论交相生辉的时期。18世纪末和19世纪初,欧洲各国资产阶级的丑陋恶行在社会上造成一种普遍的失望情绪,浪漫主义正是这种情绪的反映。康德、谢林、费希特、黑格尔的哲学流行,人的主观作用被夸大,自我高于一切;同时,浪漫主义文论也是在与古典主义文论的斗争中发展起来的,浪漫主义者反对古典主义的泥古倾向和理性主义教条,强调创作自由,着重抒发个人的体验和感受,带有鲜明的感情色彩。19世纪中期,随着马克思、恩格斯学说的兴起,工人阶级登上历史舞台,复杂的阶级关系和阶级斗争促进了批判现实主义文论的诞生。批判现实主义文论家以人性论为基础,提倡人道主义和政治上的浪漫主义,强调典型的重要意义与作家的理性眼光和批判精神,着重观察生活,分析现实,真实地反映现实关系和时代特征。别林斯基、车尔尼雪夫斯基和杜勃罗留波夫等人对现实主义文论的系统总结做出了贡献。与此同时,实证主义、自然主义和象征主义文论也开始出现。在孔德实证论的基础上,丹纳从种族、时代、环境三个角度研究文学,写出了《英国文学史》和《艺术哲学》等著作。左拉的自然小说以实验方法为手段,强调文学作品的真实感,爱伦·坡的象征小说和《创作哲学》、《诗歌原理》等文论著作,强调文学创作应该通过事物与思想间的多样结合,引领灵魂进入神圣美的境界。波德莱尔的《恶之花》则是象征理论的成熟之作。

20世纪西方文论与哲学思潮和科学研究紧密相关。当代西方哲学思潮大体延续古希腊的传统,即人本主义和科学主义,文论也与这两大思潮一同起伏消长。从人本主义角度看,象征理论、意象派诗歌、直觉说、精神分析文论、现象学和存在主义文论,以及法兰克福学派的文学阐释学、接受美学文论,都非常注重主体的艺术和审美经验,是人本主义思想在文论中的体现;从科学主义角度看,俄国形式主义、布拉格学派、新批评、结构主义和解构主义文论,是科学主义思想在文论中的反映。忽略这个特征就很难把握西方文论的发展和变化过程。总的说来,西方古近代文论以理性为中心去评价文学,对文学自身的规律重视得不够。当代结构主义文论和接受美学、阐释学就力求弥补这一缺失,重视文学作品本身的阅读和读者的积极作用,文学创作和欣赏的规律得到了重视。

二　西方文论的基本特征

西方文论具有着科学的内涵。每一种文论都自成体系,逻辑严密,体现了西方的理性智慧。亚里士多德的《诗学》集中体现了西方文论的主要特点。西方文论从古希腊就开始形成一个悠久的传统。西方从古希腊开始,对文学和艺术的概念术语作了严密的界定,重视范畴之间的差异,重分析事物,有较强的明晰性,对于诸如有限与无限、部分和整体、表层与内在、历史与超越等问题有深刻的把握,从中强调了人与自然的对立,其概念是脱离感性形态的抽象的概念。后世文论著作的基本格调、研究思路等都深深地受到亚里士多德的影响。具体说来,西方文论的基本特征主要表现为以下几个方面。

首先,西方文论尤其重视其哲学基础。这主要表现在体系性、思辨性和明晰性等方面。西方文论的体系性很强,主要是奠定在各种哲学基础上的。这种基础使得西方文论具有严密的理论构架,从文学的起源、本质(摹仿)到诸体裁的区别界定等,都很严密,并且重分析、重论辩,有很强的系统性,特别注重个人的体系建构。同时,这种哲学基础还带来了很强的思辨性。与中国文论重诗性思维和感性形态不同,西方文论尤其重视理论推导,往往多批判前人,但又不离开文学问题的中心。在此基础上,论述的明晰性也是西方文论家们所重视的。其主导方式是科学的、分析的、认识的,有较强的学科意义。从柏拉图和亚里士多德开始,西方的文论思想一直具有思辨的特点。到普罗提诺,则将基督教文论与古希腊的思辨传统衔接起来。但是,这种文论也有它们的缺点,感性生动的作品有时会被概念的分析肢解,限制了对文学活动的感性把握,文学形象的情感也不能得到充分的重视,文学作品自身的特性还没有被深入认识。18世纪浪漫主义兴起,西方文论由再现转向表现,作家和作品的情感特征得到重视,文学创作和批评从偏摹仿、再现、写实向重表现、重抒情的方向转变,文论价值理念的自觉意识凸显出来。苏联的文论体系继承了西方文论的传统,形式主义文论和布拉格学派与西方文论传统,尤其是西方文论的语言学转向密切相关。

其次是叙事本位。西方文学受社会经济形态和政治形态等因素的影响,重视人的外在的、实际的活动,以叙事文学为本位。与此相关,西方文论以“摹仿说”为核心,强调事件叙述的整一性和描写的逼真性,强调作家创作要像镜子一样如实、形象地反映、再现现实。从柏拉图开始,文论家们就用“镜子”来比喻文学艺术的摹仿特性。在柏拉图看来,绘画、诗歌、音乐、舞蹈、雕塑都是摹仿,有如镜子中的影像。亚里士多德的《诗学》体系建筑在摹仿的基础上,认为诗起于孩提时代的一种摹仿,诗人的职责是按照事物本来的样子和过程来摹仿它,使得欣赏者通过欣赏摹仿物,使自己的摹仿天性得到满足。这一观点影响了西方两千年的文论。莎士比亚认为文学是生产的镜子,巴尔扎克则把自己比成法国社会的书记员。这种创作主张和理论诉求都是文艺上的“镜子说”。虽然浪漫主义运动之后西方文论也由外在现实转到内心感情,但主流仍是摹仿。即使是诗人的感情流露,西方文论也强调是“情感的再现”。16世纪英国诗人马洛也说:“诗就像永不凋谢的花朵,从诗中我们可以看到人类智慧的最高成就,就像镜子中反映的一样。”亚里士多德的《诗学》,贺拉斯的《诗艺》,主要都在讨论叙事性的文学,如史诗和戏剧。《拉奥孔》强调诗与画的区别,不只讲再现与表现的区别,而主要是讲对事物的描写和再现方法的区别,其中的诗主要指的是史诗和戏剧等叙事性作品,这些作品描写时间的前后承续,与画对空间的描写相对应。因此,他们强调的都是摹仿和再现,以摹仿为文学的本质,将主体看成映照客体的镜子。这与中国以表现为主要特征的文论主张有着显著的区别。中国也多以镜子来表达文论主张,但与西方的侧重点迥异。老子说"涤除玄鉴",就是以镜喻心,要心明如镜,才能细致、准确地观照万事万物,"以镜万物之情"(《淮南子·齐俗》)。也就是说,中国文论讲的"摹仿"更多是指作家心灵本体,强调以心灵表现基本特征。

第三是浓厚的宗教色彩。希腊民主制度由宗教而获得巨大的凝聚力,文论总结和支持着这种追求。在原始宗教中,突发性的直觉被看成是通神的方式,幻觉、感悟和灵感显示了人们的潜意识和无意识的能力。宗教观念贯穿于西方的人文意识中,古希腊诸神神话和古罗马以降基督教的审美观都渗入到西方文论中。有些文论,如柏拉图的回忆说和灵感说,就直接受到了宗教仪式的启发。古希腊时期,灵感被看作是神的灵气,写作中的灵感阶段和迷狂状态被认为是吸入了神的灵气或神灵凭附。灵感反映了艺术天赋的重要性,柏拉图将其视为迷狂状态,是不朽的灵魂带来的前生的回忆。这就涉及宗教和艺术活动相通的方面。西方文学细致地描写、再现此岸现实世界,但又不满足于现实世界,而要追求彼岸的天国理想,重视神和神化的境界。酒神节的狂欢,对神灵的尊崇,都是古希腊宗教气氛的体现,带着迷狂色彩。

基督教兴起以后,特别是中世纪以后,西方文论深深地打上了基督教神学的烙印。这不仅体现在圣·奥古斯丁等神学家的文论思想中,而且在此后的卢梭、夏多布里昂、施莱尔马赫等人的思想中也有所显露,即使是尼采、加缪这样的文论家,他们的文论思想也离不开宗教文化的影响与启示。意大利思想家维柯在《新科学》中重视诗性智慧,根据文学艺术的发展方式把人类社会分为神的时代、英雄的时代和人的时代,并以此研究文学艺术变迁的历史,体现出浓厚的宗教气息。即使是一些现代文论,其来源也和宗教有着密切关系,其典型代表就是弗雷泽的人类学文论、荣格的原型理论和弗莱的原型批评。在批评实践中,原型理论试图发现文学作品中反复出现的原始意象、宗教仪式和神话人物及其在文艺作品中的表现和变迁,展示人类思维模式的延续性。巴赫金的狂欢化诗学也直接借用了欧洲的狂欢节民俗仪式的精髓,强调了文艺作品把人们在现实生活中受到的压抑解放出来的创造性思维潜力,以狂欢化的思维模式打破了逻各斯中心主义思想。这与狂欢节的无等级性、宣泄性和颠覆性紧密相关。

第四,西方文论重视文学的真实性。与摹仿说相关,西方文学讲究文学的真实性,强调摹仿客体的真。贺拉斯要求诗人要切近生活真实,塞万提斯要求人物要惟妙惟肖,霍布斯强调"逼真",巴尔扎克则强调"细节的真实"。因此,西方人把文学的本质特征界定为形象性,文学作品就是要塑造出典型的人物形象,完整表现典型事物的普遍意义。亚里士多德提出,要按照可然律和必然律来描写带有普遍性的事物,也就是说诗人通过描写可能发生的事情来表达必然的规律,体现个性与共性的统一,反映出客观生活的本质真实。贺拉斯的《诗艺》、布瓦洛的《诗的艺术》,都强调了真实性。而中国人把文学的本质特征界定为情感性,强调情感的跌宕起伏,"感人心者,莫先乎情"(白居易《与元九书》),重视作品的情真意切。主情是中国文论的典型特征。

西方文论强调了解社会生活和现实,通过画面获取感受,以类比、比喻帮助人们认识世界。例如"镜子"说在西方文论中作为一种隐喻被文论界长期使用。文艺复兴前西方文论家把作品看成是生活的镜子,歌德把作品比成灵魂的镜子,都是把作品当作镜子。西方的镜子说强调的是对对象、对世界的忠实反映,重视逼真的效果。西方传统是强调二元对立的思想方式,多观察、分析和反映,故追求逼真、生动。人要认识世界就要对外界进行细致的观察和分析,这是一个反映和综合的过程。而中国古代文论不是强调视、听和观察世界,而是"收视反听,耽思傍讯",静思以求。这是中西方文论的重要差异。

第五,西方文论重视形式。形式是事物的具体化、丰富化和精确化,文学作品与形式紧密地联系在一起。在亚里士多德那里,形式是事物的本质,是事物明晰的可分性,其各部分的大小,是一种数的和谐比例,构成和谐的整体,见出所谓的秩序和安排,文学作品的形式与内容是浑然一体、契合无间的,如悲剧结构的形式。贺拉斯的《诗艺》就强调了形式的完美。黑格尔在《美学》一书中以形式和内容的关系为艺术划分类型。在黑格尔那里,他按照内容与形式的关系,把人类艺术分为象征型艺术、古典型艺术和浪漫型艺术。在象征型艺术阶段,艺术内容还不确定,形式和内容之间还没有处于完整统一的地位,还存在一定的冲突,形象所表现的内容与内容本身还不是自觉的统一;在古典型艺术阶段,艺术克服了这个缺陷,艺术形式在本质上适合内容,内容和形式是自由完满的协调;浪漫型艺术却把古典型艺术的这种和谐破坏了,因为在这个阶段艺术企图用感性具体的形象去表达无限的普遍性,而无限性又是不可表达的,所以这个阶段的艺术对象就仅仅是自由具体的心灵生活。至此,艺术就走完了它的生命历程,宗教和哲学就取代了艺术,从而走向了艺术的终结。这三个阶段也就是形式大于内容、形式等于内容和形式小于内容的阶段。可见,形式在西方文论中具有根本性的意义,实体依据于形式而得以具体化。

第六是对文艺社会功用的认识。西方文论从柏拉图和贺拉斯开始就十分强调文艺的社会功用。柏拉图在《理想国》一书中就强调,在理想国里,文艺可以为政治服务,文艺可以教化民众,和睦群体,从而有利于国家的统治。贺拉斯强调"寓教于乐",认为文艺可以教化人民,以艺术的优雅和谐陶冶大众心理。中世纪文论家则强调文艺要服从于基督教教义。这与中国"文以载道"的主张十分相似。中国早在《尚书·舜典》中就强调"八音克谐,无相夺伦,神人以和"。先秦儒家就把艺术活动和天人关系、人际关系的和谐联系起来,认为艺术对良好人格精神的形成有潜移默化的作用。可是,在西方,这种文论主张并不占主导地位。这是因为:第一,西方文论与科学精神相联系,强调文艺作品摹仿现实的逼真性和客观性,不注重文艺作品与个人的情感感受和人格理想的关系的建构;第二,西方文论与西方哲学精神传统相联系,注重文学的本体论研究,注重探讨文艺作品的本质属性和客观规律,人格培养不能依靠文艺,而要靠哲学思维的训练;第三,柏拉图认为文艺作品会弱化人民的进取精神,使人民耽于享乐,腐蚀人的灵魂,所以他认为应该把诗人从理想国中驱逐出去,这在一定程度上影响了西方文论对其社会政治作用的重视。

三 西方文论的当代价值

学习西方文论不仅能让我们了解西方文论的内涵和发展历程，而且有助于我们从自觉的高度了解西方文学。通过西方文论的学习研究，我们也可以用世界的眼光看待本民族的文论遗产。更为重要的是，西方文论对我们的当代文论建设具有启发性，有利于我们建构全球视野下的中国文论。这具体主要表现在以下几个方面。

首先，学习西方文论，有利于我们深入了解西方文学的具体实践并且上升到自觉的高度。一个时代的文艺现象、艺术趣味、审美风尚，常常反映在该时代的理论倡导和艺术总结的形态中。把文学从散漫的、不自觉的创作，即无目的的游戏变为人类精神文明建设的系统工作，进行理论归纳和有意识、有计划、有目的的设计和安排，是非常必要的。有些理论著作就是作家自己的主张和感想，读这些作家的理论著作，了解他们的想法，更有助于了解他们的作品。比如爱尔兰诗人和文学理论家叶芝，他的象征主义理论就是他的诗歌创作经验的总结，我们读了他的象征主义诗歌理论再来读他的《钟楼》、《盘旋的楼梯》等诗集，就更容易把握住其中的思想和技巧。因此，通过对西方文论尤其是一些作家文学创作经验的总结和学习，可以让我们更好地领会西方文学作品的内涵，把我们对西方文学的认识提高到一个新的水平。

其次，学习西方文论，有利于我们深入了解西方文学观念的历史源流。我们今天的许多文学观念、评价方式，反映了千百年来人们对文学思考和创造的意识。要正确看待这些文学传统，准确理解西方文论的遗产，就必须先了解西方文论的史的脉络。西方历代文论给我们留下了当代文学观念和文学主张的活档案，对西方的文学观念产生了深刻的影响，不明白这一点就不能明白摹仿说在西方文论中的重要地位。

第三，学习西方文论，有利于我们了解中西文论的共同规律，把握东西方文论交流的过程。中国古代文论与西方文论传统一样，其范畴与中国哲学范畴也是紧密相通的。中国古代文论家深受中国传统哲学的影响，在某种程度上，我们可以说中国古代文论是中国古代哲学的一个组成部分。同西方文论一样，中国文论也将文学放在宇宙自然、社会历史和人类精神的整个世界中加以考察。因此，学习研究西方文论可以为我们以开放的姿态消化和吸纳西方优秀文论遗产搭建平台，也可以让我们了解西方文论对东方文论的吸收。这是一个双相互动、共同促进的过程。庞德和休姆的意象主义诗论就是他们对中国古代意象理论进行吸收改造的结果。随着中国文论自觉意识的增强和理论体系的完备，中西文论的交流还会继续深入下去。因此，我们学习西方文论，可以更好地把握这一互动交流的发展趋势及其规律。

第四，学习西方文论，有助于我们借鉴和汲取西方文论的精华。中国传统文论历来就有吸收外来文化的传统，比如佛教东来以后，其理论范畴为意境说、境界说的产生提供了思想基础和思维方法。中国历代文论家都注重从外来思想中吸取营养以丰富本民族文论，如王维、王昌龄对佛教的吸收，王国维对叔本华思想的吸收，等等。西方文论的引进、消化、吸收和运用，是一个逐渐深化的过程。中国文论要走向世界，与国际接轨。我们只有了解和研究西方文论，才有可能知道中国古代文论的传统和特色，才能学到西方文论有价值的内容，为世界文论的发展做出贡献。

当然，过去在借鉴西方文论的时候，也曾经存在过机械地用和挪用的现象，即以西方文论解释中国文论、以西方文论的意识消解中国文论的意识，如用西方文论的范畴、概念和逻辑体系架构中国文论，阐释中国文论的概念和范畴，对西方文论方法论的普遍性的兴趣超过了对文论本身的思考。在当代文论的研究和建设中，我们需要坚守中国文论的主体性立场，借鉴西方文论的思想方法，继承中国古代文论的传统，立足中国当代文学的实际，而不能生搬硬套西方的文学理论。

总之，我们当下对待西方文论的态度是，既不能一概排斥，也不能盲目崇拜。我们要把西方文论这一西方文学实践背景下的产物看成人类文学实践的重要总结，看成中国已有文论的重要补充，看成在范畴体系、思想方法上有重要成就和启发性的榜样，这样才能有利于我们深刻了解西方文论，有利于我们当代的中国文论建设。

后　记

　　这次的华东师范大学出版社版《西方文论史》是在华东师范大学出版社 2002 年《古近代西方文艺理论》和北京大学出版社 2007 年《西方文论史》的基础上修订而成的。其中第六章"启蒙运动"和第九章"现实主义"作了一定的修改。

作者

2016 年 5 月 26 日